엔더의 그림자

엔더의 그림자

지은이 : 오슨 스콧 카드
옮긴이 : 나선숙

1판 1쇄 발행일 : 2008. 3. 2.
1판 5쇄 발행일 : 2015. 5. 15.

펴낸이 : 원형준
펴낸곳 : 루비박스
기획 · 편집 : 허문선
마케팅 : 홍수아
등 록 : 2002. 3. 28. (22-2136)
주소 : (137-860) 서울시 서초구 서초 2동 1338-21 코리아 비즈니스센터 1101
전화 : 02-6677-9593(마케팅) 02-6447-9593(편집부)
팩스 : 02-6677-9594
이메일 : rubybox@rubybox.co.kr
블로그 : www.rubybox.kr 또는 '루비박스'
페이스북 : www.facebook.com/rubyboxbooks
인스타그램 : rubyboxbooks

ENDER'S SHADOW

엔더의 그림자

●

오슨 스콧 카드 지음

루비박스

그 집에서는 누구도 배를 곯지 않으며

그 마음에는 누구도 이방인이 아닌

딕과 헤이지 브라운에게

엔더가 뒤로 따라 들어왔다. 빈은 늘 어린 병사들이 쓰는 게 통례인 방 뒤쪽 침대를 향해 침대들 사이 통로를 걸어가기 시작했다. 그러면서 다른 아이들을 흘끔흘끔 쳐다보았다. 다들 기막히고 어이없어 하는 표정으로 지나가는 그를 노려보고 있었다. 이런 어린애가 있는 부대에 배속되다니 그들이 얼마나 형편없는 평가를 받은 것인가라는 생각을 하고 있는 듯했다.

뒤쪽에서 엔더가 부대장으로서 첫 연설을 하기 시작했다. 자신만만한 목소리였다. 모두 들을 수 있을 정도로 크지만, 소리치는 것은 아니었다. 긴장하지도 않았다. "나는 엔더 위긴이다. 너희 지휘관이다."

지은이 서문

　이 책은 엄밀히 말해서 《엔더의 게임》 속편이 아니다. 《엔더의 게임》과 거의 비슷한 시점에서 시작하고 또 같은 시점에서 끝이 나기 때문이다. 사실 이 작품은 같은 이야기를 다른 방식으로 풀어나간 것이다. 등장인물과 배경은 크게 다르지 않지만, 사건을 바라보는 이의 관점이 다르다. 이런 작품을 뭐라고 불러야 할지 잘 모르겠다. 자매편이라고 해야 할까? 평행 소설이라고 해야 할까? 과학용어를 문학에 차용할 수 있다면, '시차' 소설이라고 불러 보면 어떨까.

　내 바람대로라면 《엔더의 게임》을 읽어보지 않은 독자들이나 몇 번 읽은 독자들 모두 이 책을 재미있게 읽을 수 있을 것이다. 속편이 아니므로 《엔더의 게임》을 미리 읽고 알아두어야 할 내용이 있는 것은 아니다. 그렇더라도 내가 문학적인 목표를 어느 정도 달성했다면, 이 두 작품이 서로를 보완하고 부각시켜줄 것이다. 또 한편으로는 어느 책을 먼저 읽든, 각각의 소설이 나름대로의 가치를 지니고 있을 것이다.

감사하게도《엔더의 게임》은 오랫동안 꾸준한 인기를 누려왔다. 특히 학생들 사이에서 높은 인기를 누렸다. 청소년 소설을 만들겠다고 의도한 것은 아닌데, 십대 청소년들을 비롯하여 교사들도 교실에서 이 책을 사용하는 방법을 찾아내고 있다.《죽은 이의 대변인》,《제노사이드》,《마인드 차일드》같은 속편들이 젊은 독자들에게 그리 강하게 어필하지 못했던 것은 놀랍지 않았다.《엔더의 게임》은 아이를 중심으로 하는 반면에, 속편들은 어른에 대한 이야기이기 때문이다. 어쩌면《엔더의 게임》이 적어도 표면적으로는 영웅적인 모험소설인 반면에, 속편들은 전혀 다른 종류의 소설이라서 그럴 수도 있을 것이다. 속도가 더 느리고 사색적이며 관념 중심적인데다. 어린 독자들에게 그다지 직접적으로 느껴지지 않을 주제들을 다루고 있어서 그런 게 아닐까 싶다.

　하지만 최근에 나는《엔더의 게임》과 그 속편들 사이에 존재하는 3000년이라는 공백을 새삼 주목하게 되었다. 그런 속편들과는 다르게,《엔더의 게임》과 더 긴밀하게 얽힌 다른 속편을 만들어볼 여지가 충분하다는 생각이 들었다. 사실, 어느 면에서《엔더의 게임》은 속편이 없는 것이나 마찬가지다. 다른 세 작품은 지속적으로 하나의 이야기를 만들어가지만,《엔더의 게임》은 고립돼 있기 때문이다.

　그래서《엔더의 게임》이 창조해낸 우주를 다른 작가들에게 개방해보면 어떨까 하는 아이디어가 떠올랐고, 실제로 내가 매우 높이 평가하는 작가 닐 셔스터먼과 함께 '엔더 위긴의 전투학교 동료들에 관한 소설'을 집필해보기로 하는 단계에까지 이르렀다. 서로 이야기를 나누다 보니, 빈이라는 캐릭터가 가장 눈에 띄었고 그래서 그 아이부터

포크

"누군가를 찾은 건가요? 그래서 갑자기 내 프로그램을 중단시키는 건가요?"

"그라프가 찾아낸 그 아이와는 상관없소. 당신이 찾아다니는 아이들의 질이 낮다는 게 문제요."

"처음부터 승산이 크지 않다는 건 알고 있었잖아요. 내가 찾아다니는 그 아이들은 오로지 살아남기 위해서 전쟁을 치르고 있어요."

"그 아이들은 당신이 테스트를 시작하기 전부터 이미 정신적으로 심각한 문제를 지니고 있소. 아마 너무 못 먹고 자라서 그렇겠지. 대부분이 정상적인 인간관계를 형성하지 못하고 있소. 제대로 된 녀석들이 하나도 없어. 하루라도 뭔가 훔치거나 깨부수거나 문제를 일으키지 않고 넘어가는 날이 없잖소."

"그들에게도 가능성은 있어요. 모든 아이들에겐 가능성이 있어요."

"당신이 그런 감상적인 생각에 빠져 있으니까 I. F.가 당신 프로젝트를 못 미더워하는 거요."

포크는 항상 눈과 귀를 열어두었다. 어린아이들이 차례로 보초를 서고, 때로는 꽤 빠릿빠릿하게 지켜보기도 하지만, 그들이 알아차려 야 하는 모든 것을 알아차리지는 못했다. 그렇기 때문에 포크 자신이 언제 올지 모르는 위험에 대비하여 언제나 긴장을 늦추지 말아야 했다.

경계해야 할 위험은 수없이 많았다. 예를 들면, 경찰들을 조심해야 했다. 그들이 자주 나타나는 것은 아니지만, 일단 나타났다 하면 아이 들을 거리에서 쓸어버리는 데 특별히 열중하는 듯했다. 자석 채찍을 사방으로 휘두르며 아주 작은 아이에게까지 잔인한 채찍질을 하고, 그들에게 기생충, 도둑놈 새끼, 공정한 도시 로테르담의 골칫거리, 역 병이라고 욕설을 퍼부었다. 멀리서 소란이 일어났을 때 그게 경찰들 의 소탕작전인지 아닌지를 알아차리는 게 포크의 역할이었다. 경찰이 떴다고 판단되면 그녀는 경고성 휘파람을 불렀다. 그러면 어린아이들 은 은신처로 달려가 위험이 지나갈 때까지 숨어 있어야 했다.

하지만 경찰들은 그리 자주 나타나지 않았다. 진짜 위험은 그보다 훨씬 가까이 있는 커다란 아이들이었다. 아홉 살 때 포크는 몇몇 아이 들을 이끄는 두목이 되었다(그들 중 누구도 그녀가 여자라는 것을 확실히 알지 못했다). 하지만 이 거리 저 거리를 휘젓고 다니며 그들을 괴롭히 는 11살, 12살, 13살짜리들을 버텨낸다는 것은 쉬운 일이 아니었다. 어른 거지나 도둑이나 길에서 호객행위 하는 창녀들은 자기 앞에 거 치적거리는 아이들을 발길질해댈 뿐 아이들에게 별 관심이 없었다. 오히려 그런 어른들에게 걷어차인 아이들 중에서 나이 많고 덩치 있 는 녀석들이 자기보다 작은 아이들을 못살게 굴었다. 포크의 패거리 같은 어린 꼬마들이 먹을 것을 찾아내거나, 좋은 쓰레기가 나오는 곳 을 알아내거나, 동전이나 먹을거리가 잘 떨어져 있는 지점을 알아내게 되면, 빈틈없이 경계태세를 취하고 손에 들어오는 것을 꼭꼭 숨겨야 했다. 거리 깡패들이 무엇보다 좋아하는 일이 어린아이들에게서 먹을 걸 빼앗아가는 일이었기 때문이다. 가게나 행인들을 상대하는 것보다 어린아이들을 상대로 하는 게 훨씬 안전했다. 그리고 그들은 그런 순간을 즐겼다. 포크는 그걸 알 수 있었다. 어린아이들이 바짝 얼어서 하라는 대로 하고 울먹이면서 달라는 대로 다 내주는 게 그들에게는 아주 재미있는 일인 것이다.

아무튼 그렇게 늘 예의 주시하는 포크였던지라, 두 살밖에 안 돼 보이는 아주 작고 앙상한 아이가 길 건너 쓰레기통 뚜껑에 앉아 있는 것을 대번에 알아보았다. 그 아이는 거의 굶어 죽기 직전의 몰골이었다. 아니, 굶어 죽어가고 있었다. 팔과 다리는 너무 가늘어서 마디마디 튀어나온 관절들이 우스꽝스러울 정도로 커보였고, 배는 볼록하게 부풀었다. 굶주림이 조만간 그의 생명을 앗아가지 않는다면, 이제 막 시작된 추위가 그 일을 할 것이었다. 아이의 옷은 얇았고 그나마도 많이 걸치지 않았기 때문이다.

평소 같으면 포크는 그 아이에게 스쳐가는 관심 이상을 기울이지 않았을 것이다. 하지만 그 녀석의 눈은 살아 있었다. 반짝이는 눈으로 쉴 새 없이 주위를 살피고 있었다. 산송장 같은 멍한 느낌은 전혀 없었다. 이 로테르담 거리에서는 공기 중에 감도는 썩은 내를 마지막으로 들이키며 편안히 누울 자리를 찾거나, 먹을거리를 찾을 의욕마저 잃어버린 이들을 얼마든지 볼 수 있었다. 죽는다고 해도 그것은 어차피 그들에게 큰 변화가 아니었다. 로테르담과 죽음 사이에 단 하나 차이가 있다면, 로테르담에는 영원한 저주라는 게 없다는 것 정도였다.

저렇게 조그만 꼬마가 뭘 하고 있는 걸까? 먹을 것을 찾고 있지는 않았다. 걸어 다니는 사람들을 살피고 있는 것도 아니었다. 차라리 그 편이 나을 것이다. 누구든 그렇게 작은 아이의 손에 아무것도 쥐어주지 않을 테니까. 그 아이에게 무언가를 주면 다른 큰 아이가 곧 빼앗아갈 텐데, 무엇하러 굳이 인심을 쓰겠는가? 녀석이 살아남고 싶다면, 나이 많은 녀석들 뒤를 따라다니며 그들이 버린 음식 포장지라도 핥아야 할 것이었다. 거기에 설탕이나 밀가루가 조금이라도 남아 있길 바라면서 말이다. 어느 패거리가 받아주지 않는 이상, 그 아이가 이 거리에서 살아남을 수 있는 방법은 없었다. 그리고 포크는 그를 받아들일 마음이 전혀 없었다. 그런 꼬맹이는 귀찮기만 할 뿐이고, 그녀의 패거리에 있는 아이들은 쓸데없이 먹일 입이 하나 더 늘지 않아도 충분히 힘겨운 삶을 이어가고 있었다.

그녀는 그 꼬마가 도움을 청해올 거라고 생각했다. 애처롭게 흐느끼며 애걸하겠지. 하지만 그런 것은 형편이 넉넉한 사람들에게나 통하는 수법이다. 나에게는 보살펴야 할 패거리가 있다. 저 꼬마는 우리 패거리가 아니다. 따라서 내가 저 녀석에게 관심 가질 이유가 없다. 아무리 조그만 아이라 해도 달라질 건 없다. 나랑은 전혀 상관없는 놈이다.

다른 구역에서 일하는 12살짜리 창녀 두 명이 길모퉁이를 돌아 포크의 구역 쪽으로 걸어왔다. 포크는 낮게 휘파람을 불었다. 아이들이 거리에서 벗어나지는 않되 패거리처럼 보이지 않으려고 즉시 흩어졌다.

그래봤자 소용없었다. 창녀들은 이미 포크가 두목이라는 것을 알고 있었다. 아니나 다를까, 그들이 그녀의 팔을 낚아채 벽에다 세게 밀어붙이고 상납을 요구했다. 포크는 줄 게 아무것도 없다고 뻗대는 게 현명하지 않다는 것을 모를 정도로 멍청하지 않았다. 그녀는 항상 이렇게 굶주린 깡패들을 달래줄 식량을 비축해두려고 노력했다. 이 창녀들이 왜 그리 쫄쫄 굶었을지 충분히 짐작이 갔다. 그들은 어린 여자애들을 찾아 나서는 성도착자들의 시선을 사로잡지 못할 것이었다. 너무 비쩍 말랐고, 너무 나이 들어 보였다. 몸이 더 성숙해져서 그나마 덜 변태적인 손님들을 맞을 수 있을 때까지는 쓰레기통을 뒤지거나 힘없는 아이들 주머니를 털 수밖에 없을 것이다. 패거리에게 나눠줘야 할 몫을 내줘야 하는 게 화가 났지만 그래도 그들에게 뇌물을 줘쫓아버리는 게 더 똑똑한 짓이었다. 그들에게 맞서서 다치기라도 하면, 더 이상 패거리를 위해 경계를 설 수 없을 게 아닌가? 그래서 그녀는 먹을 것을 숨겨놓은 곳들 중 하나로 그들을 데려가, 빵 과자 반쪽이 들어 있는 작은 봉지를 꺼냈다.

바로 이런 경우에 쓰려고 이틀 정도 숨겨둔 것이기 때문에 빵에서 곰팡내가 났다. 하지만 창녀들은 부랴부랴 그 봉지를 빼앗아 찢어버리고 빵을 집어 들었다. 한 여자가 절반보다 더 많은 양을 덥석 베어 물고 나서 남은 빵을 친구에게 건넸다. 더 정확히 말하면 한때 친구였던 여자에게 건넸다고 해야 하리라. 그런 탐욕스런 행동은 필연적으로 불화를 낳기 때문이다. 그들이 싸우기 시작했다. 서로 고함을 치고, 따귀 때리고, 손톱으로 할퀴었다. 포크는 그들이 빵 한 조각이라도 떨어뜨리길 바라며 열심히 지켜보았지만, 그런 행운은 일어나지 않았다. 남은 절반마저 처음에 먹었던 여자의 입으로 들어갔고, 싸움에서 이긴 쪽도 그 여자였다. 다른 여자는 꽁무니를 빼고 달아났다.

포크가 빙그르 돌아섰을 때, 바로 뒤에 그 조그만 꼬마 녀석이 서 있었다. 그녀는 그 꼬마에게 걸려 하마터면 나동그라질 뻔했다. 그렇잖아도 창녀들에게 먹을 걸 내줘야 했던 것 때문에 화가 나 있던 그녀는 꼬마를 무릎으로 걷어찼다. 녀석이 벌렁 나가떨어졌다.

"엉덩이 깨지기 싫으면 사람 뒤에 서 있지 마." 그녀가 으르렁댔다.

녀석은 아무 말 없이 일어나 뭔가를 기대하듯, 요구하듯, 그녀를 쳐다보았다.

"꿈도 꾸지 마, 꼬마야. 너한테는 아무것도 안 줄 거야." 포크가 말했다. "내 패거리 입에 들어갈 콩 한 쪽도 빼주지 않을 거야. 넌 콩 한 쪽만큼의 가치도 없어."

깡패들이 사라졌으므로, 그녀의 패거리가 다시 모이기 시작했다.

"그 여자들한테 왜 먹을 걸 줘? 너 먹을 것도 없잖아." 그 꼬마가 말했다.

"야, 좀 비켜줄래!" 포크가 말했다. 그녀는 자기 패거리가 들을 수 있도록 목소리를 높였다. "그렇게 잘났으면 네가 여기 두목 하지 그래? 넌 덩치도 아주 크니까, 절대 그런 거 안 빼앗길 텐데, 그치?"

"그런 건 아니야. 난 콩 한 쪽만큼의 가치도 없어, 네가 한 말 기억 안나?" 꼬마가 말했다.

"아무렴, 기억나지. 아마 너도 잘 기억하고 입 닥치는 게 좋을걸."

그녀의 패거리가 웃었다. 하지만 그 꼬마는 웃지 않았다.

"너희 패거리에 깡패 하나 데려와." 그가 말했다.

"난 깡패들을 데려오지 않아, 그들을 쫓아내지." 포크가 대답했다. 그녀는 쪼그만 꼬마 녀석이 자신에게 대들며 말꼬리를 잡고 늘어지는 게 마음에 들지 않았다. 이런 식으로 가다가는 조만간 이놈을 패버리고 말 것이었다.

"넌 매일 깡패들한테 먹을 걸 줘. 그걸 깡패 한 명한테 주고 그 깡패한테 다른 놈들을 막아달라고 해."

"내가 그런 생각 안 해봤겠냐, 멍청아? 그런 깡패를 내가 어떻게 감당해? 그놈이 우릴 위해서 다른 놈들하고 싸울 것 같아?"

"안 싸우려고 하면, 놈을 죽여." 꼬마가 말했다.

그 말은 포크를 미치게 만들었다. 멍청하긴, 그런 일이 어떻게 가능하겠는가. 게다가 그녀는 죽었다 깨어나도 사람을 죽이는 일 따위는 할 수 없을 것이었다. 그녀는 다시 한 번 꼬마에게 무릎을 날리고, 이번에는 쓰러진 녀석에게 발길질까지 했다.

"그래, 너부터 죽여 버리면 되겠구나."

"콩 한 쪽만큼의 가치도 없는 놈을 죽여서 뭐하게?" 꼬마가 말했다. "싸우지 않으려는 깡패를 죽여. 너희를 위해 싸워줄 다른 깡패를 구해. 그는 네가 주는 음식을 원할 거야, 또 널 무서워할 거야."

그녀는 그런 터무니없는 생각에 뭐라고 대꾸해야 할지 알 수 없었다.

"깡패들이 너희 것을 다 먹어치워. 너희 것을 다 가져가. 그러니까 한 놈을 죽여야 돼. 그를 쓰러뜨려. 다들 나처럼 작아. 그러니까 돌을 써. 돌은 아무리 큰 머리도 깨뜨려."

"네놈 때문에 짜증나 죽겠다." 그녀가 말했다.

"너는 그런 생각을 못했을 테니까." 꼬마가 말했다.

감히 그녀에게 그런 식으로 말하다니, 꼬마 놈이 죽으려고 작정을 한 모양이었다. 한 방만 맞으면 숨통 끊어질 놈이 분수도 모르고 날뛰고 있다.

하지만 생각해 보면, 그 녀석의 지저분한 셔츠 안에는 이미 죽음이 자리 잡고 있었다. 죽음이 한발 더 가까이 오더라도 그게 무슨 대수겠는가.

포크는 자신의 패거리를 훑어보았다. 그들이 뭘 생각하고 있는지 알 수 없었다.

"이놈은 우리가 죽이지도 못할 걸 죽이란다. 이런 녀석 말은 들을 필요도 없어."

"조그만 애를 깡패 뒤에 세워. 네가 그를 밀쳐. 그는 쓰러져." 꼬마가 말했다. "너흰 커다란 돌이나 벽돌 같은 걸 미리 들고 있어. 그의 머리를 때려. 머리통 깨져서 속이 보이면 다 된 거야."

"죽이면 어떻게 써먹어? 깡패를 우리 편으로 만들어서 우리를 보호하게 해야 돼. 죽으면 소용없다고." 그녀가 말했다.

꼬마가 씩 웃었다. "이제 내 아이디어가 마음에 든다는 거네."

"깡패들은 믿을 수 없는 놈들이야." 그녀가 대답했다.

"무료 급식소에서 그가 너희를 지켜줄 거야. 너흰 급식소에 들어갈 수 있어."

그는 그녀의 눈을 계속 쳐다보고 있었지만, 다른 아이들이 들을 수 있게 말하고 있었다. "그가 너희 모두를 급식소에 들여보내줄 거야."

"어린애들이 들어가면 큰 아이들이 때려." 사전트가 말했다. 여덟 살인 그는 항상 자신이 포크의 부관이라도 되는 듯이 행동했다. 사실 그런 직책은 없는데도.

"너희 깡패를 구해. 그러면 그가 다른 깡패들을 쫓아내."

21

"혼자서 깡패 둘을 어떻게 막아? 셋이 덤비면 어떡해?" 사전트가
물었다.

"아까 말한 대로." 꼬마가 대답했다. "그를 밀어서 쓰러뜨려. 그는
그렇게 크지 않아. 너희는 돌들을 가져와. 준비해 놔. 너 군인 아니었
어? 다른 애들이 널 사전트라고 부르던데?(Sergeant는 병장이라는 뜻 옮
긴이)"

"그 녀석하고 말 섞지 마, 사전트. 우리가 왜 이런 두 살짜리랑 얘
기하고 있는지 모르겠다." 포크가 말했다.

"네 살이야." 꼬마가 말했다.

"이름이 뭐냐?" 포크가 물었다.

"아무도 나한테 이름 말해준 적 없어."

"머리가 너무 나빠서 이름도 기억 못하는 거냐?"

"아무도 이름 말해준 적 없어." 그가 다시 말했다. 그는 여전히 패
거리에게 둘러싸인 채, 땅바닥에 누워 그녀를 쳐다보고 있었다.

"넌 콩 한 쪽만큼의 가치도 없어." 그녀가 말했다.

"그래." 그가 말했다.

"맞아, 빌어먹을 콩 한쪽만큼의 가치도 없지." 사전트가 말했다.

"그럼 빈이라고 하면 되겠네, 이제부터 넌 빈이야(빈Bean은 콩이라
는 뜻 옮긴이)." 포크가 말했다.

"넌 저기 쓰레기통에 가서 앉아 있어. 난 네가 한 말을 생각해볼 테
니까."

"난 먹을 게 필요해." 빈이 말했다.

"내가 쓸 만한 깡패를 구하고 일이 네 말대로 되면 조금 줄 수도 있

어."

"난 지금 필요해."

그녀는 그게 사실이라는 것을 알았다.

주머니에 손을 넣어 아껴두었던 땅콩 여섯 개를 꺼냈다. 그는 일어나 앉아 그녀의 손에서 땅콩을 하나만 가져갔다. 그것을 입에 넣고 천천히 깨물었다.

"다 가져가." 그녀가 성마르게 말했다.

그는 작은 손을 내밀었다. 힘이 하나도 없었다. 주먹을 쥐지도 못했다.

"다 집을 수가 없어." 그가 말했다. "쥐고 있을 수도 없어."

빌어먹을. 그녀는 어차피 죽을 꼬마 놈한테 멀쩡한 땅콩을 낭비하고 있었다.

하지만 그의 아이디어를 시도해볼 생각이었다. 황당하긴 하지만, 지금까지 들어본 계획 중에서 그나마 상황이 더 나아질 수 있으리라는 희망을 가져볼 수 있는 첫 번째 계획이었다. 잘만 된다면 그녀가 여자 옷을 입고 돈벌이에 나서지 않더라도 이 비참한 삶을 변화시킬 수 있을 것이다. 그리고 그게 그의 아이디어였기 때문에, 패거리 아이들에게 그녀가 공정하다는 것을 보여야 했다. 그게 패거리 두목으로 남을 수 있는 방법이다. 아이들은 언제나 두목의 공정성을 지켜본다.

그래서 그녀는 꼬마가 땅콩 여섯 개를 하나하나 집어 먹는 동안 손을 내밀고 있었다.

그는 마지막 땅콩을 다 먹고 나서, 다시 한참 동안 그녀의 눈을 쳐다본 후에 말했다. "죽일 준비를 미리 해놓는 게 나아."

"죽이기 싫어."

"적당한 놈이 아니면 죽일 준비를 해야 돼."

그 말을 끝으로, 빈은 길 건너 쓰레기통으로 돌아가 다시 힘겹게 뚜껑으로 올라갔다.

"네놈이 네 살이라고? 뻥치지 마!" 사전트가 그에게 소리쳤다.

"네 살인데 작은 거야." 그가 되받아 소리쳤다.

포크는 사전트를 조용히 시키고 아이들과 같이 돌이나 벽돌이나 콘크리트블록 같은 것들을 찾으러 갔다. 작은 전쟁을 치를 거라면 무장해두는 게 최선이었다.

♦

빈은 자신의 새 이름이 마음에 들지 않았지만, 그래도 이름은 이름이었고, 이름이 있다는 것은 다른 누군가가 그를 알고 무슨 이유로든 그를 부를 일이 있다는 뜻이었다. 그건 그리 나쁘지 않았다. 땅콩 여섯 개도 나름대로 나쁘지 않았다. 그 딱딱한 것을 먹는다는 게 쉬운 일은 아니었지만. 땅콩을 깨물어 먹느라 입이 다 아팠다.

포크가 자신의 계획을 망치는 걸 지켜보는 것도 쉬운 일은 아니었다. 빈은 그녀가 로테르담에서 제일 똑똑한 두목이라서 그녀를 택한 게 아니었다. 그 반대였다. 그녀의 패거리가 하루하루 근근이 살아가고 있는 이유는 그녀의 판단력이 그리 좋지 못하기 때문이었다. 게다가 그녀는 동정심이 너무 많았다. 그녀는 자신의 몸이 예뻐질 수 있게 잘 먹어야 한다는 것을 깨달을 머리가 없었다. 패거리 아이들은 그녀가 착하다는 것을 알고 그녀를 좋아하지만, 돈줄이 될 만한 다른 이들에게 그녀는 전혀 매력적이지 않았다. 자기 할 일을 잘하는 것처럼 보이지 않았다.

하지만 그녀가 정말로 자기 할 일을 잘 해냈다면, 그의 말을 귀담아들을 이유도 없었을 것이다. 그는 그녀에게 접근조차 하지 못했을 것이다. 아니면 그녀가 그의 말을 듣고 나서 그 아이디어를 마음에 들어 했더라도, 나중에 그를 제거했을 것이다. 그게 이 거리가 돌아가는 방식이었다. 너무 착한 아이들은 죽는다. 포크도 여기서 살아남기에는 너무 착한 축에 속했다. 빈은 이미 그런 점들을 다 계산하고 있었지만, 지금은 그런 점들 때문에 더 걱정스러웠다.

지금까지 그는 몸이 약해지는 위험을 감수하고 사람들을 지켜보는데 시간을 투자했다. 그녀가 이 계획을 잘 해내지 못한다면 그게 다 헛수고가 될 것이다. 빈 자신이 전혀 시간을 낭비하지 않았다는 뜻은 아니다. 처음에 그는 아이들이 거리에서 행동하는 방식을 유심히 살펴보았다. 서로의 목구멍에서 혹은 주머니에서 빼앗고 훔치고, 자신의 몸뚱이에서 팔 수 있는 것을 죄다 팔아가며 목숨을 부지하는 아이들을 지켜보면서, 그는 조금만 머리를 쓰면 상황이 한결 나아질 수 있으리라는 것을 알았다. 하지만 자신의 그런 통찰력을 확신하지 못했다. 자신이 알아내지 못한 다른 뭔가가 있을 거라고 생각했다. 그래서 모든 것을 더 배우려고 노력했다. 트럭이나 가게나 수레나 깡통에 적혀 있는 표시들이 무언지 알아내려고 읽는 법을 배웠다. 주위 사람들이 하는 말을 전부 알아듣기 위해 I. F.(국제함대) 공용어와 네덜란드어를 배웠다. 배고픔이 끊임없이 그를 괴롭혀 정신을 흐트러뜨렸다. 사람들을 연구하는 데 그렇게 많은 시간을 들이지 않았다면 먹는 것을 구하는 데 더 시간을 쓸 수 있었을 것이다. 하지만 그는 마침내 깨달았다. 자신이 이미 필요한 것을 알고 있다는 것을. 처음부터 알고 있었다는 것을. 몸이 작다고 해서 비밀을 알아내지 못하는 것은 아니다. 거리의 모든 아이들이 그토록 어리석게 굴었던 이유는 그들이 멍청하기 때문이었다.

그들은 멍청했고 그는 똑똑했다. 그렇다면 다른 아이들은 아직 멀쩡하게 살아 있는데 왜 그는 굶어 죽어가고 있는가? 그것을 깨달았을 때 그는 행동하기로 결심했다. 그때 자신의 두목으로 포크를 선택했다. 그리고 이제 그는 그녀가 실수하는 것을 지켜보며 쓰레기통에 앉아 있었다.

그녀는 잘못된 깡패를 골랐다. 그게 그녀가 제일 먼저 한 일이었다. 그녀에게 필요한 자는 덩치만으로도 다른 이들을 위협할 수 있는 그런 녀석이었다. 덩치는 크지만 아둔하고, 포악하지만 통제할 수 있는 그런 놈을 골라야 했다. 그런데 그녀는 덩치가 작은 놈이 적당하리라 생각한 모양이었다. 그게 아니야, 바보야! 바보야! 빈은 다가오는 목표물을 바라보고 있는 그녀에게 그렇게 소리치고 싶었다. 천천히 다가오고 있는 자는 만화 속 영웅의 이름을 따서 자신을 아킬레스라고 부르는 녀석이었다. 덩치가 작고 비열하고 영악하고 약삭빠르지만, 한쪽 다리를 전다는 약점이 있었다. 그래서 그녀는 그를 쉽게 꺾을 수 있으리라 생각한 듯했다. 바보멍청이! 빈이 제시한 아이디어는 상대를 쓰러뜨리는 것만이 전부가 아니었다. 상대는 그들이 공격하리라는 것을 전혀 예상치 못하고 있다. 따라서 처음에는 누구든 쓰러뜨릴 수 있다.

포크에게 필요한 자는 그 후로도 쭉 엎어져 있을 만한 인물이었다.

하지만 그는 아무 말 하지 않았다. 그녀를 화나게 할 수는 없었다. 무슨 일이 일어나는지 두고 보자. 얻어맞을 때 아킬레스가 어떻게 반응하는지 보자. 그녀는 곧 이번 작전이 틀어졌다는 것을 알게 되리라. 그를 죽여 시체를 숨긴 다음 다른 깡패를 찾아 시도해야 할 것이다. 깡패들을 넘어뜨려 두들겨 패는 쪼그만 패거리가 있다는 말이 나돌기 전에.

아킬레스가 으쓱거리는 걸음걸이로 다가온다. 어쩌면 그건 불편한 한쪽 다리 때문에 어쩔 수 없이 생겨난 걸음걸이였을 뿐일지도 모른다. 이제 포크는 겁을 집어먹고 도망치려는 과장된 제스처를 취한다. 저렇게 하면 안 돼, 빈은 생각했다. 아킬레스는 이미 그것을 알아차린다. 무언가 잘못됐다는 것을 안다. 평소에 하던 대로 했어야지! 멍청아! 그래서 아킬레스는 더 자주 두리번거린다. 신중하게. 그녀는 숨겨놓은 먹을거리가 있다고 그에게 말한다. 이 부분은 정상적이다. 그리고 덫을 쳐놓은 골목으로 그를 데려간다. 하지만 보라, 그는 망설이고 있다. 조심스러워하고 있다. 일이 잘 풀리지 않을 것이다.

하지만 상황은 잘 풀린다. 그가 절름발이이기 때문이다. 아킬레스는 갑자기 덮쳐오는 덫을 빤히 보면서도 도망치지 못한다. 꼬마 녀석 둘이 그의 다리 뒤에 몸을 포개고, 포크와 사전트가 앞에서 밀어 그를 넘어뜨린다. 그 다음에 벽돌로 그의 몸과 아픈 다리를 내리친다. 아이들은 있는 힘껏 그걸 던진다. 포크는 멍청하더라도, 아이들은 제대로 파악하고 자기 할 일을 한다. 그래, 좋았어. 아킬레스가 겁에 질린다. 이제 죽는구나 생각한다.

그때쯤 빈은 앉아 있던 자리에서 내려왔다. 더 가까이에서 지켜보려고 골목으로 들어간다. 아이들이 둘러싸고 있어서 잘 보이지 않는다. 그가 밀치고 들어가자, 전부 빈보다 큰 패거리 아이들이 그를 알아보고는 안으로 들여보내준다. 빈이 이 장면을 구경할 권리가 있음을 아는 것이다. 그는 아킬레스의 머리맡에 선다. 포크는 커다란 콘크리트블록을 손에 쥐고 서서, 그를 내려다보며 말하고 있다.

"우리를 급식소에 들여보내줘."

"물론이지, 알았어, 그렇게 할게, 약속해."

그 자를 믿으면 안 돼. 저 눈을 봐, 허점을 찾고 있잖아.

"이런 식으로 하면 너도 더 많이 먹을 수 있어, 아킬레스. 우린 한 패가 되는 거야. 충분히 먹을 수 있고, 더 강해질 수 있어. 우리가 너한테 더 많이 갖다 줄 거야. 너에게도 패거리가 필요해. 다른 녀석들이 널 밖으로 밀어내잖아. 우리가 봤어! 하지만 우리랑 같이하면, 그런 모욕은 참을 필요 없어. 우리가 어떻게 하는지 봤지? 우린 군대야."

좋아, 그 자가 포크의 말을 이해하고 있었다. 그것은 좋은 아이디어였고, 그는 멍청하지 않았으므로 그 말이 충분히 일리 있다는 것을 알아차렸다.

"그렇게 좋은 거면, 왜 지금까지 안 하고 있었어?"

그녀는 그 질문에 대답할 수 있는 말이 없었다. 대신에 빈을 슬쩍 쳐다보았다.

잠깐 시선을 던졌을 뿐이지만, 아킬레스는 그걸 알아보았다. 그리고 빈은 그가 무슨 생각을 하고 있는지 알았다. 너무나 명백했다.

"그를 죽여." 빈이 말했다.

"바보같이 굴지 마. 우리한테 들어오겠다잖아." 포크가 말했다.

"맞아. 난 이제 너희랑 같은 편이야. 그거 좋은 생각이야." 아킬레스가 말했다.

"그를 죽여. 지금 죽이지 않으면 그가 널 죽일 거야."

"쪼그만 새끼가 이런 말도 안 되는 헛소리 지껄이게 놔둘 거야?" 아킬레스가 말했다. "저쪽이 죽든 네가 죽든 둘 중 하나야. 그를 죽이고 다른 녀석을 찾아." 빈이 말했다.

"다른 녀석은 나처럼 다리를 절지 않을걸." 아킬레스가 말했다. "다른 녀석은 너희를 필요로 하지 않을 거야. 난 너희가 필요해. 내가 들어갈게. 너희가 원하는 사람은 나야. 딱 맞잖아."

빈의 경고가 그녀를 더 신중하게 만든 모양이었다. 그녀는 아직 넘어가지 않았다.

"나중에 네 패거리에 어린애들만 있다고 싫어하는 거 아니야?"

"내 패거리가 아니야, 네 패거리지." 아킬레스가 말했다.

거짓말이야, 빈은 생각했다. 그자가 거짓말하는 걸 모르겠어?

"나한테 너희들은 이제 가족이야. 얘들은 내 동생들이지. 가족은 보살펴야 하는 거잖아, 안 그래?" 아킬레스가 말했다.

그 순간 빈은 아킬레스가 이겼다는 것을 알았다. 강한 놈이었다. 이 아이들을 자신의 동생이라고 불렀다. 빈은 그들의 눈에 어린 굶주림을 볼 수 있었다. 일반적인 먹을 것에 대한 굶주림이 아니라, 가족과 사랑, 소속감에 대한 뿌리 깊은 굶주림이었다. 그들은 포크의 패거리에 속하는 것으로 어느 정도 그런 갈증을 채웠다. 하지만 아킬레스는 그보다 많은 것을 약속하고 있었다. 그는 방금 포크가 제시할 수 있는 최고 수준을 넘어섰다. 이제 그를 죽이기에는 너무 늦었다.

너무 늦어버렸다. 그런데 멍청한 포크가 이제야 갑자기 그를 죽이기로 결심한 듯했다. 콘크리트블록을 더 높이 들어 그를 내려치려 했다.

"안 돼." 빈이 말했다. "그러면 안 돼. 이제 그는 가족이야."

그녀는 콘크리트블록을 허리춤으로 내렸다. 그리고는 천천히 빈에게 돌아섰다.

"넌 이제 꺼져. 넌 우리 패거리가 아니야. 너한테 줄 건 아무것도 없어." 그녀가 말했다.

"그럴 순 없지. 그 아이를 그런 식으로 다룰 거면, 차라리 날 죽여." 아킬레스가 말했다.

하, 상당히 용감한 것 같군. 하지만 빈은 아킬레스가 용감한 자가 아니라는 것을 알았다. 영악할 뿐이었다. 그는 이미 이겼다. 그가 아직 땅바닥에 누워 있고 포크의 손에 여전히 콘크리트블록이 들려 있다 해도, 그건 아무런 의미가 없었다. 이 아이들은 이제 그의 패거리였다. 포크의 시대는 끝났다. 한동안은 빈과 아킬레스를 제외하고 누구도 그 점을 알아차리지 못하겠지만, 지금 힘겨루기가 진행 중이었고, 거의 확실하게 아킬레스가 이길 것이었다.

"이 꼬마 녀석이 네 패거리는 아닐지 몰라도 내 가족이야. 내 동생한테 꺼지라고 하면 안 되지." 아킬레스가 말했다.

포크는 망설였다. 잠깐. 조금 더.

충분히 오래 망설였다.

아킬레스가 일어나 앉았다. 여기저기 생긴 타박상을 확인하며 멍든 부분들을 문질렀다. 자신을 벽돌로 내리쳤던 아이들을 장난스럽게 쳐다보며 말했다.

"망할 놈의 자식들!"

그들이 살짝 웃었다. 긴장한 웃음이었다. 아까 그를 두들겨 팬 것 때문에 보복 당하지나 않을까?

"걱정하지 마." 그가 말했다. "너흰 너희가 무얼 할 수 있는지 나한테 보여줬어. 앞으로 다른 깡패 놈들한테 그렇게 해야 할 거야. 너희가 제대로 해낼 수 있다는 걸 알게 돼서 다행이야. 잘했어. 네 이름은 뭐냐?"

그는 하나하나 아이들의 이름을 알아나갔다. 아이들의 이름을 듣고 외웠다. 외우지 못했을 경우에는 큰 실수라도 한 양 소란스럽게 사과하고, 잊어버리지 않으려고 열심히 노력했다. 15분쯤 지나자, 아이들은 모두 그에게 홀딱 반해버렸다.

빈은 속으로 생각했다. 이자가 이런 일을 할 수 있다면, 사람들의 호감을 사는 데 이토록 능숙하다면, 왜 지금까지 그 능력을 발휘하지 않았을까?

이 거리의 멍청이들이 항상 육체적인 힘을 우러러보았기 때문이다. 남보다 위에 있는 자들은 자신의 힘을 공유하려 하지 않는다. 그렇다면 왜 그들을 바라봐야 하나? 어차피 내게 아무것도 주지 않을 텐데. 하지만 나보다 아래 있는 자들의 경우는 다르다. 그들에게 희망을 주고 존중해주면, 그들은 내게 힘을 부여한다. 그들은 자신에게 힘이 있다고 생각지 않기 때문에 아무렇지도 않게 그걸 포기한다.

아킬레스는 자리를 털고 일어나 약간 비틀거렸다. 상태가 좋지 않은 다리가 평소보다 더 욱신거렸다. 아이들이 뒤로 물러나 그에게 공간을 내주었다. 원한다면 이제 그는 떠날 수 있었다. 냅다 도망쳐 다시는 돌아오지 않을 수 있었다. 아니면 다른 깡패들을 몰고 돌아와서 꼬마 놈들을 혼쭐 내줄 수 있었다. 하지만 그는 거기 그대로 서서 미소 짓더니, 주머니에 손을 넣어 가장 믿어지지 않는 무언가를 꺼냈다. 건포도였다. 그것도 한 줌 가득히. 아이들은 그의 손바닥에 못 자국이라도 나 있는 것처럼 그 손을 뚫어져라 쳐다보았다.

"어린 녀석들 먼저. 제일 어린 너부터." 그가 빈을 지목했다.

"걔는 안 돼! 우리랑 전혀 상관없는 놈이야." 빈 다음으로 작은 애가 말했다.

"당신을 죽이라고 했던 놈이에요." 다른 아이가 말했다.

"빈, 너는 내 가족이 조심하길 바랐던 것뿐이야, 그렇지?" 아킬레스가 말했다.

"응."

"건포도 먹을래?"

빈은 고개를 끄덕였다.

"너부터 먼저. 너는 우리를 하나로 만들었어, 그렇지?"

아킬레스는 그를 죽이거나 죽이지 않을 것이다. 이 순간 그보다 더 중요한 것은 건포도였다. 빈은 건포도를 받아 입으로 집어넣었다. 깨물지도 않았다. 침으로 적셔, 거기서 나는 맛을 음미했다.

"너도 알겠지만, 그걸 아무리 오래 물고 있어도 포도로 변하진 않아." 아킬레스가 말했다.

"포도가 뭔데?"

아킬레스가 아직도 깨물어먹지 않는 그를 보며 웃었다. 그러고는 다른 아이들에게도 건포도를 나눠주었다. 포크는 그렇게 많은 건포도를 나눠준 적이 없었다. 나눠줄 정도로 많이 가져본 적이 없었기 때문이다. 하지만 이 어린아이들은 그것을 이해하지 못했다. 그들은 이렇게 생각할 것이다. '포크는 우리에게 쓰레기를 주었고, 아킬레스는 건포도를 주었다'고. 그렇게 생각하는 건 그들이 어리석기 때문이었다.

무료 급식소

"이 지역을 이미 살펴보셨다는 거 알아요. 로테르담 조사도 거의 끝 나셨겠죠. 그런데 최근에 뭔가 이상한 일이 벌어지고 있어요. 지난 번에 다녀가신 이후로, 그러니까…… 사실은 그게 무슨 일인지 저 도 잘 모르겠어요, 전화 드리지 말 걸 그랬나 봐요."

"말해 봐요, 들어볼게요."

"급식소 앞에 줄을 설 때면 항상 싸움이 일어났거든요. 우리가 막아 보려고 노력은 하지만, 자원봉사자들이 몇 명뿐이라서 식당 안에서 질서를 유지시킨다거나 음식을 나르는 그런 일을 하는 것만으로도 힘에 부쳐요. 그래서 자기 차례가 됐는데도 줄에서 밀려나 먹지 못 하는 아이들이 많죠. 우리도 그걸 알고 있어요. 하지만 우리가 만약 에 못된 아이들을 밀어내고 어린아이 하나를 들여보내면, 나중에 그 아이가 얻어맞아요. 다시는 보이지 않게 되죠. 끔찍한 일이에 요."

"적자생존이지요."

"너무나 잔인한 일이에요. 문명은 그 반대여야 하잖아요."

"당신은 문명화됐지만, 그 아이들은 아니랍니다."

"어쨌든, 그게 변했어요. 어느 날 갑자기 달라졌어요. 단 며칠 만에 요. 이유를 모르겠어요. 저는 그냥, 수녀님이 전에 뭐든지 특이한 일이 생기면 누구랑 관련된 일이든 연락해달라고 하셔서……. 약 육강식이 득세하는 이 아이들 세상에서, 갑자기 문명이 다시 진화할 수 있는 걸까요?"

"바로 그런 곳에서 진화가 이루어진답니다. 델프트(네덜란드의 헤이그 와 로테르담 중간에 있는 도시로, 파란 유약을 입혀 만드는 도자기가 유명하다─ 옮긴이)에서 볼일은 다 끝났어요. 여기엔 우리가 찾고자 하는 게 없 군요. 파란 접시는 이미 충분히 있어요."

그 후로 몇 주 동안 빈은 있는 듯 없는 듯 조용하게 지냈다. 지금 그 가 제안할 수 있는 것은 아무것도 없었다. 이미 그의 최고 아이디어를 그들에게 넘겼다. 그들의 고마워하는 마음이 오래가지 않으리라는 것 도 알았다. 그는 덩치도 작고 아주 조금밖에 먹지 않았지만, 다른 아 이들을 귀찮게 하고 계속 떠들어대며 거치적거린다면, 조만간 그가 죽거나 없어지길 바라는 아이들이 늘어날 테고, 그에게 먹을 것을 주 지 않는 게 재미있는 장난 겸 유행이 될 것이었다.

그럼에도 그는 자신에게로 향하는 아킬레스의 시선을 자주 느꼈 다. 그것을 느낄 때 두렵지는 않았다. 아킬레스가 그를 죽이려 한다 면, 어쩔 수 없는 일이다. 어차피 그는 죽음의 문턱에서 겨우 며칠 떨 어져 있을 뿐이었다. 그것은 결국 그의 계획이 생각대로 진행되지 않 았다는 뜻일 뿐이었다. 하지만 그게 유일한 계획이었으므로, 형편없 는 계획으로 판명이 나더라도 그리 중요할 건 없었다. 빈이 포크에게 그를 죽이라고 재촉했던 것을 아킬레스가 기억한다면(물론 그는 기억하고 있을 것이다), 그리고 아킬레스가 빈을 언제 어떻게 죽일지 궁리하고 있다면, 빈의 힘으로 그것을 막을 방법은 없었다.

아첨을 해봤자 소용없을 것이다. 기껏해야 약한 놈으로 보일 게 뻔했다. 깡패들은 상대방이 두려워하고 약한 모습을 보일 때 훨씬 기세등등해지고 상대를 더 고약하게 다루는 경향이 있었다. 빈은 그런 성향을 이미 오래전부터 알아차렸다. 그리고 아킬레스는 가슴 깊숙이 깡패 기질이 박혀 있는 인물이었다. 그래서 빈은 아첨하지 않았고, 더 영리한 아이디어를 내놓지도 않았다. 그런 아이디어가 없어서기도 하고, 아킬레스가 그것을 자기 권위에 대한 모욕으로 받아들일 것이기 때문이었다. 빈이 혼자만 머리가 있는 것처럼 군다면, 다른 아이들도 그를 괘씸하게 여길 것이다. 그들은 이미 빈이 제안한 아이디어로 인해서 자신의 삶이 달라진 것 때문에 그를 원망하고 있었다.

변화는 곧바로 생겨났다. 바로 다음 날 아침, 아킬레스는 사전트에게 에어트 반 네스 거리에 있는 헬가의 무료 급식소에 가서 줄을 서라고 했다. 어차피 두들겨 맞을 거라면, 죽기 전에 뭐라도 먹을 수 있을지 모르니까 로테르담에서 제일 좋은 공짜 음식을 먹는 게 낫지 않겠느냐는 논리였다. 말은 그렇게 했지만, 전날 밤에 마지막 빛이 사라질 때까지 그는 아이들을 연습시켰다. 그들이 아킬레스를 목표로 삼았을 때 했던 것처럼, 함께 움직이면서도 너무 금방 목적을 드러내지 않도록 훈련시켰다. 연습이 그들에게 자신감을 불어넣었다. 아킬레스는 '그들이 이런 걸 예상할 거야', '그들은 이렇게 하려고 할 거야'라는 말을 여러 번 반복했다. 아킬레스 자신이 깡패였기 때문에, 아이들은 포크를 믿었던 것에 비할 수 없을 정도로 그를 믿었다.

상황이 어색하게 돼 버린 포크는 자신이 이 모든 일을 관장하는 책임자로서 아킬레스에게 훈련을 위임한 것인 양 행동하려 했다. 아킬레스는 그녀와 언쟁하지 않았으며(빈은 이런 아킬레스에게 감탄했다), 그녀가 무슨 말을 했다고 해서 자신의 원래 계획이나 지시를 바꾸지도 않았다. 포크가 만약 자신이 이미 하고 있는 일을 하라고 하면, 아킬레스는 그대로 계속 일을 진행했다. 반항하는 티는 내지 않았다. 권력 투쟁 같은 것은 없었다. 아킬레스는 자신이 이미 이긴 것처럼 행동했고, 다른 아이들이 그의 지시를 충실히 따르고 있었으니 승리는 사실 그의 것이었다.

헬가의 무료 급식소 앞에 아침 일찍부터 줄이 늘어섰다. 아킬레스는 나중에 도착한 깡패들이 일종의 위계질서대로 줄에 끼어드는 모습을 주의 깊게 지켜보았다. 그들은 어떤 자가 어떤 자리를 차지할 수 있는지 알고 있었다. 그 다음에 아킬레스는 사전트가 싸움을 걸어야 할 녀석을 하나 지목했다. 빈은 아킬레스가 싸움 상대를 고르는 데 사용한 원칙을 분석해 보았다. 그는 제일 약한 자를 선택하지 않았다. 그것은 똑똑한 짓이었다. 제일 약한 깡패를 건드려봤자 매일 더 많은 싸움을 하는 결과로밖에 이어지지 않을 것이다. 가장 강한 놈을 고르지도 않았다. 사전트가 길을 건너갈 때, 빈은 아킬레스가 그 자의 어떤 점 때문에 그를 목표물로 지목했을지 알아내려고 노력했다. 그리고 그 이유를 깨달았다. 그는 매우 강한 놈이었지만 친구들이 없었다.

목표물이 된 녀석은 덩치가 크고 험악해 보였다. 따라서 그를 두들겨 패면 꽤 대단한 승리를 거둔 것처럼 보일 것이다. 하지만 그는 다른 누구하고도 얘기하지 않았고, 누구와도 아는 체하지 않았다. 자신의 구역이 아닌 곳으로 굴러 들어온 것이다. 다른 깡패들 몇몇이 성질난 표정으로 그의 위아래를 훑어보고 있었다. 아킬레스가 이 수프 배급 줄에서 이 낯선 녀석을 목표물로 삼지 않았더라도 오늘 여기서 싸움이 일어났을 것이다.

사전트는 자신의 역할을 멋지게 해냈다. 목표물 바로 앞자리로 끼어든 것이다. 그 녀석은 눈앞에 벌어진 광경이 믿어지지 않는 듯, 잠시 그대로 서서 사전트를 노려보았다. 당연히 이 꼬마 놈은 자신이 엄청난 실수를 했다는 걸 깨닫고 도망칠 것이다. 하지만 사전트는 뒤에 선 덩치 큰 깡패가 노려보는 것을 모르는 것처럼 뻔뻔하게 서 있었다.

"야!"

목표물이 소리치며 사전트를 거칠게 밀쳤다. 원래 밀쳐진 각도대로라면 사전트는 줄 밖으로 튀어나왔어야 했다. 하지만 아킬레스가 지시한 대로, 그는 얼른 한 발에 힘을 주고 앞쪽으로 몸을 날렸다. 목표물이 그쪽으로 민 게 아닌데도, 앞에 서 있던 깡패에게 가서 부딪혔다.

앞에 있던 녀석이 휙 돌아보며 인상을 찌푸리자, 사전트는 자기가 그런 게 아니라고 항변했다.

"저 사람이 밀었어요."

"자기가 가서 부딪힌 거야." 목표물이 말했다.

"내가 그 정도로 멍청해 보여요?" 사전트가 말했다.

앞쪽 깡패가 목표물을 쓱 훑으며 평가했다. 처음 보는 놈이군. 거칠어 보이지만, 싸워볼 만은 하겠어.

"조심해, 말라깽이야."

그것은 깡패들 사이에서 상당히 모욕적인 말로 통하는 단어였다. 약하고 무능하다는 뜻이었다.

"너나 조심해." 이런 말들이 오가는 동안, 사전트는 목숨을 걸고 깡패들 사이에 버티고 있었다. 이제 아킬레스가 더 어린 녀석들을 이끌고 사전트 쪽으로 다가갔다. 목표지점에 도달하기 직전에, 어린 녀석들은 목표물의 시야가 미치지 못하는 반대편 벽 쪽으로 잽싸게 몸을 날렸다. 그 다음에 아킬레스가 목표물에게 소리치기 시작했다.

"야, 너 뭐하는 거야? 뒷간 휴지에 묻은 똥보다 못한 놈! 내 자리 지키라고 꼬맹이 하나 보내놨더니 네놈이 걔를 밀쳐? 네놈이 여기 내 '친구'에게 꼬맹이를 밀쳤단 말이지?"

물론 아킬레스와 앞쪽 깡패는 친구가 아니었다. 아킬레스는 로테르담 이 구역에서 제일 급이 낮은 깡패였으므로 항상 맨 뒷줄에 서 있어야 했다. 하지만 목표물은 그 사실을 알지 못했고, 알아낼 시간도 없었다. 목표물이 아킬레스에게 대꾸하려고 돌아섰을 때, 뒤에서 대기 중이던 아이들 둘이 이미 그의 종아리로 덤벼들고 있었기 때문이다. 보통 싸우기 전에 흔히 서로 밀치고 허세 부리는 과정이 포함되지만, 아킬레스는 그 정도로 기다리지 않았다. 순식간에 싸움을 시작했고 거의 시작하자마자 끝냈다. 아이들이 뒤에서 달려드는 순간 그는 앞에서 놈을 힘껏 밀쳤다. 목표물은 대비할 겨를도 없이 자갈길에 꽈당 나동그라졌다. 거기 누운 채로 멍하니 눈을 껌벅거렸다. 하지만 이미 다른 어린 녀석들이 아킬레스에게 커다란 돌멩이들을 건네고 있었다. 아킬레스는 목표물의 가슴에 돌멩이를 한 번, 두 번 내리쳤다. 갈비뼈들이 마른 잔가지처럼 뚝뚝 분질러지는 소리가 났다.

아킬레스가 그의 멱살을 잡아당겨 다시 길바닥에 내팽개쳤다. 목표물이 신음소리를 내며 움직이려고 했다. 하지만 다시 신음소리를 내고는, 그대로 드러누웠다.

줄에 서 있던 다른 녀석들은 그 싸움 현장으로부터 뒷걸음쳤다. 이것은 규약 위반이었다. 그들은 싸움이 벌어질 것 같으면 골목으로 가서 싸웠다. 심한 부상을 입히려 하지도 않았다. 누가 더 센지 가려지면 싸움은 그것으로 끝났다. 그런데 돌멩이를 사용하고, 뼈를 부러뜨리다니, 이건 새로운 격투 방식이었다. 그들은 두려웠다. 아킬레스의 모습이 무시무시해서가 아니라, 그가 금지된 행동을 했고 사람들이 모두 보는 앞에서 그 일을 했기 때문이었다.

즉시 아킬레스는 패거리 아이들을 전부 데려와 배급 줄에 세우라고 포크에게 신호했다. 그러면서 줄 맨 앞에서부터 끝까지 걸어 다니며 목청껏 소리쳤다.

"너희가 날 무시할 수는 있다. 그건 상관없어. 난 절름발이야. 다리하나 저는 놈이야! 하지만 내 가족을 밀치는 건 안 돼! 내 아이들 중단 한 명이라도 줄 밖으로 밀어내지 마라! 내 말 알아듣겠나? 혹시라도 그런 일이 생기면, 어떤 트럭이 들이닥쳐 너희를 쓰러뜨리고 뼈를 부러뜨릴지 모른다. 이 별 볼 일 없는 놈이 당한 것처럼 말이다. 다음에 깨지는 건 너희 머리통이 될 수도 있어. 그 머리통 속에 있는 게 밖으로 쏟아져 나올 때까지 멈추지 않을 거다. 여기 내 급식소 앞에 쓰러져 있는 저 등신 새끼처럼 되고 싶지 않으면 조심하란 말이야!"

그것은 도전이었다. 내 급식소라니. 아킬레스는 전혀 거리낌이 없었고, 겁먹은 기색도 보이지 않았다. 절룩절룩 앞으로 뒤로 걸어 다니며, 어디 반박할 수 있으면 해보라는 듯이 줄 서 있는 녀석들 얼굴을 하나하나 노려보았다. 그러면서 고래고래 소리를 질렀다. 줄 반대편에서는 아까 목표물을 쓰러뜨리는 데 한몫했던 아이들 둘이 아킬레스가 움직이는 대로 그림자처럼 따르고 있었다. 사전트는 의기양양하고 행복한 표정으로 아킬레스 옆에서 활보했다. 그들은 자신감이 흘러넘쳤고, 다른 깡패들은 꼬마 놈들이 뒤에서 자기 다리를 붙잡지나 않는지 확인하려고 흘끔흘끔 돌아보았다.

게다가 그것은 그냥 하는 말도 허풍도 아니었다. 깡패 하나가 대들 기세를 보이자, 아킬레스는 곧장 그의 얼굴 앞으로 걸어갔다. 하지만 미리 계획했던 대로, 그 자를 직접적인 공격대상으로 삼지 않았다. 그는 말썽이 일어날 상황을 미리 준비해두었다. 오히려 대환영이었다. 반항적인 놈을 공격하는 대신, 아이들은 그 녀석 바로 뒤에 서 있는 깡패에게 달려들었다. 아이들이 달려드는 순간, 아킬레스가 그 새로운 목표물을 밀쳐 쓰러뜨리고는 소리쳤다.

"넌 뭐가 그렇게 재미있어!"

어느새 그의 두 손에 다시 돌멩이들이 쥐어져 있었다. 하지만 그를 돌로 때리는 대신, 쓰러져 있는 녀석을 내려다보며 명령했다. "저 끝으로 가, 새끼야! 내 급식소에서 먹게 해주는 것도 운 좋은 줄 알아!"

그 행동은 처음에 대들었던 녀석의 기를 완벽하게 꺾어놓았다. 아킬레스가 자기보다 겨우 한 끗 낮은 녀석을 쓰러뜨렸고 분명 내려칠 수 있었기 때문이다. 그 자신이 직접 위협당하거나 다친 것은 아니었다. 하지만 아킬레스는 그의 면전에서 승리를 거뒀고 그는 그렇지 못했다.

급식소 문이 열렸다. 아킬레스는 당장 문을 연 여자 옆으로 다가가, 오랜 친구처럼 인사하며 미소 지었다.

"오늘 먹을 수 있게 해주셔서 감사합니다." 그가 말했다. "저는 오늘 제일 마지막으로 먹을 거예요. 제 친구들을 들여보내주셔서 감사합니다. 제 가족을 먹여주셔서 감사합니다."

그 여자는 거리가 돌아가는 방식을 알고 있었다. 아킬레스가 누군지 알았고, 여기서 뭔가 아주 이상한 일이 일어나고 있음을 알아차렸다. 아킬레스는 언제나 덩치 큰 아이들이 다 먹고 나서 맨 마지막에 약간 민망한 표정으로 수프를 먹었는데, 오늘은 마치 자기가 여기 아이들 중 최고 대장인 것처럼 굴지 않는가. 하지만 그녀는 그 이상한 태도에 신경 쓸 겨를이 없었다. 포크의 패거리 중 첫 번째 아이가 문으로 다가왔기 때문이다.

"제 가족이에요, 저희 아이들 잘 부탁드립니다."

아킬레스가 자랑스럽게 말하며, 어린아이들을 하나하나 식당으로 들여보냈다.

그는 포크조차 자신의 아이라고 칭했다. 그녀가 그것을 모욕적으로 느꼈더라도 겉으로 드러내지는 않았다. 그녀는 오로지 급식소에 들어가게 된 기적이 놀라울 뿐이었다. 계획이 효과를 발휘한 것이다.

그리고 빈은 그녀가 그걸 자신의 계획으로 생각하든 빈의 계획으로 생각하든 조금도 상관없었다. 수프를 한 입 떠먹는 게 그보다 훨씬 중요했다. 최대한 천천히 먹었는데도 말도 안 되게 너무 빨리 없어졌다. 이게 다야? 내가 이 소중한 수프를 셔츠에 이렇게 많이 흘렸단 말이야?

그는 재빨리 옷 속에 빵을 챙겨 넣고 문으로 향했다. 빵을 챙겨서 떠나자는 것은 아킬레스의 아이디어였다. 좋은 생각이었다. 식당에 있는 깡패들 중에서 몇 명은 분명 보복할 궁리를 하고 있을 것이었다. 쪼그만 꼬마들이 먹고 있는 광경을 보면 더욱 분을 참지 못할 것이다. 아킬레스는 그들이 곧 이런 상황에 익숙해질 것이라고 장담했다. 하지만 오늘 첫날은 큰 아이들이 아직 먹고 있는 동안에 전원이 다 빠져나와야만 했다.

빈이 식당을 나설 때까지도 다른 아이들은 아직 줄줄이 들어오고 있었다. 아킬레스는 문 옆에 서서 방금 전에 일어난 비극적인 사고에 대해 여자와 재잘거리고 있었다. 다친 아이를 데려가려고 구조대원들이 도착했다. 길바닥에 쓰러진 아이는 더 이상 신음하고 있지 않았다.

그가 말했다. "어린애들이 다칠 수도 있었어요. 경찰이 와서 교통정리를 해주면 좋을 텐데. 여기 경찰이 있었다면 운전자가 그렇게 부주의하지 않았을 거예요."

여자가 맞장구를 쳤다. "정말 큰일 날 뻔했어. 구조대원들 말로는, 갈비뼈 절반이 부러지고 폐에 구멍이 났대." 그녀가 슬픈 표정을 지으며 두 손을 쥐어짰다.

"해 뜨기 전부터 아이들이 줄을 서기 시작하잖아요. 아무래도 위험해요. 이 바깥에 불을 좀 켜주시면 안 돼요? 제가 데리고 있는 아이들이 워낙 어려서 걱정되거든요. 당신도 어린애들이 안전하길 바라시죠? 아니면 저 혼자만 아이들을 걱정하는 건가요?" 아킬레스가 말했다.

그 여자는 무료 급식소의 넉넉지 않은 예산과 돈 문제에 관해 뭐라고 중얼거렸다.

사전트가 아이들을 식당 밖으로 데리고 나왔고, 포크는 문 앞에서 아이들 수를 세고 있었다.

아킬레스가 어른들의 보호를 받아내려고 노력하는 걸 보면서, 빈은 자신이 쓸모 있는 행동을 할 때가 왔다고 판단했다. 여기 있는 아이들 중에서 그가 제일 작았기 때문에, 빈이 나선다면 여자의 동정심을 가장 확실하게 자극할 수 있을 것이었다. 그는 그녀에게 다가가 모직 치마를 잡아당겼다.

"우리에게 잘해주셔서 감사합니다. 진짜 식당에 들어와 본 건 처음이에요. 아킬레스 '파파'가 그랬어요, 아줌마가 우릴 안전하게 지켜주실 거라고요. 우리처럼 작은 애들을 매일 먹게 해주실 거라고 했어요."

"어머나, 가엾어라! 어쩜 이렇게 앙상할까." 여자의 뺨으로 눈물이 흘러내렸다. "세상에, 가엾어라." 그녀가 그를 끌어안았다.

아킬레스는 흐뭇하게 그 모습을 바라보았다.

그가 조용히 말했다. "전 그 아이들을 돌봐야 해요. 아이들을 안전하게 지켜야 돼요."

그 후에 그는 헬가의 급식소에서 가족을 데리고 출발했다. 이제 그들은 어느 모로 보나 포크의 패거리가 아니라, 아킬레스의 패밀리였다. 모두 한 줄로 서서 행진한 다음, 건물 모퉁이를 돌자마자 죽어라 내달렸다. 최대한 헬가의 급식소에서 멀리 떨어지려고 손에 손을 잡고 달렸다. 그날 하루는 몸을 숨기고 바짝 엎드려 있어야 할 것이었다. 깡패들이 두셋씩 짝지어 그들을 찾아다닐 테니까.

그래도 오늘은 먹을 것을 찾아다닐 필요가 없었으므로 얼마든지 숨어 있을 수 있었다. 수프 한 그릇은 이미 그들이 평소에 먹는 양보다 많은 영양분이 되었고, 그들에겐 빵까지 있었다.

물론 그 빵을 제일 먼저 먹을 권리는 수프를 먹지 않은 아킬레스에게 있었다. 아이들은 하나하나 자신의 빵을 경건하게 새로운 파파에게 내밀었고, 그는 빵 하나에 한입씩 베어 물고 씹어 삼킨 다음, 다음 빵으로 손을 내밀었다. 그것은 꽤 오래 걸리는 의식이었다. 아킬레스는 포크와 빈의 빵을 제외하고 다른 모든 아이들의 빵을 한 입씩 먹었다.

"고마워." 포크가 말했다.

어쩌면 저렇게 둔감할까. 그녀는 아킬레스가 자신을 존중해주는 것으로 생각한 모양이었다. 하지만 빈은 그게 아니라는 것을 알았다. 아킬레스가 그들의 빵을 먹지 않은 것은 그들을 가족으로 여기지 않는다는 뜻이었다. 우린 이제 죽었어, 이것이 빈의 생각이었다.

빈은 그래서 다음 몇 주일 동안 행동을 조심하고 입을 꾹 다문 채로 자제하며 보냈다. 또한 혼자 있지 않으려고 노력했다. 언제든지 다른 아이가 한 명이라도 가까이 있는 곳에 자리를 잡았다.

하지만 포크 근처에는 얼씬도 하지 않았다. 자신이 포크와 같이 있는 장면을 어느 누구에게도 보이고 싶지 않았다.

두 번째 날 아침부터 헬가의 급식소 밖에서 어른 한 명이 아이들을 지켜보았다. 세 번째 날에는 새로운 전구가 설치되었다. 일주일이 지날 무렵, 밖에서 아이들을 지켜보는 어른은 경찰로 바뀌었다. 그럼에도 아킬레스는 어른이 나타날 때까지 아이들을 숨어 있게 했고, 그 후에야 가족 전체를 데리고 맨 앞줄로 당당하게 걸어갔다. 그리고는 맨 앞에 있는 녀석한테 자기 아이들을 위해 이렇게 자리를 맡아줘서 얼마나 고마운지 모르겠다고 큰 소리로 말했다.

하지만 깡패들의 분한 눈초리를 받아내야 하는 것은 그들 모두에게 힘든 일이었다. 어른이 지켜보고 있을 때는 얌전하게 굴 수밖에 없지만, 그들 마음에 살기가 도사리고 있으리라는 것을 능히 짐작할 수 있었다.

게다가 며칠이 지나도 상황은 나아질 기미가 보이지 않았다. 큰 아이들이 조만간 익숙해질 거라고 장담했던 아킬레스의 말과 달리, 그들은 여전히 이 상황을 마뜩치 않아 했다. 그래서 빈이 눈에 띄지 않게 자중하리라 결심했음에도, 큰 아이들의 증오심이 사라질 수 있도록 뭔가 조치를 취해야 한다는 것은 분명했다. 전쟁을 승리로 끝냈다고 생각하는 아킬레스가 그 일을 하지는 않을 것이었다.

어느 날 아침에 줄을 설 때, 빈은 다른 아이들을 먼저 들여보내고 자신은 맨 뒤에 들어가려고 일부러 미적거렸다. 포크가 항상 뒤를 맡았다. 어떻게든 자신이 아이들을 통솔하는 척하려는 그녀 나름의 방식이었다. 하지만 이번에는 빈이 그녀의 뒤에 섰다. 맨 앞줄에 서 있었음에도 아직 들어가지 못한 덩치 큰 녀석이 이글이글 불타는 눈초리로 그의 머리통을 노려보고 있는 게 고스란히 느껴졌다.

문 앞에서는 여자와 아킬레스가 나란히 서서 식당으로 들어가는 어린아이들을 뿌듯하게 바라보고 있었다. 빈은 자신의 뒤에 있는 덩치 큰 녀석을 돌아보며, 제일 큰 목소리로 물었다.

"너희 아이들은 어디 있어? 너는 왜 아이들을 데려오지 않아?"

그는 당장이라도 험악한 욕설을 퍼부으려는 기세였지만, 문 앞의 여자가 눈썹을 들어 올리며 그를 바라보았다.

"너도 어린아이들을 보살피고 있니?"

그녀가 기쁜 듯이 물었다. 분명 '네'라는 대답이 나오길 바라는 듯했다. 그 깡패가 어리석긴 해도, 음식을 나눠주는 어른들의 비위를 맞춰준다고 해서 손해날 게 없다는 것 정도는 알고 있었다. 그래서 그는 이렇게 대답했다. "물론이죠."

"그럼 그 아이들도 데려와. 여기 아킬레스 파파처럼 말이야. 어린아이들은 언제든 환영이란다."

다시 빈이 목소리를 높였다. "어린아이들을 데려오는 사람이 먼저 들어갈 수 있는 거구나!"

"그래, 그거 아주 좋은 생각이다. 그걸 규칙으로 만들면 되겠어. 자, 얼른얼른 들어가라, 배고픈 아이들이 우리 때문에 기다리는구나." 여자가 말했다.

빈은 아킬레스 쪽으로 시선 한 번 돌리지 않고 안으로 들어갔다.

아침을 먹고 나서 나중에 아킬레스에게 빵을 바칠 시간이 됐을 때, 빈은 다시 자신의 빵을 그에게 내밀었다. 아킬레스가 그의 빵을 받지 않는다는 것을 모두에게 일깨워줄 위험성이 있었지만, 오늘은 아킬레스가 그를 어떻게 생각하는지 알아야 했다. 빈이 그렇게 대담하고 주제넘은 짓을 한 것에 대해 아킬레스는 어떻게 생각할까.

"다른 녀석들이 어린애들을 데려오면, 수프가 더 빨리 없어져."

아킬레스가 차갑게 말했다. 그의 눈은 전혀 아무것도 말해주고 있지 않았다. 하지만 그것도 일종의 메시지였다.

"그들이 모두 파파가 되면, 우릴 죽이려 하지 않을 거야." 빈이 말했다.

아킬레스의 눈빛이 약간 살아났다. 그는 손을 내밀어 빈의 빵을 가져갔다. 큼직하게 한입을 베어냈다. 절반도 넘게. 그것을 입에 쑤셔 넣고 천천히 씹은 다음에 남은 빵을 빈에게 건넸다.

그것으로 그날 빈은 다른 때보다 더 배가 고프겠지만, 그만한 가치가 있었다. 아킬레스가 언젠가 그를 죽이지 않을 거라는 뜻은 아니었다. 하지만 적어도 더 이상 그를 가족의 테두리에서 밀어내고 있지 않았다. 남아 있는 빵도 전에 하루에 먹었던 양보다는 더 많은 음식이었다. 사실 일주일은 버틸 수 있는 양이었다.

그는 이제 살이 오르고 있었다. 팔과 다리에 근육이 붙었다. 길을 건너는 것만으로 지치거나 하지는 않았다. 이제는 다른 아이들이 달릴 때도 뒤처지지 않을 수 있었다. 그들 모두가 전보다 더 팔팔해졌다. 파파가 없는 다른 아이들에 비해, 더 건강했다. 누구라도 그것을 알 수 있었다. 다른 깡패들이 자기 가족을 끌어 모으는 데 큰 어려움은 없을 것이었다.

◆

칼로타 수녀는 I. F.의 아동 훈련 프로그램에 들여보낼 아이들을 찾으러 다녔다. 그녀가 몸담고 있는 수녀회에서 많은 비난이 일었지만, 결국 그녀는 지구방위 조약을 강하게 언급함으로써 수녀회의 허락을 받아냈다. 그것은 은근한 위협이었다. 그녀가 I. F.를 위해 일하고자 하는데도 교단이 반대했다는 게 알려지면, 교단이 누리고 있는 면세와 징병 면제 혜택이 박탈될 수도 있었기 때문이다. 하지만 전쟁이 끝나고 조약이 종료된다면, 그녀는 시설에 몸을 의탁해야 하는 처지가 될 것이다. 세인트 니콜라스 수녀회에서는 그녀에게 자리를 마련해주지 않을 테니까.

하지만 이 삶에서 그녀가 추구해야 할 사명은 아이들을 돌보는 일이었다. 그리고 버거(이 작품에서 한때 지구를 습격한 바 있으며 현재 지구의 안전에 위협이 되는 우주 생명체를 일컫는 용어-옮긴이)들이 다음 전쟁에서 승리한다면, 지구의 모든 아이들은 죽을 것이다. 물론 하느님은 그런 일이 일어나길 바라지 않으실 것이다. 또 한편으로는 인간들이 하느님의 기적을 바라고 하느님이 구해주길 기다리며 빈둥거리는 것도 원치 않으실 것이다. 하느님은 분명 자신을 섬기는 자들이 선하고 옳은 결과를 가져오기 위해 열심히 수고하기를 바라실 것이다. 그러므로 세인트 니콜라스 수녀회 수녀로서 그녀가 해야 할 일은, 전쟁 준비에 도움이 될 아이들을 발굴하기 위해 자신의 능력을 사용하는 것이었다. I. F.는 앞으로 닥칠 전투에서 지휘관 역할을 해낼 수 있는 탁월한 아이를 찾고 있었다. 그들이 비범한 능력을 지닌 아이들을 찾고 있으며 그것이 노력할 가치가 있다고 생각하는 한, 그녀는 아직 흙속의 진주처럼 묻혀 있는 뛰어난 아이들을 찾아냄으로써 그들을 도울 생각이었다. 그들은 세계 모든 인구 과밀 도시의 지저분한 거리거리를 돌아다니며, 거기서 구걸하거나 훔치거나 영양결핍으로 굶어 죽어가는 거친 아이들 속에서 가능성 있는 인재를 찾아내려는 그녀의 작업을 탐탁해하지 않았다. 그것은 소득 없는 일이었다. 그렇게 열악한 환경에서 전투학교에 들어가 성공할 만한 지성과 재능과 성격을 지닌 아이를 찾아낸다는 것은 거의 불가능한 일이었으니까.

하지만 하느님에게 불가능이란 없었다. 약한 자는 강해질 것이며, 강한 자는 약해질 거라고 하지 않으셨던가? 예수님이 어디에서 태어나셨나? 갈릴리 시골마을의 초라한 목수와 그의 신부에게서 태어나지 않으셨던가? 특권과 풍족함을 누리는 아이들, 심지어 그리 넉넉하지 않은 환경에서 태어난 아이들이 아무리 똑똑하다고 해도, 그것은 신의 기적적인 힘을 드러내는 사례가 되지 못할 것이었다. 그녀가 찾고 있는 것은 기적이었다. 하느님은 인간을 자신의 형상으로 만드셨으며, 그들을 남자와 여자로 창조하셨다. 다른 행성에서 온 버거들은 하느님이 창조하신 피조물을 무너뜨리지 못할 것이다.

하지만 수년이 흐르는 동안, 그녀의 믿음은 여전하다 하더라도, 열정은 약간 시들해졌다. 테스트에 겨우 통과하는 수준을 넘어선 아이들이 하나도 없었다. 턱걸이로 테스트에 통과한 아이들을 데려다가 교육을 시켰지만, 단 한 명도 전투학교에 보낼 정도는 아니었다. 그들은 다른 이들을 이끌어 세상을 구할 수 있는 아이들이 아니었다. 그래서 그녀는 자신이 다른 종류의 기적을 찾아보아야 하는 게 아닐까 하는 의구심이 생기기 시작했다. 아이들에게 희망을 주는 것, 단 몇 명이라도 어려운 환경에서 일어날 가능성이 있는 아이들을 찾아 정부가 그들에게 특별한 관심을 기울이도록 유도하는 것이야말로 그녀가 진정으로 해야 할 몫인 듯했다. 그녀는 가장 장래성 있는 아이들을 골라내, 그들의 존재를 꾸준히 정부 관계자에게 상기시켰다. 초기에 찾아낸 아이들 중에는 이미 대학을 졸업한 아이도 몇 명 있었다. 그들은 칼로타 수녀가 자신의 생명을 구했다고 늘 이야기하지만, 진실로 그들의 생명을 구하신 분은 하느님이라는 것을 그녀는 알고 있었다.

그런데 어느 날 로테르담의 헬가 브라운이 전화를 걸어와, 급식소에 오는 아이들 사이에서 일어난 변화에 대해 설명했다. 그녀는 그것을 문명이라고 불렀다. 아이들 스스로 문명화되어가고 있다는 것이다.

칼로타 수녀는 가히 기적처럼 들리는 그 일을 확인하려고 당장 달려갔다. 그리고 정말 자신의 눈으로 직접 보았을 때, 믿기지 않는 심정이었다. 아침식사를 하려고 늘어선 줄에 어린아이들이 차고 넘쳤다. 커다란 아이들은 그들이 들어오지 못하게 위협하며 밀쳐내는 대신에, 그들을 이끌고 보호하며 각자 한 그릇씩 먹을 수 있게 해주었다. 처음에 헬가는 나눠줄 음식이 다 떨어질까 봐 전전긍긍했지만, 아이들의 이런 행동양식을 알게 된 잠재적 후원자들이 점점 더 많은 기부를 해오기 시작했다. 이제 음식은 늘 충분했고, 도와주겠다며 찾아오는 자원봉사자들도 수두룩했다.

그녀가 칼로타 수녀에게 말했다. "어느 날 트럭이 달려와서 아이 하나를 치고 달아났다는 얘기를 들었을 때, 전 절망적인 기분이었어요. 물론 그건 거짓말이었죠. 하지만 아이는 거기 배급 줄 바로 근처에 갈비뼈가 부러진 채 누워 있었어요. 아이들은 내가 보지 못하게 그 아이를 숨기려 하지도 않았어요. 다 포기하고 싶어지더군요. 아이들을 하느님께 맡기고 프랑크푸르트에 사는 장남에게 가야겠다고 마음먹었어요. 거긴 조약에 참여하지 않아서 세계 각지의 난민을 다 받아들이지 않으니까요."

"당신이 떠나지 않아서 다행이에요, 하느님이 우리에게 보살피라고 하신 아이들을 하느님께 맡겨버릴 순 없지요." 칼로타 수녀가 말했다.

"재미있는 건, 그날 일어난 싸움이 아이들에게 지금 살아가고 있는 이 삶의 공포를 일깨워준 것 같다는 거예요. 그날 큰 아이들 중 하나가 어린아이들을 데리고 배급 줄에 나타났어요. 하지만 그 앤 그중에서 가장 약한 아이였어요. 다리가 불편하거든요. 아킬레스라는 아이인데, 몇 년 전엔가 내가 아마 그 이름을 붙여줬을 거예요. 그리스 신화에 나오는 아킬레스도 발꿈치가 약점이잖아요. 아무튼, 그 아킬레스가 나한테 아이들을 보호해달라고 부탁하더군요. 갈비뼈 부러진 그 가엾은 아이에게 일어난 일을 내게 경고해주면서요. 다친 아이는 내가 율리시즈라고 부르던 아이였어요, 여기저기 급식소를 방황하고 다녔거든요. 그 애는 아직 병원에 있어요. 갈비뼈가 완전히 부스러졌대요. 누가 그렇게 잔인한 짓을 했을까요? 어쨌든 아킬레스는 자신이 보살피는 어린아이들한테도 똑같은 일이 일어날 수 있다고 걱정했어요. 그래서 내가 특별히 노력을 기울였죠. 일찍 와서 줄 서 있는 아이들을 감독하고, 경찰에 조르고 졸라서 결국은 비번인 경찰을 보내 도와주겠다는 대답을 받아냈어요. 처음엔 시간이 날 때만 도와주는 자원봉사자들이었죠. 수고비도 조금 드렸고요. 하지만 이젠 항상 도와주는 분들이 있어요. 내가 계속 줄을 감시하면 아무 문제없을 거라고 생각하시겠지만, 모르시겠어요? 급식소 앞에서는 아이들이 위협을 가하지 않기 때문에 그래봤자 달라질 게 없어요. 그들은 내가 보지 않는 곳에서 나쁜 짓을 하니까요. 내가 아무리 감시를 해도 늘 줄에 서 있는 건 덩치 크고 못된 아이들뿐이었죠. 그래요, 그 아이들도 하느님의 자녀임을 알기에 난 그들에게 먹을 것을 주었고, 그들이 먹고 있을 때 복음을 전하려고 노력했어요. 하지만 실망스러웠어요. 그들은 너무 냉정했고, 동정심도 전혀 없었어요. 그런데 아킬레스는 어린아이들을 자신이 떠맡았어요. 내가 거리에서 본 아이들 중에서 제일 작은 아이도 거기 끼어 있었죠. 어찌나 가슴이 아프던지. 아이들은 그를 빈이라고 부르더군요. 아주 작아요. 두 살 정도밖에 안 돼 보였어요. 나중에 알고 보니 그 아이는 자신을 네 살로 알고 있고, 적어도 열 살짜리처럼 말하더군요. 굉장히 조숙하더라고요. 어떻게든 살아남아서 아킬레스의 밑으로 들어갈 수 있었던 것도 그 때문이었겠지요. 하지만 그 아이는 뼈밖에 남질 않았었어요. 흔히 마른 사람한테 피골이 상접했다고 말하지만, 그 아이는 정말로 그랬어요. 어떻게 일어서고 어떻게 걸어 다닐 수 있는지 모를 지경이었다니까요. 팔다리도 개미처럼 가늘었고요. 어머, 내 말이 너무 심했나요? 그 아이를 버거에 비교하다니. 아니, 이젠 버거가 아니라 포믹스(포믹Fromic은 개미를 뜻하는 형용사_옮긴이)라고 말해야 하는 거죠? 버거는 영어로 나쁜 말이라면서요(버거Bugger는 영어에서 욕으로도 쓰인다_옮긴이). I. F. 공용어가 영어도 아닌데 굳이 그럴 필요가 있을까요. 처음에는 다들 버거라고 불렀으면서 왜 이제 와서 나쁘다는 건지 모르겠어요, 안 그래요?"

"헬가, 그러니까 이 일이 아킬레스로부터 시작됐다는 말이군요."

"헤이지라고 부르세요. 우린 이제 친구잖아요?" 그녀가 칼로타 수녀의 손을 덥석 잡았다. "그 아이를 꼭 만나보세요, 칼로타 수녀님. 그 아이를 테스트해보세요! 용기도 있고, 비전도 있어요. 분명히 지도자 감이에요! 문명화된 아이요!"

칼로타 수녀는 문명화되었다고 해서 훌륭한 군인이 되는 건 아니라고 굳이 지적하지 않았다. 흥미로운 아이를 찾아냈다는 것만으로 충분했다. 처음에 여기 왔을 때는 왜 알아차리지 못했을까. 철저하게 작업해야 한다는 사실을 다시금 일깨워주는 사건이었다.

아직 해가 떠오르지 않은 이른 아침, 칼로타 수녀는 이미 아이들이 줄 서 있는 급식소 문 앞에 도착했다. 헬가가 그녀에게 손짓을 하더니, 어린아이들에게 둘러싸여 있는 꽤 잘생긴 남자아이를 다소 과장스럽게 가리켰다. 좀 더 가까이 다가가 그 아이가 몇 걸음 걷는 것을 보았을 때에야 오른쪽 다리가 상당히 불편하다는 것을 알 수 있었다. 칼로타 수녀는 그 아이의 상태를 진단해보았다. 어렸을 때 구루병을 앓았을까? 교정하지 않고 그대로 둔 내반족(발이 안으로 휘는 병-옮긴이)일까? 골절을 잘못 치료한 것일까? 어느 쪽이건 중요하지 않았다. 전투학교는 그런 장애를 지닌 아이를 받아들이지 않을 것이다.

그 다음에 그녀는 어린아이들의 눈에 담긴 숭배의 감정을 알아보았다. 아이들은 그를 파파라 부르며 조금이라도 더 그의 마음에 들기 위해 노력하고 있었다. 어른이 좋은 아버지가 되기도 힘든 법인데 이 아이는 고작 열한 살 아니면 열두 살쯤 됐을까, 그 나이에 벌써 훌륭한 아버지가 되는 법을 배웠다. 이 아이들에게 그는 보호자였고, 가장이었고, 왕이었으며, 신이었다. '지극히 작은 자 하나에게 한 것이 곧 내게 한 것이니라.' 이 아킬레스라는 아이의 마음속 깊이 그리스도가 특별히 자리하고 계신 게 아닐까. 그래, 저 아이를 테스트해보자. 어쩌면 다리를 고칠 수 있을 것이다. 다리를 고치지 못한다면, 가난에 찌든 난민들이 몰려와도 내치지 않는 네덜란드, 아니 국제영토에 있는 어느 좋은 학교에 들여보낼 수 있을 것이다.

그는 칼로타 수녀의 제안을 거절했다.

"아이들을 두고 떠날 순 없어요." 그가 말했다.

"다른 누군가가 아이들을 돌봐줄 수 있을 거야."

남자아이처럼 입은 여자애가 말했다. "내가 할 수 있어요!"

하지만 그녀가 그렇게 하지 못하리라는 것은 분명했다. 그녀 자신도 너무 작았다. 아킬레스의 말이 옳았다. 그에게 의지하는 아이들을 두고 떠나는 건 무책임한 일이었다. 칼로타 수녀가 여기에 찾아온 이유는 그가 다른 아이들보다 문명화된 행동을 보이기 때문이었다. 그런 아이가 무기력한 어린애들을 두고 떠날 리 없다.

"그럼 내가 네 쪽으로 갈게." 칼로타 수녀가 말했다. "아침 먹고 나서, 너희가 생활하는 곳으로 같이 가자꾸나. 내가 너희에게 공부를 가르쳐줄게. 며칠 정도밖에 시간이 없지만 그래도 배우면 좋지 않겠니?"

그녀에게도 즐거운 경험이 되리라. 직접 아이들을 가르쳐본 지 꽤나 오래 되었으니까. 게다가 이런 아이들 반을 맡아본 적도 없었다. 그녀가 하는 일이 스스로에게조차 헛되다는 생각이 들기 시작할 무렵, 하느님은 이렇게 멋진 기회를 그녀에게 안겨주셨다. 이게 기적일 수도 있었다. 이 아이를 절룩거리게 한 것이 그리스도의 뜻이었을까? 아킬레스가 테스트에 통과한다면, 하느님이 분명 다리를 고쳐주실 것이다. 그의 상태가 의학적으로 치료 가능한 범위 내에 있다고 밝혀지리라.

"그거야 나쁠 거 없죠. 우리 아이들은 전부 글자를 모르거든요." 아킬레스가 말했다.

칼로타 수녀는 틀림없이 아킬레스가 글을 읽을 줄 알더라도 그리 좋은 수준은 아니리라고 생각했다.

하지만 왠지 모르게, 거의 알아차릴 수 없는 어떤 움직임이 있었던 걸까, 아킬레스가 우리 아이들이 전부 글자를 모른다고 말했을 때 그 중에서 제일 작은 빈이라는 아이가 그녀의 시선을 사로잡았다. 아이의 눈에, 캄캄한 밤 저 멀리 캠프파이어를 피워놓은 것 같은 불꽃이 서려 있었다. 그 눈을 들여다보는 순간 그녀는 이 아이가 글을 읽을 줄 안다는 것을 알았다. 하느님이 그녀를 여기로 보내신 이유가 아킬레스가 아닌 이 작은 아이를 찾기 위해서였으리라는 확신이 밀려들었다.

그녀는 얼른 그런 느낌을 떨쳐냈다. 문명화된 사고방식으로 그리스도의 일을 행하는 자는 아킬레스였다. I. F.는 지도자가 될 수 있는 아이를 원했다. 제일 작고 약한 어린애가 아니라.

◆

빈은 수업시간에 가능한 한 조용히 앉아 있었다. 아무 말도 하지 않았고 칼로타 수녀가 물어봐도 대답하지 않았다. 그가 이미 글을 읽고 수를 계산할 수 있다는 사실이 다른 아이들에게 알려지면 득이 되지 않을 것이었다. 그는 거리에서 들리는 모든 언어를 이해할 수 있었으며, 다른 아이들이 돌을 집어 들어 올리듯이 간단하게 새로운 언어를 습득했다. 칼로타 수녀가 무엇을 하고 있는 것이든, 무엇을 베풀어주려는 것이든, 빈이 그들보다 많이 아는 듯이 보이고 그로 인해서 그들이 무식해 보인다면 그 다음부터는 절대로 수업에 들어갈 수 없을 것이었다. 칼로타 수녀가 가르치는 내용은 대부분 빈이 이미 아는 것들이었으나 그녀의 말 속에는 넓은 세상과 위대한 지식과 지혜에 대한 힌트들이 가득 담겨 있었다. 다른 어른들은 누구도 그들에게 그런 식으로 말해주지 않았고 그렇게 정확한 문장과 고급스런 언어를 들을 수 있는 기회는 흔치 않았다. 그녀가 수업할 때는 물론 거리에서 주로 쓰이는 I. F. 공용어를 사용했지만, 많은 아이들이 네덜란드어를 알고 또 원래 네덜란드 출신인 아이들도 있었기 때문에 어려운 부분이 있으면 그 언어로 풀어서 설명하기도 했다. 하지만 그녀가 답답하거나 화날 때 조그맣게 중얼거리는 말은 용커 프란스 거리 상인들이 사용하는 스페인어였다. 그럴 때면 그는 처음 듣는 그 단어가 무슨 뜻일지 알아맞혀 보려고 머리를 굴렸다. 그녀의 폭넓은 지식은 그에게 진수성찬과도 같았고, 조용히 입 다물고만 있으면 교실에 남아 만찬을 즐길 수 있을 것이었다.

수업은 겨우 일주일 계속될 예정이었다. 그 일주일만 들키지 않으면 되었건만 그는 실수를 저질렀다. 칼로타 수녀가 아이들에게 글씨가 적혀 있는 종이를 나눠주었다. 빈은 무의식적으로 내용을 읽었다. 그것은 '사전 테스트'였다. 각 질문에 맞는 답에 동그라미를 치라고 쓰여 있었다. 그는 답에 동그라미를 쳐내려가기 시작했고, 페이지 절반쯤 내려갔을 때에야 교실 전체가 숨죽인 듯 조용해졌다는 것을 알아차렸다.

아이들이 모두 그를 보고 있었다, 칼로타 수녀가 그를 보고 있었기 때문이다.

"뭐하는 거니, 빈?" 그녀가 물었다. "아직 어떻게 하라는 얘기도 안 했는데. 그 종이 좀 보여주겠니?"

멍청한 놈, 조심성 없는 놈, 경솔한 놈. 빈, 네가 이 실수 때문에 죽게 되더라도 그건 당연한 결과다.

그는 종이를 건넸다. 그녀가 쭉 훑어보고 나서, 그를 빤히 쳐다보았다.

"마저 하렴." 그녀가 말했다.

그는 종이를 다시 받았다. 다음 문제에 동그라미를 치지 않고 머뭇거렸다. 답을 알아내려고 안간힘 쓰는 척했다.

"넌 1분 30초 만에 열다섯 문제를 풀었어. 그런데 갑자기 다음 문제를 못 풀겠다고 하면 내가 믿을 거라고 생각하니?"

그녀가 빈정거리듯 무뚝뚝하게 말했다.

"이거 못 풀겠어요. 아까는 그냥 장난친 거예요." 그가 말했다.

"거짓말하지 마라, 나머지를 다 풀도록 해." 칼로타가 말했다.

어쩔 수 없었다. 포기하고 전부 답을 적었다. 오래 걸리지 않았다. 쉬운 문제들이었다. 그녀에게 시험지를 내밀었다.

그녀는 슬쩍 한 번 훑어보고는 아무 말도 하지 않았다. 이제 다른 아이들을 쳐다보며 말했다.

"너희는 미리 풀지 말고, 내가 설명해줄 때까지 기다려. 문제를 읽어줄게. 모르는 단어가 있는데도 그냥 풀었다가는 전혀 잘못된 답을 쓰게 될 거야."

그녀는 차례차례 질문내용을 읽고 그 밑에 답이 될 수 있는 항목들을 크게 읽어주었다. 다른 아이들은 그제야 종이에 표시를 해나가기 시작했다.

칼로타 수녀는 그 이후로 빈에게 관심이 쏠릴 만한 어떠한 말도 하지 않았지만 이미 물은 엎질러졌다. 수업이 끝나자마자 사전트가 빈에게 다가왔다.

"그래, 네놈이 글을 읽을 줄 안다 이거지."

빈은 어깨를 으쓱했다.

"넌 우리한테 거짓말을 했어."

"모른다고 말한 적 없어."

"넌 우리 모두에게 창피를 줬어. 그럼 진작 네놈이 가르치지, 왜 안 가르쳤냐?"

살아남으려면 튀지 말아야 했으니까, 빈은 속으로 말했다. 내가 이 가족이 생길 수 있었던 원래 계획을 생각해낼 만큼 똑똑한 놈이라는 걸 아킬레스에게 일깨워주고 싶지 않았으니까. 그가 그 사실을 기억해낸다면 포크에게 그를 죽이라고 말한 자가 누군지도 기억하게 될 테니까.

하지만 빈은 어깨를 한 번 으쓱하는 것으로 대답을 대신했다.

"숨기는 게 있는 놈은 마음에 안 들어."

사전트가 발로 그를 쿡쿡 찔렀다.

빈은 이대로 얻어맞고 앉아 있을 이유가 없었다. 자리에서 일어나 달려 나갔다. 이제 수업은 끝이었다. 아마 내일부터는 아침도 먹지 못할 것이다. 내일 아침이 되면 알게 되리라.

그는 혼자 거리를 헤매 다니며 그날 오후를 보냈다. 조심해야 했다. 그가 아킬레스의 가족 중에서 제일 작고 하찮은 꼬마니까 다른 녀석들이 눈여겨보지 않을 수도 있지만, 반대로 그 작은 체구 때문에 아킬레스를 미워하는 자들이 빈을 특별히 더 주목했을 가능성도 무시할 수 없었다. 빈을 죽이거나 아니면 곤죽이 되게 두들겨 패서 어딘가에

버려 놓으면, 많은 아이들의 삶이 전보다 더 나아졌다는 사실과는 상관없이 그들이 아직 화나 있다는 것을 아킬레스에게 효과적으로 경고할 수 있으리라고 생각하는 녀석들이 있을 것이었다.

아킬레스에게 본때를 보여주리라 벼르고 있는 놈들은 적지 않았다. 특히 자신의 고약한 성질 때문에 어린애들을 가족으로 유지할 수 없는 녀석들은 더욱 그에게 유감이 많았다. 어린아이들은 파파가 너무 못되게 굴면 급식소 앞에서 그를 혼자 남겨두고 다른 가족에게 붙는 것으로 그를 벌할 수 있다는 것을 빠르게 알아차렸다. 아이들은 그보다 먼저 먹을 수 있다. 그가 아닌 다른 누군가의 보호를 받을 수 있다. 그는 마지막에 먹을 수밖에 없다. 음식이 바닥나면 아무것도 먹지못한다. 그래도 헬가는 신경 쓰지 않을 것이다. 그는 파파가 아니니까. 어린애들을 보살피고 있지 않으니까. 그래서 그런 성질 고약한 깡패 녀석들은 요즘 상황 돌아가는 꼴을 매우 불만스러워했고, 그런 식으로 바뀌버린 게 아킬레스라는 점을 잊지 않았다. 게다가 그들은 다른 급식소에 갈 수도 없었다. 무료 음식을 나눠주는 어른들 사이에 그소문이 퍼져서, 이제는 어느 급식소에서나 어린아이들을 데리고 있는 팀이 앞에 설 수 있다는 규칙이 생겼기 때문이다. 가족을 데리고 있지못하면 배를 곯게 될 가능성이 매우 커졌다. 또한 아무도 그를 쳐다봐주지 않았다.

어쨌거나 빈은 혼자 다니는 게 그리 안전하지 않은 와중에도 다른 가족에 속한 녀석들에게 가까이 다가가보고 싶은 마음이 굴뚝같았다. 그들이 무슨 말을 하는지, 다른 가족들은 어떤 식으로 돌아가는지 알아보고 싶었기 때문이다.

답을 알아내는 건 어렵지 않았다. 다른 가족들은 그리 잘 돌아가지 않았다. 아킬레스는 정말 좋은 파파였다. 빵을 같이 나눠먹는 것만 해도, 아킬레스 가족 이외에 그렇게 하는 가족이 전혀 없는 모양이었다. 먹을 것은 공유하지 않는 반면에 처벌은 많은 듯했다. 다른 파파들은 자기가 원하는 대로 하지 않으면 아이들에게 매질을 했고, 어떤 행동을 하지 않았거나 혹은 충분히 빠르게 하지 않았다는 이유로 아이들의 빵을 빼앗아갔다.

결국 포크의 선택이 옳았던 것이다. 멍청한 실수에 행운이 따라준 것일까, 아니면 혹시 그녀가 그의 생각보다 멍청하지 않은 것일까. 가장 쓰러뜨리기 쉬운 약한 깡패였을 뿐 아니라, 이기는 법을 알고 다른 이들의 충성을 붙잡아둘 줄도 아는 제일 똑똑한 자를 골랐으니 말이다. 아킬레스에게는 단지 기회가 필요했을 뿐이었다.

그렇지만 아킬레스는 여전히 그녀의 빵을 나눠먹지 않았다. 포크도 이제 그게 좋은 일이 아니라 나쁜 일이라는 것을 알아차리기 시작했다. 아킬레스가 다른 아이들의 빵을 나눠먹을 때 그 장면을 바라보는 그녀의 얼굴이 그것을 말해주었다. 헬가가 문 앞으로 가져다주었기 때문에 그는 이제 수프를 먹을 수 있었다. 그래서 전보다 훨씬 조금씩 빵을 가져갔다. 빵을 베어 무는 대신 손으로 찢어간 다음에 미소 지으며 먹었다. 포크는 그에게 그런 미소를 받아보지 못했다. 아킬레스는 절대 그녀를 용서하지 않을 것이고, 그녀는 그로 인해 고통을 느끼기 시작했다. 그녀도 이제 다른 아이들처럼 아킬레스를 숭배하게 되었기에, 그에게 따돌림 받는다는 것이 잔인한 고통으로 변해갔다.

빈은 아킬레스가 그것으로 충분할 수도 있으리라 생각했다. 어쩌면 그의 복수는 이게 전부이리라.

빈이 신문가판대 뒤에 쭈그려 앉았을 때 몇몇 아이들이 근처에서 이야기하기 시작했다.

"그 녀석 말이야, 아킬레스가 자기한테 한 짓을 되갚아 주겠다고 큰소리 떵떵 치고 다니더라."

"그래, 율리시즈가 놈을 가만 놔두진 않겠지, 당연히."

"글쎄, 아마 직접적으로 공격하진 못할걸."

"그랬다가는 아킬레스와 그 꼬마 놈들이 또 순식간에 고꾸라뜨리겠지. 게다가 이번엔 가슴팍을 겨냥하지도 않을걸. 아킬레스가 그렇게 말했잖아, 머리통을 깨부숴서 그 속에 있는 게 쏟아져 나오게 해주겠다고. 아마 진짜로 그렇게 할 거야."

"그래봤자 절름발이야."

"아킬레스 그놈, 지금까지 잘도 피해 다니잖아. 그냥 포기해."

"난 율리시즈가 놈을 손봐줬으면 좋겠어. 완전히 죽여 버렸으면 좋겠어. 그 다음에는 그 밑에 있던 쪼그만 새끼들을 절대 아무도 받아주지 않는 거야, 알겠지? 너희들, 아무도 녀석들을 받아주지 마. 죄다 굶어죽게 내버려둬. 죄다 강물에 처넣어버려."

그들은 그런 얘기를 계속 주고받으며 가판대로부터 서서히 멀어졌다.

빈은 자리에서 일어나 아킬레스를 찾으러 갔다.

보복

"괜찮은 아이를 찾은 것 같아요."

"전에도 그런 말을 들은 것 같소만."

"타고난 리더예요. 하지만 당신들이 바라는 신체조건에 들어맞지 않아요."

"그럼 내가 그 애한테 시간을 낭비하지 않더라도 용서해주길 바라겠소."

"그 아이가 지성과 인성 면에서 당신들이 내세운 까다로운 조건에 부합한다면, I. F.가 황동 단추나 화장실 휴지에 쓰는 예산을 아주 조금만 떼어내서 그 아이의 신체적 문제점을 고쳐줄 수 있겠죠."

"수녀들도 빈정거릴 줄 아는 줄은 전혀 몰랐소."

"당신 손바닥을 때려줄 수도 없으니, 빈정거리는 게 나에게 남은 최후수단이지요."

"테스트한 거나 봅시다."

"아이를 보여줄게요. 테스트하는 동안에 다른 아이도 한 명 더 보여드릴게요."

"이번에도 신체적으로 문제가 있나?"

"작아요, 어리고, 하지만 위긴이라는 아이도 그렇다던데요. 그리고 이 아이는, 어떻게 그랬는지 모르지만 거리에서 혼자 읽는 법을 터득했어요."

"아, 칼로타 수녀. 당신이 나의 빈 시간들을 꽉꽉 채워주는구려."

"당신의 장난기를 막는 게 내가 하느님을 섬기는 방식이죠."

빈은 거리에서 들은 이야기를 전하려고 곧장 아킬레스에게 찾아갔다. 율리시즈가 병원에서 퇴원했고 조만간 자신이 받은 모욕을 갚으려 한다는 말이 떠도는 것은 대단히 위험했다.

"그런 일이 벌어지겠다 싶었어. 싸움 말이야." 포크가 슬프게 말했다.

"율리시즈는 그동안 병원에만 누워 있었어. 여기가 전과 달라졌다는 건 알아도 아직 어떻게 돌아가는지는 잘 모를 거야." 아킬레스가 말했다.

"우리가 다 같이 뭉쳐서 파파를 지킬게요." 사전트가 말했다.

"내가 며칠 사라지는 게 모두를 위해 더 안전할 수도 있어. 너희가 위험해지면 안 돼." 아킬레스가 말했다.

"그럼 급식소에 어떻게 들어가? 파파가 없으면 안 들여보내줄 텐데." 꼬마 녀석 하나가 물었다.

"포크를 따라가. 문 앞에 있는 헬가가 너희를 들여보내줄 거야."

"율리시즈가 파파를 찾아내면 어떡해요?" 어린 녀석이 물었다. 창피당하지 않으려고 눈에서 눈물을 닦아냈다.

"그럼 난 죽겠지. 그 녀석은 날 병원에 보내는 정도로 만족하지 않을걸."

아이가 울음을 터트렸다. 다른 아이도 같이 울기 시작했고, 그것은 곧 울음의 합창 소리가 되었다. 아킬레스가 고개를 흔들며 웃었다.

"난 안 죽어. 너희 안전을 위해서 며칠 피해 있는 것뿐이야. 율리시즈가 마음이 진정되고 여기 시스템에 적응하면 돌아올 테니까 걱정하지 마."

빈은 말없이 지켜보았다. 아킬레스가 이 상황을 제대로 다루는 것 같지 않았지만, 조심하라고 경고해주었으니 그가 할 일은 끝났다. 사실, 아킬레스가 어딘가로 숨어 들어가는 것은 오히려 말썽을 부르는 일이었다. 싸울 자신이 없어서 꽁무니 뺀 것으로 받아들여질 것이다. 그날 밤 아킬레스는 몰래 다른 곳으로 빠져나갔다. 아이들이 무심코 말하게 될 수도 있으므로 어디로 가는지는 말하지 않았다. 빈은 그를 뒤따라가서 정말 뭘 하려는 걸까 알아보고 싶은 마음도 있었지만, 다른 아이들과 같이 있는 편이 더 쓸모 있을 듯했다. 어차피 이제 포크가 리더 역할을 맡을 텐데, 포크는 평범한 리더일 뿐이었다. 다시 말하면, 멍청한 리더였다. 그녀 자신은 모르더라도 그녀에겐 빈이 필요했다.

그날 밤에 빈은 어떤 위험에 대비해야 하는지도 모르는 채 긴장을 늦추지 않으려고 노력했다. 그러다 깜빡 잠이 들었고, 학교에 대한 꿈을 꾸었다. 칼로타 수녀와 함께 길가나 골목에서 수업하는 학교가 아니라 책상과 의자가 있는 진짜 학교였다. 하지만 꿈에서 빈은 의자에 앉을 수 없었다. 대신에 책상 위 허공을 맴돌며, 원하는 어디로든 날아다닐 수 있었다. 천장으로 올라갔다. 벽 속 틈으로, 비밀스럽고 어두운 공간으로, 위로 더 위로 날아갈수록 점점 따뜻해지고 더 따뜻해지고…….

그는 어둠 속에서 깨어났다. 차가운 바람이 불고 있었다. 오줌이 마려웠다. 꿈에서처럼 날고 싶었다. 그런 꿈에서 깨버린 게 너무나 속상해서 울고 싶어졌다. 전에 날아다니는 꿈을 꾼 적이 있는지 기억나지 않았다. 나는 왜 이렇게 작을까? 나를 이리저리로 데려다주는 다리는 왜 이렇게 짤막할까? 날아다닐 때는 모든 아이들을 내려다보고 그 멍청한 정수리들을 볼 수 있었다. 그 머리에 새처럼 오줌이나 똥을 싸줄 수도 있었을 것이다. 그들이 화를 내면 날아서 도망칠 수 있다. 그들이 나를 잡을 수 없을 테니까 두려워할 필요도 없을 것이다.

물론, 내가 날 수 있다면, 다른 아이들도 모두 날 수 있으리라. 그러면 나는 여전히 제일 작고 느린 아이가 되어 그들이 내 머리에 오줌과 똥을 싸겠지.

다시 잠을 잘 수 있을 것 같지 않았다. 자신의 안에서 그걸 느낄 수 있었다. 뭔가 굉장히 두려운 기분인데, 왜 그런지 알 수 없었다. 자리에서 일어나 오줌을 누려고 골목으로 나갔다. 포크가 먼저 나와 있었다. 그녀가 고개 들어 쳐다보았다.

"저리 가." 그녀가 말했다.

"싫어."

"개소리 하지 마, 꼬마야."

"네가 쭈그려서 오줌 싸는 거 알아. 어쨌든 난 안 봐." 그가 말했다.

그녀는 빈이 소변 보러 벽으로 돌아설 때까지 노려보며 기다렸다.

"네가 다른 애들한테 얘기할 거였으면 벌써 얘기했겠지." 그녀가 말했다.

"다른 애들도 다 네가 여자인 거 알아. 너 없을 때 아킬레스 파파가 너를 계집애라고 부르거든."

"그는 내 파파가 아니야."

"그렇겠지." 빈이 말했다. 그리고는 벽을 쳐다본 채로 기다렸다.

"이제 돌아서도 돼." 그녀가 일어나서 다시 바지를 추켰다.

빈이 말했다. "뭔가 무서운 기분이 들어, 포크."

"뭐가?"

"모르겠어."

"뭐가 무서운지 모르겠다고?"

"그래서 무서워."

그녀가 날카롭게 한 번 웃었다. "야, 그건 네가 네 살짜리라서 그래. 어린애들은 밤에 귀신을 보거든. 아니면 보지 않을 수도 있지. 어느 쪽이든 어린애들은 벌벌 떨어."

난 그렇지 않아. "내가 무서운 기분이 들 때는, 뭔가 문제가 있기 때문이야."

"율리시즈가 아킬레스를 해코지하려고 노리잖아, 문제는 그거야."

"그런 일이 생겨도 넌 슬프지 않겠지?"

그녀가 그를 노려보았다. "우린 전보다 잘 먹고 있어. 다들 만족해. 그건 네 계획이었잖아. 그리고 난 두목이 되거나 말거나 관심 없어."

"하지만 그를 미워하잖아." 빈이 말했다.

그녀는 망설였다. "그가 항상 날 비웃는 것처럼 느껴져."

"어린애들이 무서워하는 건 어떻게 알아?"

"나도 전에 어린애였으니까." 포크가 말했다. "기억이 나."

"율리시즈는 아킬레스한테 아무 짓도 못할 거야." 빈이 말했다.

"그래." 포크가 말했다.

"네가 아킬레스를 찾아 보호해줄 생각일 테니까."

"난 여기서 아이들을 지킬 생각이야."

"아니면 네가 먼저 율리시즈를 찾아 죽일 생각인지도 모르지."

"내가 어떻게? 그쪽이 나보다 커. 훨씬."

"넌 오줌 누러 나온 게 아니야." 빈이 말했다. "그게 아니라면 네 방광은 풍선껌 크기밖에 안 되는 거겠지."

"소리 들었어?"

빈이 어깨를 으쓱했다. "네가 보지 말랬잖아."

"넌 생각이 너무 많아. 하지만 무슨 일이 일어나는지 알아차릴 정도는 아니야."

"아킬레스는 진짜 자기가 하려는 일에 대해서 우리한테 거짓말하는 것 같아. 너도 나한테 지금 거짓말하는 것 같아." 빈이 말했다.

"적응해라, 꼬마야. 세상에 널리고 널린 게 거짓말쟁이야." 포크가 말했다.

"율리시즈는 누굴 죽이든 상관없을 거야. 아킬레스를 죽이든 널 죽이든 똑같이 행복해할 거야."

포크가 성마르게 머리를 흔들었다. "율리시즈는 별거 아냐. 아무한테도 해코지 못해. 순전히 허풍쟁이야."

"그런데 넌 왜 안자고 일어나 있어?" 빈이 물었다.

포크는 어깨를 으쓱했다.

빈이 말했다. "아킬레스를 죽이려는 거구나, 그렇지? 그리고 그걸 율리시즈가 한 것처럼 보이려는 거야."

그녀가 눈알을 굴렸다. "오늘 밤에 멍청해지는 주스라도 마셨냐?"

"네가 거짓말한다는 것 정도는 알아!"

"가서 잠이나 자. 다른 아이들한테 돌아가." 그녀가 말했다.

그는 잠시 그녀를 쳐다보고 나서, 그 말에 순종했다. 정확히 말하면, 순종하는 척했다. 요즘 그들이 잠자리로 삼고 있는 환기통으로 돌아왔다가 얼른 다시 기어 나왔다. 궤짝, 드럼통, 낮은 담, 높은 담을 기어올라 마침내 낮게 걸려 있는 지붕 위로 올라섰다. 지붕 끝으로 걸어갔을 때 마침 포크가 골목에서 거리로 빠져나가는 게 보였다. 그녀가 어디론가 가고 있었다. 누군가를 만나려고.

빈은 파이프를 타고 빗물받이 통으로 내려온 뒤, 코르테 후그 거리로 그녀의 뒤를 따라 종종걸음 쳤다. 소리 내지 않으려고 노력했지만, 그녀는 어차피 뒤를 살피려 하지 않았고, 도시의 다른 소음들이 그의 발소리를 숨겨주었다. 그는 어두운 벽에 붙어서 쫓아갔다. 이리저리 눈을 피해 다니며 쫓아갈 필요도 없었다. 그녀를 미행하는 것은 꽤 간단한 일이었다. 그녀는 두 번밖에 뒤돌아보지 않았다. 강 쪽을 향하고 있었다. 누군가를 만나려는 것이다.

빈은 그 상대가 율리시즈 아니면 아킬레스일 것이라고 추측했다. 환기통에서 이미 잠들어 있는 아이들 말고 그녀가 아는 사람이 다른 누가 있겠는가? 하지만 그녀가 왜 그들 중 하나를 만나려 할까? 율리시즈에게 아킬레스를 해치지 말아달라고 부탁하려고? 아킬레스 대신 차라리 자기 목숨을 내놓으려고? 아니면 숨지 말고 율리시즈와 당당히 맞서라고 아킬레스를 설득하려고? 아니, 빈이라면 이런 여러 가지 방법을 생각할 수 있겠지만, 포크의 생각은 거기까지 닿지 않을 것이다.

포크는 스킵메이커스헤이븐 부두 한가운데 멈춰 서서 주위를 둘러보았다. 그 후에 자신이 찾고 있는 것을 찾은 듯했다. 빈은 그게 무언지 보려고 목을 길게 뺐다. 깊은 어둠 속에서 누군가가 기다리고 있었다. 빈은 더 제대로 보기 위해 커다란 포장용 상자 위로 올라갔다. 목소리가 들렸다. 둘 다 아이들 목소리였지만, 무슨 말을 하는지는 알아들을 수 없었다. 그게 누구든, 포크보다는 더 컸다. 하지만 그게 아킬레스나 율리시즈일 리는 없었다.

그 남자애가 포크를 감싸 안고 입을 맞췄으니까.

정말 괴상한 풍경이었다. 어른들이 그렇게 하는 것은 수없이 봤지만, 아이들이 왜 그런 짓을 하지? 포크는 아홉 살이었다. 물론 그 나이의 창녀들도 있지만, 그들을 돈 주고 사는 놈들은 변태 자식들뿐이었다.

그들이 무슨 말을 하는지 알아내려면 좀 더 가까이 가야 했다. 그는 상자 뒤로 내려와 작은 매점 옆 어둠 속으로 슬며시 걸어 들어갔다. 마치 그를 도와주려는 것처럼, 그들이 그가 있는 쪽으로 돌아섰다. 하지만 너무 캄캄해서 그 남자가 그대로 가만히 서 있는 이상 얼굴을 알아볼 수 없었다. 그들이 그를 볼 수 없는 것처럼 빈도 그들을 볼 수는 없었지만, 이제 그들이 얘기하는 내용이 토막토막 들려왔다.

"약속했잖아." 포크가 말하고 있었다. 남자 쪽이 뭔가 대답을 중얼거렸다.

강을 지나는 배 한 척이 강변 쪽으로 조명을 비추는 순간, 포크와 같이 있는 남자의 얼굴이 드러났다. 그건 아킬레스였다.

빈은 더 이상 보고 싶지 않았다. 아킬레스가 언젠가 포크를 죽일 거라고 생각했던 자신이 기가 막혔다. 남녀 사이의 일들은 도무지 이해가 되지 않았다. 그렇게 서로를 미워하는 이들 사이에 이런 일이 벌어지다니. 빈이 세상을 다 알기에는 아직 한참 모자란 듯했다.

그는 어둠 속에서 살며시 빠져나와 포스트후른 거리로 달려갔다.

하지만 그는 아이들이 자고 있는 둥지로 돌아가지 않았다. 아직은 돌아갈 수 없었다. 궁금해 하던 것을 다 알았는데도, 여전히 심장이 펄떡거리고 있었기 때문이다. 뭔가 잘못됐다. 그의 심장이 그렇게 말하고 있었다. 뭔가 잘못됐다.

그제야 뭔가를 숨기는 사람이 포크만이 아니라는 생각이 떠올랐다. 아킬레스도 거짓말을 하고 있었다. 뭔가를 숨기고 있었다. 어떤 계획을 숨기고 있었다. 포크와 이렇게 만나려는 게 그 계획이었을까? 그렇다면 율리시즈를 피해 숨어 있어야겠다는 등의 말은 다 뭐였을까? 아킬레스가 포크를 자기 여자로 삼고 싶었다면, 굳이 숨길 필요가 없었다. 노골적으로 드러내봐도 충분히 할 수 있는 일이었다. 좀 더 나이가 많은 다른 깡패들도 그런 일들을 했다. 보통은 아홉 살짜리 애를 상대로 하진 않았지만. 아킬레스가 숨기고 있는 게 그것이었을까?

"약속했잖아." 포크는 부두에서 아킬레스에게 그렇게 말했다.

아킬레스가 무엇을 약속했을까? 포크가 그에게 찾아간 이유는 그 약속에 대한 대가를 지불하기 위해서였을 것이다. 하지만 아킬레스가 지금 가족으로서 주고 있는 것 이외에 더 줄 수 있는 게 무엇일까? 그녀가 무엇을 약속받고 싶어 했을까? 아킬레스는 더 해줄 수 있는 게 아무것도 없었다.

그렇다면 틀림없이 뭔가를 하지 않기로 약속했을 것이다. 그녀를 죽이지 않기로 약속했을까? 그렇다면 아무리 어리석은 포크라 해도, 남들 눈을 피해 아킬레스와 단둘이 만난다는 것은 말이 안 된다.

나를 죽이지 않는 것이겠군, 빈은 생각했다. 그게 약속이다. 날 죽이지 않는 것.

위험에 처한 사람이 나 혼자만은 아니다. 아무튼 내가 가장 위험에 처해 있는 것은 아니다. 내가 그를 죽이라고 말하긴 했어도, 그를 때려눕히고 그 옆에 서서 내려다보았던 사람은 포크였다. 그 장면이 여전히 아킬레스의 뇌리에 박혀 있을 것이다. 지금까지 한 번도 그 장면을 잊지 않았을 것이며, 자신이 땅바닥에 누워 있고 아홉 살 여자애가 콘크리트블록을 들고 그를 죽이려고 위협하는 꿈을 수없이 꾸었을 것이다. 그는 비록 절름발이지만 어떻게든 깡패들 등급에 끼어 들어갔다. 그만큼 질기고 거친 놈이라는 뜻이다. 하지만 제일 낮은 등급이었기 때문에 언제나 멀쩡하게 두 다리를 지닌 녀석들에게 무시를 당했다. 그리고 그가 살아오면서 가장 밑바닥으로 내려갔던 순간이 아마, 아홉 살 여자애가 그를 넘어뜨리고 어린애들이 그를 둘러싸고 있었던 그때였을 것이다.

포크, 그가 가장 원한을 품고 있는 사람은 너야. 아킬레스가 그 고통스런 기억을 지워내기 위해 뭉개버려야 할 사람은 바로 너야.

이제 분명해졌다. 아킬레스가 오늘 했던 말은 전부 거짓이었다. 그는 율리시즈를 피해 숨으려 했던 게 아니었다. 그는 율리시즈를 엎어

지가 없었다.

처음에 그 아이는 산만했다. 한심한 성적을 보였다. 거리에서 스스로 많은 것을 깨우칠 정도로 총명한 아이가 가장 기본적인 테스트조차 해내지 못한다는 게 칼로타 수녀로서는 이해가 되지 않았다. 아마 포크의 죽음 때문일 것이다. 그녀는 테스트를 중단하고 그에게 죽음에 관해 이야기했다. 포크의 영혼이 하느님과 성인들이 있는 곳으로 옮겨가, 여기 있을 때보다 더 행복하게 보살핌 받고 있으리라고 말해주었다. 그는 별 관심이 없는 듯했다. 다음 단계 테스트를 시작할 때는 오히려 더 산만해졌다.

연민이 효과가 없다면 엄격한 방법이 더 나을까.

"왜 이런 테스트를 하는지 모르는 거니, 빈?" 그녀가 물었다.

"네." 그는 정말이지 알 수가 없다는 투로 말했다. "알고 싶지도 않아요."

"너는 이 거리에서의 삶밖에 모르겠지만, 로테르담 거리들은 대도시의 일부분일 뿐이고, 로테르담은 세계에 있는 이런 수천 개 도시 중하나일 뿐이야. 빈, 이 테스트는 온 인류를 위한 거란다. 포믹스가……"

"그냥 버거들이라고 하세요." 빈이 말했다. 대부분의 거리 아이들처럼, 그는 완곡한 표현을 비웃었다.

"그들은 돌아올 거야. 지구를 샅샅이 뒤져서 살아있는 영혼을 모두 죽여 버릴 거야. 이 테스트는 네가 전투학교에 가서 그들을 막을 지휘관이 될 수 있는 아이인지 알아보려는 거야. 세계를 구하기 위한 일이야, 빈."

테스트를 시작한 후 처음으로 빈이 그녀에게 완벽한 관심을 기울였다. "전투학교는 어디 있어요?"

"저 우주에서 궤도를 돌고 있단다. 네가 이 테스트를 아주 잘 해내면, 우주인이 될 수 있어!"

그의 얼굴에 어린애다운 열의는 없었다. 냉철한 계산만 있을 뿐이었다.

"지금까지 난 아주 형편없었겠죠?" 그가 말했다.

"지금까지 나온 테스트 결과만 봐서는, 넌 걸으면서 동시에 숨 쉬지도 못할 정도로 멍청해."

"다시 해도 돼요?"

"다른 테스트 단계가 있으니까, 그걸로 하면 돼." 칼로타 수녀가 말했다.

"그럼 주세요."

그녀는 전에 시도했던 것과 다른 시험지를 꺼내며, 그의 마음을 편하게 풀어주려고 미소 지었다.

"우주인이 되고 싶은 게로구나, 그렇지? 아니면 I. F.에 들어가고 싶은 거니?"

그는 그녀의 말을 무시했다.

이번에 그는 원래 제한된 시간 안에 풀지 못하게 만들어져 있는 이 테스트를 제한된 시간 안에 모두 풀었다. 만점은 아니었지만, 만점에 가까웠다. 아무도 그 결과를 믿지 못할 만한 성적이었다.

그래서 그녀는 더 나이든 아이들 용으로 나온 다른 테스트 뭉치를 안겨주었다. 사실은 정상적으로 전투학교 입학을 고려하는 나이인 여섯 살 아이들이 받는 기초 테스트였다. 빈은 이 테스트에서 그리 좋은 점수를 받지 못했다. 아직 여러 가지 경험이 부족한 그로서는 내용을 이해하기 힘든 질문들이 몇몇 있었다. 그럼에도 놀라울 정도로 잘 해 냈다. 그녀가 지금까지 테스트해본 어떤 아이보다도 나았다.

잠재력 있는 아이가 아킬레스인 줄로 오해하고 있었다니. 실은 이 어린애, 아니 이 갓난아이였다. 빈은 경이로운 아이였다. 간신히 하루 하루 생명을 이어가는 거리에서 이런 아이를 찾아냈다고 하면 어느 누구도 믿지 못할 것이다.

한 가지 의혹이 그녀의 머릿속으로 스며들었다. 그녀는 두 번째 테 스트 점수를 매기고 그것을 옆으로 밀어놓은 다음, 의자에 기대앉았 다. 게슴츠레한 눈으로 앉아 있는 빈에게 미소 지으며 물었다.

"거리의 아이들이 만들어낸 이 가족이란 아이디어 말이다, 그거 누 구 아이디어였니?"

"아킬레스요." 빈이 말했다.

칼로타 수녀는 말없이 기다렸다.

"그걸 가족이라고 부르는 건, 어쨌든 아킬레스 생각이었어요." 빈 이 말했다.

그녀는 좀 더 기다렸다. 시간을 준다면, 그의 자부심이 표면으로 드 러날 것이다.

"하지만 어린애들을 보호해줄 깡패를 찾자는 건 내 계획이었어요. 난 그걸 포크에게 말했고, 그녀는 생각해보고 나서 시도하기로 결정 했어요. 실수를 하나 했을 뿐이죠."

"어떤 실수?"

"보호해줄 깡패를 잘못 골랐어요."

"아킬레스가 율리시즈를 막아주지 못해서? 포크가 그런 일을 당했기 때문에 그래?"

빈은 씁쓸하게 웃었다. 그의 뺨으로 눈물이 흘러내렸다.

"율리시즈는 어딘가에서 자기가 뭘 하겠다고 떠벌이기나 하죠."

칼로타 수녀는 알고 싶지 않았지만 이미 그 대답을 알 것 같았다. "그럼 너는 누가 그녀를 죽였는지 아니?"

"난 분명히 말했어요, 그를 죽이라고. 적당한 자가 아니라고. 거기 땅에 누워 있었을 때 그 얼굴에서 그걸 봤어요. 그가 절대 그녀를 용서하지 않으리라는 걸 알았어요. 하지만 그는 차갑게 때를 기다렸어요. 아주 오랫동안. 하지만 그녀에게 빵을 받지는 않았어요. 그 정도면 알아차렸어야지. 그런 인간과 단둘이 있지 말았어야지……."

그는 이제 목 놓아 울기 시작했다.

"포크가 날 지켜주려다 그렇게 된 것 같아요. 첫날 내가 그를 죽이라고 했으니까. 날 죽이지 않게 막으려다가 그렇게 된 것 같아요."

칼로타 수녀는 자신의 목소리에 감정을 섞지 않으려고 노력했다.

"너도 위험한 거니?"

"당신한테 이런 말을 했으니 이제 위험하겠죠." 그가 말하고 나서, 잠시 생각했다. "아니, 난 이미 위험해요. 그는 용서하지 않아요. 언제나 보복해요."

"너도 알다시피, 나나 헤이지에게는 아킬레스가 그런 아이로 보이질 않아. 헬가 말이다. 우리가 보기에 그 아이는 문명인이야."

빈은 미쳤냐는 듯이 그녀를 쳐다보았다.

"문명인이라는 게 그런 뜻 아닌가요? 원하는 걸 얻기 위해 기다릴 수 있는 자?"

"네가 여기 로테르담을 떠나 전투학교로 가고 싶은 이유는 아킬레스 때문이겠구나. 그에게서 벗어나려고."

빈은 고개를 끄덕였다.

"다른 아이들은 어때, 그 아이들도 위험하다고 생각하니?"

"아뇨. 그는 그들의 파파예요."

"하지만 네 파파는 아니로구나. 그 아이가 네 빵을 받았다고 해도."

"아킬레스가 포크를 안고 키스했어요." 빈이 말했다. "내가 분명히 부두에서 봤어요. 그녀가 그 키스를 받아주고 나서 약속에 대해 뭔가를 말했어요. 그 후에 난 거길 떠났죠. 하지만 이상하다는 걸 깨닫고 다시 달려갔어요. 그게 그렇게 오래 걸렸을 리는 없어요. 여섯 블록쯤 달려갔다 돌아온 것뿐인데, 그녀는 죽은 상태로 물에 떠 있었어요. 눈알이 파내진 채로. 시체가 부두에 부딪히고 있었어요. 아킬레스는 그런 인간이에요, 누군가를 증오하면 키스한 뒤에 죽일 수도 있는."

칼로타 수녀가 책상에 손가락을 두드렸다.

"이거 참 진퇴양난이구나."

"진퇴양난이 뭔데요?"

"난 아킬레스도 테스트할 거야. 그러면 아킬레스도 전투학교에 가게 될 것 같은데."

빈의 온몸이 팽팽하게 긴장했다.

"그럼 날 보내지 마세요. 아킬레스를 보내든지 아니면 날 보내든지."

"정말……." 그녀의 목소리가 흐려졌다. "그 아이가 거기서 널 죽이려고 시도할까?"

"시도?" 빈의 목소리에 경멸이 담겼다. "아킬레스는 절대 시도만 하지 않아요."

칼로타 수녀는 빈이 말하고 있는 아킬레스의 그 무모한 결의가 전투학교에서 찾고 있는 그런 자질 중 하나라는 것을 알고 있었다. 그렇다면 그들은 빈보다 아킬레스를 더 매력적으로 느낄 수 있다. 그리고 그 포악한 성질을 전투학교에서 발휘하도록 할 것이다. 그걸 의미 있게 사용하도록.

하지만 아무 생각 없던 거리의 깡패들을 개화한 것은 아킬레스의 아이디어가 아니었다. 그걸 생각해낸 아이는 빈이었다. 믿을 수가 없다, 이렇게 어린 아이가 그런 생각을 하고 현실로 이루어지게 하다니. 이 아이는 귀하고 소중한 재원이다. 차가운 복수를 품고 사는 아이가 아니다. 아무튼 한 가지만은 확실했다. 그들을 둘 다 전투학교로 보내는 것은 큰 실수가 되리라. 다른 하나는 여기 지구 학교에 넣을 수 있을 것이다. 그러면 아킬레스도 진정으로 문명화되지 않겠는가. 필사적으로 생존투쟁을 벌여야 하는 거리의 삶에서 벗어난다면 다른 아이에게 그렇게 끔찍한 짓을 하지 않아도 될 테니까.

다음 순간 그녀는 자신의 생각이 얼마나 말도 안 되는지 깨달았다. 아킬레스는 필사적인 거리의 생존투쟁 와중에 포크를 살해한 게 아니었다. 자존심 때문이었다. 그는 자신이 망신을 당한 게 동생의 생명을 빼앗을 충분한 이유라고 생각했던 카인과 같았다. 예수를 죽음으로 몰고 가기 전에 뻔뻔하게 입을 맞췄던 유다와 같았다. 사회적으로 박탈당했다는 이유만으로 사악함이 생겨날 수 있다고 생각하다니, 대체 머릿속이 어떻게 된 것인가? 거리의 아이들은 모두 두려움과 굶주림, 무기력과 절망에 몸부림친다. 하지만 그들이 모두 냉혹하고 계산적인 살인자가 되지는 않는다.

빈의 말이 다 맞는다면 말이다.

하지만 그녀는 빈이 진실을 말하고 있으리라는 점에 대해 조금도 의심하지 않았다. 빈이 거짓말하는 거라면, 아이들을 판단하는 사람으로서 자신의 자리를 기꺼이 포기할 것이다. 이제와 생각해보니, 아킬레스는 말만 그럴싸했다. 유들유들하게 사람들을 구슬렸다. 그가 하는 말은 모조리 호감을 사기 위해 계산된 것이었다. 그에 비해 빈은 조금밖에 말하지 않았지만 말할 때는 분명하고 솔직했다. 나이도 매우 어렸다. 게다가 그가 그녀에게 표출한 두려움과 슬픔은 거짓이 아니었다.

물론, 그가 다른 한 아이를 죽이라고 촉구한 적이 있다는 점을 무시할 수는 없다. 하지만 그것은 그가 다른 아이들에게 위험을 초래할 수 있기 때문이었다. 자존심 때문이 아니었다.

내가 어찌 다른 이를 심판할 수 있단 말인가? 산 자와 죽은 자를 심판하실 분은 그리스도가 아니던가? 그것이 왜 적합하지도 않은 내 손에 들어와 있는가?

"나는 전투학교에 대한 결정을 내릴 사람들에게 네 테스트 결과를 보내야 돼. 결과가 나올 때까지 여기 있고 싶니, 빈? 여긴 안전할 거야."

그는 자기 손을 내려다보며 고개를 끄덕였다. 그리고는 두 팔에 머리를 기대고 흐느껴 울었다.

◆

아킬레스는 그날 아침에 둥지로 돌아왔다.

"무슨 일이 일어날지 걱정돼서, 오래 떠나 있을 수가 없었어." 그가 말했다. 그리고는 언제나 그랬듯이 아이들을 급식소로 데려갔다. 하지만 거기에 포크와 빈은 없었다.

그 후에 사전트는 자신에게 맡겨진 일을 했다. 여기저기 돌아다니며 다른 아이들과 얘기하고, 어른들이 하는 얘기에 귀 기울이며 무슨 일이 일어났는지 탐문했다. 무엇이든 쓸모 있는 정보를 찾아다녔다. 위엔하븐 부두로 걸어갈 무렵, 몇몇 부두 노동자들이 그날 아침 강에서 발견된 시체에 대해 말하는 것을 들었다. 어린 여자아이 시체. 사전트는 아직 경찰이 도착하지 않았다는 것과 시체가 놓여 있는 장소를 알아냈다. 그는 주춤거리지 않았다. 곧장 방수포로 덮여 있는 시체로 걸어가 근처에 서 있는 다른 누구의 허락도 받지 않고, 그걸 들춰보았다.

"야, 뭐하는 거야, 꼬마야!"

"얘 이름은 포크예요." 그가 말했다.

"그 애를 알아? 누가 죽였는지 아냐?"

"율리시즈, 그놈이 죽였어요."

사전트는 그렇게 말하고 방수포를 내려뜨렸다. 정보 수집은 끝났다. 아킬레스가 두려워하던 일이 실제로 일어났다. 율리시즈가 아킬레스의 가족 중 누구든 닥치는 대로 없애버리고 있다는 것을 아킬레

음에 결과를 보여 주시오."

"난 다른 아이들을 찾아야 돼요."

"아니, 아니오, 칼로타 수녀. 당신이 그 오랜 세월 동안 찾아온 아이 중에서 이 아이가 최고요. 다른 아이를 찾을 시간도 없소. 이 아이를 만족할 만한 수준으로 끌어올린다면 당신의 그 모든 노력은 가치가 있을 거요, I. F.로서는."

"당신이 시간 없다고 말하면 가슴이 철렁해요."

"이유를 모르겠군. 기독교인들은 지난 수천 년간 세상의 종말이 머지않았다고 외쳐왔잖소."

"하지만 늘 종말은 아니었어요."

"그랬지요, 지금까지는."

처음에 빈이 관심을 보인 것은 오로지 음식뿐이었다. 먹을 것은 충분히 있었다. 그는 자신의 앞에 놓이는 음식을 모조리 먹어치웠다. 배가 부를 때까지 먹었다. 배부르다는 것은 그에게 가히 기적과도 같은 단어였다. 또한 지금까지는 아무 의미가 없었던 단어였다. 그는 배가 아플 때까지 먹었고, 토할 때까지 먹었다. 너무 많이 먹어서 매일 큰일을 보았고, 때로는 하루에 두 번씩 보는 날도 있었다.

그는 칼로타 수녀에게 그 얘기를 하며 웃었다. "하루 종일 먹고 싸기만 하는 것 같아요!"

"숲 속 동물들과 마찬가지지. 하지만 이제부터는 먹는 것 말고 다른 것도 하기 시작해야 돼."

물론 그녀는 이미 그를 교육시키고 있었다. 매일매일 읽기와 산수

수업을 했고, 어느 단계로까지 올라가려는 건지 구체적으로 설명하지 않았지만 꾸준히 그의 단계를 올려갔다. 그에게 그림을 그리는 시간도 부여했고, 그를 가만히 의자에 앉혀놓고 어렸을 때 일에 대해 기억나는 것들을 자세히 설명하게도 했다. 특히 아무것도 없는 '깨끗한 장소'에 있었다는 설명이 그녀의 호기심을 자극했다. 하지만 기억에는 한계가 있었다. 당시에 빈은 아주 작은 아기였고 언어라는 것도 거의 알지 못했다. 모든 게 수수께끼 같았다. 그는 자신이 침대에 설치된 보호대를 넘어 바닥으로 떨어졌던 것을 기억했다. 그때 그는 제대로 걷지 못했다. 기는 게 더 편했지만, 커다란 사람들이 하는 것처럼 걷는 쪽을 더 선호했다. 그는 이런저런 물건에 매달리거나 벽에 기대어 상당한 거리를 걸어갔다. 탁 트인 공간을 지나야 할 때만 기어갔다.

"기어 다녔을 정도면 8개월이나 9개월쯤이었을 텐데." 칼로타 수녀가 말했다. "웬만한 사람들은 그렇게 어렸을 때 일을 기억 못해."

"모두가 흥분해 있었어요. 그래서 내가 침대에서 기어나갔던 거예요. 아이들이 모두 곤경에 처해 있었어요."

"아이들이 모두?"

"나 같은 아기들이요. 더 큰 아기들도 있었고. 어른들이 몇 명 들어와서 우릴 쳐다보며 울었어요."

"왜?"

"나쁜 일이 있었던 거예요. 그것밖에 몰라요. 안 좋은 일이 생길 거라는 느낌이 들었어요. 침대에 있는 우리 모두에게 그 일이 일어날 것 같았어요. 그래서 기어 나왔어요. 나만 기어 나온 건 아닌데, 다른 애들은 어떻게 됐는지 모르겠어요. 침대들이 비어 있는 것을 발견한 어른들이 소리 지르면서 소란을 피웠어요. 난 그들이 보지 못하게 숨었어요. 그들은 날 찾지 못했어요. 다른 애들은 찾았을 수도 있고, 못 찾았을 수도 있겠죠. 내가 아는 건, 숨은 데서 나왔을 때 침대가 다 비어 있었고 방은 아주 캄캄했다는 거예요. 출구라고 적힌 표지판에 불이 켜져 있었던 것 말고는."

"그때 글을 읽을 수 있었다는 거니?" 그녀가 미심쩍은 듯이 물었다.

"나중에 글을 알게 됐을 때, 표지에 적혀 있던 글자가 그거였다는 걸 알았어요. 그때 내가 본 글자가 그것뿐이었거든요. 물론 난 그걸 기억하고 있었죠."

"그러니까 넌 혼자였고, 침대들은 비어 있었고, 방은 캄캄했구나."

"그들이 다시 왔어요. 이야깃소리가 들렸는데, 대부분은 무슨 말인지 알 수 없었어요. 난 다시 숨었어요. 그 다음에 다시 나왔을 때는, 침대들도 다 사라졌어요. 대신에 책상과 캐비닛들이 있었어요. 사무실이었죠. 아니, 그때는 그게 사무실인 줄 몰랐지만 사무실이 뭔지 알고 나니까 그게 사무실이었구나 생각하게 된 거예요. 낮에 사람들이 와서 일했어요. 처음에는 몇 명뿐이었는데, 내가 숨은 곳이 별로 좋지 않다는 걸 알게 됐어요. 사람들이 일하고 있을 때는요. 배도 고팠고요."

"어디 숨어 있었는데?"

"아실 텐데요. 모르세요?"

"안다면 안 물어봤겠지."

"나한테 변기 보여줬을 때 내가 이상하게 굴지 않던가요?"

"변기에 숨어 있었어?"

"뒤쪽 물탱크에 들어가 있었어요. 뚜껑을 들어올리느라 고생했죠.

그 안이 편하지도 않았고. 난 그게 왜 있는 건지 몰랐어요. 그런데 사람들이 그걸 쓰기 시작하니까 물이 오르락내리락하고 조각들이 움직여서 무서웠어요. 아까 말한 대로 배도 고팠고요. 마실 건 많았죠, 내 오줌이 거기 섞여 있어서 문제였지. 기저귀가 흠뻑 젖어서 떨어져 나갔거든요. 말하자면 벌거벗은 상태였어요."

"빈, 네가 지금 무슨 말을 하는 건지 알고 있니? 한 살도 되기 전에 그런 일을 다 했단 말이야?"

"내가 그때 몇 살이었는지 말해준 사람은 당신이에요." 빈이 말했다. "나는 그때 나이가 뭔지도 몰랐어요. 생각나는 대로 다 말해보라면서요. 얘기하다 보니까 점점 더 많은 것들이 기억나요. 하지만 당신이 날 믿지 못하겠다면……."

"그런 게 아니라…… 난 널 믿어. 하지만 다른 아이들은 누구였을까? 네가 살았던 그 깨끗한 장소라는 데는 뭐였을까? 거기 있던 어른들은 누구였을까? 그들은 왜 다른 아이들을 치워버렸을까? 뭔가 불법적인 일이 벌어지고 있었던 거야, 그건 확실해."

"어쨌든 난 그냥 변기에서 나올 수 있는 게 기뻤어요."

"하지만 벌거벗고 있었다면서. 그 후에 건물 밖으로는 어떻게 나온 거야?"

"내가 나온 게 아니라 발견됐어요. 변기에서 나왔는데 어떤 아저씨가 날 발견했어요."

"그래서 어떻게 됐어?"

"아저씨가 날 집으로 데려갔어요. 옷도 입혀줬고요. 그때는 그게 옷이라는 걸 알고 있었어요."

"말을 알았다는 거네."

"조금요."

"그래, 그 사람이 집으로 데려가 옷을 사줬구나."

"건물 관리인이었던 것 같아요. 직업에 대해 더 많이 알고 난 뒤에 생각해보니까 그게 그 아저씨 직업이었던 것 같아요. 밤에 일했고, 수위 같은 제복을 입지 않았거든요."

"그래서 어떻게 됐어?"

"그때 처음으로 불법과 합법에 대해 알게 됐어요. 그 아저씨가 아이를 갖는 건 합법이 아니었어요. 어떤 여자가 와서 안 된다고 소리쳤고 아저씨도 나에 대해서 뭐라고 소리쳤는데, 대부분은 이해할 수 없는 말들이었어요. 결국은 아저씨가 지고 여자가 이겼죠. 아저씨가 나한테 이 집에서 살 수 없게 됐다고 말했어요. 그래서 난 집을 나왔어요."

"그 사람이 널 거리에 데려다놨니?"

"아뇨, 내가 나왔어요. 지금 생각해보면 다른 사람한테 날 넘겨주려고 했던 것 같은데, 그 말이 무섭게 들렸어요. 그래서 그러기 전에 나와 버렸어요. 하지만 이제 벌거벗은 것도 아니고 배가 고프지도 않았어요. 그 아저씨는 착한 사람이었어요. 내가 떠난 뒤에 더 이상 문제가 생기지 않았을 거예요."

"그때부터 넌 거리에서 살기 시작했구나."

"그렇다고 볼 수 있죠. 몇 군데에서는 사람들이 나한테 먹을 걸 줬어요. 하지만 그럴 때마다 나보다 큰 아이들이 그걸 보고 찾아와서, 자기한테도 먹을 걸 달라고 소리치며 애원했죠. 그래서 결국은 나한테도 안 주게 됐어요. 또 다른 때는 큰 아이들이 나를 밀쳐내고 내 손에서 음식을 빼앗아갔어요. 진짜 무서웠어요. 한번은 내가 먹는 걸 보고 화가 났는지, 커다란 아이가 내 목에 막대기를 집어넣고 방금 먹은 걸 토하게 했어요. 그 자리에서 바로요. 자기가 그걸 먹으려고 했는데 결국 먹지는 못했죠. 구역질이 나서. 그때가 제일 무서웠어요. 그 후로는 항상 숨어 다녔어요. 숨어 다녔어요. 항상."

"배고팠겠구나."

"그러면서 지켜봤어요." 빈이 말했다. "조금씩 먹긴 했어요. 아주 가끔. 죽진 않았어요."

"그래, 넌 죽지 않았어."

"죽는 사람을 많이 봤어요. 죽은 아이들도 많이 봤어요. 커다란 아이들과 작은 아이들. 그중에서 몇 명이나 그 깨끗한 장소에서 나온 아이들일지 궁금했죠."

"그런 아이를 알아본 적도 있니?"

"아뇨. 나랑 같은 데서 살았던 것처럼 보이는 아이는 하나도 없었어요. 다들 배고파 보일 뿐이었죠."

"빈, 이런 얘기를 해줘서 고맙다."

"물어보셨잖아요."

"그거 아니? 갓난아기가 3년 동안 그렇게 살아남는다는 건 불가능한 일이야."

"내가 죽지 않은 게 이상하다는 뜻이군요."

"그런 게 아니라…… 하느님이 널 지켜보셨다는 뜻이야."

"그렇군요. 물론 그렇겠죠. 그런데 왜 다른 아이들은 죽게 내버려뒀을까요?"

"그 아이들을 사랑하시기에 당신 품으로 데려가신 거야."

"그럼 나를 사랑하지 않았다는 거네요?"

"아니, 너도 사랑하셔, 그분은……."

"그렇게 열심히 지켜보고 있었으면, 가끔씩 나한테 먹을 거라도 좀 줄 수 있었을 텐데요."

"그분이 나를 너에게로 인도하셨어. 너에게 뭔가 위대한 목적을 지니고 계신 거야, 빈. 너는 그게 뭔지 모르겠지만, 하느님이 아무런 이유도 없이 그렇게 기적처럼 널 살려두지 않으셨을 거야."

빈은 이런 얘기를 하는 게 지겨웠다. 칼로타 수녀는 하느님 얘기를 하는 게 아주 행복한 모양이었지만, 그는 하느님이 대체 무엇인지조차 알지 못했다. 그녀는 세상에 일어나는 모든 좋은 일이 하느님 덕분이라고 생각하는 듯했다. 그러면서 나쁜 일이 있을 때는 하느님을 언급하지 않거나 결국에는 그게 좋은 일이 될 수 있는 이유를 찾아냈다. 하지만 빈이 보기에는 그게 맞는 것 같지 않았다. 그는 죽은 아이들이 좀 더 배불리 먹으면서 살아 있고 싶었으리라고 생각했다. 하느님이 그들을 그토록 사랑했다면, 원하는 일을 뭐든지 할 수 있는 분이라면, 왜 그 아이들에게 좀 더 많은 음식을 주지 못한 것인가? 그리고 만약 하느님이 그들이 죽기를 바라셨다면, 더 빨리 죽게 하거나 아예 태어나지 않게 했으면 더 좋았을 게 아닌가? 그러면 이 삶에서 그렇게 고생할 필요도 없고, 하느님이 품으로 데려가려 할 때 살아남으려고 발버둥친 것에 대해 그렇게 화가 나지도 않을 것이다. 그 무엇도 납득이 되지 않았다. 칼로타 수녀가 설명하면 할수록, 빈은 더 이해가 되지 않았다. 누군가 세상을 총괄하는 이가 있다면, 공정하게 처리해야 할 게 아닌가. 그분이 공정하지 않다면, 칼로타 수녀는 왜 그리도 행복하게 하느님에게 모든 것을 내맡기는가?

하지만 그가 그런 말을 했을 때, 그녀는 대단히 동요하며 하느님에 대해 훨씬 많은 이야기를 했고, 그가 알지 못하는 단어들을 동원해서 구구절절 설명했다. 차라리 그녀가 무슨 말을 하든 마음대로 말하게 하고 반박하지 않는 편이 더 나았다.

그의 관심을 끈 것은 책과 숫자였다. 그는 그런 것들이 꽤 마음에 들었다. 실제로 쓸 수 있는 종이와 연필을 갖는다는 것도 매우 기분 좋은 일이었다.

또 하나 매력적인 것은 지도였다. 칼로타 수녀는 처음에 지도 보는 법을 가르쳐주지 않았지만, 벽에 몇 장 붙어 있는 지도들이 그의 눈길을 사로잡았다. 그는 그리로 올라가 깨알같이 적힌 작은 글자들을 읽어보았다. 어느 날 강 이름을 알아보았을 때, 그 파란 선이 강이고 훨씬 더 커다란 파란 지역은 강보다 더 많은 물을 뜻한다는 것을 깨달았다. 그 다음에는 다른 단어 몇 개가 거리 표지판에 적혀 있던 것과 같은 이름이라는 것을 깨달았다. 그것은 다름 아닌 로테르담 지도였다. 그게 무언지 알고 나자 모든 것이 확실해졌다. 하늘에서 새가 내려다본다면 로테르담이 바로 그런 식으로 보일 것이었다. 건물이 모두 안 보이고 거리에 사람들이 하나도 없다면 말이다. 그는 다른 아이들과 같이 살았던 곳을 찾아보았고, 포크가 죽은 곳과 자신이 아는 다른 장소들도 모두 찾아보았다.

빈이 지도에 대해 이해하고 있는 것을 발견했을 때, 칼로타 수녀는 흥분을 감추지 못했다. 그녀는 로테르담이 작은 선에 불과한 지도를 보여주었고, 그 다음에는 점 하나에 불과한 지도, 너무 작아서 보이지도 않는 지도를 차례로 보여주었다. 그런데도 그녀는 로테르담이 어디 있는지 아는 듯했다. 빈은 세상이 그렇게 크다는 것을 처음으로 알았다. 세상에 그렇게 많은 사람들이 살고 있다는 것도 처음 알았다.

하지만 칼로타 수녀는 다시 로테르담 지도로 돌아가 빈이 어렸을 때 어디에 있었는지 기억하게 해보려고 노력했다. 하지만 무엇 하나 똑같아 보이지 않는 지도상에서 그걸 알아내기란 쉬운 일이 아니었다. 그에게 먹을 것을 주었던 몇몇 장소를 알아내기까지 오랜 시간이 걸렸다. 칼로타 수녀에게 그 지점을 얘기하자, 그녀는 지도에 하나하나 표시를 해두었다. 나중에 모아 보니, 그 장소들은 모두 한 지역에 모여 있지만 한 줄로 늘어서 있는 모양새를 하고 있었다. 마치 빈이 포크를 처음 만난 곳으로부터 시간을 거슬러 올라가, 어디론가 가는 길을 표시하는 것처럼…….

깨끗한 장소로 가는 길을.

하지만 그곳이 어딘지 도무지 감이 잡히지 않았다. 관리인과 함께 깨끗한 장소에서 나올 때 빈은 겁에 질려 있었다. 어디가 어딘지 전혀 알지 못했다. 게다가 칼로타 수녀의 말대로 관리인이 그 깨끗한 장소에서 멀리 떨어진 집에서 살았을 가능성도 없지 않았다. 그렇다면 빈의 과거를 되짚어 봄으로써 찾아낼 수 있는 것은 관리인의 집 또는 그가 3년 전에 살았던 곳 정도일 것이다. 설령 집을 찾아낸다 하더라도 관리인이 뭘 얼마나 알고 있겠는가?

최소한 깨끗한 장소가 어디 있었는지는 알 것이다. 바로 그거다. 그리고 이제 빈이 또 하나 알게 된 사실은, 그의 근본을 알아내는 것이 칼로타 수녀에게 매우 중요한 일이라는 점이었다.

그녀는 그가 진짜로 누구인지 알아내고 싶어 한다.

하지만…… 그는 이미 자신이 누군지 알고 있었다. 이 점을 그녀에게 얘기하려고 노력했다.

"난 여기 있어요. 이게 진짜 나예요. 다른 사람인 척 연기하는 거 아니에요."

"그래, 알아."

그녀가 웃으며 그를 껴안았다. 그건 괜찮은 느낌이었다. 기분이 좋다고 할 수도 있었다. 그녀가 처음 그런 행동을 했을 때는 두 손을 어디에 둬야 할지 몰라서 그녀가 마주 껴안는 법을 가르쳐주어야 했다. 거리에서 엄마 아빠와 같이 있는 애들이 그렇게 하는 것을 몇 번 봤지만, 볼 때마다 항상 길을 잃지 않으려고 부모한테 매달리는 것인 줄 알았다. 그냥 기분 좋아서 하는 행동이리라고는 생각지 못했다. 칼로타 수녀의 몸에는 단단한 곳과 물렁한 곳들이 있어서 그 품에 안기는 건 조금 이상했다. 포크와 아킬레스가 껴안고 키스하던 걸 생각해봤지만 칼로타 수녀에게 키스하고 싶지는 않았고, 포옹에 익숙해진 후에는 그것도 별로 하고 싶지 않았다. 그녀가 껴안아줄 때는 가만히 받아들였지만, 자신이 그녀를 껴안는다는 건 생각지도 않았다. 그런 생각 자체가 떠오르지 않았다.

그녀는 그에게 상황을 설명하기 곤란할 때면 가끔 설명해주는 대신 껴안곤 했다. 빈은 그게 마음에 들지 않았다. 그녀는 깨끗한 장소를 찾는 게 왜 그리 중요한지 말하려 하지 않았다. 대신에 그를 껴안으며 이렇게 말하곤 했다. "아, 귀여워라." 아니면 "아, 가엾어라." 하지만 그것은 그녀가 말하고 있는 것보다 그게 더 중요하다는 뜻이었고, 빈이 너무 어리석거나 무지해서 설명해도 이해하지 못할 거라고 생각한다는 뜻이었다.

그는 최대한 더 많은 것을 기억해내려고 노력했다. 다만 이제는 그녀가 그에게 모든 것을 말해주지 않기 때문에 빈도 그녀에게 모든 것을 말하지 않는 게 공평하다고 생각했다. 그는 그녀의 도움 없이 직접 깨끗한 장소를 찾을 생각이었다. 그 후에 얘기해줘도 되겠다 싶으면 그녀에게 말할 것이다. 그녀가 먼저 깨끗한 장소를 찾았다가는 잘못된 답을 알아낼 수도 있으니까. 그렇게 되면 무슨 일이 벌어질까? 그녀가 그를 거리로 돌려보내려 할까? 하늘에 있는 학교로 보내주지 않으려 할까? 처음에 그녀는 거기에 보내주겠다고 약속했다. 그런데 테스트를 한 후에는 아주 잘했다고 하면서도 다섯 살이 될 때까지는 하늘 학교에 갈 수 없다고 했다. 그게 전적으로 그녀의 결정이 아니기 때문에 그때도 어쩌면 못갈 수도 있다고 말했다. 그 순간 빈은 칼로타 수녀에게 자기 약속을 지킬 힘이 없다는 것을 알았다. 이런 상황이니 그녀가 빈에 대해서 뭔가 잘못된 부분을 찾아낸다면, 약속을 전혀 지키지 못할 수도 있었다. 아킬레스로부터 안전하게 지켜주겠다는 약속조차도. 그렇기 때문에 그가 직접 알아내야 했다.

그는 지도를 열심히 들여다보았다. 마음속으로 여러 가지 것들을 그려보았다. 잠이 들면서도 혼잣말을 하고 생각하고 기억하면서, 관리인의 얼굴, 자신이 살았던 방, 그 심술궂은 여자가 서서 소리치던 외부 계단을 떠올려보려고 노력했다.

어느 날 충분히 기억해냈다는 판단이 섰을 때, 빈은 화장실에 갔다. 그는 변기를 좋아했다. 뭔가가 순식간에 사라져버리는 것은 무서웠지만 물을 내리는 것은 재미있었다. 화장실에 갔다가 칼로타 수녀가 공부를 가르치는 곳으로 돌아가는 대신, 다른 쪽 복도로 내려가 거리로 향하는 문을 열고 나섰다. 그를 막아서는 사람은 아무도 없었다.

하지만 곧바로 자신의 실수를 깨달았다. 관리인 집이 어딘지 알아낼 생각만 하느라, 지금 있는 곳이 지도상에서 어딘지 알아볼 생각을 하지 못했다. 그는 태어나서 생전 처음 보는 동네에 서 있었다. 사실 전에 살던 곳과 여기는 거의 다른 세상에 속해 있는 듯했다. 로테르담 거리에는 걸어가거나 수레를 밀거나 자전거를 타고서 이곳에서 저곳으로 쌩쌩 지나가는 사람들이 가득했는데, 빈이 서 있는 그곳 거리는 거의 비어 있었고 사방에 차들이 주차돼 있었다. 가게는 하나도 보이지 않았다. 죄다 집과 사무실, 아니면 앞면에 작은 표지들이 붙어 있는 사무실 비슷한 집들뿐이었다. 전혀 다르게 생긴 건물은 빈이 방금 나온 그 건물뿐이었다. 다른 건물들보다 크고 네모나고 단단하게 생겼지만, 앞에 아무런 표지도 붙어 있지 않았다.

가려는 목적지는 아는데, 여기서 거기까지 어떻게 가야 하는지 알수 없었다. 게다가 칼로타 수녀가 곧 그를 찾기 시작할 것이다. 제일 먼저 떠오른 생각은 숨어야 한다는 것이었다. 하지만 깨끗한 장소에서 그가 숨어 있던 것을 그녀가 전부 알고 있으니, 이번에도 숨으리라 생각하고 가까운 은신처부터 그를 찾아보기 시작할 것이다.

그래서 그는 뛰었다. 자신의 다리가 상당히 강해진 것이 놀라웠다. 날아가는 새처럼 빠르게 달릴 수 있는 느낌이었다. 힘들지 않았다. 영원히 달릴 수도 있을 것 같았다. 냅다 달려서 모퉁이를 돌아 다른 거리로 뛰었다.

또 다른 거리로, 또 다른 거리로 내려갔다. 길을 잃어버릴 때까지. 아니 처음부터 길을 몰랐으니까 길을 잃었다고 할 수도 없다. 걷거나 더 빨리 걷거나 천천히 달리면서 거리와 골목골목들을 돌아다니는 동안, 그는 수로나 물줄기를 찾는 게 해결책이라는 것을 깨달았다. 그것이 그를 강으로 혹은 그가 알 만한 장소로 데려다줄 것이다. 물을 건너는 첫 번째 다리에 도달했을 때, 물이 어느 쪽으로 흐르는지 확인한 뒤 물길에서 멀어지지 않을 만한 길을 선택했다. 아직은 자신의 위치가 어디인지 알 수 없었지만, 적어도 그는 계획을 따르고 있었다.

그 계획은 효과적이었다. 강을 찾아냈고 그 후로 강변을 따라 걸어갔다. 멀리 강굽이를 돌아 마스불레바드 도로의 모습이 부분적으로 눈에 들어왔다. 그건 포크가 살해된 곳으로 이어져 있는 길이었다.

지도에 그 강굽이가 나와 있었다. 그는 칼로타 수녀가 지도에 표시한 부분을 모두 알고 있었다. 그 표시들을 지나 관리인이 살았던 지역으로 접근하려면 전에 아이들과 같이 살았던 거리를 지나쳐 가야 했다. 그의 얼굴이 거기 알려져 있기 때문에 그건 쉬운 일이 아니었다. 칼로타 수녀가 경찰들을 풀어 그를 찾을 수도 있다. 경찰들은 그 거리를 찾아볼 것이다. 그가 다시 거리의 아이가 되어 거기 나타나리라 예상할 테니까.

그들은 빈이 더 이상 배고픈 상태가 아니라는 사실을 간과하고 있다. 배고프지 않기 때문에 서두를 이유도 없다.

그는 먼 길을 돌아서 갔다. 강에서 멀리, 고아들이 배회하고 있을 시내 중심가에서 멀리 떨어졌다. 거리에 사람이 붐비는 것 같아 보일 때마다 그곳에서 벗어나 더 넓게 원을 그리며 걸었다. 그날 하루와 다음 날 대부분이 걸렸다. 너무 넓게 원을 그려서 한동안은 전혀 로테르담이 아닌 곳을 돌아다녔고, 사진에서 보던 것과 똑같은 전원지역도 구경했다. 주변보다 높이 올라선 길들과 농지로 구성된 풍경이었다. 칼로타 수녀가 전에 한 번 설명해준 적이 있었다. 농지 대부분이 해수면보다 낮아서 바닷물이 밀려들어 덮어버리는 것을 막으려면 커다란 제방을 만드는 수밖에 없다고. 하지만 빈은 그런 제방 어디에도 가까이 갈 생각이 없었다. 어쨌든 제 발로 걸어가진 않을 것이었다.

그는 이제 다시 스키브룩 지구 시내로 들어왔다. 둘째 날 오후 느지막이 린데크 거리 이름이 눈에 들어왔고 곧이어 그가 아는 교차 도로인 에라스무스 싱헬을 발견했다. 그 다음부터 그의 기억에 남아 있는 가장 초기 장소로 찾아가는 것은 어렵지 않았다. 그가 말도 제대로 못하는 아기였을 때, 어른들이 달려와 그를 발로 차내는 대신 먹을 것을 입에 넣어주었던 레스토랑 뒷문을 찾아냈다.

어스름이 내릴 무렵에 그는 거기 서 있었다. 아무것도 변하지 않았다. 한 손에 작은 음식 그릇을 들고 다른 손으로는 숟가락을 흔들며 그가 알지 못하는 언어로 무언가를 말하던 여자의 모습이 눈에 선하게 떠올랐다. 이제 그 레스토랑의 간판을 읽어보니 아르메니아어로 돼 있었다. 그 여자가 말했던 언어가 아마 그것이었으리라.

그가 어느 쪽에서 여기까지 걸어왔을까? 음식 냄새를 맡았을 때 어딘가로 걷고 있었을 것이다…… 이 길이었을까? 그는 거리 위로 약간 올라갔다가 아래쪽으로 내려갔다. 방향을 잡기 위해 돌고 또 돌왔다.

"야, 뚱보, 여기서 뭐하는 거야?"

여덟 살쯤 된 아이들 두 명이었다. 공격적이지만 깡패는 아니다. 아마 패거리에 속해 있으리라. 아니, 이젠 가족에 속해 있겠지. 아킬레스가 많은 것을 변화시켰으니까. 변화의 바람이 이 구역까지 불러왔다면.

"여기서 내 파파를 만나기로 했어." 빈이 말했다.

"네 파파가 누군데?"

그들이 '파파'를 그의 아버지로 생각하는지 아니면 '가족'의 파파로 생각하는지 확실치 않았다. 하지만 일단 운에 맡기고 아킬레스라는 이름을 말했다.

그들이 코웃음 쳤다. "그는 저 아래 강변에 있어. 여기까지 올라와서 너 같은 뚱보를 왜 만나겠어?"

그들의 비웃음은 중요하지 않았다. 중요한 것은 아킬레스의 이름이 여기 멀리까지 알려졌다는 점이었다.

"내가 그 이유까지 너희한테 설명할 필요는 없잖아. 그리고 아킬레스 가족에 있는 아이들은 모두 나처럼 뚱뚱해. 아주 잘 먹거든."

"걔들도 다 너처럼 작아?"

"전에는 더 컸는데, 호기심이 너무 많아서 말이야." 빈은 그렇게 말한 뒤, 그들을 밀치고 관리인의 집이 있을 가능성이 큰 쪽으로 걸어가기 시작했다.

그들은 뒤따라오지 않았다. 아킬레스의 이름이 지닌 힘은 굉장했다. 어쩌면 두려워할 게 전혀 없는 것처럼 그들을 거들떠보지도 않는 빈의 완벽한 자신감 때문이었을지도 모른다.

무엇 하나 낯익어 보이지 않았다. 관리인의 집을 떠난 후에 자신이 거쳐 갔을 만한 방향에서 뭔가 보았을 만한 게 있을지 몰라서, 사소한 것까지 유심히 살피며 빙빙 돌았다. 그래도 별 소용이 없었다. 어두워질 때까지, 어두워진 후에도 그는 계속 헤매 다녔다. 그러다 아주 우연히, 표시판을 살펴보려고 가로등 밑에 멈춰 섰을 때, 거기 새겨져 있는 글자들이 그의 눈을 사로잡았다. P*DVM. 그게 무슨 뜻인지는 알 수 없었다. 기억을 되살려보려고 노력할 때 그런 것을 생각해본 적은 없었다. 하지만 분명히 전에 본 글자들이었다. 한 번만 본 게 아니었다. 여러 번 보았다. 관리인의 집은 여기서 아주 가까웠다.

그는 천천히 돌아서서 주변을 훑어보았다. 거기 있었다. 내부 계단과 외부 계단이 둘 다 있는 작은 아파트 건물이.

관리인이 살던 곳은 맨 위층이었다. 1층, 2층, 3층, 4층. 우편함으로 다가가 거기 이름들을 읽어보려 했지만, 우편함이 너무 높이 달려 있는데다 글자들이 모두 흐릿하게 바랬고, 몇 군데는 이름표가 아예 붙어 있지 않았다.

솔직히 말해서 빈이 관리인의 이름을 알았던 것은 아니다. 그러니 우편함의 이름을 읽을 수 있더라도 어느 이름이 관리인 이름인지 알아낼 수 없었을 것이다. 외부 계단은 꼭대기 층까지 이어져 있지 않았다. 2층의 병원용으로 만들어진 게 틀림없었다. 이미 날이 어두워졌기 때문에 계단 위의 문은 잠겨 있었다.

기다리는 수밖에 방법이 없었다. 밤새 기다리다가 아침에 누가 나올 때 건물 안으로 들어가든지, 밤에 돌아오는 사람이 있으면 그 뒤로 슬쩍 따라 들어가든지 해야 할 것이었다.

깜박 잠이 들었다가 깨고, 또 다시 잠들었다 깨어났다. 경찰이 보면 다른 데로 가라고 할 것 같아서, 두 번째 깼을 때는 불침번 서기를 포기하고 계단 아래로 기어들어갔다. 거기 웅크리고 밤을 보내야 할 듯했다. 술 취한 웃음소리가 그를 깨웠다. 여전히 캄캄했고 부슬부슬 비가 내리기 시작했지만, 계단 밑으로 빗방울이 떨어질 정도는 아니라서 옷이 젖지는 않았다. 그는 누가 그렇게 웃어대는지 알아보려고 고개를 내밀었다. 술에 취해 해롱거리는 남자와 여자였다. 남자는 은근히 여자를 건드리고 찌르고 꼬집었다. 여자는 건성으로 찰싹찰싹 그의 손을 밀어냈다.

"좀 기다릴 수 없어?" 여자가 말했다.

"못 기다려." 남자가 말했다.

"아무것도 안하고 잘 거잖아." 여자가 말했다.

"이번엔 안 그래." 남자가 말하고는, 우웩 토했다.

여자가 역겨운 표정을 짓고 혼자 걸어갔다. 남자가 비틀비틀 쫓아갔다.

"이제 괜찮아졌어. 금방 더 괜찮아질 거야." 그가 말했다.

"돈 더 내야 돼." 여자가 차갑게 말했다. "그리고 이부터 닦아."

"당연히 닦아야지."

그들은 이제 아파트 건물 바로 앞에 서 있었다. 빈은 그들 뒤로 따라 들어갈 준비를 하고 기다렸다.

다음 순간 더 이상 기다릴 필요가 없다는 것을 깨달았다. 그 남자가 바로 오래전에 그를 구해주었던 그 관리인이었다.

빈은 어둠 속에서 걸어 나와 그 여자에게 말했다. "아빠를 집에 데려와줘서 고마워요."

그들이 둘 다 놀라서 그를 쳐다보았다.

"넌 누구냐?" 관리인이 물었다.

빈은 여자를 쳐다보며 눈을 굴렸다.

"아빠가 너무 많이 취했으면 안 되는데."

그리고는 관리인 쪽으로 시선을 돌려 말했다.

"또 이렇게 취해 들어온 걸 알면 엄마가 난리칠 거예요."

"엄마!" 관리인이 말했다. "대체 무슨 소리하는 거야?"

여자가 관리인을 밀쳐냈다. 그가 균형을 잃고 벽으로 휘청거리다가, 주르륵 벽을 타고 미끄러져 땅바닥에 주저앉았다.

"내가 진작 알아봤어야 했어. 마누라가 있는 집으로 날 데려온 거야?"

"나 결혼 안했어. 얘는 내 아이가 아니야."

"그래, 둘 다 맞는 말이겠지. 하지만 어쨌든 저 꼬마한테 기대서 집에나 올라가보셔. 엄마가 기다리고 있다잖아." 그녀가 성큼성큼 걸어갔다.

"내가 준 40길더는 어쩌고?" 무슨 대답을 들을지 알면서도 그가 애처롭게 물었다.

여자가 음란한 손짓을 해보이고는 어둠 속으로 사라졌다.

"이놈 자식이." 관리인이 성질을 냈다.

"당신과 단둘이 할 얘기가 있어서 그랬어요." 빈이 말했다.

"네가 누군데? 네 엄마는 누구야?"

"그걸 알아내려고 여기 온 거예요. 난 당신이 이 집에 데리고 왔던 그 아기예요. 3년 전에."

남자가 멍하니 그를 쳐다보았다.

갑자기 불빛이 하나 켜지고, 또 하나가 켜졌다. 빈과 관리인은 순식간에 플래시 불빛에 휩싸였다. 경찰 네 명이 그들에게 좁혀들고 있었다.

"도망쳐봤자 너만 힘들 거다, 꼬마야." 경찰이 말했다. "당신도 마찬가지고, 재미 보려다 망친 양반."

"그들은 죄인이 아니에요." 칼로타 수녀의 목소리였다.

"난 그들과 얘기하고 싶을 뿐이에요. 저 사람 집에 올라가서."

"날 따라왔어요?" 빈이 그녀에게 물었다.

"네가 누굴 찾으려 하는지 알고 있었어. 찾을 때까지 방해하지 않았을 뿐이야. 네가 정말 영리하게 해냈다고 생각할까봐 하는 말인데, 네 뒤를 쫓는 깡패 네 명과 악명 높은 성범죄자 두 명을 우리가 막아줬단다." 그녀가 말했다.

빈은 눈알을 굴렸다. "내가 그들을 처리하지 못했을 것 같아요?"

칼로타 수녀는 어깨를 으쓱했다.

"혹시라도 이번에 네가 처음으로 실수하면 안 되지 않겠니."

그 말투에 빈정대는 느낌이 실려 있었다.

◆

"내가 뭐랬어요, 파블로 데 노체스한테 뭐 하나 알아낼 게 없을 거라고 했잖습니까. 이 자는 돈으로 여자 몸뚱이나 사는 이주민이에요.

107

네덜란드가 국제영토가 된 뒤로 여기로 밀려드는 쓸모없는 인간들 중 하나일 뿐이란 말입니다."

칼로타 수녀는 경찰이 내가 뭐랬냐는 잔소리를 늘어놓는 동안 끈기 있게 끝나기를 기다리며 앉아 있었다. 하지만 그 관리인을 아무 쓸모없는 인간으로 몰아붙인 것에 대해서는 묵과하고 넘어갈 수 없었다.

"그는 아기를 구해준 사람이에요. 아기를 먹이고 보살펴줬어요."

경찰이 손을 흔들어 그 반박을 물리쳤다.

"그렇잖아도 거리에 애새끼들이 넘쳐나는데 또 하나 살려서 뭐하게요? 이런 사람들이 바로 그런 애들을 만들어내는 겁니다."

"아무것도 알아내지 못한 건 아니에요. 그 아이를 어디서 발견했는지 알아냈잖아요." 칼로타 수녀가 말했다.

"하지만 당시에 건물을 임대한 사람들은 추적이 안 됩니다. 그런 이름을 가진 회사도 없고요. 단서가 될 만한 게 전혀 없어요. 그들을 찾아낼 방법이 없단 말입니다."

"하지만 아무것도 없다는 것은 분명 뭔가가 있다는 뜻이에요. 거기에 아이들이 많이 있었어요. 그들은 서둘러 그 장소를 폐쇄했고, 아이들을 모두 없앴어요. 한 명만 빼고요. 회사 이름은 가짜였고 추적이 안 되죠. 그렇다면 당신의 경험으로 볼 때, 그 건물 안에서 뭔가 일이 벌어지고 있었으리라는 생각이 들지 않나요?"

경찰이 어깨를 으쓱했다. "물론 무슨 일인가 있었겠죠. 거긴 분명 장기농장이었을 겁니다."

칼로타 수녀의 눈에 눈물이 솟구쳤다. "정말 그런 가능성밖에 없나요?"

"부잣집에서 결함을 지닌 아이들이 많이 태어나요. 유아나 어린아이의 장기를 매매하는 불법 시장이 있습니다. 우린 그런 장기농장을 발견할 때마다 폐쇄조치를 취하죠. 놈들이 우리가 폐쇄하려는 걸 미리 눈치채고 문을 닫아버렸을 수도 있어요. 하지만 서류에는 그 당시에 장기농장을 찾아냈다거나 하는 내용이 전혀 나와 있지 않아요. 그렇다면 놈들이 또 다른 이유로 폐쇄했을지도 모르죠. 어쨌거나 달라지는 건 없어요. 단서는 전혀 없는 겁니다."

칼로타 수녀는 이것이 얼마나 귀중한 정보인지 알아차리지 못하는 그의 무능력을 참을성 있게 무시했다.

"아기들이 어디서 왔을까요?"

경찰이 멍청하게 그녀를 쳐다보았다. 여기서 자기가 수녀에게 성교육이라도 시켜야 하는 건지 생각하는 듯했다.

"장기농장 말이에요." 그녀가 말했다. "그들이 아기들을 어디서 구했을까요?"

경찰이 다시 어깨를 으쓱했다. "보통은 임신말기 낙태에서 나와요. 병원과 일종의 합의 같은 걸 하고, 뒷돈도 오고가고. 그렇죠."

"그게 유일한 출처인가요?"

"글쎄, 모르죠. 슬쩍 빼내는 경우도 있으려나? 그런 경우가 많진 않을 겁니다. 병원 보안 시스템이 그렇게 많은 아기들이 새나갈 정도로 만만하진 않으니까. 아, 그렇지, 아기를 돈 받고 파는 경우도 있을 텐데…… 그래요, 그런 얘기는 들어봤습니다. 가난한 난민들이 처음에 도착했을 때는 아이가 여덟 명이었는데 몇 년이 지난 후에는 여섯 명밖에 없죠. 그들은 아이들이 죽었다고 울어대지만 누가 뭘 증명할 수 있겠어요? 어쨌거나 추적할 수 있는 건 없어요."

"내가 이런 질문을 하는 이유는 이 아이가 특이하기 때문이에요. 아주 특이해요."

"팔이 세 개라도 달렸어요?" 경찰이 물었다.

"똑똑해요. 조숙하고. 그 아이는 한 살이 되기도 전에 그곳에서 도망쳤어요. 걷지도 못하는 아이가."

경찰이 잠시 그 부분을 생각했다. "기어서 도망쳤어요?"

"변기 물탱크에 숨어 있었어요."

"한 살도 안 된 아기가 그 뚜껑을 들었다고요?"

"들어올리기 힘들었다고 하더군요."

"아뇨, 그건 아마 싸구려 플라스틱이었을 거예요. 도자기가 아니라. 이런 시설 설비들이 어떤지 알잖아요."

"아무튼 내가 이 아이 부모를 왜 알아내고 싶어 하는지 짐작할 수 있으시겠죠? 분명 평범한 사람들이 아닐 거예요."

경찰이 어깨를 으쓱했다. "개중에는 똑똑하게 태어나는 아이들이 있어요."

"하지만 이 아이에겐 유전적인 요소가 있어요. 이런 아이의 부모라면 틀림없이…… 대단한 사람들일 거예요. 놀라운 두뇌를 지니고 있어서 많은 이들의 주목을 받을 거예요."

"그럴 수도 있고, 아닐 수도 있어요." 경찰이 말했다. "난민 중에서 똑똑한 자들이 있었는데 먹고살기가 힘들어서 다른 아이들을 먹여 살리려고 아기 하나를 팔았을 수도 있죠. 차라리 그게 현명한 짓이에요.

그러니까 그 똑똑한 아이의 부모로 난민을 배제할 수 없다는 말입니다."

"가능성이 없는 건 아니죠." 칼로타 수녀가 말했다.

"아무튼 여기까지가 당신이 얻을 수 있는 최대한의 정보에요. 파블로 데 노체스는 아는 게 하나도 없어요. 자기가 살았던 스페인 마을 이름도 간신히 말했을 정도죠."

"우리가 물어봤을 때 그는 취해 있었어요." 칼로타 수녀가 말했다.

"술 깨면 다시 물어볼 겁니다. 뭐라도 더 알아내면 연락드릴게요. 하지만 그때까지는 내가 이미 말한 것으로 만족해야 할 겁니다. 더는 아무것도 없으니까."

"지금 나는 내가 알아야 할 모든 것을 알고 있어요. 이 아이가 정말 기적이라는 것, 어느 위대한 목적을 위해 하느님이 길러주셨다는 것을 알아요."

"난 가톨릭교도가 아니에요." 경찰이 말했다.

"그래도 하느님은 당신을 사랑하세요." 칼로타 수녀가 기운차게 말했다.

2부
신참

준비되거나 아니거나

"왜 자꾸 다섯 살짜리 거리의 아이를 나한테 보내려는 건가?"

"점수를 보셨지 않습니까."

"내가 그걸 진지하게 받아들여야 하나?"

"전투학교 전체 프로그램은 우리 테스트의 신빙성에 기초하고 있습니다. 따라서 당연히 그 아이의 점수를 진지하게 받아들이셔야죠. 제가 약간 조사를 해봤는데, 어떤 아이도 이 아이보다 좋은 성적을 받지 못했습니다. 그 유명한 아이를 포함해서요."

"내가 의심스러워하는 것은 테스트의 신빙성이 아니네. 테스트를 주도한 사람이지."

"칼로타 수녀는 하느님을 섬기는 자입니다. 그보다 더 정직한 사람은 없습니다."

"정직한 사람들은 자칫 자신을 속이게 되지. 칼로타 수녀는 너무나 오랫동안 찾아 헤맸어. 필사적으로 찾아내고 싶어 했지. 그 모든 수고에 보람을 안겨줄 단 한 명의 아이를 말일세."

"그래서 찾아냈습니다."

"그 아이를 어떻게 찾아냈는지 생각해보게. 처음에 보고했을 때는 아킬레스라는 아이를 열심히 칭찬했어. 이 콩과식물 빈이라는 아이는 뒤늦게 덧붙여졌을 뿐이지. 그러다 어느 날 갑자기 아킬레스에 대한 말은 쑥 들어갔어. 그 아이에 대해서는 전혀 언급이 없어. 그 아이가 죽었나? 얼마 전까지만 해도 다리 수술을 시켜주려고 그렇게 열심이지 않았나? 그런데 이제 진짜 후보는 푸른 콩이라는군."

"빈은 그 아이가 자신을 부르는 이름입니다. 대령님의 앤드류 위긴이 자신을 엔더라고 부르는 것처럼 말입니다."

"나의 앤드류 위긴이 아니야."

"빈도 칼로타 수녀의 아이가 아닙니다. 그녀가 테스트를 불공정하게 관리하거나 점수를 대충 줘서 넘어가려 했다면, 이미 오래전에 다른 학생들을 추천했겠지요. 우리도 이미 그녀가 얼마나 못 미더운 사람인지 알았을 테고요. 하지만 칼로타 수녀는 한 번도 그런 식으로 진행한 적이 없습니다. 아무리 가능성 있는 아이라도 적당하지 않다고 판단되면, 지휘관 학교가 아닌 다른 프로그램이나 지구에 있는 학교로 집어넣었습니다. 대령님은 단지 신경 쓰고 싶지 않으신 겁니다. 모든 관심과 에너지를 위긴에게 집중하기로 이미 마음을 정했기 때문에, 정신을 분산시키고 싶지 않으신 겁니다."

"자네가 내 정신과 의사라도 되나?"

"제 분석이 틀렸다면, 용서하십시오."

"물론 나는 이 꼬마에게 기회를 줄 생각이네. 이 점수가 진짜라고는 단 1퍼센트도 믿지 않지만."

"기회를 주는 것만으로는 부족합니다. 그 아이를 향상시키고, 테스트하십시오. 도전을 가하십시오. 현 상태로 머물게 놔두지 마십시오.”

"자넨 우리 프로그램을 과소평가하는군. 우리는 모든 학생들을 향
상시키고, 테스트하고, 도전을 가한다네."

"하지만 어떤 학생은 다른 학생들보다 더 많은 것을 감당할 수
있습니다."

"다른 학생들보다 프로그램을 더 잘 활용하는 학생들도 있지."

"칼로타 수녀에게 대령님의 열의를 전하겠습니다."

이제 떠날 시간이 되었다고 빈에게 말할 때 칼로타 수녀는 눈물을
흘렸다. 빈은 눈물 한 방울 흘리지 않았다.

그녀는 말했다. "그래, 지금은 좀 두렵겠지만 아무 걱정하지 마라,
빈. 거기서 넌 안전할 거야. 배울 것도 아주 많을 거야. 지금처럼 그렇
게 지식을 흡수하다보면, 조만간 거기서도 즐거워질 거란다. 그러니
까 전혀 내가 그립거나 하진 않을 거야."

빈은 눈을 깜박깜박했다. 내가 뭔가 두려워하는 내색이라도 했던
가? 무슨 근거로 내가 그녀를 그리워할 거라고 생각하지?

그는 그 어떤 느낌도 들지 않았다. 처음 그녀를 만났을 때는 뭔가
느낄 준비가 되어 있었을지도 모르겠다. 그녀는 친절했다. 그에게 먹
을 것을 주었다. 안전하게 보호하여 그에게 생명을 주었다.

하지만 그 후에 그가 파블로 데 노체스를 찾아냈을 때, 칼로타 수녀
가 나타나 그녀보다 더 오래전에 그를 구해주었던 남자와 아무 얘기
도 하지 못하게 했다. 그녀는 파블로가 무슨 얘기를 했는지, 그 깨끗
한 장소에 대해 무얼 알아냈는지 하나도 말해주지 않았다.

그 순간부터 신뢰는 사라졌다. 칼로타 수녀가 무엇을 하든 그를 위한 게 아니라는 것을 알았다. 그녀는 그를 이용하고 있었다. 목적이 무엇인지는 알 수 없었다. 어쩌면 빈이 스스로 하고자 하는 일이 그 목적일 수도 있었다. 하지만 그녀는 그에게 진실을 말하지 않았다. 그에게 비밀을 만들었다. 아킬레스가 비밀을 만들었던 식으로.

그래서 그는 칼로타 수녀에게 배우는 몇 달 동안, 점점 더 그녀에게서 거리를 두었다. 그녀가 가르치는 모든 것을 배웠을 뿐 아니라 그녀가 가르치지 않은 다른 많은 것들도 배웠다. 그녀가 부여하는 테스트를 모두 치렀고, 잘 해냈다. 하지만 그녀의 가르침 없이 배운 것들에 대해서는 전혀 드러내지 않았다.

물론 칼로타 수녀와 살아가는 삶이 거리에서 살아가는 삶보다 나았다. 거리로 돌아갈 생각은 추호도 없었다. 하지만 빈은 그녀를 믿지 않았다. 언제나 경계를 늦추지 않았다. 아킬레스 가족에 속해 있었을 때처럼 신중하게 행동했다. 처음에 잠깐 그녀 앞에서 눈물을 보이며 마음속에 있는 것들을 다 드러낸 적도 있었지만, 앞으로 다시는 그런 실수를 하진 않을 것이었다. 생활은 더 나아졌지만, 그는 안전하지 않았다. 여긴 집이 아니었다.

그녀의 눈물이 진짜라는 것은 알았다. 그녀는 진심으로 그를 사랑했고, 그가 떠나면 진심으로 그리워할 것이다. 그러지 않을 이유가 없다. 빈은 여러 모로 완벽한 아이였으니까. 유순하고, 재빠르고, 순종적이었다. 말하자면 그는 그녀에게 '착한 아이'였다. 하지만 그에게 그 모든 것들은 음식과 배움을 얻을 수 있는 방법에 불과했다. 그는 멍청하지 않았다.

그녀는 왜 그가 두려워하리라 생각했을까? 아마 그의 앞날에 대해 그녀 자신이 두려움을 느끼기 때문일 것이다. 그렇다면 정말로 두려워해야 할 무언가가 있을 수도 있다. 신중하게 움직여야 하리라.

또한 그녀는 왜 빈이 자신을 그리워할 거라 생각했을까? 그녀가 그를 그리워할 것이기 때문이다. 그녀가 느끼고 있는 것을 빈이 느끼지 않으리라고 상상할 수 없기 때문이다. 그녀는 빈 자체를 보는 게 아니라 자신이 이미 머릿속으로 상상해놓은 빈을 보고 있었다. 빈이 그런 아이인 척하게 하려고 여러 번 시도하기도 했다. 항상 먹을 것이 부족하지 않은 집에서 자랐을 게 틀림없는 자신의 어린 시절을 떠올리면서 말이다. 하지만 빈은 거리에 있었을 때 다른 누군가인 척하는 그런 쓸데없는 일에 상상력을 낭비할 겨를이 없었다. 대신에 어떻게 먹을 것을 구할지, 어떻게 패거리에 들어갈 수 있을지, 모두가 쓸모없는 존재로 여기는 자신이 어떻게 살아남을 수 있을지 그런 방법들을 상상하고 계획해야 했다. 포크에게 그를 돌로 쳐 죽이라고 재촉했던 일 때문에 앙심을 품고 있을 아킬레스가 언제 어떤 식으로 행동을 개시할지 상상해야 했다. 모퉁이를 하나 돌 때마다 거기에 어떤 위험이 도사리고 있을지, 먹을 것을 빼앗으려 하는 어떤 깡패가 기다리고 있을지 상상해야 했다. 그가 상상해야 할 것은 수도 없이 많았다. 하지만 빈은 자신이 아닌 다른 아이인 척하는 데에는 전혀 관심 없었다.

그것은 그녀가 좋아하는 놀이였다. 그녀는 항상 그런 놀이를 했다. 빈이 착한 아이인 척했다. 빈이 자신의 아들인 척했다. 현실에서는 가질 수 없는 아들. 그녀는 여길 떠날 때 빈이 울 거라고 상상했다. 새로운 학교와 우주로의 이 여행이 너무 두려워서 빈이 감정을 드러낼 여유조차 없는 거라고, 그래서 지금 울지 않는 거라고 상상했다. 그녀는 빈이 자신을 사랑한다고 상상했다.

이 점을 파악했을 때, 그는 결정을 내렸다. 칼로타 수녀가 그렇게 믿고 있더라도 내게 해될 일은 없다. 게다가 그녀는 너무나 그것을 사실로 믿고 싶어 한다. 그렇다면 굳이 그 상상이 맞는 척해주지 않을 이유가 무엇인가? 어차피 포크도 그러지 않았던가. 그녀는 전혀 필요 없는 나를 패거리에 넣어주었다. 해될 것이 없었기 때문에. 그게 포크가 한 일이었다.

빈은 의자에서 미끄러져 내려가, 테이블을 돌아 칼로타 수녀에게 다가갔다. 그리고는 팔이 닿는 한 넓게 그녀를 감싸 안았다. 그녀는 그를 무릎에 앉히고 꼭 끌어안았다. 그의 머리에 눈물방울이 똑똑 떨어졌다. 빈은 그녀가 콧물을 흘리지 않길 바랄 뿐이었다. 하지만 그녀가 그를 끌어안고 있는 내내 꼭 매달려 있다가 그녀가 포옹을 풀어주었을 때에야 손을 풀었다. 그게 그녀가 원하는 것이었다. 그녀가 그에게 바라는 유일한 보상이었다. 지금까지 그녀가 베풀어준 모든 음식과 수업과 책과 언어와 미래를 생각하면, 빈도 이 정도 맞장구쯤은 쳐주어야 했다.

그 순간이 지나갔다. 그는 그녀의 무릎에서 내려왔다. 그녀는 눈물을 닦아내고 일어나, 그의 손을 붙잡고 군인들과 차가 기다리고 있는 곳으로 그를 데려갔다.

차로 다가가자 제복 입은 남자들이 눈에 들어왔다. 아이들을 걸어차고 몽둥이를 휘두르던 국제영토 경찰들의 회색 제복이 아니었다. 그들은 I. F.의 하늘색 제복을 입고 있었다. 더 깔끔해 보였고, 주위에 모여들어 지켜보는 사람들도 두려움이 아닌 감탄의 표정을 짓고 있었다. 그것은 인류의 안전을 지키는 또 다른 권력의 제복이었다. 인류의 모든 희망이 걸려 있는 제복이었다. 이제 그곳에 그가 합류하게 될 것이다.

하지만 그는 너무나 작았다. 그들이 내려다보는 순간 어쩔 수 없이 무서운 기분이 들어서 칼로타 수녀의 손을 더 꼭 붙잡았다. 내가 저런 사람들 중 하나가 될까? 나도 남들이 감탄스럽게 쳐다보는 저런 제복 입은 남자가 될까? 그렇다면 내가 왜 두려워하지?

내가 두려워하는 이유는 내가 저렇게 클 수 있는 날이 올지 알 수 없기 때문이다.

군인 하나가 그를 안아서 차에 태워주려고 허리를 굽혔다. 빈은 그런 짓을 하면 가만두지 않겠다는 각오로 그를 노려보았다. "혼자 탈 수 있어요." 그가 말했다.

군인이 살짝 고개를 끄덕이고 다시 똑바로 섰다. 빈은 자동차 발판을 딛고 안으로 기어들어갔다. 차체가 상당히 높은데다 좌석이 미끌미끌해서 붙잡을 곳이 마땅치 않았다. 하지만 어떻게든 해냈다. 그는 앞좌석 사이로 내다볼 수 있는, 그래서 차가 향하는 곳을 짐작할 수 있는 뒷좌석 가운데에 자리를 잡았다.

군인 한 명이 운전석에 올라탔다. 빈은 다른 남자가 자기 옆자리로 올라타리라 예상했다. 가운데 앉지 말라고 한마디 하리라 예상했다. 그러는 대신에 남자는 비어 있는 앞좌석에 자리를 잡았다. 빈은 뒤에 혼자 앉았다.

그는 창밖에 서 있는 칼로타 수녀를 바라보았다. 그녀는 여전히 손

수건으로 눈물을 훔쳐내고 있었다. 그녀가 그에게 살짝 손을 흔들었다. 빈도 마주 흔들었다. 그녀가 약간 흐느껴 울었다. 차가 자석 트랙 길로 서서히 미끄러지기 시작했다. 그들은 금세 도시를 벗어나, 시속 150킬로미터로 시골길을 내달렸다. 눈앞에 암스테르담 공항이 나타났다. 유럽에서 우주왕복선을 궤도로 쏘아 보낼 수 있는 발사대가 설치된 곳은 이곳을 포함하여 단 세 곳뿐이었다. 이제 빈의 인생에서 로테르담과의 인연은 끝났다. 적어도 한동안은, 지구와의 인연도 끝났다.

◆

빈은 비행기를 타본 적이 없기 때문에 우주왕복선이 비행기와 얼마나 다른지 알 수 없었다. 하지만 다른 아이들이 처음에 하는 이야기는 모두 그 얘기뿐인 듯했다. 생각보다 작네. 수직으로 곧장 이륙하는 거 아니야? 오래된 우주선이나 그렇지, 바보야. 개인 테이블이 하나도 없잖아! 어차피 무중력 상태에서는 아무것도 놓을 수 없는데 그런게 왜 있겠냐, 멍청아.

빈에게 하늘은 그냥 하늘이었다. 지금까지 하늘에 관심을 가져본 것이라고 해봤자 비가 올까, 눈이 올까, 바람이 불까, 햇볕이 이글거릴까 그런 종류에 대한 것들뿐이었다. 우주로 올라가는 거나 구름으로 올라가는 거나 별반 이상할 것 같지 않았다.

그보다 더 그의 관심을 끈 것은 다른 아이들이었다. 대부분 남자아이였고 빈보다 나이가 많았다. 확실하게 다들 빈보다 컸다. 몇 명은 그를 이상하게 쳐다보았고, 뒤쪽에서 한 아이가 조그맣게 속삭였다.

"쟤는 사람이야 인형이야?" 어딜 가나 그의 나이와 몸집에 대해 욕하고 수군거리는 것은 빈에게 그리 새로운 일이 아니었다. 그런 말이 겨우 한마디 속삭여졌을 뿐이라는 게 오히려 더 놀라웠다.

그는 아이들을 하나하나 살펴보았다. 다들 꽤 통통하고 부드러웠다. 몸은 폭신한 베개 같고 볼은 탱탱하고 머리는 숱이 많았으며 옷은 잘 맞았다. 빈은 깨끗한 장소를 떠난 뒤로 그 어느 때보다 지금 더 살이 붙은 상태였지만, 자신의 모습이 어떤지 알지 못했다. 눈앞의 다른 아이들을 볼 수 있을 뿐이었다. 그들을 거리의 아이들과 비교해보지 않을 수 없었다. 사전트와 싸워서 이길 수 있을 만한 녀석이 하나도 없어 보였다. 아킬레스와 싸운다면…… 음, 아킬레스에 대해서는 생각하지 말자.

빈은 그들이 무료 급식소 밖에 줄 서 있는 모습을 상상해보았다. 핥아먹을 사탕 껍질 하나 얻으려고 손 내미는 모습을 상상해보았다. 얼마나 안 어울리는가. 그들은 지금껏 살아오면서 단 한 번도 끼니를 걸러본 적이 없을 것이다. 빈은 그들의 배를 힘껏 주먹으로 쳐서 그날 먹은 것을 모조리 토해내게 하고 싶었다. 그들에게도 뱃속의 고통을 느껴보게 하자, 굶주림의 극한 괴로움을 느껴보게 하자. 그 다음 날도, 다음 시간에도, 아침에도 밤에도, 깨어 있을 때도 잘 때도, 너무나 기운이 없어서 목구멍 안쪽이 끊임없이 펄떡거리고 눈의 감각이 무뎌지고, 두통과 현기증, 부어오르는 관절, 팽창하는 배가 느껴질 때까지, 근육이 사라져서 거의 일어설 수도 없을 때까지 허기진 배를 부여잡게 하자. 이 아이들은 죽음의 얼굴을 본 적이 없었고 어쨌거나 살아남도록 선택된 자들이었다. 그들은 자신만만했다. 부주의했다.

이 녀석들은 내 적수가 되지 못한다.

내가 그들을 따라잡지 못하리라는 것 또한 확실하다. 그들은 언제나 나보다 더 크고, 세고, 빠르고, 건강할 것이다. 더 행복할 것이다. 그들은 전혀 거리낌 없이 서로 이야기했다. 집을 그리워하듯이 말했고, 자기들처럼 여기 올 자격을 얻지 못한 아이들을 조롱했다. 전투학교가 정말 어떤 곳인지 속속들이 아는 척했다. 빈은 아무 말도 하지 않았다. 그저 그들의 말을 들으며 지켜보았다. 몇몇은 자신이 다른 아이들보다 우월하다는 것을 주장하려고 기를 썼으며, 그들보다 자신의 급이 더 낮다는 것을 아는 다른 아이들은 조용히 입을 다물었다. 아무 걱정 없이 태평스러운 이들도 몇 명 있었다. 언제 어디서나 맨 윗자리를 차지했기에 서열에 대해 걱정하지 않는 것이다. 빈은 마음 한편으로 그 시합에 끼어들어 언덕 꼭대기까지 악착같이 기어 올라가 승리하고 싶었다. 또 다른 한편으로는 그런 아이들 전체를 경멸했다. 이 무리에서 서열 1위가 되는 게 사실 무슨 의미가 있는가?

그는 자신의 조그만 손을 흘깃 내려다보고, 옆에 앉은 아이의 손을 쳐다보았다.

다른 아이들에 비하면 나는 정말 인형처럼 작다.

일부 아이들이 배고프다고 불평을 했다. 우주왕복선에 오르기 전 24시간 동안은 아무 것도 먹지 못하게 되어 있는데, 아이들 대부분은 그렇게 오랫동안 굶어본 적이 없었다. 빈으로 말할 것 같으면, 24시간 굶는 것쯤은 아무것도 아니었다. 패거리에 있을 때도 일주일이 지날 때까지는 굶주림에 대해 걱정하지 않았다.

우주선이 출발했다. 여느 비행기처럼 속력을 올리기 위해 길고 긴

활주로를 거쳐야 했고 굉장히 무거웠다. 빈은 그게 가만히 있는 것 같으면서도 앞으로 돌진하고 있다는 게 놀라웠다. 때로는 불규칙한 길 위로 구르는 것처럼 살짝살짝 흔들리고 덜거덕거렸다.

어느 정도 고도에 오르자 연료를 실은 비행기 두 대가 우주선으로 다가왔다. 비행속도에 도달하는 데 필요한 로켓 연료를 보충해주기 위해서였다. 처음부터 그 많은 연료를 다 실으면 지상에서 이륙할 수가 없다.

연료가 보급되는 동안 한 남자가 통제실에서 나와 아이들 앞에 섰다. 그의 하늘색 제복은 흠잡을 데 없이 빳빳했고, 그의 미소도 풀 먹여 다림질한 뒤 얼룩 하나 없는 제복처럼 완벽했다.

"친애하는 어린이 여러분." 그가 말했다. "이 중에 아직 글을 읽지 못하는 대원들이 있는 모양이군. 너희 각자 좌석에 비행 중에 자리에서 이탈하지 않도록 너희를 붙잡아주는 장치가 설치돼 있다. 그런데 왜 이렇게 많이 풀려 있나? 다른 데 갈 데라도 있나?"

여기저기서 찰칵찰칵 소리들이 산발적인 박수소리처럼 이어졌다.

"또 하나, 다른 아이가 아무리 마음에 안 들어도 혹은 아무리 마음에 들어도, 손 함부로 놀리지 말고 얌전히 놔둬야 한다. 너희 주위에 있는 아이들은 모두 테스트에서 너희와 똑같은 점수를 받았거나 더 높은 점수를 받은 이들이라는 사실을 잊지 말도록."

빈은 속으로 생각했다. 그건 불가능해. 이 중에서 누군가는 최고점을 받았을 것이다.

통로 맞은편에 앉은 남자애도 똑같은 생각을 한 모양이었다.

"아, 그런가요?" 그가 빈정거리듯 말했다.

"내가 지금 중요한 얘기를 하는 중이었지만, 기꺼이 다른 얘기를 해보도록 하지. 네가 도저히 마음속에만 담아둘 수 없는 그 생각을 우리에게도 들려주기 바란다."

그 아이는 자기가 실수했다는 것을 알았지만, 물러서지 않기로 결심했다. "이 중에서 제일 높은 점수를 받은 사람이 있을 거 아니에요?"

남자는 계속해 보라는 듯 그를 빤히 쳐다보았다.

스스로 더 깊은 무덤을 파게 하려는 거야, 빈은 생각했다.

"그러니까, 우리 모두가 다른 아이들과 똑같은 점수를 받았거나 더 높은 점수를 받았다는 건 분명 말이 안 되잖아요."

남자는 조금 더 기다렸다.

"얘기 다 했는데요."

"그래, 기분은 나아졌나?" 남자가 물었다.

아이는 뚱하니 입을 다물었다.

그 완벽한 미소를 흐트러트리지 않은 채 남자의 어조가 변했다. 불쾌하지 않을 정도로 빈정거리는 대신에, 이제 그의 말투에 위협하듯 날카로운 느낌이 주입되었다.

"넌 아직 내 질문에 대답하지 않았다."

"아뇨, 기분은 비슷해요."

"이름이 뭐지?" 남자가 물었다.

"네로요."

역사에 대해 아는 아이들이 그 이름을 듣고 웃었다. 빈도 네로 황제에 대해 알고 있었지만 웃지 않았다. 빈이라는 이름을 가진 아이는 다른 아이 이름을 놀리지 않는 게 현명한 짓이었다. 게다가 그런 이름을 갖고 있다는 게 상당히 부담스러울 수도 있다. 다른 별명을 대지 않는 것에서 그 아이의 강인함이라든가 반항적인 기질을 짐작해볼 수 있다.

아니 혹시 네로가 그의 별명일까.

"그냥…… 네로?" 남자가 물었다.

"네로 불랑제요."

"프랑스인인가? 아니면 그냥 빵이 먹고 싶은 건가?(불랑제Boulanger 는 프랑스어로 빵을 굽는다는 뜻이다─옮긴이)"

빈은 그 농담을 이해하지 못했다. 불랑제라는 이름이 빵과 무슨 관계가 있나?

"알제리 출신이에요."

"네로, 넌 이 우주선에 탄 모든 아이들의 본보기다. 다른 아이들은 대단히 어리석어서, 자신의 어리석은 생각을 속으로 담아두는 게 낫다고 생각하지. 하지만 너는 네 어리석음을 공개적으로 드러내야 한다는 심오한 진실을 이해하고 있어. 어리석음을 안에 담아두는 것은 그걸 받아들인다는 뜻이다. 거기에 매달리고 보호하려 한다는 뜻이지. 하지만 어리석음을 드러내면, 그것을 알아차리고 수정하여 지혜로 바꿀 수 있는 기회가 생긴다. 너희 모두 용감해져라, 네로 불랑제처럼. 자신이 정말 똑똑하다고 생각하는 그런 말도 안 되는 착각을 하고 있거든, 반드시 소리를 내서 떠들어라. 네 정신적 한계들이 생각이라는 방귀로 뿡뿡 튀어나오게 하라. 그래야 배울 기회가 있을 테니까."

네로가 조그맣게 투덜거렸다.

"아, 또 속이 부글거리는 모양이군. 하지만 이번엔 전보다 표현이 분명하질 않았어. 말해봐라, 네로. 큰 소리로 말해. 넌 그런 용기로 우리 모두에게 교훈을 주고 있다. 그게 아무리 멍청하더라도 말이다."

몇몇 아이들이 웃었다.

"들어봐라, 네 방귀가 또 다른 방귀를 이끌어냈다. 똑같이 어리석은 녀석들이지. 어떤 식으로든 자기가 너보다 우월하다고 생각하고, 자신은 그렇게 쉽게 탁월한 지성의 본보기로 선택되지 않으리라 생각하는 것이다."

더 이상 웃음소리는 나지 않았다.

빈은 점점 두려워지는 기분이었다. 왠지 모르게 이 논쟁이, 아니 이 일방적인 비난과 고문과 공개적 노출이 어떻게든 자신에게로 이어질 것 같은 느낌이 들었다. 왜 그런 느낌이 드는지는 알 수 없었다. 제복 입은 남자는 빈이 있는 쪽으로 전혀 시선을 돌리지 않았고, 빈은 아무 소리도 내지 않았다. 남들의 주목을 끌 만한 어떠한 행동도 하지 않았다. 그럼에도 이 남자의 단검이 가장 잔인하게 찔러댈 상대는 네로가 아니라 그 자신이 될 거라는 확신이 들었다.

나는 어째서 이 일이 나에게 불리하게 돌아가리라 확신하는가? 이 질문을 하는 순간 빈은 답을 알 것 같았다. 이 논쟁은 우주선에 있는 아이들 중 누가 다른 아이들보다 가장 높은 점수를 받았을지에 대한 골치 아픈 문제로 넘어갔고, 왠지 모르게 그가 최고점을 받은 그 아이일 것 같았기 때문이다.

말도 안 된다. 터무니없는 생각이다. 이 아이들은 모두 나보다 나이가 많고, 훨씬 유일한 이점을 지니고 성장했다. 나는 칼로타 수녀 한 사람에게밖에 배우지 못했다. 물론 거리에서도 여러 가지를 배웠지만 거기서 배운 것들은 테스트에 나오지 않았다. 내가 가장 높은 점수를 받았을 리 없다.

이런 생각을 하면서도 그의 확신은 줄어들지 않았다. 분명히 이 토론은 그에게 대단히 위험했다.

"큰 소리로 말하라고 했다, 네로. 말해봐라."

"전 아직도 제가 한 말이 왜 어리석다는 건지 모르겠어요." 네로가 말했다.

"첫째로, 여기에서는 내가 모든 권한을 지녔고 너에게는 아무 권한도 없기 때문에 네 행동은 어리석었다. 나에겐 네 인생을 비참하게 만들 힘이 있고, 넌 자신을 보호할 힘이 없다. 따라서 괜한 관심을 끌어들이지 말고 입 다물어야 한다는 것을 알아차리는 데에는 그리 큰 지성이 필요치 않을 것이다. 힘의 균형이 이렇게 한쪽으로 완벽히 기울어져 있을 때 어떠한 결정이 더 명백하다고 생각하나?"

네로의 몸이 움츠러들었다.

"둘째, 넌 유익한 정보를 알아내기 위해서가 아니라, 나의 논리적 오류를 잡아내기 위해 내 말을 듣고 있는 것 같았다. 네가 이제까지 교사보다 더 똑똑하게 구는 것에 익숙해져 있다는 뜻이겠지. 네가 교사들의 말을 듣는 이유는 그들의 실수를 포착하여 네가 다른 아이들보다 똑똑하다는 것을 증명하기 위해서였을 거야. 그것은 학습에 있어서 대단히 무의미하고 어리석은 태도다. 교육의 중요성은 오로지 유용한 정보를 소유한 어른이 그 정보를 갖지 못한 아이들에게 전달하는 데 있다. 또한 실수를 잡아내는 것은 한심한 시간 낭비 죄에 해당하는 짓이다. 이러한 사실을 깨닫기까지 너는 우리의 귀한 시간을 몇 달 낭비할 것이다."

빈은 마음속으로 조용히 반박했다. 그렇지 않다. 실수를 포착하고 알아차리는 것은 꼭 필요하다. 유용한 정보와 잘못된 정보를 구분하지 못한다면, 전혀 배움을 얻지 못할 것이다. 무지를 그릇된 믿음으로 교체하는 것에 불과하다. 발전이 있을 수 없다.

하지만 이 남자가 한 말 중에서 소리 내 말하는 것이 무익하다는 부분은 사실이다. 교사가 틀렸다는 것을 알면서도 아무 말 하지 않으면, 나 혼자만 아는 것이 된다. 그러면 교사의 말을 믿는 이들보다 내가 더 유리해진다.

"세 번째." 그 남자가 말했다. "내 설명이 앞뒤가 맞지 않다거나 말이 안 된다고 느껴지는 이유는 너희가 표면만 보고 그 속을 들여다보지 못하기 때문이다. 사실 이 우주선에 있는 너희들 중 한 사람이 가장 높은 점수를 받았다고 말하기에는 무리가 있다. 테스트가 신체적, 정신적, 사회적, 심리적 테스트 등 여러 가지가 있기 때문이다. 또 신체적으로 혹은 사회적으로 혹은 심리적으로 지휘관 자질을 가늠하는 방법이 다양하기 때문에 최고를 규정하는 방법도 하나로 국한되지 않는다. 체력 면에서 최고점을 받은 아이가 강인함 면에서 최고점을 받지 못했을 수도 있다. 기억력 면에서 최고점을 받은 아이가 미리 상상하여 분석하는 예상분석 면에서 최고점이 아닐 수도 있다. 사교성은 놀라운데 만족지연(목표달성을 위해 순간적인 충동과 욕구를 자제하고 현재의 즐거움을 지연시키는 것-옮긴이) 능력이 부족한 경우도 있다. 네 생각의 얄팍함이 어리석고 쓸모없는 결과로 이끌어간다는 것을 조금이라도 이해하겠나?"

네로가 고개를 끄덕였다.

"이번에도 네 속에서 부글거리는 것을 토해내라, 네로. 네가 실수할 때 그랬듯이 실수를 인정할 때도 큰 소리로 하라."

"제 생각이 틀렸습니다."

그 순간 이 우주선에 있는 아이들 모두 네로와 같은 입장이 되느니 차라리 죽는 편이 낫겠다고 생각할 것이었다. 하지만 빈은 약간 부럽기도 했다. 그런 고문의 희생양이 되는 게 왜 부러운지는 알 수 없었지만.

"그렇지만 전투학교로 향하는 신입대원들로 가득한 여느 다른 우주선의 경우보다 이 특별한 우주선에서는 그 말이 꼭 틀렸다고 볼 수도 없다. 그 이유가 뭘까?"

그는 답을 말해주지 않았다.

"누구 이유를 아는 사람? 짐작 가는 사람 없나? 추측해보라고 요구하는 거다."

아무도 그 요구에 응하지 않았다.

"그럼 내가 지원자를 골라보겠다. 여기 빈이라는 아이가 있군. 설마 이 발음이 맞는 건가? 빈이 한번 말해보겠나? 어디 있지?"

드디어 올 게 왔군, 빈은 생각했다. 한편으로는 두렵고 또 한편으로는 흥분되는 기분이었다. 왜 이런 걸 원하는지 모르겠지만, 이게 바로 그가 원하는 것이었다. 날 봐라. 내게 말해라, 힘을 가진 자여, 권위를 지닌 자여.

"저 여기 있습니다." 빈이 말했다.

그 남자는 빈이 어디 있는지 찾을 수 없는 것처럼 둘러보고 또 둘러보았다. 물론 연기하는 것이었다. 그는 처음 입을 열기 시작할 때부터 빈이 앉아 있는 곳을 정확히 알고 있었다. "목소리가 어디서 들리는 거야? 보이지 않는군. 손을 들어보겠나?"

빈은 얼른 손을 들었다. 창피스럽게도 손을 들었는데도 의자 등받이 맨 위까지 올라가지 않았다.

"아직도 안 보여." 그 남자는 빤히 볼 수 있으면서도 그렇게 말했다. "벨트를 풀어 자리에서 일어나도록 허락하겠다."

빈은 즉시 순종했다. 벨트를 풀고 벌떡 일어났다. 그래도 여전히 앞 자리 등받이보다 그리 크지도 않았다.

"아, 거기 있었군. 빈, 네로가 한 말이 다른 우주선의 경우보다 이 우주선의 경우에 더 사실에 가까울 수 있는 이유를 추측해보겠나?"

"여기 있는 누군가가 여러 가지 테스트에서 최고점을 받았기 때문이 아닐까요?"

"여러 가지 테스트가 아니라, 지성 테스트와 심리 테스트 모든 면에서 최고점을 받았다. 지휘관에 관련된 모든 테스트에서. 전부 다. 이 우주선에 탑승한 다른 누구보다 높은 점수였다."

"그럼 제 말이 맞았잖아요." 네로가 다시 반항심을 드러냈다.

"아니 틀렸어. 지휘관에 관련된 모든 테스트에서 최고점을 받은 그 놀라운 아이가 신체 테스트에서는 대단히 낮은 점수를 받았기 때문이다. 이유를 짐작할 수 있겠나?"

아무도 대답하지 않았다.

"빈, 이왕 일어선 김에 그 아이가 신체 테스트에서 최저점을 받았을 만한 이유에 대해서도 추측해보겠나?"

빈은 자신이 어떤 상황에 처해 있는지 알아차렸다. 하지만 그 명백한 대답을 굳이 피하고 싶지 않았다. 기꺼이 말할 생각이었다. 질문한 자의 의도대로 이 대답을 함으로써 다른 아이들의 미움을 사게 된다 하더라도. 누가 그 답을 말하든, 어쨌거나 그들은 그를 미워할 것이다.

"신체 테스트에서 최저점을 받았다면, 몸이 굉장히 작은 아이라서 그런 게 아니었을까요?"

많은 아이들의 신음소리는 그 대답이 매우 마음에 들지 않는다는 뜻을 여실히 드러냈다. 그들은 빈의 오만하고 허황된 대답에 질색을 표했다. 하지만 제복 입은 남자는 근엄하게 고개를 끄덕일 뿐이었다.

"그런 놀라운 능력을 지닌 아이에게 기대했던 대로, 네가 정확히 맞췄다. 네로는 다른 모든 아이보다 높은 점수를 받은 한 아이가 있을 거라고 말했다. 이 아이의 지나치게 작은 체구가 아니었다면 그 말이 맞을 수도 있었다."

그는 네로를 돌아보았다.

"따라서 너는 완전히 바보가 되진 않았어. 하지만 네 말이 맞았더라도 그건 우연이었을 거다. 고장 난 시계는 하루에 두 번쯤 시간을 맞추지. 이제 앉아라, 빈, 벨트를 매라. 연료 보급이 끝났으니 이제 곧 출발할 것이다."

빈은 자리에 앉았다. 다른 아이들의 적대감을 느낄 수 있었다. 지금 그것에 대해 그가 할 수 있는 일은 없었고, 이게 불리하게 작용할지 유리하게 작용할지도 확실치 않았다. 다만 한 가지 알 수 없는 의문이 생겨났다. '저 남자가 왜 나를 이런 상황에 집어넣었을까?' 아이들을 서로 경쟁시킬 요량이었다면 모든 아이들의 모든 테스트 점수가 적혀 있는 리스트를 돌릴 수도 있었을 것이다. 그러면 아이들 모두 자신이 어느 정도 위치에 있는지 알 수 있었으리라. 그런데 그는 그런 방법을 쓰는 대신에 빈을 콕 짚어 골라냈다. 빈은 이미 다른 누구보다 체구가 작았기 때문에, 약한 자를 괴롭히고 싶어 하는 심보 고약한 깡패들에게 공격 표적이 될 수밖에 없는 상황이었다. 그런데 왜 굳이 그를 커다란 원 안으로 집어넣어 화살이 모두 그에게 향하도록 했을까? 왜 그를 모든 아이들의 두려움과 증오의 표적으로 만들었을까?

그래, 마음껏 너희 과녁을 그려라, 다트를 겨냥해라. 나는 전투학교에서 멋지게 해낼 것이다. 그리하여 언젠가 권위를 지닌 자가 될 것이다. 그때는 누가 나를 좋아하든 중요하지 않다. 중요한 것은 내가 누굴 좋아하느냐다.

남자가 말했다. "다들 기억하겠지만, 여기 네로 불랑제의 입구멍에서 처음 방귀가 튀어나오기 전에 난 중요한 얘기를 하고 있었다. 너희가 영웅으로 보일 수 있을지 어쩔지 확실치 않은 상황에서 남보다 우월하다는 것을 주장하고자 하는 그 한심한 욕구 때문에 여기 있는 어떤 아이를 가장 만만한 표적으로 여길 수도 있을 것이다. 하지만 부디 그런 욕구를 컨트롤하기 바란다. 찌르거나 꼬집거나 쥐어박거나 때리는 행위를 삼가고, 누군가 쉬운 먹잇감일 것 같다는 이유만으로 악의적인 말로 도발하거나 혹은 멧돼지처럼 낄낄거리지 말라는 얘기다. 그리고 너희가 그런 행위를 삼가야 하는 이유는, 여기 있는 사람들 중에서 나중에 누가 너희의 지휘관이 될지 모르기 때문이다. 나중에 너희가 장교가 되었을 때 누가 너희 상관이 되어 있을지 모르기 때문이다. 분명히 말하지만, 오늘 지금 너희가 그들에게 어떠한 행동을 취했는지 그들은 한순간도 잊지 않을 것이다. 그들이 훌륭한 지휘관이라면, 마음속으로 아무리 혐오하더라도 전투에서 너희를 효율적으로 사용할 것이다. 하지만 너희가 승급하는 부분에 그들이 도움을 주리라 기대할 수는 없다. 그들이 너희 실력을 향상시키며 키워줄 이유는 없다. 친절하고 관대하게 대해줄 필요도 없다. 이거 하나만 생각해라. 네 주위에 있는 누군가가 언젠가 너의 생과 사를 결정할 명령권을 지닐 것이다. 어느 학교 운동장의 조무래기들처럼 자기 힘을 과시하려고 남을 깔아뭉개려 하지 말고, 다른 이들에게 존중받을 수 있도록 노력하기 바란다."

그는 한 번 더 빈에게 얼음장 같은 미소를 보냈다.

"그리고 장담하건대, 여기 있는 빈은 이미 언젠가 너희 모두에게 명령할 장군이 되기 위해 계획을 세우고 있을 것이다. 심지어 여기 있는 내 뼈가 골다공증으로 녹아 아메바처럼 사방으로 새어 나갈 때까지 어느 소행성 관측소에 나 홀로 보초를 세울 계획까지 세우고 있을지도 모른다."

빈은 이 장교와 자신이 앞으로 대결하리라는 생각을 한순간도 해보지 않았다. 빈은 복수하고자 하는 욕구를 갖지 않았다. 그는 아킬레스가 아니었다. 아킬레스는 어리석었다. 빈이 그런 식으로 생각하리라고 믿는다면 이 장교도 어리석은 자다. 하지만 그는 틀림없이 다른 아이들에게 약한 아이를 괴롭히지 말라고 경고했다는 이유로 빈이 감사하리라 생각할 것이다. 하지만 빈은 이미 과거에 이들이 도저히 따라가지 못할 정도로 거친 녀석들에게 괴롭힘을 당해보았다. 이 장교의 보호는 필요치 않았고, 그게 오히려 빈과 다른 아이들 사이에 전보다 더 넓은 간격을 만들었다. 빈이 몇 번 싸움을 벌여 패배한다면 어쩌면 연민을 불러일으킬 수 있었을 것이다. 그들에게 받아들여졌을지도 모른다. 하지만 이제 그런 싸움은 없을 것이다. 그들 사이에 다리를 놓을 수 있는 쉬운 방법은 사라졌다.

그 남자는 빈의 얼굴에서 그런 짜증스러움을 알아본 듯했다.

"난 너를 위해서 한마디 했다, 빈. 네가 그걸 어떻게 받아들이든 상관없다. 우리에게 중요한 것은 오로지 단 하나의 적이다. 버거들을 무찌르는 것만이 중요하다. 네가 버거들을 무찌르고 인류와 지구를 안전하게 지켜줄 장군으로 자랄 수만 있다면, 나중에 나더러 내 내장을 파먹으라고 해도 나는 여전히 '고맙습니다, 장군님'이라고 말할 것이다. 버거들이 적이다. 네로도 아니고 빈도 아니고 나도 아니다. 그러니 서로 적이 되지 마라."

그는 다시 즐거운 기색 없이 씩 웃었다.

"그리고 지난번에 이 무중력상태 우주선에서 다른 아이를 괴롭히려는 녀석이 있었는데, 결국 그 녀석은 저 반대편으로 날아가 팔이 부러졌다. 이게 병법 중의 하나다. 네가 상대보다 더 강하다는 걸 알기 전까지는 전투에 온 힘을 기울이지 말고 계략을 써라. 이것을 전투학교 첫 수업으로 생각하라."

첫 수업? 저 남자가 학교에서 아이들을 가르치는 대신 우주선에서 아이들 뒤치다꺼리나 하는 것도 하나 이상할 게 없다. 그의 말대로 한다면 강한 적에게 찍소리 한 번 내보지 못하고 끝날 것이다. 때로는 자신이 약하다는 걸 알더라도 전투에 온 힘을 기울여야 한다. 내가 더 강하다는 확신이 생길 때까지 기다려서는 안 된다. 어떤 식으로든 자신을 강하게 만든 다음에 기습공격 하라. 몰래 다가가 허를 찌르고, 무방비한 곳을 공격하고, 속이고, 거짓말하고, 이기기 위해서 필요한 무엇이든 하라.

이 남자가 아이들 가득한 우주선에 있는 유일한 어른으로서는 꽤 강할 수도 있다. 하지만 그가 로테르담 거리의 아이였다면, 한 달도 지나기 전에 자신을 아사 상태로 몰고 갔을 것이다. 잘난 듯이 떠벌리다가 그 전에 살해당하지 않는다면 말이다.

그가 관제실로 돌아가려고 돌아섰다.

빈이 뒤에서 그를 불렀다.

"이름이 어떻게 되세요?"

남자가 다시 돌아서서 으스스한 눈빛으로 그를 노려보았다.

"벌써 내 몸뚱이를 박살낼 명령서라도 작성하려는 건가, 빈?"

빈은 대답하지 않았다. 그의 눈을 바라볼 뿐이었다.

"나는 디마크 대위다. 더 알고 싶은 것 있나?"

어차피 나중에 알게 될 거라면 지금 아는 편이 낫다.

"전투학교에서 가르치시나요?"

"그렇다." 그가 말했다. "아이들을 실어 나르기 위해 내려오는 것이 우리가 지구 휴가를 받는 방식이다. 내가 너희와 같이 이 우주선에 있다는 것은 내 휴가가 끝났다는 뜻이다."

연료 보급 비행기들이 옆으로 떨어져나가 위로 올라갔다. 아니, 우주선이 밑으로 내려가고 있었다. 게다가 우주선의 위아래가 뒤집어지고 있었다.

창문으로 금속 덮개들이 내려왔다. 밑으로 추락하는 느낌이었다. 빠르게, 더 빠르게……. 뼈를 뒤흔드는 굉음과 함께 로켓들이 발사되고 우주선이 다시 올라가기 시작했다. 더 높이, 더 빠르게. 속도가 점점 빨라졌다. 몸이 의자를 뚫고 나갈 것 같은 속도였다. 그렇게 변하지 않고 영원히 계속되는 듯했다.

그 다음에…… 고요해졌다.

정적이 감돌면서 공포가 밀려들었다. 그들의 몸이 다시 떨어지고 있었다. 하지만 이번엔 아래쪽이라는 게 없었다. 역겨움과 두려움이 일어날 뿐이었다.

빈은 눈을 감았다. 도움이 되지 않았다. 다시 눈을 뜨고 방향감각을 찾으려고 노력했다. 어느 쪽 방향으로도 평형감각이 느껴지지 않았다. 하지만 그는 거리에서 토하지 않는 법을 스스로 터득했다. 이미 약간 상해 있는 음식을 먹어야 할 때가 많았고 그것을 토해낼 여유는 없었기 때문이다. 그는 전에 연습했던 대로 역겨움을 가라앉히기 위한 작업을 시작했다. 심호흡을 하며 발가락을 꼼지락거리는 데 온 정신을 집중시켰다. 금세 그의 몸이 무중력에 적응해갔다. 아래쪽이 어딘지 찾으려고 노력하지만 않으면 전혀 문제될 게 없었다.

다른 아이들은 그런 훈련법을 터득하지 못했거나, 아니면 그 갑작스럽고 과격한 균형감각 상실에 좀 더 예민한 모양이었다. 우주선 탑승 전에 왜 아무것도 먹지 못하게 하는지 알 만했다. 사방에서 웩웩 헛구역질이 계속되었다. 하지만 우주선 내로 쏟아지는 것은 없었고, 난장판이나 역한 냄새도 없었다.

디마크 대위가 다시 나타났다. 이번에는 천장에 올라섰다. 꽤 귀엽군, 빈은 생각했다. 또 다른 강의가 시작되었다. 지구에서 지니고 있었던 방향과 중력에 대한 가정들을 제거하는 방법에 관한 내용이었다. 그렇게 뻔한 걸 말해줘야 할 정도로 이 아이들이 멍청한 걸까?

빈은 다소 느슨하게 묶여 있는 안전벨트 안에서 몸을 움직이려면 어느 정도의 압력이 필요한지 실험해보는 데 그 시간을 할애했다. 다른 아이들은 덩치가 커서 움직일 수 없을 정도로 안전벨트가 딱 맞았지만, 빈은 약간 움직일 공간이 있었다. 그것을 최대한 이용했다. 전투학교에 도착하기 전에 무중력에서 움직이는 방법을 조금이라도 터득해볼 작정이었다. 몸을 움직이는 데 필요한 힘이 어느 정도인지를 아는 것이 우주에서의 생존을 결정짓는 요소가 될 듯했다. 움직임을 멈추는 데 어느 정도의 힘이 필요한지도 알아야 하리라. 머리로 아는 것보다 몸으로 아는 것이 훨씬 중요하다. 상황분석 능력도 쓸모 있지만, 재빠른 반사 신경이 생명을 구할 수 있을 것이다.

엔더의 그림자

"평소에 신입대원들에 대한 보고서는 간단해. 말썽꾸러기가 몇 명 있었다거나, 사고가 있었다거나 아니면 대개는 아무 내용도 없지."

"제 보고서의 어떤 부분이든 무시하셔도 좋습니다, 대령님."

"대령님? 이런, 오늘은 서열에 너무 얽매이지 말도록 하세."

"제 보고서의 어느 부분이 지나치다고 생각하십니까?"

"이 보고서는 사랑의 세레나데 같아."

"그게 아첨으로 느껴지실 수도 있겠죠, 대령님이 엔더 위긴에게 사용한 방법을 모든 신입대원에게 적용하는 게……."

"모든 신입대원에게 그 방법을 쓸 셈인가?"

"대령님도 아시겠지만, 그 방법을 쓰면 흥미로운 결과가 나타납니다. 즉시 선별이 가능해지죠."

"쓸데없이 이런저런 범주로 나누는 것에 불과해. 그래도 자네 행동에 찬사가 함축돼 있다는 점은 받아들이겠네. 하지만 말일세, 빈에 대해서만 일곱 페이지라니. 정말, 조용히 순응한 그 아이의 반응에서 이렇게 많은 것을 알아냈단 말인가?"

"그게 제가 말씀드리는 요점입니다. 그건 절대 순응이 아니었습니다. 실험을 하고 있는 당사자는 저였는데, 마치 그 아이의 커다란 눈이 현미경을 들여다보고, 제가 슬라이드 위의 표본이 된 느낌이었습니다."

"불안했나 보군."

"그 아이는 누구라도 불안하게 만들 겁니다. 그는 차갑습니다. 그러면서도……."

"그러면서도 뜨겁겠지. 그래, 자네 보고서 읽었네. 흥미진진한 페이지 전부 다."

"네."

"학생에게 심취하지 않는 편이 낫다는 걸 자네도 알고 있겠지?"

"네?"

"하지만 이 경우에는, 자네가 빈에게 그렇게 관심이 많아서 다행이야. 자네도 알겠지만, 난 그렇지가 않거든. 나에겐 이미 최고의 가능성을 지녔으리라 생각하는 아이가 있네. 그런데 압력이 만만치가 않아. 빈의 그 말도 안 되는 날조된 테스트 점수 때문에, 그 애한테 특별한 관심을 기울이라는 압력이 들어오고 있어. 좋아, 그 아이에게 특별한 관심을 기울이도록 하지. 자네가 그렇게 하게."

"하지만……."

"자네 혹시 권유와 명령을 구분하지 못하는 건가?"

"다만 걱정되는 게…… 그 아이가 이미 저를 얕잡아보는 것 같습니다."

"좋아. 그럼 그 아이가 자넬 과소평가하는 게로군. 자네가 그 견해를 정확하다고 생각하는 게 아니라면."

"그 아이에 비하면, 우리 모두 멍청한 수준입니다."

"주의 깊게 살펴보도록 하게. 하지만 숭배하지는 말도록."

전투학교에서의 첫날, 빈의 가장 큰 관심사는 생존이었다. 아무도 그를 도와주지 않을 것이다. 우주선에서 디마크 대위가 한 행동으로 그것은 분명해졌다. 이제 그를 둘러싸고 있는 이들은…… 좋게 말하면 모두 경쟁자였고, 나쁘게 말하면 모두 적이었다. 또다시 거리로 내쳐진 셈이다. 그래도 상관없다. 빈은 거리에서 살아남았다. 칼로타 수녀가 찾아내지 않았더라도 그는 계속 살아남았을 것이다. 심지어 깨끗한 장소에서 그를 찾아낸 관리인 파블로가 없었더라도 아마 살아남을 수 있었을 것이다.

그래서 그는 주의 깊게 지켜보았다. 열심히 귀 기울였다. 다른 아이들이 배우는 모든 것을 알아야 했고, 더 많은 것을 알아야 했다. 다른 아이들이 감지하지 못하는 부분까지 알아야 했다. 전투학교의 시스템, 이 집단이 어떻게 돌아가는지. 교사들이 서로 어떻게 지내는지, 힘이 어디에 놓여 있는지, 누가 누굴 두려워하는지. 어느 집단에나 두목이 있고 아부하는 자들이 있으며, 반항하는 자와 순종적인 양들이 있다. 유대감이 강한 부분도 있고 결속력이 약한 부분도 있다. 우정도 있고 위선도 있다. 얽히고설킨 거짓과 또 다른 거짓들이 있다. 살아남을 수 있는 여지를 알아내려면, 빈은 그 모든 것을 최대한 빨리 찾아내야 했다. 신입대원들은 병영으로 안내되어 침대와 개인 사물함을 부여받았다. 칼로타 수녀와 공부할 때 사용했던 것보다 훨씬 정교한 이동식 책상도 주어졌다. 몇몇 아이들은 책상을 받자마자 만지작거리기 시작했다. 프로그램을 짜거나 안에 들어 있는 게임들을 살펴보았다. 하지만 빈은 거기에 관심 없었다. 전투학교의 컴퓨터 시스템은 인간이 아니다. 그걸 마스터한다면 장기적으로는 도움이 되겠지만, 오늘 당장은 의미가 없다. 빈이 알아내야 하는 것은 신입대원 병영 밖에 있는 모든 것이었다.

병영에서 벗어나기 위해 오래 기다릴 필요는 없었다. 그들은 우주 시간으로 아침에 도착했다. 유럽과 아시아 출신들은 마음에 안 들겠지만, 초창기 우주지국들이 플로리다에서 통제되었기 때문에 우주시간은 곧 플로리다 시간을 의미했다. 유럽에서 출발한 아이들에게는 늦은 오후에 해당하는 시간이었으므로 심한 시차 문제를 겪을 수밖에 없었다. 디마크 대위는 신체를 왕성하게 움직인 뒤 이른 오후쯤에 세 시간 넘지 않게 잠깐 눈을 붙이고 나서 다시 충분한 신체활동을 하면 규정된 취침 시간에 잠들 수 있을 거라고 설명했다.

그들은 복도로 몰려나와 한 줄로 늘어섰다.

"녹색 갈색 녹색."

디마크가 그렇게 말하면서 복도 벽에 나타나는 그 세 가지 색상의 줄을 따르면 언제든 이 병영으로 돌아올 수 있을 거라고 일러주었다. 빈은 몇 번쯤 줄에서 거칠게 밀려났다가 결국 맨 뒤에 가서 섰다. 그런 건 개의치 않았다. 밀쳐낸다고 해서 피가 나는 것도 아니고 멍이 드는 것도 아니다. 게다가 맨 뒤는 관찰하기에 가장 적합한 자리였다.

다른 아이들이 하나씩 혹은 두셋씩 짝을 지어 그들을 지나쳐갔다. 대부분 다양한 디자인으로 된 선명한 색상의 제복 차림이었다. 한번은 모두 똑같은 제복에 헬멧을 쓰고 값비싼 무기까지 차고 있는 무리들이 일사불란하게 달려 지나갔다. 빈은 그들을 흥미롭게 바라보며 생각했다. 패거리군, 싸우러 달려가는 거야.

하지만 그들이 아무리 일사불란하게 달려가더라도 그들을 감탄스럽게 쳐다보며 복도를 걷고 있는 신참들을 알아차리지 못할 정도는 아니었다. 여기저기서 짓궂은 야유가 터져 나왔다. "신참이구나!" "싱싱한 걸!" "누가 복도에 똥 싸놓고 안 치웠어!" "냄새까지 멍청하잖아!" 하지만 그것은 나이 많은 아이들이 잘난 척하는 해로울 것 없는 농담이었다. 그 이상의 의미는 없었다. 진짜 악감정이 있는 게 아니라, 오히려 애정표현에 가까웠다. 다들 자신이 신참이었을 때가 기억나는 모양이었다.

앞줄에 선 신참 몇 명은 그게 불쾌했는지 뭔지 모를 대꾸로 맞받아쳤다. 하지만 그래봤자 더 많은 야유와 조롱이 날아들 뿐이었다. 빈은 로테르담 거리에서 나이 많고 덩치 큰 아이들이 어린아이들을 미워하고 쫓아내는 모습을 수없이 보았다. 그들은 자기 먹을 게 줄어들까봐 전전긍긍할 뿐, 자기보다 훨씬 작은 아이들이 죽든 말든 상관하지 않았다. 빈은 상처 입히려고 작정하고 때리는 주먹질도 여러 번 맞아보았다. 인간의 잔인함과 이기적인 착취, 학대와 살인을 보았다. 그런데 여기 아이들은 애정표현을 해줘도 그게 애정인 줄 알지 못한다.

다른 아이들이야 어쨌든, 빈이 알고 싶은 것은 이 패거리들이 어떻게 조직되는지, 누가 그것을 이끄는지, 두목은 어떻게 선택되는지, 패거리가 왜 존재하는지 등등에 관한 것이었다. 각각의 제복이 다르다는 것은 거기에 공식적인 신분이 있다는 뜻이었다. 또한 결국에는 어른들이 관리 감독을 한다는 뜻이었다. 로테르담 거리에서 패거리가 조직되는 방식과는 정반대다. 그곳 어른들은 그들을 어떻게든 떼어놓으려 했고, 신문사들은 패거리들을 생존을 위한 아이들의 슬픈 동맹이 아니라 범죄적인 행위를 위한 공모 집단쯤으로 생각하는 듯했다.

사실은 이게 핵심이었다. 이곳에서 아이들이 하는 모든 일은 어른들이 만들어낸 것이다. 로테르담에서 어른들은 적대적이고 무관심하거나, 아니면 무료 급식소를 운영하는 헬가처럼 궁극적으로 무기력했다. 따라서 아이들은 아무런 간섭 없이 자신들의 사회를 형성할 수 있었다. 아이들이 하는 모든 행위의 기반은 생존이었다. 살해되거나 다치거나 아프지 않고 허기진 배를 채우는 것이 가장 중요했다. 그에 비해 여기엔 요리사와 의사, 의복과 침대가 있었다. 여기서는 먹을 것을 구할 수 있느냐 없느냐가 아니라, 어른들의 찬성을 얻어낼 수 있느냐 없느냐가 힘을 결정짓는 요소였다.

이것이 그 제복들이 갖고 있는 의미였다. 어른들은 그 제복을 선택했고, 아이들은 그것을 입었다. 어른들이 어떻게든 그게 가치 있는 일이라고 설득했기 때문에.

따라서 모든 것을 알아내려면 일단 교사들을 알아야 했다.

이 모든 게 빈의 뇌리에 빠르게 스쳐 지나갔다. 그는 상급생들이 야유를 보내기 전부터, 힘을 쥔 쪽은 교사들이며 이 패거리에게는 전혀 아무 힘도 없다는 것을 거의 직감적으로 분명하게 알아차렸다. 그들은 신참들 중에서도 터무니없이 작은 빈을 보고, 웃음을 터트리며 큰 소리로 비웃었다. "쟤는 크기가 똥 덩어리만 해!" "정말 걸을 수나 있는 거야?" "엄마 잃어버렸냐?" "사람이 맞긴 맞아?"

빈은 그런 말들을 한쪽 귀로 흘려보냈지만, 앞줄에 있는 아이들이

고소해하는 것을 느낄 수 있었다. 우주선에서는 그들이 면박을 당했지만, 이제 조롱받는 쪽은 빈이었다. 그들은 이렇게 역전된 상황이 과히 싫지 않은 것이다. 빈에게도 이 상황은 나쁘지 않았다. 다른 아이들이 그에게 느끼고 있을 경쟁심이 조금쯤 줄어들 것이기 때문이다. 상급생들은 빈을 놀리고 조롱함으로써 그를 더 안전하게 만들었다……

무엇으로부터 안전하다는 거지? 여기에서 '위험' 은 무엇일까?

위험은 있을 것이다. 그건 틀림없었다. 언제 어디서나 위험은 있었다. 교사들이 모든 힘을 쥐고 있기 때문에, 위험은 그들로부터 올 것이다. 하지만 디마크는 처음부터 다른 아이들이 그에게 등을 돌리게 하는 수법을 썼다. 그렇다면 아이들도 선택 가능한 무기라는 뜻이다. 다른 아이들에 대해 알아야 한다. 그들이 그에게 문제를 일으킬 수도 있지만, 그보다는 교사들이 그들의 나약함과 욕망을 이용하여 빈에게 문제를 일으키도록 유도할 수 있기 때문이다. 빈이 그러한 위험으로부터 자신을 보호하려면, 아이들에 대한 교사들의 지배력을 약화시키는 작업이 필요하리라. 여기서 안전을 위한 유일한 방책은 교사들의 영향력을 파괴하는 것이다. 하지만 그런 시도를 하다가 걸릴 경우에는 가장 큰 위험이 될 수도 있다.

신입대원들은 하나둘 벽에 부착된 패드에 손바닥을 대고 나서, 장대를 타고 미끄러져 내려갔다. 빈은 그렇게 매끄러운 통로로 내려가 본 적이 없었다. 로테르담에서 홈통이나 표지판 기둥이나 가로등을 타고 내려가 본 게 전부였다. 그들은 전투학교에서 중력이 더 높이 형성된 구역으로 들어갔다. 체육관 공기가 무겁게 내리누르는 것을 느졌을 때에야 병영에서 상당히 가벼운 느낌이었다는 것을 깨달았다.

"이곳은 지구의 정상 중력보다 약간 더 무겁다." 디마크가 말했다.

"여기서 하루에 적어도 30분씩 보내야 한다. 그러지 않으면 뼈가 약해질 것이다. 그리고 그 30분 동안은 운동을 지속해야 한다. 지구력 강화를 위해서다. 지구력 훈련, 이게 중요하다. 근육을 늘리라는 게 아니다. 너희는 몸이 작기 때문에 아직 그런 훈련을 견뎌낼 수 없다. 너희들에겐 무리다. 명심해라, 우리가 원하는 것은 체력이다."

아이들은 그게 무슨 말인지 다 이해하지 못했지만, 훈련 교관이 곧바로 그 의미를 분명히 알려주었다. 러닝머신에서 달리기, 사이클 타기, 계단 밟기, 팔굽혀펴기, 윗몸 일으키기, 턱걸이, 거꾸로 뒤집기를 할 수 있는 기구들이 마련돼 있었다. 하지만 역기는 사용하지 못하게 했다. 거기 있는 역기 장비는 모두 교사들 용이었다.

교관이 말했다. "너희가 여기 들어오는 순간부터 심박동수가 기록된다. 도착 5분 이내에 심박동수가 올라가지 않고 다음 25분간 증가된 채로 유지되지 않으면, 그게 너희 기록에 나타날 것이다. 나는 여기 계기판에서 그것을 확인할 수 있다."

"너희 훈련에 관한 보고서가 내게 올라올 것이다." 디마크가 말했다. "제대로 하지 않는 대원들은 '돼지 리스트'에 이름이 올라, 다른 모든 대원들이 그 게으름을 알게 될 것이다."

돼지 리스트. 그래, 그게 그들이 사용하는 도구다. 다른 사람들 앞에서 창피를 주는 것. 멍청하긴. 빈은 그런 수법에 놀아날 생각이 없었다.

그보다 빈의 관심을 끈 것은 훈련 상황을 모니터하는 계기판이었다. 그들이 어떻게 여기 도착한 순간부터 아이들의 심박동수를 확인하고 아이들이 무얼 하는지 알 수 있을까? 하마터면 그 질문을 할 뻔했지만, 곧바로 한 가지 답밖에 있을 수 없다는 것을 깨달았다. 제복. 이 옷 속에 뭔가가 있다. 일종의 감지장치가. 그 장치는 교사들에게 아이들의 심박동수만 말해주는 게 아닐 것이다. 우주지국 내에서 아이들이 언제 어디에 있든 추적할 수 있을 것이다. 여기에 있는 수많은 아이들의 행방과 심박동수와 그 외에 다른 어떤 정보든 자세히 알려주는 컴퓨터가 있을 것이다. 어딘가에 교사들이 아이들의 일거수일투족을 지켜보는 방이 있을까?

아니 어쩌면 제복이 아닐지도 모른다. 그들은 여기 오기 전에 손바닥 정보를 입력해야 했다. 아마도 그들의 신원을 확인하기 위해서였을 것이다. 어쩌면 이 방에도 특별한 감지장치들이 있을 것이다.

알아봐야겠다. 빈은 한 손을 들어올렸다. "질문 있는데요."

"뭐냐?"

교관은 빈을 쳐다보고 나서 그 체구에 놀라 다시 쳐다보았다. 피식 웃으면서 디마크 쪽을 흘긋 쳐다보았다. 디마크는 교관이 무슨 생각을 하는지 알고 있다는 어떠한 표시나 미소도 드러내지 않았다.

"우리 옷에 심박동수 모니터가 있나요? 훈련할 때 옷에 있는 그 부분을 떼어내면……."

"체육관에서 제복을 벗는 것은 허락되지 않는다. 너희가 옷을 벗을 필요 없도록 체육관 온도는 일부러 서늘하게 맞춰져 있다. 너희 상태는 항상 기록될 것이다."

질문에 대한 답은 아니었지만, 그가 알고 싶었던 부분은 알아냈다.

제복에 있는 무언가로 인해서 모니터에 기록이 나타나는 것이다. 제복에 신분 확인 가능한 장치가 있고, 손바닥을 대면 어떤 아이가 어떤 제복을 입고 있는지에 대한 정보가 감지장치로 입력될 것이다. 그 정도면 납득할 만하다.

그렇다면 제복은 처음 입었을 때부터 어딘가에서 손바닥을 대 정보를 입력하는 시점까지 아마 익명으로 남아 있을 것이다. 그건 중요한 사실이다. 벌거벗지 않고도 꼬리표를 떼어내는 게 가능하리라는 뜻이니까. 여기에서 벌거벗으면 금방 눈에 띌 것이다.

신입대원들은 모두 운동을 시작했고, 교관은 적절한 심박동수로 올라가지 않거나 너무 무리해서 금방 지쳐버릴 것 같은 아이들에게 주의를 주었다. 빈은 자신이 운동해야 하는 수준을 재빠르게 파악한 뒤, 더 이상 생각하지 않았다. 한 번 알아내고 나면 그는 자동적으로 기억했다.

다음은 식사 시간이었다. 식당에는 그들밖에 없었다. 도착한 지 얼마 안 된 신참들이라 별도의 스케줄로 움직이고 있었기 때문이다. 음식은 맛있었지만 양이 너무 많았다. 그런데 놀랍게도 양이 적다고 불평하는 아이들이 몇 있었다. 그 정도면 빈이 다 먹을 수도 없는 푸짐한 식사였는데 말이다! 요리사들은 양이 적다고 불평하러 온 아이들에게 각자 개인별로 필요한 만큼 정해진 양이라고 설명했다. 식당에 들어올 때 손바닥을 대면 각 아이의 배식 양이 컴퓨터 화면에 나타나는 모양이었다.

패드에 손바닥을 대지 않으면 먹지 못한다는 얘기군. 알아둬야 할 중요한 사항이다.

빈의 작은 체구는 곧 그곳 직원들에게도 관심을 끌었다. 식사를 마치고 음식이 절반쯤 남은 식판을 쓰레기 처리기로 가져갔을 때, 근무 중인 영양사를 호출하는 전자음이 울렸다. 영양사가 나타나 그에게 말했다.

"오늘은 첫날이니까 봐줄게. 하지만 네가 받은 음식은 과학적으로 너에게 필요한 양으로 조정된 거니까, 앞으로 전부 먹도록 해."

빈은 말없이 영양사를 쳐다보았다. 그는 이미 마음의 결정을 내렸다. 운동을 해서 더 배가 고파지면 더 먹을 것이다. 하지만 그들이 그에게 배터지게 먹일 작정이라면 꿈 깨야 할 것이다. 더 많이 먹고 싶어 하는 아이들에게 음식을 덜어주면, 충분히 간단하게 문제를 해결할 수 있다. 그들은 더 먹을 수 있어서 좋고, 빈은 자신의 몸이 원하는 만큼만 먹을 수 있으니 좋다. 배고프다는 게 어떤 건지 아직 뼈저리게 기억하고 있었지만, 칼로타 수녀와 생활하는 몇 달 동안 자신의 식욕이 곧 자신에게 필요한 양이라고 믿게 되었다. 처음 한동안은 더 먹이고 싶어 하는 칼로타 수녀의 뜻대로 배고픔을 해소하는 이상으로 먹어댔지만, 결과적으로 몸이 둔해졌을 뿐이었다. 잠을 자기가 힘들었고 깨어 있는 것은 더 힘들었다. 그는 다시 몸이 원하는 만큼만 먹기 시작했다. 배고픔을 해소하는 정도로만 먹었을 때, 몸이 더 민첩하고 머리는 더 날카로워졌다. 그것이 그가 믿는 유일한 영양사였다. 몸이 둔해지도록 먹어대는 역할은 다른 녀석들에게나 하라고 하자.

신입대원 몇 명이 식사를 마치자 디마크가 자리에서 일어났다.

"다 먹은 대원은 병영으로 돌아가도 좋다. 찾아갈 수 있을 것 같으면 말이다. 길을 잃어버릴 것 같으면 날 기다려라. 그러면 내가 마지막 남은 대원들을 모두 데려다주겠다."

빈이 식당 밖으로 나섰을 때 복도는 텅 비어 있었다. 다른 아이들이 벽에 손바닥을 대자 녹색 갈색 녹색 줄이 켜졌다. 빈은 병영으로 돌아가는 그들을 쳐다보았다. 한 명이 뒤돌아보며 물었다. "넌 안가?"

빈은 대답하지 않았다. 할 말이 없었다. 그대로 서 있는 걸 빤히 보면서 왜 그런 바보 같은 질문을 할까. 그 아이는 다시 고개를 돌려 병영 쪽으로 달려갔다.

빈은 다른 쪽으로 향했다. 벽에 색색의 줄무늬는 켜지지 않았다. 지금이 이 우주지국을 탐험할 더없이 좋은 기회였다. 지정된 구역이 아닌 다른 구역에서 발견되더라도 길을 잃었다고 주장하면 되리라.

복도는 그의 뒤쪽과 앞쪽 모두 오르막이었다. 계속 오르막을 걸어가는 것처럼 보였고, 왔던 길로 돌아가려 해도 오르막을 올라야 하는 것 같았다. 이상하다. 하지만 디마크는 이곳이 거대한 수레바퀴와 같으며, 원심력이 중력을 대신하도록 우주공간에서 빙글빙글 돌고 있다고 설명했다. 그렇다면 각 층의 주요 복도가 커다란 원이라는 뜻이었다. 언제나 시작했던 곳으로 돌아오게 돼 있고, '아래쪽'은 항상 원의 바깥 부분으로 향할 것이다. 빈은 이 환경에 정신을 적응시켰다. 걸으면서 자신이 옆으로 서 있는 것처럼 상상하는 게 처음에는 어지러웠지만, 곧바로 정신적인 방향감각을 수정할 수 있었다. 이 우주지국을 손수레에 달린 바퀴라고 치고, 그 바퀴가 아무리 돌아도 자신은 밑바닥에 있는 거라고 상상했다. 그러면 그의 위에 있는 사람들이 거꾸로 뒤집어지지만, 그건 상관없었다. 자신이 어디에 있든 그곳이 밑바닥이라면, 아래는 언제나 아래가 되고 위는 언제나 위가 된다.

신입대원들은 식당 층에 있지만, 상급생들은 어디 다른 곳에 있는 모양이었다. 식당과 주방들을 지나자, 아이들이 들어가지 못하게 하려는 듯 높은 곳에 손바닥 패드가 설치된 교실과 아무 표지 없는 문들이 이어져 있었다. 다른 아이들은 손이 닿을지도 모르지만 빈은 한껏 뛰어올라도 도저히 닿지 않을 높이였다. 그건 중요하지 않았다. 손이 닿더라도 그건 아이의 손바닥에 반응하지 않을 테니까. 그 아이가 전혀 상관없는 방으로 들어가려 한다는 사실이 어른들에게 알려져, 그들이 무슨 일인지 알아보러 오지나 않으면 다행이리라.

빈은 습관적으로 아니 거의 본능적으로 그런 장벽들을 일시적인 장애물 정도로 여겼다. 로테르담에서 그는 벽을 타고 넘을 수 있었으며 지붕에서 일어설 수 있었다. 몸은 작아도 어디든 가야 할 곳으로 가는 방법을 찾아냈다. 그가 안으로 들어가야겠다고 결정한다면 그런 문들은 그를 막지 못할 것이다. 아직은 어떻게 해야 할지 알 수 없지만, 곧 방법을 찾아내리라고 확신했다. 그래서 별로 짜증나지 않았다. 그저 새로운 정보를 머리에 입력해두고 그걸 이용할 방법이 생각날 때까지 기다리면 될 것이었다. 몇 미터마다 하나씩 아래쪽 통로로 내려가는 장대나 위로 올라가는 사다리가 있었다. 체육관으로 장대를 타고 내려갈 때는 패드에 손바닥을 대야 했는데, 다른 대부분의 통로를 이용할 때는 손바닥을 댈 필요가 없는 듯했다. 그 이유는 이해할 만했다. 대부분의 장대와 사다리는 층과 층 사이를 통과하는 의미만 있을 뿐이었다〔여기서는 층을 갑판이라고 불렀다. 명색이 국제함대(I. F.)라 그런지 모든 명칭에 배에 해당되는 용어를 사용했다〕. 하지만 체육관으로 이어지는 장대는 하나뿐이었고, 예정에 없던 사람들이 몰려들어 지나치게 북적거리는 상황을 피하려면 드나드는 인원을 통제해야 할 것이었다. 그 점을 이해하자마자, 더 이상 생각할 필요 없었다. 빈은 사다리로 기어 올라갔다.

다음 층은 상급생들의 병영으로 배정된 듯했다. 문은 더 널찍하니 여유가 있었고, 각각의 문에 휘장이 붙어 있었다. 아마도 각 집단의 색상 코드에 기초한(물론 상급생들은 길을 찾기 위해 벽에 손바닥을 댈 필요는 없겠지만) 제복 색깔에 맞춘 휘장인 듯했고, 동물 실루엣이 그려져 있었다. 무슨 동물인지 알 수 없는 것도 몇 개 있었지만, 새, 고양이, 개, 사자 등을 알아볼 수 있었다. 전부 로테르담 거리에서 상징으로 쓰이던 것들이었다. 비둘기는 없었다. 파리도 없었다. 고상한 자질을 대변하거나 용맹하기로 유명한 동물들뿐이었다. 개 실루엣은 엉덩이 부분이 날렵한 것이 사냥개 종류 같아 보였다. 아무튼 잡종은 아니다.

그렇다면 여긴 패거리들이 마주치는 곳이고, 그들에게는 자신을 상징하는 동물이 있다. 아마 패거리 명칭에도 동물 이름이 들어갈 것이다. 고양이 패라든가, 사자 패라든가. 하지만 이들은 아마 패거리로 불리지 않을 것이다. 명칭이 무엇인지는 곧 알게 되리라. 그는 눈을 감고, 아까 복도를 지나며 신참들을 놀렸던 상급생들의 휘장과 색깔을 떠올려보았다. 어떤 형태였는지 생각이 났지만, 지금까지 지나온 문에서는 보지 못한 것이었다. 중요하진 않다. 발각될 위험을 감수하면서까지 그 휘장을 찾으려고 복도 전체를 돌아다닐 가치는 없다.

다시 위로 올라갔다. 더 많은 병영과 교실들이 위치해 있었다. 한 병영에 몇 명이나 수용될까? 이곳은 그가 생각했던 것보다 훨씬 컸다.

부드러운 차임벨소리가 들렸다. 즉시 몇 군데 문이 열리면서 아이들이 복도로 쏟아져 나오기 시작했다. 이제 변신할 시간이다.

처음에 빈은 덩치 큰 아이들 사이에 있는 게 더 안전하리라고 생각했다. 로테르담에서 항상 그랬듯이, 군중 속에 있으면 눈에 띄지 않을 것 같았기 때문이다. 하지만 여기서는 그런 식이 통하지 않았다. 이들은 자기 볼일을 보러 가느라 남한테 신경 쓸 겨를이 없는 무작위적인 군중이 아니었다. 아이들이긴 하지만 군인이었다. 그들은 모두 자신이 있어야 할 자리를 알았고, 신참 제복을 입은 빈은 그 자리에 있지 말아야 할 누군가였다. 곧바로 상급생 몇 명이 그의 앞을 막아섰다.

"넌 여기 소속 아니잖아." 한 명이 말하자, 당장 다른 아이들도 멈춰 서서 빈을 쳐다보았다. 폭풍에 휩쓸려 거리에 나뒹구는 물건을 쳐다보듯이.

"고 녀석 무지하게 작네."

"쯧쯧, 남들 엉덩이 냄새나 맡아야겠는 걸?"

"그러게 말이야!"

"신참, 넌 구역을 이탈했어."

빈은 아무 말 하지 않았다. 그에게 말하는 상급생들을 쳐다볼 뿐이었다. 그중에는 여자애도 하나 있었다.

"색상 코드가 뭐야?" 여자애가 물었다.

빈은 대답하지 않았다. 기억이 나질 않아서 말할 수 없다는 게 최고의 변명이리라.

"이 녀석, 내 거시기 건드리지 않고 다리 사이로 지나갈 수도 있을 만큼 작아."

"으이그, 닥쳐, 딩크. 엔더가 들어왔을 때도 그런 말했잖아."

"맞아, 그랬지, 엔더한테."

"이 아이가 다들 얘기하는 그 아이일까."

"엔더가 처음 왔을 때도 이렇게 작았었나?"

"제2의 엔더 말이야."

"맞아, 녀석도 순위표 꼭대기로 치고 올라갈 것처럼 굴었잖아."

"본쏘가 무기를 쏘지 못하게 한 거잖아, 엔더 잘못이 아니야."

"그래도 그건 요행이었어. 그게 내가 하고 싶은……."

"얘가 그들이 말하는 그 아이일까? 엔더 같은? 최고 점수?"

"그냥 신참 층으로 돌려보내."

"내가 데려다줄게." 여자애가 그의 손을 꽉 잡으며 말했다.

빈은 순순히 따라갔다.

"내 이름은 페트라 아카니안이야." 그녀가 말했다.

빈은 계속 아무 말 하지 않았다.

"작작 좀 하시지. 네가 작고 겁먹었을지는 모르지만, 귀머거리나 멍청이였다면 여기 들어오지도 못했을 거야."

빈은 어깨를 으쓱했다.

"그 몽땅한 손가락 전부 부러뜨리기 전에 이름 말해."

"빈." 그가 말했다.

"그건 이름이 아니야, 개떡 같은 먹을 거지."

그는 다시 입을 다물었다.

"난 안 속아." 그녀가 말했다. "이 벙어리 짓, 속임수잖아. 넌 일부러 여기 올라온 거야."

계속 침묵을 유지했지만, 빈은 속으로 뜨끔했다. 이 여자애가 그렇게 쉽게 나를 파악한 건가. "이 학교 학생은 똑똑하고 진취적이라야 선발될 수 있어. 너도 그 잘난 머리로 당연히 헤집어보고 싶었겠지. 문제는 그들이 그걸 예상한다는 거야. 그들은 네가 무슨 짓을 하는지 알고 있을 거야. 숨겨봤자 소용없어. 이제 선생들이 어떻게 할지 모르겠네. 돼지 리스트에 올라가게 점수를 팍팍 깎지 않으려나?"

상급생들은 돼지 리스트를 이렇게 생각하는군.

"이렇게 완강한 침묵은 사람들을 열 받게 하지. 나 같으면 그만두겠어. 엄마 아빠한테는 효과가 있었을지 모르지만, 그래봤자 멍청하고 고집스러워 보일 뿐이야. 어차피 중요한 건 다 말하게 될 테니까. 굳이 버틸 이유가 있을까?"

"좋아." 빈이 말했다.

빈이 순종하는 표시를 했을 때, 그녀는 자신이 이겼다는 식으로 의기양양해하지 않았다. 잔소리가 먹혔으니, 잔소리는 끝났다.

"색상 코드는?" 그녀가 물었다.

"녹색 갈색 녹색."

"딱, 물 안 내린 화장실에 있을 만한 색이군."

그래, 역시 이 여자애도 신참을 놀려먹는 게 재미있다고 생각하는 멍청한 아이들 중 하나일 뿐이다.

"선생들이 어린 녀석들 놀림 당하게 하려고 일부러 그러는 것 같단 말이야."

아니, 아닌 것 같기도 하다. 이 여자애는 그냥 말하는 거다. 말하기를 좋아하는 것뿐이다. 거리에는 수다쟁이가 많지 않았다. 어쨌든 아이들 중에는 없었다. 술꾼들은 꽤나 시끄러웠지만.

"여기 시스템은 비뚤어져 있어. 그들은 우리가 어린애처럼 행동하길 바라는 것 같아. 너는 그런 게 싫을 것도 없겠다. 이미 아무 생각 없이 길 잃어버린 어린애 행동을 하고 있으니까."

"지금은 아니야." 그가 말했다.

"이것만 명심해. 네가 무슨 짓을 하든, 선생들은 그걸 알아. 아는 것만이 아니라 그게 네 성격이나 다른 뭐랑 관련해서 어떤 의미가 있는지에 대해 어떤 멍청한 이론을 뽑아내고 있을 거다. 그리고 그들이 마음만 먹으면, 그걸 너에게 어떻게 악용할 수 있을지를 찾아내겠지. 언제든지. 그러니까 허튼짓 하지 않는 편이 나아. 네가 잠자야 할 시간에 여기저기 돌아다녔다고 이미 네 보고서에 나와 있을 거다. '다른 누구도 없이 혼자 새로운 환경을 탐험하는 식으로 불안정한 상태를 표출한다'고 적혀 있을걸."

그녀는 이 마지막 부분을 특히 과장된 목소리로 말했다. 그녀는 아마 그보다 더 많은 목소리를 그에게 자랑할 수 있을 테지만, 빈은 그게 어떤 것들일지 더 알아내고 싶은 마음이 없었다. 지금 주도권을 쥔 쪽은 그녀였고, 그녀는 빈이 고분구분하게 따를 때까지 주도권을 넘겨주지 않을 작정인 듯했다. 그녀의 프로젝트 대상이 되고 싶지는 않았다. 칼로타 수녀의 프로젝트가 되는 건 괜찮았다. 그녀는 거리에서 그를 빼낸 후 전투학교로 들여보내줄 수 있었으니까. 하지만 이 페트라 아카니안은 그에게 무얼 줄 수 있는가? 그는 냅다 장대를 타고 내려가 제일 처음 열린 곳에서 복도로 돌진해 들어갔다. 그 다음 사다리로 내달려, 갑판 두 개를 뛰어오른 뒤 다시 복도로 들어가 전속력으로 달렸다. 그녀의 말이 맞을지도 모르지만, 한 가지만은 확실했다. 그는 녹색-갈색-녹색길을 되돌아가는 내내 그 여자애 손을 잡고 따라갈 생각이 전혀 없었다. 이 학교에서 강한 놈으로 살아남고자 한다면, 첫날 그렇게 다른 아이 손에 이끌려 나타나면 절대 안 된다.

빈은 지금 원래 있어야 할 식당 층에서 네 개 갑판을 올라와 있었다. 거기에 돌아다니는 아이들이 있긴 했지만 아래 갑판처럼 많진 않았다. 대부분의 문에는 아무런 표지가 붙어 있지 않았고, 몇 군데 문이 열려 있었는데, 게임실의 넓은 아치형 문도 그중 하나였다.

빈은 로테르담 술집에서 컴퓨터 게임을 본 적이 있었다. 하지만 멀리서, 문이 열릴 때마다 한없이 망각을 찾아 드나드는 남녀들의 다리 사이로 보았을 뿐이었다. 가게에서 틀어주는 비디오 영상을 제외하고 아이들이 컴퓨터 게임을 하는 모습도 본 적이 없었다. 하지만 여긴 진짜였다. 쉬는 시간에 잠깐 게임하러 온 아이들 몇 명뿐이라서 각 게임하는 소리들이 확연하게 구분되었다. 몇 명은 혼자 게임 중이었고, 네 명은 홀로그램 영상이 뜨는 입체 우주게임을 하고 있었다. 빈은 그들의 시야에 방해가 되지 않게 멀리 떨어져서 게임을 지켜보았다. 그들은 각각 작은 배 네 척으로 구성된 소함대를 지휘했으며, 다른 상대 선수들의 함대를 쳐부수거나 아니면 느릿느릿 움직이는 상대 항공모함을 파괴하지 않고 포획하는 게 목적인 듯했다. 빈은 아이들이 게임하며 떠들어대는 말을 들으면서 게임 규칙과 용어를 파악해갔다.

게임이 끝났다. 누구 하나 영리해서가 아니라 싸우다 보니 전함 수가 자연히 줄어들었기 때문이었다. 마지막 남은 아이가 그나마 가장 덜 멍청하게 자기 전함을 활용했다. 그들이 다시 게임을 시작했다.

아무도 동전을 넣거나 하지 않았다. 여기서는 게임이 공짜인 모양이었다.

빈은 이번에도 그들의 게임을 지켜보았다. 이전 게임과 마찬가지로 빠르게 전개되었다. 다들 자기 함대를 제대로 활용하지 못했다. 전투에 참여하지 않은 채 떠 있는 다른 배들이 있다는 사실을 잊어버린 채, 배 한 척만 가지고 전투하려 했다. 자신의 부대가 활동적인 배 한 척과 잔여분 세 척으로 구성돼 있다고 생각하는 듯했다.

어쩌면 컨트롤 장치가 한 번에 하나만 조종할 수 있게 돼 있는 건지도 모른다. 빈은 더 가까이 다가가 살펴보았다. 아니, 어느 한 척의 진로를 설정해놓고, 다른 배로 넘어가 조종하고, 또 다른 배를 조종한 다음, 첫 번째 배로 돌아와 언제든 그 진로를 바꿀 수 있는 시스템이었다.

이 아이들이 생각할 수 있는 게 이 정도밖에 안 된다면, 어떻게 전투학교에 들어왔을까? 빈은 컴퓨터 게임을 해본 적이 없었지만, 이 정도 수준의 아이들이 최고 경쟁자라면 당장 누구와 싸워도 이길 수 있을 것 같았다.

"야, 난쟁이, 너도 게임하고 싶냐?"

그중 하나가 그를 알아보았다. 물론 다른 아이들도 같이 쳐다보았다.

"응." 빈이 말했다.

"쳇, 웃기고 있네. 네가 엔더 위긴이라도 되는 줄 아냐?" 그에게 말을 건 녀석이 코웃음 쳤다.

그들이 웃어대고는 게임을 마무리한 후 수업하러 갔다. 게임실은 비었다. 이제 수업시간이었다.

엔더 위긴. 복도에서 만났던 아이들도 그 이름을 말했다. 빈의 어떤 점이 엔더 위긴을 상기시키는 모양이었다. 어떤 아이들은 엔더 위긴에게 감탄하는 듯했고, 또 어떤 아이들은 분노하는 듯했다. 그 아이가 컴퓨터 게임이나 다른 무언가에서 나이 많은 아이들을 이겼음에 틀림없다. 더구나 그는 순위표 맨 위에 있다, 누군가가 그렇게 말했다. 무엇에 대한 순위표일까?

하나의 패거리처럼 같은 제복을 입고 싸우러 달려가는 아이들, 그게 여기 삶의 중심이다. 모든 아이들이 참여하는 핵심적인 게임이 하나 있다. 각자 어느 팀에 속하느냐에 따라 병영이 주어지고 모두 병영에서 생활한다. 모든 아이들의 순위표는 다른 모든 아이들이 알아볼 수 있도록 공개된다. 그리고 그 게임이 무엇이든, 그것은 어른들이 관리한다.

그게 이 전투학교 삶의 형태다. 또한 엔더 위긴이 누군지는 모르지만, 그가 모든 것의 최고다. 그가 순위표를 이끌고 있다.

그리고 빈은 그들에게 엔더 위긴을 생각나게 한다.

빈은 그 사실이 약간 자랑스러웠지만 한편으로는 짜증스러웠다. 눈에 띄지 않는 편이 더 안전하다. 그런데 어떤 다른 작은 아이가 눈부시게 해냈기 때문에, 빈을 보는 아이들은 엔더를 생각하게 되고 빈을 잊어버리지 않는다. 그것이 그의 자유를 상당히 제한할 것이다. 군중 속에 사라질 수 있었던 로테르담과 달리, 여기서는 사라질 방법이 없다.

음, 그게 무슨 상관인가? 여기서는 실제로 해를 입을 리 없다. 무슨 일이 일어나든 전투학교에 있는 한 배고프지 않을 것이다. 잠잘 곳도 있다. 전에는 거의 죽을 뻔한 적도 있지 않았던가. 여기서는 최소한만 하면 된다. 너무 일찍 집에 돌려보내지지 않을 만큼만 하면 된다. 다른 사람들이 그를 알아보든 말든 상관없다. 달라질 것은 없다. 순위표 걱정은 그들이나 하라고 하자. 빈은 이미 생존을 위한 싸움에서 이겨 여기에 왔다. 다른 경쟁은 중요하지 않았다.

하지만 그런 생각을 하면서도, 그게 사실이 아니라는 것을 알았다. 그는 신경 쓰고 있었다. 살아남는 것만으로는 충분치 않았다. 전혀 충분하지 않았다. 먹을 것에 대한 욕구보다 상황이 돌아가는 방식을 알아내서 주변 환경에 대한 지배력을 얻어내려는 욕구가 더 깊이 자리하고 있었다. 물론 굶주리고 있을 때는 포크의 패거리로 들어가 그 패거리가 서열 맨 끝자리에 있는 그에게까지 내려올 만큼 충분한 음식을 얻을 수 있도록 자신이 배운 것을 이용했다. 하지만 아킬레스가 그들의 이름을 가족으로 바꾸고 매일 배를 곯지 않게 해주었을 때도 빈은 경계를 늦추지 않았다. 늘 집단의 역학과 변화하는 상황을 이해하려고 노력했다. 칼로타 수녀와 함께 생활할 때도, 그녀가 왜 어떻게 그를 위해 그런 일을 할 수 있는 힘을 지니게 됐는지, 그를 선택한 이유가 무엇인지 알아내려고 부단히 애썼다. 그 모든 걸 알아내지 않고서는 직성이 풀리지 않았다. 자신의 머릿속에 모든 그림이 완벽하게 맞아 떨어져야 했다.

여기서도 마찬가지다. 그는 병영으로 돌아가 잠을 청할 수도 있었지만, 그 대신에 시간이 지나면 분명 자연히 알게 될 것들을 알아내려고 곤란한 상황으로 뛰어드는 모험을 감행했다.

내가 왜 여기 올라왔을까? 내가 무얼 찾고 있을까?

열쇠. 나는 열쇠를 찾고 있다. 이 세상은 온통 내게 잠겨 있는 문투성이다. 그 문을 따낼 열쇠를 손에 넣고 싶은 것이다.

그는 게임실에 가만히 서서 귀를 기울였다. 거의 조용하다 싶을 정도였지만, 잡음 같은 것들이 들렸다. 우주지국 전체에 전달되지는 않을 우르르 덜거덕 식식 소리들이 배경에 깔려 있었다.

눈을 감고, 그 흐릿하면서도 격한 소리의 근원을 찾아보았다. 눈을 뜨고, 통풍구 쪽으로 걸어갔다. 아주 약한 바람을 일으키며 조금 더 따뜻한 공기를 밖으로 빼내고 있는 구멍이었다. 거기서는 공기 빠져나가는 식식 소리가 들릴 뿐이었다. 그가 찾고 있는 소리는 그게 아니었다. 보다 더 크고 멀리서 나는 기계음이었다. 전투학교 전체에 공기를 펌프질하는 기계 소리였다.

우주에는 공기가 없기 때문에 사람이 사는 곳은 어디든 꽉꽉 닫아 두어야 한다고 칼로타 수녀가 말한 적이 있었다. 배에서든 우주지국에서든 한 점 공기도 빠져나가지 않게 해야 한다. 산소가 바닥나면 보충해야 하기 때문에 공기도 계속 전환시켜야 한다. 그래서 이 공기조절 시스템이 존재하는 것이다. 공기조절 시스템은 우주지국 어디로든 연결돼 있을 것이다.

빈은 통풍구를 가리고 있는 스크린 앞에 앉아 가장자리를 더듬어 보았다. 스크린을 고정하고 있는 못이나 볼트 같은 건 없었다. 가장자리 아래로 손톱을 넣어 조심조심 그 주위로 손가락을 밀어 넣었다. 살짝 들어내고 약간 더 들어올렸다. 손가락들이 이제 그 아래로 쏙 들어갔다. 앞으로 휙 잡아당기자 스크린이 떨어져 나오면서 빈의 몸이 뒤로 나동그라졌다.

그는 곧바로 스크린을 치우고 통풍구 안을 들여다보았다. 도관이 앞에서 뒤까지 15센티미터 정도밖에 되지 않았다. 윗부분은 단단하지만 아래쪽은 도관이 이어진 밑으로 뚫려 있었다.

빈은 몇 년 전 변기에 서서 물탱크 안을 관찰했을 때처럼, 거기에 자신의 몸이 들어갈 수 있을지 가늠했다. 이번에도 결론은 똑같았다. 비좁을 것이다, 아플 것이다, 하지만 들어갈 수는 있다.

그는 안쪽 밑으로 한 팔을 집어넣었다. 바닥이 만져지지 않았다. 하지만 그의 팔이 썩 긴 것도 아니라서 그것은 별 의미가 없었다. 도관이 최소한 아래층 천장까지는 뻗어 있을 텐데, 그냥 눈으로 봐서는 그게 어느 쪽으로 연결돼 있는지 알아낼 방법이 없었다. 도관이 다음 층 밑으로까지 이어져 있을 가능성을 생각해봤지만 그건 아닐 것 같았다. 칼로타 수녀는 이 우주지국을 만드는 데 필요한 모든 재료를 지구나 달에 있는 제조공장에서 실어 날라야 했다고 말했다. 그렇다면 갑판과 그 아래 천장 사이에 넓은 공간을 비워두지 않았을 것이다. 숨 쉴 사람 하나 없는 곳에 소중한 공기를 낭비하면 안 될 테니까. 그래, 도관들은 외벽에 들어가 있을 것이다. 어디에서나 15센티미터 이상은 되지 않을 것이다.

그는 눈을 감고 공기조절 시스템을 마음속에 그려보았다. 따뜻한 바람을 일으키며 어디서나 신선한 공기를 숨 쉴 수 있게 좁은 도관들을 통해 모든 방으로 공기를 주입하는 기계.

아니, 그런 식으로 작동하지 않을 것이다. 공기를 빨아들여 다시 가져가는 곳이 있을 것이다. 공기가 불어드는 곳이 외벽에 있다면, 빨아들이는 흡입구는…… 복도에 있을 것이다.

빈은 자리에서 일어나 게임실 문으로 달려갔다. 과연, 복도 천장은 방안의 천장보다 적어도 20센티미터쯤 낮았다. 하지만 공기를 내보내는 배출구는 없었다. 조명장치들뿐이었다.

다시 게임실로 들어가 위를 쳐다보았다. 복도에 면한 벽 위쪽으로 실용적이라기보다 오히려 장식적으로 보이는 좁은 통풍구가 이어져 있었다. 뚫린 곳의 크기는 3센티미터 정도였다. 아무리 빈이라도 그 흡입구로는 들어갈 수 없었다.

그는 다시 스크린을 뜯어놓은 공기 배출구로 달려가 신발을 벗었다. 발이 너무 클까봐 걱정할 이유는 없었다.

배출구를 마주하고 안으로 두 발을 집어넣었다. 그 다음에 몸을 꿈틀꿈틀하여 다리를 완전히 구멍으로 내리고 배출구 테두리에 걸터앉았다. 아직 발이 바닥에 닿지 않았다. 좋은 신호가 아니다. 이 공기 배출구가 기계장치 속으로 곧장 떨어지게 돼 있으면 어쩌지?

다시 꿈틀꿈틀 빠져나와 뒤로 돌아서 들어갔다. 더 딱딱하고 아팠지만 팔을 유용하게 쓸 수 있었다. 마룻바닥을 단단히 잡고 구멍으로 가슴 깊이까지 들어갔다.

발이 바닥에 닿았다.

발가락으로 이쪽저쪽을 조사했다. 그렇다, 도관들은 방의 외벽을 따라 왼쪽과 오른쪽으로 이어져 있었다. 그리고 그 구멍은 빈이 들어가 이 방에서 저 방으로 이동할 수 있을 만큼 컸다. 항상 옆으로 기어가야 하겠지만.

이 정도면 그가 현재 알아야 할 만한 것은 모두 알았다. 이제 팔이 마룻바닥에 더 멀리 닿을 수 있도록 살짝 뛰어올랐다. 몸을 끌어올리려면 마찰을 이용해야 할 것이기 때문이다. 그런데 몸이 올라가는 대신 다시 배출구로 미끄러졌다.

아, 끝내주는군. 결국에는 누군가 그를 찾으러 올 것이다. 아니면 게임하러 들어오는 다음 아이들이 그를 발견할 것이다. 이런 식으로 발각되고 싶진 않았다. 이 통풍구에서 다른 쪽으로 기어나간다 하더라도 우주지국 어딘가에서 막혀버릴 게 틀림없었다. 누군가 통풍구를 열었다가 자기를 마주보고 있는 빈의 두개골을 보게 되는 상황이 머릿속에 그려졌다. 그는 이미 통풍구에서 나오려다 목말라 죽거나 배고파 죽었을 것이고, 그의 시체는 공기 도관들의 따뜻한 바람에 완벽하게 건조돼 있을 것이다.

하지만 거기 그대로 서 있어야 한다면, 통풍구를 가릴 수 있는 방법이라도 알아보는 편이 낫다.

한 손을 쭉 뻗었다. 어렵사리 스크린에 손가락을 걸어 자기 쪽으로 끌어당겼다. 일단 확실하게 잡기만 하면 끌어당기는 것은 전혀 어렵지 않았다. 그것을 안으로 잡아당길 수도 있었다. 무심코 지나쳐 보는 사람들은 통풍구가 열려 있는지 알아차리지도 못할 것이다. 하지만 통풍구를 닫으면, 한쪽으로 머리를 돌리고 있어야 했다. 다른 쪽으로 머리를 돌릴 수 있는 공간이 충분치 않았다. 한 번 도관에 들어오면 나갈 때까지 머리를 왼쪽이나 오른쪽으로 돌리고 있어야 한다는 얘기였다. 멋지군.

그는 통풍구 스크린이 바닥에 떨어지지 않게 조심조심 다시 밀었다. 이제 본격적으로 기어나갈 시간이었다.

몇 번을 더 실패한 후에, 마침내 스크린이 바로 그에게 필요한 도구라는 것을 깨달았다. 통풍구 앞쪽 바닥에 그것을 내려놓고, 그 끝부분 아래에 손가락을 걸었다. 스크린을 잡아당기면 그것을 지렛대로 삼아 통풍구 테두리 위로 가슴을 끌어낼 수 있을 것이었다. 통풍구 테두리가 날카로워서 거기에 몸을 누르는 게 고통스러웠지만, 어쨌든 팔꿈치에 힘을 싣고 그 다음에는 두 손에 힘을 실어 결국에는 몸 전체를 통풍구 밖으로 빼낼 수 있었다.

그는 자신이 이 과정에서 사용한 근육들의 순서를 곰곰이 생각해 보았다. 그 다음에 체육관에 있는 장비들을 생각했다. 그래, 필요한 근육들을 단련시킬 수 있을 것이다.

통풍구 스크린을 제자리에 돌려놓았다. 셔츠를 끌어올려 통풍구 테두리에 무자비하게 긁힌 빨간 상처자국들을 살펴보았다. 피도 약간 맺혀 있었다. 흥미롭군. 이 상처에 대해 누가 물어본다면, 어떻게 설명할까? 나중에 침대로 기어 올라갈 때 같은 자리에 상처를 낼 수 있을지 알아봐야겠다.

그는 게임실에서 복도로 달려 나가 가장 가까운 장대를 타고 식당 층으로 내려갔다. 가는 동안 자신이 왜 그렇게 한시 바삐 도관으로 들어가는 방법을 찾으려 했을지 분석해보았다. 과거에도 그런 느낌이 들 때마다, 왜 그렇게 행동해야 하는지도 모르는 채 느낌대로 따라갔다. 하지만 결국 알고 보면 그가 정신적으로 자각하지 못했을 뿐 본능적으로 위험을 감지했기 때문이었다. 그렇다면 여기에는 어떤 위험이 도사리고 있는 것일까?

문득 로테르담 거리에서 생활할 때, 자신이 언제나 달아날 수 있는 퇴각로를 알아두었다는 게 생각났다. 언제 어디서나 이곳에서 저곳으로 옮겨 갈 수 있는 또 다른 길을 알아놓았다. 누군가로부터 도망칠 때는 거기에 또 다른 탈출구가 있다는 사실을 알지 않는 한 막다른 골목으로 들어가 숨지 않았다. 사실, 그는 결코 어딘가에 숨은 적이 없었다. 언제나 꾸준히 이동하는 방법으로 추적을 따돌렸다. 뒤따라오는 위험이 얼마나 지독한 것이든, 꼼짝 않고 기다린다는 것을 견딜 수 없었다. 그러면 궁지에 몰려버리는 끔찍한 느낌이 들었다. 고통스러웠다.

막힌 곳에 숨어 있으면 아프고 축축하고 춥고 배고프다. 숨 쉬기도 힘들다. 사람들이 지나다니다 그중 누구라도 뚜껑을 들어올리기만 하면 그는 발견되고 도망칠 방법이 없다. 거기 그대로 앉아 사람들이 알아차리지 못하고 지나가길 기다리는 수밖에 없다. 그들이 변기를 사용하고 물을 내리면, 그의 몸이 물탱크 수위 조절하는 장치를 내리누르고 있기 때문에 제대로 작동하지 않는다. 그가 안으로 기어 들어갈 때 많은 물이 밖으로 흘러넘쳤다. 사람들은 뭔가 잘못되었다는 것을 눈치채고 언제든 그를 발견할 것이다.

그것은 그의 인생에서 최악의 경험이었고, 다시 그런 식으로 숨어야 하리라는 생각만으로도 숨이 막혔다. 가장 괴롭고 두려웠던 것은 비좁은 공간, 젖은 몸, 배고픔, 혼자라는 외로움이 아니었다. 거기서 나가는 유일한 방법이 추적자들의 품으로 들어가는 거라는 사실이 가장 두려웠다.

그런 자신에 대해 이해하자 긴장이 풀리는 느낌이었다. 그는 아직 자각하지 못한 위험을 본능적으로 감지해서 도관을 찾아 들어간 게 아니었다. 아기 때 변기 물탱크에 숨어 있었던 게 얼마나 지독한 느낌이었는지를 기억했기 때문에 도관을 찾은 것이었다. 이곳에 어떤 위험이 도사리고 있든, 그는 아직 그것을 감지하지 못했다. 어린 시절 기억이 표면으로 올라왔던 것뿐이다. 칼로타 수녀는 인간의 행동 중 많은 부분이 사실은 오래 전에 지나간 위험에 대한 반응을 실행하는 것이라고 말했다. 당시에는 그 말이 일리 있는 것 같지 않았지만, 그는 반박하지 않았다. 이젠 그 말이 옳다는 걸 알 수 있었다.

게다가 도관으로 이어진 그 좁고 위험한 길이 그의 생명을 구하는 데 필요한 길이 될지 어떨지 그가 어떻게 알 수 있겠는가?

그는 녹색-갈색-녹색을 켜기 위해 벽에 손바닥을 대지 않았다. 병영이 있는 위치는 정확히 알고 있었다. 어떻게 모를 수 있겠나? 이미 한 번 가본 곳인데. 그는 자신의 병영뿐 아니라 이곳에서 돌아다닌 다른 모든 장소를 기억에 담아두었다.

병영에 도착했을 때, 디마크는 느리게 먹는 나머지 아이들을 이끌고 아직 돌아오지 않았다. 페트라와 얘기하고 게임하는 아이들을 지켜본 시간을 포함하여, 그의 탐험은 모두 합해서 20분 이상 걸리지 않았다.

그는 아래쪽 침대에서 위쪽 침대로 어색하게 몸을 끌어올리며, 위층 침대 테두리에 가슴을 걸치고 한동안 대롱거렸다. 통풍구에서 기어 나오다 다친 곳이 상당히 아플 정도로 오래 매달렸다.

"뭐하는 거야?" 근처에 있던 신입대원이 물었다.

어차피 사실대로 말해도 모를 테니까, 그는 솔직하게 대답했다.

"가슴에 상처 내려고 애쓰는 중이야."

"난 자려고 애쓰는 중이다. 지금은 취침시간이야." 다른 아이가 말했다.

"낮잠시간이지." 다른 아이가 말했다. "네 살짜리 바보가 된 기분이야."

낮잠을 자는 게 네 살 시절을 떠올리게 하다니, 빈은 이 아이들의 삶이 어떠했을지 궁금했다.

◆

칼로타 수녀는 파블로 데 노체스와 나란히 서서 변기 물탱크를 살펴보았다.

"구식이에요." 파블로가 말했다. "미국식이죠. 네덜란드가 처음 국제영토가 되던 당시에 아주 인기 있었던."

그녀는 물탱크 뚜껑을 들어올렸다. 아주 가벼웠다. 플라스틱이다.

그들이 화장실에서 나오자 건물을 두루 안내해주었던 사무실 매니저가 궁금한 듯 쳐다보았다.

"화장실 변기를 사용하는 게 위험하다거나 하는 건 아니죠?"

"그럼요. 잠깐 살펴봤을 뿐이에요, 그뿐이에요. 함대에 관련된 일이랍니다. 우리가 여기 다녀갔다는 얘기는 누구에게도 하지 말아주셨으면 좋겠어요."

물론 이 정도 말해놓으면 그 매니저는 거의 아무에게도 얘기하지 않을 것이다. 하지만 칼로타 수녀는 자신이 여기 온 게 이상한 소문에 지나지 않는 것을 확인하러 온 것처럼 들리기를 바랐다.

이 건물 장기농장에서 달아난 자는 발각되길 원치 않을 것이고, 그 런 사악한 거래에는 으레 엄청난 액수의 돈이 걸려 있었다. 악마가 자기 친구들에게 보상하는 방식이 바로 엄청난 액수의 돈이다. 그 후에는 언제 친구였냐는 듯이 등을 돌리고 그들이 혼자 지옥의 고통을 감내하도록 내버려둔다.

건물 밖으로 나왔을 때, 그녀는 다시 파블로에게 물었다. "정말 그 아이가 거기 숨어 있었어요?"

"무지하게 작았어요. 그 녀석이 기어가고 있는 걸 내가 발견했는데, 한쪽 어깨랑 가슴까지 흠뻑 젖어 있었죠. 오줌을 쌌나 보다 했는데, 녀석이 아니라고 하더군요. 그러고는 자기가 숨어 있었던 변기를 알려줬어요. 그리고 여기, 부품에 눌렸던 데가 빨개져 있었어요."

"당시에 아이가 말을 했다는 얘기군요." 그녀가 말했다.

"많이 한 건 아니고, 단어 몇 개 정도였죠. 얼마나 갓난아기 같았는지. 그렇게 작은 애가 말을 한다는 게 도저히 믿어지질 않았다니까요."

"그 안에 얼마나 있었다던가요?"

파블로는 어깨를 으쓱했다. "늙은 할망구처럼 피부가 쪼글쪼글했어요. 온몸이 다요. 게다가 아주 차가웠죠. 금방 죽을 것 같았어요. 수영장처럼 따뜻한 물이 아니잖아요. 찬물이죠. 거기서 밤새도록 떨었던 거예요."

"그 아이가 어떻게 죽지 않고 살아남을 수 있었는지 모르겠어요." 칼로타 수녀가 말했다.

파블로가 미소 지었다. "하느님이 못 하시는 일은 없지요."

"맞는 말이에요." 그녀가 대답했다. "하지만 그렇다고 해서 하느님이 어떻게 기적을 행사하시는지, 혹은 왜 그런 기적을 만드셨는지 우리가 알아낼 수 없는 것은 아니에요."

파블로가 다시 어깨를 으쓱했다. "하느님은 당신 할 일을 하시죠. 나는 내 일을 하면서 최대한 착하게 사는 거고요."

그녀가 그의 팔을 잡았다. "당신은 길 잃은 아이를 보살폈어요. 그를 죽이려 했던 자로부터 구해주었지요. 하느님은 당신의 선한 행동을 보셨고 당신을 사랑하고 계십니다."

파블로는 아무 말도 하지 않았지만, 칼로타 수녀는 그가 무슨 생각을 하는지 짐작할 수 있었다. 그 선행이 어느 정도의 죄를 씻어줄 수 있을까? 그를 지옥에서 건져줄 수 있을 정도로 충분한 선행이었을까?

"선한 행동이 죄를 씻어주진 않아요. 오로지 구세주만이 당신의 영혼을 깨끗하게 해주실 수 있지요."

파블로는 그저 어깨를 으쓱했다. 신학은 그의 전공이 아니었다.

"당신 혼자서 그 선을 행한 게 아니랍니다. 하느님이 당신 안에 계심으로 그 일을 행하게 하신 거예요. 그 순간에 당신은 그분의 손과 발이자 눈과 입술이었어요."

"나는 그 아기가 하느님이라고 생각했어요. 예수께서 말씀하셨잖아요. 지극히 작은 자에게 한 것이 곧 내게 한 것이라고."

칼로타 수녀가 웃었다. "그 모든 것은 하느님께서 당신이 정하신 시간에 가려내실 거예요. 우리는 그분을 섬기려 노력하는 것으로 충분해요."

"그 아이는 아주 작았어요. 하지만 그 안에 하느님이 있었어요." 파블로가 말했다.

그들이 탄 택시가 그의 아파트 건물 앞에 멈췄다. 그녀는 택시에서 내리는 그에게 작별인사를 했다.

내가 왜 그 변기를 직접 눈으로 확인해야 했을까? 빈과 같이 해야 할 내 작업은 끝났다. 그 아이는 어제 우주선을 타고 떠났다. 그런데 왜 이 문제를 그냥 내버려두지 못하는 걸까?

그 아이가 죽지 않는 게 불가능한 상황에서 살아났기 때문이다. 그게 이유다. 그리고 그렇게 오랫동안 굶주리며 거리를 배회했다면, 살아남았다고 해도 심각한 영양결핍 상태가 정신적인 손상을 입혔어야 마땅했다. 정신적으로든 정서적으로든 영구적으로 발육이 뒤처질 수밖에 없다.

그렇기 때문에 그녀는 빈의 출생에 관한 질문을 포기할 수 없었다. 어쩌면 그 아이는 손상을 입었을 테니까. 어쩌면 지진아일 수도 있다. 너무 영리하게 태어나서 두뇌의 지성 절반을 잃고도 그런 기적적인 아이가 될 수 있었는지도 모른다.

성 마태오께서 하신 말씀이 생각났다. 예수의 어린 시절에 일어났던 모든 일을 그의 어머니가 소중히 가슴에 간직하고 있다고 하지 않았던가. 빈은 예수가 아니고, 나는 성모 마리아가 아니다. 하지만 그는 어린아이고, 나는 그 애를 내 아들처럼 사랑한다. 그 아이 또래의 어떤 아이도 빈과 같은 일을 해낼 수는 없다.

아직 혼자 걷지도 못하는 한 살도 안 된 어떤 아이도 빈처럼 그런 행동을 할 정도로 자신에게 닥친 위험을 분명히 알아차리지 못한다.

그 나이 아이들이 자주 요람에서 기어나가긴 하지만, 몇 시간 동안 변기 물탱크에 숨었다가 살아나와 도움을 청하진 않는다. 그것을 기적이라고 부를 수도 있고 그게 기적이길 바라지만 어떻게 된 일인지는 알아야 한다. 그런 장기농장들은 지구에서 남은 태아들을 사용한다. 빈이 그렇게 특별한 재능을 지니고 태어났다면 틀림없이 매우 특별한 사람들이 그 부모일 것이다.

하지만 빈과 생활하는 몇 개월 동안 여러모로 수소문해 보았지만, 빈과 같은 아이가 실종되었을 만한 유괴사건은 한 건도 없었다. 납치된 아이는 없었다. 누군가 살아남은 아기를 데려가는 바람에 시체가 발견되지 않았을 법한 사고조차 없었다. 그 정도로는 아무것도 확인할 수 없다. 세상 모든 아이가 신문에 자기 삶의 흔적을 남기고 사라지는 것은 아니다. 모든 신문이 네트에 보관되어 자료로 찾아볼 수 있는 것도 아니다. 하지만 빈은 세상의 주목을 받는 매우 명석한 부모의 아이였어야 마땅하다. 그렇지 않은가? 평범한 부모에게서 그렇게 뛰어난 정신의 소유자가 나올 수 있을까? 그게 단지 다른 모든 기적과 같은 기적일 뿐일까?

칼로타 수녀는 아무리 그렇게 믿어보려 해도 마음대로 되지 않았다. 빈은 겉으로 보이는 그대로의 아이가 아니었다. 그 아이는 지금 전투학교에 있고, 언젠가 거대한 함대의 지휘관이 될 수도 있다. 그런데 빈에 대해 무엇이든 아는 사람이 누가 있는가? 혹시 그 아이가 평범한 인간이 아닐 가능성이 있는 것일까? 그 비범한 지능이 하느님이 아닌 다른 누군가 혹은 다른 무엇에 의해 주어졌을 가능성이 있을까?

만약에 그런 거라면, 하느님이 하신 일이 아니라면, 누가 그런 아이를 만들 수 있었을까?

칼로타 수녀는 두 손으로 얼굴을 감쌌다. 이런 생각들이 어디서 튀어나왔을까? 인류의 구원이 될 아이를 찾기 위해 그 오랜 세월 노력한 끝에 드디어 하나를 찾아낸 듯한데, 어째서 이 위대한 성공을 계속 의심해야 하는가?

그녀는 마음속으로 생각했다. 우린 요한계시록에 예언된 짐승을 목격했다. 버거들. 지구를 멸망시키려 하는 개미 비슷한 괴물들. 예언에 나온 그대로였다. 우리는 그 짐승을 보았으며, 오래 전 메이저 래컴과 인간 함대가 패배의 벼랑 끝에서 그 거대한 드래건을 죽여 없앴다. 하지만 그들은 다시 올 것이다. 예언자 성 요한은 그들이 올 때 거짓 선지자도 함께 오리라고 말씀하셨다.

아니, 아니. 빈은 착하고 선량한 아이다. 그 아이는 악의 종류가 아니며 짐승의 하수인도 아니다. 가장 큰 위험에 처해 있을 때 하느님이 이 세상을 축복하기 위해 키워내신 특별한 아이일 것이다. 어미가 자기 아이를 알 수 있듯이 나는 그 아이를 안다. 내 생각은 틀리지 않는다.

그럼에도 그녀는 자신의 방으로 돌아왔을 때, 새로운 무언가를 찾아보기 위해 컴퓨터를 켰다. 최소한 5년 전, 인간의 DNA 조작에 관련된 프로젝트를 수행했던 과학자 혹은 그들의 보고서가 있는지 찾아볼 생각이었다.

그리고 컴퓨터 검색 프로그램이 네트 상에 있는 방대한 색인에 질문하고 쓸모 있는 답변들을 가려내는 동안, 그녀는 빨랫감이 정리돼 있는 곳으로 걸어갔다. 거기에 빈이 벗어두고 간 옷가지들이 단정하게 개어져 있었다. 그녀는 그 옷을 빨지 않을 것이다. 그 옷들과 함께 빈이 쓰던 시트와 베갯잇을 비닐봉지에 담고, 봉지를 밀봉했다. 그건 빈의 몸이 닿았던 옷과 이불이었다. 그의 피부조직들이 남아 있을 것이다. 머리카락도 있을 것이다. 중요한 분석에 쓸 만한 DNA는 충분하리라.

빈의 존재는 분명 기적이었다. 하지만 그녀는 이 기적이 어떤 측면으로 작용할지 알아낼 생각이었다. 그녀의 임무는 세계 각 도시의 잔인한 거리에서 아이들을 구해내는 게 아니었다. 하느님의 형상으로 만들어진 인류를 구하는 일에 조금이라도 보탬이 되는 것이었다. 여전히 그녀의 임무는 변함없었다. 그녀가 그 아이를 사랑하는 아들처럼 가슴에 받아들였다 해도, 그 아이에게 뭔가 잘못된 점이 있다면 그녀가 알아내 경고할 것이다.

탐사

"그러니까 이 신입대원들이 병영으로 천천히 돌아왔다는 게로군."

"21분이 빕니다."

"그게 긴 시간인가? 난 그런 걸 추적하는지도 몰랐네."

"안전을 위해서입니다. 비상시에 모두 어디 있는지 알아야 하기 때문이기도 하고요. 식당을 출발한 제복과 병영으로 들어간 제복들을 추적한 결과, 총 21분의 차이가 발생했습니다. 스물한 명의 아이들이 정확히 1분 동안 미적거린 것일 수도 있고, 한 아이가 21분 동안 돌아다닌 것일 수도 있습니다."

"거참 도움이 되는군. 내가 그들에게 물어봐야 하는 건가?"

"아닙니다! 그들은 우리가 제복으로 추적하는 것을 알지 못합니다. 우리가 그들에 대해 얼마나 많이 알고 있는지 알려지는 것은 바람직하지 않습니다."

"얼마나 조금 아는지도 알려지지 말아야겠지."

"네?"

"그게 한 아이의 짓이라면, 우리 추적 방법으로는 그 장본인을 알아낼 수 없다는 게 알려지지 않는 편이 낫지 않겠나."

"아, 좋은 지적이십니다……. 그리고 사실은, 짐작 가는 아이가 하나 있어서 말씀드리러 온 겁니다."

"데이터 상으로 분명하지 않은데도?"

"도착 패턴을 볼 때 그렇습니다. 둘이나 셋씩 움직이는 아이들도 있고, 개별적으로 움직이는 아이들도 있죠. 아이들은 그런 식으로 식당을 떠났습니다. 약간 무리를 지어서. 개별적인 세 명이 모이면 3인조가 되고, 둘씩 두 그룹이 모이면 4인조로 도착합니다. 복도에서 크게 관심을 끄는 일이 생겼다면 그들이 합쳐졌다가, 소란이 끝난 후에 더 커다란 그룹이 되어 한 번에 도착했을 겁니다."

"그런데 21분짜리 한 아이가 설명되지 않는 게로군."

"네, 대령님이 알고 계셔야 한다고 생각했습니다."

"그 아이가 21분 동안 뭘 했을까?"

"그게 누군지 아십니까?"

"곧 알게 되겠지. 화장실도 추적이 되나? 긴장이 심해서 점심 먹은 게 체했다거나, 그래서 화장실에 토하러 들어갔다거나 하는 아이는 없었나?"

"화장실에 들어갔다 나오는 패턴은 정상이었습니다. 들어갔다 나왔죠."

"그렇군, 그 녀석이 누군지 알아내야겠어. 이 신입대원들에 대한 데이터를 계속 주시하도록."

"그럼 제가 말씀드리러 온 게 잘한 건가요?"

"그 점에 어떤 의심이라도 있나?"

빈은 언제나 그렇듯 귀를 열어놓고 얕은 잠에 빠졌다. 그 사이에 두 번쯤 깨어났다. 일어나 앉지는 않았다. 그냥 누워서 다른 아이들의 숨소리를 들었다. 두 번 다 방안 어딘가에서 작은 속삭임이 들려왔다. 매번 별로 다급하지 않은 아이들 목소리였다. 그런데도 그 소리는 빈의 잠을 깨워 관심을 이끌어내기에 충분했다. 그 후에 위험이 없다는 확신이 들면 그는 다시 잠이 들었다.

세 번째 깨어났을 때 디마크가 방으로 들어왔다. 일어나 앉기도 전에 빈은 그게 누군지 알아차렸다. 묵직한 걸음걸이, 안정된 움직임, 권위적인 분위기가 그의 정체를 알려주었다. 디마크가 입을 열기도 전에 빈은 이미 눈을 떴고, 디마크가 첫 문장을 마치기 전에 이미 몸을 엎드려 어떤 방향으로든 움직일 자세를 취했다.

"낮잠 시간은 끝났다, 제군들. 일어날 시간이다."

그 말은 빈에 대한 게 아니었다. 빈이 점심 먹은 후에 무엇을 했는지 디마크가 알고 있다 하더라도, 겉으로 드러내진 않았다. 지금 당장은 아무 위험이 없다.

빈이 일어나 앉았을 때 디마크는 아이들에게 사물함과 책상 사용법을 가르쳐주기 시작했다. 사물함 옆쪽 벽에 손바닥을 대라. 문이 열릴 것이다. 그 다음에 책상을 작동시키고 각자 이름과 암호를 입력하라.

빈은 즉시 오른손 바닥을 대서 사물함을 열었다. 하지만 책상을 켜지는 않았다. 대신에 디마크가 무엇을 하고 있는지 확인했다. 문 근처에 있는 다른 아이를 도와주고 있었다. 빈은 자기 침대 위에 비어 있는 3층 침대로 기어올라 그 사물함에 왼손 바닥을 댔다. 그 안에도 책상이 들어 있었다. 우선 거기 들고 올라갔던 자신의 원래 책상을 재빨리 켜서 이름과 암호를 입력했다. 빈. 아킬레스. 그 후에 다른 책상을 꺼내 작동시켰다. 이름은? 포크. 암호는? 칼로타.

두 번째 책상을 사물함에 다시 밀어 넣고 문을 닫은 다음, 첫 번째 책상을 자기 침대로 던지고 미끄러져 내려왔다. 자신을 보는 사람이 있나 없나 살피려고 두리번거리지 않았다. 본 사람이 있다면 곧 무슨 말이든 할 것이다. 눈에 띄게 두리번거려봤자 괜한 관심을 끌어당길 뿐이고, 아무것도 보지 못한 이들에게 쓸데없는 의심을 불러일으키지나 않으면 다행이었다.

물론 어른들까지 그 일을 모르진 않을 것이다. 실제로 디마크는 한 아이가 사물함이 열리지 않는다고 말했을 때 이미 눈치를 챘다. 각 병영에 소속된 인원이 중앙 컴퓨터에 입력돼 있기 때문에 그 인원수만큼 사물함이 열리고 나면 더 이상 열리지 않는다. 하지만 디마크는 누가 사물함을 두 개 열었는지 알아내려고 고개 돌려 다그치지 않았다. 그저 마지막 학생의 사물함에 자기 손바닥을 대서 열어주었다. 그 후에 문을 닫았고, 다음에 학생이 손바닥을 대자 문이 열렸다.

그래, 그들은 그에게 두 번째 사물함을 가질 수 있도록 허락했다. 두 번째 책상, 두 번째 신분. 그가 그것으로 무얼 하려는 건지에 대해 그들이 특별한 관심을 기울이리라는 점은 의심의 여지가 없었다. 그가 또 다른 신분을 갖고자 했던 이유를 그들이 안다고 생각할 때까지 가끔씩 그걸 만지작거려줘야 하리라. 어떤 장난을 치려 한다거나, 비밀 일기를 적으려 한다거나 하는 목적이 필요하리라. 그게 재미있을 것 같았다. 칼로타 수녀는 언제나 그의 머릿속에서 어떤 비밀스런 생각들이 오고가는지 알아내려 했다. 틀림없이 여기 교사들도 마찬가지

일 것이다. 그가 거기에 무슨 내용을 적든 그들은 열렬하게 빨아들일 것이다.

결과적으로 그들은 빈이 자신의 책상에서 행하는 진짜 개인적인 작업을 찾아내지 못할 것이다. 혹시라도 위험할 것 같으면 맞은편 아이의 책상을 이용해도 된다. 그는 맞은편 침대에 있는 아이들의 책상 암호를 이미 주의 깊게 봐두었고 외워두었다. 디마크가 언제든지 자신의 책상을 잘 지켜야 한다고 설교하고 있었지만, 아이들이 부주의해지는 것은 순식간이고 조만간 책상을 아무렇게나 방치해둘 게 거의 확실했다.

하지만 지금으로서는, 빈은 이미 행한 것보다 더 위험한 짓을 할 생각이 없었다. 교사들이 빈의 행동을 제지하지 않는 데에는 나름대로의 이유가 있을 것이다. 중요한 것은 그들에게 그의 진짜 이유를 알리지 않는 것이다.

사실은 빈 자신도 이유를 알지 못했다. 통풍구에 들어갔던 것과 비슷했다. 나중에 자신에게 득이 될 것 같은 뭔가가 생각나면 그 일을 행하는 것뿐이었다.

디마크는 과제 제출하는 방법, 교사 인명부, 각 책상에 수록돼 있는 환상게임에 대해 계속 설명하고 있었다. "공부해야 할 시간에 게임을 하면 안 된다. 하지만 공부를 다 했을 경우에는 게임에 들어가도 좋다."

빈은 교사들이 정말 원하는 게 무언지 당장 알아차렸다. 교사들은 학생들이 게임하길 원한다. 그것을 부추기는 최선책으로서 거기에 엄격한 제한을 가한 것이다……. 그 후에 아이들이 게임을 해도 처벌하지 않을 것이다. 칼로타 수녀는 가끔 빈을 분석하기 위해 게임을 활용하곤 했다. 하지만 빈은 언제나 그것을 똑같은 게임으로 바꿔놓았다. 즉 '칼로타 수녀는 내가 이 게임을 하는 방식으로부터 무언가를 알아내려 한다. 칼로타 수녀가 알아내려는 것은 무엇일까?' 그것을 알아내는 게임이 되었다.

하지만 이 경우에는 그가 어떤 식으로 게임을 하건 그들에게 알리기 싫은 것들을 알려주게 될 것 같았다. 그래서 그는 그들이 강요하지 않는 한, 아예 게임을 하지 않기로 마음먹었다. 어쩌면 그들이 하라고 해도 하지 않을 수도 있다. 칼로타 수녀와 겨루는 것은 그리 어렵지 않았을지 몰라도 여기 있는 자들은 분명 전문가들일 것이다. 그런 자들에게 빈이 자신에 대해 아는 것보다 더 많이 알게 될 기회를 준다는 것 자체가 안 될 일이었다.

디마크는 신입대원들을 인솔하여 우주지국을 구경시켜주었다. 대부분은 빈이 이미 보았던 것들이었다. 다른 아이들은 게임실을 보고 열광했다. 빈은 자신이 기어들어갔던 통풍구 쪽으로 눈길 한 번 돌리지 않았다. 상급생들이 게임하는 걸 봤던 그 게임기를 만져보면서 컨트롤 장치들의 작동 법을 알아내고 자신의 전술이 실제로 실행 가능한지 확인했다.

그 후에 신입대원들은 운동하러 체육관으로 향했다. 빈은 즉시 자신에게 필요하리라 생각했던 운동들을 하기 시작했다. 한 팔로 팔굽혀펴기와 턱걸이가 가장 중요했다. 하지만 제일 낮은 철봉에 매달리려 해도 딛고 일어설 수 있는 뭔가를 받쳐놓아야 했다. 조만간 점프를 해서 닿을 수 있을 것이다. 여기서 매일 제공하는 음식을 먹으면 체력이 금세 향상될 것이다.

그들은 빈에게 어마어마한 양의 음식을 채워 넣기로 결심한 듯했다. 운동하고 샤워를 한 다음에는 저녁식사 시간이었다. 아직 배가 고프지도 않았는데 그들은 빈의 식판에 로테르담 패거리 전체가 먹어도 될 만큼의 음식을 쌓아 올렸다. 빈은 당장 양이 적다고 불평했던 아이들 둘에게 걸어갔다. 물어보지도 않고 그들 식판에 여분의 음식을 덜어냈다. 한 아이가 그것에 대해 무슨 말을 하려 했을 때, 빈은 입술에 살짝 손가락을 올렸다. 그 아이가 대답 대신 씩 웃어보였다. 아직도 빈의 식판에 필요 이상의 음식이 남아 있었지만, 식판을 살짝 기울이는 방법으로 해결했다. 식판이 기울어지면서 여분의 음식이 깎여나갔다. 영양사가 흡족해할 것이다. 청소부가 빈이 바닥에 버린 음식에 대해 보고할지는 두고 봐야 하리라.

자유 시간이었다. 빈은 다시 게임실로 향했다. 거기에 가면 그 유명한 엔더 위긴을 실제로 볼 수 있을 것 같았기 때문이다. 엔더 위긴이 게임실에 있다면 분명 숭배하는 아이들 무리에 둘러싸여 있을 것이다. 하지만 정작 게임실에 와 있는 아이들은 세력을 늘리기 위해 파벌을 형성하는 평범한 권력 지향적 인물들이었다. 스스로 리더라고 생각하는 이들과 그 착각을 유지해주기 위해 어디로든 함께 움직이는 무리들이 있을 뿐이었다. 그들 중 누군가가 엔더 위긴일 리는 없었다. 굳이 물어볼 필요도 없었다.

빈은 그런 쓸데없는 질문을 하는 대신에 몇몇 게임을 해보기로 했다. 하지만 매번 그가 한 판을 지자마자 다른 아이들이 그를 밀어냈다. 그건 흥미로운 사회규칙이었다. 아이들 모두 제일 작은 신참이라도 게임할 자격이 있다는 점을 인지했지만, 차례가 끝나는 순간 규칙의 보호도 끝났다. 게다가 그들은 필요 이상으로 더 거칠게 그를 밀쳐냈다. 거기에 담긴 메시지는 분명했다. '너 같은 놈이 게임한답시고 날 기다리게 하면 안 되는 거다' 라는 뜻이었다. 로테르담 무료 급식소에 줄 서는 것과 똑같았다. 여기서는 목숨 같은 중요한 문제가 걸려 있지 않다는 게 다를 뿐이었다.

배고픔이 아이들을 거리의 깡패로 내몰았던 게 아니라는 것은 흥미로운 사실이었다. 아이들 안에는 이미 깡패근성이 도사리고 있었다. 어떤 게 판돈으로 걸려 있건, 그들은 자신이 행동해야 할 때 행동하는 방법을 찾아낸다. 먹을 것이 걸려 있는 문제라면 패배하는 아이들은 죽을 것이다. 하지만 게임이 걸린 문제라 해도, 깡패근성을 지닌 아이들은 주저 없이 끼어들어 같은 메시지를 보낸다. 내가 원하는 대로 해라, 그렇지 않으면 대가를 치러야 할 것이다.

여기 모든 아이들이 지니고 있는 지성과 교육은 인간의 천성에 중대한 차이를 만들어내지 못했다. 애당초 무슨 차이가 나리라고 생각했던 것은 아니지만.

걸려 있는 판돈이 크거나 적거나 깡패에 대한 빈의 견해는 달라지지 않았다. 그는 아무런 불평 없이 자리를 비켜준 다음 그 깡패들이 누군지 눈여겨보았다. 그들에게 벌을 내리거나 나중에 피하려고 그러는 게 아니었다. 누가 못되게 구는지 기억해뒀다가 그 정보가 중요할 만한 상황이 닥쳤을 때 참고로 삼기 위해서였다.

무엇에 대해서든 감정적으로 굴 필요는 없었다. 감정이 앞서봤자 생존에 도움이 되지 않는다. 모든 사실을 알아낸 다음 상황을 분석하고, 행동방침을 선택하고, 대담하게 움직이는 게 중요할 뿐이다. 알

에 지배력을 거머쥐었다. 그런 잔인함은 언제나 지성을 이긴다. 똑똑한 자가 신체적으로 작고 또 강한 동지들을 구축하지 못한 상황이라면, 잔인한 자를 이길 가능성이 없다. 하지만 여기서는 깡패라고 해봤자 그저 밀치고 모욕적으로 말하는 정도다. 어른들이 상황을 단단히 컨트롤하고 있기 때문에, 지휘권을 따내는 면에서도 포악함은 큰 이점으로 작용하지 못할 것이다. 반면에 지성은 더 유리하게 작용할 수 있다. 결과적으로 빈이 멍청한 우두머리 밑에서 좌지우지될 필요가 없다는 말이다.

원하는 게 그것이라면, 좀 더 중요한 목표가 나타날 때까지 추구해보지 않을 이유가 무엇인가? 우선은 교사들이 지휘관을 어떤 식으로 결정하는지 알아내야 할 것이다. 수업 성적만을 기초로 할까? 그럴 것 같지는 않았다. 이 학교를 운영하는 I. F.에 그렇게 멍청한 자들이 득실거리진 않을 것이다. 책상마다 환상게임이 들어 있다는 사실은 그들이 인성도 하나의 항목으로 고려한다는 의미였다. 성격도 중요하다. 결국은 성격이 지성보다 중요할 것이다. 빈이 생존법칙으로 여기는 '알고, 생각하고, 선택하고, 행동하라'는 이 네 가지 항목에서 지성은 처음 세 가지 것에만 중요하고 두 번째 것에서만 결정적인 요소로 작용했다. 교사들도 이 점을 알고 있는 것이다.

어쩌면 게임을 해야 할지도 모르겠어, 빈은 생각했다.

아니, 아직은 아니다. 내가 게임하지 않을 경우에 어떤 일이 일어나는지 두고 보자.

동시에 그는 자신이 관심을 가졌는지도 몰랐던 또 한 가지 결론에 도달했다. 본쏘 마드리드와 얘기해보기로 결심했다.

본쏘는 한창 컴퓨터 게임에 빠져 있었고, 예기치 못한 무슨 일이든 자기 위신에 모욕이 되는 불쾌한 사건으로 받아들일 만한 자였다. 따라서 굽실거리는 태도로 접근해서는 빈이 원하는 것을 얻어내지 못할 것이다. 그런 태도는 주위에 둘러싸고 서서 본쏘가 멍청한 실수를 저질러도 대단하다고 칭찬하는 아첨쟁이들과 전혀 다를 바 없을 테니까.

빈이 가까이 다가갔을 때, 본쏘의 화상 캐릭터가 또 죽었다.

"Senor Madrid, puedo hablar convozco(세뇨르 마드리드, 얘기 좀 할 수 있어)?"

스페인어가 금세 떠올랐다. 로테르담에서 파블로 데 노체스의 아파트에 있었을 때, 그가 놀러온 동료 이주민들과 얘기하거나 발렌시아에 있는 가족과 전화 통화하는 것을 유심히 들어두었던 게 도움이 되었다. 본쏘의 모국어를 사용한 게 제 효과를 발휘했다. 그는 빈을 무시하지 않았다. 고개 돌려 그를 노려보았다.

"뭐야, bichinho(벌레라는 뜻―옮긴이)?"

브라질 속어는 전투학교에서 흔히 사용되었고, 본쏘는 굳이 스페인어를 고집해야 할 필요성을 느끼지 않는 모양이었다.

빈은 자기 키의 두 배쯤 되는 그의 눈을 쳐다보며 말했다.

"나를 보는 사람들마다 엔더 위긴 얘기를 꺼내는데, 여기서 그를 숭배하지 않는 사람은 당신뿐인 것 같아. 난 진실을 알고 싶어."

다른 아이들이 조용해졌다는 것은 그가 제대로 판단했다는 뜻이었다. 본쏘에게 엔더 위긴에 대해 물어보는 건 위험했다. 위험하니까 이렇게 신중하게 자신의 요청을 설명한 것이다.

"그래, 나는 그 반항하고 배신하는 등신 새끼를 숭배하지 않는다. 하지만 내가 왜 너한테 그놈 얘기를 해줘야 하지?"

"당신은 거짓말하지 않을 테니까." 빈이 말했다. 하지만 사실 본쏘가 자신을 영웅처럼 드러낼 작정으로 엔더에게 당한 굴욕 사건에 대해 터무니없이 거짓말할 게 분명하리라고 생각했다.

"사람들은 자꾸만 나랑 그 아이를 비교해. 앞으로도 그런 일이 계속될 거라면, 그 애가 정말 어떤 아이인지 알아야겠어. 여기서 뭔가를 잘못해서 동결되기는 싫거든. 당신이 나한테 말해줘야 할 책임이 있는 건 아니지만, 나처럼 덩치가 작을 때는 살아남기 위해 알아야 하는 것들을 말해줄 누군가가 필요해."

빈은 아직 여기서 사용하는 은어에 대해 잘 알지 못했지만, 아는 것을 하나 사용했다.

다른 아이 하나가 끼어들었다, 빈이 써준 각본대로 정확한 순간에 치고 들어오는 것처럼. "풋내기, 넌 꺼져. 본쏘 마드리드는 네 기저귀 갈아줄 시간 없어."

빈은 갑자기 성난 어조로 그 녀석을 공격했다.

"선생들한테 물어볼 순 없잖아, 그들은 진실을 말해주지 않아. 본쏘가 말해주지 않으면 누구한테 물어볼까? 너한테 물을까? 넌 쥐뿔도 모르잖아."

이 교묘한 반격은 순전히 사전트가 써먹던 수법이었다. 효과 만점이었다. 다들 빈을 밀어내려 했던 아이를 비웃었고, 본쏘도 고개를 끄덕이며 빈의 어깨에 한 손을 올려놓았다.

"내가 아는 걸 말해주마, 꼬마야. 그 재수 없는 새끼에 대해 누군가 진실을 말해줄 때가 됐어."

그러고는 방금 빈의 한마디에 무참히 깨져버린 그 녀석에게 말했다.

"내가 하던 게임은 네가 끝내. 이럴 때가 아니면 네가 언제 이 레벨에서 게임해 보겠냐."

빈은 지휘관이 자기 부하에게 그렇게 쓸데없이 불쾌한 말을 한다는 게 믿어지지 않았다. 하지만 그 아이는 분노를 삼키고 씩 웃었다. 고개를 끄덕이며 말했다. "맞아요, 본쏘."

그 다음에 지시받은 대로 게임을 하기 시작했다. 완전히 설설 기는군.

본쏘는 빈이 바로 몇 시간 전에 꼼짝 못하고 갇혀 있을 뻔했던 그 통풍구 앞으로 그를 데려갔다. 빈은 그 쪽으로 거의 시선을 돌리지 않았다.

"엔더에 대해서 말해주마. 놈은 다른 녀석을 두들겨 패. 그냥 이기는 걸로는 직성이 안 풀려. 상대 녀석을 바닥으로 때려 박아야 만족하는 놈이야. 규칙 따윈 없어. 그놈에게 평범한 명령을 내리면 처음엔 그걸 잘 지킬 것처럼 굴어. 하지만 자기가 근사해 보일 기회만 생기면 언제 그랬냐는 듯이 명령을 어겨버리지. 아무튼, 그 자식을 데리고 있는 지휘관은 진짜 불쌍한 거다."

"엔더가 전에 샐러맨더에 있었어?"

본쏘의 얼굴이 빨개졌다.

"우리 제복을 입긴 했다, 명부에도 올라 있었고. 하지만 그 자식은 절대 샐러맨더가 아니었다. 처음 봤을 때부터 골칫덩이가 될 줄 알았어. 전투학교가 자기 자랑이나 하면서 거들먹거리라고 만들어진 장소인 줄 착각하는 그 시건방진 표정이라니. 난 그걸 용납하지 않았다. 두 번째 튀는 행동을 했을 때 놈을 다른 부대로 옮겨달라고 신청했고, 우리 연습에 끼워주지도 않았다. 우리 부대 방식을 배워서 다른 부대로 가져가게 할 순 없었지. 나한테 배운 것을 그대로 우리 부대에 다시 써먹으려 할 게 분명하니까. 난 그렇게 멍청하지 않아!"

빈이 보기에 그런 말을 떠벌리는 인간은 자신의 생각이 정확치 않다는 것을 증명하는 것에 불과했다.

"엔더가 명령을 따르지 않았다는 거네."

"명령을 따르지 않은 정도가 아니야. 놈은 내가 자기를 연습시켜주지 않는다며 교사들에게 쪼르르 달려가 아기처럼 울어댔어. 교사들은 이미 내가 놈을 전속 신청자 명단에 올려놓은 것을 알았는데 말이야. 놈이 하도 징징거리니까 그들은 자유 시간에 전투실에서 혼자 연습해도 된다고 말해줬어. 그러자 놈은 신참 그룹과 다른 부대에서 아이들을 끌어들이기 시작하더군. 그러고는 자기가 지휘관이라도 되는 것처럼 그들에게 명령을 내렸어. 그걸 보고 우리가 정말 얼마나 열 받았는지 모른다. 선생들은 항상 그 조그만 새끼가 원하는 걸 다 들어줘. 우리 지휘관들이 부대원들이 거기서 연습하는 걸 금해달라고 요구했을 때, 선생들은 그냥 '자유 시간은 자유'라고 말할 뿐이었어. 하지만 이 모든 게 게임의 일부야, 알겠냐? 전부 다 게임의 일부니까. 그들은 놈이 사기를 치든 말든 내버려둬. 형편없고 교활한 녀석들이 죄다 자유 시간에 엔더한테 가서 연습을 하든 말든 내버려둬. 군 시스템이 망가지고 있단 말이다, 알겠냐? 게임 전략을 짜면, 그 다음날 적군 병사에게 그게 그대로 전해지지 않는다는 보장이 어디 있느냔 말이다! 알겠냐?"

알겠냐? 알겠냐? 알겠냐? 빈은 그에게 '그래, 알겠다'고 소리쳐
주고 싶었다. 하지만 본쏘에게 성질을 낼 수는 없었다. 게다가 이건
상당히 재미있었다. 이 전투학교의 삶에 군대 게임이 어떤 영향을 미
치는지 대충 알 것 같았다. 교사들은 이런 게임을 통해서 아이들이 지
휘관을 어떻게 다루는지, 또 본쏘처럼 무능한 지휘관을 아이들이 어
떻게 다루는지 알아낼 수 있을 것이다. 분명 본쏘는 엔더를 자기 부대
의 놀림감으로 삼으려 했지만, 엔더는 그걸 받아들이지 않았다. 엔더
위긴은 모든 것을 관리하는 주체가 교사들이라는 점을 이해하고 그들
을 이용하여 연습실 사용권을 얻어낼 줄 아는 아이였다. 그는 본쏘가
자신을 괴롭히지 않도록 막아달라고 요구하지 않았다. 스스로 훈련할
수 있는 다른 길을 열어달라고 요구했다. 영리하다. 그건 틀림없이 교
사들 마음에 들었을 테고, 본쏘는 더 이상 아무것도 할 수 없었을 것
이다.

아니, 무언가 할 수 있었을까?

"그래서 당신은 어떻게 했어?"

"이제 우리가 나설 거야. 더는 못 참아. 선생들이 중지시키지 않을
거라면, 다른 누군가가 그 일을 해야겠지, 안 그래?"

본쏘가 심술궂게 웃었다.

"내가 너라면 엔더 위긴이 연습하는 근처에도 안 갈 거다."

"엔더가 정말 순위표에서 1등이야?"

"1등이면 뭐해. 충성심은 맨 꼴찌인걸. 그놈을 자기 부대에 들이고
싶어 하는 지휘관은 없어."

"고마워, 이젠 그 애랑 나랑 비슷하다는 말이 좀 기분 나쁘네."

"네가 작아서 그러는 거야. 그놈이 아주 작을 때 군인이 됐거든. 놈처럼 되지만 않으면 돼. 그럼 아무 문제없을 거다, 알겠냐?"

"알았어." 빈은 환하게 미소 지으며 그렇게 대답했다.

본쏘가 같이 미소 지으며 그의 어깨를 두드렸다.

"넌 잘할 수 있을 거다. 네가 커서 군인이 될 때까지 내가 아직 졸업하지 않았으면, 샐러맨더에 넣어줄 수도 있어."

교사들이 하루라도 더 그를 부대 지휘관으로 남겨둔다면, 그것은 얼간이 상사가 명령을 내렸을 때 어떻게 행동해야 하는지 다른 아이들에게 가르쳐주기 위해서일 뿐이다.

"난 군인이 되려면 아직 멀었어." 빈이 말했다.

"열심히 해, 그만한 보상이 있을 거다." 본쏘가 말했다.

그가 다시 빈의 어깨를 툭툭 치고 씩 웃으며 걸어갔다. 어린애를 도와준 게 자랑스러운 모양이었다. 자기보다 더 똑똑할 게 틀림없는 엔더 위긴을 상대하는 방법에 대해 자신의 비뚤어진 견해를 누군가에게 납득시켰다는 게 기쁜 모양이었다.

그리고 자유 시간에 엔더 위긴과 연습하는 아이들에게 폭력이 가해질 가능성이 있다. 그걸 알게 되어 다행이었다. 빈은 이제 그 정보를 어떻게 사용할지 결정해야 했다. 엔더에게 경고해줄까? 교사들에게 알릴까? 아무 말도 하지 말까? 그대로 지켜볼까?

자유 시간은 끝났다. 모든 학생이 각자 공부에 전념하기 위해 병영으로 향했고, 게임실은 텅 비었다. 다시 말하면 조용한 시간이었다. 신참 그룹에 있는 아이들 대부분은 아직 수업을 받지 않았기 때문에 공부할 게 없었다. 그래서 오늘 밤에는 다들 서로를 놀려대며 자기 책상에서 환상게임을 했다. 책상에 가족에게 편지를 써도 된다는 문구가 나타났다. 몇몇 아이들은 편지를 쓰기로 마음먹었고, 모두들 틀림없이 빈도 편지를 쓰고 있으리라 생각했을 것이다.

하지만 그렇지 않았다. 그는 첫 번째 책상에 포크라는 이름을 써넣었다. 생각했던 대로 어떤 책상을 사용하느냐는 중요하지 않았다. 모든 것을 결정하는 요소는 이름과 암호였다. 두 번째 책상을 사물함에서 꺼낼 필요는 없었다. 그는 포크의 신분으로 일기를 쓰기로 했다. 책상에 '일기' 항목이 포함돼 있는 것도 예상했던 그대로였다.

어떤 식으로 써내려갈까? 푸념을 해볼까? '게임실에 갔을 때 다들 내가 작다는 이유만으로 나를 밀어냈다. 이건 공평하지 않다!' 아기처럼 굴어볼까? '칼로타 수녀가 너무너무 보고 싶다. 로테르담 내 방에 있는 거라면 얼마나 좋을까.' 야망을 드러내볼까? '난 모든 시험에서 최고점을 받을 것이다. 두고 봐라.'

결국은 좀 더 미묘하게 작업해보기로 했다.

아킬레스가 내 입장이었다면 어떻게 했을까? 물론 그가 나처럼 덩치가 작은 것은 아니지만, 다리가 불편하니 크게 다르다고 할 수도 없다. 아킬레스는 사람들에게 아무것도 드러내지 않으면서 기다리는 법을 알고 있었다. 나도 그렇게 해야 한다. 기다리면서 무슨 일이 일어나는지 지켜보자. 처음에는 아무도 내 친구가 되고 싶어 하지 않을 것이다. 하지만 어느 정도 시간이 지나면 다들 나에게 익숙해질 테고, 수업을 들으면서 서로를 골라내게 될 것이다. 내가 처음에 접근할 수 있는 아이들은 약한 아이들일 것이다. 하지만 그것은 문제되지 않는다. 우선은 충성심을 바탕으로 자기 패거리를 형성하라. 그게 아킬레스가 한 일이다. 충성을 확립하고 그들이 복종하도록 훈련시켜라. 자신이 지니고 있는 것을 활용하여 앞으로 나아가라.

그들이 이 내용을 곰곰이 생각하게 하자. 그들은 빈이 전투학교에서의 삶을 거리의 삶에 대입시키려 한다고 생각할 것이다. 그렇게 믿을 것이다. 그러는 사이에 그는 시간을 벌 수 있다. 전투학교가 돌아가는 방식에 대해 최대한 많이 알아내서 상황에 맞는 전략을 짜낼 것이다.

디마크는 불이 꺼지기 직전에 들어왔다.

"책상은 불이 꺼진 후에도 작동한다. 하지만 자야 할 시간에 책상을 쓰면 우리가 알 수 있다. 우린 너희가 무얼 하는지 알 수 있다. 이 점을 명심하도록 해라. 그렇지 않으면 돼지 리스트에 올라갈 것이다."

대부분의 아이들이 책상을 치웠다. 두 명 정도가 반항적으로 게임을 계속했다. 빈은 어쨌거나 상관없었다. 생각할 게 많았다. 책상을 쓸 시간은 내일도 그 다음 날도 얼마든지 있을 것이다.

소등시간이 지난 후에도 방에 약한 불빛이 남아 있었다. 여기 온 아이들은 그런 빛이라도 있어야 넘어지지 않고 화장실 가는 길을 찾을 수 있는 모양이다. 빈은 그 희미한 어둠 속에 누워 주위에서 나는 소리에 귀 기울이며 그게 어떤 의미인지 익혀 나갔다. 몇 번 속삭이는 소리, 몇 번 조용히 하라는 소리, 아이들의 숨소리, 하나씩 잠이 들어간다. 가볍게 코를 고는 아이들도 있었지만, 그런 인간의 소리 아래 공기조절 시스템에서 나는 바람 소리, 무작위적인 딸각딸각 소리와 멀리서 들리는 목소리들, 우주지국이 햇빛 속으로 오락가락 회전하며 움직이는 소리, 밤에 일하는 어른들의 소리가 깔려 있었다.

이 장소는 너무 사치스러웠다. 또한 수천 명의 아이들과 교사들과 직원들과 승무원들을 담고 있을 정도로 거대했다. 물론 함대에 속한 배가 그럴 만하게 고급스럽기도 했다. 그리고 이 모든 것은 어린아이들을 훈련시키기 위해서다. 어른들이 아이들에게 시키는 일이 겨우 게임이라는 것이라 해도, 그들은 장난치는 게 아니다. 진지하다. 전쟁을 대비하여 아이들을 훈련시키는 이 프로그램은 어느 정신 나간 괴상한 교육이론이 아니다. 칼로타 수녀의 말대로 아마 많은 이들이 그렇게 생각하겠지만 말이다. I. F.가 이 정도로 소중히 전투학교를 유지하고 있는 이유는, 그렇게 하지 않았을 경우 심각한 결과가 초래될 수 있기 때문일 것이다. 그렇다면 코를 골며 쌕쌕거리며 중얼거리며 어둠 속에 누워 있는 이 아이들은 분명 정말로 중요한 존재들이다.

그들은 아이들에게 결과를 기대한다. 이곳은 자기 마음대로 행동하며 만찬을 즐기는 파티장이 아니다. 그들은 진심으로 우리를 지휘관으로 만들고 싶어 한다. 전투학교가 한동안 지속되어 왔으니 만큼, 이 시스템이 제대로 굴러간다는 증거가 있을 것이다. 이미 졸업하고 상당 기간 복무한 아이들이 있을 것이다. 이 점을 염두에 두어야 한다. 여기 이 시스템은 확실히 작동하고 있다.

색다른 소리가 들렸다. 고른 숨소리가 아니었다. 약간 흐트러진 숨소리. 가끔 숨을 몰아쉬는 소리. 그 다음…… 흐느끼는 소리.

울고 있다. 어떤 아이가 자면서 울고 있었다.

로테르담에 있을 때, 빈은 자면서 혹은 잠으로 빠져들면서 우는 아이들 소리를 가끔 들었다. 배고프거나 어디 다쳤거나 아프거나 추워서 우는 소리였다. 하지만 여기 이 아이들은 왜 울까?

낮은 흐느낌 소리들이 여기저기서 이어졌다.

집이 그리운 것이다, 빈은 깨달았다. 이 아이들은 전에 엄마 아빠와 떨어져본 적이 없기 때문에 견디기 힘든 것이다. 빈은 그런 감정을 이해하지 못했다. 누군가에게 그런 감정을 느껴본 적이 없었다. 지금 있는 곳에 적응하고 살아라. 전에 살았던 곳이나 네가 가고 싶은 곳에 대해서는 생각하지 마라. 너는 지금 여기 있으니 여기서 살아남을 방법을 찾아야 한다. 침대에 누워 울어댄다고 해서 나아질 것은 없다.

하지만 괜찮다. 마음껏 울어라. 다른 이들의 약함은 내게 득이 될 테니까. 내가 지휘관으로 나아가는 길에 경쟁자가 하나 줄어들 뿐이다.

엔더 위긴도 이런 식으로 생각할까? 빈은 지금까지 엔더에 대해 알아낸 점들을 떠올렸다. 그 아이에겐 지략이 있다. 그는 본쏘와 공개적으로 싸우지 않았지만, 그의 어리석은 결정을 참고 견디지도 않았다. 그게 빈의 흥미를 끌어당겼다. 어차피 목이 달아날 게 아닌 한 목을 내밀지 말라는 게 거리의 규칙이었기 때문이다. 위험한 짓을 자초하지 말아야 하고 무모한 짓도 하지 말아야 한다. 패거리 두목이 멍청하더라도 그에게 멍청하다고 말하지 말라. 그의 어리석음을 지적하거나 드러내 보이지 말라. 고개를 숙이고 그냥 따라가라. 그게 거리의 아이들이 살아남는 방식이었다.

그렇게 해야 마땅할 때, 빈은 단 한 번 대담한 모험을 감행했다. 그렇게 포크의 패거리로 들어갔다. 하지만 그것은 굶주림을 해소하기 위해서였다. 죽지 않기 위해서였다. 여기서는 고작해야 전쟁게임의 순위가 왔다 갔다 할 뿐이다. 그런데 엔더는 왜 그런 위험을 감수했을까?

혹시 빈이 모르는 무언가를 엔더가 알고 있는 것일까? 그 게임이 보기보다 더 중요한 어떤 이유가 있는 것일까?

아니면 엔더가 단지 남한테 지는 것을 절대로 견디지 못하는 아이라서 그랬을 수도 있다. 그는 자신이 원하는 곳으로 갈 때에만 팀에 충성하고, 그렇지 않을 때는 자신의 이익만 도모하는 아이일 수도 있다. 그게 본쏘가 바라보는 엔더의 모습이었다. 하지만 본쏘는 똑똑한 자가 아니었다.

또 하나 빈의 사고방식으로는 이해할 수 없는 것이 생각났다. 엔더는 자기 자신만을 생각하지 않았다. 혼자 연습하지 않았다. 자유 시간 연습을 다른 아이들에게 개방했다. 그에게 도움 될 수 있는 아이들만이 아니라 신참들에게도 문을 열어주었다. 오로지 그게 온당한 행동이기 때문에 엔더가 그렇게 행동한 것일까? 그게 가능한 일일까?

포크가 빈의 생명을 구하기 위해 아킬레스에게 자신을 내놓았던 것처럼?

아니, 그녀가 정말로 빈을 위해 그런 행동을 했는지는 알 수 없는 일이다. 그녀가 그것 때문에 죽었다고 장담할 수도 없다. 하지만 가능성이 없는 것은 아니다. 그리고 빈의 마음은 그 짐작이 맞으리라고 믿었다. 그가 항상 포크에 대해 경멸스러워했던 점이 그것이었다. 행동은 거칠지만 마음은 너무 약해빠졌다. 하지만⋯⋯ 그 약한 마음이 그의 생명을 구했다. 게다가 그가 아무리 노력해도, 거리에 팽배해 있는 '나랑 상관없는 남의 일'이라는 태도로 포크의 죽음을 생각할 수는 없었다. 그녀는 내 말을 귀담아 들어주었고, 다른 아이들을 더 나은 삶으로 이끌 수 있으리라는 가능성에 자기 생명을 거는 어려운 결단을 내렸다. 그 후에는 내게 자신의 식탁 한 자리를 비워주었으며, 결국에는 나를 위험에서 지켜주려 했다. 그녀가 왜 그랬을까?

여기 숨어 있는 커다란 비밀이 무얼까? 엔더는 그걸 알고 있을까? 그걸 어떻게 알았을까? 왜 나는 그걸 알아낼 수 없는 것일까? 하지만 아무리 생각하고 생각해봐도 그는 포크를 이해할 수 없었다. 칼로타 수녀도 이해할 수 없었다. 그녀가 그를 끌어안고 흘린 그 눈물들이 이해되지 않았다. 그들이 아무리 그를 사랑하더라도 그는 여전히 그들과 분리된 별개의 인간이었다. 그에게 잘해준다고 해서 그게 그들에게 무슨 득이 되는 것도 아니었다. 그걸 모르는 걸까?

엔더 위긴이 이런 약점을 지니고 있는 거라면, 난 그와 비슷해지지 않을 것이다. 누굴 위해서도 나 자신을 희생하지 않을 것이다. 여기 침대에 누운 채로 물속에 떠 있던 포크의 시체를 생각하며 울지 않는 것, 칼로타 수녀가 옆방에 없다는 이유로 울어대지 않는 것이 그 시작이 되리라.

그는 눈을 닦고 돌아누웠다. 몸의 긴장을 풀고 잠을 청했다. 몇 분 뒤, 그는 금세 깰 수 있는 얕은 잠으로 빠져들었다. 아침이 되기 전에 그의 베개는 말라 있을 것이다.

♦

　모든 인간이 그렇듯, 그는 잠자는 동안 꿈을 꾸었다. 무의식 세계가 상상과 기억을 무작위로 뽑아 조리 있는 이야기로 만들어보려고 시도하는 것이다. 빈은 자신의 꿈에 별 관심을 갖지 않았다. 대개는 꿈꾸었다는 자체를 잊어버렸다. 하지만 오늘 아침에 일어났을 때는 꿈에서 보았던 이미지들이 선명하게 되살아났다.

　보도 틈바구니에서 바글바글 기어 나오는 개미들. 작은 검정 개미들. 그리고 더 커다란 붉은 개미들이 그들과 싸우며 적을 파괴하고 있었다. 개미들이 허둥지둥 내달렸다. 그중 어느 하나도 그들의 생명을 짓밟으려고 내려오는 인간의 구두를 올려다보지 않았다.

　구두가 내려왔다 다시 올라갔을 때, 그 아래 짓이겨진 것은 개미들의 몸체가 아니었다. 그건 아이들의 시신이었다. 로테르담 거리의 아이들이었다. 아킬레스 패밀리였던 아이들 모두. 빈도 거기 끼어 있었다. 그는 자신의 얼굴을 알아보았다. 그의 영혼이 납작해진 몸 위로 떠올라, 죽음 이전의 세상을 마지막으로 한 번 훑어보았다.

　갑자기 그를 죽인 구두가 머리 위에 나타났다. 하지만 이제 그 구두를 신고 있는 것은 버거였다. 구두 신은 버거가 미친 듯이 웃고 또 웃어댔다.

　잠에서 깨어났을 때, 웃어대던 버거와 납작하게 뭉개진 아이들의 시신이 생각났다. 구둣발 아래 껌딱지처럼 으깨진 자신의 몸뚱이가 생각났다. 그게 무슨 의미인지는 분명했다. 여기서 우리 아이들이 전쟁놀음을 하는 동안, 버거들은 시시각각 우리를 짓밟으러 다가오고 있다. 개개인의 싸움보다 더 큰 것을 바라봐야 한다. 더 커다란 적을 잊지 말아야 한다.

빈은 이런 생각이 들자마자 즉시 그 꿈의 해석을 지워버렸다. 꿈 따위는 전혀 아무런 의미가 없다고 자신에게 상기시켰다. 뭔가 의미가 있다고 해도, 내가 느끼는 감정과 두려워하는 무언가를 드러내는 것에 불과할 뿐, 뿌리 깊은 진실을 가리키는 것은 아니다. 그렇다, 버거들은 다가오고 있다. 그렇다, 그들은 발아래 개미처럼 우리 모두를 짓뭉갤 수 있다. 그게 뭐 어떻다는 건가? 지금 당장 내가 할 일은, 끝까지 살아남아 버거들과의 전쟁에서 쓸모 있는 자리로 올라가는 것이다. 지금 내 힘으로 그들을 막기 위해 할 수 있는 일은 아무것도 없다.

이 꿈이 그에게 준 교훈이 하나 있기는 했다. 허둥지둥 발버둥치는 개미 중 하나가 되지 마라.

그 구두가 되어라.

◆

네트를 검색하던 칼로타 수녀는 막다른 골목에 도달했다. 인간 유전자 연구에 관한 정보는 수없이 많았지만, 그녀가 찾고 있는 부류의 정보는 나타나지 않았다. 그래서 그녀는 책상에 그대로 앉아 쓸데없는 게임이나 하면서 이제 어떻게 해야 할지를 생각했다. 자신이 왜 이렇게 빈의 어린 시절을 캐내지 못해 안달하는 것인지 알 수 없었다.

그때 I. F.에서 안전장치가 되어 있는 메시지가 도착했다. 메시지는 도착한 지 1분이 지나면 자동으로 지워지고, 수령자가 읽을 때까지 매

순간 다시 발송된다. 그녀는 당장 메일을 열어 첫 번째 암호와 두 번째 암호를 입력했다.

FROM: I. F. 전투학교 그라프 대령
TO: 칼로타 수녀
아킬레스에 관하여

그 아이가 알고 있는 '아킬레스'에 관한 정보를 모두 보고하시오.

언제나 그렇듯 메시지 자체가 너무 애매해서 따로 암호화할 필요가 없었다. 그럼에도 당연히 암호화돼 있었다. 하지만 이건 안전장치를 설치한 메시지다, 그렇지 않은가? 그런데 왜 그 아이 이름을 그대로 쓰지 않았을까. 어째서 "빈이 알고 있는 '아킬레스'에 관해 보고하시오."라고 하지 않았을까.

어떤 식으로든 빈이 아킬레스라는 이름을 그들에게 알려준 모양이었다. 그들이 직접적으로 설명해달라고 요구할 수 없는 그런 상황에서. 그렇다면 그 아이가 어딘가에 쓴 내용에 포함돼 있었을 것이다. 그녀에게 보내는 편지였을까? 순간적으로 짜릿한 희망을 품었다가 그녀는 그런 자신의 감정을 비웃었다. 전투학교 아이들의 편지가 거의 전달되지 않는다는 것을 잘 알지 않는가. 게다가 빈이 그녀에게 실제로 편지를 썼을 가능성은 희박했다. 하지만 어떻게든 그들은 그 이름을 알게 되었고, 그게 무슨 뜻인지 그녀에게 묻고 있었다.

문제는 그게 빈에게 어떤 영향을 미칠지 알지 못한 채로 정보를 내주고 싶지 않다는 것이었다.

그래서 그녀도 똑같이 애매한 답장을 써 보냈다.

비밀 면담으로만 응답하겠음.

이 답장이 그라프를 화나게 하겠지만, 칼로타 수녀로서는 그에게 은혜를 베푸는 셈이었다. 그라프는 자기 계급 이상의 권력을 휘두르는 데 너무 익숙해진 나머지, 순종이 자발적이어야 하며 궁극적으로는 상대방의 자유 선택에 달려 있는 문제라는 점을 자주 잊어버렸다. 그에게 그 기본을 일깨워주는 것은 좋은 일이다. 어차피 결국에는 그녀도 순종할 것이다. 다만 아킬레스에 관한 정보를 주었을 때 빈에게 피해가 가지 않으리라는 확신이 필요했다. 살인을 저지른 가해자와 살해당한 피해자 모두와 빈이 긴밀히 연관되어 있다는 사실을 안다면 그들이 그를 프로그램에서 탈락시킬 수도 있었다. 말해도 되리라는 확신이 생긴다 해도, 그라프와 직접 대면하면 그 보답으로 뭔가 얻어낼 수 있을 것이다.

한 시간이 지난 뒤에야 비밀 면담이 이루어졌다. 그녀의 컴퓨터 화상에 그라프의 얼굴이 나타났을 때, 그는 과히 기분 좋은 상태가 아니었다.

"오늘 무슨 게임을 하고 있는 거요, 칼로타 수녀?"

"살이 붙으셨네요, 그라프 대령님. 살찌면 건강에 안 좋아요."

"아킬레스 얘기나 합시다." 그가 말했다.

"발꿈치가 약점인 남자죠. 헥토르를 죽여 시신을 트로이 성문 주위로 끌고 다녔고요. 포로로 잡힌 브리세이스라는 소녀를 좋아했지요."

"그런 맥락이 아니잖소."

"그보다 더 많이 알아요. 당신은 아마 빈이 어딘가에 쓴 내용을 보고 그 이름을 알게 되었겠죠. 원래는 아킬레스가 아니라 아쉴로 발음해야 한답니다. 프랑스 이름이거든요."

"거기 사는 녀석일 텐데."

"여기 모국어는 네덜란드어예요. 함대 공용어가 그걸 밀어내고 대신 들어앉긴 했지만."

"칼로타 수녀, 당신은 이 면담 비용을 낭비하고 있소."

"그걸 왜 알아야 하는지 말해주기 전까지는 말하지 않을 생각이에요."

그라프는 몇 번 깊이 숨을 들이쉬었다. 칼로타 수녀는 그가 어렸을 때 엄마에게 열까지 세라는 교육을 받은 것인지, 아니면 가톨릭 학교 수녀들을 대하면서 노여움 참는 법을 배운 것일지 궁금했다.

"우리는 빈이 쓴 내용을 이해하려고 노력 중이오."

"나한테 보여주세요. 그럼 내가 도울 수 있다면 도울게요."

"그 아이는 이제 당신 책임이 아니오, 칼로타 수녀." 그라프가 말했다.

"그럼 왜 나한테 그 아이에 대해 묻는 건가요? 그 애는 당신 책임이에요, 그렇죠? 난 내 할일로 돌아가면 되겠군요."

그라프가 한숨을 쉬고 컴퓨터 화상에 드러나지 않는 곳에서 손을 움직였다. 잠시 후 그라프의 얼굴 아래쪽에 빈의 일기 내용이 나타났다. 그녀는 그걸 읽으며 살짝 미소 지었다.

"어떻소?" 그라프가 물었다.

"그 아이한테 당하셨네요, 대령님."

"무슨 뜻이오?"

"빈은 당신이 그걸 읽으리라는 걸 알아요. 당신 생각을 잘못된 쪽으로 끌고 가려는 거예요."

"확실한 거요?"

"아킬레스가 그에게 본보기를 제공할 수는 있지만, 좋은 본보기는 아니에요. 아킬레스는 한때 빈에게 매우 중요했던 누군가를 배신했어요."

"애매하게 굴지 마시오, 칼로타 수녀."

"애매하게 굴지 않았어요. 당신에게 알려주고 싶은 부분을 정확히 말한 거예요. 빈은 당신이 듣고 싶어 할 내용을 그대로 적었어요. 당신을 속이려는 의도로 이걸 쓰고 있는 거죠. 이 점을 알아야만 그 일기가 납득이 될 거예요."

"그렇게 생각하는 이유는? 그 아이가 거기서는 일기를 쓰지 않았기 때문인가?"

"빈의 기억력은 완벽해요." 칼로타 수녀가 말했다. "절대 읽을 수 있는 형태로 자신의 진짜 생각을 기록하지 않아요. 자기 생각을 털어놓지도 않죠. 언제나 그래요. 남에게 보일 의도가 아닌 한 무언가를 쓸 아이가 아니에요."

"빈이 아닌 다른 이름으로 그걸 쓰고 있다면 어떻겠소? 그것에 대해 우리가 모를 거라고 생각한다면?"

"하지만 당신은 그걸 알아요. 그렇다면 빈도 당신이 알 거라는 걸 알 거예요. 다른 이름이란 당신을 혼란스럽게 만들기 위한 장치일 뿐이죠. 그게 효과를 발휘하고 있는 거예요."

"당신이 이 아이를 신보다 더 똑똑하게 여기는 걸 내가 깜박했군."

"당신이 내 평가를 받아들이든 말든 상관없어요. 직접 겪어보면 내 말이 틀리지 않다는 것을 알게 될 테니까요. 그 테스트 점수까지 믿게 될걸요."

"내가 어떻게 해야 정보를 내줄 거요?" 그라프가 물었다.

"이 정보가 빈에게 어떤 의미가 있는 건지 솔직하게 말해주세요."

"그는 담당 교사에게 걱정을 끼쳤소. 점심 먹고 돌아오는 길에 21분 동안 행방을 감췄소. 그 아이가 아무 볼일이 있을 리 없는 갑판에서 그 아이와 얘기했다는 목격자가 있소. 그래도 여전히 행방이 묘연했던 마지막 17분에 대해서는 설명이 되지 않소. 자기 책상에서 게임을 하지도 않고……."

"가짜 이름을 만들어 가짜 일기를 쓰는 게 게임을 하지 않는 거라고 생각해요?"

"여기엔 아이들을 분석하고 치료하기 위한 게임이 있소. 그 아이는 아직 그걸 시작도 하지 않았소."

"그 게임이 심리파악용이라는 걸 알아차린 거겠죠. 그게 자신에게 무슨 영향을 미칠지 알게 될 때까지는 게임하지 않을 거예요."

"그런 태만과 반항적인 태도를 당신이 가르쳤나?"

"아뇨, 내가 그 아이한테 배웠어요."

"빙빙 돌리지 말고 똑바로 얘기해주길 바라겠소. 이 일기 내용에 따르면, 그는 여기서 자기 패거리를 만들 계획인 것 같소. 이곳을 거리와 비슷하게 여기는 거지. 우리는 이 아이가 정말 무슨 생각을 하는지 알아내기 위해 아킬레스에 대해 알아야겠소."

"빈은 그런 걸 계획할 아이가 아니에요." 칼로타 수녀가 말했다.

"상당히 자신 있게 말하는군. 당신의 그 결론을 믿을 만한 단 하나의 이유도 제시하지 않으면서."

"못 미더우면 왜 나한테 연락하셨어요?"

"그 정도로는 충분치 않소, 칼로타 수녀. 이 아이에 대한 당신 견해를 믿어도 될지 확신이 안 선단 말이오."

"빈은 절대 아킬레스를 모방하지 않을 거예요. 당신이 찾을 수 있는 곳에 진짜 계획을 쓰지도 않을 거예요. 패거리를 만들지도 않아요. 패거리에 들어가 이점을 취한 뒤에 뒤돌아보지 않고 옮겨가는 쪽에 가까워요."

"아킬레스를 조사해봤자 그 아이가 앞으로 어떻게 행동할지에 대해 전혀 단서가 되지 않을 거다, 이런 말이오?"

"빈은 원한을 품지 않아요. 스스로 그걸 자랑스러워하죠. 비생산적이라고 생각하거든요. 하지만 어느 정도는 당신이 그걸 읽고 아킬레스에 대해 알아보리라는 마음이 있었기 때문에 그 이름을 구체적으로 적어놓은 면도 있을 거예요. 당신이 조사하면 아킬레스가 저지른 악행을 발견하게 될 테니까."

"빈에게 한 짓이오?"

"빈의 친구에게."

"그 아이가 우정을 쌓을 능력은 있는 거요?"

"거리에서 빈의 목숨을 구해준 여자아이예요."

"이름이 뭐지?"

"포크. 하지만 찾아볼 필요 없어요. 이미 죽었으니까."

그라프는 잠시 생각에 잠겼다. "그게 아킬레스가 저지른 악행이오?"

"빈이 그렇게 믿을 만한 이유가 있어요. 법정에서 유죄선고를 받아낼 증거가 있을 것 같진 않지만요. 이 모든 건 아마 무의식적인 행동이었을 거예요. 빈이 아킬레스에게 보복하려고 일부러 그러진 않았을 거예요. 다른 누구에게든 보복을 시도하진 않아요. 하지만 무의식중에 당신이 자기 대신 복수해주길 바랄 수는 있겠죠."

"당신은 아직도 뭔가를 감추고 있소. 하지만 지금으로선 당신 판단을 믿어보는 수밖에 선택의 여지가 없겠지?"

"아킬레스에 대한 건 더 이상 없어요, 내가 장담할게요."

"더 있을 수도 있는 이유를 생각해보라고 하면 어떡하겠소?"

"난 당신의 이 프로그램이 성공하길 바라요, 그라프 대령님. 빈이 성공하길 원하는 것보다 더요. 내가 그 아이를 아낀다고 해서 우선순위가 바뀌거나 하진 않아요. 정말 이젠 모두 다 얘기했어요. 그러니까 당신도 날 도와주세요."

"I. F.에서는 정보를 교환하지 않소, 칼로타 수녀. 정보를 가진 자로부터 필요로 하는 이들에게로 흐를 뿐이오."

"내가 원하는 걸 말할 테니까, 도와줄지 말지는 당신이 결정하세요."

"들어나 봅시다."

"지난 10년간 진행되어온 인간 유전자 조작에 관한 비밀 프로젝트나 불법 프로젝트들을 알고 싶어요."

그라프가 먼 곳을 바라보았다.

"당신이 새 프로젝트를 시작하기엔 너무 이르고, 그렇다면 기존 프로젝트에 관한 문제라는 얘긴데. 빈에 대한 것이겠군."

"그 아이가 어디에서 왔을까요?"

"그 명석한 두뇌가 어디에서 왔느냐는 뜻이오?"

"그 아이 자체를 말하는 거예요. 당신은 결국 빈을 의지하게 될 거고, 그 아이에게 우리 인류의 생명을 걸게 될 거예요. 그래서 더욱 그 아이의 유전자에 일어난 일을 알아야 해요. 당신이 보기엔 빈의 머릿속에서 일어나는 일을 아는 게 그보다 훨씬 중요하겠죠. 하지만 그건 언제나 당신 능력이 미치지 않는 곳에 있을 거예요."

"그 아이를 여기로 보낸 장본인이 당신이면서 그게 무슨 말이오? 그 아이를 절대로 알 수 없을 거라니. 그런 말을 듣고도 내가 그 아이를 우리 지휘계통 꼭대기에 앉힐 것 같소?"

"빈을 지켜본 지 하루밖에 안 되었으니, 지금은 그렇게 말할 수 있겠죠. 하지만 점점 놀라움이 자라날 거예요."

"그 녀석 몸이나 더 오그라들지 말아야 할걸. 공기조절 시스템에 빨려 들어가지 않으려면."

"유치하시군요, 그라프 대령님."

"유감이오, 수녀님." 그가 대답했다.

"기밀정보에 접근할 수 있는 허가권을 내주시면 내가 직접 조사할게요."

"거절하겠소." 그가 말했다. "하지만 내용 요약본 정도는 보내드리도록 하겠소."

그들은 그녀가 알아도 무방하다고 판단하는 만큼만 정보를 보내줄 것이었다. 하지만 하찮은 정보로 얼렁뚱땅 넘어가려 하다면 그녀도 가만있지 않을 것이다. 또한, I. F.가 찾아내기 전에 아킬레스 문제도 해결해야 한다. 그를 로테르담 거리에서 빼내 학교로 보내야 하리라. 이름도 바꿔야 한다. I. F.가 그를 찾아낸다면 테스트하려 할 테니까. 아니면 그녀가 이미 테스트한 그의 점수를 찾아낼 수도 있다. 그들이 만약 아킬레스를 테스트한다면, 불편한 다리를 수술해준 뒤 전투학교로 데리고 갈 것이다. 그러면 그녀는 다시 아킬레스와 마주치지 않게 해주겠노라고 했던 빈과의 약속을 지키지 못하게 된다.

모범생

"아직도 전혀 환상게임을 하지 않나?"

"포털로 들어가는 건 물론이고, 아이콘을 선택하지도 않습니다."

"그걸 발견 못했을 리는 없잖나."

"환상게임 항목이 나타나지 않게 선택목록을 다시 만들어놨더군요."

"그러니까 자네 생각으로는……."

"그 아이는 그게 게임이 아니란 것을 아는 겁니다. 우리가 자기 생각을 분석하는 게 싫은 거죠."

"그래도 승급되고 싶어 하지 않나."

"잘 모르겠습니다. 공부는 열심히 합니다. 3개월 동안 모든 시험에서 완벽한 점수를 받고 있습니다. 하지만 교재는 한 번 정도 읽을 뿐이고, 다른 주제에 관한 공부를 주로 합니다."

"예를 들면?"

"보봉을 연구하더군요."

"17세기 요새 말인가? 왜 그런 걸 들여다보지?"

"문제가 될까요?"

"다른 아이들과 지내는 건 어떤가?"

"기본적으로는 외톨이라고 할 수 있습니다. 버릇없게 굴지도 않고, 무엇 하나 자원하는 것도 없고, 관심이 있는 것만 물어봅니다. 다른 아이들은 그를 이상하게 생각합니다. 그 아이가 모든 면에서 자기들보다 높은 점수를 받는다는 걸 알지만 그를 미워하진 않습니다. 그를 자연환경의 하나처럼 다루죠. 친구는 없지만, 적도 없습니다."

"아이들이 그를 미워하지 않는다는 건 주목할 만하군. 그렇게 따로 돌면 미워하는 게 당연할 텐데."

"거리에서 배운 모양입니다. 상대방을 화나지 않게 하는 기술 말입니다. 그 아이 자신도 전혀 화를 내지 않습니다. 그래서 작다고 놀리던 말들도 쏙 들어간 것 같습니다."

"자네가 말하는 내용들로 봐서는 그 아이한테 지휘관으로서의 잠재력이 있는 것 같진 않아."

"잠재력을 보이려고 노력하는데 보이지 못하는 거라면, 그 말이 맞겠지요."

"그래……. 자네가 보기엔 그 아이가 뭘 하고 있는 것 같은가?"

"'우리'를 분석하는 것 같습니다."

"자신에 대해서는 아무 정보도 주지 않으면서 정보를 모으는 거로 군. 정말 그 아이가 그렇게 노련하다고 생각하나?"

"거리에서 혼자 살아남았던 아이입니다."

"약간 건드려볼 때가 된 것 같네."

"너무 혼자만 있는 것도 좋지 않다고 알려줄까요?"

"자네 생각처럼 영리한 아이라면, 이미 알고 있겠지."

빈은 몸이 지저분해지는 것쯤 아무렇지 않았다. 어차피 목욕 한 번 하지 않고 몇 년을 보낸 적도 있지 않은가. 며칠 씻지 않는다고 해서 문제될 건 없었다. 다른 아이들이 그의 불결함을 싫어하는지는 모르지만, 겉으로 드러내진 않았다. 그에 관한 소문에 한 가지가 더 추가될 뿐이었다. 엔더보다 더 작고 어리다! 모든 시험에서 완벽한 점수를 받는다! 돼지 같은 악취가 난다!

샤워 시간은 소중했다. 다른 아이들이 샤워하고 있는 동안이 그가 다른 아이 이름으로 책상을 사용할 수 있는 시간이었다. 다들 수건만 걸치고 벗은 채로 샤워실에 가기 때문에, 그 시간에는 제복으로 아이들을 추적할 수 없었다. 그 사이에 빈은 다른 아이의 이름과 암호를 입력하고, 교사들 모르게 시스템을 탐험해나갈 수 있었다. 책상에서 뭔가 하려 할 때마다 환상게임을 하라는 그 멍청한 문구가 나타나지 않도록 선택목록을 변경했을 때, 그의 의도가 약간은 드러났을 것이다. 하지만 그 정도 프로그램 조작은 그리 어려운 일이 아니었고, 그 일을 했다고 해서 그들에게 특별히 경종을 울리거나 하지는 않았을 것이다.

지금까지는 겨우 몇 가지 유용한 점들을 알아냈을 뿐이지만, 이제 더 중요한 벽을 뚫고 들어가기 직전이었다. 학생들이 해킹할 수 있는 가상 시스템이 설치돼 있었다. 엔더가 학교에 온 첫날 그 시스템을 해킹하여 하느님이라고 서명했다는 전설을 들었지만, 그건 교사들의 예상을 뒤엎을 정도로 충격적인 일이 아니었다. 그들은 이미 똑똑하고 야망 있는 학생들이라면 그 정도는 하리라고 예상하고 있었을 것이다. 물론 엔더가 보기 드물게 빠르게 해내긴 했지만 말이다.

제일 먼저 빈은 학생들의 컴퓨터 활동을 추적하는 교사들의 시스템 방식을 찾아냈다. 그걸 찾아서 자신이 하는 일이 교사들에게 자동으로 보고되지 않도록 했고, 그들이 일부러 찾아보지 않는 한 알아내지 못할 개인파일 구역을 만들었다. 그 후에 다른 이름으로 책상에 들어가, 흥미로운 자료를 발견할 때마다 그 위치로 다시 찾아 들어가 비밀 구역에 정보를 다운로드한 다음, 여가 시간에 필요한 나머지 작업을 수행했다. 그가 작업하는 동안 그의 책상은 도서관에서 빌린 책을 읽고 있는 것으로 표시되었다. 그가 그 책들을 실제로 읽지 않은 것은 아니었다. 하지만 그의 책상이 교사들에게 보고하는 것보다 훨씬 빠르게 읽어 치웠다.

이렇게 만반의 준비를 갖춰놓았으므로 이번에야말로 진정한 진전을 볼 수 있을 줄 알았는데, 뜻밖에도 너무 금방 보안시스템에 막혀버렸다. 이 시스템이 보유하고 있으면서도 내주지 않으려 하는 정보들이 있었다. 그는 몇 가지 차선책을 모색했다. 예를 들어, 우주지국 전체 지도는 어디에서도 찾아볼 수 없었고 학생들이 접근 가능한 지역의 지도만 있을 뿐이었다. 늘 선으로 그린 대략적인 그림에 불과한데다 깜찍하다 싶을 정도로 너무 작았다. 하지만 그는 압력이 손실되는 비상사태 시 복도 벽에 자동으로 나타나 가장 가까운 안전 자물쇠를 보여주게 돼 있는 프로그램에서 일련의 비상 지도들을 찾아냈다. 이런 지도들은 비율이 일정했다. 그는 자신의 비밀구역에서 그것들을 결합하여 하나의 지도로 만들었다. 그러자 우주지국 전체 윤곽이 그려졌다. 물론 자물쇠를 제외하고 어디 하나 명칭이 붙어 있지 않았지만, 학생 구역 양쪽에 복도들이 평행으로 나 있다는 사실을 알게 되었다. 이 우주지국은 하나가 아닌 세 개의 평행 바퀴로 구성돼 있고, 많은 지점에서 교차 연결돼 있을 게 틀림없었다. 그곳에 교사와 직원들이 생활하는 구역이 있고, 생명유지 시스템이 있고, 함대와 통신하는 구역이 있을 것이다. 문제는 그 구역들의 공기순환 시스템이 별개로 분리돼 있다는 점이었다. 세 개의 바퀴에 있는 도관들은 서로 연결되어 있지 않았다. 그것은 그가 학생 구역 바퀴에서 진행되는 일을 무엇이든 염탐할 수 있더라도 다른 구역 바퀴에 접근하지 못하리라는 뜻이었다.

하지만 학생 구역 바퀴 내에서도 탐험해볼 비밀장소는 얼마든지 있었다. 학생들은 네 개의 갑판을 자유로이 출입할 수 있었으며, 여기에 A갑판 아래 있는 체육관과 D갑판 위에 있는 전투실이 추가되었다. 하지만 실제 갑판은 아홉 개였다. A갑판 아래로 두 개, D갑판 위로 세 개가 더 있었다. 거기 공간들도 어떤 용도로든 사용되고 있을 것이다. 그들이 학생들에게 숨길 가치가 있다고 생각한다면, 빈은 탐험해볼 가치가 있으리라 생각했다.

게다가 그 탐험을 하루 빨리 시작해야 했다. 그는 운동으로 꾸준히 몸을 강하게 만들었고, 소식을 했기 때문에 살이 찌지도 않았다. 그동안에도 물론 여기 어른들은 그에게 상상 이상의 많은 음식을 먹이려 했다. 기존에 배식하던 양으로는 그의 몸무게가 바라는 만큼 불어나지 않자 계속해서 양을 늘려갔다. 하지만 아무리 살이 찌지 않는다고 해도 하루하루 자라는 키는 어쩔 수가 없었다. 아직까지는 도관으로 들어갈 수 있다 해도, 조만간 도관으로 들어가 돌아다닐 수 없을 것이었다. 또한 공기조절 시스템을 통해 숨겨진 갑판으로 접근하는 일은 샤워 시간에 간단히 해치울 수 있는 일이 아니었다. 잠자는 시간을 이용해야 했다. 그런 이유로 그는 다음 날로 또 다음 날로 실행일을 미루고 있었다. 언제가 되건 큰 차이는 없을 테니까.

그런데 어느 날 아침, 디마크가 일찌감치 병영으로 들어와, 당장 다른 사람이 볼 수 없도록 등을 돌리고 암호를 변경하라고 지시했다. 그 다음에 새로운 암호를 누구에게도 말하지 말라고 수차례 강조했다.

"다른 사람이 볼 수 있는 곳에서는 암호를 입력하지 마라." 그가 말했다.

"다른 사람 암호를 훔쳐 쓰는 사람이 있는 건가요?" 어떤 아이가 물었다. 설마 그렇게 소름끼치는 일이 일어날 수 있겠냐는 목소리로. 이런 망신스러운 일이 있나! 빈은 실소를 터트릴 뻔했다.

"이 규칙은 I. F.에 있는 모든 사람에게 적용된다. 그러니까 이제부터라도 습관을 들이는 게 좋을 거다. 누구든 일주일 이상 같은 암호를 쓰는 게 발견되면 돼지 리스트에 올라갈 것이다."

이런 규칙이 생긴 이유는 아마도 그가 하고 있는 일을 그들이 눈치 챘기 때문일 것이다. 그들이 지난 몇 달간 그가 작업한 내용을 조사했으며 그가 알아낸 정보들 중 상당 부분을 알고 있으리라는 뜻이었다. 그는 책상에 암호를 입력한 뒤 자신의 비밀파일 구역을 깨끗이 삭제했다. 그들이 아직 거기까지 찾아낸 것은 아니기를 바랐다. 필요한 내용은 전부 외워두었다. 이제 다시는 기억에 담을 수 있는 것들을 책상에 담아두지 않을 것이다.

빈은 옷을 벗고 몸에 수건을 두른 뒤, 다른 아이들과 함께 샤워실로 향했다. 하지만 디마크가 문 앞에서 그를 가로막았다.

"얘기 좀 하자." 그가 말했다.

"샤워해야 되는데요?" 빈이 물었다.

"갑자기 씻는 데 관심이 생겼나?" 디마크가 물었다.

빈은 암호를 훔쳐낸 일로 호되게 꾸지람을 들으리라 예상했다. 그 대신에, 디마크는 문 옆 아래쪽 침대에 그와 나란히 앉아 훨씬 더 일반적인 질문을 했다.

"요즘 어떻게 지내나?"

"잘 지내요."

"네가 점수를 잘 받는다는 건 알지만, 친구를 별로 사귀지 않는 것 같아서 걱정이다."

"친구 많아요."

"이름 아는 아이들이 많고 누구와도 싸우지 않는다는 뜻이겠지."

빈은 어깨를 으쓱했다. 컴퓨터 사용에 관해 물어보는 것도 싫지만 이런 식으로 물어보는 것도 싫었다.

"빈, 여기 시스템은 한 가지 이유 때문에 만들어진 것이다. 어떤 학생이 지휘관으로서의 자질을 지녔는지 결정을 할 때 우리는 여러 가지 요소를 고려해. 수업도 중요한 일부분이지. 하지만 리더십도 그중 하나야."

"여기 아이들 모두 리더십 있지 않나요?"

디마크가 웃었다. "그렇긴 한데, 모두 한꺼번에 리더가 될 수는 없잖니."

"난 세 살짜리 키밖에 안돼요 나한테 경례하려는 애들은 별로 많지 않을걸요."

"하지만 친구들의 우정으로 네트워크를 형성할 수는 있지. 다른 아이들은 그렇게 하는데, 넌 그러질 않아."

"지휘관이 되는 데 필요한 걸 내가 갖추지 못한 모양이군요."

디마크가 한쪽 눈썹을 들어올렸다. "그래서 그만두고 싶은 거냐?"

"내 시험 점수를 보셨을 텐데요. 내가 지고 싶어 할 것 같으세요?"

"그럼 원하는 게 뭐냐?" 디마크가 물었다. "넌 다른 아이들처럼 게임을 하는 것도 아니고, 운동하는 프로그램도 이상해. 네가 하는 운동은 전투실에서 싸울 체력을 강화하기 위한 정규 프로그램과 상당히 동떨어져 있어. 그건 전투실에 들어가 싸울 생각도 없다는 뜻이냐? 그럴 생각이라면, 정말로 넌 들어가자마자 동결될 거다. 그건 우리가 지휘관 능력을 평가하는 주요 수단이야. 학교생활 전체가 부대 중심으로 돌아가는 이유도 거기에 있어."

"전투실에서는 문제없이 해낼 거예요." 빈이 말했다.

"준비도 없이 해낼 수 있다고 생각한다면 큰 오산이다. 머리가 잘 돌아간다고 해서 약하고 둔한 몸을 보완해주진 않아. 넌 아직 모르겠지만 전투실은 대단히 강한 체력을 필요로 해."

"정규 프로그램대로 할게요."

디마크는 뒤로 기대앉으며 눈을 감고 작게 한숨을 내쉬었다. "이런, 꽤나 고분고분하구나, 빈."

"그러려고 노력해요."

"헛소리 그만둬라." 디마크가 말했다.

"네?" 드디어 시작이군, 빈은 생각했다.

"네가 교사들에게 무언가를 숨기려고 노력하는 만큼 친구를 사귀려고 노력한다면, 학교에서 제일 사랑받는 아이가 될 거다."

"그건 엔더 위긴이잖아요."

"네가 위긴에게 집착하는 걸 우리가 모를 것 같으냐?"

"집착이요?"

빈은 첫째 날 이후로 엔더 위긴에 대해 묻지 않았다. 순위 얘기가
오고가는 대화에도 끼지 않았다. 엔더가 훈련하는 시간에 전투실에
찾아가지도 않았다.

아. 너무 뻔히 들여다보이는 실수를 저질렀다. 멍청한 놈.

"신참 중에서 엔더 위긴을 보려고 하지 않은 아이는 너밖에 없어.
넌 그의 스케줄을 철저히 파악해서 같은 공간에 있는 것조차 피해왔
다. 그건 정말 노력해야 가능한 일이야."

"난 신참이에요. 그는 부대에 소속돼 있고요."

"멍청한 척하지 마라, 빈. 그래봤자 설득력도 없고 시간만 낭비할
뿐이다."

드러내도 상관없는 명백한 진실을 말하라, 그게 게임의 규칙이었다.

"내가 아주 작고 어리다는 이유로 다들 언제나 날 볼 때마다 엔더
랑 비교해요. 나만의 길을 만들어가고 싶었어요."

"지금은 그 변명을 받아들여주마. 그게 왜 말도 안 되는 헛소리인
지 다 짚어주고 싶지만 한계가 있으니까." 디마크가 말했다.

하지만 빈은 엔더에 대해 말하면서 그게 사실일 수도 있으리라는
생각이 들었다. 나는 왜 질투 같은 정상적인 감정을 지니면 안 되는
것인가? 나는 기계가 아니다. 빈은 자신이 무슨 말을 하건 다 거짓으
로 여기고 뭔가 더 교묘한 일을 진행하리라고 가정하는 것 같은 디마

크의 태도가 약간 불쾌했다.

"말해 봐라, 넌 어째서 환상게임을 하지 않는 거냐?" 디마크가 물었다.

"지루하고 멍청해 보여요." 빈이 말했다. 이건 분명한 진실이었다.

"그 정도 이유로는 부족해. 기본적으로, 전투학교에 있는 어떤 아이도 그걸 지루하고 멍청하다고 여기지 않는다. 사실은 게임하는 사람의 흥미에 맞게 게임 자체가 바뀌도록 돼 있어."

당연히 그러시겠지, 빈은 생각했다.

"그건 전부 가짜예요, 아무것도 진짜가 아니에요."

"잠깐이라도 자신을 내보일 수는 없는 거냐?" 디마크가 발끈했다. "넌 이 게임이 인성 분석에 이용된다는 걸 잘 알기 때문에 하지 않으려는 거야."

"어쨌거나 내 인성을 분석하신 것 같은데요." 빈이 말했다.

"넌 조금도 느슨해지질 않는구나, 그렇지?"

빈은 아무 말도 하지 않았다. 할 말이 없었다.

"네가 읽는 도서목록을 살펴봤다. 보봉이던가?" 디마크가 말했다.

"네?"

"루이 14세 때 축조된 요새지?"

빈은 고개를 끄덕였다. 재정이 점점 궁핍해짐에 따라 루이 14세가 보봉에 관한 전략을 수정했던 게 생각났다. 여러 겹으로 복잡한 방어선을 구축하려 했던 심층방어는 얇은 방어선으로 바뀌었다. 새로운 요새를 구축하려던 계획은 대부분 포기했고, 중복되거나 위치선정이 잘못된 곳들은 계속 파괴했다. 가난이 전략을 이겼다. 그가 이런 얘기를 하려 했을 때, 디마크가 다시 입을 열었다.

"빈, 어째서 우주전쟁과 아무 관련 없는 주제를 공부하는 거냐?"

빈은 사실 뭐라고 대답해야 할지 알 수 없었다. 그는 크세노폰(그리스의 역사가이자 군인—옮긴이)과 알렉산더로부터 카이사르와 마키아벨리까지 전략의 역사를 섭렵하고 있던 참이었다. 그러다 보봉에 관해 읽게 되었다. 별다른 계획이 있었던 건 아니었다. 대부분의 독서는 비밀스런 컴퓨터 작업을 하기 위한 위장술이었다. 하지만 디마크의 질문을 듣고 보니 새삼 궁금해졌다. 정말 17세기 요새가 우주전쟁과 아무 관련이 없을까?

"도서관에 보봉 책을 넣어둔 건 내가 아니에요."

"함대 내 모든 도서관에는 군대 관련 책들이 충분히 소장돼 있다. 그 이상의 의미는 없어."

빈은 어깨를 으쓱했다.

"넌 보봉에 관한 책을 읽으며 두 시간을 보냈어."

"그게 뭐가 어때서요? 난 프리드리히 대제(1740년부터 1786년까지 프로이센 국왕을 지낸 탁월한 군사 전략가—옮긴이)에 관한 책도 오래 봤어요. 우리가 지금 야전훈련을 하는 것도 아니고, 포화 속에 행군하면서 낙오되는 자들을 총검으로 찔러 죽여야 하는 것도 아니잖아요."

"넌 사실 보봉에 관한 책을 읽지 않았어. 그 시간에 뭘 하고 있었는지 말해 봐라."

"읽었어요."

"네가 얼마나 빨리 읽는지 우리가 모르는 줄 아냐?"

"그 다음에는 보봉에 관해서 '생각' 했을걸요?"

"좋다. 그럼 무슨 생각을 했는지 말해 보겠나?"

"말씀하신 대로, 이게 우주전쟁과 어떤 관련이 있을까, 어떻게 적용될까 그런 생각을 했어요."

여기서 약간 시간을 벌어라. 보붕이 우주전쟁과 무슨 관련이 있을까?

"설명해봐." 디마크가 말했다. "어제 두 시간 동안 너를 사로잡았던 통찰력이 무언지 알고 싶구나."

"음, 물론 우주에서 요새는 불가능해요. 전통적인 사고방식으로는 그래요. 하지만 할 수 있는 것들이 있어요. 보붕의 그런 작은 요새들처럼, 주요 요새 바깥에 돌격부대를 놔두는 거예요. 몇 개 분대를 배치해서 침입자를 요격 차단할 수도 있겠고, 장벽을 세울 수도 있겠죠. 빠르게 이동하는 배들과 충돌해서 구멍을 낼 수 있는 표류물 같은 걸 전장에 쫙 깔아놓는 거예요. 뭐 이런 생각들이랄까요."

디마크는 고개를 끄덕일 뿐 아무 말하지 않았다.

빈은 이 토론주제에 열을 내기 시작했다. "진짜 문제는, 보붕의 경우와 달리 우리가 방어해야 할 방위거점은 하나뿐이라는 거예요. 지구 말이에요. 적이 어디서 치고 들어올지는 아무도 몰라요. 어느 쪽에서든 공격해올 수 있어요. 한꺼번에 어디에서든 덤벼들 수 있죠. 그렇다면 우리는 전형적인 방어 문제에 봉착해요. 방어력을 더 늘려야 하는 거죠. 더 멀리까지 방어선을 구축하려면 필요한 게 더 많아질 수밖에 없어요. 자원이 한계에 다다르면, 곧 그 요새에 병력을 다 배치할 수도 없게 되겠죠. 적이 정해진 궤도를 타고 들어올 것도 아닌데, 목성, 토성, 해왕성 위성에 있는 기지가 무슨 소용이겠어요? 적은 우리 요새들을 죄다 우회해서 접근할 수 있어요. 2차 대전 당시 니미츠 제독과 맥아더 장군이 일본의 심층방어를 뚫으려고 중요치 않은 대부분의 섬을 건너뛰었던 2차원적인 방식과 같아요. 우리 적은 3차원으로 활동한다는 게 다를 뿐이죠. 따라서 우리는 아마 심층방어를 유지할 수 없을 거예요. 유일한 방어 전략은 재빠르게 탐지해서 단 하나의 집약된 힘으로 공격하는 거예요."

디마크는 천천히 고개를 끄덕였다. 얼굴에 표정은 나타나지 않았다. "계속해."

계속하라고? 이 정도면 두 시간 읽은 책을 설명하기에 충분하지 않은가?

"음, 난 그게 또 재앙을 막는 방법이 되리라고 생각했어요. 적은 자유롭게 자기 세력을 나눌 수 있어요. 공격해오는 100개 분대 중에서 우리가 아흔아홉 분대를 막아 무찌르더라도 하나의 분대만 놓치면 지구에 끔찍한 파괴가 일어날 수 있어요. 그들이 처음 나타나 중국을 불사르기 시작했을 때, 우린 한 척의 배가 얼마나 많은 지역을 쓸어버릴 수 있는지 이미 목격한 바 있어요. 그들이 하루 동안 지구에 배 열 척을 보내면, 우리 주요 인구밀집지역 대부분을 없애버릴 수 있어요. 우리 힘을 이리저리 분산시키면 하루 이상 유린할 시간이 생기겠죠! 바구니 하나에 우리 계란이 모두 담겨 있는 셈이에요."

"보봉 책을 읽으면서 이 모든 걸 생각했다는 얘기로구나." 디마크가 말했다.

드디어 됐다. 빈의 설명이 충분히 그를 만족시켰다.

"보봉을 생각하다 보니 우리의 방어문제가 얼마나 더 힘든지를 생각하게 된 거예요."

"그래, 거기서 네가 찾아낸 해결책은 뭐냐?"

해결책? 왜 나한테 해결책까지 물어보는 거야? 내가 그런 걸 어떻게 알아? 난 여기 전투학교 상황을 파악해서 컨트롤할 방법을 찾으려고 노력 중이다. 세계를 구할 방법을 찾고 있는 게 아니다!

"글쎄요, 해결책이 있을 것 같진 않은데."

빈은 이 말을 하면서 다시 시간을 벌었다. 하지만 계속 말하다 보니, 정말 자기 생각에 믿음이 생기기 시작했다.

"애초에 지구를 방어하려고 아등바등할 필요가 없어요. 사실, 그들한테 우리가 모르는 어떤 방어 장치가 있다면 모를까, 행성 주위로 보이지 않는 방어막을 두를 수 있다거나 하는 그런 게 없는 한, 적의 행성은 취약한 상태예요. 따라서 조금이라도 타당성 있는 유일한 전략은 총력을 기울여 공격하는 거예요. 그들의 본거지로 우리 함대를 보내서 파괴하는 거예요."

"우리 함대가 그렇게 영영 사라져버린다면? 서로의 세상을 파괴하고 남는 게 배뿐이라면 어쩌지?" 디마크가 물었다.

"아뇨." 빈이 말했다. 그의 머릿속이 빠르게 돌아가고 있었다. "2차 버거 전쟁 직후에 함대를 보내면 그렇지 않죠. 메이저 래컴의 공격부대가 버거들을 무찌른 후, 그 패배 소식이 그들 고향 행성에 도달하려면 시간이 걸릴 거예요. 그 사이에 우리가 최대한 빨리 함대를 만들어서 즉시 그들 행성으로 출발시키면 돼요. 그러면 패배소식이 도착하는 동시에 우리의 파괴적인 역습을 시작할 수 있어요."

디마크는 눈을 감았다. "일리 있는 말이긴 하다만 좀 늦은 감이 있구나."

"아뇨." 빈은 말했다. 모든 면에서 자신이 옳다는 깨달음이 서서히 일어나기 시작했다. "함대는 이미 떠났어요. 이 우주지국에 있는 사람들이 태어나기 이전에, 함대는 출발했어요."

"흥미로운 이론이군." 디마크가 말했다. "완전히 잘못짚긴 했지만."

"아뇨, 잘못짚지 않았어요." 빈이 말했다. 그는 자신의 생각이 틀리지 않다는 것을 알았다. 디마크의 침착한 분위기가 흐트러지고 있었기 때문이다. 그의 이마에 땀이 솟아나고 있었다. 그것은 빈이 정말로 중요한 뭔가를 건드렸다는 뜻이었다.

"전부 다 틀렸다는 건 아니야. 우주방어의 어려움에 대한 네 이론은 맞아. 하지만 그게 아무리 어려워도 우린 방어하지 않을 수 없어. 그걸 위해서 우리가 여기 있는 것이다. 우리가 이미 함대를 출발시켰을 거라는 이론에 대해서는…… 2차 버거 전쟁은 인류의 자원을 소진시켰어. 다시 웬만한 규모의 함대를 구축하고, 다음 전쟁을 위해 더 나은 무기를 만들어내려면 시간이 오래 걸리지. 네가 보봉에서 뭔가 배운 게 있다면, 뒷받침해줄 자원이 있는 범위 안에서나 뭔가 만들어낼 수 있다는 것이다. 게다가 넌 우리가 적의 본거지를 안다고 가정하는 오류를 범하고 있어. 그래도 우리에게 당면한 문제가 얼마나 심각한지 규명해낸 너의 분석은 매우 훌륭했다."

디마크가 침대에서 일어났다.

"네가 공부시간에 컴퓨터 시스템을 뚫고 들어가는 데만 신경 쓴 게 아니라는 걸 알게 돼서 다행이다." 그가 말했다.

그 말을 끝으로 그는 병영을 떠났다.

빈은 일어나 자기 침대로 돌아가서 옷을 입었다. 지금은 샤워할 시간이 없었고, 그런 건 어찌 되든 중요하지 않았다. 그가 디마크에게 한 말은 분명 민감한 곳을 건드렸다. 2차 버거 전쟁은 인류의 자원을 소진시키지 않았다, 빈은 그걸 확신했다. 지구를 지키기 위한 해결책이 무엇인지는 너무나 분명했다. 따라서 I. F.가 그것을 알아차리지 못했을 리 없었다. 그 전쟁에서 거의 파괴될 뻔했다 가까스로 살아남았을 때는 더더욱 확실한 방법을 찾으려 했을 것이다. 그들은 먼저 공격해야 한다는 것을 알았다. 함대를 만들고, 출발시켰다. 함대는 떠났다. 그 외의 다른 행동을 했으리라고는 생각할 수 없었다.

그렇다면 전투학교라는 이 말도 안 되는 짓거리는 무엇을 위한 것일까? 디마크의 말이 어느 정도는 맞는 것일까? 우리 공격 함대가 적의 행성으로 향하는 것처럼 지구를 치러 오는 버거들의 부대가 있으며, 그 공격부대를 막기 위해서 이 전투학교가 지구 주위에 방어선을 구축한 것일까?

그게 사실이라면, 굳이 숨길 이유가 없다. 거짓말할 이유도 없다. 사실 지구에서는 언제나 다음에 닥쳐올 버거들의 침략을 준비하는 게 얼마나 중요한 일인지 강조하느라 여념이 없었다. 그러므로 디마크가 한 말은 I. F.가 지난 3세대 동안 지구에 있는 모든 이들에게 말해왔던 이야기를 반복한 것에 지나지 않았다. 그런데도 그는 엄청나게 땀을 흘렸다. 그 말이 사실이 아니라는 뜻일 수밖에 없다.

지구를 둘러싼 방위함대는 이미 충분한 병력을 확보하고 있었다. 이게 빈의 의심을 불러일으킨 부분이었다. 정상적인 신병모집만으로도 필요한 인원을 보충할 수 있을 것이기 때문이다. 방어전쟁에서는 특별히 뛰어난 재기가 필요치 않다. 방심하지만 않으면 된다. 빠르게 탐지해내고, 신중하게 저지하고, 비축해둔 군수물자를 잘 지켜내는 게 관건이다. 성공을 가르는 요인은, 지휘관의 자질이 아니라 동원할 수 있는 함대의 규모와 무기의 질이 더 큰 비중을 차지한다. 전투학교를 만들어 인재를 육성할 이유가 없는 것이다. 전투학교는 교묘한 작전과 전략과 전술이 중요한 역할을 하는 공격전쟁을 벌이려 할 때에나 필요성이 생긴다. 하지만 공격함대는 이미 떠났다. 전투는 이미 수년 전에 치러졌고, I. F.는 아마도 우리 함대가 이겼는지 졌는지 소식이 오기만을 기다리고 있을 것이다. 모든 것은 버거들의 고향 행성이 몇 광년이나 떨어져 있느냐에 달려 있으리라.

빈은 전쟁이 이미 끝난 상태일 거라고 생각했다. I. F.는 우리가 이겼다는 것을 알면서도 공표하지 않는 것일 수도 있다.

그들이 그걸 비밀로 삼는 이유는 분명했다. 지구의 온 세계인들이 서로 싸우지 않고 하나로 뭉치는 유일한 이유는, 버거들을 무찌르자는 공동의 목적이 있기 때문이다. 버거들의 위협이 소멸되었다는 게 알려지는 즉시 그동안 억눌러왔던 적대감들이 풀려날 것이다. 무슬림 세계가 서방에 대항하거나, 오래도록 참아왔던 러시아 제국주의가 대서양 연합에 대한 불신을 드러내거나, 인도가 들고 일어나거나 아니면…… 이 모든 것이 동시에 폭발할 수도 있다. 혼돈이 생기리라. 이런저런 파벌에 속한 반항적인 지휘관들이 I. F.의 자원들을 마음대로 가져다 쓰려 할 것이다. 그런 혼돈 속에서 지구는 아마 포믹스의 도움 없이도 자멸의 길로 들어설 것이다.

I. F.는 그런 결과를 방지하려 한다. 동족을 죽고 죽이는 끔찍한 살

육 전쟁을 피하고 싶어 한다. 이번에 전쟁이 일어난다면, 로마가 카르타고를 완전히 제거한 후 내전으로 갈가리 찢어졌던 것보다 더 심각한 상황으로 번질 수 있다. 훨씬 더 가공할만한 무기들이 생겨났고, 로마를 이끄는 시민들 내의 단순한 개인적 경쟁이 아니라 국가와 종교가 얽힌 증오심이 더 뿌리 깊이 박혀 있으니까.

I. F.는 그걸 막아낼 생각이다.

그런 맥락에서라면 전투학교의 존재도 완벽하게 납득이 갔다. 수십 년간 지구에 있는 거의 모든 아이들이 테스트를 거쳤고, 그들은 군대 지휘관으로서 잠재력을 지닌 아이들을 모두 우주로 데려다놓았다. I. F.가 마침내 전쟁이 끝났음을 발표한 뒤 각 나라 군대를 없애고 세계를 영구적인 하나의 정부 하에 통합하기 위해 선제공격에 나설 때, 전투학교의 우수한 졸업생들 혹은 적어도 I. F.에 가장 충성스러운 자들이 공격부대를 지휘할 수 있을 것이다. 하지만 전투학교의 더 중요한 목적은, 뛰어난 자질을 지닌 아이들이 어느 한 나라나 파벌에 속한 군대 지휘관이 될 수 없도록 그들을 지구에서 멀리 떼어놓는 것이다.

나폴레옹이 어떻게 두각을 나타낼 수 있었던가. 프랑스 혁명 이후 유럽의 주요 강국들이 프랑스를 침략하자, 이에 필사적인 프랑스 정부가 나폴레옹을 찾아내 위로 또 위로 진급시켰기 때문이다. 하지만 결국 그는 나라를 지키는 것으로 끝나지 않고 권력을 거머쥐었다. I. F.는 그런 나폴레옹 같은 자들이 지구에 남아 있기를 바라지 않았다. 저항운동을 주도할 수도 있을 테니까. 그래서 이제 나폴레옹의 잠재력을 지닌 아이들은 모두 여기 전투학교에 있다. 바보 같은 제복을 입고 멍청한 게임을 하며 남보다 위에 서려고 서로 싸워대면서. 이 모든 게 돼지 리스트 때문이다. 그들은 우리 아이들을 우주로 데려옴으로써 세상을 길들였다.

"얼른 옷 입어, 그러다 수업에 늦겠어." 빈의 맞은편 맨 아래 침대를 쓰는 니콜라이가 말했다.

"고마워." 빈이 말했다. 그는 얼른 마른 수건을 치우고 제복을 입었다.

"미안해, 네가 내 암호 사용한 거 얘기할 수밖에 없었어." 니콜라이가 말했다.

빈은 어안이 벙벙해졌다.

"그게 너인 줄은 몰랐지만, 선생님들이 비상지도 시스템에서 뭘 찾는 거냐고 자꾸 물어보는데, 난 그게 무슨 말인지 알 수가 없었거든. 누가 내 이름을 쓰고 있다는 걸 짐작하기는 어렵지 않았어. 그리고 네가 그 자리에 있었어, 내가 암호를 입력할 때마다 내 책상을 잘 볼 수 있는 자리에……. 게다가 넌 굉장히 똑똑하잖아. 하지만 내가 먼저 너에 대해서 얘기한 건 아니야."

"괜찮아, 상관없어." 빈이 말했다.

"그런데 말이야, 뭘 찾아낸 거야? 지도에서?"

이전 같았으면 빈은 그 질문도 이 아이도 무시해버렸을 것이다. 별거 없던데, 그냥 궁금했어, 이렇게 말했을 것이다. 하지만 이제 모든 게 변했다. 이제 다른 아이들과 관계를 형성하는 것은 중요했다. 교사들에게 리더십 능력을 보이기 위해서가 아니라, 지구에서 전쟁이 발발하고 I. F.의 작은 계획이 실패로 돌아갈 경우, 수많은 국가와 파벌에 속한 군 지휘관들 중에서 누가 나와 같은 편이고 누가 적인지 가려내기 위해서 다른 아이들을 알아야 했다.

I. F.의 계획은 실패할 것이다. 아직까지 실패하지 않고 버틴 게 기적이었다. 그 계획이 성공하려면 많은 지휘관들과 수백만 병사들이 자신의 고국보다 I. F.에 더 충성심을 지니고 있어야 한다는 전제가 필요한데, 상황은 그렇게 흘러가지 않을 것이다. I. F. 자체도 피할 수 없이 파벌에 따라 분열될 것이다.

하지만 막후에서 머리를 굴리는 자들은 틀림없이 그 위험을 인식하고 있을 것이다. 그런 자들은 최대한 소수로 구성돼 있을 것이다. 아마 전략국 수장, 연맹 의장, 함대 사령관 이 세 집정관을 필두로, 여기 전투학교에 관련된 소수가 포함돼 있으리라. 이 우주지국이 그 계획의 중심부니까 여기 주요 인사들이 빠질 수는 없었으리라. 이곳에서는 두 세대가 지나는 동안 모든 재능 있는 지휘관들을 속속들이 관찰해왔다. 그들 하나하나에 대한 기록이 있을 것이다. 누가 가장 큰 재능을 지녔는지, 누가 가장 큰 가치를 지녔는지. 성격과 지휘능력 면에서 그들의 약점은 무엇인가. 그들의 친구는 누구인가. 그들의 충성심은 어떠한가. 앞으로 닥칠 지구 내 전쟁에서 I. F. 부대의 지휘를 맡길 만한 자들은 누구인가. 적대행위가 끝날 때까지 누구의 지휘권을 박탈하고 누구와 의사소통을 단절해야 하는가.

그들이 자기들의 작은 심리게임에 참여하지 않는 빈에 대해 불안해하는 것은 당연했다. 그러면 그들에게 빈은 알 수 없는 인물이 된다. 고로 위험한 인물이 된다.

이제 빈은 절대로 환상게임에 들어가지 않을 것이다. 게임하는 게 전보다 훨씬 위험해졌기 때문이다. 게임하지 않으면 그들이 의심하고 불안해하겠지만, 만약 그들이 그에게 불리한 어떤 일을 시도할 경우 그에 대해 알지 못하는 상태에서 시도해야 할 것이다. 반면에 그가 게임에 들어간다면 그들의 의심은 다소 줄어들겠지만, 그들이 그에게 불리한 일을 시도할 경우 그에 대해 알게 된 정보를 바탕으로 움직일 것이다. 그리고 빈은 이 게임에서 그들보다 더 잘해낼 자신이 없었다. 그가 잘못된 정보를 제공하려 하더라도, 그 전략 자체가 그가 원하는 것 이상을 그들에게 말해줄 것이다.

또 다른 가능성도 있었다. 그의 짐작이 완전히 틀렸을 수도 있다. 그가 알지 못하는 핵심 정보가 따로 있을 수도 있다. 어쩌면 함대는 아직 출발하지 않았을 수도 있다. 우리 함대가 버거들의 고향 행성에서 적을 물리치지 못했을 수도 있다. 인간들이 정말로 방어함대를 구축하려고 필사적으로 노력하는 것일 수도 있다. 그 외에 미처 생각지 못한 다른 가능성들이 또 있을 것이다.

정확히 분석하고 타당한 선택을 하려면 좀 더 많은 정보가 필요했다.

빈의 고립도 이제 끝내야 했다.

"니콜라이." 빈은 말했다. "내가 그 지도에서 뭘 알아냈는지 아마 믿지 못할걸. 갑판이 네 개가 아니라 아홉 개 있다는 거 알아?"

"아홉 개?"

"이 바퀴에만 아홉 개 있다는 거야. 그들이 우리에게 말하지 않은 바퀴가 두 개 더 있어."

"하지만 우주지국 사진에는 바퀴가 하나뿐인데."

"그 사진들은 모두 바퀴가 하나밖에 없을 때 찍은 거야. 하지만 도면에는 평행하게 같이 돌아가는 바퀴가 세 개 있어."

니콜라이가 생각에 잠겼다. "하지만 그건 설계도일 뿐이야. 그들이 다른 바퀴들을 만들지 않았을지도 몰라."

"그럼 왜 아직도 비상시스템에 다른 바퀴 지도가 남아 있겠어?"

니콜라이가 웃었다. "우리 아버지가 항상 말씀하시길, 관료들은 무엇이든 없애버리지 않는대."

당연히 그렇겠지. 내가 왜 그 생각을 못했을까? 비상지도 시스템은 분명 첫 번째 바퀴가 가동되기도 전에 프로그래밍 되었을 것이다. 다른 바퀴들을 전혀 만들지 않았더라도, 지도 중 3분의 2가 실제로 존재하지 않았더라도, 시스템에는 모든 지도가 이미 들어가 있었을 것이다. 그 후에는 누구도 시스템에 들어가 그걸 지우려 하지 않았을 것이다.

"그런 생각은 못했어." 빈이 말했다.

그가 똑똑하기로 이름난 인물임을 감안할 때, 그건 니콜라이에게 더할 나위 없는 칭찬이었다. 근처 침대에 있던 다른 아이들도 딱 그렇게 반응했다. 이제까지 빈과 그런 대화를 나눈 아이는 하나도 없었다. 빈이 먼저 생각하지 못한 무언가를 생각해낸 아이도 없었다. 니콜라이의 얼굴이 자부심으로 붉어졌다.

"하지만 갑판이 아홉 개라는 건 일리가 있어." 니콜라이가 말했다.

"거기에 뭐가 있는 걸까." 빈이 말했다.

"생명유지 장치가 있겠지." 콘 문이라는 여자애가 말했다. "여기 어딘가에서 산소를 만들어내야 할 거 아냐. 그러려면 많은 설비가 필요해."

다른 아이들도 끼어들었다. "직원들도 있을 거야. 우리는 교사들과 영양사들밖에 못 봤잖아."

"그들이 다른 바퀴들을 만들었을지도 몰라. 만들지 않았다는 증거
도 없어."

아이들 사이에 그 문제에 관한 추론이 확산되었다. 그리고 그 모든
것의 중심에 빈이 있었다.

빈과 새로 생긴 그의 친구 니콜라이가 있었다.

"자, 이제 가자." 니콜라이가 말했다. "이러다 수학수업에 늦겠어."

3부 학자

소피아의 정원

"그래, 그 아이가 갑판이 몇 개인지 알아냈군. 그 정보로 무얼 하려는 걸까?"

"네, 바로 그게 문제입니다. 그 아이가 그런 정보를 알아내서 무엇에 쓰려는 걸까요? 이 학교 전체 역사상, 어느 누구도 그걸 찾아본 예가 없습니다."

"혁명을 구상하는 걸까?"

"우리가 이 아이에 대해 아는 것은 로테르담 거리에서 살아남았다는 것뿐입니다. 제가 들은 바에 의하면, 거긴 지옥 같은 곳이죠. 악독한 아이들이 득실거립니다. '파리 대왕'(영국 작가 윌리엄 골딩의 장편소설로, 무인도에 고립되어 야만으로 돌아간 소년들의 원시적인 모험담–옮긴이)을 '폴리아나'(미국 여류작가 엘리노 포터의 소설로, 양친을 잃은 폴리아나가 얼어붙은 숙모의 마음을 녹이고 집안에 따뜻함을 불어넣는 이야기. 지나친 낙천주의자를 가리키는 말로도 쓰임–옮긴이)처럼 보이게 만들 정도죠."

"《폴리아나》는 언제 읽었나?"

"그게 책인가요?"

"그 아이가 어떻게 혁명을 구상할 수 있겠나? 친구도 하나 없는데."

"전 혁명에 대해 무슨 말이든 한 적이 없습니다. 그건 대령님 이론이었지요."

"난 아무 이론도 없네. 그 아이를 도무지 이해할 수가 없어. 여기 데려오고 싶지도 않았어. 돌려보내는 게 낫지 않을까 싶군."

"그건 안 됩니다."

"'안 됩니다, 대령님'이라고 말하려던 거였겠지."

"전투학교에 온 지 불과 3개월 만에, 그 아이는 방어 전쟁이 의미가 없다는 것과 지난번 전쟁이 끝난 직후에 버거들의 고향 행성으로 우리 함대가 출발했으리라는 점을 간파했습니다."

"그 아이가 그걸 안다고? 그런데 자넨 그 아이가 갑판이 몇 개인지 알아냈다는 말을 하러 온 건가?"

"아직 알지는 못합니다. 짐작하는 거죠. 제가 잘못 짚었다고 말해줬습니다."

"그 아이가 분명 자네 말을 믿었으리라 확신하네."

"분명 의심했을 겁니다."

"그렇다면 더더욱 그 아이를 지구로 돌려보내야 돼. 더 멀리 있는 어느 기지로 보내거나. 이 중요한 문제에 관해 우리 보안체계가 뚫린 거라면, 얼마나 끔찍한 일이 벌어질 수 있는지 아나?"

"모든 건 그 아이가 그 정보를 어떻게 사용하는지에 달려 있습니다."

"하지만 우린 그 아이에 대해 아무것도 몰라. 그러니 그가 어떻게 사용할지 알 방법이 없네."

"칼로타 수녀에게……."

"자넨 내가 그렇게 미운가? 그 여자는 난쟁이 꼬마보다 더 골치 아파."

"보안사고가 있었을지 모른다는 이유만으로 빈 같은 뛰어난 아이를 던져버리는 건 아깝습니다."

"똑똑한 아이 하나 때문에 보안체계를 던져버릴 수도 없지."

"우리가 그렇게 무능한 건 아니지 않습니까? 그 아이가 진실이라고 믿을 만한 속임수를 만들어내서 찾아내게 하면 되지 않겠습니까? 그 아이가 사실로 믿을 만한 거짓을 생각해내기만 하면 됩니다."

칼로타 수녀는 테라스 정원의 작은 테이블에, 맞은편의 쭈글쭈글한 늙은 망명자를 바라보며 앉아 있었다. "나는 그저 흑해 연안에서 마지막 남은 생을 보내는 러시아 과학자일 뿐이오."

앤턴이 담배를 길게 빨아들인 후 난간 위로 뿜어내 소피아(불가리아의 수도—옮긴이)에서 흘러나오는 공해에 담배연기를 추가했다.

"경찰을 데려오진 않았으니 걱정하지 마세요." 칼로타 수녀가 말했다.

"경찰보다 당신이 더 위험해. I. F.에서 왔잖소."

"전혀 위험할 거 없어요."

"그렇긴 하지, 왜냐하면 내가 당신한테 아무것도 말하지 않을 거니까."

"솔직한 말씀 감사드려요."

"솔직함을 높이 평가하는 모양인데, 당신 몸이 이 늙은 러시아 인의 머릿속에 어떤 생각들을 불러일으키는지 솔직하게 말한다면 그때도 고마워할지 모르겠군."

"수녀를 놀리는 건 그리 좋은 취미가 아니에요. 트로피를 주는 것
도 아니고요."

"수녀 일을 진지하게 받아들이는 모양이구려."

칼로타 수녀가 한숨을 내쉬었다. "당신은 내가 당신에 대해 뭔가 알
아서 여기 왔다고 생각하는 거겠죠. 그래서 나한테 더 알려주고 싶지
않은 거고요. 하지만 난 당신에 대해 알아낼 수 없기 때문에 여기 찾
아온 거예요."

"뭘 말이오?"

"무엇이든요. 난 I. F.를 위해 특별한 문제를 조사하고 있어요. 그래
서 그들이 인간 유전자 조작 연구에 관한 논문들을 요약해서 내게 보
내주었죠."

"거기에 내 이름이 올라 있었다?"

"반대로, 당신 이름은 전혀 언급되지 않았어요."

"사람들 참 빨리도 잊어버리는군."

"하지만 거기 언급된 사람들이 쓴 논문을 몇 개 읽어봤는데, I. F.
보안기관이 단속하기 전 초기 논문에 반복되는 한 가지 특징이 있다
는 사실을 알게 됐어요. 그 논문들 각주에는 항상 당신 이름이 등장했
어요. 지속적으로 등장했죠. 하지만 당신 논문에 대한 얘기는 한마디
도 없었어요. 발췌조차 없었어요. 그건 당신이 쓴 논문이 없었기 때문
이겠지요."

"그런데도 거기 내 이름이 등장했다? 거의 기적이군, 그렇지? 그
쪽 사람들은 기적을 수집하던데, 안 그런가? 성인을 만들어내려는 거

요?"

"돌아가시고 난 후에야 시복(가톨릭교회에서 성인으로 인정하기 전에 그가 공경할 수 있는 인물임을 공식적으로 인정하는 것—옮긴이)이 된답니다. 죄송해요."

"내 폐는 한쪽만 남아 있소. 그러니 오래 기다리지 않아도 될 거요. 담배도 계속 피우거든." 앤턴이 말했다.

"끊으실 수도 있었을 텐데요."

"폐가 하나밖에 없으니 같은 양의 니코틴을 얻으려면 담배를 두 배로 피워야 돼. 그래서 난 흡연 양을 줄이는 게 아니라 더 늘려야 했소. 이건 꽤나 명백한 일인데, 당신은 과학자처럼 생각하질 않지. 당신은 믿음의 여인처럼 생각해. 순종적인 인간처럼 생각해. 뭔가 나쁘다고 생각하면, 그 일을 하지 않아."

"당신은 인간 지능에 관한 유전적인 한계들을 연구했어요."

"그런가?"

"항상 그 분야에서 당신 이름이 등장했으니까요. 물론 내가 읽은 논문들이 정확히 그 주제에 관한 것은 아니었어요. 그랬다면 그것들 또한 기밀로 분류되었겠죠. 하지만 각주에 언급된 논문 제목들은 모두 그 분야와 연결돼 있었어요. 당연히 당신이 쓴 것들은 아니죠, 당신은 아무것도 써내지 않았으니까."

"비슷한 일을 하다 보면 틀에 박히기 십상이지."

"그래서 난 당신에게 가설적인 질문을 해보고 싶어요."

"내가 좋아하는 종류로군. 수사적인 표현 다음으로. 어느 쪽이든 졸면서 들어줄 수 있어."

"누군가 법을 어기고 인간 게놈을 조작하려 했다고 가정해보죠, 특히 지능을 향상시키는 방면으로."

"그럼 누군가 붙잡혀 처벌을 면하지 못할 심각한 위험에 처해 있겠군."

"그가 최고의 연구방법들을 활용하여 배아(임신 8주까지의 태아옮긴이)시기에 조작했을 경우, 태어날 때부터 인간 지능을 향상시킬 수 있는 어떤 유전자를 발견했다고 쳐요."

"배아라니! 날 시험하는 거요? 그런 변화들은 난자에서나 일어날 수 있소. 하나의 세포에서."

"그리고 어떤 아이가 그렇게 조작된 상태로 태어났다고 쳐요. 그 아이는 태어났고 그 대단한 지능이 주목을 받을 정도로 자라난 거죠."

"당신 아이에 대한 얘기는 아닌 모양이군."

"전혀 어떤 아이에 대한 얘기가 아니에요. 가설상의 아이죠. 이 아이가 유전적으로 조작되었다는 사실을 어떻게 알아차릴 수 있을까요? 실제로 유전자 검사를 해보지 않은 상태에서."

앤턴은 어깨를 으쓱했다. "유전자 검사를 하는 게 무슨 소용이겠소? 해봤자 정상으로 나올 텐데."

"조작을 가했는데도 말이에요?"

"아주 작은 변화를 꾀했을 뿐이오. 가설적으로 말해서."

"정상 범주 내에 있는 변이라는 건가요?"

"그건 두 개의 스위치 같은 거요. 하나를 켜고, 하나를 끄는 것이지. 유전자는 이미 거기 있소."

"어떤 유전자죠?"

"나에게는 석학들이 열쇠였소. 보통은 자폐 성향이거나, 기능장애를 지닌 석학들. 그들은 정신적으로 비상한 능력을 지녔소. 번개처럼 빠른 계산력. 경이로운 기억력. 하지만 다른 분야에서는 대단히 서툴고, 답답하기까지 하지. 12자리 숫자의 제곱근을 몇 초 안에 구할 수 있지만, 가게에서 간단한 물건 하나 사는 것도 못해. 어떻게 그렇게 영리하면서 동시에 그렇게 멍청할 수 있을까?"

"그 유전자인가요?"

"아니, 다른 거였소. 하지만 그걸 보면서 무엇이 가능한지 알게 됐지. 인간의 뇌는 지금보다 훨씬 똑똑해질 수 있소. 하지만 뭐랄까, 거래를 해야 한다고 할까?"

"얻는 게 있으면 잃는 것도 있다는 거군요."

"지독한 거래지. 이 위대한 지능을 갖기 위해서 다른 모든 걸 포기해야 돼. 자폐성 석학들이 대단한 업적을 이뤄낸 방식이 그런 것이오. 그들은 한 가지만 해. 나머지는 정신을 분산시키는 귀찮은 요소에 지나지 않지. 일말의 관심도 기울이지 않아. 그들의 관심은 오로지 한곳에만 집중되는 거요."

"그러니까 극도로 지능이 뛰어난 사람은 다른 어떤 면에서 지진아일 것이다?"

"그게 우리가 추정하는 것이오. 우리가 본 게 그거니까. 예외는 정도가 약한 석학들뿐이었소. 정도가 약하면 일상생활에 약간 관심을 할애할 수 있지. 그때 나는 생각했소……. 하지만 내가 무슨 생각을 했는지 당신에게 말해줄 순 없소. 금지 명령을 지켜야 하거든."

그가 무기력하게 미소 지었다. 칼로타 수녀의 심장이 쿵 내려앉았다. 누군가 보안상으로 위험하다고 판명될 때 그 사람 뇌에 불안을 일으켜 패닉 공격으로 이어지게 하는 장치를 심어놓는 경우가 있었다. 그 후에는 그 금지된 주제에 관해 말할 생각을 할 때 상당한 수준의 불안을 느끼는지 주기적으로 반응의 민감성을 확인했다. 어떤 면에서 보면 한 사람의 인생에 엄청나게 간섭하는 일이지만, 치명적인 비밀을 지닌 사람을 신뢰할 수 없다는 이유로 죽이거나 감옥에 가두는 통례에 비하면 이런 개입은 그나마 인도적이라고 볼 수도 있었다.

앤턴이 왜 그렇게 모든 말을 농담으로 받아치려 하는지 이해할 만했다. 그의 입장에서는 그럴 수밖에 없는 것이다. 마음이 동요하거나 화가 나거나 그 외의 어떤 부정적인 감정이든 강하게 일어난다면, 금지된 주제에 관해 말하지 않더라도 그에게 패닉 공격이 일어날 것이었다. 칼로타 수녀는 전에 읽었던 기사 하나가 생각났다. 그런 장치를 뇌에 지닌 남자의 아내가 인터뷰한 기사였는데, 그녀는 남편과의 생활이 그 어느 때보다 행복하다고 말했다. 이제 그가 모든 일을 아주 차분하고 유머러스하게 받아들이기 때문이다. "아이들이 전에는 남편이 집에 있는 시간을 무서워했는데, 이젠 전혀 그렇지 않아요. 아주 좋아해요." 그녀가 그 말을 한 지 몇 시간이 지나기 전에, 그는 절벽 아래로 몸을 던졌다. 분명 다른 모든 이들의 삶은 더 나아졌지만, 그에게만은 그렇질 않았던 모양이다.

그리고 이제 그녀의 앞에, 자신의 기억을 마음대로 떠올릴 수 없게 된 한 남자가 앉아 있었다.

"뭐라 드릴 말씀이 없네요." 칼로타 수녀가 말했다.

"그래도 좀 더 있다가 가시오. 여기 생활은 참으로 고독하거든. 당신은 인정 많은 수녀가 아니오? 외로운 늙은이에게 자비를 베풀어 함께 산책이나 합시다."

그녀는 싫다고, 바로 떠나겠다고 대답하려 했다. 하지만 그 순간, 그가 의자 뒤로 몸을 기대고 깊이 숨을 들이쉬기 시작했다. 눈을 감고 뭔지 모를 가락을 조용히 흥얼거렸다.

마음을 가라앉히려는 것이다. 그는…… 그녀에게 함께 산책하자고 말한 그 순간에, 그 장치를 작동시키는 불안을 느낀 것이다. 그건 산책을 갈 경우 뭔가 중요한 게 있으리라는 뜻이었다.

"좋아요, 같이 갈게요. 하지만 엄밀히 말해서 내가 하고자 하는 일은 개인에게 자비를 베푸는 일에 비교적 무관심해요. 그보다 훨씬 잘난 척하죠. 우린 세계를 구하기 위해 힘을 써요."

그가 낄낄거렸다. "한 번에 한 사람씩 구하려면 시간이 너무 오래 걸리겠군, 그렇지?"

"인류의 더 커다란 대의를 위해 삶을 헌신해야 한다는 게 우리 생각이에요. 구세주가 이미 우리 죄를 사하시려고 생명을 던지셨어요. 우리는 다른 사람들이 행한 죄의 결과들을 씻어내려고 노력 중이에요."

"종교적으로 흥미로운 탐구주제로군." 앤턴이 말했다. "오래 전에 했던 나의 연구가 인류를 위한 봉사로 여겨질지, 아니면 당신 같은 사람이 청소해야 할 또 하나의 쓰레기가 될지 모르겠소."

"저도 그게 궁금해요." 칼로타 수녀가 말했다.

"아마 영원히 알지 못할 거요."

그들은 집 뒤쪽 골목으로 천천히 나아가 길가로 들어선 다음, 길을 건넜다. 거기에 난 오솔길을 통해 관리되지 않은 공원으로 걸어갔다.

"여기 나무들은 아주 오래 됐네요." 칼로타 수녀가 주위를 관찰했다.

"몇 살이오, 칼로타 수녀?"

"객관적인 나이와 주관적인 나이 중 어느 쪽을 말씀해드릴까요?"

"가장 최근에 개정된 그레고리오력(1582년 교황 그레고리 13세가 제정한 태양력-옮긴이)에 근거해서, 부디 답해주시오."

"아직도 러시아 인들은 율리우스력에서 그레고리오력으로 바뀐 게 마음에 안 드나 보죠?"

"그것 때문에 70년 이상 11월에 일어난 혁명을 10월 혁명으로 축하해야 했던 건 사실이잖소."

"러시아에 공산주의자들이 있었던 시절을 기억하기엔 너무 젊으신 것 같은데요."

"그 반대로, 내 나라 국민의 모든 기억을 머릿속에 가둬둘 정도로 늙었다오. 나는 내가 태어나기 오래 전에 일어났던 일들도 기억하고, 전혀 일어나지 않았던 일들도 기억해요. 기억 속에서 살고 있소."

"기억 속에서 살면 유쾌한가요?"

"유쾌해?" 그가 어깨를 으쓱했다. "난 모든 일을 웃음으로 넘기지. 그래야만 하니까. 너무나 달콤하게 슬프니까. 그 모든 비극들 말이오. 그런데도 뭐 하나 배우질 못했어."

"인간의 천성이 절대 변하지 않기 때문이겠죠." 그녀가 말했다.

"신이 인간을 만들 때 어떻게 했으면 더 나았을지 상상해봤소. 형상은 아마도 자신의 형상으로 만들었다지."

"그분은 남자와 여자를 창조하셨어요. 자신의 형상을 해부학적으로 모호하게 만들려고 그러신 게 아닐까요."

늙은 과학자가 웃으면서 그녀의 등을 다소 과격하게 두드렸다. "당신이 그런 농담을 할 수 있는지는 몰랐소! 기분 좋은 놀라움이군!"

"당신의 삭막한 삶에 경쾌함을 가져다드릴 수 있어서 기뻐요."

"금세 또 살 속에 가시를 박는군."

그들이 도착한 곳은 앤턴의 테라스보다 오히려 더 바다 풍경이 보이지 않는 곳이었다.

"그렇게까지 삭막한 건 아니오. 이대로 인간을 만드신 하느님의 위대한 타협을 찬미할 수 있으니까."

"타협이요?"

"우리 몸은 영원히 살 수 있소. 닳아 없어질 필요가 없지. 우리 세포들은 모두 살아 있소. 스스로 유지 보수할 수 있고, 아니면 새로운 것으로 교체할 수 있소. 우리 뼈를 다시 원래대로 만들어주는 기계장치들도 있소. 폐경이라고 해서 여자가 아이를 낳지 못하리라는 법은 없소. 우리 두뇌는 새로운 것을 흡수하지 못하거나 기억들을 버려가며 썩어갈 필요가 없소. 하지만 신은 우리에게 내적인 죽음을 갖게 만드셨소."

"하느님에 대해 진지해지는 것 같군요."

"신은 우리에게 내적인 죽음을 갖게 하셨고, 지능도 갖게 하셨소. 우리는 보통 70년 정도를 살게 되지. 잘 관리하면 90년, 조지아 산악지대에서는 130까지 사는 사람이 있다는 얘기도 들어봤소. 나 개인적으로는 다 거짓말이라고 생각하지만. 들키지만 않을 것 같으면 그들은 자기가 불사의 몸이라고 주장할 거요. 아무튼 우린 영원히 살 수 있소, 그 시간 내내 멍청하게 살기로 작정한다면 말이오."

"하느님이 인간을 만드실 때 오랜 수명과 지능 중에서 선택하셨다고 생각하는 건 아니겠죠!"

"성서에 바로 그렇게 나와 있소. 나무가 두 그루 있지. 지식의 나무와 생명의 나무. 지식 즉 선악을 알게 하는 나무를 먹으면 필히 죽을 것이요, 생명의 나무를 먹으면 영원히 죽지 않고 동산의 아이로 남으리라."

"당신은 아무리 신학적인 용어로 말해도 믿음 있는 사람 같지가 않아요."

"신학은 내게 농담과 같소. 재미있지! 난 그게 웃겨. 신학에 대한 재미난 이야기들로 신자들을 놀려줄 수도 있소. 알겠나? 그건 날 즐겁게 하고 침착하게 만들어주거든."

마침내 그녀는 이해했다. 그가 얼마나 더 분명히 말해야 하는가? 그는 그녀가 요구했던 그 정보를 말해주고 있었다. 하지만 암호를 사용했다. 그들의 대화를 엿듣고 있을 누군가뿐 아니라(그들의 입에서 나오는 단어 하나하나를 열심히 듣고 있는 자들이 있을 것이다) 그 자신의 마음조차 속이는 방식으로 말하고 있었다. 모든 게 농담이다. 따라서 이런 형태로 얘기하는 한, 그는 그녀에게 진실을 말할 수 있다.

"그럼 당신의 거칠고 유머러스한 신학 이야기를 기꺼이 들어드리죠."

"창세기에 보면 900살 이상까지 사는 인간들에 대해 나와 있소. 하지만 그들이 얼마나 멍청했는지에 대해서는 나와 있지 않아."

칼로타 수녀가 소리 내어 웃었다.

"그래서 신은 홍수를 일으켜 인간들을 쓸어내야 했소. 멍청한 인간들을 없애고 더 총기 있는 자들로 대체하기 위해서. 그 후에 인간들의 머리는 빠르게 더 빠르게 돌아갔소. 신진대사도 그와 함께 빨라졌지. 무덤을 향해 내달리면서."

"거의 천년을 살았던 므두셀라부터 120살까지 살았던 모세를 거쳐 이제 우리에게까지 이르렀지요. 하지만 우리 수명은 점점 길어지고 있어요."

"내 말이 그 말이오."

"지금 우리가 더 멍청하다는 거예요?"

"우리 아이들이 선과 악을 알고 모든 것을 알게 되어 신과 너무 비슷해지는 것보다 오랜 수명을 이어가는 편이 더…… 낫다고…… 생각할 정도로…… 멍청해."

그가 갑자기 가슴을 부여잡고 숨을 몰아쉬었다.

"오, 이럴 수가! 맙소사!"

그의 무릎이 땅으로 떨어졌다. 호흡이 얕아지고, 더 빨라지면서, 눈이 뒤집혔다. 그가 쓰러졌다.

끝까지 자기기만을 유지하는 게 분명 무리였던 모양이다. 결국은 비밀을 종교적인 언어로 풀어 말한 것을 그의 몸이 알아차렸다.

그녀는 그를 똑바로 눕혔다. 그가 기절한 뒤로 패닉 공격이 잦아들고 있었다. 앤턴과 같은 연령의 남자에게 기절은 사소한 문제가 아니었다. 하지만 이번에는 그를 깨우기 위해 영웅적인 행동을 할 필요가 없었다. 그는 평온하게 깨어날 것이다.

그를 감독하고 있는 자들은 어디 있는가? 그들의 대화를 엿듣고 있었을 스파이들은 어디 있는가?

잔디에, 풀잎에 후두두둑 발소리가 이어졌다.

"좀 늦으셨네요?" 그녀가 올려다보지 않고 말했다.

"죄송합니다, 이런 일이 생길 줄 예상 못했습니다."

젊은 축에 끼는 남자였지만 그리 총명해 보이지 않았다. 어차피 앤턴의 뇌에 심은 장치가 아무 얘기도 하지 못하게 할 테니, 감시하는 자들이 굳이 영리할 필요는 없으리라.

"별 문제는 없을 것 같아요."

"무슨 얘길 하고 있었습니까?"

"종교 얘기를 했어요." 그녀가 말했다. 그들은 그녀의 설명을 녹음된 내용과 맞춰 볼 것이다.

"그는 하느님이 인간을 잘못 만들었다고 비판하더군요. 말로는 농담이라고 하지만, 나이 많은 남자가 하느님에 대해 말할 때는 절대 농담하는 것 같지가 않죠. 그렇지 않아요?"

"죽음에 대한 두려움이 섞이게 마련이지요."

그 젊은이는 마치 현자처럼, 아니 적어도 자신이 최대한 흉내 낼 수 있는 현자처럼 말했다.

"죽음에 대한 불안감 때문에 이 패닉 공격이 생겨난 걸까요?"

그녀가 질문처럼 말하긴 했지만, 그게 사실 완전한 거짓은 아니었다.

"모르죠. 의식이 돌아오고 있어요."

"더 이상 종교 문제로 불안하게 해드리고 싶지 않아요. 정신이 드시거든 우리가 나눈 대화에 대해 내가 아주 고마워하더라고 전해주세요. 하느님의 목적에 대한 위대한 질문 중 하나를 명백히 설명해주신 것도 감사하다고요."

"그렇게 말씀드리죠." 젊은이가 진지하게 말했다.

물론 그는 이 메시지를 전혀 잘못된 방향으로 이해할 것이다.

칼로타 수녀는 고개 숙여 앤턴의 차갑고 땀 밴 이마에 입을 맞췄다. 그리곤 일어나 걸어갔다.

그래, 그게 그 비밀이었다. 인간에게 비상한 지능을 갖게 하는 게놈은 여러 신체 변화 과정의 속도를 올리는 방식으로 작동했다. 정신이 더 빠르게 발화되었다. 그 아이는 더 빠르게 개발되었다. 빈은 석학 유전자를 푸는 실험의 산물이었다. 그에겐 지식의 나무 열매가 주어졌다. 하지만 치러야 할 대가가 있었다. 그는 생명의 나무 열매를 맛보지 못할 것이다. 빈이 이 삶에서 무엇을 하든, 젊었을 때 해야 하리라. 오래 살지 못할 테니까.

앤턴은 그 실험을 하지 않았다. 하느님 역할을 하지 않았다. 오래도록 타는 촛불 대신에 순식간에 터졌다 사그라지는 불꽃처럼 폭발하는 지능을 지니고 사는 인간을 만들어내지 않았다. 하지만 그는 하느님이 인간 게놈에 숨겨둔 열쇠를 찾아냈다. 그를 추종하는 다른 누군가가, 만족할 줄 모르는 어느 호기심 많은 영혼이, 인간을 다음 단계로 진화시키려고 혹은 다른 어느 비정상적이고 오만한 목적에 사용하려고 안달 난 몽상가가 대담하게도 그 열쇠를 돌려버렸다. 잠겨 있던 문을 열었다. 이브의 손에 파괴적인 지식의 열매를 쥐어주었다. 그리고 그 뱀처럼 음흉하고 교활한 범죄 때문에, 동산에서 추방당하게 된 자는 빈이었다. 빈은 이제 곧 죽게 되리라. 하지만 하느님처럼 선과 악을 아는 상태로 죽으리라.

비열한

"내게 도움을 바라지 마세요. 당신도 내가 요구한 정보를 주지 않았잖아요."

"빌어먹을 요약본을 보내줬잖소."

"그건 정보를 줬다고 할 수 없어요. 당신은 내게 아무것도 주지 않았고, 당신도 그걸 알아요. 그런데 이제 와서 나한테 빈을 평가해달라니요. 게다가 이유는 하나도 말해주지 않아요. 전후사정도 설명해주지 않죠. 대답을 원하면서도 그걸 찾아낼 수 있는 수단을 내게 주지 않아요."

"짜증내는 거요?"

"나는 답답할 거 없어요. 아무 대답도 하지 않으면 그만이니까."

"그럼 빈은 학교에서 나가야 할 거요."

"당신이 이미 마음을 정했다면, 내가 무슨 대답을 하건 달라질 게 있을까요? 더구나 당신은 내 대답을 별로 신뢰하지 않잖아요."

"당신은 분명 나에게 말한 것보다 더 많은 걸 알고 있소. 나도 그걸 알아야겠소."

"어머나 놀라워라. 드디어 우리 마음이 완벽히 통했네요. 내가 몇 번이고 했던 말이 바로 그거잖아요."

"눈에는 눈이라는 거요? 참으로 기독교적이군."

"믿음이 없는 자들은 언제나 다른 사람들이 기독교도처럼 행동하길 바라죠."

"혹시 잊었나 본데, 지금 이 세계는 전쟁 중이오."

"나 역시 같은 말을 해줄 수 있어요. 지금은 전쟁 중이에요. 그런데 당신은 어리석은 비밀주의로 날 가로막고 있어요. 적이 우릴 염탐하고 있다는 증거가 없으니까, 이 비밀주의는 전쟁 때문이 아니겠죠. 인간에 대한 권력을 유지하려는 세 집정관과 관련이 있을 거예요. 그리고 분명히 말하지만, 난 그런 거에 전혀 관심 없어요."

"잘못짚었소. 그 정보를 비밀로 삼는 이유는 끔찍한 실험이 시행되는 것을 막기 위해서요."

"늑대가 이미 외양간에 들어와 있는데 문을 닫는 자는 바보뿐이죠."

"빈이 유전자 실험의 결과라는 증거가 있소?"

"당신이 모든 증거를 가로막고 있는데 내가 어떻게 증명할 수 있겠어요? 게다가 중요한 건 그 아이의 유전자가 조작되었느냐가 아니라, 만약에 조작되었다면 그 유전적인 변이들이 그에게 어떤 행동을 하도록 이끌까 하는 점이에요. 당신네 테스트는 모두 정상적인 인간 행동을 예측하도록 설계되었어요. 빈에게는 그게 적용되지 않을 수도 있어요."

"예측이 안 되는 자라면 신뢰할 수 없소. 그를 내보내야겠지."

"그 아이가 전쟁을 승리로 이끌 수 있는 유일한 자라면 어쩌시겠어요? 그래도 내보낼 건가요?"

오늘 밤 빈은 별로 먹고 싶지 않았다. 거의 대부분의 음식을 나눠주고 다른 누구보다 훨씬 먼저 깨끗하게 빈 식판을 반납했다. 영양사가 의심하거나 말거나, 병영에서 혼자 있을 시간이 필요했다.

흡입구는 언제나 복도로 나가는 문 위쪽 벽에 배치돼 있었다. 그렇다면 공기가 방으로 흘러 들어오는 곳은 그 반대편 끝부분, 아무도 쓰지 않는 여분의 침대들이 있는 곳에 위치할 가능성이 높았다. 그 부분을 슬쩍 둘러본 것만으로는 통풍구가 보이지 않았기 때문에, 아마도 거기 아래쪽 침대 밑에 있을 것 같았다. 다른 아이들이 근처에 있을 때 찾아볼 수는 없었다. 그가 통풍구에 관심을 가졌다는 게 알려지면 안 될 테니까. 드디어 방에 혼자 있게 된 빈은 바닥에 쪼그리고 앉아 살펴보았고, 금세 통풍구를 찾아냈다. 곧이어 통풍구 스크린을 열기 시작했다. 쉽게 떨어져 나왔다. 어느 정도 소리가 나는지 확인하기 위해 다시 끼워 넣었다. 소리가 너무 많이 났다. 통풍구 스크린은 떼어 놓아야 할 듯했다. 그는 어둠 속에서 움직이다 부딪히지 않게 자신이 움직이는 동선 밖으로, 구멍 옆 바닥에 스크린을 내려놓았다. 그 다음에 더 확실하게 하기 위해, 그걸 침대 아래서 가지고 나와 맞은편 침대 아래 넣어두었다.

다 됐다. 그 후에 그는 정상적인 일상으로 돌아갔다.

밤이 될 때까지. 다른 아이들 숨소리가 전부는 아니더라도 대부분 잠들었음을 알려줄 때까지.

빈은 다른 많은 아이들과 마찬가지로 옷을 다 벗고 잤다. 따라서 제복으로 그의 움직임을 추적할 수는 없을 것이다. 밤에 화장실에 갈 때 수건을 두르라는 지시가 있었으니까, 수건 또한 추적 대상이 될 듯했다. 그는 침대에서 미끄러져 내려와 침대 틀에 걸려 있던 수건을 빼내 그것으로 몸을 감싸고 문으로 걸어갔다.

특이한 것은 아무것도 없었다. 교사들은 되도록 불 꺼지기 전에 화장실에 다녀오는 것을 권장했지만, 불 꺼진 후에 다녀오는 것도 금지 사항은 아니었다. 빈은 전투학교에 온 후로 지금까지 일부러 밤에 몇 번씩 화장실을 들락거렸다. 어떠한 규칙위반도 하지 않았다. 그리고 이제 첫 번째 탐험을 나서기 전에 방광을 비워놓는 것도 좋은 생각일 듯했다.

돌아왔을 때 누군가 깨어 있다면, 수건을 걸치고 자기 침대로 돌아가는 아이를 보게 될 것이다.

하지만 빈은 자신의 침대를 지나 조용히 더 걸어가 마지막 침대 밑으로 들어갔다. 뚜껑 열린 통풍구가 그를 기다리고 있었다. 수건은 침대 아래 마룻바닥에 남겨두었다. 누군가가 깨어나 빈의 침대가 비어 있다는 것을 알아채더라도, 수건이 없어진 것을 보고 화장실에 간 줄로 생각하리라.

이번에 통풍구로 미끄러져 들어갈 때도 전과 똑같이 고통스러웠지만, 일단 들어가자 그동안 운동했던 게 헛되지 않았다는 것을 알았다. 그는 소리 없이 일정한 각도로 미끄러져 내려갈 수 있었다. 튀어나온 금속에 살갗이 걸려 찢어지지 않도록 천천히 조심조심 움직였다. 설명해야 할 상처들이 생기는 것은 바라지 않았다.

공기가 흐르는 도관의 캄캄한 어둠속을 지나면서 그는 지속적으로 우주지국의 지도를 머릿속에 떠올려야 했다. 각 병영에 켜진 흐릿한 야간 등 불빛이 어슴푸레하게나마 각각의 통풍구 위치를 분간할 수 있게 해주었다. 하지만 중요한 것은 이 갑판에 있는 다른 병영들이 아니었다. 빈은 교사들이 거주하는 갑판으로 올라가거나 내려가야 했다. 드물게 아이들 사이에 싸움이 일어났을 때 디마크가 그들의 병영으로 오는 데 걸리는 시간으로 계산해보면, 그의 숙소는 분명 다른 갑판에 있을 것이었다. 그리고 디마크가 도착했을 때 언제나 약간 숨을 몰아쉬었으므로, 아마 위쪽이 아니라 아래쪽 갑판에서 올라왔을 가능성이 컸다. 아이들 병영으로 달려오기 위해, 그는 장대를 타고 내려오는 게 아니라 사다리를 올라와야 했을 것이다.

그렇다 해도 빈은 아래로 먼저 내려갈 생각이 없었다. 아래로 먼저 내려갔다가 혹시라도 꼼짝없이 갇혀버리면 큰일이기 때문에, 위쪽 갑판으로 잘 올라갈 수 있는지부터 알아봐야 했다.

그래서 그는 세 개의 병영을 지나 마침내 수직 통로에 이르렀을 때, 기어 내려가지 않았다. 대신에 이리저리 벽을 더듬어 그게 수평으로 된 통로보다 얼마나 더 큰지 알아보았다. 훨씬 넓었다. 손이 맞은편에 닿지 않았다. 하지만 앞뒤 폭은 약간 더 넓을 뿐이었다. 그건 오히려 잘된 일이었다. 너무 힘을 써서 땀이 나지만 않으면, 살갗과 도관 앞뒤 벽의 마찰을 이용해 위로 올라갈 수 있었기 때문이다. 게다가 수직 도관에서는 고개를 앞으로 돌릴 여유가 있어서 계속 한쪽으로만 돌리고 있던 목을 풀어줄 수 있었다.

위로 올라가는 것보다 아래로 내려가는 게 조금 더 힘들었다. 한 번 미끄러지기 시작하면 잘 멈춰지지가 않았다. 또한 아래쪽으로 내려갈수록 무게감이 더 느껴지는 것을 알 수 있었다. 내려가는 동안 옆으로 난 도관을 찾아 벽을 계속 확인하는 작업도 잊지 않았다.

하지만 손으로 더듬어 찾아낼 필요는 없었다. 양쪽에 빛이 있어서 옆으로 이어진 도관을 볼 수 있었기 때문이다. 교사들은 학생들처럼 불을 꺼야 하는 규칙이 없는 모양이었다. 그들의 숙소는 더 작았고, 통풍구가 더 자주 나 있어서 도관으로 더 많은 불빛이 들어왔다.

첫 번째 방에서 교사 한 명이 책상에 앉아 일하고 있었다. 문제는 빈이 아래쪽 통풍구에서 내다보는 것이라 교사가 무슨 글씨를 치고 있는지 전혀 알아볼 수 없다는 점이었다.

어느 방을 들여다보더라도 마찬가지일 듯했다. 바닥 쪽 통풍구는 별 도움이 되지 않을 것이다. 위쪽 공기흡입 시스템으로 들어가야 한다.

다시 수직 도관으로 돌아갔다. 바람이 위에서 불어오고 있었으므로, 흡입 시스템으로 건너가려면 그리로 가야 하리라. 송풍기에 닿기 전에 도관으로 들어가는 문이 있기를, 어둠속에서 그걸 찾을 수 있기를 바랄 뿐이었다.

불어오는 바람을 안고 일곱 개 갑판을 지나 기어가자 확실히 무게감이 더 가벼워졌다. 드디어 작은 표시등들이 쭉 이어진 더 넓은 구역에 도착했다. 송풍기들 소리가 훨씬 더 시끄러워졌지만, 아직 그게 보일 정도로 가깝지는 않았다. 그건 중요하지 않았다. 그는 이 바람구멍에서 나갈 것이다.

안전문이 확실하게 표시돼 있었다. 문이 열릴 경우 경보음이 울리도록 장치돼 있을 수도 있다. 하지만 그건 의심스러웠다. 로테르담에서야 도둑을 막으려고 그런 장비를 설치하지만, 여기 우주지국에서 도둑질은 심각한 문제가 아니었다. 우주지국에 존재하는 모든 문에 경보장치가 돼 있지 않는 한, 이 문에서 경보음은 울리지 않을 것이다. 곧 알게 되리라.

그는 문을 열고 흐릿하게 불 켜진 공간으로 미끄러져 들어가, 뒤로 문을 닫았다.

그곳에 들어서자, 우주지국이 어떻게 만들어졌는지 알 수 있었다. 금속판으로 이루어진 부분들과 들보들이 눈에 들어왔다. 솔리드 서피스(아크릴을 주원료로 만들어진 자재—옮긴이)는 없었다. 그 장소는 다른 곳보다 확연하게 더 추웠고, 그가 뜨거운 바람통에서 나왔기 때문에 그렇게 느껴지는 것만은 아니었다. 그 휘어진 금속판들 반대편에 이렇게 차갑고 단단한 공간이 있었다니. 난방 용광로가 여기 어디 있을지는 모르겠지만, 있더라도 단열시설이 잘 돼 있어 뜨거운 공기가 이 공간까지 거의 오지 않는 모양이었다. 스며들어오는 뜨거운 바람이 공기를 덥혀줄 뿐이었다. 빈은 로테르담을 떠난 이후로 이렇게 추위에 떨어본 적이 없었다. 하지만 거리에서 얇은 옷을 입고 북해에서 불어오는 겨울바람을 견뎌냈던 것에 비하면 이 정도는 거의 훈훈한 수준이었다. 어느새 약간 추운 것에 지나지 않는 온도에 신경 쓸 정도로 응석받이가 된 자신이 못마땅했다. 그럼에도 몇 번 몸서리가 쳐지는 것은 어쩔 수 없었다. 로테르담에서도 벌거벗고 있지는 않았지 않은가.

그는 도관들을 따라 난방 용광로 작업용 사다리를 기어 올라간 다음, 공기흡입 도관들을 찾아낸 후 그리로 내려갔다. 거기서 문을 찾아 주요 수직 도관으로 들어가는 것은 어렵지 않았다.

흡입 시스템은 공기를 밀어내는 압력이 필요하지 않기 때문에 도관이 좁을 필요가 없었다. 게다가 먼지를 걸러 없애야 하는 부분이라서 자유롭게 이동할 수 있는 게 더 중요했다. 용광로를 지날 때쯤에

255

공기는 이미 처음처럼 깨끗해져 있었다. 빈은 좁은 통로로 오르내리는 대신 사다리를 타고 쉽게 기어 내려갔고, 불빛이 흐릿하긴 했지만 각각의 입구가 어느 갑판으로 이어져 있는지 알려주는 표지들은 그럭저럭 읽을 만했다.

양옆으로 난 통로들은 사실 도관이 아니었다. 아래 갑판 복도의 천장과 위쪽 갑판 복도의 바닥 사이에 있는 공간이었다. 모든 전기 배선과 뜨거운 물, 찬물, 하수구 등 송수관들이 여기를 통과했다. 작업용으로 밝혀진 희미한 불빛 이외에 공간 양쪽으로 난 통풍구에서도 자주 빛이 들어왔다. 빈이 처음 도관으로 들어왔을 때 바닥에서 보았던 그 통풍구 입구들이었다.

이제 그가 있는 곳에서 교사들의 숙소를 쉽게 내려다볼 수 있었다. 그는 최대한 소리 나지 않게 기어갔다. 로테르담을 배회할 때 완벽하게 습득한 기술이었다. 얼마 지나지 않아 그는 자신이 찾고 있던 것을 찾아냈다. 깨어 있긴 하지만 책상에서 일하지 않는 교사를 찾아냈다. 그 교사는 빈이 모르는 사람이었다. 빈이 듣는 수업을 가르치는 것도 아니었고 신입대원 담당도 아니었다. 그는 샤워하러 가는 중이었다. 방으로 돌아와 다시 컴퓨터 작업을 할 수도 있으리라는 뜻이었다. 그러면 그가 로그인할 때 그의 이름과 암호를 알아낼 수 있을 것이다.

교사들은 분명 암호를 자주 바꿀 것이다. 따라서 이름과 암호를 알게 되더라도 오래 사용할 수 없을 것이다. 학생 책상에서 교사 암호를 사용하려 할 때 어떤 종류의 경보가 일어날 가능성도 배제할 수 없었다. 하지만 빈은 그렇지 않을 거라는 쪽에 더 무게를 두었다. 이곳 보안 시스템은 학생들의 접근을 차단하고 학생들의 행동을 모니터하기 위해 만들어졌다. 교사들의 행동까지 그렇게 엄격하게 주시하지는 않을 것이다. 교사들은 그리 일반적이지 않은 시간에 책상에서 일하는 때가 많았고, 학생의 문제를 해결하거나 더 개별적인 지도를 해주기 위해 낮에 학생 책상에서 자신의 이름을 입력하는 경우도 종종 있었다. 그러므로 빈은 발각의 위험보다 교사의 아이디를 슬쩍함으로써 생기는 유익이 더 크다는 합리적인 결론에 이르렀다.

샤워하러 간 교사를 기다리는 동안, 몇 칸쯤 위쪽 방에서 목소리들이 들려왔다. 무슨 말인지 알아들을 수 있을 정도로 가깝진 않았다. 그 내용을 엿들을 가치가 있을까? 샤워하고 돌아온 교사의 암호를 보지 못하는 위험을 감수하고서라도?

잠시 후 빈은 또 다른 숙소를 내려다보고 있었다. 바로 디마크의 숙소였다. 흥미로웠다. 그는 책상 위 허공에 나타나 있는 홀로그램 영상 속의 남자와 얘기하고 있었다. 전투학교 교장인 그라프 대령이었다.

"내 전략은 아주 간단했네." 그라프가 말하고 있었다. "저항을 포기하고 그녀가 원하는 허가권을 내줬지. 맞는 말이야, 그녀가 요구하는 데이터를 보여주지 않는 한 제대로 된 대답을 얻을 수 없어."

"그래서 어떤 대답을 들으셨습니까?"

"아니, 아직은 너무 일러. 하지만 아주 좋은 질문을 하나 던져주더군."

"무엇입니까?"

"그 아이가 정말로 인간일지."

"어이가 없군요. 그 아이가 인간 옷을 입은 버거 애벌레라도 된다는 겁니까?"

"버거와는 아무 관계없어. 유전적으로 향상된 것이지. 그게 많은 것을 설명해줄 수 있네."

"그래도 인간은 인간입니다."

"거기에 논쟁의 여지가 있지 않겠나? 인간과 침팬지는 유전적으로 근소한 차이가 날 뿐이야. 인간과 네안데르탈인은 매우 미세한 차이밖에 나질 않지. 그렇다면 그 아이가 인간이 아닌 다른 부류가 되기에 얼마나 많은 차이가 필요하겠나?"

"철학적으로는 흥미롭지만, 현실적으로는……."

"현실적으로, 우린 이 아이가 무슨 짓을 할지 모르네. 그런 부류의 존재에 관한 데이터가 없어. 그는 영장류야. 그게 어느 정도의 규칙성을 제공하겠지. 하지만 그 아이의 동기에 대해서는 아무것도 추정할 수가 없어."

"대령님, 다 맞는 말씀이긴 하지만 그 아이는 아직 어립니다. 인간이에요. 다른 행성에서 온 외계인이 아니라……."

"그 아이를 얼마나 믿어도 될지 판단하기에 앞서 바로 그걸 알아내야 하는 걸세. 자네가 그 아이를 훨씬 더 신중하게 지켜봐야 할 이유이기도 하고. 그를 마인드 게임에 들여보낼 수 없다면, 그 아이를 움직이게 하는 게 뭔지 알아낼 다른 방법을 찾아보게. 신뢰성을 확보하기 전까지는 그 아이를 사용할 수 없으니까."

그들은 자기들끼리 있을 때 그걸 공개적으로 마인드 게임이라 부른다. 빈은 그게 흥미롭다고 생각했다.

그리고 다음 순간 그들이 누구에 대해 얘기하고 있는 것인지 알아차렸다. "그를 마인드 게임에 들여보낼 수 없다면." 빈이 아는 한, 환상게임을 하지 않는 아이는 자신뿐이었다. 그들은 그에 대해 얘기하고 있는 것이었다. 유전적으로 조작된, 다른 부류. 가슴속에서 심장이 쿵쾅대는 게 느껴졌다. 그럼 난 뭐지? 다른 아이들보다 똑똑할 뿐 아니라…… 다르다는 건가?

"보안 관련 문제는 어떻게 할까요?" 디마크가 물었다.

"그건 자네가 신경 쓸 일이 아니네. 자네는 그 아이가 무얼 알고 있는지 알아내야 돼. 아니면 적어도 다른 아이들에게 퍼트릴 가능성이 얼마나 되는지. 지금은 그게 가장 큰 위험이야. 이 아이가 우리가 필요로 하는 지휘관이 될 가능성이 얼마나 될까? 보안이 뚫리고 프로그램이 붕괴되는 위험과 맞바꿀 정도로 그 가능성이 클까? 난 우리가 엔더에게 올인 했다고 생각하네. 엔더가 아니면 끝나는 거야. 이 아이를 보면 역시 엔더가 확실하다는 생각이 들어."

"대령님이 도박을 하시는 줄은 몰랐습니다."

"물론 하지 않네. 하지만 가끔은 본의 아니게 끌려 들어갈 때가 있거든."

"저도 그렇습니다."

"그 아이에 관해 보고할 때 모든 걸 암호화하게. 이름을 쓰면 안 돼. 다른 선생들과 지나친 토론도 안 돼. 신중하게 행동하게."

"물론입니다."

"버거들을 무찌를 수 있는 유일한 길이 우리 자리에 새로운 부류의 종을 들여놓는 거라면, 디마크, 그게 정말 인간을 구하는 일일까?"

"아이 하나 들인다고 해서 새로운 종으로 바뀌는 건 아닙니다." 디마크가 말했다.

"첫걸음인 거야. 텐트 속에 코를 집어넣는 격이지. 그들에게 하나를 주면 열을 달라고 할걸."

"그들이요? 하나가 아니라요?"

"그래, 난 피해망상인데다 다른 세계의 존재를 극도로 싫어한다네. 그래서 내가 이 자리에 있게 된 거야. 이런 장점들을 키워내면 자네도 나처럼 높은 자리에 오를 수 있을걸세."

디마크가 웃었다. 그라프는 웃지 않았다. 컴퓨터 화상에서 그의 얼굴이 사라졌다.

빈은 자신이 암호를 알아내려고 기다리는 중이었음을 기억할 정도의 자제력을 갖고 있었다. 아까 그 교사의 방으로 다시 기어갔다.

교사는 아직 돌아오지 않았다.

그들이 얘기하는 보안 문제라는 게 뭘까? 그렇게 다급하게 상의하는 것을 보면, 최근에 일어난 일일 게 틀림없었다. 지난번 빈이 디마크와 나눴던 대화 중에 분명 보안상 문제가 되는 부분이 있었던 것이리라. 하지만 전투가 이미 일어났으리라는 그의 짐작은 빗나갔다. 그게 아니라면 디마크와 그라프가 버거들을 이길 수 있는 유일한 길이 어쩌고 하는 얘기를 하지 않았을 것이다. 아직 버거들을 무찌른 게 아니라면, 다른 무언가에 대한 내용이 보안 문제와 관련됐다는 뜻이다.

그래도 그의 짐작이 부분적으로는 맞았을 수 있다. 전투학교는 버거들을 무찌르기 위해서뿐 아니라 훌륭한 지휘관 재목들을 지구에서 떼어내기 위해 존재한다. 그라프와 디마크는 빈이 다른 아이들에게 그 비밀을 누설할까봐 두려워하는 것일 수도 있다. 적어도 그들 중 몇몇 아이들은 부모의 이념이나 자신이 태어난 국가 혹은 민족에 대한 충성심을 다시 불태울 테니까.

빈은 이제 앞으로 몇 년 몇 개월에 걸쳐 다른 학생들의 충성심이 어디로 향해 있는지 조사하기로 마음먹었다. 그러려면 자신이 하는 얘기가 교사들의 관심을 끌지 않도록 두 배로 조심해야 할 것이었다. 무엇보다 여기 있는 똑똑하고 유능한 아이들 중에서 누가 자기 고향에 가장 강한 충성심을 지녔는지 알아내야 한다. 물론 그걸 알아내려면 충성심이 어떻게 발동되는지부터 파악해야 할 것이다. 그래야 그걸 약화시키거나 강화시키는 방법, 이용하거나 바꿔놓을 방법을 생각할 수 있을 것이다.

하지만 그들의 말이 빈의 짐작에 들어맞는다고 해서 그게 옳다는 뜻은 아니었다. 버거들과의 전쟁이 아직 치러지지 않았다고 해서 그의 짐작이 완전히 틀렸다고 할 수도 없었다. 예를 들어 그들이 수년 전에 버거들의 고향 행성으로 함대를 출발시키긴 했지만, 여전히 지구에 접근하고 있는 침략 함대를 몰아내기 위해 지휘관들을 준비시키는 것일 수도 있다. 그런 경우에 그라프와 디마크가 두려워하는 보안 문제란 지금 인간들이 처해 있는 다급하고 긴박한 상황에 대해 빈이 다른 아이들에게 알리는 위험성이 될 것이다. 그러면 아이들 모두가 공포에 빠질 테니까.

아이러니한 것은 빈처럼 비밀을 유지할 수 있는 아이가 다른 어디에도 없으리라는 점이었다. 이 부분에서는 아킬레스조차 예외가 아니었다. 그는 포크가 내미는 빵을 받아들이지 않음으로써 자신의 생각을 드러냈다.

빈의 입에서 비밀이 새나가는 일은 없을 것이다. 하지만 가끔은 더 많은 정보를 얻기 위해 자신이 아는 정보를 조금쯤 귀띔해줘야 할 때도 있다. 빈이 디마크와 대화를 이어나갔던 이유가 그 때문이었다. 위험한 방법이었지만 장기적으로 그들이 그의 입을 막으려고 죽여 없애거나 학교에서 완전히 쫓아내는 상황을 피할 수만 있다면 크게 문제될 것은 없었다. 그는 그들에게 내준 정보보다 더 중요한 정보를 알아냈다. 결국 그들이 알아낼 수 있었던 것은 빈 개인에 대한 것이었지만, 그가 알아낸 정보는 그 외의 다른 모든 것에 대해서였다. 훨씬 더 큰 지식의 웅덩이를 파낸 셈이다.

빈 자신에 대한 정보. 그들은 그를 수수께끼처럼 여기고 있었다. 그가 어떤 자인지. 그가 인간인지 아닌지를 걱정하다니 얼마나 바보 같은가. 인간이 아니면 다른 무엇이겠는가? 그는 다른 아이들이 느끼는 감정이나 욕구를 똑같이 느낄 수 있었다. 이성이 더 강해서 스쳐 지나가는 욕구와 열정들이 그의 행동을 좌지우지하지 않는다는 점이 다를 뿐이었다. 그렇다고 해서 그를 외계인 취급할 수 있을까? 그는 인간이었다. 다른 인간들보다 좀 더 뛰어날 뿐이었다.

샤워하러 갔던 교사가 방으로 돌아왔다. 그는 젖은 수건을 걸어놓고, 옷을 입지도 않은 채 자리에 앉아 로그인을 했다. 빈은 자판 위로 움직이는 그의 손가락 놀림을 지켜보았다. 매우 빨랐다. 순식간에 자판을 찍어나갔다. 어떤 키를 눌렀는지 알아내려면 마음속에서 수없이 기억을 되살려야 하리라. 하지만 적어도 그는 그것을 보았다. 아무것도 그의 시야를 방해하지 않았다.

빈은 수직 흡입 통로를 향해 다시 기어갔다. 그날 저녁의 탐험은 이미 더 이상 미적거리면 안 될 만큼 오래 걸렸다. 수면을 취해야 했고,

침대에서 떨어져 있는 일분일초가 발각 가능성을 높였다.

사실, 도관으로 돌아다닌 이 첫 번째 침투에서 그는 대단히 운이 좋았다. 디마크와 그라프가 그에 대해 얘기하는 것을 엿들었고, 고맙게도 로그인하는 모습을 분명하게 보여준 교사도 있었다. 그가 공기조절 시스템에 있다는 사실을 그들이 알고 있었을지도 모른다는 생각이 잠깐 스쳤다. 이 모든 게 그의 반응을 보기 위한 연출일 수도 있다, 또하나의 실험일 수도 있다.

아니다. 그 교사가 그에게 로그인하는 모습을 보여준 것은 단순한 행운이 아니었다. 그 남자가 샤워실로 가고 있었기 때문에, 로그인하는 모습을 지켜볼 수 있게끔 그의 책상이 테이블에 놓여 있었기 때문에, 빈이 그를 지켜보기로 선택한 것이다. 빈이 합리적으로 생각해서 선택한 결과였다. 가장 승산 있는 쪽을 택했고 그 보상을 받았다.

디마크와 그라프의 말을 엿들은 것 역시 우연이 따라주긴 했지만 그 대화를 듣기 위해 즉시 더 가까이 옮겨가기로 한 것은 빈의 선택이었다. 그리고 이제와 생각해 보면, 그라프와 디마크를 그렇게 걱정하게 했던 바로 그 대화 때문에 빈이 도관을 탐색해보기로 결정한 것이었다. 그들이 소등시간 이후에 대화를 나눴다는 것은 그리 놀랍지 않았다. 하루 일과가 끝난 조용한 시간이었고, 그라프가 디마크에게 따로 만나자고 연락할 필요 없이 대화를 나눌 수 있는 시간이었다. 낮에 연락하면 다른 교사들에게 의심을 살 가능성도 있었으리라. 그래, 이것은 행운이 아니다. 빈이 자신의 행운을 만들었다. 그가 흡입 시스템으로 들어가야겠다는 빠른 결정을 내리고 즉시 그것을 실천에 옮겼기 때문에, 로그인하는 교사의 모습을 보고 대화를 엿들을 수 있었던 것이다.

그는 언제나 자신의 행운을 만들어냈다.

어쩌면 그게 그라프가 알아낸 유전적인 조작과 관련이 있는지도 모른다.

그들은 '그녀'라는 표현을 썼다. 빈이 유전적으로 인간인지 아닌지에 대해 의문을 불러일으킨 사람은 '그녀'였다. 정보를 찾고 있는 여자, 그라프가 저항을 포기하고 숨겨져 있는 사실들에 접근할 수 있는 권리를 부여한 여자. 그건 그녀에게 새로운 데이터를 활용할 수 있게 해주면 더 많은 대답을 들을 수 있을 것이기 때문이었다. 빈의 출생에 대해 더 많은 대답을 듣기 위해서.

빈이 인간인지 아닌지 의심한 여자가 칼로타 수녀였을까?

그가 그녀의 곁을 떠나 우주로 향할 때 그토록 눈물 흘렸던 칼로타 수녀? 엄마가 자기 아이를 사랑하듯 그를 사랑했던 칼로타 수녀? 어떻게 다른 사람도 아닌 그녀가 그를 의심할 수 있는가?

그들이 인간이 아닌 인간을 찾고자 한다면, 인간 옷을 입은 외계인을 찾으려 한다면, 자신의 뱃속에서 나온 아이인 양 끌어안아 놓고 나중에 그가 진짜 인간인지 의심을 뿌리며 돌아다니는 수녀를 주의 깊게 지켜봐야 하리라. 피노키오의 반대다. 그녀가 진짜 아이를 건드리면 끔찍하고 두려운 다른 존재로 변해버린다.

그들이 얘기하는 여자가 칼로타 수녀일 리 없다. 다른 여자일 것이다. 버거들과의 마지막 전투가 이미 일어났으리라는 그의 짐작이 틀렸던 것처럼, 그녀가 칼로타 수녀일지 모른다는 짐작도 틀렸을 것이다. 그래서 빈은 자신의 짐작을 완벽하게 확신하지 않았다. 그 짐작에 따라 행동하면서도, 언제나 자신의 해석이 틀릴 수도 있는 가능성에 마음을 열어두었다.

게다가 그의 문제는 자신이 정말 인간인지 아닌지를 알아내는 게 아니었다. 그가 인간이든 아니든, 지금 이대로의 빈이었다. 살아남을 수 있도록, 또 가능한 한 자기 미래에 대한 통제력을 쥘 수 있도록 방법을 찾아 행동하는 게 중요했다. 그에게 닥친 위험이라고 해봤자 그들이 그에게 가해졌을지 모르는 유전자 조작에 관해 걱정한다는 정도였다. 그 위험을 해결하려면 빈은 이제부터 그 문제에 관한 그들의 두려움이 사라질 수 있도록 더할 나위 없이 정상적으로 보여야 했다.

하지만 어떻게 해야 정상인 척할 수 있을까? 그는 정상적인 아이라서 여기 오게 된 게 아니었다. 남들과 다르기 때문에 여기에 왔다. 그 점에 관해서는 여기 다른 모든 아이들도 마찬가지였다. 그리고 이 학교가 너무 심한 스트레스를 준 탓인지, 개중에는 정신이 완전히 이상해진 아이들도 있었다. 엔더 위긴을 요란하게 미워하는 본쏘 마드리드처럼. 그렇다면 빈은 정상적으로 보여서는 안 된다. 예상할 만한 식으로 괴상하게 보여야 한다.

그런 걸 일부러 꾸며내기란 불가능하다. 그는 교사들이 여기 아이들의 행동에서 어떤 신호를 찾고 있는지 아직 알지 못했다. 그럴 듯한 행동 열 가지를 찾아내서 그것을 하면 된다. 알 수 없는 아흔 가지 일이 무언지 짐작하려고 애쓸 필요 없다.

아니, 그는 그들이 예측할 수 있는 방식으로 행동하면 안 되지만, 그들이 바라는 완벽한 지휘관이 되어야 한다.

병영에 돌아와 침대로 다시 기어 올라가, 책상에서 시간을 확인했다. 자신이 침대를 벗어난 지 채 한 시간도 지나지 않았다는 것을 알았다. 책상을 치우고 침대에 누워 로그인하던 교사의 손가락을 기억 속에서 재생해보았다. 아이디와 암호를 알 것 같다는 확신이 들었을 때 잠으로 빠져 들어갔다.

서서히 잠이 들기 시작할 무렵, 그는 문득 어떻게 하면 완벽한 위장이 될 수 있을지 알아차렸다. 그들의 두려움을 진정시키고 안전하게 지휘관으로 승급할 수 있는 방법이 있었다.

그가 엔더 위긴이 되면 된다.

아빠

"대령님. 제가 개인 면담을 요청했습니다."

"디마크가 여기 같이 있는 이유는, 자네의 보안규칙 위반이 그의 일에 영향을 미치기 때문이네."

"보안규칙 위반이라니요! 그래서 저를 재배치하신 겁니까?"

"자네 아이디로 로그인해서 교사 시스템으로 들어간 아이가 있네. 로그인 기록 파일들을 찾아 자신에게 새로운 신분을 부여했지."

"대령님, 저는 모든 규칙을 충실히 지켰습니다. 학생들 앞에서 암호를 노출한 적은 없습니다."

"다들 그렇게 말하지만, 나중에 보면 사실이 아니라는 게 밝혀지더군."

"실례지만 대령님, 유파나드는 그렇지 않습니다. 오히려 규칙을 위반하는 자들이 있으면 그러지 못하게 막는 쪽이었죠. 사실은 지나치게 까다로워서 우리 모두를 미치게 할 정도입니다."

"제 로그인 기록을 확인해 보십시오. 아이들을 가르치는 시간에 로그인한 적 없습니다. 숙소 밖에서 로그인한 적도 없습니다."

"그럼 어떻게 이 아이가 자네 아이디로 로그인해서 들어갈 수 있었다는 건가?"

"제 책상은 제 테이블에 놓여 있습니다, 이렇게요. 대령님 책상을 사용해서 보여드려도 되겠습니까?"

"물론."

"전 이렇게 아무도 들여다보지 못하게 문을 등지고 앉습니다. 다른 위치에서는 절대로 암호를 입력하지 않습니다."

"그 아이가 엿볼 수 있는 창이 있었던 것도 아니잖나!"

"아니, 있습니다, 대령님."

"디마크, 지금 뭐라고 했나?"

"창이 있습니다. 보십시오. 통풍구가 있지 않습니까."

"진심으로 그 아이가 그런 일을 할 수 있다고……."

"그 아이는 어느 누구보다도 작으니까……."

"제 암호를 도용한 게 그 조그만 빈이라는 겁니까?"

"훌륭하군, 디마크. 자넨 정보를 누설했어."

"죄송합니다, 대령님."

"아. 또 보안규칙 위반이군요. 디마크도 저와 같이 집에 보내실 겁니까?"

"누구도 집에 보낼 생각은 없네."

"대령님, 제가 보기엔 빈이 교사 시스템으로 들어간 게 다시없는 기회가 될 수도 있을 것 같습니다."

"한 학생이 학생 데이터 파일들을 순식간에 망쳐 놓을 수 있는 기회?"

"빈을 연구할 수 있는 기회 말입니다. 그 아이가 환상게임에 들어오진 않지만, 이제 그게 어떤 게임이든 자기 식대로 게임을 하고 있지 않습니까. 우린 그 아이가 시스템 속 어디로 들어가는지, 자신이 얻어낸 그 힘으로 무얼 하는지 지켜볼 수 있습니다."

"그러다 무슨 피해라도 생기면……."

"아무 피해도 생기지 않을 겁니다. 그는 자신의 정체가 드러날 만한 어떠한 일도 하지 않을 겁니다. 굉장히 약아빠진 아이니까요. 빈이 원하는 것은 정보입니다. 건드리지 않고 보기만 할 겁니다."

"이미 분석이 끝났나 보군, 그렇지? 그 아이가 항상 뭘 하고 다니는지 자네가 안다는 건가?"

"그 아이에게 진짜처럼 믿게 하고 싶은 게 있다면, 직접 발견하도록 해야 한다는 정도는 압니다. 그는 우리에게 훔쳐낸 정보라야 믿을 겁니다. 따라서 저는 이 작은 보안규칙 위반이 훨씬 더 중요한 문제를 해결할 수 있는 완벽한 방법이라고 생각합니다."

"내가 궁금한 건, 그 아이가 도관 속을 기어 다니고 있다면, 다른 무슨 얘기들을 듣게 될까 하는 점일세."

"도관 시스템을 차단하면 자신이 들켰다고 생각할 겁니다. 그 후에는 뭔가 찾아내도 믿지 않겠지요."

"그러니까 나더러 지금 그 아이가 계속 도관을 기어 다니게 놔두라는 건가."

"오래 계속하진 못할 겁니다. 몸이 자라고 있고 도관은 상당히 좁으니까요."

"그건 별로 위안이 되지 않는군. 그리고 불행히도, 우린 이제 너무 많은 것을 알게 된 유파나드를 죽여야 돼."

269

"제발 농담하는 거라고 말해주십시오."

"그래, 농담이야. 자넨 조만간 그를 학생으로 받게 될걸세, 유파나드 대위. 주의 깊게 지켜보게. 그 아이에 대해서는 나에게만 보고하도록. 예측할 수 없는 위험한 아이일세."

"위험한 아이로군요, 빈이."

"이번만 해도 자네를 완전히 한 방 먹이지 않았나?"

"이런 말씀 드려서 죄송합니다만, 대령님도 한 방 먹으셨죠."

빈은 하루에 여섯 명 정도씩 전투학교에 있는 모든 학생들의 기록을 읽어 나갔다. 그들이 학교에 들어올 때 받았던 테스트 점수는 그리 흥미롭지 않았다. 아이들 모두 지구에서 행한 모든 테스트에 매우 높은 점수를 받았기 때문에 차이는 거의 미미한 수준이었다. 빈의 점수가 가장 높았고, 그 다음 고득점자인 엔더 위긴은 빈보다 한참 아래였다. 엔더와 그 다음 세 번째 고득점자와의 차이도 그만큼 났다. 하지만 모든 것은 상대적이었다. 엔더와 빈의 차이는 0.5퍼센트에 불과했으며, 다른 아이들 대부분의 점수는 상위 97퍼센트와 98퍼센트 사이에 몰려 있었다.

물론 빈은 그들이 알 수 없는 것들을 알았고, 테스트에서 가능한 최고점수를 받는 게 어렵지 않았다. 더 높은 점수를 낼 수도 있었다, 더 잘할 수도 있었다. 하지만 테스트로 찾아낼 수 있는 한계에 도달했다. 그러므로 빈과 엔더 사이의 격차는 그들이 생각하는 것보다 훨씬 컸다.

하지만…… 학생들에 관한 기록을 읽으면서, 빈은 그 점수가 아이의 잠재력을 가늠케 해주는 안내서에 지나지 않는다는 것을 알게 되었다. 교사들은 명석한 두뇌회전, 통찰력, 직감 같은 것들에 대해 가장 많이 이야기했다. 대인관계 형성 능력, 상대의 다음 수를 미리 알아내는 능력, 대담하게 행동할 수 있는 용기, 실행 전에 확인하는 조심성, 적절한 행동방침을 알아내는 지혜 등이 여기에 포함되었다. 이런 점들을 다 고려하면 빈이 다른 학생들보다 꼭 낫다고만은 할 수 없었다.

사실 엔더 위긴은 빈이 알지 못하는 것들을 알고 있었다. 빈이 위긴처럼 행동하겠다고 생각할 수는 있다. 지휘관이 훈련기회를 주지 않았을 때 별도의 훈련시간을 조직하여 그것을 보충할 수는 있다. 그런 훈련들이 보통은 혼자 할 수 없는 것들이므로 다른 학생들을 몇 명 훈련으로 끌어들일 수도 있을 것이다. 하지만 위긴은 훈련하겠다고 찾아오는 아이들을 모두 받아들였다. 전투실에서 그렇게 많은 아이들과 같이 훈련하는 게 얼마나 힘들든 상관하지 않았다. 그리고 교사들이 기록해놓은 바에 의하면, 그는 이제 자기 기술을 연마하기보다 다른 아이들을 훈련시키는 데 더 많은 시간을 할애하고 있었다. 물론, 부분적으로는 그가 더 이상 본쏘 마드리드의 부대에 속해 있는 게 아니라서 정기 훈련에 참여해야 했기 때문이었다. 하지만 그는 여전히 다른 아이들과 같이 훈련했다. 특히 정규군으로 승격되기 전에 실력을 닦고자 하는 열성적인 신참들을 데리고 작업했다. 이유가 뭘까?

그가 나와 같은 일을 하고 있는 것일까? 나중에 지구에서 일어날 전쟁을 준비하기 위해 다른 학생들을 연구하는 것일까? 모든 군대에 손이 닿을 수 있는 인맥을 만들고 있는 것일까? 혹시 나중에 그들의 실수를 이용하려고 잘못된 훈련을 시키고 있는 것은 아닐까?

그런데 그 훈련에 참여한 신참들이 하는 얘기를 들어보면, 전혀 그렇지가 않았다. 위긴은 정말 다른 아이들이 최선을 다할 수 있도록 이끌어주는 듯했다. 그가 다른 아이들의 호감을 사기 위해 그토록 노력하는 것일까? 그게 위긴이 품고 있는 목적이라면, 분명 효과는 있었다. 그들은 위긴을 좋아하는 정도가 아니라 숭배했으니까.

하지만 여기에 사랑받고자 하는 욕구만이 전부일 리는 없다. 다른 무언가가 더 있을 것이다. 빈은 그게 뭔지 알 수 없었다.

교사들이 적어놓은 관찰 기록이 전혀 쓸모없었던 것은 아니지만, 엔더 위긴의 머릿속으로 들어가는 데에는 전혀 도움이 되지 않았다. 그들은 빈이 알지 못하는 어느 마인드 게임을 관찰하며 꾸준히 위긴의 심리를 분석해나갔다. 그럼에도 위긴의 머릿속에서 무슨 일이 벌어지는지 알아내지 못했다. 그들이 그의 수준에서 생각하지 못하기 때문이다.

빈은 그의 수준에서 생각할 수 있었다.

하지만 빈이 이 작업을 시작한 이유는 과학적인 호기심으로 엔더 위긴을 분석하기 위해서가 아니었다. 그와 경쟁하기 위해서도 아니고 그를 이해하기 위해서도 아니었다. 빈 자신을 교사들이 믿고 의지할 수 있는 아이로, 충분히 인간이라고 생각할 수 있는 아이로 만들어내기 위해서였다. 이 목적을 이루려면 위긴의 예를 따라야 했다. 그가 이미 행한 일을 해야 했다.

게다가 엔더 위긴은 완벽하지 않은 상태로 그 일을 했다. 완전히 말짱한 정신으로 했다고 볼 수도 없었다. 물론 어느 누구도 정신이 완전히 말짱하다고 말할 수는 없을 것이다. 하지만 자신에게 아무것도 해줄 수 없는 아이들을 훈련시키기 위해 매일 자신의 시간을 몇 시간씩 할애하는 위긴의 그 자발성은, 아무리 생각해도 빈으로서는 납득이 가지 않았다. 위긴은 자신을 지지하는 자들로 인맥을 형성하려는 게 아니었다. 빈과 다르게 그는 완벽한 기억력을 갖추고 있지도 않았다. 그러므로 그가 전투학교 모든 아이들의 정보를 머릿속에 집어넣고 있으리라고 생각지는 않았다. 또한 그와 같이 훈련하는 아이들은 최고가 아니었다. 오히려 주로 실력 없고 한심한 신참들이거나 정규군에서 뒤처지는 아이들이었다. 그들은 순위표에서 상위권을 달리는 군인과 같이 훈련하면 자신에게도 실력이 붙으려나 싶어 그에게 찾아갔을 것이다. 하지만 위긴은 왜 그들에게 시간을 내주는 걸까?

포크는 왜 날 위해 죽었을까?

그건 똑같은 질문이었다. 빈은 그걸 알았다. 도서관에서 윤리에 관한 책을 몇 권 찾아, 책상에 불러내서 읽어보았다. 이타주의를 설명하는 이론들이 웃기지도 않는 헛소리라는 것을 곧 알 수 있었다. 제일 말이 안 되는 것은 조카를 위해 목숨을 내놓는 삼촌에 대한 사회생물학적인 설명이었다. 지금 군대에는 아무런 혈연관계도 없는데, 생전 보지도 못한 사람들을 위해 죽어가지 않는가. 커뮤니티 이론은 나름대로 괜찮았다. 모든 커뮤니티들이 어째서 자신의 역사와 의식에 배어 있는 희생적인 영웅들을 찬미하는지 설명해주었다. 하지만 여전히 영웅 자신이 그런 행동을 한 근거에 대해서는 설명해주지 못했다.

그게 빈이 바라보는 엔더 위긴의 모습이었다. 위긴은 영웅이 되기 위해 태어난 자인 듯했다.

위긴은 정말 자신의 시간을 5분 이상 할애할 가치도 없는 다른 아이들에게 더 관심이 많았다. 바로 이런 특질 때문에 모든 이들이 그에게 초점을 맞추고 있는 것일 수도 있다. 칼로타 수녀의 이야기 속에 등장하던 예수가 항상 많은 이들에게 둘러싸여 있었던 이유가 이것일지도 모른다.

이게 내가 위긴을 그토록 두려워하는 이유일 수도 있다. 외계인은 내가 아니라 위긴이니까. 그는 아둔한 자다, 예측할 수 없는 자다. 사리분별 있게 예측 가능한 이유로 행동하지 않는 자다. 나에 대해서는 내가 살아남으리라는 사실만 알면 된다. 하지만 그는 무엇이든 할 수 있는 자다.

위긴에 대해 알아갈수록 빈은 더 많은 수수께끼들을 풀 수 있었다. 그리고 점점 더 위긴처럼 행동하기로 마음먹었다. 언젠가 위긴이 바라보는 식으로 세상을 보게 될 때까지.

하지만 멀리서 그렇게 위긴을 쫓아다니면서도, 빈은 다른 아이들이 아무렇지 않게 하는 일을 할 수 없었다. 그를 편하게 엔더라고 부를 수 없었다. 그의 이름을 부르지 않음으로써 빈은 거리감을 유지했다.

위긴은 어떤 책을 읽고 어떤 것들을 연구할까? 빈이 한달음에 독파한 후 이제 우주에서의 전투와 지구에서의 전쟁 양면에 적용하며 체계적으로 다시 읽고 있는 군사 역사와 전략에 대한 책들은 아니었다. 위긴은 여러 가지 책을 읽긴 했지만, 그가 도서관에 갈 때마다 항상 빼놓지 않고 보는 것은 전투 비디오였다. 그중에서도 버거들의 전함에 관한 비디오와, 그들의 2차 침공을 좌절시켰던 영웅적인 전투에서 활약한 메이저 래컴 공격부대에 관한 뉴스들을 가장 자주 보았다.

빈도 그것을 보았다. 하지만 위긴처럼 다시 몇 번이고 반복해 보지는 않았다. 한 번 보고 나서 완벽히 기억에 담아, 처음에 깨닫지 못했던 것들을 나중에 알아차릴 수 있을 정도로 상세히 떠올릴 수 있었기 때문이다. 위긴은 그 비디오를 볼 때마다 매번 새로운 뭔가를 발견하는 걸까? 아니면 아직 찾아내지 못한 뭔가를 찾고 있는 것일까?

그가 버거들이 생각하는 방식을 알아내려는 걸까? 이 도서관에 있는 비디오만으로 뭔가를 알아내기에는 충분치 않다는 것을 알아차리지 못한 것일까? 여기에 있는 건 모두 홍보물이었다. 버거들이 인간의 전함에 올라타 서로 맞붙어 싸우고 죽이는 장면이나 인간 시체가 널브러진 끔찍한 장면은 하나도 실리지 않았다. 버거들이 인간의 배들을 하늘 밖으로 날려버린 패배의 비디오는 하나도 없었다. 전함들이 우주로 이동하며 전투를 준비하는 몇 분이 담긴 비디오가 고작이었다.

우주에서 전쟁을 벌인다는 게 지어낸 이야기로는 꽤 흥분되지만, 실제로는 아주 재미없다. 가끔씩 빛이 번쩍번쩍하고, 그 외에는 주로 캄캄한 어둠이다.

메이저 래컴이 승리를 거둔 순간의 영상은 당연히 구비돼 있었다.

위긴이 뭘 알아내려는 걸까?

빈은 자신이 실제로 본 장면보다 누락되어 있는 부분으로부터 더 많은 것을 알아냈다. 예를 들어, 도서관 어디에도 메이저 래컴의 사진은 단 한 장도 없었다. 그건 이상한 일이었다. 세 집정관의 얼굴이나 다른 지휘관 및 정치 지도자들의 얼굴은 사방에 널려 있는데, 왜 래컴의 얼굴만 없을까? 승리를 거둔 순간에 그가 사망했을까? 아니면 승리를 확실히 해줄 이름이 필요해서 그런 전설을 일부러 만들어내고,

래컴이라는 인물도 허구로 만들어낸 것일까? 하지만 그런 경우라면, 그들이 그의 얼굴도 만들어냈을 것이다. 그건 아주 간단한 일이었다. 혹시 그가 아주 흉측하게 생긴 기형이었을까?

아니면 혹시, 굉장히 비정상적일 정도로 작은 사람이었을까? 내가 만약 자라서 인간 함대의 지휘관이 되어 버거들을 무찌른다면, 그들이 내 사진도 숨길까? 너무 왜소한 자를 영웅으로 내세울 수 없기 때문에?

어쨌거나 무슨 상관인가? 난 어차피 영웅이 되고 싶지 않다.

그런 건 위긴이나 하라고 하자.

♦

그의 맞은편 침대를 쓰는 니콜라이. 빈이 먼저 생각하지 못한 것을 생각해낼 정도로 명석한 아이. 빈이 자기 이름을 도용한 것을 알았을 때도 화내지 않은 자부심 강한 아이. 드디어 니콜라이의 파일로 들어가게 됐을 때 빈은 굉장히 기대에 부풀어 있었다.

교사의 평가는 부정적이었다. "존재가치가 크지 않음." 잔인한 평가다. 하지만 그게 사실일까?

빈은 문득 자신이 교사들의 평가에 너무 큰 비중을 두고 있다는 것을 깨달았다. 난 그들의 평가를 너무 믿고 있다. 그들이 옳다는 실제 증거라도 있는가? 아니면 그들이 나를 그렇게 높이 평가했기 때문에 그 평가를 믿는 것인가? 그들의 아첨이 나를 자기만족에 빠지게 했기 때문에?

그 모든 평가가 터무니없이 틀린 거라면 어떡할까?

로테르담 거리에 교사들의 파일 같은 것은 없었다. 나는 그 아이들을 실제로 알았다. 포크에 대해 스스로 판단을 내렸고, 내 판단은 거의 옳았다. 이따금씩 놀라는 경우가 있었을 뿐이다. 사전트에 대해서는 전혀 놀랄 일이 없었다. 아킬레스에 대해서는? 그렇다, 난 그를 알았다.

그럼 나는 왜 다른 학생들로부터 떨어져 있는가? 그들이 먼저 날 고립시켰기 때문이다. 교사들이 힘을 지녔다고 생각했기 때문이다. 하지만 이제 나는 그 생각이 부분적으로만 옳다는 것을 안다. 지금 당장은 교사들이 힘을 지녔지만, 언젠가 내가 전투학교에서 나가게 된다면 그들이 날 어떻게 생각하든 그게 무슨 상관이겠는가? 내가 아무리 군사 이론과 역사에 통달하더라도 그들이 내게 지휘권을 맡기지 않으면 아무 쓸모가 없을 것이다. 다른 아이들이 날 따르리라고 믿을 만한 이유를 부여하지 않는 한, 그들은 나를 군대나 함대 책임자 자리에 올리지 않을 것이다.

지금 당장은 남자가 아니라 소년들이다. 대부분은 소년이고 몇몇은 소녀. 성인은 아니지만, 앞으로 성인이 될 것이다. 그들은 자신이 따를 리더를 어떻게 선택할까? 어떻게 해야 이렇게 작고 억울해하는 자를 따르게 만들 수 있을까?

위긴은 어떻게 할까?

빈은 같은 병영에 있는 신참들 중에서 위긴과 훈련한 아이들이 누군지 니콜라이에게 물어보았다.

"두세 명밖에 안 돼. 그 녀석들 좀 이상해, 그렇지 않냐? 아첨쟁이 아니면 허풍쟁이들일 거야."

"걔들이 누군데?"

"너도 위긴과 친해져 보려고?"

"그에 대해 알고 싶을 뿐이야."

"뭘 알고 싶은데?"

빈은 그런 질문들이 거슬렸다. 자신이 하는 일에 대해 너무 많이 얘기하는 걸 좋아하지 않았다. 하지만 니콜라이에게서 어떠한 악의도 느껴지지 않았다. 그는 궁금할 뿐이었다.

"살아온 과정 같은 거. 그는 최고야, 그렇잖아? 어떻게 최고가 되었을까?"

빈은 부대에서 많이 쓰는 '그렇잖아'가 자연스럽게 들렸을지 궁금했다. 그 말을 그리 많이 사용해보지 않았다. 그래서 아직 그게 음악적으로 들리는 수준까지는 미치지 못했다.

"그거 알아내면, 나한테도 말해줘." 그는 '내가 알면 뭐하겠냐는' 듯이 눈을 굴렸다.

"그럴게." 빈이 말했다.

"하긴 엔더처럼 최고가 된다는 게 나한테 가당키나 하겠냐?" 니콜라이가 웃었다. "그래도 넌 가능성 있어, 지금 이대로만 해나가면."

"위긴 콧물이 꿀은 아니야." 빈은 말했다.

"그게 무슨 말이야?"

"엔더 위긴도 우리랑 똑같은 인간이란 뜻이야. 어떻게 최고가 됐는지 알아내면 얘기해줄게, 알았지?"

빈은 니콜라이가 왜 벌써부터 최고가 될 수 없을 거라고 자포자기

하는지 알 수 없었다. 교사들의 부정적인 평가가 결국 옳았던 걸까? 아니면 그들이 무의식중에 니콜라이에게 그는 안 될 것이라는 느낌을 전달했고, 그가 그대로 받아들인 것일까?

니콜라이가 아첨쟁이와 허풍쟁이라고 표현했던 아이들에게(그건 그리 잘못된 평가는 아니었다) 빈은 자신이 알아내고자 했던 정보를 얻었다. 위긴과 가장 친한 친구들 이름을 알아냈다.

셴, 알라이, 페트라. 또 그 여자애다. 하지만 그중에서 셴이 제일 오래 알고 지낸 사이라고 했다.

빈은 공부시간에 도서관에서 그를 발견했다. 도서관에 오는 아이들은 주로 비디오를 보러 오는 것이었다. 책은 자기 책상에 불러내서 읽으면 된다. 하지만 셴은 비디오를 보고 있지 않았다. 자기 책상을 가져와 환상게임을 하고 있었다.

빈은 그 옆에 앉아 지켜보았다. 사슬 갑옷을 입은 사자머리 남자가 거인 앞에 서 있었다. 거인이 그에게 마실 음료를 선택하라고 하는 듯했다. 옆에 앉은 빈에게도 소리가 들리지 않게 설정되어 있었다. 셴이 무슨 대답을 하는 듯 단어 몇 개를 입력했다. 사자머리 남자가 그 음료 중 하나를 마시고 곧바로 죽어버렸다.

셴이 조그맣게 몇 마디 중얼거리며 책상을 밀어냈다.

"그거 거인의 음료야? 얘기는 들었어." 빈이 말했다.

"넌 이 게임 안 해봤냐?" 셴이 말했다. "이건 이길 수 없는 게임이야. 아, 전에는 그런 줄 알았어."

"들어보긴 했어. 재미있을 것 같지 않던데."

"들어보기만 했어? 한 번도 안 해본 거야? 게임 찾는 건 어렵지 않을 텐데."

빈은 다른 아이들이 하는 것 같은 태도를 흉내 내며 어깨를 으쓱했다. 셴은 재미있다는 표정이었다. 쿨한 놈인 척 으쓱하는 것이 어색했던 걸까? 아니면 이렇게 작은 아이가 그러는 게 귀여워 보인 걸까?

"넌 환상게임 안 해?"

"네가 방금 말한 거 말이야, 전에는 그런 줄 알았다는 게 무슨 소리야?" 빈은 그에게 좀 더 얘기해보라고 재촉했다.

"어떤 녀석이 내가 생전 본 적도 없는 곳에 갔더라고. 그게 어디냐고 물었더니, '거인의 음료 반대편' 이래."

"거기 어떻게 갔대?"

"안 물어봤어."

"왜?"

셴은 웃으며 시선을 피했다.

"그거 위긴이지?" 빈이 물었다.

웃음이 흐릿해졌다. "누구라곤 얘기 안했어."

"너흰 친구라면서. 그래서 널 찾아온 거야."

"이거 뭐하는 건데? 염탐하는 거야? 본쏘가 보냈냐?"

일이 잘 풀리지 않고 있었다. 위긴의 친구들이 그를 얼마나 보호하려 들지에 대해서는 생각지 못했다.

"그냥 내가 온 거야. 나쁜 뜻은 없어, 오해하지 말아줘. 난 그냥, 알고 싶을 뿐이야. 넌 위긴이 처음 왔을 때부터 봐왔잖아, 맞지? 둘이 신참 때부터 친구였다면서?"

"그래서 뭐?"

"위긴에겐 친구들이 있어. 너 같은 친구들. 항상 위긴이 제일 좋은 성적을 받는데도, 항상 모든 면에서 최고인데도, 그를 미워하지 않아."

"기생충 같은 놈들이나 그를 미워하지."

"나도 친구를 좀 만들어야 되거든." 아니, 이렇게 너무 불쌍해 보이게 말해선 안 된다. 그보다 불쌍해 보이지 않으려고 열심히 노력하는 불쌍한 아이처럼 말했어야 했다. 그래서 그는 이 우는 소리를 웃음으로 마무리했다. 농담하는 듯이 보이려 애쓰는 것처럼.

"너처럼 작은 애는 처음 봤어." 셴이 말했다.

"내가 온 행성에서는 그렇지도 않아." 빈이 말했다.

처음으로 셴의 얼굴에 진짜 미소가 나타났다. "피그미 행성에서 왔냐?"

"거기 아이들도 나보단 커."

"네가 어떤 기분일지 이해할 수 있어. 나도 걸음걸이가 좀 웃기거든. 그래서 어떤 아이들이 짓궂게 놀려댔지. 그걸 엔더가 막아줬어."

"어떻게?"

"그 애들을 더 짓궂게 놀려줬어."

"입이 험하다는 말은 못 들었는데."

"말은 한마디도 안 했어. 책상을 이용했지. 하느님이 보내는 것처럼 해서 메시지를 보냈어."

아, 그래. 빈도 그 얘기를 들은 적이 있었다.

"널 위해서 그랬던 거야?"

"아이들이 내 엉덩이를 웃음거리로 삼았거든. 내 엉덩이가 좀 크긴

281

했어. 예전에 운동하기 전에 말이야. 그는 내 엉덩이를 쳐다보는 게 더 웃기다고 그 아이들을 놀렸어. 하지만 그걸 하느님이 하는 말이라고 써서 보냈지."

"그럼 그들은 그게 위긴인 줄 몰랐겠네."

"아니, 바로 알았어. 하지만 어쨌든 그는 아무 말도 하지 않았어. 소리 내서 말한 적은 없어."

"그렇게 해서 친구가 된 거야? 위긴이 작은 애들을 보호해주면서?"

아킬레스처럼…….

"작은 애들?" 셴이 말했다. "우리 신참 중에서 엔더가 제일 작았어. 너만큼은 아니지만, 상당히 작았어. 나이도 더 어렸고."

"나이가 제일 어린데, 널 보호해줬다고?"

"아니. 그런 게 아냐. 엔더는 그 일이 계속되지 않도록 만들었어. 그뿐이야. 당시에는 버나드란 녀석이 주동이었지. 그 녀석이 덩치 크고 거친 애들을 모으고 있었는데……."

"깡패들이구나."

"그래, 그렇게 말할 수도 있겠지. 하지만 엔더는 버나드랑 제일 친한 친구한테 다가갔어. 알라이. 결국 알라이를 친구로 만들었고."

"버나드의 친구를 뺏은 거야?"

"야, 아니라니까. 그런 게 아니라고. 엔더는 알라이와 친구가 됐어. 그 다음에 알라이가 중간에 다리 역할을 해서 버나드와 엔더도 친구가 됐어."

"버나드라면…… 엔더가 우주선에서 팔을 부러뜨렸다던 그 애 아니야?"

"맞아. 난 사실 버나드가 엔더를 용서했다고 생각하진 않아. 상황이 어떻게 돌아가는지 깨달았던 거겠지."

"상황이 어떻게 돌아갔는데?"

"엔더는 착해. 뭐랄까, 그는 어느 누구도 미워하질 않아. 네가 좋은 사람이면 넌 엔더를 좋아하게 돼. 엔더가 널 좋아해주길 바라는 마음이 생기고, 엔더가 널 좋아해주면 그걸로 만족해. 뭔지 알겠어? 하지만 네가 인간쓰레기 같은 놈이면, 엔더에게 화가 날 뿐이야. 그런 존재가 있다는 것만으로도 화가 나는 거지, 알겠냐? 엔더는 그 사람의 좋은 부분을 일깨워주는 면이 있어."

"좋은 부분을 어떻게 일깨워?"

"그거야 나도 모르지. 내가 알 것 같냐? 그냥…… 엔더를 오래 알고 지내면, 그에게 자랑스러운 사람이 되고 싶다는 마음이 들어. 내 말이 너무…… 어린애 같았나?"

빈은 고개를 흔들었다. 어린애 같다기보다 그 말에서 헌신적인 사랑이 묻어나는 듯했다. 빈은 사실 이런 게 이해되지 않았다. 친구는 그냥 친구였다. 아킬레스가 나타나기 전에 사전트와 포크가 그랬던 것처럼. 하지만 그것은 사랑이 아니었다. 아킬레스가 나타났을 때도, 아이들은 그를 사랑했지만 사랑보다는 숭배에 더 가까웠다. 마치 신을 숭배하듯이. 그는 그들에게 빵을 쥐어주었고, 그들은 그에게 빵의 일부를 헌납했다……. 그가 자신을 부르는 명칭 그대로 그는 아이들의 파파 같았다. 이것도 똑같은 종류일까? 엔더 위긴이 또 다른 아킬레스일까?

셴이 입을 열었다. "넌 똑똑한 꼬마로구나. 나는 엔더랑 같이 있으면서도 한 번도 그런 생각을 해보지 않았어. 엔더가 그걸 어떻게 했을까? 어떻게 하면 나도 똑같이 할 수 있을까? 어떻게 하면 엔더처럼 될 수 있을까? 그냥 엔더니까 그런 일을 할 수 있는 것 같았어. 그는 대단해. 하지만 내가 할 수 있는 일은 아무것도 없는 것 같았지. 내가 더 노력했어야 했을지도 모르겠다. 난 그냥…… 엔더와 같이 있고 싶었을 뿐이야."

"네가 착해서 그래." 빈이 말했다.

셴이 눈을 굴렸다. "그래, 내가 하려던 말이 그거였나 봐. 왠지 허풍쟁이가 된 기분인걸."

"엄청 심한 허풍쟁이야." 빈이 씩 웃으며 말했다.

"엔더는 뭐랄까…… 그를 위해 죽고 싶다는…… 생각이 들게 만들어. 이런 말, 좀 영웅적으로 들리지 않냐? 하지만 정말로 그래. 그를 위해서라면 죽을 수도 있고, 그를 위해서라면 사람이라도 죽일 수 있을 것 같아."

"그를 위해 싸울 거잖아."

셴은 즉시 그 말을 이해했다. "맞아. 엔더는 타고난 지휘관이야."

"알라이도 그를 위해 싸울까?"

"다른 많은 아이들이 그럴걸."

"하지만 안 그런 애들도 몇 명 있잖아?"

"아까도 말했듯이 심보 고약한 놈들은 그를 미워해. 엔더를 보면 성질이 나지."

"세상이 그렇게 분리되나 봐. 착한 사람은 위긴을 사랑하고, 나쁜 사람은 위긴을 미워하고."

셴의 얼굴에 다시 의심스런 표정이 나타났다. "내가 너한테 왜 이런 쓸데없는 얘기를 떠벌렸는지 모르겠다. 너같이 똑똑한 꼬마는 이런 거 하나도 안 믿을 텐데."

"아니야, 다 믿어. 나한테 화내지 마, 응?" 이건 그가 오래 전에 배운 기술이었다. 어린애가 '나한테 화내지 마, 응?'이라고 말하면, 상대방은 화낸 자신이 부끄러워진다.

"화난 거 아니야. 그냥 네가 날 놀리는 것 같다는 생각이 들었어."

"난 위긴이 친구들을 어떻게 사귀는지 알고 싶었을 뿐이야."

"내가 정말 그 방법을 안다면, 지금보다는 친구가 더 많아졌을 거다. 하지만 나는 엔더와 친구가 됐어. 엔더의 친구도 모두 내 친구니까, 난 그들 모두와 친구야. 말하자면…… 가족 같은 거야."

가족. 파파. 또 아킬레스다.

오래 전에 느꼈던 공포가 되살아났다. 포크가 죽던 날 밤. 물속에 떠 있는 그녀의 시체를 보았던 순간. 그리고 그날 아침에 보았던 아킬레스. 아무렇지도 않게 행동하던 아킬레스. 위긴도 그런 걸까? 기회가 생길 때까지 파파 역할을 하는?

아킬레스는 악이고, 엔더는 선이다. 하지만 그들 둘 다 가족을 만들었다. 그리고 그들 주위엔 그를 사랑하고 그를 위해서 죽을 수도 있는 이들이 있다. 보호자, 파파, 부양자, 엄마. 고아 아이들에게 단 하나밖에 없는 부모. 이 전투학교에서도 우리는 모두 거리의 아이들이다. 굶주리지는 않지만, 여전히 모두들 가족을 원하고 있다.

나는 거기 포함되지 않는다. 내가 가장 필요로 하지 않는 게 바로 가족이다. 칼을 쥐고 때를 기다리며 내게 미소 지어 보이는 파파 따위는 필요치 않다.

파파를 찾는 것보다 파파가 되는 편이 더 낫다.

그러려면 어떻게 해야 할까? 셴이 위긴을 사랑하는 식으로 누군가 나를 사랑하게 하려면 어떻게 해야 할까?

가능성이 없다. 난 너무 작다. 너무 귀엽다. 난 그들이 원하는 것을 갖고 있지 않다. 내가 할 수 있는 일이란 나 자신을 보호하는 것뿐이다. 시스템을 만드는 것뿐이다. 엔더는 자기처럼 행동하고 싶어 하는 아이들에게 가르쳐줄 수 있는 게 충분했다. 하지만 난 나만의 방식을 익혀야 한다.

하지만 그런 결정을 내렸다 해도 위긴과의 일이 다 끝난 것은 아니었다. 위긴이 지니고 있는 자질이 무엇이건, 알고 있는 지식이 무엇이건 빈은 그것을 배울 생각이었다.

그렇게 몇 주가 지나고, 몇 달이 흘렀다. 빈은 모든 정해진 수업에 착실히 임했다. 전투실에서 움직이고 사격하는 기본 기술을 배우는 디마크의 수업에도 참여했다. 자신의 책상에 내려 받아 배울 수 있는 자질개발 과정을 모조리 독파했고 그에 동반되는 모든 자격을 따냈다. 군사 역사, 철학, 전략을 공부했다. 윤리, 종교, 생물학 서적들을 읽었다. 학교에 새로 도착한 신참들로부터 졸업반에 이르기까지 모든 학생들의 정보를 꾸준히 추적해갔다. 복도에서 그들과 마주칠라치면, 빈은 그들에 대해 그들 자신이 아는 것보다 더 많은 것을 알고 있었다. 그들이 어디 출신인지, 얼마나 가족을 그리워하는지, 그들에게 조국이나 민족이나 종교적인 집단들이 얼마나 큰 비중을 차지하는지 알았다. 그들이 민족주의 혹은 이상주의를 위한 저항운동에 얼마나 귀중한 자원이 될지도 알았다.

또 한편으로 빈은 위긴이 읽는 모든 책을 읽었고 위긴이 주시하는 모든 것을 보았다. 다른 아이들이 그에 대해 무슨 말을 하는지 열심히 들었다. 게시판에 올라오는 위긴의 순위표를 계속 주시했다. 위긴의 친구들을 더 많이 만났으며, 그들이 위긴에 대해서 하는 이야기를 들었다. 위긴이 무슨 말을 했는지 열심히 들어두었다가 그것을 논리 정연한 철학, 세계관, 태도, 계획 등에 끼워 맞춰보려고 노력했다.

그러다 흥미로운 점을 발견했다. 위긴이 그렇게 애타주의를 실천하고 남을 위해 희생하려 하는 것과는 별개로, 그가 친구를 찾아가 자기 문제를 상의했다는 얘기는 한 번도 들어보지 못했다. 다른 아이들은 모두 문제가 있을 때 위긴을 찾아갔지만 위긴은 그렇지 않았다. 그럼 위긴은 누구에게 고민을 털어놓을까? 그도 진짜 친구가 없기는 마찬가지였다. 위긴도 자신의 속을 터놓지 않았다. 빈처럼 말이다.

얼마 지나지 않아 빈은 더 배울 것이 없어진 수업에서 더 윗단계로 올라가 점점 나이 많은 아이들과 수업을 같이 듣게 되었다. 처음에는 다들 짜증스럽게 빈을 쳐다보았지만 나중에는 그저 놀라워할 뿐이었고, 그들이 수업 절반을 다 끝내기도 전에 그는 다시 그들을 추월하여 진급했다. 위긴도 다른 아이들보다 빠른 속도로 진급했을까? 그랬다. 하지만 빈처럼 빠르지는 않았다. 그건 빈의 실력이 더 낮기 때문일까? 아니면 최종기한이 점점 가까워지고 있기 때문일까?

교사들의 평가에 점점 다급한 느낌이 강해지고 있었다. 일반 학생들(여기 아이들 누구든 그리 일반적이라고 할 순 없지만)에 대한 기록은 점점 간단해지고 있었다. 다른 아이들이 완전히 무시되는 것은 아니지만, 최고가 누군지는 이미 확인되었다. 그들은 그를 골라냈다.

'최고인 것 같은' 자라고 말해야 더 정확하리라. 빈은 교사들의 평가에 개인적인 느낌이 영향을 미친다는 사실을 알아차리기 시작했다. 겉으로는 아무런 편견 없이 공정하게 평가하는 척하지만, 사실 그들은 대부분의 아이들이 그렇듯 더 카리스마 있는 아이들에게 혹했다. 어떤 아이에게 호감이 가면, 그의 리더십에 대해 더 나은 평가를 내리곤 했다. 그들이 실제로는 그저 말 잘하고 운동을 좋아하고 다른 아이들의 주목을 받아야 직성이 풀리는 아이들인데도 그 점을 파악하지 못했다. 그래서 결국 가장 비효율적인 지휘관이 될 만한 자들에게 책임을 맡기는 한편, 진짜 가능성 있을 만한 아이들을 탈락시키는 실수를 저질렀다. 그렇게 명백한 실수를 지켜본다는 것은 짜증스러운 일이었다. 그들이 위긴에 대해서는 제대로 보았다. 하지만 진짜 유능한 지휘관을 바로 눈앞에 보면서도 다른 유능한 아이들은 몰라보고 있었다. 실제로 탁월한 결과 하나 산출하지 못했는데도 그저 활기차고 자신만만하고 야심찬 아이들 몇 명에게 흥분하는 꼴이었다.

이 학교가 왜 설립되었는가? 가장 가능성 있는 지휘관 재목을 찾아 훈련시키기 위해서가 아닌가? 지구에서 실행한 테스트에는 별 문제가 없었다. 여기에 진짜 멍청한 녀석은 하나도 없으니까. 하지만 이 시스템은 한 가지 결정적인 요소를 간과하고 있었다. 교사들이 지휘관을 어떻게 선택하느냐에 관한 문제를 제대로 고려하지 않았다.

그들은 모두 직업군인이었다. 이미 능력이 있다고 증명된 장교들이었다. 하지만 군대에서는 능력만으로는 신임 받는 위치에 오르지 못한다. 상관들의 눈에 띄어야 한다. 호감을 사야 한다. 조직에 어울려야 한다. 상관들이 생각하는 군인의 모습대로 보여야 한다. 상관들이 불편해하지 않는 방식으로 생각해야 한다.

결과적으로 제복이 잘 어울리고, 그럴듯하게 말하며, 남부끄럽지 않게 행동하는 자들이 지도부의 상당 비중을 차지하게 된다. 진짜 능력 있는 자들은 중대한 일들을 모두 조용히 처리하고, 그들의 상관을 궁지에서 구해내고, 그들의 충고를 듣지 않은 상관이 저지른 실수 때문에 욕을 얻어먹은 뒤 결국에는 쫓겨난다.

군대는 그런 조직이었다. 여기 교사들은 모두 그런 환경에 적응하며 생존한 이들이었다. 그리고 여전히 진짜 중요한 게 무언지 모르는 상태로 그들이 총애하는 학생들을 골라내고 있었다.

딩크 미커 같은 아이가 그걸 꿰뚫어 보고 장단 맞추지 않으려 하는 것도 이상할 게 없었다. 그는 다른 아이들에게 인기 있고 재능도 갖춘 몇몇 아이들 중 하나였다. 교사들이 그에게 부대를 맡기려 했던 이유는 다른 아이들의 호감을 살 수 있는 그런 능력 때문이었다. 하지만 그는 이 멍청한 시스템을 신뢰할 정도로 어리석지 않았고 그게 뭔지 뻔히 알았기 때문에 그들의 제안을 거절했다. 그 외에 페트라 아카니안 같은 아이들도 있었다. 성격은 그다지 호감이 가지 않지만 능수능란하게 전략과 전술을 다룰 줄 알고, 다른 아이들이 전쟁터에서 그의 결정을 믿고 따라오게 할 수 있는 자신감을 지닌 아이들이었다. 그들은 교사들에게 잘 보이는 데 별 관심이 없었기 때문에 간과되었다. 결점은 모두 확대되고 장점은 모두 과소평가되었다.

그런 문제점을 파악한 빈은 자기 나름대로 부대를 조직해보기 시작했다. 교사들에게 선택받지는 못했지만, 진짜 재능이 있고, 외모와 재담만 있는 게 아니라 마음과 머리가 있는 자들을 골라냈다. 그들 중에서 누가 장교가 될 만한지, 자신의 소대를 이끌고 지휘관의 명령을 실행에 옮길 수 있는 자가 누구인지…….

그들의 지휘관은 누가 될까? 물론 엔더 위긴이 되어야 하리라. 빈은 그 자리에 그 외에 다른 누가 들어가는 것을 상상할 수 없었다. 위긴이라면 그들을 제대로 활용할 수 있을 것이다.

그리고 빈은 자신이 있어야 하는 곳이 어딘지도 알았다. 위긴과 가까이 있어야 한다. 소대장, 하지만 가장 신뢰받는 자. 엔더 위긴의 오른팔. 그렇게 되면 위긴이 실수하려 할 때 그 실수를 지적해줄 수 있을 것이다. 그 정도로 가까이 있으면, 왜 위긴은 인간이고 자신은 인간이 아닌 건지 이해할 수 있을지도 모른다.

◆

칼로타 수녀는 새로 얻어낸 기밀정보 접근 허가권을 메스처럼 사용했다. 대부분의 경우 정보를 쥔 곳들을 파들어가, 여기서 대답을 찾아내고 저기서 새로운 의문들을 짚어냈다. 그리고 그녀의 목적이 무엇인지 혹은 그녀가 어떻게 그들의 비밀스런 작업에 대해 그렇게 많이 아는지 전혀 짐작하지 못하는 이들과 이야기했다. 그러면서 조용히 그 모든 것을 자신의 머릿속에 종합해나갔고, 그라프 대령에게 쪽지를 보냈다.

하지만 때때로 그녀는 그 기밀정보 접근 허가권을 육류를 자르는 커다란 식칼처럼 휘둘렀다. 주로 과거에 교도소장을 지냈거나 보안요원이었던 자들에게 휘둘렀다. 그들은 처음에 너무 많은 것을 알려고 하는 그녀에게 거부감을 드러냈으나, 그녀의 서류에 아무런 조작의 흔적이 없음을 확인한 후에는 그 높은 계급의 장교들이 기겁을 하며 칼로타 수녀를 극진하게 대접했다.

그런 과정을 거쳐서 그녀는 마침내 빈의 아버지와 대면할 수 있게 되었다. 아니 적어도 빈의 아버지에 가장 가까운 사람을 만날 수 있었다.

"당신이 로테르담에서 운영했던 시설에 관해 얘기하고 싶어요."

그 남자는 뚱하니 그녀를 쳐다보았다. "보고할 건 이미 다 했소. 그래서 죽지 않은 거요. 내가 옳은 선택을 한 건지는 모르겠지만."

"당신이 꽤나 투덜댈 거라는 말은 들었는데, 그걸 이렇게 빨리 확인하게 될 줄은 몰랐군요." 칼로타 수녀는 전혀 동정심 없이 말했다.

"알았으면 꺼지시지." 그가 그녀에게 등을 돌렸다.

그런다고 해서 무슨 소용이 있는 것은 아니었다. "닥터 볼레스쿠, 기록을 보니까 당신이 운영하던 로테르담 장기농장에 23명의 아기가 있었던 걸로 나와 있더군요."

그는 아무 말도 하지 않았다.

"하지만 물론 그건 사실이 아니었죠."

여전히 대답은 없었다.

"그리고 그 거짓말은 당신이 생각해낸 아이디어가 아니었을 거예요. 그 시설은 사실 장기농장이 아니었어요. 당신은 '실제로 거기서 행해지던 일'을 절대 발설하지 않겠다는 조건으로 장기농장 운영에 대한 유죄를 인정했기 때문에 살아남을 수 있었던 거예요."

그가 다시 천천히 돌아섰다. 고개 들어 곁눈질로 그녀를 볼 수 있을 정도로. "아까 보여주려던 허가증을 보여주시오."

그녀가 다시 내보였다. 그가 살펴보았다.

"얼마나 아는 거요?" 그가 물었다.

"당신은 연구 프로젝트가 종료된 후에도 연구를 비밀리에 계속하는 범죄를 저질렀어요. 세심하게 조작된 수정란들을 가지고 있었기 때문이죠. 당신은 앤턴이 발견해낸 열쇠를 돌렸어요. 그들을 세상에 내보내려 했어요. 그들이 어떤 자가 될지 보고 싶었겠죠."

"그 정도면 다 아는 것 같은데, 왜 날 찾아왔지? 내가 아는 건 당신이 읽은 서류에 다 나와 있을 텐데."

"전부는 아니에요." 칼로타 수녀가 말했다. "난 고해성사를 들으려는 게 아니에요. 그런 일을 어떻게 했는지 알고 싶지도 않아요. 내가 알고 싶은 건 아기에 대한 거예요."

"아기들은 모두 죽었소. 발각되기 직전인 상황이라서 죽일 수밖에 없었소." 그가 씁쓸한 반항의 시선으로 그녀를 쳐다보며 말을 이었다. "그래요, 영아살해 맞소. 스물세 명을 살해했소. 하지만 정부는 그런 아이들이 존재한다는 걸 인정할 수 없었기 때문에, 그 죄로 날 고발하지 않았소. 하지만 하느님이 날 심판하시겠지. 하느님이 날 고발할 거요. 그래서 여기 찾아온 건가? 하느님이 당신에게 그 허가증을 내주었나?"

지금 그걸 농담이라고 하는 건가? "당신이 그 아기들에 대해 아는 것을 알고 싶어요."

"난 아무것도 알아내지 못했소. 시간이 없었거든. 그들은 아직 젖

먹이 아기에 불과했소."

"그래도 거의 1년을 데리고 있었잖아요. 그들은 개발됐을 거예요. 앤턴이 그 열쇠를 찾아낸 후로 행해진 모든 작업은 이론적인 것이었어요. 하지만 당신은 실제로 아기들이 자라는 걸 지켜봤어요."

그의 얼굴에 엷은 미소가 번졌다. "나치 치하에서 생체실험을 한 의료인들이 바로 이런 경우였을 거요. 당신은 내가 한 일을 비난하면서도, 동시에 내 연구 결과를 알고 싶어 하는군."

"당신은 그들의 성장을 모니터했어요. 그들의 건강 상태를, 그들의 지능 개발을."

"막 지능 개발을 확인하려던 차에 들켜버렸소. 물론 연구기금을 받아낼 수도 없는 상황이라서, 깨끗하고 따뜻한 공간과 신체적으로 필요한 기본적인 것들밖에 제공해줄 수 없었소."

"그래도 신체적인 부분에 대해서는 뭔가 아는 게 있을 거 아니에요. 그들의 운동 기능이라든가."

"작았소." 그가 말했다. "아주 작게 태어나서, 천천히 자라더군요. 초저체중에 가까울 정도로 왜소했소. 모두 다."

"하지만 굉장히 똑똑했겠죠?"

"아주 어릴 때부터 기어 다녔소. 일반적으로 말을 할 수 있는 시기가 되기 훨씬 전부터 소리를 내기 시작했소. 그게 우리가 알 수 있었던 전부요. 내가 그들을 자주 볼 수 있었던 것도 아니지. 발각될 위험이 너무 커서 말이오."

"그래서 당신이 예상하기엔 어땠나요?"

"예상?"

"그 아이들의 미래가 어떨 것 같던가요?"

"죽음. 그게 그 아이들의 미래였소. 지금 무슨 소리를 하는 거요?"

"닥터 볼레스쿠, 그들이 죽지 않았다면, 어떻게 됐을까요?"

"물론 계속 자랐겠지."

"그 다음엔?"

"그 다음이란 없소. 그들은 계속 자라거든."

그녀는 그 정보를 이해하려 애쓰며 잠시 생각에 잠겼다.

"바로 그거요. 내 말을 알아듣는군. 그들은 천천히 자라지만 멈추질 않아요. 그게 앤턴의 열쇠가 하는 일이오. 두뇌가 멈추지 않고 자라기 때문에 지능의 문이 풀리는 거요. 하지만 그렇게 계속될 뿐이오. 두개골은 계속 커지고, 시간이 지나도 닫히질 않아. 팔과 다리도 점점 길어지고 또 길어지겠지."

"그래서 그들이 어른 키만큼 자라면……."

"어른 키라는 건 없소. 죽을 시점의 키가 있을 뿐이지. 그렇게 영원히 자랄 순 없지 않겠소. 인간의 진화가 육체의 성장 컨트롤에 멈춤 장치를 박아 넣었다면 그만한 이유가 있지 않겠나? 인간의 장기가 멈추지 않고 계속 자랄 수는 없소. 결국에는 지쳐 나가떨어지게 되지. 보통 가장 먼저 지쳐버리는 건 심장일 테고."

그 말의 의미를 깨닫는 순간, 칼로타 수녀의 심장이 철렁 내려앉았다. "성장 속도는요? 그 아이들의 성장 속도는 어때요? 그들이 자기 나이의 정상 키에 도달할 때까지 얼마나 걸릴까요?"

볼레스쿠가 말했다. "내 짐작으로는 사춘기 직전에 도달하면 두 배로 따라붙지 않을까 싶은데. 한동안은 정상적인 아이들이 앞서 가겠지만 결국에는 느리고 꾸준한 쪽이 이기게 마련이지, 안 그렇소? 스무 살쯤이면 그들은 거인이 될 거요. 그 다음에 죽겠지. 거의 확실히 스물다섯 전에 죽을 거요. 그들이 얼마나 거대해질지 짐작이나 할 수 있겠소? 그러니까 내가 그들을 죽인 것은 어차피 자비를 베풀었던 거요."

"당신이 빼앗은 세월이 단 20여년이라 해도, 그 세월을 경험해보지 않고 차라리 죽겠다는 사람이 과연 있을지 모르겠군요."

"그들은 자기에게 무슨 일이 일어나는지 알지 못했소. 난 괴물이 아니오. 그들에게 약을 먹였소. 그들은 자면서 죽었고, 그 후에는 시신을 화장했소."

"사춘기 때는 어떻게 될까요? 성적으로 성숙해질까요?"

"그거야 우리로서는 전혀 알 수 없는 부분이지, 안 그렇소?"

칼로타 수녀가 떠나려고 일어났다.

"그 아이가 살아 있는 거겠지?" 볼레스쿠가 물었다.

"누구 말이에요?"

"우리가 잃어버린 아이. 다른 아이들과 같이 있지 않았던 아이 하나. 화장된 시신은 스물두 구뿐이었소."

"닥터 볼레스쿠, 보아하니 몰록(아이를 제물로 바치고 섬기는 신—옮긴이)을 숭배하시는 것 같은데, 당신이 섬기는 신에게나 대답을 물어보시죠."

"그 녀석이 어떤지 말해줘요." 그의 눈에 갈망이 어렸다.

"그 녀석이라는건, 살아남은 건 남자아이일 거라는 뜻인가요?"

"어차피 모두 남자였소." 볼레스쿠가 말했다.

"뭐예요, 여자아이들은 취급하지 않은 거예요?"

"내가 거기에 쓸 유전자를 어떻게 구했을 것 같소? 조작된 내 DNA를 핵을 제거한 난자에 심었던 거요."

"하느님 맙소사! 그럼 그들이 모두 당신 쌍둥이예요?"

"난 당신이 생각하는 그런 괴물이 아니오. 그들이 어떻게 될지 알 아내야 했기 때문에 냉동 배아들을 소생시킨 거요. 그들을 죽일 수밖 에 없었을 때 내가 얼마나 슬픔을 느꼈는지 아마 짐작도 못할 거요."

"하지만 자신을 구하기 위해서 그들을 죽였지요."

"두려웠소. 그리고 그들이 복사본에 불과하다는 생각이 들었소. 복 사본을 버리는 건 살인이 아니라는."

"그 아이들의 영혼과 삶은 그들 자신의 것이었어요."

"정부가 그들을 살려뒀을 것 같소? 정말 그들이 살아남았을 거라 고 생각하나? 그들 하나라도?"

"당신은 아들을 가질 자격이 없어요." 칼로타 수녀가 말했다.

"그래도 하나는 있는 것 같지 않소?" 그가 웃었다. "반면에 보이지 않는 신의 영원한 신부인 칼로타 양 당신은 자식을 몇이나 가질 수 있 을까?"

"그들이 복사본일지는 모르지만, 죽어서도 원본인 당신보다 훨씬 낫군요."

그녀가 복도를 걸어 나오는 동안 뒤에서 내내 그의 웃음소리가 들 렸다. 하지만 그 웃음소리는 부자연스럽게 들렸다. 그녀는 그 웃음이 슬픔을 가리기 위한 가면이라는 것을 알았다. 하지만 그것은 연민으 로 인한 슬픔도, 자책하는 슬픔도 아니었다. 저주받은 영혼의 슬픔이었다.

빈, 네 아버지가 누군지 모르는 것에 감사해라, 영원히 알지 못하는 것에 감사해라, 그녀는 생각했다. 넌 전혀 그 자와 닮지 않았어. 그 자보다 훨씬 인간다워.

하지만 그녀는 자신의 마음 한구석에서 솟구치는 의심을 밀어낼 수 없었다. 빈이 정말로 그 자보다 더 동정심을 지녔을까, 더 인간다울까? 아니면 그 자와 마찬가지로 차가운 심장을 가졌을까? 타인과 공감할 수 없는 자일까? 마음은 없고 머리만 있는 것은 아닐까?

그 다음엔 그 아이가 자라고 또 자라게 되리라는 것을 생각했다. 지금처럼 너무나 자그마한 아이에서 몸이 더 이상 생명을 버텨낼 수 없는 거인이 될 때까지 자라리라. 빈, 그게 네 아버지가 너에게 물려준 유산이다. 그게 앤턴의 열쇠다. 자신의 아들이 죽었음을 알고 통곡하며 울부짖던 다윗이 생각났다. 압살롬아! 오, 압살롬아! 내가 너를 대신하여 죽었더라면, 압살롬, 내 아들아!

하지만 빈은 아직 죽지 않았다. 그렇지 않은가? 볼레스쿠가 거짓말하는 것일 수도 있다. 그의 짐작이 단지 틀렸을 수도 있다. 그런 결과를 막아낼 방법이 있을 수도 있다. 방법이 없더라도, 빈에게는 아직 긴 세월이 남아 있었다. 그 세월을 어떻게 살아가느냐가 더 중요했다.

하느님은 당신이 필요로 하는 아이들을 키워낸다. 그들을 남자와 여자로 만드신 후에, 임의대로 이 세상에서 데려가신다. 우리 인간의 삶은 그분에게 짧은 한순간에 불과하다. 중요한 것은 그 순간을 어떻게 사용하느냐다. 빈은 그 순간을 잘 사용할 것이다. 그녀는 그러리라 확신했다.

아니 적어도, 그게 확신처럼 느껴질 정도로 열렬히 그렇게 되기를
바랐다.

명단

"위긴이 그 아이라면, 에로스에 보내세."

"아직 지휘관 학교에 갈 준비가 되지 않았습니다. 너무 이릅니다."

"그렇다면 다른 대안도 세워두어야 하네."

"그건 집정관께서 결정하실 일입니다."

"우리가 결정할 일일세! 자네가 말한 내용 이외에 우리가 뭘 계속해 나가야겠나?"

"저는 나이 많은 아이들에 대해서도 말씀드렸습니다. 저와 같은 자료를 갖고 계시는 줄로 아는데요."

"그 자료가 전부인가?"

"전부를 원하십니까?"

"대단히 높은 평가와 점수를 받은 아이들이 자료에 나온 아이들 외에 더 있다는 건가?"

"그렇습니다."

"어째서 그들에 관해서는 보고하지 않았지?"

"여러 가지 이유로 적합하지 않기 때문입니다."

"그건 누구 판단인가?"

"제 판단입니다."

"무슨 근거로?"

"예를 들어서 한 명은 정신이상에 가깝습니다. 그 아이의 능력이 유용하게 쓰일 만한 조직을 찾고 있는 중입니다. 하지만 아마 지휘관의 무게를 감당해내기는 힘들 겁니다."

"그 아이가 하나고, 또?"

"또 다른 아이는 신체적 결함을 고치기 위해 수술을 받고 있습니다."

"그게 그의 지휘 능력을 제한하는 결함인가?"

"지휘관이 되기 위해 훈련하는 능력을 제한하는 결함입니다."

"하지만 그걸 고치는 중이군."

"조만간 세 번째 수술을 받을 겁니다. 수술이 잘 되면 뭔가 될 수도 있을 겁니다. 하지만 말씀하신 대로, 시간이 별로 없겠지요."

"자네가 우리에게 숨기고 있는 아이들이 몇이나 더 있나?"

"하나도 숨기지 않았습니다. 지휘관으로서 잠재력을 지닌 아이들 가운데 말씀드리지 않은 아이가 몇 명이냐고 물으시는 거라면, 그들 모두 잠재력을 지녔다고 말씀드려야 할 겁니다. 이미 알고 계신 이름들 외에 모두 다요."

"솔직히 말하겠네. 아주 어린 녀석에 관해서 소문이 들리던데."

"다들 어립니다."

"위긴의 성장속도가 느리게 느껴질 정도의 아이가 있다더군."

"모두 제각기 다른 장점이 있습니다."

"자네 지휘권을 박탈하고 싶어 하는 자들이 있네."

"제가 이런 아이들을 선별하여 적절히 훈련시키는 일에 적절치 않다고 느끼신다면, 지휘권을 박탈하셔도 좋습니다. 이걸 요청으로 받아들여 주십시오."

"그래, 어리석은 위협이었네. 가능한 한 빨리 그들 모두를 승격시키게. 지휘관 학교에서도 어느 정도 시간이 필요하다는 사실을 명심하게. 지휘관 훈련을 받을 시간이 없다면 자네가 훈련시키는 것들이 모두 무용지물이 될걸세."

디마크는 그라프의 호출을 받고 전투실 관제센터로 들어갔다. 빈이 도관으로 돌아다닐 수 없을 정도로 자랐다는 게 확실해질 때까지 모든 비밀회의는 여기서 하기로 되어 있었다. 전투실은 별도의 공기 조절 시스템을 갖추고 있었다.

그라프가 자신의 책상 화면에 논문 하나를 올려놓았다. "이거 읽어 봤나? '몇 광년 떨어진 태양계로 출정할 때 생기는 문제들'?"

"교직원들 사이에 꽤 널리 퍼져 있습니다."

"하지만 서명이 없어. 이걸 누가 썼는지 아나?" 그라프가 말했다.

"모릅니다. 대령님이 쓰셨습니까?"

"난 학자가 아니야, 디마크. 자네도 알잖나. 사실 이건 학생이 썼네."

"지휘관 학교 학생이요?"

"여기 학생."

그 순간 디마크는 자신이 왜 불려왔는지 알아차렸다. "빈이군요."

"여섯 살이야. 그런데 논문은 마치 학자가 쓴 것 같더군!"

"죄송합니다. 미처 알아차리지 못했습니다. 빈이 자신이 읽고 있는 책의 전략가들이나 그 번역가들의 문체를 따라 쓴 것 같습니다. 지금은 프레더릭과 뷜로 작품을 프랑스어와 독일어로 읽고 있던데, 그걸로 또 뭘 할지 모르겠군요. 그 아이는 언어를 그냥 들이쉬면 다시 내뱉을 수 있는 모양입니다."

"이 논문에 대해 어떻게 생각하나?"

"빈이 핵심 정보에 접근하는 걸 막으려고 제가 얼마나 진을 빼는지 아시지 않습니까. 지금 아는 정보만으로 이런 걸 쓸 수 있는데, 모든 걸 알게 된다면 무슨 일이 벌어질까요? 대령님, 그 아이를 전투학교에서 내보내 이론가로 삼으면 어떻겠습니까? 그 다음에 무슨 말을 뱉어내는지 두고 보는 겁니다."

"여기서 우리가 할 일은 이론가를 찾아내는 게 아닐세. 어쨌든 이론으로는 너무 늦어."

"저는 다만…… 생각해보십시오, 그렇게 작은 아이를 누가 지휘관으로 따르려 하겠습니까? 그 아이를 여기 두는 건 낭비입니다. 하지만 글을 쓸 때는, 빈이 얼마나 작은지 얼마나 어린 아이인지 아무도 알지 못합니다."

"무슨 말인지는 알겠네만, 보안규칙을 위반해서는 안 돼. 더 말하지 말게."

"그 아이는 이미 보안상으로 심각한 위험인물 아닌가요?"

"도관을 돌아다니는 쥐 말인가?"

"아뇨. 이젠 몸이 자라서 못 들어갈 겁니다. 요새는 옆으로 팔굽혀펴기도 하지 않습니다. 보안상의 위험은 그 아이가 짐작하는 사실 때문에 생기는 게 아닌가요? 우리 공격 함대가 이미 수세대 전에 출발했을 텐데 왜 아직도 아이들을 지휘관으로 훈련시키고 있을까, 그 아이가 그걸 의심하기 때문에 문제가 되는 게 아닙니까?"

"빈의 논문을 분석하고 또 그 아이가 가짜 교사 신분을 만들어서 했던 행동들을 봤을 때, 그 아이는 하나의 이론을 얻은 것 같네. 그건 상당히 잘못된 이론이지. 하지만 그가 그 잘못된 이론을 믿는 이유는 오로지 앤서블(몇 광년 떨어져 있는 곳과도 즉시 통신이 가능한 가상의 기계-옮긴이)에 대해 알지 못하기 때문이야. 알겠나? 우리가 그 아이에게 말해줘야 하는 게 바로 그것이라서 문제인 거야, 안 그런가?"

"그렇죠."

"하지만 자네도 알다시피 그것만은 말해줄 수가 없어."

"빈의 이론은 뭡니까?"

"우리가 국가와 국가 간의 전쟁, 혹은 국가와 I.F. 간의 전쟁을 준비하려고 여기에 아이들을 모아놓는다는 게 그 아이 이론일세. 지구에서 일어날 전쟁을 준비하는 거지."

"우리가 왜 지구에서의 전쟁을 준비하려고 아이들을 우주로 데려옵니까?"

"생각해보면 알 수 있을 걸세."

"우리가…… 포믹스를 무찌를 경우, 아마 지구에서 갈등이 생겨날 테니까 그렇겠군요. 그때 재능 있는 지휘관들이 모두 I.F.에 있을 테니까."

"알겠나? 그러니까 그 아이 이론이 퍼지게 해서는 안 되네. I.F. 내에도 퍼지면 안 돼. 여기 아이들 모두가 지구에 있는 자기 집단에 대한 충성을 포기한 게 아닐세."

"그럼 저를 부르신 이유는……?"

"그 아이를 쓸 만한 일이 있어서 불렀네. 우린 여기서 전쟁을 관리하는 게 아니라, 학교를 관리하고 있어. 그 아이가 장교들에게 교사역을 맡기는 비효율성에 대해 쓴 논문 읽었나?"

"네. 따귀를 얻어맞은 느낌이었습니다."

"대부분은 잘못 짚었더군. 교직원 영입 방식이 얼마나 비전통적인지 모르니까 그랬겠지. 하지만 그 생각이 어느 정도 옳을 수도 있어. 지휘관 후보를 테스트하는 우리의 시스템은 2차 침공 당시 가장 높은 평가를 받은 장교들의 특질을 지닌 후보들을 산출하게끔 돼 있으니까 말이야."

"아, 예."

"무슨 말인지 알겠나? 높이 평가된 장교들 중에 전투에서 훌륭히 해낸 자들도 있지만, 전쟁이 너무 짧았기 때문에 무능한 자들을 추려내기에는 무리가 있었단 말일세. 지금 지휘관들 중에 그 아이가 논문에서 비판한 그런 자들도 포함돼 있어. 그러니까……."

"처음 추론은 잘못됐지만, 결과는 옳게 나왔군요."

"맞았어. 그 때문에 본쏘 마드리드 같은 골칫덩이가 생겨난 거지. 자네도 그런 지휘관들을 알고 있을걸세, 그렇지 않나? 우리가 테스트를 거쳐서 지휘권이 뭔지도 모르는 녀석들한테 부대를 맡긴 것이니 누굴 원망하겠나? 커스터나 후커(미국 남북전쟁 당시 활동한 지휘관들-옮긴이) 같은 그 어리석고 허영심 강한…… 제길, 자네가 허황되고 무능한 자들을 골라보게, 그게 가장 일반적인 장교들의 모습이야."

"그 말씀을 다른 데 가서 인용해도 되겠습니까?"

"안 돼. 중요한 건, 빈이 모든 학생들의 서류를 살펴보고 있다는 점일세. 출신지나 동질성을 지닌 집단에 대한 충성심으로 그들을 평가하고 있는 것 같아. 지휘관으로서의 우수성도 고려하는 것 같고."

"자신의 기준으로 보는 우수성이죠."

"엔더에게 부대를 줘야겠네. 유력한 후보들을 지휘관 학교로 보내라는 압력이 강해지고 있어. 하지만 엔더 자리를 만들어주려고 현재 지휘관 중 하나를 강등시킨다면 극심한 반발이 일어나겠지."

"새로운 부대를 줘야겠군요."

"드래건."

"지난번 드래건 부대를 기억하는 아이들이 아직 있을 텐데요."

"그렇겠지. 난 그게 마음에 들어. 그 부대에 붙은 징크스 말이야."

"알겠습니다. 엔더에게 좋은 조건을 주고 싶으신 거군요."

"나쁜 쪽이지."

"그럴 줄 알았습니다."

"지휘관이 이미 전속 신청을 한 군인들 중에서 부대원을 골라야 할 걸세."

"찌꺼기들 말입니까? 그 아이에게 무슨 짓을 하시려는 겁니까?"

"일반적인 기준으로 본다면, 그래. 찌꺼기지. 하지만 엔더의 부대는 우리가 선택하지 않아."

"빈이 합니까?"

"이 문제에 있어서 우리 테스트는 별 가치가 없어. 빈은 그 찌꺼기들 중 몇몇을 아주 훌륭한 학생으로 보는 것 같더군, 그렇지 않나? 그동안에 신참들도 계속 연구했으니까, 그 아이에게 과제를 내주게. 한

가지 가상 문제를 풀라고 해. '신참으로만 부대를 구성하라.' 전속 명단에 오른 대원들까지는 포함해도 되겠군."

"그러려면 빈이 가짜 교사 신분으로 로그인한 걸 우리가 안다고 말해야 할 텐데요?"

"말하게."

"그럼 지금까지 자신이 뒤져서 찾아낸 걸 하나도 믿지 않을 겁니다."

"그 아이는 아무것도 찾지 못했네. 우리가 그 아이가 찾아낼 거짓 정보를 심어놓을 필요조차 없었어. 처음부터 잘못된 이론에서 출발했으니까. 알겠나? 그러니까 우리가 무얼 꾸며냈다고 생각하든 말든, 그 녀석은 여전히 진실을 알지 못할 테고 우린 안전할 거야."

"빈의 심리를 꿰뚫고 있는 것처럼 말씀하시는군요."

"칼로타 수녀는 그의 DNA가 보통의 인간과 아주 작은 한 부분만 다를 뿐이라고 했네."

"그래서 이젠 다시 그 아이가 인간이라고요?"

"무언가를 근거로 결정을 내릴 수밖에는 없잖나, 디마크!"

"그럼 인간인지 아닌지는 아직 결론이 안 난 건가요?"

"빈이 뽑아내는 가상 부대 명단을 나한테 제출하게. 그 후엔 엔더에게 줘야겠지."

"짐작하시겠지만, 빈은 거기에 자기 이름도 올릴 겁니다."

"그러지 않는 편이 나을걸. 그게 아니라면 우리가 생각하는 것만큼 똑똑하지 않은 거겠지."

"엔더는 어쩌죠? 준비가 된 겁니까?"

그라프가 한숨을 쉬었다. "앤더슨은 그렇게 생각하고 있네. 빈에게 이건 그냥 게임에 불과해, 아직 아무런 부담도 책임도 주어지지 않았으니까. 하지만 엔더는…… 이 일이 어디로 이어질지 아는 것 같네. 마음으로 이미 느끼고 있는 것 같아."

"대령님이 그 무게를 느낀다고 해서 엔더도 느낀다고 할 수는 없습니다."

그라프가 웃었다. "자넨 핵심으로 뚫고 들어가는 재주가 있어!"

"빈은 힘을 갈망하는 아이입니다. 엔더가 그걸 원치 않는다면, 원하는 자에게 그 짐을 얹어주는 게 어떻겠습니까?"

"빈이 힘을 원한다면, 그건 아직 어리다는 증거일세. 게다가 갈망하는 자들은 항상 뭔가를 증명하려 하지. 나폴레옹을 보게. 그리고 히틀러를 보게. 그래, 처음엔 대담해. 하지만 나중에 조심해야 할 때도, 물러서야 할 때도 여전히 대담해. 패튼, 카이사르, 알렉산더……. 항상 너무 도를 지나치고 말아. 절대 멈춰야 할 곳에서 멈추질 않아. 우리 희망은 빈이 아니라 엔더일세. 엔더는 그걸 하고 싶어 하지 않아. 그렇기 때문에 무얼 증명할 필요도 없어."

"대령님이 개인적으로 따르고 싶은 종류의 지휘관을 고르고 있는 건 아닙니까?"

"그게 바로 내가 하고 있는 일일세. 그보다 더 나은 기준을 생각할 수 있나?" 그라프는 말했다

"문제는, 대령님이 그 아이에게 책임을 전가할 수 없다는 겁니다. 테스트에 그렇게 나왔기 때문이라고, 테스트든 점수든 뭐든 그걸 따랐던 것뿐이라고 말할 수 있는 문제가 아니란 얘깁니다."

"어차피 기계처럼 돌릴 수 있는 일이 아니야."

"그래서 빈을 원하지 않으시는 거군요, 그렇죠? 그 아이는 기계처럼 '만들어'졌으니까."

"난 나 자신을 분석하지 않네. 그들을 분석하지."

"그래서 우리가 이기면, 진정한 승리자는 누구일까요? 대령님이 뽑은 지휘관이 이긴 걸까요? 아니면 그를 뽑은 대령님이 이긴 걸까요?"

"나를 믿은 세 집정관이 이긴 거겠지. 그들 방식으로 한다면. 하지만 만약 전쟁에서 진다면……."

"그럼 모든 것은 대령님 탓이 되겠죠."

"그럼 우리 모두 죽는 거야. 그들이 어떻게 할 것 같나? 나를 제일 먼저 죽일까? 아니면 내가 저지른 실수를 똑똑히 지켜볼 수 있게 마지막까지 살려둘까?"

"하지만 엔더는, 그 아이가 정말 그 아이라면 말입니다, 대령님 때문이었다고 말하지 않을 겁니다. 모든 걸 자기 책임으로 끌어안을 겁니다. 승리의 공은 없고, 실패에 대한 비난만 있을 뿐입니다."

"이기든 지든, 내가 선택한 그 아이는 그로 인해서 잔인한 시간을 갖게 되겠지."

◆

빈은 점심시간에 호출을 받았다. 곧장 디마크의 숙소로 찾아갔다.

그는 책상 앞에 앉아 뭔가를 읽고 있었다. 빈은 반사되는 불빛 때문에 그게 뭔지 볼 수 없었다.

"앉아라." 디마크가 말했다.

빈은 디마크의 침대에 올라 앉아 다리를 대롱거렸다.

"너한테 읽어줄 게 있다." 디마크는 책상을 응시했다. "방어시설은 없다, 무기고도 없다, 방위거점도 없다……. 적의 태양계에서 직접 기르거나 키운 것을 먹고살 수는 없다. 완벽한 승리를 거둔 후에나 거주 가능한 행성에 접근할 수 있을 것이기 때문이다……. 보호해야 할 게 없으므로 물자 보급 경로는 문제되지 않는다. 하지만 그 대신에 모든 필수품과 군수품을 침략 함대에 같이 실어야 한다……. 사실상, 별과 별 사이를 이동하는 모든 침략 함대는 자살공격이다. 상대성이론의 시간 지연 효과로 인해서 떠나갔던 함대가 아무런 손상 없이 돌아온다 해도 그들이 아는 사람은 거의 모두 살아 있지 않을 것이기 때문이다. 그들은 돌아올 수 없다. 따라서 그들은 결정적인 타격을 입힐 수 있는 힘을 갖춰야 하고, 희생할 가치가 있다고 확신해야 한다……. 여성과 남성이 혼합된 부대라면 영구적인 집단 이주가 가능하며 획득한 적의 행성에 점령군으로 자리 잡을 수 있다."

빈은 흡족하게 그 내용을 들었다. 교사들이 발견하도록 일부러 책상에 남겨두었던 것인데, 그들이 찾아냈다.

"이건 네가 쓴 글이다. 하지만 어느 교사에게도 제출하지 않았더구나."

"그런 숙제를 내준 선생님이 없었거든요."

"우리가 이걸 찾아냈는데도 놀라지 않는 거냐?"

"어차피 가끔 우리 책상을 훑어보시잖아요."

"네가 가끔 우리 책상을 훑어보는 것처럼?"

빈은 겁이 나서 뱃속이 꼬이는 느낌이었다. 그들이 알아버렸다.

"감쪽하더구나, 앞에 삽입기호를 넣은 '그라프'를 가짜 이름으로 쓰다니."

빈은 아무 말 하지 않았다.

"넌 다른 아이들의 기록을 모두 훑어봤어. 왜 그랬지?"

"그들을 알고 싶었어요. 친구 몇 명 만들었을 뿐이에요."

"누구하고도 친한 친구는 아니지."

"난 그 애들보다 작고, 더 똑똑해요. 아이들이 나랑 친구하려고 줄 서서 기다리는 건 아니거든요."

"넌 다른 아이들의 기록을 보고 그들에 대해 많은 것을 알아냈어. 왜 그들을 알아보고 싶었던 거냐?"

"언젠가 나도 어느 부대 지휘관이 될 거니까요."

"부하들에 대해 알아보는 건 그때 가서 해도 돼."

"아뇨. 시간이 없어요." 빈이 말했다.

"왜 그런 말을 하지?"

"내가 상당히 빠르게 진급했으니까요. 엔더 위긴도 그렇고요. 우린 이 학교에서 최고로 꼽히는 두 명이고, 우린 경주하고 있어요. 내가 부대를 맡게 되면 시간이 많지 않을 거예요."

"빈, 현실적으로 생각해라. 전투에서 기꺼이 널 따르려는 아이들이 생기려면 시간이 오래 걸릴 거다."

빈은 아무 말도 하지 않았다. 디마크는 모르는 모양이지만, 그건 사실이 아니었다.

"네가 얼마나 분석을 잘 했는지 보자. 네게 과제를 내주마."

"수업 과제요?"

"수업과는 상관없어. 빈, 가상 부대를 만들어 봐라. 신참들로만 구성해서, 41명 전원의 명단을 작성해봐."

"베테랑 없이요?" 빈은 별 생각 없이 그 질문을 던졌다. 자신이 제대로 이해했는지 확인하기 위해서였을 뿐이었다. 하지만 디마크는 너무하다고 항의하는 것으로 받아들인 듯했다.

"아니, 그렇긴 하지만, 지휘관이 이미 전속 신청을 낸 베테랑들은 포함시킬 수 있다. 그럼 경험 있는 대원들이 생길 거야."

지휘관이 같이 작업할 수 없다고 여긴 자들. 진짜 형편없는 녀석들도 있지만 개중에는 그와 정반대인 자들도 있다.

"좋아요." 빈이 말했다.

"얼마나 걸리겠나?"

빈은 이미 십여 명을 골라놓았다. "지금 당장에라도 말할 수 있어요."

"진지하게 생각해보길 바란다."

"진지하게 생각했어요. 하지만 먼저 몇 가지 대답해주세요. 41명의 대원이라고 하셨는데, 그럼 지휘관도 골라야 하는 건가요?"

"아니, 그럼 마흔 명으로 하자. 지휘관은 남겨둬."

"또 하나 물어볼게요. 내가 부대를 지휘해도 돼요?"

"네가 원한다면 그런 식으로 작성해도 된다."

하지만 디마크의 무관심한 대답은 그 부대가 빈을 위한 게 아니라는 것을 알려주었다.

"위긴에게 이 부대를 줄 생각이군요. 그렇죠?"

디마크가 인상을 찡그렸다. "이건 가상이야."

"분명히 위긴이에요. 위긴을 집어넣으려고 다른 지휘관 하나를 쫓아낼 순 없으니까, 전혀 새로운 부대를 주려는 거예요. 그리고 그건 아마 드래건이겠죠."

디마크는 아무 감정을 드러내지 않으려고 노력했지만, 자기도 모르게 표정이 일그러졌다.

빈은 말했다. "걱정 마세요. 어느 누가 만들 수 있는 것보다 최고의 부대를 짜서 그에게 안겨줄 테니까요. 규칙도 다 따를게요."

"가상이라고 했잖아!"

"위긴이 맡은 부대에 나를 포함해서 내가 고른 대원들이 다 들어 있으면, 내가 그걸 모를 것 같으세요?"

"우리가 실제로 네 명단을 따를 거라고는 말하지 않았다!"

"그렇게 될걸요. 내 판단은 옳을 테고, 선생님도 그걸 알 테니까요. 그리고 약속드리죠. 그건 굉장한 부대가 될 거예요. 위긴이 우릴 훈련시키면 무시무시해질 거예요."

"너는 과제나 해서 제출하면 된다. 그리고 이 일은 누구에게도 말하면 안 된다. 절대로."

그건 나가라는 뜻이었지만, 빈은 아직 물러가고 싶지 않았다. 그들은 '나에게' 찾아왔다. 나에게 자기들 일을 맡겼다. 그들이 들어줄 자세가 돼 있는 이참에 하고 싶은 말을 하고 싶었다. "이 부대가 그렇게 대단해질 수 있는 이유는, 여기 시스템이 잘못된 아이들을 진급시켰기 때문이에요. 이 학교에서 최고에 해당하는 아이들 중 절반쯤은 신참이거나 전속 신청 명단에 올라가 있어요. 그들은 당신들이 부대나 소대 지휘권을 넘겨준 공격적인 멍청이들에게 아직 굴복하지 않았어요. 바로 이런 부적응자와 어린아이들이 정말 승리할 수 있는 아이들이죠. 위긴은 그걸 알아낼 거예요. 위긴은 우릴 어떻게 사용해야 하는지 알 거예요."

"빈, 너는 네가 모든 걸 알 만큼 똑똑하다고 생각하는 모양인데, 그게 착각일 수도 있다!"

"아뇨, 나는 그만큼 똑똑해요." 빈이 말했다. "그렇지 않았다면 나한테 이런 과제를 내주지 않았겠죠. 이제 그만 나가봐도 될까요? 아니면 지금 그 명단을 말해드릴까요?"

"나가봐." 디마크가 말했다.

내가 그를 도발한 게 잘못이었을 수도 있다, 빈은 생각했다. 이제 그는 내가 틀렸다는 걸 증명하기 위해서라도 내 명단에 장난을 치려 할 수도 있다. 하지만 디마크는 그런 종류의 남자가 아니다. 이런 내 판단이 틀렸다면, 다른 누구에 대한 판단도 정확하지 않을 것이다.

게다가 힘을 지닌 자에게 진실을 말하는 건 상당히 기분 좋은 일이었다.

◆

잠시 그 명단을 작성해본 후, 빈은 그 자리에서 명단을 제시하겠다고 했던 자신의 어리석은 제안이 받아들여지지 않은 게 다행스러웠다. 그것은 단지 신참과 전속 신청 명단에서 제일 유능한 40명을 골라내는 문제가 아니었기 때문이다.

위긴은 아직 지휘관으로서 나이가 너무 어렸다. 위긴보다 나이 많은 아이들이 그를 받아들이는 게 쉽지 않으리라는 뜻이었다. 그들은 어린애 밑으로 들어가는 것을 못마땅해 할 수도 있다. 그래서 빈은 위긴보다 나이 많은 아이들을 모두 명단에서 삭제하기로 결정했다.

그 작업을 마치자, 드래건 부대에 넣어도 될 만큼 실력 괜찮은 아이들이 거의 60명쯤 남았다. 빈은 그들을 가치 있는 순으로 등급을 매기다가 자신이 또 실수할 뻔했다는 것을 깨달았다. 그들 중 상당수는 자유 시간에 위긴과 같이 훈련했던 아이들이었다. 그렇다면 위긴은 그들을 잘 알고 있을 테고, 자연스럽게 그들을 소대장으로 앉힐 것이다. 그들이 부대의 핵심이 된다는 얘기다.

문제는 그 아이들이 소대장 역할을 잘할 수는 있겠지만 위긴이 그들을 믿고 신뢰하다 보면 그 외의 다른 아이들을 간과할 수도 있으리라는 점이었다. 빈을 포함해서.

그는 나를 소대장으로 선택하지 않을 것이다. 어차피 날 선택하지는 않을 것이다, 안 그런가? 난 너무 작으니까. 그는 나를 리더 재목으로 보지 않을 것이다.

내가 이걸 하고 있는 목적이 무엇인가? 혹시 그들에게 내가 뭘 할 수 있는지 보여주려고 이 과정을 변조시키고 있는 것은 아닐까?

그렇다고 해도 뭐가 잘못인가? 나는 내가 무엇을 할 수 있는지 알고, 그걸 제대로 아는 사람은 아무도 없다. 교사들은 나를 학자로 생각한다. 내가 똑똑하다는 것을 안다. 내 판단력을 믿는다. 하지만 그들이 이 부대를 만드는 것은 날 위해서가 아니라 위긴을 위해서다. 나는 내가 할 수 있는 일을 좀 더 그들에게 증명해야 한다. 그리고 내가 정말 최고라면, 최대한 빨리 그 점을 드러내는 게 이 프로그램을 위해 유익할 것이다.

문득 또 다른 생각이 들었다. 이게 얼간이들이 자기 어리석음을 합리화하는 방식일까?

"어이, 빈." 니콜라이가 불렀다.

"어이." 빈이 대답하고는, 책상 위에 한 손을 걸쳐 화면을 가렸다. "왜?"

"그냥 불러봤어. 네가 침울한 것 같아서."

"제출할 과제가 있어."

니콜라이가 웃었다. "수업할 때는 그렇게 심각한 얼굴 한 적 없잖아. 쓱 한 번 읽어보고 잠깐 타자하면 끝이었지. 아무것도 아닌 것처럼. 그 과제는 특별한 건가봐."

"개인 과제거든."

"힘든 거구나?"

"별로 그렇진 않아."

"방해해서 미안해. 그냥 뭐가 잘못됐나 싶어서 와봤을 뿐이야. 집에서 편지가 왔다든가 그런 거."

그 말에 둘 다 웃음을 터트렸다. 여기서 편지는 흔히 볼 수 있는 게 아니었다. 기껏해야 몇 달에 한 번 볼까 말까였다. 편지가 도착하더라도 비어 있는 공간이 적지 않았다. 편지를 전혀 받지 못하는 아이들도 있었다. 그중 하나가 빈이었고, 니콜라이는 그 이유를 알고 있었다. 그 이유가 딱히 비밀이었던 것은 아니었다. 니콜라이만이 그것을 알아차리고 물어본 유일한 아이였을 뿐이다.

"넌 가족이 하나도 없어?" 그가 물어보았다.

"아이들끼리 모여 살았어. 어쩌면 그게 오히려 행운이었는지도 모르지." 빈이 그렇게 답하자, 니콜라이는 고개를 끄덕였다.

"그래도 난 가족이 있는 게 더 좋아. 너도 나처럼 부모가 있으면 좋을 텐데."

그는 자신이 외동아이이며, 자신을 얻기 위해서 부모님이 굉장히 노력했다고 설명했다.

"수술을 받으셨대. 수정란을 대여섯 개 만들어서, 제일 건강한 것들을 몇 번 더 분열시켰지. 그중에서 결국 날 택하신 거야. 그렇게 귀하게 얻은 아들이라 그런지, 난 왕이나 달라이 라마 같은 사람이 부럽지 않을 정도로 자랐어. 그런데 어느 날 갑자기 I. F.가 나타나더니, 그들에게 내가 필요하다고 했어. 나의 부모님이 하신 일 중에서 제일 힘들었던 게 바로 나를 데려가도 된다고 대답하는 거였어. 하지만 내가 제2의 메이저 래컴이 되면 어쩔 거냐고 말씀드렸더니, 결국은 보내주기로 결심하셨지."

이 대화를 나눈 것은 몇 달 전이었지만, 아직 그들의 뇌리에 남아 있었다. 여기 아이들은 집에 대해서 별로 얘기하지 않았다. 니콜라이도 다른 아이들과는 가족에 대해 얘기하지 않았다. 빈에게만 말했을 뿐이었다. 빈은 그 보답으로, 자신이 거리에서 살았던 삶에 대해 약간 얘기해주었다. 자세히 말하지는 않았다. 그러면 동정을 사려 한다거나 강하게 보이려고 애쓰는 것처럼 보일 테니까. 하지만 그는 아이들이 처음엔 포크의 패거리였다가 나중에 아킬레스의 가족이 되어 무료 급식소로 들어갈 수 있었던 방식에 대해 언급했다. 그 후에는 그 이야기가 얼마나 퍼져 나가는지 알아보려고 기다렸다.

이야기는 한마디도 새나가지 않았다. 니콜라이는 다른 누구에게도 그 얘기를 하지 않았다. 그때 빈은 니콜라이를 친구로 사귀어도 되겠다고 확신했다. 그는 비밀로 하라고 요구하지 않아도 비밀을 지킬 수 있는 아이였다.

이제 빈은 이 대단한 부대에 들어갈 아이들의 명단을 작성하는 중이었고, 니콜라이가 뭐하는 거냐고 물었다. 디마크가 누구에게도 말해서는 안 된다고 했지만, 니콜라이라면 비밀을 지킬 수 있을 것이었다. 얘기해준다고 해서 무슨 해가 되겠는가?

하지만 빈은 곧바로 정신을 차렸다. 이 일에 대해 아는 것은 니콜라이에게 도움이 되지 않을 것이다. 그는 드래건 부대에 들어가거나 아니면 들어가지 못할 것이다. 들어가지 못한다면, 빈이 그를 거기에 포함시키지 않았다는 것을 알게 되리라. 그가 들어가게 된다면, 문제는 더 심각해진다. 그는 빈이 실력이 아닌 우정 때문에 자신을 드래건 부대에 넣어준 게 아닐지 의심하게 될 것이다.

게다가 니콜라이를 드래건 부대에 넣어서는 안 된다. 빈이 그를 좋아하고 믿는다는 사실과는 상관없이, 니콜라이는 신참들 중에서 베스트에 속하지 않았다. 똑똑하고 두뇌회전이 빠르고 착한 아이였지만, 특별한 게 없었다.

나에게는 특별하지만 말이야. 빈은 생각했다.

"네 부모님이 나한테 편지하셨더라." 빈이 말했다. "이제 너한테는 편지 쓰기 싫으신가봐. 내가 더 좋으신 거지."

"그래? 그럼 교황청도 곧 이슬람 성지로 옮겨가겠구나."

"그럼 난 조만간 여기 최고 사령관이 될 거야."

"그건 절대 안 될 걸. 그러기엔 네가 너무 크잖냐." 니콜라이가 자기 책상을 집어 들었다. "오늘은 네 숙제 못 도와주겠다, 빈. 그러니까 나한테 애걸복걸해도 소용없어." 그가 침대에 드러누워 환상게임을 하기 시작했다.

빈도 드러누웠다. 다시 화면을 불러내 이름들과 씨름하기 시작했다. 위긴과 훈련했던 아이들을 모두 삭제하면, 괜찮은 애들이 몇 명이나 남을까? 전속 신청 명단에 베테랑 열다섯 명, 빈을 포함해서 신참 스물두 명.

이런 신참들은 왜 위긴의 자유 시간 훈련에 참여하지 않았을까? 베테랑들은 이미 소속 부대 지휘관과 문제가 있는 상태라서 더 이상 반감을 사려 하지 않았을 것이다. 따라서 그들이 참여하지 않은 것은 일리가 있었다. 하지만 이 신참들은 왜 그랬을까? 야망이 없어서였을까? 아니면 전투실의 중요성을 깨닫지 못하고 수업에서 모든 걸 배우려 한 책벌레들이었을까? 그런 경우라면 빈은 그들을 비난할 수 없었다. 자신도 그 중요성을 깨닫기까지 시간이 좀 걸렸으니까. 그게 아니면 훈련을 미리 배워둘 필요가 없다고 생각할 정도로 자기 능력에 자신 있는 녀석들이었을까? 아니면 엔더 위긴 덕분에 실력이 좋아졌다는 말을 듣기 싫어할 정도로 오만한 녀석들이었을까? 아니면 너무 수줍음이 많아서…….

아니다. 그는 아마도 그들의 동기를 짐작할 수 없을 것이다. 너무 복잡했다. 어쨌거나 그들은 똑똑했고 좋은 평가를 받았다. 교사들에게 꼭 좋은 평가를 받은 것은 아닐지라도 빈의 기준으로는 괜찮았다.

그것만 알면 된다. 전에 한 번도 같이 훈련해본 적 없는 부대원들이 배정된다면, 위긴은 모든 부대원을 똑같은 눈으로 바라볼 것이다. 그럼 빈도 위긴의 관심을 끌 수 있고, 다른 여느 아이들처럼 소대 지휘권을 얻을 수 있는 기회가 생길 것이다. 다른 아이들이 빈과의 경쟁에서 밀린다면, 그건 그들의 실력이 모자란 탓이다.

이제 명단에 남은 이름은 서른일곱 개였다. 세 명을 더 채워 넣어야 했다.

그는 두 명을 저울질하며 숙고를 거듭했다. 마침내 크레이지 톰을 선택하기로 결정했다. 게임 역사에서 가장 많이 전속된 군인이라는 부럽지 않은 기록을 지닌 베테랑이었다. 지금까지는 무사했지만 언제든 집으로 돌려보내질 수 있을 것이다. 문제는 크레이지 톰이 사실 유능한 군인이라는 것이었다. 예리한 정신능력을 지녔다. 하지만 윗사람이 멍청하고 불공평하게 구는 것을 참지 못했다. 그리고 열을 받으면, 그야말로 폭발했다. 고함치고 물건들을 집어던지기도 하고, 한번은 병영에 있는 침대보들을 죄다 뜯어냈으며, 자신의 지휘관이 얼마나 얼빠진 놈인지를 설명하는 메시지를 작성하여 학교 전체 학생들에게 전송한 적도 있었다. 교사들이 차단하기 전에 그걸 열어본 학생들이 몇 명 있었는데, 그들은 그게 이제껏 본 적이 없을 정도로 거친 내용이었다고 증언했다. 크레이지 톰. 그가 문제를 일으킬 수도 있다. 하지만 어쩌면 제대로 된 지휘관을 만나지 못했기 때문일 수도 있다. 그를 명단에 포함시키자.

그 다음에 여자애 하나. 원래 이름은 유우지만 우우로 불리거나 심지어 유후로 불리기도 한다. 성적이 매우 우수하고 비디오게임에서

319

굉장한 실력을 자랑하지만, 그녀는 소대장이 되고 싶어 하지 않았다. 지휘관이 소대장을 맡으라고 하면, 당장 전속을 요청하고 그 요구가 받아들여질 때까지 전투에 참여하지 않았다. 괴상한 아이다. 빈은 그녀가 왜 그런 행동을 하는지 알 수 없었다. 교사들도 당혹스러워했다. 그녀의 테스트 결과 어디에서도 이유가 드러나지 않았다. 하지만 빈은 상관없다고 판단했다. 그녀를 집어넣자.

마지막 빈자리 하나.

그는 니콜라이의 이름을 썼다.

내가 그에게 호의를 베풀고 있는 것일까? 그의 능력이 많이 모자라는 것은 아니다. 단지 이미 뽑아놓은 다른 부대원들보다 약간 느릴 뿐이다. 그리고 약간 더 부드럽다. 그가 드래건 부대에서 버텨내기란 쉽지 않을 것이다. 그는 거기에 뽑히지 않아도 속상해하지 않을 것이다. 어떤 부대로 보내지든 최선을 다할 것이다.

그렇지만…… 드래건 부대는 전설이 될 것이다. 여기 전투학교에서만이 아니다. 이 아이들은 장차 I. F.의 지도자가 될 것이다. I. F.가 아니더라도 어딘가에서 지도자 자리에 올라, 위대한 엔더 위긴과 함께했던 드래건 부대 시절을 이야기할 것이다. 내가 여기에 니콜라이를 포함시키면 그는 최고가 되지 못하더라도, 사실 가장 뒤처지는 군인이 되더라도 여전히 드래건 부대 소속일 것이고, 언젠가 그 이야기를 할 수 있을 것이다. 그의 능력이 그리 모자란 것도 아니다. 망신당하거나 하진 않을 것이다. 부대에 누가 되지도 않을 것이다. 웬만큼 해나갈 수 있을 것이다. 그러니 그를 포함시켜서는 안 될 이유가 무엇인가?

또 하나, 나는 니콜라이가 나와 같이 있기를 바란다. 내가 개인적인 것들을 얘기한 사람도, 포크의 이름을 아는 사람도 이 학교에서 유일하게 니콜라이뿐이다. 난 그를 원한다. 그리고 명단에 한 자리가 비어 있다.

빈은 다시 한 번 명단을 훑어 내려갔다. 다음에 그걸 알파벳순으로 정리하여 디마크에게 전송했다.

◆

다음 날 아침, 빈과 니콜라이와 다른 신참 세 명은 드래건 부대로 배속 명령을 받았다. 원래 군인으로 승격될 수 있는 시기보다 몇 달 앞서서 행해진 조치였다. 선발되지 못한 아이들은 처음에 부러워했다가, 속상해했다가, 나중에는 화를 냈다. 선발된 아이 중에 빈이 끼어 있다는 것을 알고는 더욱 불쾌해했다.

"그 몸에 맞는 전투복이라도 있겠냐?"

그건 좋은 질문이었다. 그리고 대답은 '없다'였다. 빈에게 맞는 전투복은 없었다. 드래건 부대의 색상 코드는 회색, 주황색, 회색이었다. 보통 전투학교에 들어오는 아이들은 빈보다 훨씬 나이가 많았기 때문에 학교 측에서는 빈이 입을 수 있도록 전투복을 줄여야 했고, 그런 일에 그리 능숙하지도 않았다. 전투복은 우주공간에서 제조되지 않을뿐더러 학교에는 제대로 수선할 도구조차 갖춰져 있지 않았다.

빈은 간신히 수선이 마무리된 전투복을 입고 드래건 부대 병영으로 향했다. 수선하는 데 시간이 오래 걸려서 그가 제일 마지막으로 도착했다. 문으로 들어가려는데 엔더가 거의 동시에 문 앞에 도착했다. "먼저 들어가." 엔더가 말했다.

위긴이 그에게 처음으로 말을 건넨 순간이었다. 엔더가 빈의 존재를 알아차린 최초의 순간이었다. 빈은 엔더에 대한 관심이 드러나지 않도록 철저히 숨겨왔기 때문에, 그동안 그에게 거의 보이지 않는 존재와 다름없었다.

엔더가 뒤로 따라 들어왔다. 빈은 늘 어린 병사들이 쓰는 게 통례인 방 뒤쪽 침대를 향해 침대들 사이 통로를 걸어가기 시작했다. 다른 아이들을 흘끔흘끔 쳐다보았다. 다들 기막히고 어이없어 하는 표정으로 지나가는 그를 노려보고 있었다. 이런 어린애가 있는 부대에 배속되다니 그들이 얼마나 형편없는 평가를 받은 것인가라는 생각을 하고 있는 듯했다.

뒤쪽에서 엔더가 부대장으로서 첫 연설을 하기 시작했다. 자신만만한 목소리였다. 모두 들을 수 있을 정도로 크지만 소리치는 것은 아니었다. 긴장하지도 않았다. "나는 엔더 위긴이다. 너희 지휘관이다. 침대는 고참 순으로 배정한다."

신참 몇몇이 웅성거렸다.

"신참은 앞쪽, 고참은 뒤쪽이다."

웅성대는 소리가 멈췄다. 그것은 평소에 침대가 정해지는 방식과 정반대였다. 엔더가 이미 상황을 휘저어 놓고 있었다. 그가 병영으로 들어올 때마다 제일 경력 없는 신참들이 가까이 있게 될 것이다. 신참들은 다른 베테랑들에게 묻혀 보이지 않는 대신에 항상 관심을 받을 것이다.

빈은 뒤로 돌아서 다시 방 앞쪽으로 걸어갔다. 그가 여전히 전투학교에서 제일 어린 아이였지만, 더 최근에 도착한 신참이 다섯 명 있었기 때문에 그들이 문에서 제일 가까운 침대를 차지했다. 빈의 침대는 자신과 같이 신참으로 들어와 같은 연공을 지닌 니콜라이 맞은편 위쪽 침대였다.

그는 상당히 거치적거리는 전투복에 적응하려 애쓰며 침대로 올라간 후, 사물함 옆에 손바닥을 댔다. 아무 일도 일어나지 않았다.

엔더가 말했다. "처음 부대에 배속된 대원들은, 사물함을 그냥 잡아당겨 열어라. 자물쇠는 없다. 여기에 개인적인 것은 없다."

빈은 어렵사리 전투복을 벗어 사물함에 넣었다.

엔더는 침대들 사이로 걸어다니며 연공대로 침대가 정해졌는지 확인했다. 그리고는 방 앞쪽으로 뛰어 돌아왔다. "다 됐군. 이제 전투복 입고 훈련하러 간다."

빈은 너무나 화가 나서 그를 노려보았다. 그가 전투복을 벗기 시작했을 때 엔더는 그를 똑바로 보고 있었다. 왜 그때 이 빌어먹을 옷을 벗지 말라고 말하지 않았는가?

엔더가 말을 이었다. "오전 스케줄을 알려주겠다. 아침식사 후 바로 훈련 시작이다. 공식적으로는 아침식사 후에 한 시간 자유시간이 있지만, 그건 너희 수준을 보고 나서 결정하겠다."

빈은 자신이 너무나 얼간이처럼 느껴졌다. 엔더라면 당연히 즉시 훈련에 나설 것이다. 전투복을 벗지 말라고 경고해줄 필요도 없었다. 빈 자신이 그걸 알아차렸어야 했다.

그는 여러 조각으로 분리된 전투복을 바닥에 던지고 침대에서 미끄러져 내려왔다. 다른 아이들은 서로 이야기하며, 무기를 갖고 장난 치거나 서로에게 옷을 넘기고 있었다. 빈은 전투복을 다시 입으려고 노력했지만, 비상용으로 만들어진 잠금장치들을 어디에 맞춰야 하는 지 알 수 없었다. 몇몇 부분을 벗어들고 다시 살펴봐야 했다. 결국에는 포기하고 전부 다 벗었다. 그 후에 바닥에 깔아놓고 조립하기 시작했다.

엔더는 무심하게 시계를 쳐다보았다. 3분이 마감인 모양이었다. "좋아, 이제 모두 나가자! 출발!"

"아직 다 못 입었어요!" 앤위라는 아이가 말했다. 에콰도르 출신, 이집트 이주민 부부의 아들. 서류에서 봤던 그에 관한 내용이 빈의 머릿속으로 획 지나갔다.

"다음엔 더 빨리 입도록." 엔더가 말했다.

빈도 역시 벌거벗은 상태였다. 게다가 엔더는 바로 그 앞에 서서 빈이 옷과 씨름하는 걸 빤히 보고 있었다. 얼마든지 도와줄 수 있었다. 기다려줄 수도 있었다. 내가 뭣 때문에 이런 곳에 들어왔을까?

"명령이 떨어지고 문을 나설 때까지 3분. 그것이 이번 주 규칙이다. 다음 주에는 2분이다. 이동!"

복도로 나가자, 자유 시간을 즐기거나 수업 받으러 가던 아이들이 낯선 드래건 부대 제복을 보고 멈춰 섰다. 제복만 이상한 게 아니라 드래건 부대원들의 상태도 흔히 볼 수 있는 모습이 아니었다.

한 가지만은 확실했다. 벌거벗은 채 복도로 달리지 않으려면 전투복 입는 연습을 해야 하리라. 빈이 표준 전투복과 다른 수선한 전투복을 지급받은 지 불과 몇 분밖에 되지 않았는데도, 엔더는 첫날 그의 예외 상황을 전혀 감안하지 않았다. 그렇다면 빈도 특별취급을 요구할 생각이 전혀 없었다.

　나를 이 부대에 집어넣은 사람은 나 자신이다. 빈은 이 점을 스스로에게 상기시키며, 전투복이 품에서 빠져 나가지 않도록 조심하면서 복도로 달려갔다.

4부
군인

드래건 부대

"빈의 유전자 정보를 알아야겠어요." 칼로타 수녀가 말했다.

"안 될 일이오." 그라프가 말했다.

"내가 지닌 허가권이면 어느 정보에나 접근할 수 있는 줄 알았는데요."

"우린 '칼로타 수녀 금지'라는 특별 보안 규칙을 하나 만들었소. 당신이 빈의 유전자 정보를 다른 사람에게 발설하면 곤란하거든. 벌써 다른 누군가에게 알려줄 계획을 세우고 있는 것 같던데, 안 그렇소?"

"검사를 해봐야 할 것 같아서 그래요. 그럼…… 당신이 대신 해줘요. 빈의 DNA와 볼레스쿠의 DNA를 비교하고 싶어요."

"볼레스쿠가 자기 DNA를 복제한 거라고 내게 말해준 사람이 당신이잖소."

"대령님에게 그 말을 하고 나서 생각해봤어요. 그거 아세요? 아무리 봐도 빈은 전혀 볼레스쿠와 닮질 않았어요. 크면서 닮아갈 것 같지도 않아요."

"성장 패턴이 달라서 차이가 나는 게 아니겠소?"

"그럴 수도 있겠죠. 하지만 볼레스쿠가 거짓말하고 있을 가능성도 있어요. 그는 허영심이 많은 자예요."

"모두 다 거짓말이라고?"

"무엇에 대해서든 거짓말할 수 있다는 얘기예요. 자기한테서 나온 DNA라는 말도 거짓일 가능성이 커요. 그리고 그게 거짓이라면……."

"그러면 빈의 예후가 그렇게 암울하지 않을 수도 있다? 그건 이미 유전학적으로 확인한 거 아니었소? 그 점에 대해서 볼레스쿠는 거짓말하지 않았소. 앤턴의 열쇠도 아마 그가 설명한 방식으로 진행될 거요."

"제발, 검사해보고 나서 결과를 말해줘요."

"빈이 볼레스쿠의 아들이 아니길 바라는군."

"빈이 볼레스쿠의 쌍둥이가 아니길 바라는 거예요. 대령님도 나와 같은 생각일 걸요."

"좋은 지적이오. 그 아이한테도 허영적인 경향이 있다는 말을 덧붙여야겠지만."

"빈처럼 뛰어난 아이가 내린 정확한 자기평가는 다른 이들에게 허영처럼 보이게 마련이지요."

"아무리 그래도 자꾸 상기시킬 필요는 없지 않겠소?"

"어머나, 누군가가 자존심이 상하나 보죠?"

"나는 아니오. 아직까지는. 하지만 담당 교사 하나가 약간 상처받고 있는 중이지."

"그래도 이젠 그 아이 점수를 위조했다거나 하는 말이 쏙 들어갔군요."

"그래요, 칼로타 수녀, 당신이 옳았소. 그 아이는 여기 있을 자격이 있소. 그 다른 아이도…… 음, 아무튼 오랜 세월 찾아 헤맨 끝에 당신이 대박을 터트렸다고만 말해둡시다."

"인류를 위한 대박이죠."

"난 빈이 여기 있을 자격이 있다고 말했을 뿐이오. 우릴 승리로 이끌 아이라고는 말하진 않았소. 바퀴는 여전히 '그 아이'를 중심으로 돌고 있소. 내 돈도 다른 번호에 걸려 있소."

전투복을 끌어안고 사다리를 올라가라는 것은 무리였다. 그래서 엔더는 옷을 입은 아이들에게 복도를 달리며 땀을 흘리게 하고, 그동안에 빈을 포함해서 벌거벗었거나 일부분만 입은 아이들은 옷을 입게 했다. 니콜라이가 빈을 도와주었다. 남의 도움을 받아야 한다는 게 굴욕적이었지만 제일 마지막으로 전투복을 입는 장본인이 되는 게 그보다 더 싫었다. 그럼 다른 대원들의 발목을 잡는 성가신 꼬마로 전락할 것이었다. 니콜라이가 도와준 덕분에 빈은 제일 마지막이라는 불명예에서 벗어났다.

"고마워."

"무슨 그런 말씀을."

몇 분 후, 그들은 전투실이 있는 층으로 줄줄이 사다리를 올라갔다. 엔더는 전투실 벽 가운데로 열려 있는 위쪽 문으로 그들을 데려갔다. 실제 전투할 때 들어가는 문이었다. 양옆과 천장과 바닥에 손잡이들이 달려 있었다. 학생들이 무중력 상태에서 방향을 돌리거나 몸을 날

리려 할 때 유용하게 이용할 수 있는 도구였다. 아이들 말로는 전투실이 우주기지 중심 쪽에 가깝기 때문에 다른 곳보다 중력이 낮은 거라고 하지만, 빈은 이미 그게 말도 안 되는 헛소리임을 알아차렸다. 문 앞에는 여전히 어느 정도 원심력이 있고 전향력(회전하는 물체 위에서 그 운동을 생각할 때 나타나는 가상적인 힘—옮긴이)도 명백했다. 그런데 전투실은 완전히 무중력 상태였다. 그것은 곧 I. F.가 중력을 차단하는 장치 혹은 정확히 전투실 문에서부터 시작하여 전향력과 원심력을 무효화할 수 있도록 완벽히 균형 잡힌 가짜 중력을 만들어내는 장치를 가지고 있으리라는 뜻이었다. 그것은 놀라운 기술이었다. 하지만 I. F. 내에서, 아니 적어도 전투학교 학생들이 접할 수 있는 서적에는 그에 대한 언급이 없었고, 외부에도 전혀 알려져 있지 않았다.

엔더는 대원들을 복도에 4열로 집합시킨 뒤, 바닥을 박차고 올라 천장 손잡이를 잡고 전투실 안으로 몸을 날리라고 지시했다. "적의 문으로 돌격하는 것처럼, 저쪽 벽에서 모인다." 베테랑들에게는 그 명령이 무슨 의미든 지니고 있을 것이다. 하지만 전투에 참여해본 적이 없고, 사실상 그 위쪽 문으로 들어가 본 적도 없는 신참들은 그게 당최 무슨 뜻인지 알 수 없었다. "문이 열리면 네 명씩 동시에 달린다. 1초당 한 팀씩이다." 엔더는 대원들 뒤로 걸어가 왼손에 착 감긴 채로 손목 안쪽에 갈고리처럼 걸려 있는 조절장치를 건드렸다. 그러자 상당히 견고해 보이던 문이 순식간에 사라졌다.

"출발!" 첫 번째 아이들 네 명이 열린 공간으로 달리기 시작했다. "출발!" 첫 번째 팀이 다 도착하기도 전에 다음 팀에게 명령이 떨어졌다. 조금이라도 망설이면 뒤에서 달려오는 아이와 부딪히고 말 것이었다. "출발!" 첫 번째 팀이 손잡이를 움켜잡고 각기 다른 각도로 어색하게 회전하며 여러 방향으로 날아갔다. "출발!" 다음 팀 아이들은 이전 팀의 어색함을 보고 배우거나, 배우려고 노력했다. "출발!"

빈은 마지막 팀의 맨 끝에 서 있었다. 엔더는 그의 어깨에 한 손을 올렸다. "원한다면 너는 옆쪽 손잡이를 잡아도 된다."

좋아, 이제 날 아기 취급하기로 마음먹었나 보군. 빈은 생각했다. 대충 뜯어고친 전투복이 제대로 맞지 않아서가 아니라 내가 작기 때문에 아기 취급을 하려는 것이다. "괜찮습니다." 빈은 대답했다.

"출발!"

빈은 다른 대원 세 명과 속도를 맞췄다. 그러려면 남들보다 반 박자 빠르게 다리를 움직여야 했다. 입구에 도착했을 때 나는 듯이 도약하여 천장 손잡이를 툭 건드리고, 세 방향으로 빙글빙글 돌며 무중력 공간으로 날아갔다.

그는 자신이 그보다 더 잘해내리라 기대하지 않았다. 회전력에 저항하는 대신 마음을 가라앉히고 역겨움을 진정시키며 벽에 가까워져서 충돌하려 할 때까지 긴장을 이완시켰다. 그는 우묵한 손잡이 하나 근처에도 닿지 못했고, 근처까지 갔다 하더라도 무엇이든 잡을 수 있는 방향이 아니었다. 그래서 다시 튀어 올랐는데, 이번에는 약간 더 안정적으로 날아가 결국 뒤쪽 벽에 아주 가까운 천장에 도착했다. 덕분에 다른 아이들이 모이고 있는 곳으로 내려가는데 몇몇 아이들보다 시간이 덜 걸렸다. 아이들은 뒤쪽 벽 가운데 문, 즉 적의 입구 아래 바닥에 줄을 서고 있었다.

엔더는 허공으로 차분하게 날아왔다. 그는 혹이라는 조절장치를 지니고 있었기 때문에, 훈련하는 동안 일반 대원들이 할 수 없는 식으로 허공에서 자유로이 움직일 수 있었다. 하지만 전투 중에는 훅이 무용지물이었으므로 지휘관들도 훅의 조절능력에 의지하지 않도록 의식적으로 신경 써야 했다. 빈이 일단 만족스러웠던 것은, 위긴이 전혀 훅을 사용하지 않는 것 같다는 점이었다. 그는 옆으로 비스듬히 날아와 뒤쪽 벽에서 열 걸음쯤 떨어진 바닥의 손잡이를 잡고 허공에 매달렸다. 거꾸로.

엔더는 대원 하나를 빤히 쳐다보면서 다그쳤다. "왜 거꾸로 서 있지?"

즉시 다른 대원 몇 명이 엔더와 같은 방향으로 몸을 돌리기 시작했다.

"주목!" 위긴이 소리쳤다. 모든 움직임이 멎었다. "왜 거꾸로 서 있냐고 물었다!"

빈은 그 대원이 왜 대답하지 않는 건지 알 수 없었다. 여기 오는 우주선에서 교사가 했던 말을 잊어버렸나? 일부러 방향감각을 잃은 척하는 건가? 아니면 디마크만 그렇게 했었던가?

"왜 너희 모두 발을 공중에 두고 머리를 땅으로 향하고 있는지 물었다!"

엔더는 딱히 빈을 보고 있는 게 아니었고, 빈이 나서서 대답하고 싶은 질문도 아니었다. 엔더가 정확히 어떤 대답을 원하는 건지 확실치 않았다. 어차피 막혀버릴 입인데 굳이 열 필요가 뭐가 있겠나?

결국 대답한 사람은 시머스를 줄여서 셈이라고 부르는 아이였다. "복도에서 이 방향으로 서 있었기 때문입니다." 잘했어, 빈은 생각했다. 무중력 상태에서는 위도 아래도 없다는 서툰 주장보다는 낫다.

"그렇게 하면 뭐가 달라지지? 복도에서처럼 중력이 생기기라도 하나? 우리가 싸울 곳이 복도인가? 여기에 중력이 있나?"

여기저기서 '없습니다, 없습니다'라고 조그맣게 중얼거렸다.

"이제부터 전투실 문을 통과하는 순간, 중력에 대해서는 모두 잊어라. 너희가 아는 중력은 없다. 전부 지워버려라. 알겠나? 문을 통과하기 전에 너희가 어떤 중력하에 있었건, 기억해라, 적의 문은 '아래'다. 너희 발은 적의 문을 향한다. 아군의 문이 있는 쪽이 위쪽이다. 북쪽은 저쪽." 그가 방금 전까지 천장이었던 쪽을 가리켰다. "남쪽은 저쪽, 동쪽은 저쪽, 서쪽은 어디지?"

그들이 손가락으로 가리켰다.

"그렇다." 위긴이 말했다. "이건 오줌 싸는 것과 다를 바 없다. 화장실에서 볼일을 볼 수 있는 자라면 누구든 익힐 수 있는 일이다."

빈은 흥미롭게 지켜보았다. 그래, 위긴은 '너희는 아주 바보 같으니까 엉덩이를 닦으려면 내가 필요하다'는 학교의 기본 훈련 방침에 찬성하는 모양이었다. 어쩌면 이런 과정이 필요할 수도 있겠지. 훈련하는 관례 중의 하나일지도 모른다. 그게 다 끝날 때까지 지루하겠지만…… 그건 지휘관의 선택이다.

엔더가 빈이 있는 쪽을 흘깃 쳐다보았지만, 그의 시선은 계속 움직였다.

"너희가 방금 보여준 게 무엇인가! 그걸 정렬이라고 할 수 있나? 그걸 돌격이라 말할 수 있나? 자, 모두 출발하라, 천장에 정렬하라! 지금 당장! 출발!"

빈은 그 말에 어떤 함정이 숨어 있는지 알았고, 엔더의 말이 끝나기도 전에 그들이 방금 들어왔던 벽 쪽으로 출발했다. 다른 대부분의 아이들도 테스트가 무엇인지는 이해했지만, 상당수가 잘못된 방향으로 출발했다. 위긴이 '위쪽'이라고 말했던 방향이 아니라 북쪽 즉 전에 천장이었던 곳으로 날아갔다. 이번에 빈은 운 좋게 손잡이 근처에 닿을 수 있어서, 쉽사리 그걸 잡고 안착했다. 전에 신참들끼리 전투실 훈련을 받을 때 이런 걸 해본 적이 있지만, 그는 다른 아이들과 달리 너무나 작아서 손을 뻗어도 손잡이를 잡을 수 있는 곳까지 도달하지 못하는 경우가 많았다. 짧은 팔은 전투실에서 명백한 약점이었다. 짧게 몇 번씩 도약하는 방법을 쓰면 어느 정도 정확히 목표했던 손잡이에 도달할 수 있었다. 방을 가로질러 점프할 때는 그게 꽤 쓸모 있었다. 빈은 어쨌거나 적어도 이번엔 저능아처럼 보이지 않았다는 게 기분 좋았다. 빈이 제일 먼저 출발했고 제일 먼저 도착했다.

주위를 둘러보니 방향을 잘못 잡았던 아이들이 나머지 대원들과 합류하기 위해 다시 허둥지둥 도약하고 있었다. 게다가 그런 바보짓을 하는 아이들 중 몇 명은 의외의 인물이었다. 부주의는 누구든 광대로 만들 수 있다.

엔더의 시선이 다시 그에게 향했고, 이번에는 그냥 스치는 시선이 아니었다.

"너!" 엔더가 빈을 가리켰다. "아래는 어느 쪽인가?"

그건 방금 얘기하지 않았나? "적의 문 쪽입니다."

"이름은?"

이거 왜 이러실까, 설마 이 빌어먹을 학교에서 최고 점수를 받은 조그만 아이가 누군지 정말로 모르는 건 아니겠지? 우리가 지금 심술궂은 상사와 운 나쁜 신병 역할을 하는 거라면, 대본대로 따르는 게 낫겠지. "빈입니다."

"그 이름은 체구 때문인가, 아니면 뇌 용량 때문인가?"

아이들 몇 명이 웃었다. 하지만 많이 웃지는 않았다. 다들 빈의 평판을 알고 있었으니까. 그의 몸이 작다는 것은 그들에게 더 이상 웃음거리가 아니었다. 그렇게 작은 꼬마가 그들이 이해하지도 못하는 질문들이 가득한 테스트에서 완벽한 점수를 받을 수 있다는 게 당황스러울 뿐이었다.

"아무튼 빈, 네 말이 맞다." 위긴은 이제 전체 대원들을 대상으로 강의를 시작했다. 발부터 먼저 문을 통과하면 더 작은 표적이 되기 때문에 적이 쏘아 맞추기 힘들어진다고 설명했다. 적이 맞추기 힘들면 동결될 가능성도 적어진다.

"자, 동결되면 무슨 일이 일어나는가?"

"움직일 수 없게 됩니다." 누군가 말했다.

"그건 단어의 의미일 뿐이다." 엔더가 말했다. "동결되면 너에게는 무슨 일이 일어날까?"

위긴은 질문의 의도를 분명하게 설명하지 않고 있었다. 다른 아이들이 질문의 의도를 알아낼 때까지 이 고통을 연장시키는 게 무슨 의미가 있는 것도 아니었다. 그래서 빈이 대답했다. "출발한 방향으로 계속 움직이게 됩니다. 총을 맞을 때의 속도 그대로 갑니다."

"정답이다. 거기 끝에 있는 다섯 명, 이동!" 그가 대원 다섯 명을 가리켰다. 그들이 누굴 말하는 건지 확인하려고 서로를 쳐다보는 사이에 엔더가 그들 모두를 겨냥해 그 자리에서 동결시켰다. 훈련하는 동안에 동결이 풀리려면 몇 분이 지나야 했다. 더 일찍 풀리려면 지휘관이 혹으로 녹여주어야 했다.

"다음 다섯 명, 이동!"

일곱 명의 아이들이 동시에 움직였다. 몇 명인지 셀 시간이 없었다. 엔더는 처음 아이들을 겨냥했던 것처럼 빠르게 총을 쏘았지만, 그들은 이미 출발했기 때문에 여전히 그들이 향했던 벽 쪽으로 빠르게 날아가고 있었다. 하지만 처음 다섯 명은 동결된 자리인 허공에서 맴돌고 있었다.

"이 대원들을 봐라. 지휘관은 분명 이들에게 이동하라고 명령했는데 지금 어떤 상태인가. 그냥 동결된 것이 아니라, 바로 여기서 동결되었다. 아군의 길을 막아 방해가 되고 있다. 반면에 저 대원들은 명령이 떨어졌을 때 즉시 움직였기에 저 아래서 동결되었다. 적의 진로를 막고 적의 시야를 가리고 있는 것이다. 너희 중 다섯 명쯤은 요점을 이해했으리라 생각한다."

우리 모두 이해했다, 위긴. 그들이 여기 전투학교에 멍청한 놈들을 모아놓은 게 아니잖은가. 게다가 내가 가장 쓸 만한 부대를 당신에게 만들어 주지 않았는가.

"빈도 그중 하나일 것이다. 그렇지, 빈?"

엔더가 다시 그를 콕 집어 골라냈다. 빈은 이 상황이 거의 믿어지지 않았다.

그는 내가 작다는 이유만으로, 체구가 작은 나를 이용해서 다른 아이들에게 창피를 주고 있다. 조그만 꼬마 녀석도 답을 아는데 훨씬 큰 너희들은 왜 모르느냐고. 하지만 위긴은 아직 깨닫지 못하고 있다. 그는 자신의 대원들이 모두 무능한 신참이거나 다른 부대에서 밀려난 자들이라고 생각할 것이다. 그들이 사실 매우 까다롭게 정선된 대원들이라는 것을 알아낼 방법이 아직 없었다. 그러니 자신의 딱한 신세 가운데서도 나를 가장 어이없는 요소로 여길 것이다. 지금 그는 내가 멍청하지 않다는 것을 알았지만, 여전히 다른 아이들을 멍청하게 여기고 있었다.

엔더가 계속 그를 쳐다보고 있었다. 아, 그래, 나한테 질문을 했었지.

"그렇습니다." 빈이 말했다.

"요점이 뭐지?" 그가 방금 얘기한 내용을 정확히 뱉어내라. "이동 명령이 떨어지면 신속히 움직일 것. 그래야 동결되더라도 아군의 작전에 방해되지 않고 떠다닐 수 있습니다."

"훌륭해. 적어도 한 명은 생각이 있군."

빈은 짜증이 치밀었다. 이게 드래건을 전설의 부대로 변화시킬 지휘관이란 말인가? 엔더 위긴은 전투학교에서 가장 주목받는 주요 인물이었다. 그런데 나를 골라내서 놀림감으로 삼는 게임을 하고 있었다. 우리의 점수조차 제대로 알지 못했다. 자기 부대원들에 대해 교사들과 얘기해보지도 않았다는 뜻이다. 한 번이라도 얘기했다면, 내가 학교에서 제일 똑똑한 아이라는 것을 이미 알고 있었을 것이다. 다른 아이들은 모두 그걸 알고 있다. 그래서 당황스럽게 서로를 쳐다보는 것이다. 그는 자신의 무지를 드러내고 있다.

엔더가 대원들의 불쾌함을 알아차린 듯했다. 순간적으로 스친 것 뿐이었지만, 제일 작은 녀석을 놀림감으로 삼는 그의 계략이 실패하고 있다는 것을 마침내 인식한 것 같았다. 드디어 그가 훈련에 돌입했다. 그는 허공에서 무릎을 구부리는 법과 자기 다리를 쏴서 그 상태 그대로 고정시키는 방법을 가르쳤다. 그 다음에 적진을 향해 날아가며 무릎 사이로 발사하는 방법을 가르쳤다. 그렇게 하면 다리가 방패가 되어 적의 총격을 흡수하고 더 오랜 시간 사격할 수 있을 것이었다. 좋은 전략이었다. 빈은 드디어 엔더가 한심한 지휘관이 아닌 이유를 하나하나 알아나가기 시작했다. 다른 아이들의 마음에 이 새로운 지휘관에 대한 존경이 자라나는 것을 감지할 수 있었다.

대원들이 방법을 터득하자, 엔더는 설명을 위해 동결시켰던 대원들과 자신을 해동시켰다. "자, 적의 문은 어느 쪽인가?" 그가 말했다.

"아래쪽입니다!" 모두가 대답했다.

"우리 공격 자세는?"

거참. 그걸 어떻게 모든 아이들이 동시에 한 목소리로 대답할 수 있겠는가, 빈은 생각했다. 실제로 해 보이는 게 대답할 수 있는 유일한 방법이다. 빈은 대답 대신 벽을 차고 출발했다. 구부린 다리 사이로 총을 쏘면서 반대쪽 벽을 향해 날아갔다. 완벽하게 해내진 못했다. 날아가는 동안 살짝 몸이 돌아갔다. 하지만 처음 해보는 것치고는 썩 괜찮게 해냈다.

위쪽에서 다른 아이들에게 소리치는 엔더의 목소리가 들렸다. "답을 아는 사람이 빈뿐인가?"

빈이 반대쪽 벽에 도착했을 때쯤, 나머지 대원들이 공격에 임하는 것처럼 함성을 지르며 그의 뒤를 따르고 있었다. 엔더 혼자만 천장에 남아 있었다. 재미있게도, 엔더는 복도에 있었을 때와 같은 방향으로

서 있었다. 머리를 북쪽, 즉 전에 '위'였던 곳으로 향하고 있었다. 이론상으로 완전히 이해하더라도, 실제로는 예전 중력을 기반으로 하는 사고방식을 떨쳐내기 힘든 모양이었다. 빈은 머리를 서쪽으로 두고 옆으로 방향을 잡았다. 그의 옆에 도착한 대원들도 똑같이 따라서 그쪽으로 방향을 잡았다. 엔더가 그걸 알아차렸는지는 모르지만, 겉으로 드러내지는 않았다.

"이제 다시 내 쪽으로 돌아온다. 모두 날 공격하라!"

즉시 마흔 개의 무기들이 모두 그를 겨냥하여 그의 전투복에 빛을 쏘았다. 대원들은 줄기차게 공격을 가하며 그에게 모여들었다. 그들이 도착했을 때 엔더가 말했다. "야, 내가 당했군."

여러 아이들이 웃었다.

"자, 전투가 벌어졌다고 치자. 너희 다리로 무얼 할 수 있을까?"

몇몇 아이들이 별로 할 수 있는 것이 없다고 말했다.

"빈의 생각은 다를 것 같은데." 위긴이 말했다.

그래, 그는 아직도 나한테 부드럽게 대해줄 생각이 없는 것이다. 그가 무슨 대답을 끌어내려는 걸까? 다른 누군가가 '방패'라고 중얼거렸지만, 엔더는 거기에 관심을 기울이지 않았다. 그렇다면 뭔가 다른 대답을 원한다는 뜻이었다. "벽을 박차고 출발할 수 있습니다." 빈이 대답했다.

"맞았다." 위긴이 말했다.

"에이, 그건 전투가 아니라 그저 동작일 뿐이잖아요." 크레이지 톰이 말했다. 다른 몇 명이 맞는 말이라고 맞장구쳤다.

좋았어, 이제 시작이군. 빈은 생각했다. 크레이지 톰이 자기 지휘관과 무의미한 싸움을 벌이려 한다. 지휘관은 그에게 화가 날 테고…….

하지만 엔더는 크레이지 톰의 반박에 분개하지 않았다. 그의 말을 다시 온화하게 수정해줄 뿐이었다. "동작 없는 전투는 없다. 자, 이렇게 동결된 다리로 벽을 밀 수 있겠나?"

빈은 대답을 알지 못했다. 다른 아이들도 마찬가지였다.

"빈?" 엔더가 물었다. 어련하실까.

"해본 적은 없지만 벽을 마주하고 허리를 굽히면……." 빈이 말했다.

"맞기도 하고 틀리기도 하다. 날 봐라. 나는 벽을 등지고 있고, 다리는 동결됐다. 무릎을 구부리고 있기 때문에 발이 벽에 닿는다. 보통, 벽을 밀어낼 때는 아래쪽으로 밀어야 한다. 그럼 몸 뒷부분이 쭉 펴진다. '콩 깍지처럼.'"

아이들이 웃었다. 빈은 위긴이 그를 놀림감으로 삼는 게 멍청한 짓을 하는 게 아닐 수도 있으리라는 사실을 알아차렸다. 어쩌면 위긴은 빈이 부대원들 중 가장 똑똑한 아이라는 사실을 잘 알고 있을지도 모른다. 다른 아이들이 그에게 느끼는 분노를 이용하려고 이런 행동을 하고 있는 것이다. 이번 수업시간에 아이들은 빈의 비상한 머리와 상관없이 그를 비웃거나 무시해도 된다는 느낌을 받아가고 있었다.

대단한 시스템이군. 자기 부대 최고 대원의 효율성을 파괴하다니. 절대 다른 대원들이 그를 존경하지 못하게 하라.

하지만 엔더의 훈련방식을 못마땅해 하는 것보다 훈련내용을 터득하는 게 더 중요했다. 그래서 빈은 엔더가 동결된 다리를 이용하여 벽에서 도약하는 모습을 유심히 지켜보았다. 엔더가 일부러 몸에 스핀을 넣는 게 눈에 띄었다. 그러면 날아가면서 총을 쏘는 게 더 힘들어지겠지만, 멀리서 적이 그를 동결시키기도 힘들어질 것이었다. 한 부위에 어느 정도 사격을 집중시켜야만 동결이 되기 때문이다.

설령 내가 화가 나 있다 해도, 배울 수 없는 것은 아니다.

길고 고된 훈련이었다. 새로운 기술들을 다시 또 다시 반복하여 연습하며 철저히 몸에 익히도록 했다. 엔더는 각각의 기법을 따로따로 배우게 하지 않았다. 모든 기법이 매끄럽게 하나의 지속적인 동작으로 이어지도록 가르쳤다. 마치 춤추는 것처럼. 사격을 배우고 다음에 출발하는 법을 배운 후 스핀 조절하는 법을 배우는 게 아니라, 출발, 사격, 스핀을 같이 배웠다.

결국 그들은 모두 땀에 흠뻑 젖어 탈진하고 말았다. 또 한편으로는 전에 다른 부대원들이 해보지 않은 것을 배우는 흥분으로 얼굴이 상기되었다. 엔더는 아래쪽 문 앞에 그들을 모아놓고, 앞으로도 자유 시간에 훈련하겠다고 선언했다.

"자유 시간은 자유로워야 한다고 내게 말하지 마라. 그건 나도 알고 있다. 너희는 하고 싶은 걸 할 자유가 있다. 나는 별도의 훈련에 자발적으로 참여하고 싶은 사람은 참여하라고 말하는 거다."

아이들이 웃었다. 그들은 모두 전에 엔더와 따로 훈련해보지 않았던 이들이었고, 엔더는 이제 그들의 우선순위가 바뀌어야 한다는 뜻을 분명히 하고 있었다. 하지만 어느 하나 싫어하는 내색은 없었다. 오늘 아침 훈련을 하면서, 그들은 엔더가 지휘하는 훈련의 매초가 효율적이라는 사실을 깨달았다. 그런 훈련을 한 번이라도 놓치면 분명 남보다 훨씬 뒤처지게 될 것이었다. 엔더는 그들의 자유 시간을 얻어냈다. 크레이지 톰조차 거기에 반박하지 않았다.

하지만 빈은 지금 이대로 엔더와의 관계가 형성되면 안 되리라는 것을 알았다. 그렇게 되면 그가 소대장으로 올라설 가능성이 없어진다. 오늘 훈련에서 엔더는 다른 아이들이 이 작고 보잘것없는 아이에게 안 좋은 감정을 갖도록 부추겼다. 이런 상태로 이어진다면 빈이 리더의 자리로 올라갈 때 설득력이 떨어질 수밖에 없다. 그가 경멸의 대상이 된다면, 어느 누가 그의 지휘를 따르겠는가?

빈은 다른 아이들이 떠난 뒤에 복도에서 엔더를 기다렸다.

"어이, 빈." 엔더가 말했다.

"어이, 엔더." 빈이 말했다. 위긴은 내 말투에 섞인 비아냥거림을 알아차렸을까? 그래서 잠시 멈칫했을까?

"존칭을 써야지." 엔더가 부드럽게 말했다.

흥, 헛소리 집어치우시지. 코미디 쇼는 이미 다 봤다. '난 당신이 뭘 하고 있는지 압니다. '엔더 대장님'. 그래서 경고 좀 해야겠습니다."

"나에게 경고를?"

"난 이 부대에서 최고의 대원이 될 수 있습니다. 그러니까 나한테 장난치지 마시죠."

"안 그러면 어쩔 거지?"

"그럼 난 이 부대에서 최악의 대원이 될 겁니다. 이거 아니면 저거, 양자택일입니다."

빈은 위긴이 그 말에 담긴 뜻을 정확히 이해했으리라 생각지 않았다. 위긴이 그를 신뢰하고 존중할 경우 그는 부대에 꼭 필요한 존재가 될 수 있다. 하지만 그렇지 않으면 아무짝에도 쓸모없는 어린애에 지나지 않을 것이다. 위긴은 아마 이 말을 나에게 제대로 대접해주지 않으면 문제를 일으키겠다는 뜻으로 받아들였을 것이다. 사실 그런 의미가 전혀 담기지 않은 것 같긴 않았다.

"네가 원하는 게 뭔데?" 위긴이 물었다. "사랑? 키스라도 해줄까?"

툭 까놓고 말하자. 그가 못 알아들은 척할 수 없게 솔직하고 확실하게 그의 머릿속에 박아두자. "소대장이 되고 싶습니다."

엔더가 빈에게 다가와 빤히 쳐다보았다. 하지만 그가 그대로 웃어넘기지 않는다는 건 좋은 신호였다.

"네가 소대를 맡아야 하는 이유는?"

"그걸로 뭘 해야 할지 알고 있으니까요."

"아는 건 쉽다. 대원들을 다루는 게 어려운 거지. 대원들이 왜 너처럼 작고 성가신 자를 따르려 하겠나?"

엔더는 문제의 핵심으로 곧장 치고 들어갔다. 하지만 빈은 그 심술궂은 말투가 마음에 들지 않았다. "한때는 당신도 그렇게 불렸던 것 같은데요. 본쏘 마드리드는 지금도 그렇게 부르고 있고."

엔더는 미끼를 물지 않았다. "내가 질문했다."

"대원들이 날 존경하게 만들 수 있습니다, 당신이 막지만 않으면."

놀랍게도, 엔더는 씩 웃었다. "나는 널 도와준 거다."

"퍽이나 그러셨겠지요."

"조그만 아이라서 딱하게 여기는 것 말고는, 아무도 널 주목하지 않았을 거다. 하지만 나는 오늘 다른 대원들이 확실하게 널 주목하도록 해줬어."

미리 공부를 했어야지, 위긴. 내가 누군지 아직 모르는 사람은 당신

뿐이야.

"그들은 너의 모든 움직임을 주시할 거다. 이제 너 스스로 완벽해지기만 하면 존경은 저절로 따라올 수 있다."

"나를 도마에 올리기 전에 배울 기회부터 주는 게 어때요?" 그게 재능을 키우는 방법이다.

"가엾어라. 공정하게 다뤄주는 사람이 아무도 없군."

일부러 무딘 척하는 엔더의 태도에 빈은 참을 수 없이 화가 났다. 이 정도밖에 안 되는 자였나, 위긴!

빈의 성난 표정을 보더니, 엔더가 한 손을 내밀어 그를 벽으로 밀쳤다. 그의 등이 벽에 찰싹 달라붙을 때까지. "어떻게 하면 소대장이 될 수 있는지 알려주지. 우선 네가 군인으로서 잘해낼 수 있다는 것을 증명해라. 네가 다른 대원들을 활용할 수 있다는 것을 증명해라. 그 후에 기꺼이 널 따라 전투에 뛰어들 자가 있다는 것을 증명해라. 그럼 소대장이 될 수 있을 것이다. 그 전에는 절대로 안 돼."

빈은 자신을 내리누르는 그 손을 무시했다. 그를 신체적으로 위협하려면 훨씬 많은 게 필요할 것이다. "그렇게만 된다면 좋죠." 빈이 말했다. "당신이 정말 그런 식으로 일한다면, 난 한달 안에 소대장이 될 겁니다."

이제 화가 나는 쪽은 엔더였다. 엔더가 빈의 전투복 앞자락을 움켜쥐고, 그들의 눈과 눈이 마주할 때까지 끌어올렸다. "나는 내가 한 말을 꼭 지킨다, 빈."

빈은 그냥 피식 웃었다. 우주지국 높은 곳에 자리한 이 공간에는 중력이 거의 없었다. 이런 데서 어린애 하나 들어 올렸다고 해서 힘이 세다고 감탄할 것은 아니었다. 게다가 위긴은 약한 자를 괴롭히는 깡패가 아니었다. 심각하게 위협을 느낄 이유는 없었다.

엔더가 빈의 멱살을 풀어주었다. 빈은 벽으로 미끄러져 내려 부드럽게 바닥에 닿았다가 약간 튀어 오른 뒤, 다시 내려갔다. 엔더는 장대로 걸어가 그걸 타고 내려갔다. 엔더의 성질을 건드렸으니 빈이 이 만남에서 이긴 셈이었다. 위긴은 자신이 이 상황을 그리 잘 다루지 못했다는 것을 알리라. 그리고 잊지 못할 것이다. 사실, 약간 존경을 잃어버린 쪽은 위긴이었다. 본인도 그것을 알고 있으리라. 다시 되찾기 위해 노력할 것이다.

위긴, 나는 당신과 달라. 누군가에게 완벽을 고집하기 전에 배울 기회부터 주지. 오늘 당신은 나한테 실수했어. 하지만 난 앞으로 더 잘할 수 있는 기회를 주겠어.

하지만 장대를 타고 내려가려고 손을 뻗었을 때, 빈은 자신의 손이 떨리고 있다는 것을 알았다. 장대를 잡을 힘조차 없었다. 잠시 멈추고 장대에 기대어 마음이 진정될 때까지 기다려야 했다.

결국 그는 위긴과의 일대일 대결에서 승리하지 못했다. 어리석은 짓을 했는지도 모른다. 위긴은 그 고약한 말과 조롱으로 그에게 상처를 입혔다. 거의 개인적인 신앙의 대상처럼 위긴을 관찰해왔는데, 오늘 그가 자신의 존재조차 알지 못했다는 것을 알았다. 모두가 빈을 위긴과 비교했지만, 위긴은 분명 그런 말을 듣지 못했거나 신경 쓰지 않았다. 그는 빈이 아무것도 아닌 것처럼 행동했다. 지난 한 해 동안 존중 받기 위해서 그토록 열심히 노력했는데 다시 아무것도 아닌 존재가 된다는 것은 빈에게 결코 쉬운 일이 아니었다. 로테르담에 남겨뒀다고 생각했던 감정들이 되살아났다. 이제 곧 죽게 되리라는 두려움과 역겨움. 여기서는 그 누구도 그에게 손을 대지 않으리라는 걸 알면서도, 죽음의 문턱에 서서 처음 포크에게 찾아가 자신의 생명을 내맡겼던 그 순간이 떠올랐다.

내가 또 그런 일을 한 것일까? 이 명단에 내 이름을 적어 넣음으로써, 나는 내 미래를 위긴이라는 아이의 손에 내맡겼다. 나는 그가 내 안에 들어 있는 진정한 나를 봐주리라고 믿었다. 하지만 그는 그걸 보지 못했다. 어쩌면 그게 당연한 일이다. 그에게 더 시간을 주어야 한다.

시간이 있다면 말이다. 교사들은 지금 빠르게 움직이고 있었다. 그리고 빈이 엔더 위긴에게 자신을 증명할 수 있는 시간은 채 1년이 못될 수도 있었다.

형제

"결과가 나왔다고요?"

"흥미롭더군. 볼레스쿠가 거짓말을 하고 있었소. 어느 정도."

"정확하게 말해 봐요."

"볼레스쿠가 자기 유전자에다 빈의 유전자를 조작한 게 아니었소. 하지만 둘이 아주 연관이 없는 것도 아니야. 볼레스쿠가 빈의 아버지가 아닌 건 분명하지만, 볼레스쿠의 배다른 형제나 사촌이 빈과 관련된 것은 거의 확실하오. 볼레스쿠에게 배다른 형제나 사촌이 있길 바라야겠지. 볼레스쿠가 조작한 그 수정란의 아버지는 분명 그 사람일 수밖에 없으니까."

"볼레스쿠의 친인척 명단은 확보해놨겠죠?"

"이 실험에서는 친인척까지 다 알아둘 필요가 없었소. 게다가 볼레스쿠의 모친은 결혼하지 않았소. 그는 어머니 쪽 성을 따른 거요."

"그러니까 어딘가에 볼레스쿠의 아버지가 낳은 다른 아이가 있을 텐데, 당신은 그 이름도 모른다는 거로군요. 대령님은 모든 걸 아시는 줄 알았는데요?"

"알 가치가 있는 건 다 알고 있소. 이건 매우 중요한 차이지. 우린 볼레스쿠의 아버지를 찾지 않았을 뿐이오. 그가 중죄를 지은 것도 아니고, 우리가 모든 사람을 조사할 수 있는 것도 아니거든."

"그럼 또 다른 문제를 하나 논해보죠. 당신은 알 가치가 있는 걸 다 안다고 했으니까, 내가 학교에 들여보내 놓았던 절름발이 소년이 왜 갑자기 사라져버린 건지 말해줄 수 있겠죠?"

"아, 그 아이. 당신이 처음에 그렇게 칭찬하던 아이 얘기를 갑자기 하지 않았을 때, 우린 왜 그럴까 하고 궁금해졌소. 그래서 확인해봤소. 테스트도 했지. 빈에 미치지는 못하지만, 분명 여기에 올 만하더군."

"내가 그 아이를 전투학교에 보내지 않았을 때는 그만한 이유가 있을 거라는 생각이 들지 않던가요?"

"우리가 빈보다 아킬레스를 선택할까봐 그랬을 거라고 짐작했소. 어차피 빈은 너무 어리니까. 그래서 당신이 좋아하는 아이만 보낸 거라고."

"그렇게 짐작하셨군요. 난 당신을 지적인 인간으로 대했는데, 당신은 날 바보 멍청이로 취급했군요. 이제 정반대로 했어야 했다는 걸 알겠어요."

"기독교인이 그렇게 화를 낼 수 있는 줄 몰랐소."

"아킬레스를 벌써 전투학교에 보냈나요?"

"아직 네 번째 수술을 받고 회복하는 중이오. 그 다리는 지구에서 고쳐야 하거든."

"충고 한마디 하죠. 빈이 거기 있는 동안에는 그 아이를 전투학교에 들이지 마세요."

"빈은 이제 겨우 여섯 살이오. 전투학교에 들어가기에도 어린 나이 인데, 어느 세월에 졸업하겠소."

"아킬레스를 들여보내려면 빈을 내보내요. 더 말하지 않겠어요."

"이유가 뭐요?"

"당신은 나의 다른 모든 판단이 정확한 것으로 판명된 후에도 나를 믿지 못할 정도로 어리석었어요. 그런데 내가 왜 또 다른 짐작을 할 수 있게 정보를 내주겠어요? 그 두 아이를 같은 학교에 집어넣으 면, 그중 하나에게 사형선고가 될 거라고만 말해두겠어요."

"어느 쪽에게?"

"어느 쪽이 먼저 다른 쪽을 보게 되느냐에 따라 달라지겠죠."

"아킬레스는 빈에게 신세를 많이 졌다고 하던데. 그는 빈을 좋아하 고 있소."

"그럼 그 아이 말을 믿고 날 믿지 마세요. 하지만 패배한 쪽의 시신 을 내게 돌려보내진 말아요. 당신 실수는 당신이 처리하세요."

"상당히 매정하군."

"난 그 아이들 중 누구의 무덤에서도 엎드려 울지 않을 거예요. 나 는 둘 다 구하려고 노력했어요. 분명 당신은 다윈 식으로 어느 쪽이 적자인지 알아내고 싶은 모양이지만."

"진정하시오, 칼로타 수녀. 당신이 한 말을 염두에 두겠소. 어리석 게 처리하지 않을 거요."

"이미 어리석었어요. 이제 당신에게 별로 기대하지 않아요."

몇 날 몇 주일이 지나는 동안 엔더의 부대는 차츰 모양새를 갖춰갔다. 빈은 희망과 동시에 절망에 휩싸였다. 엔더가 지극히 융통성 있는 부대를 만들어가고 있었기 때문에 희망을 느꼈고, 그가 전혀 빈의 도움 없이 그 일을 하고 있었기 때문에 절망했다.

겨우 두세 번 훈련하고 나서 엔더는 자신의 소대장들을 발탁했다. 모두 전속 신청 명단에 올라 있었던 베테랑들이었다. 사실상 드래건 부대의 고참 전원이 소대장이거나 부소대장이었다. 뿐만 아니라, 열 명씩 네 개 소대로 구성되는 정상적인 형태 대신에 여덟 명씩 다섯 개의 소대를 조직했고, 각 소대원들을 네 명씩 나눠 따로 훈련하게 하곤 했다. 그럴 때면 한 팀은 소대장이 지휘하고 다른 팀은 부소대장이 지휘했다.

지금까지 그런 식으로 부대를 세분한 지휘관은 아무도 없었다. 단순히 형태상으로만 나눠진 것도 아니었다. 엔더는 소대장과 부소대장들에게 되도록 많은 재량권을 부여했다. 그들에게 목표를 말해준 다음 그걸 달성하는 방법에 대해서는 리더가 결정하도록 했다. 어쩔 때는 세 개 소대를 모아 그중 한 소대장에게 지휘를 맡긴 뒤 하나의 작전을 처리하게 하고, 엔더 자신은 남아 있는 더 작은 병력을 지휘하기도 했다. 그것은 이례적이라 할 정도의 권한 위임이었다.

처음에 몇몇 대원들은 비판적인 입장이었다. 베테랑들은 병영 입구에 모여 네 명씩 열 팀으로 훈련한 그날의 방식에 대해 이야기했다.

"부대를 나누면 지는 건데 왜 그걸 모르는 걸까?" A소대 지휘관 플라이 몰로가 말했다.

빈은 위긴 다음으로 높은 계급인 그가 지휘관의 전략을 헐뜯는다는 게 조금 화가 났다. 물론 플라이도 지금 배우는 중이었다. 하지만 지금과 같은 말은 명령 불복종과 같은 행위였다.

"부대를 나눈 게 아니라 조직한 거야." 빈이 말했다. "그리고 어떤 규칙이든 깨질 수 없는 규칙은 없어. 결정적인 순간에 부대의 힘을 집중시키고, 그렇지 않을 때는 힘이 항상 몰려 있지 않게 하려는 거야."

플라이가 빈을 노려보았다.

"너 같은 꼬마가 우리가 하는 말을 듣는다고 해서, 그걸 다 이해할 수 있는 건 아니다."

"내 말을 믿든 말든 그건 듣는 사람 마음이겠지. 어차피 지금보다 더 멍청해질 수는 없을 테니까."

플라이가 그에게 다가와 그의 팔을 움켜쥐고 침대 끝으로 끌어당겼다.

니콜라이가 맞은편 침대에서 플라이의 뒤쪽으로 뛰어내렸다. 플라이의 머리가 빈의 침대에 부딪혔다. 다른 소대장들이 얼른 달려들어 플라이와 니콜라이를 뜯어말렸다. 사실은 니콜라이의 덩치도 빈보다 그리 큰 게 아니었기 때문에 어차피 가소로운 싸움이었다.

D소대 지휘관 핫 수프가 말했다.

"신경 쓰지 마, 플라이. 니콜라이는 자기가 빈의 형인 줄 알아."

"너, 소대장한테 그게 무슨 말버릇이야?" 플라이가 다그쳤다.

빈이 말했다. "당신이 먼저 대장한테 반항했잖아. 게다가 당신 생각은 완전히 틀렸어. 당신 말대로라면, 리와 잭슨은 챈슬러스빌 전투에서 얼간이 짓을 한 것밖에 안 돼(미 남북전쟁에서 리는 부대를 둘로 나눠 북군인 후커 군의 중앙을 공격했고, 잭슨은 후커 군의 우익을 공격하여 승리했다 옮긴이)."

"이 자식이 아직도 정신을 못 차리고!"

"꼬마가 하는 말이니까 무조건 틀렸다는 거야? 진실이 뭔지도 구별 못할 정도로 멍청한 거야?"

그렇잖아도 빈은 소대장이 되지 못한 것 때문에 화가 나 있었는데, 지금 그 불만이 끓어 넘치고 있었다. 이러지 말아야 한다는 것을 알면서도 성질을 죽이고 싶은 기분이 들지 않았다. 그리고 여기 있는 사람들도 진실을 들을 필요가 있었다. 등 뒤에서 욕먹고 있을 때 위긴을 지지해줄 사람도 하나쯤 있어야 했다.

니콜라이는 아래쪽 침대에 최대한 빈과 가까이 서 있었다. 그들이 한 팀이라는 것을 증명하듯이. "이러지 마, 플라이. 빈이 어떤 앤지 몰라서 그래?" 니콜라이가 말했다. 놀랍게도 그 말이 플라이를 침묵시켰다. 이 순간까지 빈은 자신의 평판이 지닌 힘에 대해 생각해보지 않았다. 하지만 그가 드래건 부대의 일반 대원에 불과하다 해도, 여전히 이 학교에서 전략과 군사 역사에 관한 가장 뛰어난 학생이었고, 모두가 그걸 알고 있었다. 적어도 위긴을 제외한 모두가.

"내가 너무 거칠게 말한 것 같아." 빈이 말했다.

"그래, 이 자식아." 플라이가 말했다.

"하지만 당신도 그런 식으로 말하면 안 돼."

플라이가 자신을 잡고 있는 아이들의 손을 뿌리치고 덤벼들려 했다.

"위긴에 대해서 말한 거 말이야." 빈이 말했다. "대장에게 예우를 갖추지 않았잖아. '부대를 나누면 지는 건데 왜 그걸 모르는 걸까?'" 그가 플라이의 억양을 거의 똑같이 흉내 냈다. 몇몇 아이들이 웃었다. 마지못해 플라이도 웃었다.

"그래, 맞다. 내가 좀 지나쳤다." 그가 니콜라이를 돌아보았다. "그래도 난 소대장이야."

니콜라이가 말했다. "침대에서 어린애를 끌어내릴 때는 아니야. 그건 깡패나 하는 짓이야."

플라이가 눈을 껌벅거렸다. 플라이가 어떻게 반응할 것인지 결정할 때까지 아무도 입을 열지 않았다. "그래, 니콜라이. 깡패에게서 친구를 지켜주려 한 건 잘한 일이다." 그가 빈을 쳐다보고 나서 다시 니콜라이를 쳐다보았다. "제기랄, 네놈들은 진짜 형제처럼 닮았어." 그가 그들의 옆을 지나 자기 침대로 향했다. 다른 소대장들도 따라갔다. 위험은 지나갔다.

그 후에 니콜라이가 빈을 쳐다보았다. "어딜 봐서 내가 너처럼 찌그러지고 못생긴 애랑 닮았다는 거야?" 그가 말했다.

"내가 커서 너랑 비슷해질 거면, 당장 죽어버리겠다." 빈이 말했다.

"정말 큰 아이들한테 그렇게 겁도 없이 말해야겠냐?"

"네가 그렇게 갑자기 덤벼들 줄은 몰랐어."

"그냥 누구한테든 덤벼들고 싶었나봐." 니콜라이가 말했다.

"네가? 너처럼 순한 양이?"

"최근엔 별로 순한 양 같은 느낌이 아니야." 그가 빈의 침대로 올라앉아 더 조그맣게 말을 이었다. "여기서 어떻게 버텨야할지 모르겠어. 난 이 부대에 어울리지 않는 것 같아."

"무슨 뜻이야?"

"난 아직 진급할 수 있는 실력이 아니야. 그냥 평균이야. 어쩌면 그보다 못할지도 몰라. 그런데 여기 애들은 순위표에서 날고 기는 정도

실 제가 여쭤보고 싶은 내용이 두 분에게 비밀스러울 수도 있는 문제라서, 대답하기 망설여지실지도 모르겠어요. 하지만 I. F.에 중요한 문제랍니다. 솔직히 대답해주시길 바랄게요. 그 어떤 대답을 하시더라도 두 분에게 절대로 피해가 가지 않도록 하겠습니다. 제가 약속드리지요."

엘레나가 흥분을 가라앉혔고, 줄리안도 다시 자리에 앉았다. 이제 그들은 상당히 밝은 얼굴로 칼로타 수녀를 바라보았다. "무엇이든지 물어보세요." 줄리안이 말했다. "아들에게 아무 일도 없다니 얼마나 다행스러운지 모르겠어요. 뭐든지 물어보세요."

"우리가 대답할 수 있는 거라면 대답해드릴게요." 엘레나가 말했다.

"아드님이 있다고 하셨는데, 그럼 혹시라도 전에 자녀를…… 갖지 못할 만한 상황이 있으셨는지……. 혹시 수정란 복제를 통해 아드님을 임신하신 건가요?"

"네, 맞아요. 그건 비밀이랄 것도 없어요. 한쪽은 나팔관 이상이고 다른 쪽은 자궁 외 임신이 돼서 정상적으로 임신할 수 없는 상황이었거든요. 우린 아이를 낳고 싶었어요. 그래서 내 난자를 몇 개 추출했죠. 그걸 남편 정자와 수정시킨 후에, 우리가 선택한 수정란들을 복제했어요. 네 개를 복제했고, 각각 여섯 개씩 복사했죠. 여자애 둘과 남자애 둘이었어요. 아직까지는 하나만 착상시켰어요. 그 아이는 정말 너무나 특별한 아이여서 우리의 관심을 분산시키고 싶지 않았거든요. 하지만 이제 그 아이를 떠나보내고 나니 여자애를 하나 낳으면 어떨까 하는 생각이 들더군요. 그럴 때가 됐어요." 그녀가 남편에게로 손을 뻗어 남편과 손을 맞잡고 미소 지었다. 줄리안도 같이 미소 지었다.

볼레스쿠와는 너무나 대조적이었다. 그들에게 조금이라도 공통적인 유전인자가 있으리라고는 믿어지지 않았다.

"수정란 네 개를 여섯 개씩 복사하셨다고요?" 칼로타 수녀가 말했다.

"원래 것을 포함해서 여섯 개예요. 그러면 네 아이를 하나씩 착상시켜서 낳을 수 있는 가능성이 높아지거든요."

"수정란이 총 스물네 개로군요. 그중에 하나만 착상시키셨고요?"

"네, 우린 아주 운이 좋았어요. 첫 번째에 성공했으니까요."

"스물세 개는 남겨두셨군요."

"네. 맞아요."

"델피키 씨, 그 스물세 개를 모두 보관해두셨습니까?"

"물론이죠."

칼로타 수녀는 잠시 생각에 잠겼다. "최근에 확인해본 게 언제죠?"

줄리안이 말했다. "지난주에요. 아이를 하나 더 낳을까 하는 생각이 들어서 담당 의사선생님한테 확인해봤는데 잘 보관돼 있다고 하셨어요. 몇 시간 전에만 알려주면 착상시킬 수 있다고요."

"의사가 직접 확인했습니까?"

"그건 모르겠는데요." 줄리안이 말했다.

엘레나가 약간 긴장하기 시작했다. "무슨 다른 소리를 들으신 건가요?" 그녀가 물었다.

"아니에요." 칼로타 수녀가 말했다. "저는 특별한 한 아이의 유전자 근원을 찾고 있어요. 두 분의 수정란과 관계없다는 것만 확인하면 돼요."

"당연히 아무 관계없겠죠. 우리는 아들 하나밖에 낳지 않았는걸요."

"너무 놀라실 건 없고요. 담당의사 이름과 수정란이 보관된 장소만 알려주세요. 의사에게 연락해서 수정란을 직접 확인해보라고 요구해주시면 더 좋고요."

그들은 다시 긴장하기 시작했다. 무슨 영문인지 알 수도 없고 칼로타 수녀가 말해주지도 않았기 때문이다. 줄리안이 의사의 이름과 수정란이 보관된 병원 이름을 알려주자마자 칼로타 수녀는 집 밖으로 나왔다. 돛단배들이 점점이 박혀 있는 에게 해를 바라보며, 아테네에 있는 I. F. 사령부에 연락했다.

그녀의 전화나 줄리안의 전화로부터 답이 오려면 몇 시간이 걸릴 것이었다. 칼로타 수녀뿐 아니라 줄리안과 엘레나 모두 태연한 척하려고 무던히도 애를 썼다. 그들이 그녀에게 동네를 구경시켜주었다. 고대와 현대의 모습, 푸릇푸릇한 초록과 황량한 사막과 바다의 자연 풍경을 모두 간직하고 있는 곳이었다. 바닷바람이 줄어들지 않는 한 건조한 공기는 상쾌하게 느껴졌고, 칼로타 수녀는 줄리안이 설명해주는 회사 이야기와 엘레나가 교사로서 아이들을 가르치는 이야기에 즐겁게 귀를 기울였다. 그들이 부정행위를 통해 재산을 축적했으리라는 생각은 다 사라졌다. 그 계약을 어떻게 따낸 것이든 줄리안은 진지하고 헌신적인 소프트웨어 사업가였으며, 엘레나는 자신의 직업을 성스러운 십자군 전쟁처럼 여기는 열혈 교사였다.

"처음 가르치기 시작했을 때부터 우리 아들이 굉장히 놀라운 아이라는 건 알고 있었어요." 엘레나가 말했다. "하지만 그 아이의 재능이 I. F.에 특별히 어울린다는 것을 알게 된 건 학교에 들어가려고 예비시험을 봤을 때였죠."

칼로타 수녀의 머릿속에 삑삑 경고음이 울렸다. 그녀는 그들의 아들이 당연히 어른일 거라고 생각했다. 그들은 그리 젊은 부부가 아니었으니까.

"아드님이 몇 살인데요?"

"이제 여덟 살이에요. 그쪽에서 사진을 보내줬는데, 아주 조그만 애가 제복을 입고 있더군요. 편지는 별로 보내주질 않아요."

그들의 아들이 전투학교에 있다. 그들 부부는 40대쯤 돼 보였다. 그들이 늦은 나이가 돼서야 가정을 꾸렸을지도 모른다. 결혼한 후에 한동안 아기를 가지려고 노력하다가 실패하고, 자궁 외 임신을 겪은 후에는 엘레나가 더 이상 임신할 수 없다는 것을 알게 되었으리라. 그들의 아들은 빈보다 겨우 몇 살 많을 뿐이었다.

그렇다면 전투학교 측에서 빈과 델피키의 아들 유전자 코드를 비교하여 그들이 같은 복제 수정란에서 태어났는지 알아낼 수 있을 것이다. 앤턴의 열쇠가 돌려진 빈과 유전자 조작을 거치지 않은 다른 아이를 대조함으로써 그 열쇠가 어떤 영향을 미쳤는지 알아볼 수도 있을 것이다.

이제 생각해보니, 빈의 진짜 형제라면 당연히 I. F.의 관심을 끌 만한 능력을 지니고 있었을 것이다. 일반적으로 앤턴의 열쇠는 아이를 석학으로 만들 수 있다. 그러나 I. F.가 찾고 있는 여러 가지 자질에는 영향을 미치지 않는다. 그게 무엇이든 빈은 그런 자질들을 가지고 태어났을 것이다. 유전자 조작은 그의 지능을 훨씬 높은 수준으로 끌어올려 그가 이미 가지고 있는 능력을 효과적으로 발휘할 수 있게 할 뿐이다. 만약에 빈이 정말 그들의 아들이라면 말이다. 하지만 23개의 수정란과 볼레스쿠가 '깨끗한 방'에 데리고 있었던 23명의 아이들. 이렇게 딱 맞아떨어지는데 어떻게 다른 결론에 도달할 수 있겠는가?

그리고 곧 답이 도착했다. 칼로타 수녀에게 먼저, 그 후에 바로 델피키 부부에게. I. F. 조사관들이 의사와 함께 수정란 보관 병원에 찾아갔고, 수정란이 전부 사라진 것을 발견했다.

그건 델피키 부부에게 감당하기 힘든 소식이었다. 엘레나와 줄리안이 서로 위로하며 슬픔을 달래는 동안 칼로타 수녀는 분별력 있게 밖에서 기다렸다. 하지만 얼마 후 그들이 칼로타 수녀를 안으로 불러들였다.

줄리안이 물었다. "우리에게 어디까지 말해주실 수 있는 겁니까? 누군가 우리 아기들을 훔쳐갔다고 생각했기 때문에 찾아오신 거겠죠. 말씀해주세요, 그 아이들이 태어났나요?"

칼로타 수녀는 군사기밀이라는 핑계 뒤에 숨고 싶었지만, 사실 이것은 군사기밀과 관련이 없었다. 볼레스쿠의 범죄는 이미 공식 기록에 적혀 있었다. 그렇더라도…… 모르는 편이 더 낫지 않을까?

"줄리안, 엘레나, 실험실에서는 종종 사고가 일어나요. 어떻게든 그 아이들이 죽었을 수도 있어요. 확실한 건 아무것도 없어요. 이걸 그냥 끔찍한 사고로 생각하는 게 낫지 않을까요? 이미 받은 상처에 더 무거운 짐을 보탤 필요가 있을까요?"

엘레나가 격하게 그녀를 쳐다보았다. "진실의 하나님을 사랑한다면, 말씀해주세요, 칼로타 수녀님!"

"그 수정란들은 범죄자가 훔쳐갔어요……. 불법적으로 태어나게 됐죠. 그는 자신의 죄가 발각되기 직전에 진정제로 아이들을 고통 없이 죽였어요. 그들은 고통 받지 않았어요."

"그 자가 재판을 받게 되나요?"

"이미 재판받고 종신형을 선고받았어요." 칼로타 수녀가 말했다.

"이미? 우리 아기들을 도둑맞은 게 몇 년 전이란 말인가요?"

"7년이 넘었어요."

"세상에!" 엘레나가 울부짖었다. "그럼 우리 아이들이 죽었을 때…… 그 애들은……."

"유아였어요. 아직 한 살도 안 된."

"우리 아기들을 왜요? 그 사람이 왜 훔쳐간 거예요? 입양아로 팔려고요? 왜……."

"이제 와서 이유를 안들 뭐하겠어요? 그 자가 어떤 계획을 세웠든 결실을 맺지 못했어요." 칼로타 수녀가 말했다. 볼레스쿠의 실험내용에 대해서는 밝힐 수 없었다.

"살인자 이름이 뭡니까?" 줄리안이 물었다. 칼로타 수녀가 망설이자 그는 더 강하게 다그쳤다. "이름은 공문서에 나와 있을 거 아닙니까?"

"로테르담 형사법정에 기록된 이름은……." 칼로타 수녀가 말했다. "볼레스쿠예요."

줄리안의 표정이 따귀를 얻어맞은 사람처럼 멍해졌지만, 그는 즉시 정신을 수습했다. 엘레나는 그걸 보지 못했다.

그가 자기 아버지의 애인에 대해 알고 있다, 칼로타 수녀는 생각했다. 거기에 어떤 동기가 작용했을지 짐작할 만했다. 사생아가 적자의 아이들을 납치했다. 그들을 실험에 이용하다가 결국에는 살해했다.

적자는 그 사실을 7년 동안 알지 못했다. 볼레스쿠는 아버지 없이 자란 자신의 상실감을 이런 식으로 복수했다. 줄리안에게는 아버지의 주체하지 못한 욕망이 상실감과 고통으로 되돌아왔다. 아버지의 죄가 삼 대와 사 대 후손들에게까지 벌이 되어 돌아온 것이다.

하지만 '나를 미워하는 자의 죄를 갚되 아비로부터 아들에게로 삼 대와 사 대까지 이르게 하거니와' 라고 성경에 나와 있지 않던가? 줄리안과 엘레나는 하나님을 미워하지 않았다. 그들의 죄 없는 아기들도 마찬가지였다.

이것은 헤롯 왕이 베들레헴의 아이들을 죽여버린 것보다 더 납득이 되지 않았다. 유일한 위안은 자비로운 하나님이 살해된 아기들의 영혼을 가슴에 품어 주셨으리라는 믿음이었다. 결국에는 그 부모의 가슴에도 위로를 안겨주시리라.

칼로타 수녀는 말했다. "한 번도 안아보지 못한 아이들 때문에 비통해하지 말라고 말씀드릴 수는 없습니다. 그래도 이 세상에 두 분의 한 아이가 있다는 사실에 기뻐하실 수는 있지 않을까요?"

"백만 킬로나 떨어져 있어요!" 엘레나가 소리쳤다.

"혹시…… 전투학교에서 우리 아이를 잠시 집에 보내줄 수 있을지……." 줄리안이 말했다. "우리 아이 이름은 니콜라이 델피키입니다."

"정말 죄송합니다." 칼로타 수녀가 말했다. 얼굴 한 번 보기 힘든 아들을 그들에게 상기시키는 것은 결국 그리 좋은 아이디어가 아니었다. "제가 찾아온 게 이렇게 안 좋은 소식으로 이어지게 되어 정말 죄송합니다."

"하지만 당신은 알고자 했던 것을 알아내셨겠지요?" 줄리안이 말했다.

"네." 칼로타 수녀가 말했다.

그때 줄리안이 뭔가를 알아차렸다. 하지만 아내 앞에서 입을 열지는 않았다. "이제 공항으로 돌아가실 건가요?"

"네, 차가 아직 기다리고 있어요. 군인들은 택시 운전사보다 훨씬 인내심이 강하죠."

"차까지 배웅해 드리겠습니다." 줄리안이 말했다.

"안 돼요. 줄리안. 나 혼자 두지 말아요." 엘레나가 말했다.

"잠깐 다녀올게요. 여보. 상황이 아무리 이렇더라도 예의는 잊지 말아야지." 그는 오랫동안 아내를 안아주고 나서, 문으로 걸어가 칼로타 수녀를 위해 문을 열어주었다.

차로 걸어가는 동안 줄리안은 자신이 알아차린 사실을 이야기했다. "내 아버지의 사생아가 이미 감옥에 갇혀 있는 거라면, 그 범죄 때문에 여기 찾아오신 건 아니겠군요."

"그래요." 그녀가 말했다.

"우리 아이들 중 하나가 아직 살아 있는 건가요?" 그가 말했다.

"제 권한 밖의 일이라서 이런 말씀을 드리면 안 되지만, 제가 가장 우선적으로 충성해야 할 분은 하나님이에요. I. F.가 아니라요. 볼레스쿠의 손에 죽은 스물두 명의 아이들이 당신 아이들이었다면, 스물세 번째 아이는 살아 있을 수도 있어요. 유전자 검사를 해봐야 할 거예요."

"하지만 우리에게 결과를 알려주진 않겠지요."

"아직은 알려드릴 수 있는 상황이 아니에요. 그날이 금방 오지 않을 수도 있고, 영원히 안 올 수도 있겠죠. 하지만 제 힘이 닿는 한, 둘째 아드님을 만나게 해드릴게요."

"그 아이를…… 그 아이를 아시나요?"

"그 아이가 당신 아들이라면." 그녀가 말했다. "네, 알아요. 삶이 쉽지는 않았지만, 착한 아이에요. 세상 어느 아버지나 어머니도 자랑스러워할 만한 아이죠. 더 이상은 묻지 말아주세요. 이미 너무 많은 걸 얘기했어요."

"아내에게 이 얘기를 해야 할까요? 아는 것과 모르는 것 중에서, 그녀에게 어느 쪽이 더 힘들까요?"

"여자도 남자와 그리 다르지 않아요. 당신은 아는 쪽을 택했어요."

줄리안은 고개를 끄덕였다. "당신이 우리에게 소식을 전해주셨을 뿐이라는 거 압니다. 이 고통을 일으킨 당사자는 아니죠. 하지만 수녀님의 방문을 기분 좋게 기억하진 못할 거예요. 그래도 그 따뜻한 마음만은 잊지 않겠습니다."

그녀가 고개를 끄덕였다. "상황이 달랐더라면 즐거운 만남이 되었을 거예요."

줄리안이 차 문을 열어주었다. 그녀는 허리를 굽혀 안으로 들어갔다. 하지만 문을 닫기 전에 마지막으로 아주 중요한 질문 하나가 생각났다.

"줄리안, 다음에 딸을 낳으실 생각이었다는 건 알지만, 아들을 또 하나 낳았다면 어떤 이름을 붙여 주었을까요?"

"첫아이는 내 아버지 이름을 따서 니콜라이라고 지었어요. 하지만 엘레나는 둘째 아들이 생기면 내 이름을 붙이고 싶어 했어요."

"줄리안 델피키. 이 아이가 진짜 당신 아들이라면, 언젠가 자기 아버지 이름을 물려받은 걸 자랑스러워할 거예요."

"지금 그 아이가 쓰는 이름은 뭔가요?"

"당연히 말해드릴 수 없어요."

"그래도……설마 볼레스쿠는 아니겠지요?"

"그럼요. 그 아이가 내 입에서 그 이름을 듣게 되는 일은 절대 없을 거예요. 하나님이 함께 하시길 빌게요, 줄리안 델피키. 두 분을 위해 기도할게요."

"우리 아이들의 영혼을 위해서도 기도해주십시오."

"이미 했고, 하고 있고, 앞으로도 기도할 거예요."

◆

앤더슨 소령은 테이블 맞은편에 앉아 있는 소년을 바라보았다. "사실 그리 중요한 문제는 아니란다, 니콜라이."

"제가 무슨 문제라도 일으킨 줄 알았어요."

"아니, 아니야. 그냥 네가 빈의 특별한 친구인 것 같아서. 그 아이한테 친구가 많은 게 아니잖니."

"여기 올 때 우주선에서 디마크 선생님이 빈을 표적으로 만든 것도 영향이 있을 거예요. 이젠 또 엔더가 똑같은 일을 했고요. 그 정도는 빈이 감당할 수 있을 거예요. 그 녀석이 똑똑하긴 하지만 다른 아이들을 조금 열 받게 하는 면도 없지 않아요."

"넌 열 받지 않잖아?"

"아, 저도 가끔 열 받아요."

"그런데도 친구가 됐군."

"친구가 되려던 건 아니었어요. 그냥 신참 때 맞은편 침대를 썼거든요."

"네가 다른 아이와 자리를 바꿨던 거지."

"제가요? 아. 뭐."

"빈이 얼마나 똑똑한지 알기도 전에 말이야."

"우주선에서 빈이 최고 득점자라는 얘기 들었어요."

"그래서 그 아이 옆에 있고 싶었던 거냐?"

니콜라이가 어깨를 으쓱했다.

"넌 그 애한테 잘해주고 싶었던 거야. 내가 늙은 냉소주의자이긴 해도, 그런 알 수 없는 행동을 보면 호기심이 생긴단다."

"사실 빈은 제 어릴 때 모습하고 비슷해요. 바보 같죠? 처음 보는 순간, 귀여운 아기 니콜라이라는 생각이 들었어요. 어머니가 제 어렸을 때 사진을 보여주면서 항상 그렇게 불렀거든요. 난 그 사진 속의 아기를 나라고 생각하지 않았어요. 난 커다란 니콜라이인데 그건 귀여운 아기 니콜라이였으니까요. 그 애가 내 동생이고 같은 이름을 가진 거라고 상상하곤 했어요. 커다란 니콜라이와 귀여운 아기 니콜라이요."

"부끄러워하는 것 같은데, 그럴 필요 없다. 외동아이들에게 그건 자연스런 행동이야."

"전 형제가 있으면 좋겠다고 생각했어요."

"형제가 많은 애들은 그 반대일 거다."

"그래도 저는 직접 형제를 만들었어요. 빈하고 저는 잘 지내요." 니콜라이가 민망한 듯 웃었다.

"빈을 봤을 때 네가 상상하곤 했던 그 형제라는 느낌이 들었구나."

"처음엔 그랬어요. 이제 빈이 어떤 녀석인지 알고 나니까 더 좋아요. 뭐랄까…… 때로는 내가 형이 되어 그 녀석을 동생처럼 돌봐주는 것 같고, 때로는 그 녀석이 형이 되어 날 돌봐주는 것 같아요."

"예를 들면?"

"네?"

"그렇게 작은 애가 널 어떻게 돌봐주지?"

"나한테 충고를 해줘요. 수업도 도와주고, 같이 훈련도 하고. 거의 모든 면에서 빈이 저보다 나아요. 덩치만 작을 뿐이죠. 아무래도 제가 그 녀석을 더 좋아하는 것 같아요."

"그게 사실일 수도 있겠지만, 빈은 다른 누구보다 널 좋아하는 것 같더구나. 다만…… 지금까지의 행동으로 봤을 때 빈이 너처럼 우정을 쌓아갈 능력이 있는지는 모르겠다. 이런 얘기를 했다고 해서 빈에 대한 네 감정이나 행동이 바뀌지 않았으면 좋겠구나. 우리가 누구한테 친구로 지내라고 명령할 순 없지만, 네가 빈의 친구로 남아 있어주길 바란다."

"전 그 녀석 친구가 아니에요." 니콜라이가 말했다.

"응?"

"말씀드렸잖아요. 우린 형제라고." 니콜라이가 씩 웃었다. "형제를 쉽게 포기하진 않아요."

용기

"유전적으로 그들은 일란성 쌍둥이요. 유일한 차이는 앤턴의 열쇠지."

"델피키 부부의 아들이 둘이군요."

"델피키 부부의 아들은 하나요. 니콜라이라는 그 아이는 복무기간 동안 우리와 함께 있을 거요. 빈은 로테르담 거리에서 발견된 고아요."

"납치됐기 때문에 그런 거잖아요."

"법은 명백하오. 수정란은 소유물이오. 당신의 종교적 감수성에는 이게 마음에 들지 않겠지만, I. F.가 따르는 것은 종교가 아니라 법이오."

"I. F.는 자기 목적을 달성하는 데 쓸모 있을 때나 법을 운운해요. 지금 전쟁이 진행 중이라는 거 알아요. 당신 권한 밖에 있는 일들이 있다는 것도 알아요. 하지만 전쟁이 영원히 계속되지는 않을 거예요. 내가 요구하는 건 이거 하나뿐이에요. 이 정보를 기록에 남겨줘요. 수많은 기록들 중 하나로 남겨줘요. 전쟁이 끝났을 때 이런 일의 증거가 살아남을 수 있게, 진실이 숨겨지지 않게 조치를 취해줘요."

"물론이오."

"아니, 물론이 아니에요. 포믹스를 무찌르는 순간 I. F.의 존재 이유가 없어질 거예요. 물론 국제평화 유지를 위해 존속시키려고 노력하겠죠. 하지만 연맹은 앞으로 불어올 국수주의 바람에서 살아남을 만큼 정치적으로 강하지 않아요. I. F.는 산산조각날 거예요. 파벌별로 자신의 리더를 따르겠죠. 그중 어느 누구라도 지구에 무기를 쓰려 한다면 큰일이 일어날 거예요."

"묵시록을 너무 많이 읽은 것 같소."

"내가 당신 학교에 있는 천재 아이들 중 하나는 아니지만, 지구 여론이 어떻게 돌아가는지는 알아요. 네트에서 데모스테네스라는 선동가는 군부 쪽이 새로운 바르샤바 조약을 촉진시키기 위해 불법적으로 비밀스런 공작을 벌이고 있다며 서방을 자극하고 있어요. 모스코바, 바그다드, 부에노스아이레스, 베이징에서는 그보다 훨씬 유독한 허위선전들이 나돌고 있어요. 로크처럼 합리적인 목소리를 내는 자들도 몇몇 있어요. 하지만 그들에겐 알맹이 없는 말뿐인 찬사가 주어질 뿐 무시되고 말죠. 세계전쟁은 분명히 일어날 거고, 그에 대해 당신과 내가 할 수 있는 일은 아무것도 없어요. 하지만 그 게임에서 아이들이 졸(卒)이 되지 않도록 최선을 다할 순 있어요."

"졸이 되지 않으려면 직접 게임을 하는 수밖에 없지."

"당신은 그들을 키우고 있어요. 그들에게 게임할 기회를 주세요."

"칼로타 수녀, 나는 오로지 포믹스와의 최후 결전을 준비하는 데 집중하고 있소. 이 아이들을 명석하고 믿을 만한 지휘관으로 변모시키는 게 최우선이오. 그 이상까지 생각할 여력이 없어요."

"생각하지 말아요. 그 아이들의 가족과, 그들을 요구하는 국가에 문을 열어두기만 하면 돼요."

"지금은 그런 생각을 할 시간이 없소."

"당신이 그걸 할 수 있는 시간은 지금뿐이에요."

"날 과대평가하는군."

"당신이 자신을 과소평가하는 거예요."

드래건 부대가 훈련을 시작한 지 겨우 한 달이 지났을 때, 불이 켜지자마자 엔더가 종이 한 장을 흔들며 병영으로 들어섰다. 전투 명령서였다. 그들은 07시 00분에 래빗 부대를 상대해야 했다. 아침식사도 못한 채 전투에 나서야 했다.

"전투실에서 토하면 곤란하지 않겠나."

"화장실에는 갔다 와도 되죠?" 니콜라이가 물었다.

"10리터 이하로만 싸라." 엔더가 말했다.

모두가 웃었지만 다른 한편으로는 긴장했다. 그들은 베테랑 군인이 몇 명밖에 없는 새로운 부대였다. 실제 전투에서 이기리라 기대하진 않았지만, 굴욕을 당하고 싶지도 않았다. 긴장을 다루는 방식은 모두 제각각이었다. 어떤 아이는 말이 없어졌고, 또 다른 아이들은 말이 많아졌다. 농담하며 장난치는 아이들이 있는가 하면 무뚝뚝해지는 아이들도 있었다. 침대에 다시 드러누워 눈을 감아버리는 아이도 있었다.

빈은 그들을 살펴보았다. 포크 패거리의 아이들이 이런 행동을 했었는지 생각해보았다. 다음 순간 깨달았다. 그들은 배가 고팠다. 창피당하는 것 따위는 두렵지 않았다. 먹을 게 충분해지기 전까지는 이런 두려움이 생겨나지 않는다. 이 아이들처럼 느낀 건 깡패들이었다. 그들에게 배고픔은 두렵지 않았지만 굴욕은 두려웠다. 급식소 앞에 줄 서 있던 깡패들 모두 분명히 이런 태도들을 보였다. 그들은 언제나 연기를 했고, 언제나 자신을 지켜보는 다른 이들을 의식했다. 싸워야 할 상황이 생길까봐 두려워했다. 그러면서 동시에 싸우고 싶어 안달했다.

지금 나는 무얼 느끼고 있나?

느낌이 어떤지 알아내려고 생각해야 하다니, 나는 뭐가 잘못된 걸까?

아…… 난 그냥 앉아서 지켜보고 있다. 난 그들 중 하나다.

빈은 전투복을 꺼내 입으려다가 먼저 화장실에 다녀와야 한다는 것을 깨달았다. 바닥으로 내려서서 훅에 걸린 수건을 끌어내 몸에 둘렀다. 침대 밑에 수건을 놔두고 통풍구로 기어들어갔던 그날 밤이 생각났다. 그는 이제 거기 들어갈 수 없었다. 단단한 근육이 생겼고 몸이 너무 커버렸다. 아직도 전투학교에서 제일 작은 아이였을 뿐 아니라 그가 얼마나 자랐는지 알아차릴 사람이 있을 것 같지도 않았지만, 빈 자신은 팔다리가 더 길어졌다는 것을 인식했다. 어디에든 전보다 더 쉽게 손이 닿았다. 체육관에 들어갈 때 손바닥을 대는 것 같은 일상적인 행동을 하기 위해 제자리에서 뛸 필요가 없어졌다.

난 변했다, 빈은 생각했다. 내 몸은 물론이고, 생각하는 방식도.

니콜라이는 여전히 얼굴에 베개를 덮고 누워 있었다. 모두 상황에 대처하는 자기 나름의 방식이 있다.

다른 아이들은 모두 화장실에 다녀오고 물을 마셨지만, 빈만은 샤워를 하기로 마음먹었다. 가끔 아이들이 그 아래까지 떨어진 물도 따뜻하냐며 그를 놀려대곤 했지만, 그런 농담은 이제 진부했다. 빈이 원하는 건 수증기였다. 주위를 둘러싸는 뿌연 안개, 뿌옇게 김이 서린 거울들. 그럼 모든 게 가려져서 어느 누구라도, 어떤 체격이라도 될 수 있었고 다른 어디에라도 있을 수 있었다.

언젠가는 그들 모두 진정한 내 모습을 알아봐 주리라. 그들보다 더 커다란 자. 다른 누구보다 우수하고 월등한 자. 그들이 상상할 수 없는 짐을 짊어지고, 더 멀리 바라보며 더 멀리 손을 뻗을 수 있는 자임을 알게 되리라. 로테르담에서는 살아남는 것에밖에 신경 쓸 수 없었다. 하지만 여기서는 먹고 싶은 만큼 먹을 수 있다. 여기서 내가 누군지, 어떤 인물이 될 수 있는지 발견했다. 내가 유전적으로 평범하지 않다는 이유만으로 그들은 나를 외계인이나 로봇처럼 생각한다. 하지만 내가 이 삶에서 위대한 일을 해내면, 그들은 자랑스럽게 나를 인간이라고 말할 것이다. 거기에 이의를 제기하는 누구에게든 화를 낼 것이다.

위긴보다 더 위대한 자가 되어야 한다.

그는 이 생각을 머릿속에서 몰아냈다. 아니 그러려고 노력했다. 이건 경쟁이 아니었다. 세상은 위대한 남자 두 명이 공존할 수 없을 만큼 좁은 곳이 아니다. 남군의 리 장군과 북군의 그랜트 사령관은 동시대인이었다. 서로에게 맞서 싸웠다. 비스마르크와 디즈레일리(영국의 정치가―옮긴이), 나폴레옹과 웰링턴(영국의 군인이자 정치가―옮긴이).

아니, 이건 비교가 안 된다. 링컨과 그랜트다. 함께 일한 위대한 남자들.

하지만 이는 얼마나 드문 일인가. 나폴레옹은 자기 부하 누구에게든 권위가 넘어가는 것을 절대로 참지 못했다. 승리는 오로지 자신만의 것이어야 했다. 아우구스투스 옆에는 어떤 위대한 자가 있었는가? 알렉산더 옆에는 누가 있었는가? 친구도 있고 라이벌도 있었지만, 그들과 함께 할 파트너는 없었다.

그게 위긴이 날 내리누르는 이유다. 지금쯤 그는 대원들에 대한 자료를 받아보았을 것이다. 내가 드래건의 다른 어떤 대원보다 머리가 좋다는 것을 알았을 것이다. 하지만 내가 너무 명백한 라이벌이기 때문에, 첫날 내가 위로 올라서겠노라고 분명히 밝혔기 때문에, 이 부대에 있는 동안 그런 일이 일어나지 않게 하려는 것이다.

누군가 욕실로 들어왔다. 수증기 때문에 누군지 보이지 않았다. 그에게 아는 체하는 사람도 없었다. 다들 볼일을 끝내고 준비하러 간 모양이었다.

그는 빈이 서 있는 샤워 칸을 지나 걸어갔다. 그건 위긴이었다.

빈은 비누칠한 상태 그대로 서 있었다. 바보가 된 기분이었다. 씻어야 한다는 것을 잊어버리고 수증기 속에 멍하니 서서 생각 속에 길을 잃어버렸다. 얼른 다시 쏟아지는 물살 밑으로 들어갔다.

"빈?"

"대장?" 빈이 뒤를 돌아보았다. 그 앞에 엔더가 서 있었다.

"모두 체육관으로 가라고 지시했을 텐데."

빈은 아까 일을 되짚어보았다. 머릿속에 그 장면이 펼쳐졌다. 그래, 엔더 위긴이 전투복을 챙겨서 모두 체육관에 집합하라고 명령했었다.

"죄송합니다……. 다른 생각을 하느라……."

"첫 전투 때는 누구나 긴장해."

빈은 이 상황이 정말 싫었다. 멍청한 짓을 하는 걸 위긴에게 보이고 싶지 않았다. 그런 명령 하나 기억하지 못하다니. 빈은 '모든 걸' 기억했다. 머리에 입력하지 않았을 뿐이다. 그런데 이제 위긴이 그에게 선심을 쓰듯 말하고 있었다. 처음에는 누구나 긴장하는 거라고!

"당신은 긴장하지 않았잖아요."

엔더는 걸어 나가다가 몸을 돌렸다. "뭐라고?"

"본쏘 마드리드는 당신한테 무기도 꺼내지 말라고 명령했어요. 미라처럼 가만히 있으라고만 했어요. 그때 당신은 긴장하지 않았을 거 아니에요."

"그래." 위긴이 말했다. "난 화가 났어."

"긴장보다 낫네요."

위긴이 떠나려다가 다시 돌아왔다. "너도 화가 났나?"

"샤워하기 전엔 그랬죠." 빈이 말했다.

위긴이 웃었다. 그 다음에 미소가 사라졌다. "늦었다, 빈. 아직도 못 끝냈나? 네 전투복은 이미 체육관에 가져다놨다. 너는 그 안으로 당장 엉덩이만 집어넣으면 돼." 위긴이 옆에 걸려 있는 빈의 수건을 걷어냈다. "이건 내가 가져가겠다. 저 아래서 기다릴 테니까 얼른얼른 움직여."

위긴이 사라졌다.

빈은 샤워기를 잠갔다. 화가 머리끝까지 치밀었다. 그럴 필요까진 없었고, 위긴도 그걸 알고 있었다. 다른 부대원들이 아침식사를 하고 돌아오는 시간에 물에 빠진 벌거숭이 생쥐 꼴로 복도를 지나가게 할 것까지는 없었다. 그건 야비하고 아둔한 짓이었다.

위긴은 내 코를 납작하게 만들려고 물불을 가리지 않는 것이다. 기회 있을 때마다 놓치지 않으려는 것이다.

빈, 이 멍청아, 아직도 여기 서 있는 거냐? 당장 체육관으로 달려가 녀석을 패주면 되잖아. 그런데 바보같이 서서 제 발등만 노려보고 있어? 도대체 왜 이러는 거야? 뭐 하나 말이 되질 않아. 이래봤자 너한테 도움 되는 건 아무것도 없어. 너, 위긴에게 무시당하고 싶지 않지? 소대장이 되고 싶지? 그런데 이렇게 어린애처럼 겁에 질려서, 도저히 믿음이 안 가는 얼간이 짓을 하고 있냐?

넌 아직도 여기 서 있어, 얼어붙은 채로.

난 겁쟁이다.

이 생각이 뇌리를 스치는 순간 덜컥 겁이 났다. 겁쟁이라는 단어가 머리에서 떠나지 않았다.

나는 겁이 날 때 비합리적인 행동을 하거나 얼어붙어버리는 그런 녀석들 중 하나다. 얼이 빠져서는 자제력을 잃어버리고 멍청해지는 그런 놈이다.

하지만 로테르담에서는 그러지 않았다. 그랬더라면 일찌감치 죽었을 것이다.

아니 어쩌면 로테르담에서도 그랬을지 모른다. 포크와 아킬레스 둘이 부두에 있는 것을 봤을 때 소리치지 못한 것도 그 때문이었는지 모른다. 내가 거기서 무슨 일이 일어나는지 끝까지 지켜보았더라면 아킬레스는 살인을 저지르지 못했을 것이다. 그러는 대신에 나는 도망쳤고, 그 후에야 그녀가 위험에 처해 있으리라는 것을 깨달았다. 왜 그 전에 깨닫지 못했을까? 아니 깨닫지 못한 게 아니라, 내가 '두려움을 깨달았기' 때문이다. 체육관에 집합하라는 위긴의 명령 소리를 들었을 때처럼. 나는 깨달았다. 완벽하게 이해했다. 하지만 너무나 비겁했기에 행동하지 못했다. 무언가 잘못될까봐 너무나 무서웠다.

땅바닥에 누워 있는 아킬레스를 보면서 포크에게 죽이라고 했을 때도 그런 일이 일어난 건지 모른다. 내가 틀렸고 그녀가 옳았다. 그런 식으로 붙잡힌 깡패라면 누구든 원한을 가슴에 품었을 테니까. 그리고 그는 그 후에 쉽사리 원한을 풀 수 있었을 것이다. 바닥에서 일으켜 세워주자마자 그녀를 죽였을 것이다. 아킬레스가 제일 적당한 자였다. 빈이 생각한 계획에 동의할 만한 유일한 자였다. 선택의 여지는 없었다. 하지만 난 겁을 먹었다. 그를 죽이라고 말했다. 그 두려움이 사라지길 바랐기 때문에……

그리고 난 여전히 여기 서 있다. 이미 물을 잠근 샤워기 아래서. 젖은 몸에 한기가 느껴진다. 그런데 움직일 수가 없다.

니콜라이가 욕실 문가에 서 있었다.

"배탈 난 건 좀 어때?" 그가 말했다.

"뭐?"

"대장한테 어젯밤에 네가 배탈 나서 고생했다고 말했어. 그래서 혼자 남아 있는 거라고. 넌 몸 상태가 안 좋은데도, 첫 전투를 놓치고 싶지 않아서 말하지 않으려 했던 거야."

"무서워 죽겠어, 나오려던 똥도 들어가게 생겼어." 빈이 말했다.

"대장이 수건 가져다주라더라. 자기가 괜히 가져온 것 같대." 니콜라이가 걸어 들어와 수건을 건네주었다. "전투에 네가 필요하니까, 힘들더라도 참고 견뎌주길 바라겠대."

"필요하긴 뭐가 필요해. 내가 오길 바라지도 않을 걸."

"이러지 마, 빈. 넌 해낼 수 있어."

빈은 수건으로 몸을 닦았다. 움직이고 있는 게 기분 좋았다. 뭔가 한다는 게.

"이제 충분히 닦은 것 같다." 니콜라이가 말했다.

빈은 자신이 몸을 닦고 또 닦고 있다는 것을 깨달았다. 몇 번씩이나.

"니콜라이, 내가 왜 이러는 걸까?"

'넌 네가 진짜 어린애처럼 보일까봐 두려운 거야. 이 시점에서 내가 하나만 말해줄게. 넌 어린애야."

"너도 마찬가지야."

"그러니까 잘하지 못해도 괜찮아. 네가 계속 나한테 주장한 게 그거였잖아?" 니콜라이가 웃었다. "나처럼 실력 모자라는 놈이 할 수 있다면, 너도 할 수 있어."

"니콜라이." 빈이 말했다.

"또 뭐야?"

"이제 정말 싸야겠어."

"나한테 엉덩이 닦아달라는 말은 마라."

"내가 3분 안에 안 나오면, 들어와."

추우면서도 땀이 났다. 가능하리라고 생각지도 못했던 결합이었다. 빈은 화장실 칸으로 들어가 문을 닫았다. 뱃속이 고통스럽게 뒤틀렸다. 하지만 도저히 시원하게 해결되지가 않았다.

나는 무엇을 이렇게 두려워하는 걸까?

마침내 그의 소화계가 신경계를 이겼다. 지금까지 먹은 게 모두 한꺼번에 터져 나오는 느낌이었다.

"시간 됐어. 나 들어간다."

"들어오면 죽을 줄 알아." 빈이 말했다. "다 됐어. 내가 나갈게."

이제 뱃속을 비워냈고 몸도 깨끗해졌다. 딱 하나 있는 진짜 친구 앞에서 볼꼴 못 볼꼴까지 다 보였다. 빈은 화장실에서 나와 수건으로 몸을 감쌌다.

"거짓말쟁이 만들지 않아줘서 고마워." 니콜라이가 말했다.

"뭐?"

"배탈 말이야."

"널 위해서 내가 배탈 난 거야."

"이젠 우정 탓이다 이거지?"

그들이 체육관에 도착했을 때쯤, 전 대원이 이미 전투복 차림으로 출발준비를 마쳤다. 니콜라이가 빈의 전투복 착용을 도와주는 동안, 엔더는 다른 대원들을 매트에 앉히고 긴장완화 훈련을 시켰다. 빈도 몇 분쯤 누워 있을 수 있었다. 곧이어 위긴이 모두에게 일어나라고 했다. 06시 56분. 전투실에 들어가기까지 4분 남았다. 그는 시간을 꽤 빠듯하게 운용하고 있었다.

복도로 달리면서 엔더는 때때로 천장으로 뛰어올랐다. 뒤따르는 나머지 대원들도 같은 자리에서 뛰어올라 천장을 두드렸다. 작은 아이들은 거기에 손이 닿지 않았다. 수치심과 분노와 두려움으로 아직도 가슴이 화끈거리는 빈은 시도하지도 않았다. 그런 행동은 같은 패거리에 속한 이들이나 할 수 있는 일이다. 그는 여기 속해 있지 않았다. 수업시간에 아무리 잘하면 무엇 하겠나, 진실이 이 밖에 도사리고 있는걸. 그는 겁쟁이였다. 군인이라고 할 수도 없었다. 모의전투에서 조차 이렇게 벌벌 떤다면, 진짜 전투에서 무슨 일을 할 수 있단 말인가? 진짜 장군들은 적의 포화에 당당히 자신을 드러낸다. 두려움 없이 부하들에게 직접 용기의 본을 보여주어야 한다.

그런데 나는 얼어붙었다. 샤워실에서 한참을 꿈지럭거렸고, 일주일 먹은 양을 화장실에 쏟아냈다. 어느 대원들이 그런 대장을 따르겠는가.

입구에 도착하자, 엔더가 부대원들을 소대별로 정렬시킨 후 물었다. "적의 문은 어느 쪽이지?"

"아래입니다!" 모두가 대답했다.

빈은 입만 벙긋거렸다. 아래. 아래. 아래. 아래.

거위 등에서 제일 잘 내려오는 방법이 뭘까?

애초에 뭐 하러 거위 등에 올라탔냐, 멍청아!

눈앞의 회색 벽이 사라지고 전투실이 들여다보였다. 어둑어둑했다. 캄캄하진 않지만, 래빗 부대원들의 전투복에서 흘러나오는 불빛으로 겨우 적의 문을 알아차릴 수 있을 정도였다.

엔더는 성급하게 들어가지 않았다. 앞에 서서 안을 관찰했다. 격자무늬 공간에 여덟 개의 별들이 배치되었다. 장애물, 은신처, 전투장 역할을 하는 커다란 정육면체 구조물들을 별이라고 부르는데, 그것들이 무작위적인 것 같으면서도 꽤 고르게 분포되어 있었다.

엔더는 C소대에 첫 번째 지시를 내렸다. 크레이지 톰이 이끄는 소대, 빈이 속해 있는 소대였다. 지시내용이 뒤로 중얼중얼 전달되었다. "벽을 타고 들어간다." 그 다음에 톰의 명령이 이어졌다. "무릎을 구부리고 다리는 동결시켜서 들어간다. 남쪽 벽이다."

그들은 조용히 전투실로 뛰어들었다. 손잡이를 이용하여 천장을 따라 동쪽 벽으로 나아갔다. "저들은 전투대형을 만들고 있다. 우리가 그 대형을 잘라낸다. 저들을 긴장시키고 혼란을 유발한다. 그들은 어떻게 대처해야 할지 모를 것이다. 우린 돌격대다. 저격한 다음 별 뒤로 피한다. 가운데서 거치적거리지 마라. 잘 조준하라. 빗나가지 않게 하라."

빈은 기계적으로 움직였다. 자세를 잡고 다리를 동결시킨 후 몸을 오른쪽으로 틀어 출발하는 건 이제 완전히 몸에 배어 있었다. 수백 번도 넘게 해보았다. 그는 정확히 수행했고, 다른 소대원들도 마찬가지였다. 아무도 누가 잘하는지 못하는지 쳐다보지 않았다. 각자 다른 대원이 예상하는 그 자리에서 자기 할 일을 했다.

그들은 벽을 따라 미끄러져갔다. 항상 손잡이를 확보할 수 있는 곳으로 진행했다. 동결된 다리 부분이 어두워진 상태였기 때문에 꽤 가까이 접근할 때까지 적은 그들의 전투복 불빛을 알아보지 못했다. 위긴이 문 근처에서 뭔가를 하며 래빗 부대의 관심을 분산시켰으므로 그들이 C소대의 접근을 알아차리기는 더욱 힘들었다.

가까이 접근했을 때, 크레이지 톰이 말했다. "이제 갈라져서 별로 향한다. 나는 북쪽, 너희는 남쪽."

그건 이미 크레이지 톰이 소대원들과 같이 훈련했던 작전이었다. 시기도 적절했다. 쏴야 할 무리가 두 개로 분리되어 각기 다른 방향으로 향하면 적의 혼란은 더욱 가중될 것이었다.

그들은 손잡이를 잡고 몸을 끌어올렸다. 방향이 바뀌면서 그들의 전투복 불빛이 갑자기 확연해졌다. 래빗 부대에서 누군가가 그들을 알아보고 알람을 울렸다.

하지만 C소대는 이미 움직이고 있었다. 소대 절반은 비스듬히 남쪽으로, 나머지 절반은 북쪽으로 향했다. 그리고 그들 모두 아래쪽으로 각도를 잡았다. 빈은 총을 쏘기 시작했다. 상대편에서도 사격을 가해왔다. 광선이 전투복에 닿으면서 작게 위잉 소리를 냈다. 하지만 그가 천천히 몸을 비틀며 방어했고, 적에게서 멀리 떨어져 있어 광선이 손상을 가할 정도로 한군데 오래 닿지 못했다. 그동안에 빈의 팔은 완전히 평소의 컨디션을 되찾았다. 떨림도 사라졌다. 그때 수없는 연습으로 다져진 실력이 나타났다. 그는 정확하게 조준했고, 팔이나 다리를 맞추지 않고 깨끗하게 적을 명중시켰다.

그 후에 바로 벽을 치고 다시 별로 튀어 올랐다. 도착하기 전에 적을 하나 더 명중시킨 다음, 별에 있는 손잡이를 잡고 말했다. "빈, 도착했습니다."

"셋을 잃었다." 크레이지 톰이 말했다. "하지만 적의 대형을 무너뜨렸다."

"이제 어떻게 할까요?" 대그가 말했다.

보이진 않지만 소리로 주요 전투가 진행 중이라는 것을 알 수 있었다. 빈은 별을 향해 날아오면서 보았던 것들을 기억 속에서 끄집어냈다.

"적이 우릴 쓸어내려고 이 별로 열두 명을 보냈어요. 동쪽과 서쪽 측면을 돌아서 올 겁니다."

다들 제정신이냐는 듯이 그를 쳐다보았다. 그걸 어떻게 알 수 있겠는가?

"일 초쯤 시간 있어요." 빈이 말했다.

"모두 남쪽으로." 크레이지 톰이 지시했다.

그들은 별 남쪽으로 이동했다. 거기에 래빗 군은 하나도 없었다. 크레이지 톰이 즉시 대원들을 이끌고 서쪽 측면을 공격했다. 과연 거기에 래빗 군이 있었다. 그들은 별의 '뒷면'이라고 생각한 곳을 공격하려다 사로잡혔다. 드래건 부대로서는 아래라고 훈련받은 곳이었다. 따라서 래빗 군에게 그 공격은 가장 방심하기 쉬운 아래쪽에서 밀려드는 듯했다. 몇 분 후, 그 측면에 있던 래빗 부대원 여섯 명은 동결된 채 별들 아래를 표류했다.

나머지 절반의 공격부대가 그것을 보고 무슨 일이 일어났는지 알아차렸다.

"위로." 크레이지 톰이 지시했다.

적들이 보기에 그것은 별의 앞부분이었다. 적의 주요 대형이 형성돼 있는 곳, 따라서 적에게 가장 많이 노출되어 동결되기 십상인 곳, 드래건들이 절대 가지 않으리라고 예상했던 그 방향이었다.

거기 도착하자마자 크레이지 톰은 덤벼드는 래빗 공격부대와 교전하려 하는 대신, 적의 주요 대형을 공격하라고 지시했다. 그쪽에 있는 적들은 별 뒤에 숨어 여러 방향에서 다가오는 드래건 부대원들에 대응하느라 정신이 없었다. C소대원 다섯 명은 래빗의 공격부대가 다시 그들을 찾아내기 전에 래빗 부대원을 두 명씩 명중시켰다.

빈은 명령을 기다리지 않고 즉시 별 표면을 떠나 아래쪽 공격부대를 겨냥했다. 가까운 거리라서 순식간에 네 명을 해치울 수 있었다.

그 후 위잉 울리던 소리가 멈추고 전투복이 딱딱해지면서 불이 꺼졌다. 래빗의 공격부대에게 당한 게 아니었다. 주요 대형에 있던 누군가가 그를 맞춘 것이다. 빈은 자신의 사격 덕분에 적의 공격부대에게 당한 C소대원이 한 명뿐이라는 것을 만족스럽게 알아차렸다. 그의 몸이 빙글빙글 돌기 시작했다.

이제 그건 중요하지 않았다. 그는 게임에서 아웃되었다. 하지만 잘해냈다. 일곱 명 또는 그 이상을 해치웠다. 개인 점수만 올린 게 아니었다. 크레이지 톰이 전술적으로 옳은 결정을 내릴 수 있도록 정보를 제공했고, 대담한 행동을 취하여 아군이 적의 공격부대에게 많이 당하지 않도록 막아냈다. 결과적으로 C소대는 뒤에서 적을 공격할 수 있는 위치에 남게 되었다. 숨을 곳이 하나도 없는 래빗 부대는 몇 분 만에 전멸했다. 그리고 빈은 그 승리의 일부였다.

나는 작전에 돌입하자마자 바로 동결되지 않았다. 훈련한 대로 움직였고, 기민하게 상황을 판단했다. 아마 이보다 더 잘할 수도 있을 것이다. 더 빠르게 움직이고, 더 많이 볼 수 있을 것이다. 하지만 첫 전투 치고 잘해냈다. 난 해낼 수 있다.

C소대가 승리에 결정적이었으므로 엔더는 다른 소대장 네 명에게 헬멧으로 적의 문 귀퉁이를 누르게 하고 크레이지 톰에게 문을 통과하게 하는 명예를 안겼다. 그것으로 공식 게임이 종료되며 불이 켜졌다.

앤더슨 소령이 승리한 지휘관을 축하하는 한편 뒤처리를 감독하러 들어왔다. 엔더는 재빨리 동결된 대원들을 풀어주었다. 빈은 다시 전투복을 움직일 수 있게 되어 다행스러웠다. 엔더가 훅을 이용하여 부대원들을 모두 모으고 다섯 소대로 정렬시켰다. 그 다음에 래빗 부대의 동결을 풀어주기 시작했다. 그들은 발을 아래로 머리를 위로 향한 채 허공에 차렷 자세로 서 있었다. 해동된 래빗 부대원들은 서서히 같은 방향으로 정렬했다. 그들은 알지 못했지만, 그때가 드래건의 승리가 완벽해진 순간이었다. 적이 이제 자신의 문이 있는 쪽을 아래쪽으로 잡았기 때문이다.

◆

빈과 니콜라이가 아침을 먹고 있을 때 크레이지 톰이 그들의 테이블로 다가왔다. "대장이 아침식사 시간을 10분 연장해주기로 했다. 07시 45분까지 식사한다. 샤워할 수 있게 훈련도 일찍 끝내줄 것이다."

그건 좋은 소식이었다. 이제 급하게 먹지 않아도 된다.

어쨌거나 빈에게는 별로 중요하지 않았다. 식사량이 많지 않아서 금세 먹을 수 있었기 때문이다. 처음 드래건 부대에 들어왔을 때, 빈이 다른 아이들에게 음식을 덜어내는 모습을 크레이지 톰이 목격했다. 빈은 양이 너무 많아서 덜어냈다고 말했고, 톰은 엔더에게 그 문제를 보고했다. 그 후 엔더는 영양사에게 빈의 배급량을 줄이라고 지시했다. 빈이 더 먹고 싶어진 건 오늘이 처음이었다. 그리고 그건 전투를 치른 후라서 그럴 뿐이었다.

"똑똑해." 니콜라이가 말했다.

"뭐가?"

"엔더가 처음에는 15분 만에 아침을 먹으라고 했잖아. 그럼 우린 급한 마음이 들지. 그 다음에 바로 소대장을 보내서 07시 45분까지 먹으라고 해. 겨우 10분차이지만, 우리에겐 엄청 길게 느껴져. 샤워도 원래 게임하고 나서는 바로 할 수 있는 건데, 이제 우린 고마워 하고 있어."

"게다가 그는 소대장들에게 좋은 소식을 전하게 했어." 빈이 말했다.

"그게 중요한가? 어차피 대장이 내린 지시잖아."

"대부분의 지휘관들은 좋은 소식을 자신이 직접 전달해. 나쁜 소식은 소대장들한테 전하게 하지. 하지만 위긴은 소대장들의 권위를 쌓아주고 강화시켜. 크레이지 톰이 전투실로 들어갈 때는 훈련과 자기 머리와 한 가지 목표만 갖고 있었어. 벽을 타고 적의 뒤로 들어가라. 나머지는 모두 그의 재량에 맡겨졌어."

"그렇긴 하지만, 소대장들이 실수하면 엔더의 기록이 나빠질 텐데." 니콜라이가 말했다.

빈은 머리를 흔들었다. "중요한 건, 첫 번째 전투에서 위긴이 힘을 분산해서 전술적 효과를 노렸다는 거야. C소대는 더 이상 계획이 없었을 때도 공격을 계속할 수 있었어. 그건 크레이지 톰이 진짜로 우리를 지휘했기 때문이야. 위긴의 다음 계획이 뭘까 고민하면서 시간을 낭비할 필요가 없었어."

니콜라이가 알아듣고 고개를 끄덕였다. "멋지군. 맞는 말이야."

"그렇다니까." 빈이 말했다. 어느새 같은 테이블에 있는 아이들 모두가 그 대화를 듣고 있었다. "위긴이 전투학교나 순위표 같은 것만 생각했다면 그건 가능하지 않았겠지. 그는 2차 침공 비디오들을 계속 보고 있어. 그거 알아? 위긴은 버거들을 무찌를 방법을 생각하고 있어. 그러려면 싸울 준비가 된 지휘관이 최대한 많아야 한다는 것도 알았겠지. 그는 버거들과 싸울 준비가 된 지휘관이 자신뿐이길 바라지 않아. 그와 소대장들과 부소대장들, 그리고 가능하다면 자신의 병사 하나하나가 어쩔 수 없는 경우에 버거들과의 전쟁에서 함대를 지휘할 수 있는 자가 되어 여길 나가길 바라는 거야."

빈은 자신의 이런 열렬한 발언이 계획한 이상으로 위긴을 높여주고 있다는 것을 알았지만, 그의 얼굴은 여전히 승리의 흥분으로 가득했다. 게다가 그 말은 모두 진실이었다. 위긴은 나폴레옹이 아니었다. 자신의 부하 누구도 똑똑하고 독자적인 지휘관이 될 수 없도록 통제의 고삐를 꽉 잡아매는 지휘관이 아니었다. 크레이지 톰은 부담감을 이기고 제 역할을 해냈다. 자기 소대에서 제일 쓸모없어 보이는 대원의 말까지 무시하지 않고 옳은 결정을 내렸다. 그리고 크레이지 톰이 그렇게 할 수 있었던 이유는 위긴이 소대장들의 말을 귀담아 들음으로써 본을 세웠기 때문이었다. 알아내라. 분석하라. 선택하라. 행동하라.

아침식사 후에 훈련하러 가면서 니콜라이가 그에게 물었다. "그런데 넌 왜 엔더를 위긴이라고 불러?"

"우린 친구가 아니니까." 빈이 말했다.

"아, 그래서 그쪽은 위긴 씨고 넌 빈 씨라고?"

"아니. 빈은 내 성이 아니라 이름이야."

"그럼 그쪽은 위긴 씨고 넌 누군지 모르는 누군가네."

"바로 그거야."

◆

　다들 적어도 일주일쯤은 그들의 완벽한 승리를 자랑하며 돌아다닐 수 있으리라 예상했다. 하지만 다음 날 아침 06시 30분, 엔더는 다시 전투 명령서를 흔들며 병영에 나타났다. "여러분 모두 어제 뭔가 배웠기를 바란다. 오늘 또 전투가 있다."

　모두가 깜짝 놀랐다. 화를 내는 아이도 있었다. 이건 공평하지 않았다. 그들은 준비도 되어 있지 않았다. 엔더는 이제 막 아침을 먹으러 나가려던 플라이 몰로에게 명령서를 건넸다. "전투복!" 이틀 연속으로 싸우는 최초의 부대가 된 게 근사하다고 생각한 듯 플라이가 우렁차게 소리쳤다.

　하지만 D소대장 핫 수프의 태도는 달랐다. "왜 좀 더 일찍 알려주지 않았습니까?"

　"샤워할 시간은 줘야할 것 같았다." 엔더가 말했다. "어제 래빗 부대가 진 게 우리의 지독한 냄새 때문이라더군."

　그 말을 들은 아이들 모두 웃었다. 하지만 빈은 재미있지 않았다. 위긴이 아침에 깨어났을 때는 그 명령서에 대해 몰랐을 것이다. 선생들이 일부러 늦게 전달한 것이다. "샤워하고 돌아올 때까지 그걸 발견하지 못한 게 아닌가요?"

　위긴이 무표정하게 그를 쳐다보았다. "그렇지 않아. 난 너처럼 바닥에 가깝지 않거든."

　그 경멸스런 말투에 빈은 주먹으로 세게 얻어맞은 느낌이었다. 그제야 위긴이 자신의 질문을 비판으로 받아들였다는 걸 깨달았다. 명령서를 보지 못할 만큼 부주의했다는 뜻으로 받아들인 것이다. 이제 위긴의 머리에 빈을 안 좋게 볼 만한 이유가 하나 더 추가되었다. 하지만 빈은 거기에 동요하지 않았다. 어차피 위긴은 그에게 겁쟁이라는 꼬리표를 붙이지 않았는가. 어제 빈이 승리에 일조한 것을 크레이지 톰이 위긴에게 말했을 수도 있고, 하지 않았을 수도 있다. 그런 말 한마디보다 위긴 자신의 눈으로 본 게 더 확실하리라. 샤워실에서 꾀병을 부리던 빈. 그리고 이제 두 번째 전투로 모두 달려가야 하는 이 상황에 대해 그를 조롱하는 빈. 아무래도 내가 소대장이 되려면 서른 살쯤 돼야할 것 같군. 그것도 다른 소대장들이 모두 보트 사고로 익사했을 경우에.

엔더의 말이 계속 이어지고 있었다. 언제든 전투를 예상해야 하며, 기존의 규칙들이 깨지고 있다고 설명했다. "나 역시 그들이 수작 부리는 게 마음에 들지 않지만, 단 한 가지는 마음에 든다. 나에겐 어떤 상황에도 대응할 수 있는 부대가 있다는 사실이다."

빈은 전투복을 입으면서 교사들이 하고 있는 행동에 함축된 의미를 생각했다. 그들은 위긴을 더 빠르게 몰아치며, 더 힘들게 몰아가고 있었다. 게다가 이건 눈보라가 몰아치기 전에 날리는 눈발처럼, 시작에 불과했다.

이유가 뭘까? 위긴이 얼마나 유능한지 테스트할 필요가 있어서는 아니다. 그는 자신의 부대를 훌륭히 훈련시키고 있고, 충분히 훈련할 시간을 부여한다면 전투학교에 큰 득이 될 것이었다. 그렇다면 전투학교 내부가 아닌 외부 사정 때문이리라.

사실 가능성은 하나뿐이었다. 버거들의 침략 군단이 가까워지고 있다는 것. 바로 몇 년이면 닿을 거리에. 그 안에 위긴의 훈련을 끝마쳐야 한다.

여기 아이들 모두가 아니라, 위긴만. 모두에게 해당된다면 우리 스케줄만이 아니라 다른 모두의 스케줄도 이렇게 숨 가빠졌을 테니까.

그래, 난 이미 늦은 것이다. 그들은 위긴에게 희망을 걸기로 결정했다. 내가 소대장이든 아니든 상관없을 것이다. 중요한 건 위긴이 제때 잘 준비되느냐 하는 것이었다.

위긴이 제대로 해낸다면, 그 후에 내가 위대함을 이룰 여지는 여전히 남을 것이다. 연맹은 분해될 것이다. 인간들 간에 전쟁이 일어날 것이다. 나는 I. F. 소속으로 평화유지를 위해 일하거나, 지구의 어느 부대로 들어갈 수도 있다. 내 앞에 충분히 살아갈 날이 남아 있을 것이다. 위긴이 지휘하는 우리 함대가 침략하는 버거들에게 패하지만 않는다면 말이다. 패할 경우, 어느 누구의 삶도 보장되지 않는다.

내가 지금 할 수 있는 일은 위긴이 여기서 배울 수 있는 모든 것을 익히도록 도와주는 것이다. 문제는 내가 그에게 영향력을 행사할 수 있을 만큼 가깝지 않다는 점이다.

이번 전투의 상대는 피닉스 부대였다. 페트라 아카니안이 지휘관이었다. 페트라는 래빗 부대의 칸 카비보다 더 예리했다. 위긴이 전혀 대형을 만들지 않고 싸웠으며, 작은 기습공격 조를 이용하여 주요 전투에 앞서 적진을 분산시켰다는 얘기를 이미 들어 알고 있다는 것도 이점이었다. 하지만 드래건은 전신 동결 세 명, 부분 동결 아홉 명이라는 눈부신 결과로 전투를 끝냈다. 드래건 부대의 압도적인 승리였고, 페트라에게는 참담한 패배였다. 빈은 페트라가 이 결과에 분해하

의 자비심이 있었으니까. 그리고 그 자비심이 그녀를 죽였다.

내가 그녀를 선택했기 때문에 그녀는 죽었다. 내가 그녀를 죽였다.

하나님이 될 수 있다면 좋겠다. 그럼 아킬레스가 영원히 지옥에서 고통받게 저주할 수 있을 텐데.

그때 누군가 그의 발을 찼다.

"저리 가. 가만있는 사람 건드리지 마."

그 발이 또 빈을 찼다. 이번엔 그의 발을 걸어 아래서 위로 걷어냈다. 그는 뒤로 넘어가지 않으려고 두 손으로 버티며 고개를 들어올렸다. 본쏘 마드리드가 그 앞에 서 있었다.

"드래건 부대에서 제일 한심한 똥 덩어리로구나." 본쏘가 말했다.

다른 아이들 세 명이 그와 같이 서 있었다. 그들은 덩치가 크고 하나같이 깡패 같은 얼굴을 하고 있었다.

"안녕, 본쏘."

"얘기 좀 하자, 꼬맹아."

"뭐하는 짓이야. 염탐하는 거야? 다른 부대원과 얘기하면 안 되는 걸로 알고 있는데."

"별것도 아닌 드래건 처부수려고 염탐까지 할 필요는 없어." 본쏘가 말했다.

"그런데 하필 그중에서도 제일 작은 드래건 대원을 찾아서 울 때까지 괴롭혀주려는 거야?"

본쏘의 얼굴에 분노가 나타났다. 거기에 분노가 나타나지 않을 때가 더 드물었지만.

"제발 손 좀 봐달라고 애걸하는 거냐?"

빈은 지금 이 녀석들에게 고분고분해질 기분이 아니었다. 포크를 죽였다는 죄책감에 휩싸여 있었던 터라, 본쏘 마드리드가 사형 집행자가 된다고 해도 상관없을 듯했다. 속에 있는 말을 다 해버릴 작정이었다.

빈이 말했다. "당신은 나보다 적어도 세 배는 커. 두개골 안에 든 걸 제외하고. 당신이 어떻게 부대 지휘권을 얻어냈는지 모르지만, 그걸로 뭘 해야 할지 모르는 평범한 이류에 불과해. 위긴은 당신을 박살낼 거야. 이기려고 노력할 필요조차 없어. 어차피 당신이 나한테 무슨 짓을 하건, 그게 과연 중요할까? 난 이 학교에서 제일 작고 약한 꼬마야. 그래서 당신이 날 걸어찰 대상으로 선택한 거 아닌가?"

"그래, 제일 작고 약한 놈이지." 다른 아이 하나가 말했다.

하지만 본쏘는 아무 말 하지 않았다. 빈의 말이 그의 자존심을 건드렸다. 본쏘에게 자존심은 다른 무엇보다 중요한 문제였고, 여기서 빈에게 해를 가할 경우 그게 기쁨이 아니라 굴욕이 되리라는 걸 알았다.

"엔더 위긴이 그 한심한 신참이나 부적격자 무리를 데리고 날 이길 수 있을 것 같으냐? 칸이나 '페트라' 같은 촌뜨기들은 겁을 집어먹을지 몰라도." 그는 페트라의 이름을 씹듯이 내뱉었다. "그 쓰레기 같은 놈들이 우리 앞에 나타나기만 하면 언제든 가루로 만들어줄 수 있어."

빈은 최대한 무시무시한 표정으로 그를 노려보았다. "모르겠어, 본쏘? 선생들은 위긴을 택했어. 그는 최고야. 이제껏 여기 왔던 어느 누구보다 최고야. 그들은 위긴에게 최악의 부대를 준 게 아니야. 최고의 부대를 줬어. 당신이 부적격자라 부르는 베테랑들은 멍청한 지휘관들이 제 맘대로 안 되니까 다른 데로 보내버리려 한 거지만 사실은 아주 훌륭한 군인들이었어. 위긴은 훌륭한 군인을 어떻게 사용하면 되는지 알아. 쥐뿔도 모르는 당신과는 전혀 다르지. 그게 위긴이 계속 승리하는 이유야. 그는 당신보다 똑똑해. 드래건 부대원들도 모두 당신 부대원들보다 똑똑해. 당신한테 불리한 상황이야, 본쏘. 포기하는 게 나을 걸. 당신의 그 변변찮은 샐러맨더 부대가 우리랑 싸우는 날에는 서서 오줌 싸기도 힘들 만큼 곤죽이 될 거야."

빈은 그보다 더 말할 수도 있었다. 미리 생각해둔 건 아니었지만, 본쏘에게 해댈 수 있는 말은 얼마든지 많았다. 그런데 본쏘의 친구 둘이 방해했다. 그들이 그의 몸을 잡아 벽에 갖다 붙이고 그들 머리보다 높이 쳐들었다. 본쏘가 그의 턱 바로 밑 목에 한 손을 감고 눌렀다. 다른 아이들이 손을 놓았다. 빈의 몸이 대롱대롱 본쏘의 손에 매달렸다. 숨이 막혀 자기도 모르게 발을 댈 곳을 찾으려고 발버둥 쳤다. 하지만 본쏘의 팔은 빈의 발길질이 그의 몸에 닿지 않을 정도로 길었다.

본쏘가 조용히 말했다. "게임은 그렇다 쳐. 선생들이 조작해서 그 쪼그만 위긴 새끼한테 승리를 내줄 수도 있어. 하지만 게임이 아닐 때가 올 거다. 그때는 위긴을 움직일 수 없게 하는 게 동결된 전투복이 아닐 거다. 알겠냐?"

이 자는 무슨 대답을 바라는 걸까? 나는 고개를 끄덕이거나 말할 수 있는 상황이 아닌데.

본쏘는 그대로 서서 악랄하게 미소 지으며 발버둥 치는 빈을 쳐다보았다.

빈의 시야가 컴컴하게 변해가기 시작했을 때 마침내 본쏘가 그의 목을 풀어주었다. 빈의 몸이 바닥으로 떨어졌다. 누운 채로 기침하며 숨을 몰아쉬었다.

내가 무슨 짓을 한 거지? 내가 본쏘 마드리드를 자극했다. 아킬레스처럼 교묘하게 대응하지도 않을 자의 비위를 건드렸다. 위긴에게 패배할 경우 그는 그 결과를 받아들이지 않을 것이다. 분노를 표명하는 정도로 멈추지 않을 것이다. 그가 위긴에게 품고 있는 증오는 뿌리 깊다.

다시 숨을 쉴 수 있게 되었을 때, 빈은 병영으로 돌아갔다. 니콜라이가 당장 그의 목에 난 흔적을 알아차렸다. "누가 이랬어?"

"몰라."

"헛소리 말고! 누가 네 목 졸랐잖아, 이 손자국들을 봐."

"기억 안나."

"태아 시절 자기 동맥 패턴까지 기억하는 놈이."

"말 안 할래." 빈이 말했다. 거기에 대해서는 니콜라이도 뭐라 대꾸할 말이 없었다. 대답이 마음에 들진 않았지만.

소용없으리라는 걸 알면서도, 빈은 그라프의 이름으로 컴퓨터에 들어가 디마크에게 쪽지를 보냈다.

"본쏘는 미쳤다. 누구든 죽일 수 있다. 그가 가장 증오하는 자는 위긴이다."

곧바로 답장이 왔다. 마치 기다리고 있었던 것처럼. "네가 헤집어 놓은 문제는 네가 처리해라. 엄마한테 가서 울지 말고."

그 말이 가시처럼 가슴에 와 박혔다. 이건 빈의 문제가 아니었다. 위긴의 문제였다. 근본적으로 선생들이 만들어놓은 문제였다 애초에 위긴을 본쏘의 부대에 집어넣은 게 그들이니까. 그런 짓을 해놓고 그에게 있지도 않은 엄마를 들먹이며 조롱하다니. 여기 교사들이 언제부터 적이 되었지? 본쏘 마드리드 같은 미친놈들에게서 우리를 보호하는 게 그들의 할 일 아닌가. 나더러 이 문제를 어떻게 해결하라는 건가?

본쏘 마드리드를 막을 수 있는 방법은 그를 죽여 없애는 것뿐이다.

쓰러져 있는 아킬레스를 내려다보며 '그를 죽여'라고 말했던 순간이 떠올랐다.

내가 왜 그냥 입 닥치고 있지 못했을까? 왜 본쏘 마드리드를 자극했을까? 위긴도 포크처럼 끝날 것이다. 그리고 그건 다시 내 잘못이 될 것이다.

동료

"앤턴, 당신이 찾아낸 열쇠는 돌려졌어요. 그 아이가 인류의 구원이
될 수도 있어요."

"가엾어라. 그렇게 조그만 아이로 살다가 거인으로 죽어야 하다니."

"본인은…… 그 아이러니를 재미있어 할지도 모르죠."

"내가 찾은 작은 열쇠가 인류의 구원이 될 수도 있다고 생각하니
기분이 이상하군. 침략하는 짐승들에 대해서는 그 아이가 구원이
될 수 있더라도 우리가 서로 적이 될 때는 누가 우릴 구원해줄까?"

"우린 적이 아니에요."

"많은 이들이 누구에게도 적이 아니지. 하지만 탐욕이나 증오, 교만
이나 두려움으로 가득한 자들. 그들의 열망은 온 세계를 전쟁으로
밀어 넣을 정도로 강하다오."

"하나님께서 하나의 위협으로부터 우릴 구해줄 위대한 영혼을 키
워내실 수 있다면 그런 자가 또 필요할 때 우리 기도에 응답하시어
한 명 더 키워주시지 않을까요?"

"하지만 칼로타 수녀, 당신이 말하는 그 아이는 하나님이 키운 게
아니잖소. 납치범이 그를 만들어냈소. 유아 살인자, 불법 실험을 자

행한 과학자가."

"사탄이 왜 그렇게 항상 화를 내는지 아세요? 자신이 아주 영리한 장난을 칠 때마다 하나님이 그걸 정당한 목적에 쓰이도록 하시기 때문이에요."

"오호, 하나님이 사악한 자들을 자신의 도구로 쓰시는군."

"하나님은 우리에게 자유를 주셨어요. 그래서 우리가 하기로 마음 먹는다면 커다란 악을 행할 자유도 있죠. 하지만 나중에 자신의 선택에 의해 그 악에서 선을 창조해낼 자유도 있어요."

"장기적으로는 하나님이 항상 이기는군."

"그래요."

"하지만 단기적으로는, 그게 불편할 수도 있소."

"이제껏 지금 여기 살아 있는 대신에 죽는 게 더 나았던 적이 있었나요?"

"맞는 말이오. 인간은 무엇에든 익숙해져. 어디에서든 희망을 찾아내지."

"그래서 난 자살하는 사람들이 이해가 안 돼요. 지독한 우울증이나 죄책감으로 고통 받는 이들이라도 그리스도의 위로를 마음에 느끼면 희망이 생기지 않나요?"

"나한테 묻는 거요?"

"하나님은 바로바로 대답해주시지 않으니 동료 인간에게 묻는 거예요."

"내가 생각하기에 자살은 사실 삶을 끝내려는 게 아니오."

"그럼 뭐죠?"

"힘없는 인간이 자신의 수치로부터 숨기 위해서 찾을 수 있는 유일한 방법이지. 그들은 죽고 싶은 게 아니라 숨고 싶은 거요."

"아담과 이브가 주님으로부터 숨었던 것처럼요."

"자신들이 벌거벗었기 때문에."

"그런 슬픈 이들이 이 점을 기억했더라면 좋았을 거예요. 인간은 누구나 벌거벗었어요. 모두가 숨고 싶어 하죠. 하지만 그래도 삶은 달콤해요. 중단하는 것보다 계속되는 게 더 나아요."

"당신은 포믹스가 종말론에 나오는 짐승이 아니라고 생각하는 거요?"

"그래요, 앤턴. 난 그들도 하나님의 자녀라고 믿어요."

"그런데도 하나님이 그들을 파괴시킬 수 있게 특별히 이 아이를 찾아내셨군."

"파괴가 아니라 물리치는 거예요. 게다가 하나님이 원치 않으신다면 그들은 죽지 않을 거예요."

"하나님이 우리의 멸망을 원하신다면 우리가 죽게 되겠지. 그럼 당신은 왜 이렇게 열심히 일하는 거요?"

"내가 일할 수 있으니까요. 난 내 능력을 하나님께 바쳤고 최선을 다해 그분을 섬겨요. 하나님이 원하시지 않았다면 그 아이를 찾아내지 못했을 거예요."

"그리고 만약 그분이 포믹스의 승리를 원하신다면?"

"그 일을 할 다른 누군가를 찾으시겠지요. 그 일을 위해서는 내 능력을 쓰실 수 없을 거예요."

최근에 소대장들이 대원들을 훈련시키는 동안 엔더 위긴은 나타나지 않았다. 빈은 그라프로 로그인하여 그가 무얼 하고 있는지 알아보았다. 위긴은 다시 메이저 래컴이 승리를 거둔 비디오들을 연구하고 있었다. 전보다 더 집중적으로 파고들었다. 그리고 이번에는 위긴의 부대가 매일 전투를 벌이고 전승을 거두고 있었기 때문에 다른 지휘관과 소대장들과 일반 대원들까지 도서관에 가서 같은 비디오들을 들여다보기 시작했다. 위긴이 무얼 보고 있는지 이해하고 알아내려 애쓰면서.

빈은 그들이 멍청하다고 생각했다. 위긴은 여기 전투학교에서 사용할 만한 걸 찾고 있는 게 아니었다. 그는 융통성 있게 운용할 수 있는 강력한 부대를 만들었다. 그들을 현장에서 어떻게 활용할 수 있을지 알아내려는 것이다. 버거들을 물리칠 방법을 알아내려고 비디오들을 연구하는 것이다. 언젠가 그들과 마주하게 되리라는 것을 알기 때문에. 위기가 가까워지고 있는 게 아니라면, 버거들로부터 우릴 구해줄 엔더 위긴이 필요치 않은 거라면, 교사들이 전투학교 전체 시스템을 어그러뜨리는 극단적인 방법까지 동원하지는 않았을 것이다. 그렇기 때문에 위긴은 버거들을 연구한다. 그들이 원하는 게 무엇인지, 그들이 어떻게 싸우고 어떻게 죽는지 감을 잡기 위해 필사적으로 연구하고 있다.

교사들은 왜 위긴이 고갈되어 가는 것을 알아차리지 못할까? 그는 더 이상 전투학교에 관심이 없다. 전술학교나 다음 단계 훈련으로 그를 이동시켜야 한다. 그런데 그들은 그를 계속 밀어붙이고 있다. 그를 지치게 만들고 있다. 우리 또한 지쳐간다. 빈은 특히 니콜라이에게서 그런 모습을 보았다. 그는 오로지 다른 아이들을 따라잡기 위해 더 열심히 공부하고 있었다. 일반 부대였다면 니콜라이의 수준이 다른 아이들보다 떨어지지 않았을 것이다. 사실은 니콜라이만이 아니라 다른 많은 아이들이 지쳐 있었다. 그들은 식사시간에 식판이나 포크를 떨어뜨린다. 적어도 하루에 한 명씩은 자다가 오줌을 싼다. 훈련시간의 싸움은 더 잦아졌다. 수업도 고생스럽다. 누구에게나 한계가 있다. 유전적으로 조작된 생각하는 기계인 나조차도. 다시 기름칠하고 재충전할 시간이 필요한데 전혀 그럴 시간이 없다.

빈은 그 점에 대해 그라프 대령에게 편지를 쓰기도 했다. "대원들을 훈련시키는 것과 고갈시키는 것은 상당히 다른 문제다." 이 한마디만 적은 신랄한 편지였다. 답장은 받지 못했다.

늦은 오후, 식사시간이 되기 30분 전이었다. 그들은 이미 오전에 한 게임을 치러 승리했고, 수업을 받은 후에는 훈련을 받았다. 그나마 엔더의 제안으로 소대장들이 훈련을 조금 일찍 끝내주었다. 드래건 대원들은 이제 샤워한 후 옷을 입고 있었다. 몇몇 아이들은 시간을 때우러 게임실이나 비디오실에 가거나 아니면 도서관으로 출발했다. 이제 누구 하나 수업에 신경 쓰지 않았지만, 그래도 숙제하는 시늉이라도 하는 아이들은 몇 명 남아 있었다.

엔더가 나타나 새로운 명령서를 흔들었다.

같은 날 두 번째 전투였다.

"바로 전투 시작이다. 시간이 없다. 본쏘는 이미 20분 전에 통지 받았을 것이다. 우리보다 적어도 5분 먼저 도착해서, 안에서 기다리고 있을 것이다."

그는 문에서 제일 가까이 있는 대원 네 명에게 자리에 없는 대원들을 불러오라고 지시했다. 그들 모두 어렸지만 더 이상 신참이 아니라 베테랑이었다. 빈은 얼른 전투복을 갖춰 입었다. 이제 혼자서 입을 수 있었지만 옷 입는 걸 연습해야 하는 유일한 군인이라는 농담을 수도 없이 들어야 했고, 여전히 속도가 그리 빠르지 않았다.

전투복을 입는 동안 이렇게 멍청한 짓이 어디 있나, 드래건 부대도 가끔은 쉬어야 한다는 불평들이 여기저기서 쏟아졌다. 플라이 몰로의 목소리가 제일 컸지만 평소에 모든 것을 웃어넘기는 크레이지 톰도 이번에는 화를 냈다. "같은 날 두 번 전투한 부대는 아직껏 없었습니다!" 이에 엔더는 대답했다. "아직껏 드래건 부대를 이긴 부대도 없다. 이제 패배할 때가 된 건가?"

물론 아니었다. 그들은 누구에게도 질 생각이 없었다. 약간 불평을 하고 싶었을 뿐이었다.

시간이 좀 걸렸지만, 드디어 드래건 부대 전원이 전투실 복도에 집합했다. 문은 이미 열려 있었다. 나중에 도착한 대원들은 전투복을 마저 입느라 분주했다. 빈은 크레이지 톰 바로 뒤에 서서 전투실 안을 들여다보았다. 환하게 밝았다. 별들도 없고, 격자무늬도 없었다. 어디한군데 숨을 곳이 없었다. 적의 문은 열려 있었지만 샐러맨더 부대의 흔적은 전혀 보이지 않았다.

"좋았어." 크레이지 톰이 말했다. "저쪽도 아직 안 왔어."

빈은 눈알을 굴렸다. 물론 그들은 벌써 와 있었다. 은신처가 따로 없기 때문에 드래건 쪽 문 주위 천장에 숨어 있을 뿐이었다. 드래건 부대가 진입하는 즉시 전멸시키려고.

는 본쏘의 손을 겪어보지 않았기 때문에 이런 짓을 하는 것이다. 그래도 위긴은 지휘관이었고, 본쏘의 전술은 멍청했다. 멍청한 건 멍청하다고 말할 수밖에 없다.

"문 앞에서 끊임없이 움직이게 했을 겁니다." 빈은 큰 소리로 대답했다. 다른 대원들과 여전히 천장에 매달려 있는 샐러맨더들까지 모두 들을 수 있도록. "적이 아군의 위치를 파악했을 때 정지해 있으면 안 됩니다."

엔더는 다시 앤더슨 소령을 돌아보았다. "이왕 사기 칠 거면 지능적으로 사기 칠 수 있게 부대를 훈련시키지 그러셨습니까!"

앤더슨은 여전히 차분하게 화난 그를 무시했다. "부대를 집결시키게."

엔더는 오늘 승리의 의식에 시간을 낭비하지 않았다. 버튼을 눌러 두 부대를 단번에 해동시켰다. 그리고 대열을 형성하여 공식 항복을 받아들이는 대신에 소리쳤다. "드래건 부대 해산!"

빈은 문 가까이에 있었지만 엔더와 함께 나가려고 거의 마지막까지 기다렸다.

"대장." 빈이 말했다. "본쏘에게 그렇게 망신을 주면……."

"알아." 엔더가 말했다. 그는 더 들으려 하지 않고 혼자 달려갔다.

"그 자는 위험해요!" 빈이 그의 뒤에다 소리쳤다. 소용없었다. 엔더는 이미 상대를 잘못 건드렸다는 것을 알고 있거나 상관하지 않았다.

그가 일부러 그랬을까? 위긴은 늘 자신을 통제했고, 언제나 계획을 실행했다. 하지만 앤더슨 소령에게 고함을 치고 본쏘 마드리드를 부대원들 앞에서 망신 주는 게 도대체 무슨 득이 될지 알 수 없었다.

위긴이 왜 그렇게 멍청한 짓을 했을까?

♦

내일 기하학 시험이 있었지만 정신을 집중할 수 없었다. 이제 수업은 전혀 중요하지 않았는데도 시험은 여전히 이어졌다. 며칠 전부터 빈은 완벽한 점수를 받지 못하고 있었다. 답을 모르거나 알아내는 방법을 몰라서가 아니었다. 더 중요한 문제로 생각이 계속 방황하기 때문이었다. 적을 놀라게 할 새로운 전술은 무엇일까. 교사들이 또 어떤 새로운 수법을 쓰려고 할까. 더 커다란 전투에서 시스템을 이렇게 박살내려면 어떻게 해야 할까. 버거들을 무찌르고 나면 지구와 I. F.에 무슨 일이 일어날까. 물론 버거들을 무찌를 수 있다고 가정한다면 말이다. 입방체의 부피, 면적, 면, 차원 같은 것에 관심을 기울이기가 힘들었다. 어제 시험에서는 행성과 항성들이 모인 주변 중력에 관한 문제를 풀다가 마침내 포기하고 이렇게 썼다.

2+2= Bδ2+n
당신이 n의 값을 알아내면, 그때 문제를 다 풀어드리죠.

교사들 모두 무슨 일이 일어나고 있는지 알면서도 여전히 수업이 중요한 척하고 싶다면, 좋다, 마음대로 하라고 하자. 하지만 거기에 같이 장단을 맞춰줄 생각은 없다.

그래도 앞으로 I. F.에 속할 가능성이 큰 사람에게는 중력문제가 중요할 것이었다. 장차 어떠한 수학적 문제들에 당면하게 될지 잘 알았기 때문에 기하학 면에서도 철저히 기초지식을 쌓아야 하리라고 생각했다. 그가 엔지니어나 포병 혹은 과학자나 조종사가 되진 않겠지만 그런 자들이 자기보다 빈이 더 낫다고 여길 만한 뭔가를 알고 있어야 했다. 그렇지 않으면 그들은 그를 존경하거나 따르지 않을 것이다.

오늘 밤엔 그만하고 쉬도록 하자. 알아내야 할 것들은 내일 알아내자. 너무 피곤하지 않을 때.

그는 눈을 감았다.

하지만 곧 다시 눈을 떴다. 사물함을 열어 책상을 꺼냈다.

로테르담 거리에 있을 때 그는 굶주림과 영양결핍과 절망으로 지쳐 있었다. 하지만 계속 지켜보았다. 계속 생각했다. 그랬기 때문에 살아남을 수 있었다. 드래건 부대원 모두가 지쳐가고 있었다. 실수가 점점 잦아지리라는 뜻이었다. 그들 중 어느 누구보다도 빈은 어리석은 실수를 저지를 여유가 없었다. 그게 그에게 있는 유일한 자산이니까.

로그인을 했다. 화면에 메시지가 나타났다.

즉시 내 방으로 - 엔더

소등시간까지 10분밖에 남지 않았다. 위긴이 세 시간 전에 이 메시지를 보냈을 수도 있었다. 하지만 가지 않는 것보다는 늦는 편이 낫다. 그는 침대에서 내려왔다. 신발도 안 신고 양말 바람으로 조용히 복도를 걸어갔다. 그리고 다음과 같이 표시된 문을 두드렸다.

드래건 부대
지휘관

"들어와." 엔더가 말했다.

빈은 문을 열고 안으로 들어갔다. 엔더는 평소 그라프 대령의 지친 모습 못지않게 지쳐 보였다. 눈가 피부는 축 처지고, 얼굴은 기운이 없고, 어깨는 구부정했다. 하지만 눈은 생각에 잠긴 채 또렷하고 강렬하게 빈을 응시하고 있었다.

"메시지를 지금 봤어요." 빈이 말했다.

"괜찮아."

"소등시간 다 됐는데요."

"혼자 못 가면 데려다주지."

빈이 예상치도 못했던 빈정거림이었다. 이번에도 빈의 말을 완전히 잘못 이해한 것이다. "시간을 모르시는 줄 알고……."

"시간은 항상 알아."

빈은 안으로 한숨을 삼켰다. 언제나 이렇게 되고 말았다. 위긴과 무슨 얘기를 할 때마다 서로 누가 먼저 상대를 화나게 하는지 시합하는 듯했다. 그 시합에서 빈은 언제나 졌다, 위긴의 의도적 오해가 문제의 시발점이었더라도 말이다. 빈은 그게 싫었다. 그는 위긴의 천재성을 인정하고 존경하는데 위긴은 왜 그의 좋은 점을 알아보지 못하는 걸까?

하지만 빈은 아무 말도 하지 않았다. 말해봤자 상황이 나아질 게 없었다. 그를 이리로 불러들인 쪽은 위긴이었다. 입 다물고 듣기나 하자.

"4주 전 기억하나, 빈? 소대장으로 임명해달라고 했었지?"

"네."

"그 후에 난 소대장과 부소대장을 다섯 명씩 지명했어. 그중에 넌 없었고." 엔더가 눈썹을 들어올렸다. "내 말이 맞나?"

"네, 대장." 하지만 그건 당신이 소대장을 지명하기 전에 나에게 증명할 기회를 주지 않았기 때문이야.

"이 여덟 번의 전투에서 네가 어떻게 해왔는지 말해봐."

빈은 자신이 크레이지 톰에게 제안한 방법들로 인해 C소대가 가장 효율적인 부대가 된 거라고 말하고 싶었던 적이 한두 번이 아니었다. 그의 전술적 혁신과 상황에 대한 창의적 반응은 늘 다른 대원들에게 모범이 되었다. 하지만 지휘관에게 그런 말을 하면 자랑이자 아슬아슬한 불복종이 될 것이다. 리더가 되고자 하는 군인이 말할 만한 것도 아니었다. 크레이지 톰은 빈의 기여를 보고했을 수도, 하지 않았을 수도 있다. 공식 기록이 아닌 무언가를 자신에 대해 보고하는 것은 빈의 할 일이 아니었다. "오늘은 전에 없이 일찍 동결됐지만 동결되기 전에 열 명을 명중시켰어요. 한 전투 당 언제나 다섯 명 이상을 명중시켰죠. 저에게 주어진 임무도 모두 완수했습니다."

"그들이 왜 널 이렇게 어린 나이에 군인으로 만들었을까, 빈?"

"대장도 나만큼 어렸어요." 엄밀히 말하면 사실이 아니었지만, 영 틀린 말도 아니었다.

"하지만 그들이 왜 그랬을까?"

위긴은 무슨 대답을 듣고 싶은 걸까? 그건 교사들이 결정한 일이었다. 드래건 대원 명단을 작성한 사람이 빈이라는 걸 알아냈을까?

빈이 여기에 자기 이름을 적어 넣었다는 걸 알아냈을까? "모르겠는데요."

"아니, 넌 알고 있어. 나도 알고."

아니다. 위긴의 질문은 왜 내가 군인으로 승격되었는지를 묻는 게 아니었다. 어린 신참들이 왜 갑자기 진급했을까라는 질문을 하고 있었다. "여러 가지로 짐작해봤지만 그냥 짐작에 불과해요." 빈의 짐작은 단순한 짐작이 아니었다. 하지만 그건 위긴도 마찬가지였다. "대장은…… 매우 탁월해요. 그들은 그걸 알고 대장을……."

"이유를 말해봐, 빈."

그제야 빈은 그가 정말로 물어보는 게 무언지 이해했다. "그들에게 우리가 필요하니까요. 그게 이유예요." 그는 바닥에 앉아, 위긴의 얼굴이 아닌 자신의 발을 쳐다보았다. 빈은 자신이 몰라야 하는 것으로 돼 있는 내용들을 알고 있었다. 교사들이 설마 이것까지 알 수는 없으리라고 생각하는 것들까지 알고 있었다. 그리고 분명 이 대화를 검열하는 교사들이 있을 것이다. 빈은 표정으로라도 자신이 얼마나 알고 있는지를 드러낼 수 없었다. "버거들을 물리칠 누군가가 필요하니까요. 그들의 관심사는 그것뿐이에요."

"네가 그걸 안다는 건 중요해."

빈은 다그치고 싶었다. 내가 아는 게 왜 중요한가? 아니면 누구나 그걸 알아야 한다는 말인가? 드디어 내가 어떤 사람인지 알았다는 건가? 내가 '당신'이라는 거? 내가 당신보다 더 똑똑하고 덜 호감 가는 인물이라는 거? 내가 당신보다 전략가로서는 더 낫지만 지휘관으로서는 약하다는 거? 당신이 실패하거나, 무너지거나, 병이 나거나 죽

415

으면, 내가 그 자리를 대신해야 할 자라는 거? 그래서 내가 그걸 알아야 한다는 말인가?

엔더가 말을 이었다. "이 학교 아이들 대부분은 전투게임 자체가 중요하다고 생각하지. 하지만 그렇지가 않아. 게임이 중요한 이유는 진짜 전쟁에서 실제 지휘관으로 자랄 만한 아이들을 찾아낼 수 있기 때문이야. 그런데 게임 자체로만 보면 그건 망가지고 있어. 그들은 게임을 망치고 있다."

"재밌네요. 난 그들이 괜히 그러는 줄 알았는데." 이런 걸 다 설명해줘야 한다고 생각한다면 위긴은 정말 빈을 모르고 있는 것이다. 그래도 엔더의 숙소에서 이런 대화를 나누고 있는 것은 빈이었다. 그게 중요했다.

"예정보다 9주 빠른 실전. 매일 전투를 치르고, 이제는 하루에 두 번씩 싸워야 돼. 교사들이 무슨 짓을 하는 건지 모르겠지만 우리 부대는 지쳤어. 나도 마찬가지야. 그들은 게임의 규칙을 완전히 무시하고 있어. 컴퓨터에서 예전 기록들을 뽑아봤다. 게임 역사상 이렇게 많은 적과 싸워 이기고 이렇게 많은 대원들을 지켜낸 사람은 아무도 없었어."

이건 뭐지, 자랑인가? 그럼 자랑하는 사람이 기대하는 대답을 해줘야지. "대장은 최고예요."

엔더가 고개를 흔들었다. 빈의 비꼬는 말투를 알아차렸는지는 모르겠지만 별 반응을 보이지 않았다. "글쎄. 하지만 나에게 이 대원들이 주어진 건 우연이 아니었어. 신참이나 다른 부대에서 쫓겨난 자들이었지만 그들을 한데 모아놨더니 이 부대 최악의 대원도 다른 부대에서 소대장이 될 만한 수준이 됐어. 그들은 전에는 내 방식을 지원해줬지만 이젠 나를 막으려고 해. 우릴 무너뜨리려 하고 있어."

빈은 이 부대원들이 어떻게 선별되었는지 알고 있었다. 그들을 누가 뽑았는지 위긴은 아마 모를 것이다. 어쩌면 전부 알고 있으면서도 지금은 이 정도로만 보여주려는 것일지도 모른다. 위긴의 행동 중 어느 정도가 계산이고 어느 정도가 직관인지 가늠하기 어려웠다. "그들은 대장을 무너뜨리지 못해요."

"네가 놀랄지도 모르지만……." 엔더가 날카롭게 숨을 들이쉬었다. 갑자기 고통스런 통증을 느끼거나 불어오는 바람에 놀라 숨을 참는 것처럼. 그런 그를 바라보면서 빈은 불가능한 일이 일어나고 있다는 것을 깨달았다. 엔더 위긴은 그를 속이려는 게 아니다. 그에게 속마음을 털어놓고 있는 것이다. 많이는 아니라도 조금은 그를 믿는 것이다. 엔더가 자신의 인간적인 모습을 보이고 있었다. 빈을 가까이 받아들여 자신의…… 무엇으로 삼는다고 해야 할까? 상담자? 친구?

"놀랄 것 같지 않은데요." 빈이 말했다.

"내가 매일 생각해낼 수 있는 새로운 아이디어에는 한계가 있어. 내가 전혀 생각지 못한 방법을 누군가 갖고 나타난다면 난 대처하지 못할 거야."

"그래봤자 일어날 수 있는 최악의 상황이 뭔데요?" 빈이 물었다. "게임 한 번 지는 거요?"

"그래. 그게 일어날 수 있는 최악의 상황이야. 난 어떠한 게임도 져서는 안 돼. 내가 한 번이라도 진다면……."

그는 자기 말을 마무리 짓지 않았다. 엔더가 상상하는 결과가 무엇일지 빈은 궁금했다. 완벽한 군인인 엔더 위긴의 전설이 무너지는 거?

아니면 그의 부대원들이 지휘관에 대한 혹은 자신의 강함에 대한 믿음을 잃어버리는 거? 아니면 이게 더 큰 전쟁에 관련된 문제라고 생각했을까? 그가 이 전투학교 게임에 패배하거나 버거들이 침략해오기 전에 더 강해지지 못할 경우 엔더가 미래 함대를 이끌 지휘관이라는 교사들의 믿음이 흔들릴까봐 걱정하는 걸까?

빈은 나름대로 전쟁 상황을 짐작하고 있었지만, 교사들이 그것에 대해 어느 정도나 알고 있을지 알 수 없었다. 역시 침묵하는 편이 나았다.

"영리한 네가 필요해, 빈. 우리가 아직 접해보지 못한 문제들에 대한 해결책을 네가 생각해주기 바란다. 너무 황당해서 아무도 시도하지 않았던 것들을 네가 시도해봤으면 해."

이게 뭐지, 엔더? 나에 대해 뭘 결정한 거야? 오늘 밤 숙소로 날 불러들인 이유가 뭐야? "왜 나죠?"

"드래건 부대에 너보다 나은 군인들이 없는 건 아니다. 많지 않지만 몇 명 있기는 해. 하지만 너보다 더 좋은 생각을 더 빨리 해낼 수 있는 대원은 없어."

그는 알고 있었다. 답답하고 짜증스런 한 달을 보낸 후에 빈은 이런 식이 더 낫다는 것을 깨달았다. 엔더는 전투에서 그가 하는 행동을 보았고, 교실에서의 평판이나 학교 역사상 최고득점을 올렸다는 소문 같은 것이 아니라 그의 행동으로 그를 판단했다. 빈 스스로가 이 평가를 받아냈을 뿐 아니라 이 학교에서 유일하게 높은 평가를 받고 싶었던 그 사람에게서 받아낸 것이다.

엔더는 빈이 볼 수 있게 자신의 책상을 내밀었다. 거기 열두 명의 이름이 적혀 있었다. 각 소대별로 두세 명씩이었다. 빈은 엔더가 그들을 어떻게 선택했는지 알 수 있었다. 모두 훌륭한 군인들이었다. 자신감 있고 신뢰할 만하지만 충동적이거나 과시욕에 사로잡히지 않는 진중한 자들이었다. 사실 빈이 일반 대원들 중에서 가장 높이 평가하는 자들이었다.

"이중에서 다섯을 골라. 각 소대에서 하나씩. 그들을 특수 분대로 만들어 네가 훈련시킨다. 정규 훈련시간 이외의 시간에 훈련한다. 어떤 훈련을 하는지 내게 보고해. 어느 한 가지에 너무 오래 매달리지 마. 보통 때는 전과 다름없이 부대의 일원이자 정규 소대의 일원으로 움직일 거다. 내가 필요로 할 때, 너희만이 할 수 있는 일이 있을 때 특수 부대가 투입될 것이다."

이 열두 명에 또 다른 특징이 있었다. "전부 신참이군요. 베테랑이 없어요."

"빈, 지난주 이후로 우리 대원들은 모두 베테랑이야. 개인 순위표에서 우리 대원 마흔 명 전원이 상위 50위 안에 올라 있지 않나? 드래건이 아닌 군인을 찾으려면 17위 밑으로 내려가야 한다는 거 모르나?"

"내가 아무것도 생각해내지 못하면 어쩌죠?" 빈이 물었다.

"그럼 내가 널 잘못 본 거겠지."

빈이 씩 웃었다. "잘못 보지 않았어요."

불이 꺼졌다.

"돌아가는 길을 찾을 수 있겠나, 빈?"

"아마 못 찾을걸요."

"그럼 여기서 자라. 잘 들으면 밤에 착한 요정이 와서 내일의 임무를 전해주는 소리가 들릴지도 모르지."

"설마 내일 또 전투가 있는 건 아니겠죠?" 빈은 농담 삼아 한 말이 었지만 엔더는 대답하지 않았다.

어둠 속에서 엔더가 침대로 오르는 소리가 들렸다.

지휘관이 됐다고 해도 엔더는 여전히 작았다. 발이 침대 끄트머리에 닿으려면 한참 멀었다. 따라서 빈이 침대 발치에 몸을 웅크릴 공간은 충분했다. 그는 침대로 올라가 가만히 누웠다. 엔더의 잠을 방해하지 않으려고 노력했다. 그가 자고 있다면 말이지만. 그가 말없이 누워 뭔가를 납득해보려 애쓰는 게 아니라면. ……그 뭔가가 무엇일까?

빈의 임무는 남들이 생각할 수 없는 것들을 생각해내는 것이었다. 적에게 사용할 수 있는 황당한 계략들, 적의 속임수에 대응할 수 있는 방법들. 다른 부대에 혼란을 유포하고 또 그들이 본질에 상관없는 전략들을 모방하게끔 관심을 따돌릴 수 있는 황당무계한 혁신들. 다른 지휘관들 대부분은 드래건 부대가 왜 항상 승리하는지 이해하지 못했다. 그렇기 때문에 엔더가 부대를 훈련시키고 조직하는 근본적인 방법을 연구하는 대신, 특정 전투에서 사용한 임시 전술들을 모방하고 있었다. 나폴레옹이 말한 대로 지휘관이 진짜 컨트롤해야 하는 것은 자신의 부대다. 훈련, 사기진작, 믿음, 진취성, 지배력을 비롯하여, 그보다 중요성은 덜하지만 병참, 배치, 기동성, 충성, 전투에서의 용기를 컨트롤할 수 있어야 한다. 적이 어떤 행동을 할지, 기회가 어떤 결과를 가져올지는 아무도 모른다. 그런 것은 계획대로 풀리는 문제가 아니다. 장애물이나 기회가 나타날 때 지휘관은 순간적으로 계획을 바꿀 수 있어야 한다. 부대가 준비되어 있지 않거나 지휘관의 뜻대로 반응하지 않는다면, 아무리 영리한 계획이라도 성공적인 결과를 낳을 수 없다.

비효율적인 지휘관들은 이 점을 이해하지 못했다. 엔더와 그의 부대가 변화에 즉각적으로 유연하게 반응했기 때문에 승리했다는 사실을 모르는 채, 엔더가 사용했던 특정 전술들을 모방할 뿐이었다. 빈의 독창적인 술수들이 전투 결과와 무관하다 하더라도 다른 지휘관들이 엉뚱한 수법을 모방하는 데 시간을 낭비하게 할 수는 있을 것이다. 가끔씩 실제로 쓸모 있는 것을 생각해낼 수도 있겠지만 대개는 부수적인 수준에 머물리라.

그래도 상관없었다. 엔더가 곁다리를 원하든 말든 중요한 것은 그 일을 할 사람으로 빈을 선택했다는 점이었다. 빈은 최대한 그걸 잘 해낼 생각이었다.

하지만 엔더가 오늘 밤 잠을 이루지 못하고 있다면 그건 내일, 다음 날, 그 다음 날 있을 드래건 부대의 전투가 걱정스럽기 때문이 아닐 터였다. 엔더는 버거들을 생각하고 있었다. 그가 이 훈련을 통과하여 전쟁터로 던져졌을 때, 그의 결정에 따라 진짜 인간의 생명이 사라질 수 있고 그 결과에 인류의 생존이 걸려 있을 때, 어떻게 싸워나가야 할지를 생각하고 있을 것이었다.

그 계획에서 내 역할은 무엇일까? 빈은 그 짐이 엔더의 어깨에 얹혀 있는 게 다행스러웠다. 그가 그 일을 감당할 수 없어서는 아니었다. 어쩌면 할 수 있을 것이다. 하지만 엔더가 더 잘 해낼 수 있으리라고 생각했다. 엔더는 그가 죽음을 각오하고 나가 싸우라고 명령할 때라도 부하들이 철저히 믿고 따를 만한 무언가를 갖고 있었다. 반면에 빈에게는 그런 자질이 있는지는 모르겠지만 아직까지 그 증거를 본 사람은 아무도 없었다. 게다가 엔더는 유전자 조작 없이도 테스트로 측정할 수 없는 능력들을 지녔다. 단순히 뛰어난 지능이 아니라 더 깊이 흐르는 어떤 능력들을.

하지만 엔더 혼자 이 모든 것을 짊어질 필요는 없다. 내가 도와줄 수 있다. 기하학이나 천문학이나 다른 시시한 것들을 모두 제쳐두고 그가 가장 직접적으로 당면할 문제들에 정신을 집중할 수 있다. 다른 동물들, 특히 무리지어 사는 곤충들의 전쟁 방식을 연구해보자. 우리가 영장류와 닮았듯 포믹스는 개미들과 닮았으니까.

그리고 내가 그의 뒤를 지켜봐줄 수 있다.

다시 본쏘 마드리드가 생각났다. 로테르담에서 목격했던 깡패들의 치명적인 분노가 생각났다.

교사들이 왜 엔더를 이런 상황으로 밀어 넣었을까? 그는 증오심 깊은 다른 아이들의 명백한 표적이었다. 전투학교 아이들의 가슴 속에는 전쟁이 도사리고 있었다. 그들은 승리에 굶주렸다. 패배를 혐오했다. 그런 특질이 없었다면 여기 오지 못했을 것이다. 하지만 엔더는 처음부터 다른 아이들과 달랐다. 더 어리지만 똑똑하고 뛰어난 군인이었다. 다른 모든 지휘관을 갓난아기 수준으로 보이게 만드는 지휘관이었다. 몇몇 지휘관들은 순종으로 패배에 반응했다. 예를 들어 래빗 부대의 칸 카비 같은 경우는 솔직하게 엔더를 칭찬하고, 승리하는 방법을 배우기 위해 그의 전투 방식들을 연구했다. 엔더의 전투방식이 아니라 훈련방식을 연구해야 한다는 점은 깨닫지 못했지만. 그에 비해서 다른 많은 지휘관들은 분개하고, 두려워하고, 수치스러워하고, 화를 내고, 질투했다. 언제든 그런 감정을 폭력적인 행동으로 바꿀 수 있는 성향이었다.

딱 로테르담 거리의 깡패들처럼 남을 밟고 일어서려고, 남들 위에 서려고, 추앙받으려고 발버둥치는 자들. 엔더는 본쏘를 발가벗겨 놓았다. 본쏘에게 그것은 참을 수 없는 일이었다. 그는 복수할 기회를 노릴 것이다. 아킬레스가 자신의 굴욕을 확실하게 보복했던 것처럼.

그리고 교사들은 이걸 알고 있다. 그들은 일부러 이런 상황을 만들었다. 엔더는 분명 그들이 제시한 모든 테스트를 통과했으며 전투학교에서 가르치는 것을 모두 배웠다. 그런데 왜 그를 다음 단계로 데려가지 않는가? 배울 게 더 남아 있기 때문이거나, 일반 교과과정에 들어 있지 않은 또 다른 테스트에 통과해야 하기 때문이리라. 다만 이 특별한 테스트는 죽음으로 끝날 수도 있다는 게 다를 뿐. 빈은 본쏘의 손이 자신의 목을 움켜쥐었던 느낌을 생생하게 기억했다. 본쏘가 자기 통제력을 놓아버리면 희생자가 죽어가는 순간의 그 절대적인 힘을 음미하는 살인자가 될 수도 있었다.

그들은 엔더를 비열한 거리에 들여놓았다. 그가 거기서도 살아남을 수 있을지 테스트하고 있는 것이다.

멍청이들. 그들은 자기가 무슨 짓을 하는지 모르고 있다. 거리는 테스트가 아니다. 거리는 생사를 건 제비뽑기와 같다.

나는 승자가 되었다. 살아남았다. 하지만 엔더의 생존은 그의 능력에 좌우되지 않을 것이다. 운이 너무나 큰 역할을 차지한다. 거기에 상대의 기술과 결의와 힘까지 더해졌다.

본쏘가 감정을 컨트롤하지 못해 약해질 수 있을지는 몰라도 전투학교에 들어와 지휘관이 됐다는 것은 그만한 기술을 가졌다는 뜻이었다. 죽음과 공포를 불사하고 그의 뒤를 따를 만한 부하들이 있기에 지휘관이 되었을 것이다. 엔더는 생사의 위험에 처해 있다. 그리고 우릴 어린애로 생각하는 교사들은 죽음이 얼마나 순식간에 찾아올 수 있는지 전혀 모르고 있다. 단 몇 분 시선을 돌리거나 잠시 자리를 떠나 제때 돌아오지 못한다면, 그들이 모든 희망을 걸고 있는 소중한 엔더 위긴은 죽고 말 것이다. 나는 로테르담 거리에서 그런 사례들을 수없이 목격했다. 이 우주공간에서도 그런 일은 아주 쉽게 일어날 수 있다.

엔더의 발치에 누운 그날 밤, 빈은 수업에 대한 관심을 완전히 끊었다. 대신에 새로운 연구과제 두 가지를 정했다. '나는 엔더가 걱정하는 버거들과의 전쟁을 준비할 수 있도록 도울 것이다. 또한 그가 내던져진 거리의 싸움에서 살아남을 수 있도록 도울 것이다.'

엔더가 그 위험을 감지하지 못하는 것은 아니었다. 자유 시간 훈련을 할 당시 전투실에서 소동이 있고 나서, 그는 호신술 수업을 신청했고 대인방어 기술을 습득했다. 하지만 본쏘는 일대일로 그를 찾아가지 않을 것이다. 그는 자신의 패배를 너무나 강렬하게 의식하고 있었다. 따라서 다시 한판 붙으려고 혹은 무언가를 입증하려고 찾아가지 않을 것이다. 처벌하려고, 제재를 가하려고 찾아갈 것이다. 패거리를 데려갈 것이다.

그리고 교사들이 그 위험을 알아차렸을 때는 이미 늦을 것이다. 그들은 여전히 아이들이 진짜로 무슨 짓을 할 수 있는지 알지 못한다.

빈은 자신의 새로운 특수 부대로 훈련할 만한 기발하고 황당한 일들을 생각해보았다. 그 다음에 결정적인 순간에 본쏘가 엔더와 일대일로 대결하거나 아니면 전혀 그런 일이 벌어지지 않게 할 방법을 생각했다. 본쏘의 지원군을 떼어내라. 그를 따르는 깡패들의 평판과 의욕을 파괴하라.

이것은 엔더는 할 수 없는 일이다. 하지만 가능한 일이다.

5부 리더

데드라인

"이걸 어떻게 해석해야 할지 모르겠군. 빈이 마인드 게임에 들어간 건 한 번뿐인데, 한 아이의 얼굴이 나타났고 그는 도망쳐버렸어. 이유가 두려움이었을까? 분노였을까? 이놈의 게임이 어떻게 돌아가는지 아는 사람이 정말 아무도 없는 건가? 전에도 엔더에게 뜬금없이 형의 얼굴을 보여줘서 쓰라린 경험을 안겼지 않나? 프로그램에 그런 사진이 들어 있지도 않았을 텐데 나타났어. 빈의 정신세계에 대한 새로운 결론으로 이어질 깊이 있는 책략인가? 아니면 전투학교 파일에 그 사진이 있다는 것을 빈이 알았던 걸까?"

"화를 내시는 겁니까, 아니면 그 질문 중 어느 것에라도 대답해야 하는 겁니까?"

"자네가 대답해줬으면 하는 건 이 질문이야. 그게 무엇을 의미하는지 전혀 모른다면, 뭔가가 매우 의미심장하다는 걸 어떻게 알 수 있겠나?"

"누군가가 차를 쫓아오면서 팔을 흔들어대고 소리를 지른다면 의미심장한 뭔가가 있다는 것을 알겠지요. 무슨 말을 하는지 알아듣지 못하더라도."

"이게 그거라는 건가? 소리를 지르는 거?"

"유추해서 설명한 겁니다. 아킬레스의 이미지가 빈에게 매우 중요한 것임은 분명합니다."

"긍정적으로 아니면 부정적으로?"

"그런 결정을 내리기에는 너무 이른 것 같습니다. 그게 부정적인 쪽이라면 아킬레스가 빈에게 어떤 지독한 트라우마를 일으켰기 때문에 부정적인 걸까요? 아니면 아킬레스로부터 떨어져 나온 게 트라우마가 되어 원 상태로 돌아가고 싶어 하기 때문에 부정적인 걸까요?"

"그들을 떼어놓아야 한다고 확신할 만한 정보가 있다면……."

"그 정보가 확실하게 맞을 수도 있고……."

"아니면 확실하게 틀리겠지."

"가능하면 더 명확히 말씀드리고 싶지만 그 아이가 게임에 접속한 시간은 채 1분도 되지 않습니다."

"그게 다라고 할 순 없지. 자넨 교사로서 그 애가 하는 모든 작업에 마인드 게임을 연결시키지 않았나."

"그에 관해서는 다 보고했습니다. 처음에는 상황이 어떻게 돌아가는지 모두 알아야 직성이 풀리는 그 아이의 성향 때문이었지요, 그렇게 시작했습니다. 하지만 그 후에 책임이라는 성질이 개입됐습니다. 그 아이는 어느 면에서 교사라고 할 수도 있습니다. 그런 내부정보를 알기에 자신이 아이들 집단에 속해 있다는 착각도 생겨났고요."

"그게 착각인가?"

"친한 친구는 하나뿐이고, 그것도 친구라기보다 형과 동생에 가깝습니다."

"난 빈이 여기 있는 동안 아킬레스를 전투학교에 들여놔야 할지 결정해야 돼. 아니면 하나를 여기 두기 위해 다른 하나를 포기해야 돼. 자, 이제 빈이 아킬레스의 얼굴에 보인 반응을 토대로 자네가 무슨 조언이든 해보게."

"마음에 안 드실 텐데요."

"일단 들어보지."

"빈의 반응으로 볼 때 그 아이들을 같이 놔두는 것은 대단히 나쁜 일일 수도 있고, 아니면……."

"자네가 예산을 어떻게 집행하는지 유심히 지켜봐야겠군."

"이 프로그램이 작동하는 방식은 컴퓨터가 우리가 전혀 생각지 못한 곳에 접속하여 전혀 예상치 못한 반응들을 끌어낸다는 겁니다. 사실 우리가 통제할 수 있는 게 아닙니다."

"프로그램이 우리의 통제하에 있지 않다고 해서 프로그램에게 지능이 있다는 뜻은 아니지."

"흔히 소프트웨어에는 지능이라는 단어를 사용하지 않습니다. 그걸 순진한 생각으로 간주하지요. 대신에 복잡하다고 말합니다. 컴퓨터가 뭘 하는 건지 우리가 항상 이해할 수는 없다는 뜻입니다. 항상 결정적인 정보를 얻어낼 수 있는 것도 아니고요."

"무언가에 대해 결정적인 정보를 얻어낸 적이 있나?"

"이번엔 제가 단어를 잘못 선택했군요. 결정적이란 우리가 인간의 정신을 연구할 때 목표로 삼는 게 아닙니다."

"그럼 단어를 바꿔보지. 쓸모 있는 무엇이든 얻어낸 적이 있나?"

"저는 제가 아는 것을 모두 말씀드렸습니다. 이 보고를 하기 전이나 지금이나 결정은 대령님이 하실 일입니다. 제가 드린 정보를 이용하실 수도 있고 안하실 수도 있지만, 정보 전달자에게 총을 쏘는 것이 현명한 일일까요?"

"정보가 대체 뭔지 알려주지도 않는 전달자라면, 방아쇠를 당기고 싶어서 내 손가락이 근질거리지. 그만 나가보게."

엔더가 준 명단에 니콜라이의 이름이 들어 있었다. 빈은 즉시 문제에 부딪혔다.

"난 안 되겠어." 니콜라이가 말했다.

안 된다고 말하는 사람이 있으리라고는 생각도 못했다.

"지금 쫓아가는 것만으로도 충분히 힘들어."

"넌 훌륭한 군인이야."

"겨우겨우 따라갈 뿐이야. 행운이 많이 도와준 덕에."

"다른 아이들도 모두 마찬가지야."

"빈. 내가 정규 소대 훈련을 하루에 한 번이라도 빠지면 금세 뒤쳐질 거야. 그걸 어떻게 보충하겠어? 너랑 하는 훈련도 하루 한 번으로는 부족할 거야. 내가 멍청한 건 아니야, 빈. 하지만 난 엔더가 아니야. 너도 아니야. 너 같은 아이가 아닌 게 어떤 느낌인지 넌 절대 이해 못할 거야. 그렇게 간단한 일이 아니야."

"나한테도 그렇게 간단한 일은 아니야."

"그건 나도 알아, 빈. 내가 널 위해 할 수 있는 일들이 있겠지. 하지만 이건 그중 하나가 아니야. 이해해줘."

빈이 지휘권을 갖게 된 것은 이번이 처음이었는데, 일은 생각보다 잘 풀리지 않았다. 그는 화가 났다. 마음대로 하라고 쏘아붙이고 다른 아이한테 가버리고 싶었다. 하지만 하나밖에 없는 진정한 친구에게 화를 낼 수는 없었다. 싫다는 대답을 쉽게 받아들일 수도 없는 일이었다. "니콜라이, 별로 어렵지 않을 거야. 몇 가지 속임수나 요령 같은 것만 익히면 돼."

니콜라이가 눈을 감았다. "빈, 이러지 마. 자꾸 이러면 내가 미안해지잖아."

"미안해하라고 그러는 게 아니야. 엔더가 나한테 이 임무를 부여했단 말이야. 드래건 부대에 이 일이 필요하기 때문이야. 네 이름이 명단에 있었어. 내가 선택한 게 아니라 대장이 선택한 거야."

"그렇다고 내가 꼭 들어가야 하는 건 아니잖아."

"다른 아이한테 가서 이 이야기를 할 때 니콜라이도 들어갔냐고 물으면 내가 어떻게 대답하겠어? 난 네가 싫다고 했다고 말해야 돼. 그럼 다른 애들 모두 안 해도 되는구나 생각할 거야. 자기들도 싫다고 말하겠지. 나한테 지시받는 게 싫을 테니까."

"한 달 전이었다면 확실히 그랬을 거야. 하지만 이제 다들 네가 유능하다는 걸 알아. 다른 아이들이 하는 얘기를 들었어. 다들 널 존경해."

니콜라이가 원하는 대로 해주고 이 곤경에서 풀어주면 간단할 것이다. 친구로서도 그게 옳은 일일 것이다. 하지만 빈은 친구로서 생각할 수 없었다. 그에게 주어진 지휘권을 제대로 활용할 수 있어야 했다.

나에게 정말 니콜라이가 필요할까?

"내가 그냥 혼잣말한다고 생각해줘, 니콜라이. 내가 이런 말을 할 수 있는 사람은 너밖에 없으니까. 난 겁이 나. 처음엔 소대장이 되고 싶었지만 그때는 리더가 뭘 해야 하는 건지 전혀 몰랐어. 일주일간 전투를 겪으면서 크레이지 톰이 우리를 어떻게 단결시키고 어떻게 지시를 내리는지 지켜봤어. 엔더가 우리를 훈련시키고 믿어주는 방식을 봤어. 그건 마치 춤 같아. 발끝으로 일어서고 도약하고 스핀하는 것 같은. 내가 제대로 못 해낼까봐 두려워. 게다가 실패할 시간이 없어. 난 해내야 돼. 그리고 네가 같이 있으면 내가 실패하길 바라지 않는 사람이 적어도 한 명은 있다는 게 위안이 될 거야."

"솔직히 그건 아니잖아, 자신을 속이지 마." 니콜라이가 말했다.

가슴이 뜨끔했다. 하지만 리더는 이런 것도 감수해야 한다, 그렇지 않은가?

"아무리 내키지 않더라도 나한테 기회를 줘, 니콜라이." 빈이 말했다. "네가 나한테 기회를 주면 다른 애들도 그럴 거야. 난…… 충성이 필요해."

"나도 마찬가지야, 빈."

"넌 친구로서 개인적인 만족을 위해 내 충성이 필요한 거고, 난 리더로서 충성이 필요해. 대장이 부여한 임무를 완수하기 위해서."

"듣기 좋은 말은 아니네."

"그래. 하지만 진실이야."

"넌 못됐어, 빈."

"날 도와줘, 니콜라이."

"우리 우정이 어째 일방통행인 것 같다."

빈이 이런 기분을 느끼기는 처음이었다. 누군가가 하는 말이, 다른 누군가가 그에게 화를 낸다는 게 이렇게 가슴에 칼날이 꽂히는 것 같은 느낌을 준 적은 없었다. 니콜라이가 그를 좋게 생각해주길 바라기 때문만은 아니었다. 적어도 부분적으로는 니콜라이의 말이 옳다는 걸 알기 때문이었다. 빈은 우정을 이용해 그에게 강요하려 하고 있었다.

하지만 빈이 물러나기로 결심한 이유는 그게 고통스러워서가 아니었다. 마지못해 함께하기로 결정한 대원은 성실하게 훈련에 임하지 않을 것이기 때문이었다. 그가 아무리 친구라고 해도 말이다.

"네가 하고 싶지 않으면 어쩔 수 없는 거야. 화나게 해서 미안해. 더 얘기하지 않을게. 그리고 네 말이 옳아. 난 괜찮을 거야. 우리 여전히 친구인 거 맞지, 니콜라이?"

빈이 손을 내밀자 니콜라이가 맞잡았다. 힘껏 손을 마주잡았다.

"고마워." 그가 속삭였다.

그 후에 빈은 엔더가 준 명단에 들어 있는 대원 중 자신과 같은 C소대원인 셔블에게 찾아갔다. 셔블을 제일 첫 번째로 꼽는 건 아니었다. 그는 조금쯤 건성으로 일하고 미루는 성향이 있었다. 하지만 같은 C소대 소속이기 때문에 빈이 크레이지 톰에게 조언할 때마다 셔블도 그 자리에 있었다. 전투 중에도 빈을 관찰했을 것이다.

빈이 잠깐 얘기하자고 하자 셔블이 책상을 밀어냈다. 니콜라이에게 그랬듯 빈은 침대로 기어 올라가 그 아이 옆에 앉았다. 셔블은 프랑스 리비에라의 작은 마을인 카뉴쉬르메르 출신이었고, 프랑스 남동부 특유의 솔직하고 호의적인 얼굴을 갖고 있었다. 좋은 녀석이었다. 모두가 그를 좋아했다.

빈은 엔더가 자신에게 요구한 일을 빠르게 설명했다. 물론 그게 곁다리일 뿐이라는 얘기는 하지 않았다. 승리에 결정적인 역할을 하지 않을 무언가를 위해 다른 연습을 포기할 대원은 없을 것이다. "엔더가 준 명단에 네 이름이 있었어. 난 네가⋯⋯."

"빈, 뭐하는 거냐?"

크레이지 톰이 셔블의 침대 앞에 멈춰 섰다.

빈은 바로 자신의 실수를 깨달았다. "소대장한테 먼저 얘기했어야 했는데, 내가 이런 게 처음이라 생각을 못했어요." 빈이 말했다.

"뭐가 처음인데?"

빈은 다시 엔더가 요구한 일을 설명했다.

"셔블이 그 명단에 있다고?"

"네."

"너랑 셔블이랑 둘 다 내 연습에서 빠진다고?"

"하루에 한 번씩만."

"그럼 나만 대원이 둘이나 없어지는 거잖아."

"대장이 각 소대별로 하나씩 차출하라고 했어요. 다섯 명에다 나까지. 내가 정한 게 아니에요."

"제기랄." 크레이지 톰이 말했다. "너랑 엔더 둘 다, 다른 소대장보다 나한테 제일 타격이 크다는 거 생각 못한 거야? 네가 뭘 하려는 건지 모르겠지만, 여섯 명 말고 다섯 명이서 하면 되잖아? 너랑 다른 소대에서 하나씩, 네 명으로 하면 안 되는 거야?"

빈은 반박하고 싶었지만 직접적으로 맞부딪혀봤자 좋은 결과가 나오진 않을 것이었다. "맞아요. 난 거기까지 생각을 못했어요. 대장도 C

435

소대 훈련에 미칠 영향을 알아차리면 마음을 바꿀지도 몰라요. 아침에 대장이 오면 소대장이 말해볼래요? 둘이 어떤 결정을 내렸는지 나한테 알려줘요. 그나저나 셔블이 싫다고 할 수도 있는데 그럼 더 얘기할 필요도 없어지겠군요, 그죠?"

크레이지 톰이 생각에 잠겼다. 그에게서 분노가 빠져나가는 걸 느낄 수 있었다. 리더십이 크레이지 톰을 변화시켰다. 그는 예전처럼 기분 내키는 대로 폭발하지 않았다. 감정을 억제했다.

"좋아. 내가 엔더한테 얘기할게. 셔블이 하고 싶다고 하면."

그들이 셔블을 쳐다보았다.

"난 해봐도 괜찮을 것 같은데?" 셔블이 말했다. "좀 이상하긴 하지만."

"내가 너희만 따로 봐줄 거라고 생각지는 마라." 크레이지 톰이 말했다. "내 훈련 중에 너희 소대 얘기를 꺼내서도 안 돼. 철저히 밖에서만 얘기해."

그들 둘 다 거기에 동의했다. 빈은 크레이지 톰이 그런 조건을 내세운 게 현명하다고 생각했다. 훈련 중에 특수 부대 얘기를 하면 다른 C 소대원들과 편이 갈리게 될 것이었다. 그 얘기가 나올 때마다 다른 대원들은 정예부대에 끼지 못했다는 박탈감을 느낄 수도 있었다. 다른 소대에서는 특수 부대원이 한 명밖에 없기 때문에 그런 문제가 심하게 드러나지 않을 것이다. 잡담도 하지 않을 거고, 특수 부대 얘기도 나오지 않을 것이다.

크레이지 톰이 말했다. "생각해 보니까 굳이 엔더에게 말할 필요도 없겠어. 문제가 생기지만 않는다면. 됐지?"

"고마워요." 빈이 말했다.

크레이지 톰은 자기 침대로 돌아갔다.

내가 괜찮게 해냈다. 빈은 생각했다. 망치지 않았다.

"빈?" 셔블이 불렀다.

"어?"

"한 가지."

"응."

"날 셔블이라고 부르지 마."

빈은 셔블의 진짜 이름이 뒤슈발이라는 것을 기억해냈다. "'말 두 마리(불어로 뒤deux는 둘, 슈발cheval은 말이라는 뜻-옮긴이)'가 더 좋아? 인디안 전사 같은 이름이?"

셔블이 씩 웃었다. "마구간 치우는 도구(셔블shovel은 영어로 삽이라는 뜻-옮긴이)보단 나아."

"알았어. 지금부터 뒤슈발이라고 부르도록 하지."

"고마워. 언제 시작할 거야?"

"오늘 자유 시간 훈련 때부터."

"아이고."

빈은 뒤슈발의 침대에서 거의 춤추듯이 내려왔다. 그가 해냈다. 성공했다. 어쨌든 한 번은.

그리고 아침식사가 끝날 무렵, 그는 다섯 명을 모두 모았다. 다른 네 명의 경우는 그들의 소대장에게 먼저 허락을 구했다. 아무도 거절하지 않았다. 그 후에 빈이 첫 번째로 한 일은, 팀원들에게 셔블을 뒤슈발로 부르라고 하는 것이었다.

◆

빈이 찾아갔을 때, 임시 사무실로 꾸며진 전투실 함교에는 그라프와 디마크와 대프가 함께 모여 있었다. 디마크와 대프는 평소와 같은 언쟁을 벌이고 있었다. 다시 말해서, 중요한 문제가 아닌 사소한 규약 위반 한두 가지에 관한 사안들을 다루고 있었다. 그들은 곧 항의하고 불만을 제기하며 목소리를 높였다. 이것도 그들의 경쟁에서 늘상 일어나는 또 다른 작은 충돌일 뿐이었다. 대프와 디마크는 각자 자신이 맡은 아이들인 엔더와 빈을 유리한 입장에 올려놓으려 애쓰면서, 동시에 그라프가 그 아이들을 신체적 위험에 노출시키지 못하게 하려고 안간힘을 썼다. 그 위험이 시시각각 다가오고 있다는 것을 둘 다 감지했기 때문이다. 문에서 노크 소리가 났을 때 그들은 한창 소리 높여 언쟁하던 중이었다. 노크 소리가 크지 않았다는 점은, 그라프에게 밖에서 뭔가 엿들은 게 아닐까 하는 의심을 불러일으켰다.

대화 중에 이름이 언급되었던가? 그렇다. 빈과 엔더의 이름 둘 다. 본쏘의 이름도. 아킬레스의 이름도 언급되었던가? 아니다. 그 아이는 '인류의 미래를 위험에 빠뜨리는 또 하나의 무책임한 결정' 정도로 언급되었을 뿐이다. 게임에 대한 정신 나간 이론은 그렇다 쳐도 진짜 목숨이 걸린 싸움은 전혀 다른 문제니까. 어떤 아이의 죽음 이외에는 그걸 증명할 수 없고 증명되지도 않을 테니까! 대프의 말이었다. 이런 토론에 좀 더 능한 쪽은 대프였다.

물론 그라프는 이미 번민에 휩싸였다. 교사들이 서로 주장하는 것이나 그라프 자신의 방침에 대해 주장하는 바가 모두 틀리지 않다고 생각했기 때문이다. 모든 테스트에서 명백히 더 나은 결과를 나타낸 후보는 빈이었다. 실제 리더십 상황에서의 성과를 기초로 한다면 엔더가 명백히 더 나은 후보였다. 그리고 그라프는 두 아이를 신체적 위험에 노출시키는 무책임한 일을 하고 있었다.

하지만 두 아이 모두 자신의 용기에 대해 심각한 의심을 품고 있었다. 엔더는 오랫동안 그의 형인 피터에게 굴종한 역사가 있으며, 마인드 게임을 통해 그의 무의식 속에서 피터가 버거들과 연결되어 있다는 게 드러났다. 때가 되면 엔더는 어떠한 방법으로든 적을 공격할 수 있을 것이다. 도와줄 사람 없이도 홀로 적에게 맞설 수 있고, 그를 파괴하려는 자를 박살내버릴 용기가 있었다. 그라프는 그 점을 알고 있었다. 하지만 엔더는 그걸 알지 못했다. 그걸 스스로 깨달아야 할 필요가 있었다.

빈의 경우에는 첫 번째 전투에 나서기 전에 신체적인 공황 증세를 보였다. 결과적으로 잘 해내긴 했지만, 특별한 심리 테스트를 하지 않더라도 그 아이에게 자기 확신이 부족하다는 것을 알 수 있었다. 둘의 유일한 차이는, 빈의 용기에 대해서는 그라프도 의심스럽다는 점이었다. 빈이 적시에 적절하게 적을 공격할 수 있으리라는 증거는 아직 없었다.

지휘관 후보는 자신을 의심하지 말아야 한다. 자신감을 상실해서는 안 된다. 적은 망설이지 않는다. 망설임이라는 게 없다. 그런 적과 싸우면서 생각에 빠져 있을 시간 따위는 없다. 그 아이들은 누구도 도와주러 달려오지 않으리라는 것을 인식한 채 최악의 두려움에 직면해야 했다. 실패가 치명적인 결과를 초래할 때, 자신이 실패하지 않으리

439

라는 것을 알아야 했다. 자신이 테스트를 거쳐 통과했다는 것을 알아야 했다. 그리고 둘 다 대단히 예민하기 때문에 위험을 꾸며낼 수는 없었다. 그건 진짜여야 했다.

그라프가 그들을 그런 위험에 노출시키려는 것은 철저히 무책임한 행동이었다. 하지만 그렇게 하지 않는 것 또한 무책임한 짓이었다. 일을 안전하게 진행시키더라도 그를 비난할 사람은 없을 것이다. 실제 전쟁에서 엔더나 빈이 실패하더라도 그의 책임이 되진 않을 것이다. 하지만 실패라는 결과와 맞닥뜨렸을 때 그게 과연 얼마나 큰 위로가 될까. 어느 쪽으로든 그의 생각이 틀렸다면 지구에 있는 모두가 최종적인 대가를 치러야 할 수도 있었다. 일을 성공시킬 수 있는 유일한 방법은 그들 중 하나가 죽거나 신체적 · 정신적으로 손상될 경우, 다른 하나가 여전히 남아 할 일을 계속할 수 있게 하는 것이었다.

둘 다 실패하면 그땐 어떡할까? 똑똑한 아이들은 많지만, 오래전에 전투학교를 졸업하고 이미 지휘관에 올라 있는 이들보다 훨씬 나은 아이들은 없다.

누군가 주사위를 굴려야 한다. 내 손에 그 주사위가 들려 있다. 나는 나 자신의 경력을 우선시하는 관료가 아니다. 내가 이 자리에서 완수해야 할 커다란 목적이 더 중요하다. 다른 자의 손에 주사위를 넘기지 않을 것이며, 내게 있는 결정권을 갖고 있지 않은 척하지도 않을 것이다.

지금 당장 그라프가 할 수 있는 일은 대프와 디마크의 말을 경청하고, 그의 뜻을 막으려는 그들의 술책과 관료적인 공격을 무시하고, 이 대리경쟁에서 서로 잡아 뜯으려 하는 그들을 떼어놓는 것뿐이었다.

문에서 작은 노크 소리가 들렸다. 그라프는 문이 열리기도 전에 그게 누군지 알아차렸다.

빈이 그들의 언쟁을 들었는지는 알 수 없으나, 표정에 나타나진 않았다. 하지만 생각해보면 무엇 하나 드러내지 않는 게 빈의 전공이었다. 그보다 더 비밀스러울 수 있는 아이는 엔더뿐인데, 그는 적어도 오랜 마인드 게임을 통해서 교사들이 그의 정신세계를 탐구할 수 있는 기회를 제공했다.

"대령님." 빈이 말했다.

"들어와라, 빈." 들어와라, 줄리안 델피키. 착하고 다정스런 부모가 그토록 갖고 싶어 했던 아이야. 들어와라, 납치되어 운명의 볼모가 된 아이야. 들어와서 네 인생을 가지고 게임을 하고 있는 운명의 여신들과 얘기해보려무나.

"기다릴 수 있습니다." 빈이 말했다.

"대프 대위와 디마크 대위가 같이 들어도 되는 얘기겠지?" 그라프가 물었다.

"대령님이 허락하신다면 상관없습니다. 비밀은 아니니까요. 우주지국 비품을 사용할 수 있게 해주십시오."

"안 돼."

"그 대답은 받아들일 수 없습니다."

그라프는 대프와 디마크의 시선이 슬쩍 자신에게 향하는 것을 보았다. 아이의 대담함이 재미있나? "이유가 뭔가?"

"전투 직전에 통지가 오고, 우리는 매일 전투를 치러야 합니다. 대원들 모두 지쳤지만 수업도 병행해야 합니다. 그건 괜찮습니다. 엔더도 우리도 이 상황을 받아들이고 있습니다. 하지만 대령님이 이렇게 하는 이유는 아마 우리에게 지략이 있는지 시험하려는 걸 겁니다. 따라서 자원 같은 게 좀 필요합니다."

"드래건 부대 지휘관은 따로 있을 텐데? 특정 비품에 대한 요청은 지휘관을 통해서 하도록."

"그건 안 됩니다. 엔더는 어리석은 관료적 절차에 낭비할 시간이 없습니다."

어리석은 관료적 절차. 바로 몇 분 전에 언쟁할 때 그라프 자신이 사용했던 문구였다. 하지만 그라프의 언성은 높지 않았다. 빈이 문 밖에서 얼마나 오래 듣고 있었던 걸까? 그라프는 속으로 자신에게 화를 냈다. 그가 이곳으로 사무실을 옮긴 이유는 빈이 몰래 돌아다니며 어떤 방법으로든 정보를 수집하는 스파이라는 것을 알았기 때문이었다. 그런데 그 아이가 뚜벅뚜벅 걸어와 얼마든지 엿들을 수 있는 문 앞에 경비원 하나 세워두지 않았다.

"넌 그럴 시간이 있고?" 그라프가 물었다.

"전 임무를 부여받았습니다. 선생님들이 우리를 골탕 먹이려고 조작하는 어리석은 수법들과 그에 대응할 방법들을 생각해보라는 임무죠."

"그래, 요구하려는 비품이 뭔가?"

"모르겠습니다. 우리 눈에 보이는 건 제복과 전투복, 무기와 책상뿐입니다. 여기에는 다른 비품들도 있을 겁니다. 예를 들어서 종이 같은 거요. 현재로서는 책상을 닫고 서면으로 시험을 봐야 할 때만 종이가 지급되죠."

"전투실에서 종이로 뭘 하려고?"

"모르겠습니다. 뭉쳐서 사방으로 던져볼까요. 찢어서 먼지 구름을 만들어볼까요."

"그걸 누가 치우지?"

"제가 신경 쓸 문제는 아닙니다." 빈이 말했다.

"허가해줄 수 없다."

"받아들일 수 없습니다." 빈이 말했다.

"너 기분 나쁘라고 하는 말은 아니다만, 빈, 네가 내 결정을 받아들이든 말든 그것은 바퀴벌레 방귀만큼도 중요하지 않다."

"대령님 기분 나쁘라고 드리는 말씀은 아니지만, 자신이 뭘 하고 있는지 모르시는 것 같군요. 대령님은 즉흥적으로 행동하고 계십니다. 시스템을 망치고 있어요. 이 피해를 복구하려면 몇 년은 걸릴 텐데 거기에 신경도 쓰지 않고 있습니다. 그건 앞으로 1년 후에 이 학교가 어떻게 되든 중요하지 않다는 뜻이겠죠. 중요한 인물이 모두 곧 졸업하리라는 뜻이겠죠. 훈련 속도가 빨라지는 이유는 지체할 시간이 없을 정도로 버거들이 너무 가까워지고 있기 때문일 겁니다. 그래서 밀고 나가시는 겁니다. 그중에서도 특히 엔더 위긴을 쉴 새 없이 몰아붙이고 있죠."

그라프는 뱃속이 울렁거리는 느낌이었다. 빈의 분석력이 대단하다는 것은 알고 있었다. 빈의 속임수 기술도 그에 못지않았다. 그의 짐작 중 어떤 부분은 옳지 않지만 그게 진실을 모르기 때문일까, 아니면 그들에게 자신이 얼마나 아는지 혹은 얼마나 짐작하는지 알리고 싶지 않아서일까? 난 여기에 널 받아들이고 싶지 않았다, 빈. 넌 너무 위험해.

빈은 여전히 자신의 주장을 이어가고 있었다. "버거들이 지구에 도착해서 1차 침공 당시처럼 지구를 쓸어버리려 할 때, 그들을 막을 방법을 찾으려 하는 엔더 위긴에게도 자원을 사용할 수 있네 없네 하는 그런 말도 안 되는 대답을 하실 건가요?"

"너에겐 비품 사용권을 허락할 수 없다."

"제가 알기로 엔더는 전투게임 따위 엿이나 먹으라고 말하기 직전입니다. 질려버렸어요. 그걸 알아보지 못하셨다면 대령님도 대단한 교사는 아니라고 해야겠죠. 엔더는 순위표에 관심이 없습니다. 다른 아이들을 무찌르는 것에 관심이 없어요. 그가 걱정하는 것은 버거들과 싸울 준비를 해낼 수 있느냐는 겁니다. 여기 프로그램이 아무짝에도 쓸모없으니 다 그만두자고 그를 설득하는 게 얼마나 힘들 거라고 생각하십니까?"

"좋아." 그라프가 말했다. "디마크, 감방을 준비하게. 빈을 지구로 보낼 우주선이 준비될 때까지 가둬둬. 전투학교에서 내보내야겠어."

빈은 살짝 미소 지었다. "해보시죠, 그라프 대령님. 어쨌든 전 여기서 볼일 다 끝났습니다. 원하는 걸 얻었어요. 최상의 교육을 받았죠. 다시 거리에서 헤맬 일은 없을 겁니다. 이젠 자유예요. 절 내보내세요, 당장. 전 준비됐습니다."

"지구에서 자유롭지는 못할 거다. 네가 전투학교에 대해 이런 얼토당토않은 얘기들을 하고 다니면 곤란하지 않겠나." 그라프가 말했다.

"비품 사용권을 요구했다는 이유로, 그게 마음에 안 든다는 이유로 이 학교 최고의 학생을 감옥에 집어넣겠다는 말씀이세요? 이러지 마시죠, 그라프 대령님. 눈 딱 감고 양보하세요. 제가 대령님을 필요로 하는 것보다 대령님 쪽에서 제 도움이 더 필요하실걸요."

디마크는 자신의 얼굴에 번지는 미소를 숨길 수 없었다.

그라프에게 이렇게 대항하는 게 빈의 용기를 증명해주는 거라면 얼마나 좋을까. 게다가 그라프가 아무리 빈의 자질을 의심하더라도 그가 조작에 능하다는 점만큼은 부인할 수 없었다. 그라프는 이 순간 디마크와 대프를 방에서 내보낼 수만 있다면 무슨 짓이든 하고 싶은 심정이었다.

"증인들 앞에서 얘기하자는 건 대령님 결정이었습니다." 빈이 말했다.

뭐야, 이 녀석이 독심술이라도 배웠나?

아니다. 그라프는 방금 두 선생들을 흘깃 쳐다보았다. 빈이 그의 신체언어를 읽어낸 것이다. 이 아이는 무엇 하나 놓치지 않았다. 그렇기 때문에 빈이 우리 프로그램에 그토록 귀중한 것이다.

우리가 이 아이들에게 희망을 거는 이유도 그것 아닌가? 영리하게 상황을 주무를 줄 알기 때문에? 내가 지휘권에 대해 뭔가 아는 게 있다면 상황이 심각해지기 전에 더 이상의 피해를 막고 떠나야 할 때가 있다는 것도 그중 하나가 아닌가?

"좋다, 빈. 비품을 훑어보도록 해."

"그게 다 뭔지 설명해줄 사람이 필요합니다."

"네가 모르는 것도 있었나?"

빈은 승리를 공손하게 받아들였다. 그라프의 조롱에 반응하지 않았다. 그라프는 양보할 수밖에 없었던 자신의 패배를 빈정거림으로나마 보상받으려는 것이다. 그 이상의 보상은 받지 못하겠지만, 이런 일에는 원래 그리 큰 특전이 따르지 않는다.

"디마크 대위와 대프 대위가 동행할 거다. 비품을 훑어보고 필요한 걸 요청해라. 둘 중 한 명이라도 반대하면 못 가져간다. 그들이 허락한 비품을 사용함으로 인해서 어떠한 손해가 발생한다면 사용을 허락한 자들이 결과를 책임져야 할 것이다."

"감사합니다, 대령님. 쓸 만한 걸 찾아낼 가능성은 별로 없지만, 전투학교의 교육목표를 증진시키기 위해 지국의 자원들을 조사하게 해준 공정한 처사에 감사드립니다."

이 아이는 전문용어를 완전히 숙지했다. 몇 달 동안 학생 데이터에 들어가 파일 기록들을 섭렵하더니, 서류에 적힌 내용보다 더 많은 것을 배운 모양이었다. 그리고 이제 이 결정을 상부에 보고할 때 어떤 식으로 풀어나가야 할지 암시까지 하고 있었다. 그라프가 그런 말을 생각해낼 능력이 전혀 없는 것처럼.

이 조그만 녀석이 내게 생색을 내고 있다. 자기가 이 상황을 쥐고 있다고 생각한다.

음, 하지만 조만간 너도 좀 놀랄 일이 있을 것이다.

그라프가 말했다. "모두 물러가."

그들이 일어나 경례하고 떠났다.

그라프는 생각했다. 이제 앞으로 결정을 내릴 때마다, 이 아이가 날 매우 화나게 했다는 사실이 그 결정에 얼마나 영향을 미쳤는지 생각해봐야 하리라.

◆

비품 재고목록을 훑어보면서 빈이 무엇보다 중점을 두었던 부분은 엔더나 다른 드래건 대원들이 몸에 지니고 다니면서 본쏘가 신체적으로 공격을 가해올 경우 자신을 보호할 무기로 사용할 만한 게 무엇인가 하는 점이었다. 하지만 교사들에게 숨길 수 있는 동시에 작은 아이들이 커다란 아이들에게 써도 충분히 효과적일 수 있을 만한 물건은 눈에 띄지 않았다.

실망스럽긴 했지만 위협을 해소할 다른 방법을 찾아낼 수 있을 것이다. 이제 그는 전투실에서 사용할 만한 게 뭐가 있을지 살펴보았다. 청소도구들은 그리 쓸모 있어 보이지 않았다. 쇠붙이들도 전투실에서 사용하기에는 무리가 있었다. 그걸 어떻게 써먹겠는가? 나사 한 줌이라도 집어던질까?

하지만 안전장비는…….

"데드라인이 뭐예요?" 빈이 물었다.

디마크가 대답했다. "관리보수하는 사람들이 지국 밖에서 일할 때 몸에 묶어 안전을 확보하는 끈이다. 아주 가늘고 강하지."

"길이가 얼마나 돼요?"

"매듭지어서 이으면 몇 킬로미터까지 연장시킬 수 있다. 한 가닥씩 풀면 100미터쯤 되고."

"그걸 보여주세요."

그들은 전투학교 아이들이 한 번도 가본 적 없는 구역으로 빈을 데려갔다. 그곳의 실내장식은 훨씬 실용적이었다. 벽에 붙은 판때기에 나사와 못들이 그대로 드러나 있었다. 통풍용 도관들도 천장 안에 숨겨져 있는 대신 그대로 드러나 보였다. 아이들에게 병영으로 가는 길을 알려주는 친절한 줄무늬도 없었다. 손바닥을 대야 하는 패드들은 모두 아이가 쉽게 사용할 수 없는 높이에 설치돼 있었다. 가는 길에 마주친 직원들은 모두 빈을 쳐다보고 나서 미친 것 아니냐는 듯이 대프와 디마크를 쳐다보았다.

데드라인 코일은 굉장히 작았다. 빈은 그걸 들어보았다. 무게도 가벼웠다. 수십 미터를 풀어보았다. 거의 눈에 보이지 않았다. "이거 튼튼해요?"

"어른 두 명쯤은 감당할 수 있어." 디마크가 말했다.

"굉장히 가는데 살을 베지는 않을까요?"

"매끄럽고 둥그스름하게 마무리돼 있어서 뭘 베거나 하진 않아. 그게 우주복 같은 걸 베고 들어간다면 우리가 쓸 수 없지 않겠냐."

"짧게 자를 수 있어요?"

"용접용 토치램프(금속의 절단이나 용접에 쓰이는 기구-편집자)를 쓰면."

"이걸로 할게요."

"그거 하나만?" 대프가 다소 냉소적으로 물었다.

"토치램프도." 빈이 말했다.

"안 돼." 디마크가 말했다.

"농담이에요." 빈이 말했다. 그는 비품실에서 나오자마자 방금 왔던 길로 달려가기 시작했다.

그들이 뒤에서 따라 달려왔다. "천천히 가!" 디마크가 소리쳤다.

"천천히 오세요!" 빈이 대답했다. "난 이걸로 소대를 훈련시켜야 돼요."

"무슨 훈련을 시킬 건데!"

"나도 몰라요!" 그는 장대를 타고 미끄러져 내려갔다. 그것은 곧장 학생들이 있는 층으로 연결되었다. 그 방향으로 갈 때는 보안 허가권이 전혀 필요치 않았다.

특수 부대원들이 전투실에서 그를 기다리고 있었다. 지난 며칠간 그들은 온갖 서툰 방법들을 시도해보며 열심히 노력했다. 허공에서 폭발할 수 있는 대형을 만들어보거나, 차단벽을 만들어보거나, 무기 없이 발로 적을 무력화시키는 방법을 연구했다. 몸을 회전시키며 움직이는 방법도 연구했는데 그러면 적이 그들을 명중시킬 수 없지만 그들도 적을 명중시킬 수 없다는 문제점이 있었다.

가장 힘이 되는 것은 엔더가 특수 부대 훈련을 지켜본다는 사실이었다. 엔더가 다른 소대장이나 대원들의 질문에 대답하지 않을 때면 언제나 빈의 팀을 바라보고 있었다. 그들이 무슨 수법을 생각해내든 엔더의 머릿속에 입력되고, 그는 그 방법을 사용할 시기에 대해 생각할 것이었다. 엔더의 눈이 그들에게 쏠려 있다는 것을 알게 되자, 특수 부대원들은 더 힘껏 노력했다. 엔더가 그들의 작업에 큰 관심을 갖고 있다는 사실이 빈의 위상을 높여주었다.

엔더는 이런 일에 능숙하다. 빈은 새삼 그 점을 다시 깨달았다. 그는 자신이 원하는 형태로 집단을 형성하고, 구성원들이 함께 일하도록 하는 방법을 안다. 그리고 가장 최소한의 방법으로 그 일을 해낸다.

그라프가 엔더처럼 능숙했다면 오늘 내가 거기서 그렇게 깡패처럼 굴 필요는 없었을 것이다.

빈이 데드라인을 가져가서 제일 먼저 시도해본 방법은 전투실 한 쪽에서 반대쪽으로 그걸 잡아 늘리는 것이었다. 양쪽 끝에 겨우 매듭을 지을 수 있을 정도였지만 끝에서 끝까지 이어졌다. 잠시 실험해본 결과, 그걸 발목에 걸리게 하는 덫으로 사용하기에는 비효율적이라는 게 확인되었다. 대부분의 적들은 그 수법에 당하지 않을 것이다. 줄에 걸렸을 때 방향이 틀어지거나 뒤집어지긴 하겠지만 한 번 그게 있다는 것을 알고 나면 오히려 적이 그 점을 유리하게 활용할 가능성도 있었다.

데드라인은 일하는 사람들이 우주로 떠내려가지 않게 붙잡아주려고 만들어진 도구다. 줄 끝에 매달리면 어떤 일이 벌어질까?

빈은 한쪽 끝을 벽 손잡이에 묶고 다른 쪽 끝을 몇 번 자신의 허리에 감았다. 줄은 이제 전투실 지름보다 더 짧아졌다. 줄에 매듭을 지은 다음, 반대편 벽 쪽으로 몸을 날렸다.

그의 몸이 허공을 가르는 동안 데드라인이 뒤로 휙휙 풀렸다. 이 철사가 살을 베고 들어가지 않는다는 그들의 말이 맞기만을 바라는 수밖에 없었다. 전투실에서 반으로 잘려 죽는다면 얼마나 끔찍한 생의 마감이 될까. 청소하는 이들에게도 흥미로운 장면이리라.

벽으로부터 1미터쯤 떨어진 지점에서 줄이 팽팽해졌다. 빈의 허리에 묶인 줄이 더 이상의 전진을 막았다. 그의 몸이 반으로 접히면서 내장을 걷어차인 것 같은 느낌이 전해졌다. 하지만 놀랍게도 앞으로 향하던 그의 몸이 관성으로 인해 옆으로 호를 그리며 날아갔다. 전투실 맞은편 D소대가 훈련하고 있는 곳으로 날아가 무지막지하게 벽에 부딪혔다. 그나마 남아 있던 숨까지 턱 막힐 정도로.

"이거 봤지!" 다시 숨 쉴 수 있게 되자마자 빈이 소리쳤다. 배 부분이 무지하게 아팠다. 몸이 절반으로 갈리지는 않았더라도 지독한 멍이 들었을 것이다. 전투복을 입지 않았더라면 아마 내장이 손상되고도 남았을 것이다. 하지만 그는 별 탈 없이 무사했다. 게다가 데드라인 덕분에 허공에서 갑자기 방향을 바꿀 수 있었다. "봤지! 이거 봤지!"

"괜찮나!" 엔더가 소리쳤다.

그제야 빈은 남들 눈에 자신이 괜찮아 보이지 않으리라는 것을 깨달았다. 다시 천천히 소리쳤다. "내가 얼마나 빨리 날아갔는지 봤죠! 어떻게 방향을 바꿨는지 봤죠!"

전 대원이 훈련을 멈추고 데드라인으로 실험하는 빈의 모습을 지켜보았다. 두 명을 함께 묶을 경우 한 명이 멈췄을 때 흥미로운 결과가 나타났지만, 그 상태로 유지하는 게 쉽지 않았다. 빈은 엔더에게 훅을 사용하여 벽에 있는 별 하나를 전투실 중앙으로 끌어당겨 달라고 요청했다. 그렇게 하자 훨씬 큰 효과를 볼 수 있었다. 빈은 다시 몸에 줄을 묶고 별에서부터 출발했다. 줄이 당겨졌을 때, 별 끝부분을 받침대 삼아 방향을 바꿨다. 별 모서리에 닿을 때마다 줄을 감아놓자 줄이 계속 짧아졌다. 결국은 움직임을 통제할 수 없을 정도로 속도가 너무 빨라졌다. 어느 순간 그는 눈앞이 캄캄해질 정도로 세게 별에 부딪혔다.

하지만 드래건 대원들은 넋을 놓고 그저 멍하니 그 광경을 쳐다보고 있었다. 데드라인이 전혀 보이지 않았기 때문에, 빈이 허공에서 갑자기 방향을 바꾸거나 날아가다가 갑자기 속도를 올리는 것처럼 보였던 것이다. 난생 처음 보는 놀라운 장면이었다.

"다시 해보자. 이걸 하면서 총을 쏠 수 있는지 봐야겠어." 빈이 말했다.

◆

취침시간이 얼마 남지 않은 21시 40분이 돼서야 저녁훈련이 끝났다. 하지만 빈의 팀이 연습하는 놀라운 곡예를 지켜본 대원들은 피곤하지 않았다. 오히려 복도로 깡충깡충 뛰어갈 정도로 흥분해 있었다. 대부분의 아이들은 아마 그걸 곡예 정도로 생각했을 것이다. 그것이 전투에 결정적인 역할을 하리라고는 생각하지 않았다. 그래도 어쨌거나 재미있었다. 새로웠다. 그리고 그들은 드래건이었다.

빈은 자신에게 주어진 자리에서 길을 이끌기 시작했다. 이제 승리의 시대였다. 이게 시스템에 의해 조종되는 것이며 공식적인 명예를 통해 행동이 수정된 것임을 알았지만, 그래도 썩 괜찮은 기분이었다.

하지만 아무리 기분 좋은 상태라 해도 경계를 풀어놓진 않았다. 복도로 걸어가기 시작한 지 얼마 되지 않아, 그는 이 구역에 샐러맨더 제복을 입은 아이들이 너무 많이 돌아다닌다는 것을 알아차렸다. 21시 40분이면 대부분의 대원들이 자기 병영에 들어가 있을 시간이었다. 도서관이나 비디오실이나 게임실에서 돌아가는 몇몇 지각생들만 보여야 하는 게 정상이었다. 하지만 샐러맨더가 너무 많았다. 게다가 다른 아이들도 대부분 엔더를 별로 좋아하지 않는 지휘관 휘하 군인들이었다. 굳이 천재가 아니어도 이게 함정이라는 걸 알 수 있었다.

빈은 뒤로 돌아서 함께 걸어오고 있는 크레이지 톰, 블라드, 핫 수프에게 달려갔다. "샐러맨더가 너무 많아. 엔더와 같이 움직여." 빈이 말했다. 그들은 당장 알아들었다. 요즘에 본쏘가 엔더 위긴에게 제 분수를 가르쳐줘야 한다고 떠들어대는 것을 모르는 사람은 없었다. 그는 누군가 나서서 엔더를 혼내줘야 한다고 주장하고 있었다. 빈은 천천히 태평스럽게 더 뒤쪽으로 달려갔다. 작은 아이들을 제외하고, 본쏘의 패거리에 맞설 수 있을 만한 드래건의 나머지 소대장 두 명과 부소대장들을 찾아보았다. 이길 가능성은 별로 없었지만 교사들이 개입할 때까지 엔더가 다치지 않게 막아내는 것이 주목적이었다. 폭력 소동이 일어난다면 교사들이 가만히 쳐다보고만 있지는 않을 것이다. 아니, 쳐다보고만 있으려나?

빈은 엔더의 옆을 지나 그 뒤로 걸어갔다. 피닉스 부대 제복을 입은 페트라 아카니안이 빠르게 다가오고 있었다. 그녀가 소리쳤다. "어이, 엔더!"

엔더가 걸음을 멈추고 돌아섰다. 그것을 보고 빈은 기겁을 했다. 엔더는 사람을 너무 잘 믿는다.

페트라 뒤에서 샐러맨더 몇 명이 보조를 맞춰 걸어오고 있었다. 다른 쪽에서는 또 다른 샐러맨더들과 다른 부대원 두 명이 굳은 표정으로 걸어오고 있었다. 핫 수프와 크레이지 톰이 다른 소대장들과 덩치 큰 대원들을 뒤에 달고 빠르게 다가오고 있었다. 하지만 그들은 충분히 빠르지 않았다. 빈이 손짓하자 크레이지 톰이 속도를 올렸다. 다른 아이들의 속도도 빨라졌다.

"엔더, 얘기 좀 하자." 페트라가 말했다.

빈은 페트라에게 너무나 실망했다. 그녀는 유다였다. 그녀가 본쏘에게 엔더를 바치려 하다니, 누가 짐작이나 했을까? 본쏘의 밑에 있었을 때 그를 그렇게 미워했으면서.

"걸으면서 얘기해." 엔더가 말했다.

"잠깐이면 돼." 페트라가 말했다. 그녀는 완벽한 배우든지 아니면 상황을 전혀 모르고 있었다. 다른 아이들 쪽으로 별로 시선을 돌리지 않고 드래건 제복만 알아차리는 듯했다. 한 패거리는 아닌 것 같다고 빈은 생각했다. 그녀는 그저 멍청할 뿐이다.

드디어 엔더도 자신이 공격받기 쉬운 위치에 놓여 있다는 것을 알아차린 듯했다. 빈을 제외하고 다른 모든 드래건들이 그를 앞서갔다. 이제 그 사실 하나만으로도 불편함을 느끼기에 충분했다. 그는 홱 돌아서서 다른 드래건 대원들과의 거리를 좁히며 빠르고 힘차게 걸어갔다.

페트라가 잠깐 짜증을 내고 나서 빠르게 그를 따라갔다. 빈은 다가오는 샐러맨더들을 노려보면서 자신의 위치를 고수했다. 그들은 그에게 시선 한 번 돌리지 않았다. 걸음 속도를 높여 페트라처럼 빠르게 엔더의 뒤로 따라붙을 뿐이었다.

빈은 세 걸음 더 걸어가 래빗 부대 병영의 문을 두드렸다. 누군가가 문을 열었다. 빈은 한마디만 속삭였다. "샐러맨더가 엔더를 해치려고 해." 그 즉시 래빗 부대원들이 복도로 쏟아져 나오기 시작했다. 그들은 마침 그 앞을 지나던 샐러맨더들과 뒤섞여 복도로 우르르 몰려갔다.

그들은 목격자가 되리라. 빈은 생각했다. 싸움이 불공정한 것 같으면 도와줄 수 있는 자들이다.

앞에서 엔더와 페트라가 이야기를 하고 있었다. 덩치 큰 드래건 대원들이 그 주위에서 보폭을 맞췄다. 샐러맨더들이 바짝 따라붙었고, 반대쪽에서 오던 무리들도 그들과 합류했다. 하지만 위험은 해소되고 있었다. 래빗 부대와 덩치 큰 드래건 대원들이 그 일을 해냈다. 빈은 조금 더 편하게 숨을 쉴 수 있었다. 적어도 지금은 위험이 사라졌다.

　빈이 엔더를 따라잡았을 때 페트라가 발끈해서 말하는 소리가 들렸다. "어떻게 날 그런 식으로 생각할 수 있어? 누가 친구인지도 모르는 거야?" 그녀가 사다리로 달려가 순식간에 기어 올라갔다.

　래빗 부대 지휘관 칸 카비가 빈의 옆으로 다가왔다. "괜찮은 거야?"

　"그쪽 부대를 불러낸 거 이해해줘요."

　"대원들한테 들었어. 엔더가 방에 들어갈 때까지 같이 가줄까?"

　"그래요."

　칸은 뒤로 물러나 자신의 대원들과 같이 걸었다. 샐러맨더 무리들은 이제 3 대 1 정도로 수적으로 불리해졌다. 그들은 점점 뒤로 처졌고, 몇 명은 사다리 위로 혹은 장대 밑으로 사라졌다.

　빈이 다시 엔더를 따라잡았을 때, 소대장들이 그를 둘러싸고 있었다. 이제는 완전히 드러내놓고 에워쌌다. 소대장들이 엔더의 경호원이었고, 그보다 어린 드래건 대원들도 사태를 알아차리고 속속 다가들었다. 그들은 숙소까지 엔더와 동행했다. 크레이지 톰이 먼저 방으로 들어가 잠복해 있는 자가 없음을 확인한 후에 엔더를 들여보냈다. 지휘관 숙소에 들어가려면 손바닥을 먼저 대야 하기 때문에 아무나 들어갈 수 없었다. 그래서 걱정할 필요가 없을 듯했지만, 최근에 너무나 많은 규칙들이 변하고 있었다. 무슨 일이 일어날지 아무도 알 수 없었다.

그날 밤 빈은 한동안 침대에 누워 잠을 이루지 못했다. 자신이 무얼할 수 있을지 생각해보았다. 그들이 하루 온종일 엔더와 같이 있을 수는 없었다. 수업시간에는 모두 의도적으로 해산되었다. 식사시간에도 엔더 혼자 지휘관 식당에서 먹게 되기 때문에, 거기서 본쏘가 덤벼든다면……. 아니, 그런 일은 생기지 않을 것이다. 본쏘는 주위에 다른 지휘관들이 버티고 있을 때 공격하지 않을 것이다. 샤워실, 화장실이 유력하다. 그리고 본쏘가 패거리들을 충분히 모았다면 누구도 간섭하지 못하게 엔더의 소대장들을 제쳐놓고 칠 것이다.

본쏘의 지원군을 떼어놓아야 한다. 빈은 잠이 들기 전에, 약간 도움이 되거나 효과를 발휘할 만한 계획을 세워두었다. 완벽한 계획은 아니었지만 적어도 뭔가 할 수는 있었다. 또한 교사들이 나중에 무슨 일이 일어나는지 몰랐다는 식으로 책임회피하는 관료의 전형을 보이지 못하도록 공개적으로 밝힐 작정이었다.

아침식사 때 그 계획을 실행하려고 했는데, 당연히 아침에 일어나자마자 전투 명령이 떨어졌다. 폴 슬래터리가 이끄는 배저 부대가 상대였다. 교사들은 또 다시 규칙을 어지럽힐 새로운 방법을 찾아냈다. 배저 부대원들은 한 번 동결되면 게임이 끝날 때까지 동결상태로 머무는 게 아니라, 훈련할 때처럼 5분 뒤에 해동되었다. 하지만 드래건 대원들은 한 번 동결되면 그대로 끝이었다. 전투실에 별들이 가득 차 있어서 숨을 곳이 많았으므로, 그들이 별들을 옮겨 다니며 똑같은 적을 한 번 이상 쏴야 한다는 사실을 깨닫기까지 시간이 좀 걸렸다. 드래건 부대는 전의 어느 때보다 더 패배에 가까웠다. 남은 드래건 대원

십여 명이 동결된 배저들을 확인하며 틈틈이 다시 쏘고, 그러면서 또 뒤에서 몰래 다가오는 다른 배저들을 미친 듯이 찾아내야 하는 치열한 백병전이었다.

전투가 상당히 오래 걸리는 바람에, 그들이 전투실에서 나왔을 때쯤 아침식사 시간은 이미 끝나 있었다. 드래건 대원들은 분통을 터뜨렸다. 그 새로운 수법을 알아차리기 전에 일찍 동결됐던 자들은 딱딱한 전투복에 갇혀 한 시간 이상을 떠다녀야 했다. 그들은 시간이 지날수록 짜증이 나서 견딜 수 없었다. 장애물로 꽉 찬 공간에서 계속 다시 살아나는 적에게 맞서 수적 열세로 싸워야 했던 다른 대원들은 완전히 기진맥진했다. 엔더를 포함해서.

엔더는 복도에 전 대원을 모아놓고 말했다. "오늘 너희는 할 만큼 했다. 연습은 없다. 가서 쉬어라. 놀든, 시험 준비를 하든 마음대로 해."

다들 쉴 수 있는 시간이 생겨서 다행스러워했지만 아침도 못 먹고 진이 빠져버려서 누구 하나 환호할 기분이 아니었다. 몇몇 아이들이 병영으로 돌아가며 투덜거렸다. "배저 부대한테는 당장 아침을 차려주고 있을걸."

"아니야, 전투하기 전에 깨워서 먹였을 거야."

"아니야, 아침 먹이고 나서 5분 뒤에 또 먹였을 거야."

하지만 빈은 아침식사 때 하려고 했던 일을 하지 못한 것 때문에 짜증이 났다. 점심식사 때까지 기다려야 하리라.

다행인 것은 드래건이 훈련을 취소했기 때문에 본쏘 패거리가 어디에 잠복해 있어야 할지 모르리라는 것이었다. 그리고 문제는 엔더가 혼자 이동하면 보호해줄 사람이 아무도 없으리라는 것이었다.

다행히 엔더는 곧장 자기 숙소로 들어갔다. 빈은 다른 소대장들과 상의하여 엔더의 숙소 앞에 보초를 세워두기로 했다. 한 명이 30분씩 숙소 앞을 지키고, 문을 두드려 엔더의 안전을 확인한 다음 교대하기로 했다. 그렇게 하면 대원들 모르게 엔더 혼자 돌아다닐 일은 없을 것이다.

하지만 엔더는 방안에서 꼼짝도 하지 않았다. 마침내 점심시간이 되었다. 소대장들은 대원들을 미리 식당으로 보내고 엔더의 숙소에 들렀다. 플라이 몰로가 크게 문을 노크했다. 다섯 번 힘껏 두드렸다. "점심시간이야, 엔더."

"배고프지 않아." 문 안쪽에서 그의 목소리가 조그맣게 흘러나왔다. "가서들 먹어."

"기다릴게. 지휘관 식당에 대장 혼자 보낼 순 없어."

"점심 안 먹을 거야. 어서 가. 나중에 봐."

"다들 들었지?" 플라이가 다른 소대장들에게 말했다. "우리가 점심 먹고 올 때까지 별일 없을 거야."

엔더가 점심시간 내내 방에 있겠다고 약속한 것은 아니었다. 하지만 최소한 본쏘의 부하들은 엔더가 있는 곳을 알지 못할 것이다. 예측 불가능성이 작용할 테니 크게 걱정할 필요는 없을 듯했다. 게다가 빈은 점심시간에 계획했던 일을 어서 해치우고 싶었다.

그는 식당으로 달려가자마자 줄을 서는 대신 테이블로 뛰어올랐다. 크게 손뼉을 쳐서 관심을 끌어들였다. "어이, 모두들!"

식당 안이 웬만큼 조용해질 때까지 기다렸다.

"I. F. 법에 대해 몇 가지 알리고자 합니다. 지휘관이 불법적이거나 부도덕한 행위를 명령할 경우, 부하 대원은 이를 거부하고 그 사실을 상부에 보고할 책임이 있습니다. 불법적이거나 부도덕한 지시에 순종한 대원은 그 행동의 결과에 대해서도 분명 책임을 져야 합니다. 혹시 이 말뜻을 모르는 아둔한 자들이 있을지도 모르니 더 정확히 설명해 드리죠. 지휘관이 범죄 행위를 지시했다고 해서 그게 죄를 저지른 핑계가 되진 않습니다. 그런 명령에는 순종하지 말라고 법에 명시돼 있습니다."

샐러맨더 대원들은 누구 하나 빈의 시선을 마주보지 않았지만 랫 부대 제복을 입은 녀석 하나가 껄렁껄렁하게 끼어들었다. "그거 누구들으라고 하는 소리냐, 꼬마야?"

"너 들으라고 하는 소리다, 라이터. 네 점수는 학교에서 하위 10퍼센트에 들어가 있어. 그래서 따로 도움이 필요할 것 같았거든."

"당장 아가리 닥쳐. 그게 나한테 필요한 도움이다!"

"본쏘가 어젯밤에 너나 다른 20여명에게 무슨 짓을 하라고 시켰든 이거 하나만 알아둬. 실제로 뭔가를 시도한다면 너희 전부 전투학교에서 엉덩이를 차여 쫓겨날 거다. 확실히, 완벽하게 실패하는 거지. 돌대가리 마드리드의 말을 들었기 때문에 끝장나는 거야. 이 정도면 아주 분명하게 알아들었겠지?"

라이터가 웃었다. 억지웃음처럼 들렸지만 그 녀석 혼자만 웃는 것은 아니었다.

"넌 무슨 일이 벌어지는지 쥐뿔도 몰라, 꼬맹아." 그중 하나가 말했다.

"그 돌대가리가 너희를 뒷골목 패거리나 한심한 패배자로 만들려

한다는 건 알아. 전투실에서 엔더를 이길 방법이 없으니까 조그만 애하나 잡으려고 거친 놈들을 떼로 모아들이는 거잖아. 다들 얘기 들었지? 엔더가 어떤 인물인지는 너희도 잘 알 거야. 이 학교에서 다른 누구보다 성공적으로 해낸 최고의 지휘관이야. 버거들이 다시 쳐들어올 때 메이저 래컴처럼 그들을 물리칠 수 있는 자가 엔더 말고 또 누가 있을까. 그거 생각해봤어? 그런데 너희 몇몇 녀석들은 자기들이 굉장히 똑똑한 줄 알고 엔더를 때려죽일 심산이야. 버거들이 쳐들어올 때 본쏘 마드리드 같은 고름 덩어리들에게 우리 함대를 맡겨 패배시킬 작정인 거지. 버거들이 지구를 쓸어버리고 마지막 남은 남자와 여자와 아이까지 모조리 죽여 버릴 때, 생존자들은 이 멍청이들이 우리를 승리로 이끌 수 있었던 단 한 사람을 없애 버렸다는 사실을 알고 가슴을 치며 통탄할 거야!"

식당 전체가 쥐 죽은 듯이 조용해졌다. 빈은 어젯밤 본쏘의 무리와 같이 있었던 자들을 보면서 자신의 말이 먹혀들고 있다는 것을 알았다.

"아, 너흰 버거들에 대해서 까맣게 잊어버린거야. 그렇지? 이 전투 학교가 왜 있는지 잊어버렸어. 순위표에서 몇 등 했는지 엄마한테 편지나 쓰라고 너희가 여기 있는 게 아니라는 걸 잊어버렸어. 그래, 가서 본쏘가 하려는 짓을 같이 해. 그러면서 너희 목도 따버려. 엔더 위긴을 다치게 한다면 너희가 하는 일이 그걸 테니까. 하지만 우리 나머지 대원들은 어떨까? 우리 중에서 엔더 위긴을 지휘관으로 따르고 싶은 자는 몇 명이나 될까? 자, 몇 명이나 될까!"

빈은 리드미컬하게 천천히 박수를 치기 시작했다. 드래건 대원들이 모두 합류했다. 곧이어 다른 군인들 대부분이 박수를 치기 시작했다. 박수를 치지 않는 자들이 오히려 눈에 띄었고, 다들 그들을 경멸이나 증오의 눈빛으로 바라보았다.

이내 식당에 있는 모든 사람들이 박수에 동참했다. 직원들까지도.

빈은 허공에 두 손을 높이 쳐들었다. "우리의 유일한 적은 흉측한 버거들이다! 인간은 모두 같은 편이다! 엔더 위긴에게 손을 대는 자는 누구든 버거를 사랑하는 자다!"

그들이 벌떡 일어나 환호와 박수갈채로 화답했다.

빈이 민중을 선동하려 한 첫 번째 시도였다. 기쁘게도, 대의가 옳기만 하다면 자신이 상당히 능숙하게 해낼 수 있다는 것을 알게 되었다.

나중에 빈이 식사를 받아 C소대원들과 같이 앉아 먹고 있을 때 라이터가 다가왔다. 그가 뒤에서 접근해오자 빈이 알아차리기도 전에 C소대원들이 대결할 자세를 취하며 벌떡 일어났다. 하지만 라이터는 그들에게 앉으라고 손짓했다. 그러고는 고개 숙여 빈의 귀에 속삭였다. "내 말 잘 들어, 멍청아. 위긴을 조각내려는 녀석들은 여기 있지도 않아. 그렇게 공들여 연설했는데 참 안됐구나."

그 다음에 그는 떠났다.

바로 1분 뒤에, 빈은 식당에서 달려 나갔다. C소대원과 나머지 드래건 대원들도 그 뒤를 따랐다.

엔더는 방에 없었다. 아니 적어도 대답하지 않았다. 드래건 대원들은 A소대 지휘관 플라이 몰로의 지휘하에 몇 명씩 무리지어 병영, 게임실, 비디오실, 도서관, 체육관으로 엔더를 찾으러 갔다.

빈은 자신의 팀에게 욕실로 따라오라고 소리쳤다. 본쏘와 그의 부하들이 언젠가 엔더가 오리라 생각하고 매복해 있을 가능성이 높은 곳이 바로 거기였다.

빈이 도착했을 때쯤, 모든 게 끝나 있었다. 교사와 의료진들이 복도
에서 부산하게 움직이고 있었다. 딩크 미커가 엔더의 어깨에 한 팔을
두르고 욕실에서 같이 걸어 나오는 중이었다. 엔더는 수건만 두른 차
림이었다. 흠뻑 젖어 있었고, 피투성이가 된 뒤통수에서 등으로 피가
뚝뚝 떨어졌다. 빈은 그게 엔더의 피가 아니라는 것을 곧 깨달았다.
빈을 따라온 다른 아이들은 엔더가 딩크의 부축을 받아 숙소로 들어
가는 모습을 지켜보았지만 빈은 욕실로 향했다.

교사들이 그에게 복도에 있지 말고 병영으로 돌아가라고 소리쳤
다. 하지만 빈은 이미 보아야 할 것을 다 보았다. 바닥에 누워 있는 본
쏘, 심폐기능소생술을 하고 있는 의료진. 심장이 뛰고 있는 사람에게
심폐소생술을 하지 않는다는 것 정도는 알고 있었다. 주위에 서 있는
사람들의 무심한 태도는 그게 형식에 불과하다는 것을 알려주었다.
본쏘의 심장이 다시 뛰리라 예상하는 사람은 아무도 없었다. 당연했
다. 그의 코가 머리 안으로 박혀 들어갔으니까. 본쏘의 얼굴은 커다란
하나의 핏덩이였다. 엔더의 뒤통수에 묻은 피가 어디서 나왔는지 알
만했다.

우리가 노력했던 것은 별 소용이 없었다. 하지만 어쨌든 엔더는 이
겼다. 그는 이런 일이 닥치리라는 것을 알았다. 자기방어 기술을 배웠
다. 그 기술을 사용했고, 일을 어설프게 끝내지도 않았다.

엔더가 포크의 친구였다면, 포크는 죽지 않았을 것이다.

그리고 만약 엔더가 빈에게 의지했다면, 빈이 자신을 구해주리라
생각했다면 그는 포크처럼 죽었을 것이다.

누군가 우악스럽게 빈을 잡아 일으켜 벽으로 밀쳤다. "뭘 봤나!" 앤더슨 소령이 다그쳤다.

"아무것도 못 봤어요." 빈이 말했다. "저 안에 있는 게 본쏘인가요? 그가 다쳤나요?"

"네가 상관할 일이 아니다. 병영으로 돌아가라는 명령 못 들었나?"

그때 그라프 대령이 도착했다. 주위 교사들이 그에게 격한 눈빛을 쏘아 보내는 것을 알 수 있었다. 하지만 군사 규약 때문인지 아니면 학생이 앞에 있어서인지 그들은 아무 말도 하지 않았다.

"빈이 너무 자주 사건에 끼어드는 것 같습니다." 앤더슨이 말했다.

빈이 물었다. "본쏘를 집에 보낼 건가요? 여기 놔두면 다시 엔더를 해치려 할 겁니다."

그라프가 그에게 섬뜩한 시선을 보냈다. "식당에서 연설을 했다지? 우리는 널 정치인으로 키우려고 여기 데려온 게 아니야."

"본쏘를 확실하게 여기서 내보내지 않으면 엔더는 절대 안전하지 않을 겁니다. 우린 그 상황을 참지 않을 겁니다!"

"네 일에나 신경 써라, 꼬마야. 이건 어른들 일이야."

디마크가 거기서 빈을 끌고 나왔다. 그들은 아직 빈이 무얼 보았는지 의심스러워할 것이었다. 그래서 좀 더 연기를 계속하기로 했다. "본쏘가 나도 해치려 할 거예요. 본쏘한테 쫓기고 싶지 않아요."

디마크가 말했다. "그런 일은 없을 거다. 그는 집으로 가게 될 거야. 내 말 믿어라. 하지만 누구에게도 이 얘기를 하면 안 돼. 공식발표가 날 때까지 입 다물고 있어. 알았나?"

"네." 빈이 말했다.

"불법적인 명령을 내리는 지휘관에게 복종하면 안 된다는 그런 헛소리는 어디서 주워들은 거냐?"

"군사재판법에 나와 있던데요." 빈이 말했다.

"음, 내가 하나만 알려주지. 명령에 복종했다는 이유로 기소당한 군인은 아직까지 단 한명도 없었다."

"그건 일반 대중이 관련될 정도로 말도 안 되는 짓을 저지른 군인이 없었기 때문이겠죠."

"군사재판법은 학생들에게 적용되지 않아. 적어도 그 일부분은."

"하지만 교사들에겐 적용돼요. 선생님에게는 적용돼요. 선생님이 오늘 어떤 불법적이거나 부도덕한 명령에 복종하셨을지도 모르죠. 뭐랄까…… 욕실에서 싸움이 벌어졌을 때 방관했다거나 하는 그런 거요. 큰 아이가 작은 아이를 때려도 개입하지 말라는 상사의 지시에 따랐을 수도 있겠죠."

디마크가 그 말을 불편해했는지 모르지만 겉으로 표시하지는 않았다. 그는 복도에 서서 빈이 드래건 부대 병영으로 들어갈 때까지 지켜보았다.

병영 안은 완전히 광분 상태였다. 드래건 대원들은 너무나 무기력하고 바보가 된 것 같은 느낌에 빠져 있었다. 분하고 수치스러웠다. 본쏘 마드리드에게 당하다니! 본쏘가 혼자 있는 엔더를 찾아 공격하다니! 엔더에게 도움이 필요할 때 다들 어디 있었단 말인가?

격한 감정들이 진정되기까지 한참이 걸렸다. 그동안 빈은 자기 침대에 앉아 생각에 잠겨 있었다. 엔더는 싸움에 이기기만 한 게 아니었다. 자신을 보호하는 것만으로 끝내지 않았다. 엔더는 그를 죽였다.

적이 다시는 덤벼들지 못하게 치명적인 한방을 먹였다.

엔더 위긴, 그는 버거들의 3차 침공으로부터 지구를 방어하는 함대 지휘관이 되기 위해 태어난 자다. 결과에 상관없이 완벽하게 적을 조준하여 가장 가차 없는 공격을 가할 수 있는 자, 총력을 기울여 싸울 수 있는 자가 바로 우리에게 필요한 지휘관이다.

나는 엔더 위긴이 아니다. 나는 그저 살아남는 기술만 지니고 있는 거리의 아이다. 어떻게든 살아남을 뿐이다. 전에 한 번 진짜 위험에 처했을 때, 나는 다람쥐처럼 칼로타 수녀에게 달려가 몸을 피했다. 엔더는 혼자 전쟁터로 들어갔다. 난 혼자 숨을 구멍을 찾아 들어갔다. 나는 식당 테이블에 서서 용감한 척 거창한 연설을 했다. 엔더는 벌거벗은 채 적을 만났고 모든 승산을 뛰어넘어 적을 제압했다.

그들이 내 몸의 어떤 유전자를 조작했든 중요한 부분을 조작한 건 아니었다.

엔더는 나 때문에 죽을 뻔했다. 내가 본쏘를 자극했기 때문에. 내가 결정적인 순간에 계속 지켜보지 못했기 때문에. 내가 본쏘처럼 생각하지 못했기 때문에. 그가 샤워실에 혼자 있을 엔더를 기다리리라는 것을 내가 알아내지 못했기 때문에.

오늘 엔더가 죽었다면 그건 다시 내 잘못이었을 것이다.

누군가 죽여 버리고 싶었다.

본쏘를 죽일 수는 없었다. 그는 이미 죽었으니까.

아킬레스. 내가 죽여야 할 자는 아킬레스다. 그 순간 아킬레스가 눈앞에 있었다면 빈은 당장 시도했을 것이다. 격렬한 분노와 절망적인 수치심이 아킬레스의 경험과 체구를 압도할 정도로 충분했다면 성공할 가능성도 있으리라. 그리고 만약 아킬레스가 이기고 빈이 죽게 된다면 그건 달게 받아들여야 할 결과였다. 엔더 위긴을 그렇게 철저히 실망시켰으니까.

침대가 출렁이는 게 느껴졌다. 니콜라이가 맞은편 침대에서 빈의 침대로 훌쩍 뛰어왔다.

"괜찮아, 속상해하지 마." 니콜라이가 빈의 어깨를 두드리며 중얼거렸다.

빈은 고개를 돌려 니콜라이를 똑바로 마주보았다.

"아, 난 네가 울고 있는 줄 알았어."

"엔더가 이겼어." 빈이 말했다. "그런데 내가 왜 울어?"

친구

"그 아이를 죽일 필요까지는 없었네."

"예상치 못한 사고였습니다."

"하지만 예상할 수 있는 일이었어."

"일이 일어난 뒤에는 항상 예상 가능한 일이 되지요. 그들은 아직 어린애들입니다. 폭력 수준이 이 정도로 높아질 줄 몰랐습니다."

"과연 그럴까? 정확히 이 정도 수준의 폭력을 예상했을 것 같은데. 자네가 이 상황을 만들었어. 그리고 실험이 성공했다고 생각하겠지."

"제가 타인의 견해까지 바꿀 순 없습니다. 거기에 동의하지 않을 수 있을 뿐이지요."

"그런가?"

"엔더 위긴은 지휘관 학교로 이동할 준비가 됐습니다. 그게 제 보고입니다."

"그 아이를 가장 가까이에서 지켜봐온 대프에게 따로 보고를 받았네. 내게 직접 보고했다고 해서 대프 대위에게 제재를 가해서는 안 될 것이네. 아무튼 그 보고에는 앤드류 위긴이 심리적으로 이 일에 적합하지 않다고 돼 있더군."

"저는 그렇게 생각하지 않지만 만일 그렇다고 해도 일시적인 현상일 뿐입니다."

"우리에게 시간이 얼마나 있다고 생각하나? 없네, 그라프 대령. 당분간 우린 위기에 관한 자네의 행동방침을 실패로 간주할 수밖에 없어. 우리 목적뿐 아니라 다른 어떤 일에도 그 아이를 쓰기는 힘들 것이네. 따라서 더 이상의 희생 없이 행해질 수 있다면 다른 아이로 밀고나가는 게 어떨까 싶군. 가능한 한 빨리 그 아이를 여기 지휘관 학교로 보내게."

"알겠습니다. 하지만 제가 개인적으로 빈을 신뢰하지 않는다는 말씀을 드려야겠군요."

"그 아이를 아직 살인자로 만들지 못했기 때문인가?"

"그 아이는 인간이 아니기 때문입니다."

"유전자 차이는 정상 변이 범주 안에 있네."

"그는 고의적으로 만들어진 존재입니다. 그리고 그를 만든 자는 공인된 미치광이이자 범죄자였습니다."

"부친이나 모친이 범죄자라면 위험하다고 여길 수도 있겠지. 하지만 중간에 약간 개입한 의사 때문에 문제를 삼는다? 그건 너무 과하지. 우리에겐 바로 그 아이가 필요하네. 최대한 빠른 시일 내에 교육시켜야 하네."

"그 아이는 예측이 불가능합니다."

"그럼 위기는 예측이 가능한가?"

"빈보다는 그렇습니다."

"상당히 신중하게 대답하는군. 오늘 일어난 살인사건을 예상치 못했다고 주장한 사람치고."

"살인이 아닙니다."

"그래, '죽였다'로 바꾸지."

"위긴의 용기와 근성은 증명됐습니다. 빈은 그렇지 않고요."

"디마크에게 보고를 받았는데 이 점에 대해서도 제재를 가해서는……."

"안 되겠죠. 네, 압니다."

"이번 사건 과정에서 빈의 행동은 모범적이었네."

"그렇다면 디마크 대위의 보고가 불완전했던 모양이군요. 빈은 보안규칙을 어기고 엔더 부대가 뛰어난 학생들로 구성되었다는 점을 본쏘에게 알렸습니다. 그럼으로써 본쏘를 극도의 폭력으로 밀어붙였습니다. 보고서에 이런 내용은 들어 있지 않던가요?"

"그건 이런 결과가 나타날 줄 모르고 취한 행동이었어."

"빈은 자신의 생명을 구하려고 그런 행동을 했습니다. 그렇게 함으로써 엔더 위긴의 어깨에 위험을 떠넘겼습니다. 나중에 그가 위험을 중화시키려 노력했다고 해서 빈이 압력을 받았을 때 배반했다는 사실이 달라지진 않습니다."

"가혹한 발언이군!"

"방금 명백한 자기방어 행위를 살인이라고 부른 분이 그런 말씀을 하십니까?"

"그만하지! 엔더 위긴이 소위 휴식이라는 걸 취하면서 회복하는 동안 자네도 전투학교 교장 자리에서 잠시 물러나 있게. 위긴이 지휘관 학교에 올 정도로 회복되면 자네도 같이 와서 여기 아이들 교육에 영향을 미칠 수 있을걸세. 위긴이 회복되지 않는다면 자넨 지구에서 군사재판을 기다려야 할 수도 있겠지."

"언제부터 효력 발생입니까?"

"위긴과 같이 우주선에 오르는 순간부터. 앤더슨 소령이 교장 역할을 대신할 걸세."

"알겠습니다. 위긴은 분명 다시 훈련에 나설 것입니다."

"그때도 여전히 우리가 그를 원한다면 말이지."

"본쏘 마드리드의 불행한 죽음에 대해 느끼는 좌절이 다 지나가면 제 말이 옳았다는 걸 알게 되실 겁니다. 엔더가 유일하게 희망을 걸 수 있는 후보임을 전보다 더 확신하시게 될 것입니다."

"그 정도 독설은 받아주지. 그리고 자네가 옳다면 위긴과 자네의 작업이 성공하길 빌겠네. 다음에 보세."

엔더는 여전히 수건만 걸친 상태로 병영에 들어섰다. 일그러진 그 얼굴을 바라보면서 빈은 엔더가 본쏘의 죽음을 알고 있으리라 짐작했다. 그 때문에 괴로워하고 있는 것이다.

"어이, 엔더." 다른 소대장들과 같이 문 근처에 서 있던 핫 수프가 말했다.

"오늘 밤에 훈련해요?" 어린 대원 하나가 물었다.

엔더는 말없이 핫 수프에게 종이를 내밀었다.

"훈련이 아니라는 뜻 같은데." 니콜라이가 조용히 말했다.

핫 수프가 그걸 읽었다. "이런 개자식들! 한 번에 둘을 상대하라고?"

크레이지 톰이 그의 어깨 너머로 들여다보았다. "2개 부대잖아!"

"서로 걸려 넘어지겠군." 빈이 말했다. 여러 부대를 하나로 합하는 것은 역사적으로 몇 번이고 비효율적인 계략이라고 증명된 바 있었다. 하지만 빈을 소름끼치게 한 것은 교사들의 이런 어리석음이 아니라 하필 이런 때 엔더에게 더 많은 압력을 가하며 평소처럼 다시 시작하라고 강요하는 그 사고방식이었다. 그들은 지금 엔더가 얼마나 큰 손상을 입었는지 보지 못하는 것일까? 그들의 목표는 그를 훈련시키는 것인가 아니면 부서뜨리는 것인가? 그는 이미 오래 전에 훈련을 마쳤다. 지난주에 이미 전투학교를 졸업했어야 옳았다. 그런데 그들은 그에게 또 한 번의 전투를 부여했다. 전혀 의미 없는 전투를, 그것도 그가 절망으로 미쳐버리기 직전인 이때.

"난 씻어야겠어." 엔더가 말했다. "대원들을 준비시켜. 다들 불러와. 전투실 문 앞에서 만나기로 하지." 그의 목소리에는 아무런 관심도 담겨 있지 않았다. 아니, 그보다 더 깊은 무언가가 담겨 있는 듯했다. 그는 이 전투에서 이기고 싶은 마음이 없는 것이다.

엔더가 병영을 나서려고 돌아섰을 때, 그의 머리에서부터 어깨와 등으로 이어져 있는 핏자국이 드러났다. 그는 떠났다.

다들 그 피를 보지 못한 척했다. 그래야만 했다. "허접한 부대 두 개 정도는 얼마든지 엉덩이를 까줄 수 있어!" 크레이지 톰이 소리쳤다.

전투복을 입는 아이들 모두 같은 생각인 듯했다.

빈은 자신의 전투복 허리춤에 데드라인 코일을 끼워 넣었다. 엔더에게 곡예가 필요한 때가 있다면 더 이상 이기는 데 관심이 없는 이 전투이리라.

약속한 대로 엔더는 전투실 문 앞에서 대원들과 합류했다. 그는 대원들이 늘어서 있는 복도를 걸어 내려갔다. 대원들 모두 사랑과 경외감과 믿음의 눈으로 그를 쳐다보았지만 빈은 괴로운 심정으로 그들을 바라보았다. 엔더 위긴은 세상 모든 번뇌를 뛰어넘는 영웅이 아니었다. 다른 누구와 다를 바 없는 인간이었다. 그런 아이가 자신의 삶보다 더 커다란 짐을 짊어져야 하는 게 얼마나 무거울까. 그럼에도 그는 그 짐을 견디고 있었다. 지금까지는……

문이 열렸다.

바로 앞에 네 개의 별들이 짜 맞춰져 있었다. 그 별들 때문에 전투실 내부 풍경이 보이지 않았다. 엔더는 적의 상황을 전혀 모르는 채로 부대를 배치해야 할 것이었다. 그가 아는 한 적은 이미 15분 전에 전투실 안에 들어와 있을 것이었다. 아마도 본쏘와 비슷한 형태로 대원들을 배치했을 것이다. 다만 이번에는 적의 진입 통로를 둘러싸는 전략이 완벽히 효과를 발휘하리라는 게 다를 뿐.

하지만 엔더는 아무 말도 하지 않았다. 장벽을 바라보며 그대로 서 있었다.

빈이 어느 정도 예상했던 상황이었다. 그는 준비가 되어있었다. 그가 명백하게 무슨 행동을 했던 건 아니었다. 문 앞에 서 있는 엔더의 옆으로 조금 걸어갔을 뿐이었다. 하지만 그것으로 충분했다. 엔더에게 더 이상의 각성은 필요치 않았다.

엔더가 말했다. "빈, 너희 특수 부대가 들어가서 이 별 반대쪽에 뭐가 있는지 보고해."

"네, 대장." 빈이 말했다. 그는 허리에서 데드라인 코일을 꺼내고 특수 부대원 다섯 명과 함께 문에서 별까지 빠르게 날아갔다. 그가 방금 통과한 입구 쪽은 즉시 천장이 되었고, 별이 일시적인 바닥이 되었다. 빈이 허리에 데드라인을 묶는 동안 다른 대원들은 그 줄을 풀어 별 여기저기에 느슨하게 걸어놓았다. 줄이 3분의 1쯤 풀렸을 때 빈은 그만해도 된다고 손짓했다. 보기에는 네 개의 별을 합해놓은 것 같지만 빈은 그 별이 사실 여덟 개로 구성된 정육면체를 형성했으리라고 짐작했다. 그의 짐작이 틀렸다면 데드라인이 너무 많이 남아서 별 뒤쪽에 닿는 대신 천장에 충돌하고 말 것이다. 그보다 더 심각한 일이 벌어질 수도 있었다.

그는 별 가장자리 너머로 살며시 나아갔다. 그의 짐작이 맞았다. 정육면체였다. 너무 어두워서 다른 부대들이 뭘 하고 있는지 제대로 보이지 않았지만 그들도 아직 자리를 배치하고 있는 중인 듯했다. 이번에는 어느 한쪽도 분명 유리한 출발이 아니었다. 그는 이 사실을 뒤슈발에게 알렸고, 뒤슈발은 그 내용을 엔더에게 보고했다. 그 동안에 빈은 자신의 곡예를 벌이기 시작했다. 엔더는 제한시간이 다 될 때까지 시간을 끌지 않을 것이다. 지체 없이 나머지 부대를 이끌고 들어올 것이다.

빈은 천장에서 곧장 아래로 돌진했다. 위에서 그의 소대원들이 데드라인 한쪽 끝을 단단히 잡고 줄을 적절히 풀어주거나 갑자기 정지시켰다.

데드라인이 팽팽해지는 순간의 그 내장이 뒤틀리는 느낌은 반갑지 않았지만 속도가 빨라지면서 몸이 홱 남쪽으로 이동할 때는 스릴 같은 게 느껴졌다. 멀리서 그를 겨냥한 광선들이 번쩍번쩍했다. 적군 중 절반만이 총을 쏘고 있었다.

데드라인이 다음 정육면체 모서리에 닿았을 때 그의 속도가 다시 빨라졌다. 이제 그는 호를 그리며 위쪽으로 향했다. 한순간 그의 몸이 천장을 스쳐 지나가는 듯했다가 줄이 마지막 모서리에 걸리자 별 뒤쪽으로 빠르게 날아갔다. 그의 소대원들이 능숙하게 그를 붙잡았다. 빈은 팔다리를 흔들어 자신이 아무 이상 없음을 알렸다. 그가 허공에서 요술 부리듯 왔다 갔다 한 것을 보고 적들이 무슨 생각을 했을지는 짐작만 할 수 있을 뿐이었다. 중요한 것은 엔더가 전투실로 들어오지 않았다는 것이었다. 진입 시간제한이 거의 끝나갈 게 틀림없었다.

잠시 후 엔더는 홀로 안으로 들어왔다. 빈은 최대한 빨리 상황을 보고했다. "굉장히 어두워요. 전투복 불빛으로 적의 위치를 추적하는 게 쉽지 않을 정도예요. 시야는 최악이에요. 이 별에서 적진까지는 완전히 열린 공간이에요. 자기들 문 앞에 여덟 개 별을 네모나게 배치해놨더군요. 별 뒤에서 훔쳐보는 녀석들 외에는 아무도 보이지 않아요. 그들은 거기서 우릴 기다리고 있어요."

멀리서 적군이 야유를 퍼붓기 시작했다. "야! 우리 배고프다. 얼른 와서 먹여줘! 엉덩이가 왜 이리 굼뜨냐! 굼벵이 드래건 놈들아!"

빈은 보고를 계속 이어갔다. 엔더가 듣고 있는 건지 알 수 없었다. "적진에서 절반만 나를 사격했어요. 지휘관들 사이에 합의가 되지 않았고 어느 한쪽이 대장을 맡을지 결정하지 못한 것 같습니다."

"실전에서는 조금이라도 머리가 있는 지휘관이라면 후퇴를 명하여 아군의 희생을 막을 거야."

"무슨 소리예요? 이건 그냥 게임이에요."

"그들은 규칙을 내팽개쳤어. 이제 더 이상 게임이 아니야."

이거 왠지 불길한걸. 빈은 생각했다. 나머지 대원들이 문을 통과할 수 있는 시간이 얼마나 남았을까?

"그럼 대장도 규칙을 내팽개쳐요." 그는 엔더의 눈을 똑바로 쳐다보며 정신 차리라고, 관심을 기울이라고, 행동하라고 다그쳤다.

엔더의 얼굴에서 멍한 표정이 떠나갔다. 그가 씩 웃었다. 그 미소를 보는 게 미치도록 기분 좋았다. "좋아. 못할 거 없지. 저들이 우리 대형에 어떻게 반응하는지 보자."

엔더는 나머지 대원들을 안으로 불러들였다. 별 위쪽에 복작복작 밀집해야 했지만, 선택의 여지가 없었다.

엔더의 계획은 빈이 생각해낸 황당한 아이디어를 사용하는 것이었다. 빈이 소대를 훈련시킬 때 보았던 그 방법을 쓰기로 했다. 동결된 군인들을 앞에 내세워 병풍으로 삼고, 동결되지 않은 빈의 소대가 그 뒤에서 컨트롤하는 방식이었다. 엔더는 빈에게 자신이 원하는 걸 말한 다음 빈에게 모든 권한을 넘기고 자신은 일반 대원으로서 대형에 합류했다. "이건 너의 쇼다." 그가 말했다.

전혀 예상치 못한 상황전개였지만 어느 정도 납득이 갔다. 엔더가 원하는 건 이 전투를 이기는 게 아니었다. 동결된 대원들과 함께 병풍의 일부가 되어 다른 누군가에 의해 전투로 밀려들어가는 것, 즉 최대한 수동적으로 전투를 치러내는 것이었다.

빈은 당장 작업에 착수했다. 각기 하나의 소대로 구성된 네 개 부분으로 병풍을 만들었다. A소대부터 D소대까지 셋씩 넷씩 줄을 서서 옆에 있는 대원들과 팔짱을 끼게 했다. 윗줄 세 명은 아래쪽 네 명의 팔 아래 발가락을 걸게 했다. 그들이 모두 바짝 붙었을 때 동결시켰다. 그 다음에 특수 부대원 한 명이 병풍을 하나씩 맡아 관성으로 인해 컨트롤에서 벗어나지 않도록 아주 천천히 신중하게 이동시켰다. 별 위에서부터 아래까지 서서히 움직여간 후 거기서 다시 그들을 합해 하나의 병풍으로 만들었다.

"이런 거 언제 연습했어?" E소대장 덤퍼가 물었다.

"연습한 적 없어." 빈은 사실 그대로 대답했다. "한 명을 병풍으로 만들어서 분리했다 결합시킨 적은 있지만…… 일곱 명으로? 이건 우리도 처음 해보는 거야."

덤퍼가 웃었다. "게다가 엔더가 일반 대원처럼 병풍에 끼어 있지. 이건 믿음이야, 빈."

믿음이라기보다 자포자기다, 빈은 생각했다. 하지만 그걸 굳이 소리 내서 말할 필요는 없으리라.

모든 준비가 끝나자 E소대가 병풍 뒤에 자리를 잡고 빈이 지시를 내리는 순간 최대한 힘껏 밀었다.

병풍이 적진을 향해 상당히 빠른 속도로 떠내려갔다. 적군이 총을 쏘기 시작했다. 맹렬한 사격이었지만 이미 동결된 앞쪽 대원들만 맞출 뿐이었다. E소대와 특수 부대는 빗나간 광선에 맞아 동결되지 않으려고 계속 조금씩 천천히 움직였다. 그 상태에서 적에게 총을 쏘았다. 적군 몇 명이 동결되었고 나머지 녀석들은 은신처에서 나올 엄두를 내지 못했다.

그리핀 부대나 타이거 부대가 공격을 개시하기 전에 최대한 멀리

갔다고 판단했을 때 빈은 다음 명령을 내렸다. 특수 부대원들이 뿔뿔이 흩어지면서 병풍들도 분리되었다. 이제 그리핀과 타이거가 모여 있는 별들의 모서리 쪽으로 흘러가게 각도를 조정했다. E소대도 병풍들과 함께 이동하며 수적 열세를 보완하기 위해 미친 듯이 사격을 가했다.

셋을 센 후에 병풍을 하나씩 맡아 출발했던 특수 부대원 네 명은 병풍에서 떨어져 나왔다. 이번에는 가운데 아래쪽으로 각도를 잡아 이동했다. 그리고 관성을 이용해 곧장 적의 문을 향하는 빈과 뒤슈발과 합류했다.

그들은 몸을 딱딱하게 유지한 채 총을 한 발도 쏘지 않았다. 효과가 있었다. 그들은 모두 작았고, 특별한 목적을 지니고 움직인다기보다 분명 허공에 떠다니는 듯이 보였다. 적이 그들의 존재를 알아차렸다 해도 동결된 상태로 인식했을 뿐이었다. 몇 명은 빗나간 광선에 맞아 부분 동결되었지만, 광선을 맞았을 때조차도 움직이지 않았으므로 이내 적군은 그들의 존재를 잊어버렸다.

적의 문 앞에 다다랐을 때, 빈은 다른 대원 네 명에게 천천히 말없이 문 귀퉁이에 헬멧을 대라고 지시했다. 그들은 게임 종료 의식을 치를 때처럼 문 귀퉁이를 각각 눌렀다. 그리고 빈이 뒤슈발을 밀어 문 안으로 통과시켰다.

전투실 불이 켜졌다. 무기들은 모두 작동이 정지되었다. 전투는 끝났다.

그리핀과 타이거 부대가 무슨 일이 일어난 건지 알아차리기까지 몇 분이 걸렸다. 동결되거나 부상을 입지 않은 드래건 대원은 겨우 몇 명에 불과했다. 그에 비해 그리핀과 타이거 대원들은 대부분 상처 하나 없이 보수적인 전략을 펼치고 있었다. 어느 한 부대라도 공격적으로 대응했다면 엔더의 전략은 효과를 발휘하지 못했을 것이다. 하지만 그들은 이미 별 주위로 왔다 갔다 하며 도저히 가능할 것 같지 않은 일을 해내는 빈을 보았고, 그 다음에 기괴한 병풍전법으로 느릿느릿 접근하는 드래건들을 보았던 터라, 지레 겁을 먹고 아무런 행동도 취하지 않았던 것이다. 엔더의 기발한 전략은 거의 전설적이었기 때문에 다들 함부로 움직였다가 덫에 빠지리라 예상했을 게 틀림없었다. 하지만 그게 바로 덫이었다.

앤더슨 소령이 교사용 문을 통해 전투실로 들어왔다. "엔더!" 그가 외쳤다.

엔더는 동결돼 있었다. 앙다문 턱 사이로 크게 툴툴거리는 듯이 대답할 수 있을 뿐이었다. 승리한 지휘관들에게는 좀처럼 듣기 힘든 소리였다.

앤더슨이 훅을 이용하여 엔더에게로 날아가 그를 해동시켰다. 빈은 아까 뒤슈발을 문으로 통과시킬 때 떠밀려 전투실 절반쯤 되는 곳에 떠 있었지만 엔더가 무슨 말을 하는지 들을 수 있었다. 그의 말소리는 매우 분명했고 전투실은 너무나 조용했다. "이번에도 제가 이겼습니다."

특수 부대원들이 빈을 흘깃 쳐다보았다. 전적으로 빈이 조직하고 승리를 이끌어낸 전투인데 공을 알아주지 않는 것에 대해 엔더를 원망하는지 확인하려는 듯했다. 하지만 빈은 엔더의 말에 담긴 진짜 의미를 이해했다. 엔더는 그리핀과 타이거에 대한 승리를 말하는 게 아니었다. 교사들과의 싸움에서 이겼다고 말하는 것이었다. 빈에게 부대를 넘기고 자신은 전혀 전투에 참가하지 않기로 한 결정이 그 승리의 의미였다. 그들이 욕실에서 목숨을 걸고 싸운 직후에 2개 부대와 맞서 싸우게 하는 식으로 엔더를 테스트하려 했다면, 그는 그 테스트를 회피함으로써 그들을 이겼다.

앤더슨도 엔더의 말뜻을 알아들었다. "그게 무슨 소린가, 엔더." 앤더슨이 말했다. 낮은 말소리였지만 전투실이 너무나 조용해서 그 말도 다 들을 수 있었다. "네 상대는 그리핀과 타이거 부대였다."

"제가 그렇게 멍청하다고 생각하십니까?" 엔더가 말했다.

멍청한 건 교사들이야. 빈은 속으로 생각했다.

앤더슨이 전투실에 있는 모든 대원들에게 말했다. "이제부터 규칙을 약간 바꾸겠다. 적군이 모두 완전 동결되거나 부분 동결된 후에야 적의 문을 통과할 수 있다."

"규칙?" 뒤슈발이 문으로 다시 들어오면서 중얼거렸다. 빈은 피식 웃었다.

"어차피 한 번밖에 써먹을 수 없는 작전이었습니다." 엔더가 말했다.

앤더슨이 엔더에게 훅을 건넸다. 엔더는 자기 대원들을 하나씩 해동시키고 나서 적을 해동시켜주는 대신, 단번에 양쪽 모든 대원을 해동시켰다. 그 다음에 앤더슨에게 훅을 돌려주었다. 훅을 받아든 앤더슨은 흔히 게임 종료 의식을 치르는 가운데 지점으로 이동했다.

엔더가 그에게 소리쳤다. "다음엔 또 무슨 짓을 할 겁니까? 우리 부대를 맨 몸으로 가둬놓고 전투학교 전체를 상대하라고 할 겁니까?

공평함의 가치를 다 잊으셨습니까?"

여기저기서 많은 아이들이 동의하듯 수군거렸다. 드래건 대원들의 목소리만 들리는 게 아니었다. 하지만 앤더슨은 전혀 신경 쓰지 않는 듯했다.

거의 모든 아이들이 생각하고 있는 것을 입 밖으로 낸 사람은 그리핀 부대의 윌리엄 비였다. "그래도 엔더 네가 상대라면 어떤 조건하에서 싸우더라도 공평하지 않을 거다."

많은 아이들이 크게 맞장구치며 웃었다. 윌리엄 비와 같은 계급인 탈로 모모에는 리드미컬하게 손뼉을 치기 시작했다. "엔더 위긴!" 그가 소리쳤다. 다른 아이들이 그 이름을 따라 부르기 시작했다.

하지만 빈은 진실을 알고 있었다. 엔더도 알고 있을 것이다. 지휘관이 얼마나 훌륭하든, 얼마나 지략이 풍부하든, 부대가 얼마나 잘 준비되었든, 소대장들이 얼마나 뛰어나고 병사들이 얼마나 용감하고 맹렬하게 싸우든, 승리는 거의 언제나 더 큰 손상을 일으킬 수 있는 쪽으로 기울어지게 마련이었다. 때때로 다윗이 골리앗을 죽인다. 사람들은 그런 사건을 절대 잊지 않는다. 하지만 골리앗이 다윗에게 당하기 전에 이미 수많은 상대들을 뭉개놓았을 것이다. 그런 싸움에 대해서는 아무도 노래하지 않는다. 십중팔구 그런 결과가 나오리라 예상했기 때문이다. 아니, 기적이 일어나지 않는 한 그게 당연한 결과였다.

버거들은 지휘관 엔더가 자기 부하들에게 얼마나 전설적인 인물인지 모를 것이고 상관하지도 않을 것이다. 인간의 전함들은 빈의 데드라인처럼 버거들을 현혹시켜 그들의 속도를 늦출 수 있는 어떠한 마법적인 수법들도 지니고 있지 않을 것이다. 엔더는 그걸 알았다. 빈도 알았다. 다윗에게 돌팔매가 없었더라면, 한 줌의 돌과 그걸 던질 만한 시간이 없었더라면 어떤 결과가 나타났을까? 그럼 그의 돌팔매 솜씨가 아무리 탁월한들 무슨 소용이 있었을까?

그래, 3개 부대 대원들이 엔더를 환호하는 건 좋다. 적의 문으로 향하는 엔더를 바라보며 그의 이름을 연호하는 것도 좋다. 하지만 결국 그런 것은 아무런 의미가 없었다. 모두가 엔더의 능력에 지나치게 많은 희망을 갖게 될 뿐이었다. 그리하여 엔더의 짐이 더 무거워질 뿐이었다.

내가 할 수 있다면 그 짐을 약간 나눠 갖으리라. 빈은 속으로 생각했다. 오늘 이렇게 한 것처럼 엔더는 내게 짐을 넘기고 나는 내가 할 수 있는 한 그 일을 해낼 것이다. 엔더 혼자서 모든 짐을 감당할 필요는 없다.

하지만 이런 생각을 하는 순간에도 빈은 그게 사실이 아니라는 걸 알았다. 할 수 있는 일이라면 엔더가 직접 그 일을 할 것이다. 빈이 처음 몇 달 동안 엔더와 마주치지 않으려고 숨어 있었던 이유는 자신이 엔더처럼 되고자 하더라도 엔더처럼 되지 못하리라는 진실과 마주할 자신이 없었기 때문이었다. 그는 우리가 모든 희망을 걸 수 있는 자, 우리의 모든 두려움을 짊어질 수 있는 자였다. 그는 우릴 실망시키지 않을 것이며 배신하지 않을 것이다.

난 당신과 같은 사람이 되고 싶다. 빈은 생각했다. 하지만 당신이 거기 도달하기 위해 거쳐야 했을 길을 거치고 싶지는 않다.

빈은 전투실 문을 나서는 엔더의 뒤를 따라가면서 로테르담 거리에서 포크나 사전트나 아킬레스의 뒤를 따라가야 했던 시절을 생각했다. 피식 웃음이 나려 했다. 내가 여기 도달하기 위해 거쳐온 길도 다시는 거치고 싶지 않다.

복도로 나갔을 때 엔더는 자신의 대원들을 기다리지 않고 계속 걸어갔다. 하지만 걸음이 그리 빠르지 않았기 때문에 대원들이 곧 따라잡아 그를 둘러쌌다. 그들은 극도의 흥분에 휩싸여 있었다. 엔더의 침묵과 무표정 때문에 그런 감정을 충분히 드러내지 못할 뿐이었다.

"오늘 밤 훈련은?" 크레이지 톰이 물었다.

엔더가 고개를 흔들었다.

"내일 아침은?"

"안 해."

"그럼 언제?"

"다시는 없을 거야, 내가 하는 훈련은."

전 대원이 그 말을 듣지는 못했지만 들은 아이들이 서로를 쳐다보며 웅성거리기 시작했다.

B소대 대원이 말했다. "그건 불공평해요. 게임을 망치는 건 선생들이지 우리 잘못이 아니잖아요. 그 때문에 우리의 훈련을 그만두겠다고 하면……"

엔더가 벽을 쾅 치고 나서 그 아이에게 소리쳤다. "게임 따위는 더 이상 상관없어!" 그는 다른 대원들의 눈을 하나하나 똑바로 쳐다보면서 그들이 듣지 못한 척하게 놔두지 않았다. "알겠나?" 그리곤 조그맣게 속삭였다. "게임은 끝났어."

그는 걸어갔다.

몇몇 대원들이 따라가려고 몇 발짝 내딛었지만 핫 수프가 그들의 멱살을 잡고 말했다. "대장을 내버려둬. 혼자 있고 싶어 하는 거 모르겠어?"

당연히 그는 혼자 있고 싶을 것이다. 빈은 생각했다. 그는 오늘 한 아이를 죽였고, 그 아이가 어떻게 됐는지 결과를 알지 못하더라도 여기에 어떤 위험이 걸려 있는지는 알고 있다. 그의 목숨이 위태로웠던 순간에도 교사들은 도와주러 달려오지 않았다. 그런데 왜 그가 교사들의 놀음에 장단 맞춰주고 그들 뜻대로 움직여야 하는가? 엔더의 이런 반응은 그를 위해 잘된 일이다.

그게 우리 나머지를 위해서도 잘된 일이라고 할 순 없지만, 엔더가 항상 우릴 돌봐줘야 할 아빠라도 되는 것은 아니지 않은가. 아빠보다는 형제에 가깝고, 형제라면 서로 어려울 때 지켜주어야 한다. 때로는 주저앉아 보살핌을 받는 입장이 되어도 좋다.

플라이 몰로가 그들을 병영으로 이끌어갔다. 빈도 뒤따라갔다. 엔더에게 가서 그와 얘기하고, 그의 결정에 동의한다고, 그의 마음을 십분 이해한다고 말해주고 싶었다. 하지만 그게 얼마나 어처구니없는 생각인지 깨달았다. 엔더는 내가 그를 이해하든 말든 신경 쓰지 않을 것이다. 난 그냥 어린애다. 그의 부대원 중 하나일 뿐이다. 그는 나를 알고, 나를 어떻게 사용하면 좋은지 알고 있다. 하지만 내가 그에 대해 알거나 모르는 것이 그에게 무슨 상관이겠는가?

빈이 침대로 올라갔을 때 거기 종이 한 장이 놓여 있었다.

빈.
래빗 부대 지휘관으로

전속 발령

그건 칸 카비의 부대였다. 칸이 지휘관 자리에서 밀려난 걸까? 그는 훌륭한 지휘관은 아니더라도 착실하고 좋은 녀석이었다. 왜 졸업할 때까지 기다려주지 않은 것일까?

이제 더 이상 그들은 이 학교에 볼일이 없기 때문이다. 그게 이유다. 그들은 지휘 경험이 필요하다고 생각하는 모든 대원들을 진급시키고 있다. 그리고 그 자리를 만들기 위해 다른 학생들을 졸업시키고 있다. 장담하건대, 내가 래빗 부대를 지휘할 수 있을지는 몰라도 그게 오래가지는 않을 것이다.

그는 책상을 끌어내 그라프의 아이디로 로그인했다. 학생 명부를 확인할 생각이었다. 다른 아이들에게 무슨 일이 일어나고 있는지 알아보리라. 하지만 아이디가 먹히지 않았다. 그들은 분명 빈에게 더 이상 내부 정보에 접근할 수 있도록 허가할 생각이 없는 모양이었다.

방 뒤쪽에서 다른 대원들이 시끌벅적하게 소란을 일으키고 있었다. 크레이지 톰의 목소리가 다른 아이들 목소리보다 더 높이 올라갔다. "이제 나보고 드래건 부대를 무찌를 방법을 알아내라는 거야?" 그 말이 곧 앞쪽으로 전해졌다. 드래건 부대 소대장과 부소대장들이 모두 전속 명령을 받았다. 모두가 부대 지휘관으로 승격했다. 드래건은 해체되었다.

1분쯤 혼돈의 시간이 흐른 뒤에 플라이 몰로가 다른 소대장들을 이끌고 문으로 향했다. 당연히 선생들이 꾸며낸 이 말도 안 되는 상황을 엔더에게 알리러 가는 것이리라.

하지만 놀랍게도 플라이 몰로는 빈의 침대 앞에 멈춰 서서 그를 쳐다보았다. 그리곤 뒤쪽에 있는 다른 소대장들을 흘끔 돌아보았다.

"빈, 누군가 엔더에게 말해야 돼."

빈은 고개를 끄덕였다.

"우리 생각에는…… 네가 대장의 친구니까……."

빈은 얼굴에 아무 감정도 드러내지 않았지만 속으로 깜짝 놀랐다. 내가? 엔더의 친구? 이 방에 있는 다른 누구와 마찬가지로 나도 엔더의 친구가 아니다.

다음 순간 깨달았다. 엔더는 부대원 모두의 사랑과 감탄의 대상이었다. 그리고 다들 엔더가 자신을 믿어준다는 것을 알고 있었다. 하지만 빈은 엔더의 특별한 신뢰를 받았다. 엔더는 빈에게 특수 부대를 맡겼고, 전투에 나설 마음이 없었을 때 부대 지휘권을 빈에게 넘겨주었다. 그들이 보기에 빈은 엔더가 드래건 지휘관이 된 이후로 가장 친구에 가까운 인물이었던 것이다.

빈은 건너편 침대에 있는 니콜라이를 쳐다보았다. 그가 씩 웃고 있었다. 빈에게 경례하는 시늉을 하며 지휘관님이라는 단어를 입모양으로 만들었다.

빈은 니콜라이에게 같이 경례를 해보였지만 편안히 미소 지을 수는 없었다. 이 일이 엔더에게 얼마나 큰 타격이 될지 알았기 때문이다. 그는 플라이 몰로에게 고개를 끄덕이고 침대에서 내려와 문을 나섰다.

하지만 곧장 엔더의 숙소로 가지 않았다. 대신에 칸 카비의 방으로 찾아갔다. 노크해도 대답이 없었다. 안에 아무도 없는 듯했다. 빈은 곧바로 래빗 병영으로 가서 문을 두드렸다. "칸은 어디 있어?" 그가 물었다.

래빗 A소대장 이투가 대답했다. "졸업했어. 30분 전쯤에 통지를 받았어."

"우리가 전투하고 있을 때였군."

"알아. 한 번에 2개 부대를 상대했다지? 너희가 이겼고. 맞지?" 빈은 고개를 끄덕였다. "예정보다 일찍 졸업하는 사람이 칸 혼자만은 아닐 것 같은데?"

"절반 이상의 지휘관이 졸업했어." 이투가 말했다.

"본쏘 마드리드도? 본쏘도 졸업했어?"

"공식 통지에는 그렇게 나와 있더군." 이투가 어깨를 으쓱했다. "굳이 말하자면 본쏘는 아마 죽었을 거야. 그걸 모르는 사람은 없을 걸. 어디로 배정된 것도 아니고, 그냥 '카르타헤나'라고만 적혀 있었거든. 거긴 본쏘의 고향이야. 그게 죽은 게 아니고 뭐겠어? 교사들이야 자기가 말하고 싶은 대로 말하라지."

"졸업한 지휘관이 총 아홉 명이야?"

"맞아, 아홉 명. 넌 뭘 좀 아는 거야?"

"좋은 소식은 아닌 것 같아." 빈이 말했다. 그리곤 이투에게 자신의 전속 명령서를 보여주었다.

"이런, 맙소사." 이투가 중얼거리고는 경례했다. 비꼬는 것은 아니었지만, 열렬한 반응도 아니었다.

"다른 대원들에게 전해 줄래? 내가 나타나기 전에 적응할 시간이 필요하지 않겠어? 난 엔더한테 가서 얘기해야 돼. 자신의 부대 지도

부가 전부 지휘관으로 승격했다는 걸 어쩌면 이미 알고 있을지도 모르지. 하지만 모른다면 내가 말해줘야 돼."

"드래건 소대장 모두?"

"부소대장까지 모두." 그는 '불쌍한 래빗 부대가 날 떠맡게 됐다'고 말하려다가 멈칫했다. 엔더라면 그런 식으로 자신을 낮춰 말하지 않을 것이다. 그리고 이왕 지휘관이 될 거라면 사과의 말부터 하는 것은 좋은 생각이 아니었다. "칸 카비가 조직을 잘 꾸려놓은 것 같아." 빈은 말했다. "그래서 처음 한 주 동안은 소대장을 바꾸지 않을 생각이야. 어쨌든 우선은 훈련하는 걸 좀 봐야 돼. 이제 지휘관 대부분이 드래건에서 훈련받은 자들이니까 앞으로의 전투에서 어떤 형태를 취해야 할지 차차 결정해야겠지."

이투는 즉시 이해했다. "그거 괴상하겠는데? 엔더한테 훈련받은 지휘관들끼리 이제 서로 싸워야 하다니."

"한 가지는 확실해. 난 래빗을 엔더가 이끌던 드래건의 복사판으로 바꿀 생각이 없어. 우리 머릿속이 다 똑같은 것도 아니고 똑같은 상대와 싸우는 것도 아니야. 래빗은 좋은 부대야. 다른 누굴 복사할 필요는 없어."

이투가 씩 웃었다. "엉터리 거짓말이라 해도, 굉장히 듣기 좋은 거짓말이군요, 대장. 다른 대원들에게 전달할게요." 그가 경례했다.

빈은 마주 경례했다. 그 다음에 엔더의 숙소로 달려갔다.

엔더의 매트리스와 담요와 베개가 복도에 나뒹굴고 있었다. 잠깐 그 이유가 궁금했지만, 이불과 매트리스가 여전히 흠뻑 젖어 있었고 피투성이인 것을 보았다. 엔더의 몸에서 닦아낸 물, 본쏘의 얼굴에서

487

나온 피일 것이다. 엔더는 그런 물건들을 방에 놔두고 싶지 않았던 것이리라.

빈이 문을 노크했다.

"방해하지 마." 엔더가 낮게 말했다.

빈은 다시 노크했다. 또 한 번.

"들어와." 엔더가 말했다.

빈은 손바닥을 댄 후 문을 열었다.

"날 내버려둬, 빈."

빈은 고개를 끄덕였다. 엔더가 어떤 기분일지 이해할 수 있었다. 하지만 전해야 할 얘기가 있었다. 그래서 조용히 신발을 쳐다보며 엔더가 무슨 일이냐고 물을 때까지 기다렸다. 아니면 고함을 칠 때까지. 엔더가 어떤 식으로든 반응을 보일 때까지 기다렸다. 다른 소대장들의 생각은 틀렸다. 빈은 엔더와 특별한 사이가 아니었다. 게임할 때 이외에는 아무것도 아니었다.

엔더는 입을 열지 않았다. 계속 아무 말도 하지 않았다.

빈이 고개 들어 쳐다보았을 때, 엔더가 그를 응시하고 있었다. 분노의 흔적은 없었다. 그냥…… 보고 있을 뿐이었다. 그가 나에게서 무얼 보고 있을까. 빈은 궁금했다. 그가 나를 얼마나 알고 있을까? 나를 어떻게 생각하고 있을까? 그의 눈에 나는 어떤 사람일까?

아마 그 대답을 알게 될 날은 오지 않으리라. 그리고 그가 여기에 온 이유는 다른 데 있었다. 메시지를 전달할 시간이다.

그는 엔더에게 한 걸음 다가갔다. 손을 돌려 전속 명령서를 보였다. 굳이 건네지 않아도 엔더가 알아볼 것이었다.

"전속되었나?" 엔더가 물었다. 이미 예상하고 있었던 사람처럼 무감각한 목소리였다.

"래빗 부대로." 빈이 대답했다.

엔더가 고개를 끄덕였다. "칸 카비는 좋은 사람이야. 너의 가치를 알아주었으면 좋겠군."

그 말이 빈에게는 너무나 열망했던 축복처럼 느껴졌다. 그는 가슴에 벅차오르는 감정을 꿀꺽 삼켰다. 아직 더 전달할 메시지가 있었다.

"칸 카비는 오늘 졸업했어요. 우리가 전투할 때 통지를 받았대요."

"음, 그럼 누가 래빗을 지휘하지?" 그다지 관심이 있는 것 같지는 않았다. 상대가 그 질문을 기다리는 것 같아서 물을 뿐이었다. "접니다." 그 대답을 하면서 빈은 자기도 모르게 미소 지었다. 당황스러웠다.

엔더가 천장을 올려다보며 고개를 끄덕였다. "그렇군. 하긴 네가 보통 나이보다 네 살 어릴 뿐이니까."

"하나도 재미없어요. 뭐가 어떻게 돌아가고 있는 건지 모르겠어요." 시스템이 완전히 공황상태로 달리고 있는 듯했다. "게임의 규칙이 전부 바뀌고, 이젠 이런 일까지 일어났어요. 저 혼자만 전속된 게 아니에요. 지휘관 절반이 졸업했고, 우리 대원들이 그 부대 지휘관으로 임명됐어요."

"우리 대원 누구?" 이제 엔더의 목소리에 관심이 생겨나는 것 같았다.

"그게…… 소대장과 부소대장 전부요."

"그렇군. 물론 그들이 내 부대를 부수기로 결정했다면 완벽하게 부셔버릴 거야. 무슨 일을 하든 철저한 자들이니까."

"그래도 당신이 이길 거예요, 엔더. 그걸 모르는 사람은 없어요. 크레이지 톰도 '이제 나보고 드래건 부대를 무찌를 방법을 알아내라는 거냐?'고 했어요. 모두 대장이 최고라는 사실을 알아요." 그의 말은 자신에게조차 공허하게 들렸다. 어떻게든 힘을 북돋아주고 싶었지만, 지금 이세 어떤 상황인지 엔더가 더 잘 알고 있을 것이었다. 그래도 그는 계속해서 주절거렸다. "누구도 대장을 무너뜨릴 순 없어요. 그들이 무슨 짓을 하든……"

"그들은 이미 날 무너뜨렸어."

빈은 그들이 신뢰를 깨뜨린 거라고 말하고 싶었다. 전자와 후자는 같은 게 아니다. 대장이 부서진 게 아니라 그들이 부서진 것이다. 하지만 그의 입에서 나오는 말은 죄다 공허하고 맥 빠지게 들릴 뿐이었다. "아니에요, 엔더. 그들은 절대……."

"그들이 하는 게임에는 더 이상 관심 없어, 빈. 난 이제 게임을 하지 않을 거야. 앞으로 훈련은 없어. 전투도 없어. 그들이 아무리 내 방에 종잇조각을 밀어 넣어도 난 가지 않을 거야. 오늘 전투실에 들어가기 전에 결심했어. 그래서 너에게 공격을 맡겼던 거야. 이길 거라고 생각하진 않았지만, 상관없었어. 그냥 멋지게 마무리 짓고 싶었을 뿐이야."

그건 나도 안다. 빈은 생각했다. 내가 몰랐을 것 같은가? 하지만 그것이 멋진 마무리였던 것만큼은 틀림없었다. "그때 윌리엄 비의 얼굴을 봤어야 돼요. 우리 쪽에는 발가락을 꿈틀거릴 수 있는 대원이 일곱 명뿐이었고 그쪽에는 꿈틀거릴 수 없는 자가 세 명뿐이었죠. 그런데 왜 자기가 패한 건지 알 수 없어하는 얼굴이었어요."

"내가 왜 윌리엄 비의 얼굴을 보고 좋아해야 하지? 내가 왜 누군가를 짓밟아야 하나?"

빈은 당황스러워서 얼굴이 화끈거리는 느낌이었다. 그가 말을 잘 못했다. 하지만…… 어떤 말을 해야 옳은 건지 알 수 없었다. 무슨 말을 해야 엔더의 기분이 나아질 수 있을까. 어떤 말을 해야 그가 너무나 사랑받고 존경받고 있다는 것을 이해시킬 수 있을까.

하지만 그 사랑과 존경은 엔더가 짊어지고 있는 짐의 일부분이었다. 엔더에게 무슨 말을 해도 짐은 더 무거워질 뿐이었다. 그래서 그는 아무 말도 하지 않았다.

엔더가 손바닥으로 눈을 눌렀다. "난 오늘 본쏘에게 끔찍한 짓을 했어. 정말 끔찍한 짓을 했어."

그래, 다른 일들은 하나도 중요한 게 아니었다. 엔더를 짓누르고 있는 것은 욕실에서 벌어졌던 그 싸움이었다. 친구들도 부대원들도 막아주지 못했던 싸움. 그리고 그에게 상처를 주는 것은 자신이 처해 있었던 위험이 아니라, 자신을 지키기 위해 일으킬 수밖에 없었던 손상이었다.

"본쏘가 자초한 일이에요." 빈은 이 말을 하면서, 자기 말에 움찔했다. 생각해낼 수 있는 대답이 고작 이 정도인가? 하지만 다른 무슨 말을 할 수 있을까? 괜찮아요, 엔더. 물론 본쏘가 죽은 것 같아 보이긴 했지만, 이 학교에서 그런 모습을 본 아이는 나밖에 없을 거예요……. 괜찮아요! 걱정할 거 하나 없어요! 녀석이 자초한 일이에요!

"그가 거기 죽은 것처럼 서 있었는데 난 공격을 멈추지 않았어. 공격을 계속했어."

그래. 엔더는 대충 짐작하고 있었다⋯⋯. 하지만 실제 결과를 알지는 못했다. 빈이 그에게 말해주지도 않을 것이었다. 친구끼리 완벽하게 정직해야 할 때가 있지만 지금은 그런 때가 아니었다.

"다시는 그가 날 해치지 못하게 하고 싶었어."

"해치지 못할 거예요. 그들이 그를 고향으로 보냈어요."

"벌써?"

빈은 이투에게 들은 내용을 이야기했다. 그 말을 하는 내내 자신이 뭔가 숨기고 있는 것을 엔더가 알아챌 것 같은 느낌이었다. 엔더 위긴을 속인다는 건 불가능한 일이었다.

"졸업했다니 다행이군." 엔더가 말했다.

어쨌든 이것도 졸업이라면 졸업이다. 그들은 그를 땅에 묻거나 화장하거나 스페인에서 시체를 처리하는 방식대로 처리하리라.

스페인. 파블로 데 노체스. 그의 생명을 구해준 스페인 남자. 그리고 이제 시신 한 구가 그리로 돌아가고 있다. 살인자의 마음을 갖게 되어 그 때문에 죽게 된 아이의 시신이.

내 머릿속이 헝클어지고 있는 모양이다. 빈은 생각했다. 본쏘가 스페인인 사람이고 파블로 데 노체스가 스페인 사람인 게 무슨 상관인가? 누가 어디 출신이건 무슨 상관인가?

이런 생각을 하는 와중에도 그는 말을 멈추지 않았다. 아무것도 모르는 사람처럼 엔더를 안심시키려고 노력했다. 하지만 엔더가 그를 아무것도 모르는 자로 생각한다면 그의 말이 전부 무의미해질 것이고, 엔더가 빈이 무지를 가장하는 것임을 알아차린다면 그 말이 모두 거짓이 될 것이다.

"본쏘가 다른 녀석들을 몰고 가서 한꺼번에 덤볐다는 게 사실인가요?"

빈은 그 방에서 도망치고 싶었다. 자신이 듣기에도 질문이 너무나 어색하게 들렸다.

"아니. 그와 나뿐이었어. 본쏘는 명예롭게 싸웠어."

빈은 안심했다. 엔더는 지금 자기세계에 깊이 빠져 있어서 빈이 무슨 말을 하는지, 그게 얼마나 새빨간 거짓말인지 알아차리지 못하고 있었다.

"난 명예롭게 싸우지 않았어. 이기려고 싸웠어."

그래, 맞다. 빈은 생각했다. 싸움은 이겨야 하는 것이다. 그게 싸움을 하는 유일한 방식이다. "그리고 대장은 이겼어요. 녀석을 궤도 밖으로 걸어차냈어요." 그 정도가 빈이 말할 수 있는 최대한의 진실이었다.

문에서 노크 소리가 났다. 그 후에 곧 대답을 기다리지도 않고 문이 열렸다. 빈은 그게 누군지 돌아보기도 전에 선생이라는 것을 알았다. 아이라고 하기에는 엔더가 너무 높이 쳐다보았으니까.

앤더슨 소령과 그라프 대령이었다.

"엔더 위긴." 그라프가 말했다.

엔더는 일어섰다. "네, 대령님." 그의 목소리에 무감각이 돌아왔다.

"오늘 네가 전투실에서 보인 행동은 불복종이었다. 다시는 그런 일이 없어야 한다."

빈은 그들이 이렇게 멍청할 수 있다는 게 믿어지지 않았다. 엔더가 오늘 어떤 일을 겪었는가? 선생들이 그를 어떤 상황으로 밀어 넣었는가? 그런데 아직도 이 가혹한 게임을 계속하려는 것인가? 아직도 그에게 철저히 혼자라는 느낌을 안겨주려는 것인가? 이 자들은 믿을 수 없으리만치 잔인했다.

엔더는 여전히 생기 없는 목소리로 대답할 뿐이었다. "네, 대령님." 하지만 빈은 신물이 났다. "선생님들이 하고 있는 짓에 대해 우리가 어떻게 생각하는지 말씀을 드려야할 것 같습니다."

앤더슨과 그라프는 빈의 말을 들은 척도 하지 않았다. 대신에 앤더슨이 엔더에게 종이 한 장을 내밀었다. 쪽지로 된 전속 명령서가 아니었다. 형식이 완벽하게 갖춰진 명령서였다. 엔더가 전투학교를 떠나게 된 것이다.

"졸업인가요?" 빈이 물었다.

엔더가 고개를 끄덕였다.

"뭣 때문에 이렇게 오래 잡아뒀답니까?" 빈이 물었다. "겨우 2∼3년 빠른 것 아닙니까? 걷고 말하고 옷 입는 법은 진작 다 배웠어요. 가르칠 게 뭐가 더 있다고 여태까지 기다린 겁니까?" 선생들이 하는 일이라는 게 다 웃기지도 않았다. 정말로 그런 수법에 속아 넘어갈 사람이 있으리라 생각했을까? 처음엔 엔더에게 불복종 어쩌고 하며 질책하더니, 이젠 곧바로 졸업을 시켜? 그건 전쟁이 다가오고 있고 엔더를 준비시킬 시간이 많지 않기 때문이리라. 그가 승리할 수 있는 유일한 희망인데 그들은 신발에 묻은 흙이나 되는 듯이 그를 다루고 있다.

"내가 아는 건 게임이 끝났다는 것뿐이야." 엔더가 말하고, 종이를 접었다. "결코 이른 건 아니군요. 부대원들과 작별인사를 해도 될까요?"

그라프가 말했다. "시간이 없다. 20분 후에 우주선이 출발한다. 게

다가 명령서를 받았으니 그들과 얘기하지 않는 편이 낫다. 그게 더 나을 거다."

"대원들에게요, 아니면 선생님들에게요?" 엔더가 물었다.

그가 빈을 돌아보며 그의 손을 잡았다. 빈에게는 마치 신의 손가락을 만지는 느낌이었다. 그의 온몸에 빛이 전해지는 듯했다. 어쩌면 내가 그의 친구일지도 모른다. 어쩌면 엔더도 내게…… 내가 느끼는 그런 감정의 일부라도 느낄지 모른다.

그 시간은 금세 끝났다. 엔더가 그의 손을 놓았다. 문으로 돌아섰다.

"잠깐만요." 빈이 말했다. "어디로 가는 겁니까? 전술학교? 항법학교? 지원부대?"

"지휘관 학교." 엔더가 말했다.

"지휘관 예비학교요?"

"지휘관 학교." 엔더가 문을 나섰다.

엔더가 곧장 지휘관 학교로 간다! 위치가 어딘지조차 알려져 있지 않은 엘리트 학교. 어른이 되어야 갈 수 있는 학교. 필시 조만간 전투가 시작되려는 모양이었다. 전술학교와 지휘관 예비학교에서 배워야 할 것들을 모두 건너뛰다니.

빈은 그라프 대령의 소매를 붙잡고 말했다. "열여섯 살이 지나야 지휘관 학교에 갈 수 있지 않습니까!"

그라프는 그 손을 뿌리치고 떠났다. 그가 빈의 빈정거림을 알아차렸더라도 그걸 표시하지 않았다.

문이 닫혔다. 빈은 엔더의 숙소에 혼자 남았다.

그는 주위를 둘러보았다. 엔더가 없는 그 방은 아무것도 아니었다.

여기 있어봤자 아무런 의미가 없었다. 하지만 일주일도 안 된 바로 며칠 전에 빈은 이 자리에 서서 엔더에게 특수 부대를 맡으라는 요청을 받았다. 왠지 모르게 포크가 그에게 땅콩 여섯 개를 건네주었던 순간이 떠올랐다. 그때 그녀가 그에게 준 것은 생명이었다.

엔더가 빈에게 준 것도 생명일까? 그게 같은 것일까?

아니. 포크는 그에게 생명을 주었다. 엔더는 거기에 의미를 주었다.

엔더가 여기 있을 때는 이 방이 전투학교에서 제일 중요한 곳이었다. 이제 그곳은 창고보다 나을 게 없었다.

빈은 다시 복도로 나와 오늘까지, 아니 한 시간 전까지 칸 카비의 방이었던 곳으로 걸어갔다. 거기에 손바닥을 댔다. 문이 열렸다. 프로그램이 이미 입력되었다.

방은 비어 있었다. 안에는 아무것도 없었다.

여기가 내 방이다. 빈은 생각했다.

내 방, 하지만 텅 비어 있는 방.

가슴에 강렬한 감정들이 차오르는 느낌이었다. 지휘관이 됐다는 사실에 흥분하고 자랑스러워해야 마땅하리라. 하지만 사실 그는 그런 것에 관심 없었다. 엔더가 말했듯이 게임 자체는 아무것도 아니었다. 빈은 지휘관으로서 그럭저럭 잘 해낼 것이다. 하지만 대원들이 그를 존경하는 데에는 엔더의 후광이 어느 정도 작용하리라. 어린애 목소리로 지휘를 내리는, 어른 신발을 신고 돌아다니는 난쟁이 나폴레옹. 귀여운 꼬마 칼리굴라(고대 로마의 3대 황제로, 초기에는 민중의 사랑을 받았으나 점차 낭비와 독재정치를 자행하여 암살당했다. 칼리굴라는 작은 부츠라는 뜻─옮긴이), 게르마니쿠스(로마의 장군이자 칼리굴라의 아버지─옮긴이) 부대의 자존심 '작은 부츠'. 하지만 그가 아버지 신발을 신고 있다 해도 그 안은 비어 있었다. 칼리굴라는 그 점을 알았고, 그가 하는 어떤 행동으로도 그 사실을 바꿀 수 없었다. 그게 그의 광기를 일으킨 원인이었을까?

나는 미치지 않을 것이다. 빈은 생각했다. 나는 엔더가 가진 것을 갖거나 엔더와 같은 사람이 되려고 갈망하지 않을 것이기 때문이다. 그가 엔더 위긴인 것으로 충분하다. 내가 그렇게 될 필요는 없다.

빈은 자신이 느끼는 이 감정이 무엇인지 알 수 있었다. 가슴으로 차올라, 그의 목구멍을 채우고, 눈물을 터트리게 하는 감정. 얼굴을 달아오르게 하고, 숨을 헐떡이게 하며, 소리 없는 흐느낌을 불러일으키는 감정. 고통으로 그 감정을 없애버리려고 입술을 깨물었지만, 도움이 되지 않았다. 엔더는 떠났다.

이제 그 감정이 무엇인지 알았으므로 컨트롤할 수 있었다. 침대에 누워 울고 싶은 충동이 지나갈 때까지 긴장을 이완시키기 위해 노력했다. 엔더는 그의 손을 잡고 작별인사를 했다. '그가 너의 가치를 알아주었으면 좋겠다'고 말했다. 빈은 사실 더 이상 증명해야 할 게 남아 있지 않았다. 다만, 앞으로 언젠가 엔더가 인간 함대의 지휘관 자리에 올랐을 때, 어떤 역할이든 맡을 수 있고 어떤 방법으로든 도움이 될 수 있는 그날을 위해 래빗 부대에 최선을 다할 것이다. 엔더가 버거들을 현혹시키기 위해 지시하는 어떠한 곡예든 해낼 수 있도록 최선을 다할 것이다. 그렇게 되기 위해서 교사들의 마음에 들어야 하리라. 열심히 해서 깊은 인상을 심어주어야 하리라. 그들이 그에게 계속 문을 열어놓을 수 있도록. 어느 날 문이 열리고, 그의 친구 엔더가 그

문 반대편에 있을 때까지. 그가 다시 한 번 엔더의 부대에 들어갈 수 있을 때까지.

반항

"아킬레스를 집어넣는 것이 그라프 대령의 마지막 행동이었습니다. 소홀히 다룰 수 있는 문제가 아닙니다. 안전하게 대처하는 게 어떻겠습니까? 적어도 아킬레스를 다른 부대로 바꾸는 게 낫지 않겠습니까?"

"이건 본쏘 마드리드와 같은 상황이 아니네."

"하지만 확신할 수는 없습니다. 그라프 대령은 많은 정보를 혼자만 알고 있었습니다. 예를 들어 칼로타 수녀와 여러 번 대화를 나눴지만 그에 대한 기록은 없습니다. 그라프 대령은 빈에 대해 알고, 틀림없이 아킬레스에 대해서도 알았을 겁니다. 우리에게 덫을 놓은 것 같습니다."

"틀렸어, 디마크 대위. 그라프가 덫을 놓았다면 우리에게 놓은 게 아니야."

"확신하십니까?"

"그라프는 관료적으로 게임을 하지 않아. 자네와 나에게 신경 쓰지 않아. 그가 덫을 놓았다면 그건 빈 때문이야."

"그게 제 요점입니다!"

"자네가 무슨 말을 하려는지 아네. 하지만 아킬레스는 그대로 둬."

"이유를 말씀해 주시겠습니까?"

"아킬레스의 테스트를 보면 순간의 감정에 흔들리는 성향이 아니야. 그는 본쏘 마드리드가 아닐세. 따라서 빈이 육체적으로 위험한 것은 아니야. 심리적인 부분이 걸려 있는 것 같네. 성격 테스트지. 그리고 그건 우리가 빈에 대해서 가장 데이터를 갖고 있지 못한 미지의 영역이야. 그 아이가 마인드 게임을 거부하고 교사의 이름으로 로그인하여 수행한 여러 행적으로부터 우리가 얻은 정보는 애매모호할 뿐이지. 따라서 그 아이가 불안해하는 이 요인과 억지로 대면시켜보는 것이 해볼 가치가 있는 일이라고 생각하네."

"단지 불안해하는 요인일까요, 아니면 심각한 피해를 일으킬 수 있는 요인일까요?"

"우리가 주의 깊게 지켜보면 돼. 그라프가 엔더와 본쏘에게 했던 것처럼 제때 끼어들지 못할 정도로 멀리 떨어져 있지만 않으면 되네. 가능한 모든 예방조치를 취할 걸세. 나는 그라프처럼 러시안 룰렛을 하진 않아."

"아뇨, 위험한 모험을 하고 계십니다. 그라프 대령은 총알이 하나만 빠져 있다는 것을 아는 반면에 장군께서는 그라프 대령이 장전한 총에 총알이 얼마나 비어 있는지 모른다는 게 다를 뿐입니다."

래빗 부대 지휘관으로서 눈을 뜬 첫날 아침, 빈은 일어나자마자 바닥에 놓여 있는 종이를 알아보았다. 순간 부대원들을 만나기도 전에 전투 명령이 떨어졌을까 봐 기겁했지만, 다행히 그 쪽지에는 훨씬 실질적인 내용이 담겨 있었다.

새로 임명된 지휘관의 수가 많으므로, 첫 번째 승리 이후에 지휘관
식당에 들어올 수 있다는 전통은 폐지된다. 오늘부터 즉시 지휘관
식당에서 식사하도록 한다.

일리 있는 조치였다. 그들은 모든 부대의 전투 스케줄을 빠르게 돌
릴 것이다. 따라서 지휘관들이 처음부터 정보를 공유할 수 있는 편이
나을 것이다. 동료들과 어울려야 하는 사교적인 압박을 가하는 것도
나쁘지 않으리라. 그 쪽지를 손에 들고 보니 매 게임마다 불가능할 것
같은 새로운 대전 편성이 담겨 있었던 엔더의 전투 명령서가 생각났
다. 이 명령이 일리 있다는 이유만으로 좋은 명령이라고 할 수는 없
다. 게임에 신성 불가침한 영역이 있는 것은 아니므로 규칙과 관례에
변화가 생겼다고 해서 분개할 필요는 없었다. 하지만 교사들이 그런
변화를 조종하는 방식은 신경에 거슬렸다.

일례로, 학생들의 정보에 접근할 수 없도록 막은 것도 거슬렸다. 그
들이 왜 이제 와서 그걸 보지 못하게 하는지, 혹은 왜 이제껏 그에게
볼 수 있게 해주었는지는 중요한 게 아니었다. 다른 지휘관들은 왜 지
금까지 그 많은 정보에 접근하지 못했을까 하는 게 중요했다. 누군가
에게 지도적인 역할을 맡길 작정이라면 통솔할 수 있는 도구를 주어
야 할 게 아닌가.

그리고 그들이 시스템을 바꾸고 있는 거라면 어째서 진짜로 유해
하고 파괴적인 요소를 제거하지 않는 것인가? 식당에 있는 순위표를

예로 들 수 있다. 순위표와 점수가 얼마나 큰 악영향을 미치는가! 점수가 매겨지기 때문에 지휘관과 병사 모두 눈앞의 전투에 집중하기보다 더 조심스럽게 굴 수밖에 없다. 점수 때문에 누구 하나 색다른 실험을 하지 않으려 한다. 그래서 대형을 만들어 싸우는 어이없는 관습이 이토록 오랫동안 지속될 수 있었던 것이다. 보다 나은 방식이 있으리라 생각한 지휘관이 엔더가 처음일 리는 없다. 하지만 누구도 보트를 흔들고 싶어 하지 않았다. 새로운 방식을 도입하여 순위표에서 떨어지는 대가를 치르려 하지 않았다. 각각의 전투를 완전히 별개의 것으로 다루는 편이 낫다. 꼭 해야 할 일이라기보다는 게임하듯 편하게 전투에 참여하는 게 낫다. 그렇게 한다면 창의성과 도전정신이 급격히 증가할 것이다. 지휘관들이 소대나 개인에게 명령을 내릴 때 특정 군인에게 부대를 위해 순위표 점수를 희생하게 하는 것인지 걱정할 필요도 없을 것이다.

하지만 가장 중요한 것은 게임을 거부하기로 한 엔더의 결정에 내재된 도전정신이었다. 그가 실제로 파업을 유도하기 전에 졸업했다는 사실은 그리 중요하지 않았다. 엔더가 만약에 그 일을 했다면 빈은 절대적으로 지지했을 것이다.

엔더가 떠난 지금, 게임을 거부하는 것은 별 의미가 없었다. 진짜 전투를 치러야 할 때 빈과 다른 아이들 모두가 엔더의 함대에서 함께 싸울 수 있는 위치까지 올라갈 수 있는 방법이 게임이라면 더더욱 생각할 수 없는 일이었다. 하지만 게임을 거부하진 않더라도 우리가 게임을 주도하고 우리의 목적을 위해 게임을 이용할 수는 있다.

이러한 사고과정을 거쳐 새로 받은 헐렁한 래빗 부대 제복을 입은 빈은 다시 테이블 위로 올라섰다. 이번에는 훨씬 작은 지휘관 식당의 테이블이었다. 전날 빈이 했던 연설에 대한 소문이 파다하게 퍼졌기 때문에 그가 테이블에 올라서자 야유하며 웃는 소리들이 생겨났다.

"네가 살던 곳에서는 발로 밥을 먹냐, 빈?"

"자꾸 거기 올라서지 말고 키부터 좀 키우는 게 어때?"

"테이블 지저분해지니까 죽마에나 올라타!"

하지만 어제까지 드래건 부대 소대장이었던 다른 신임 지휘관들은 야유하거나 웃지 않았다. 빈에 대한 그들의 존경스런 관심이 차츰차츰 식당에 번져, 드디어 식당 안이 조용해졌다.

빈은 팔을 들어 올려 점수가 적힌 순위표를 가리켰다. "드래건 부대는 어디 있습니까?"

페트라 아카니안이 말했다. "드래건은 해체됐어. 대원들은 다른 부대로 편입됐어. 지휘관이 된 너희들을 제외하고."

빈은 그녀에 대한 자신의 견해를 속으로 간직한 채 그 말을 들었다. 하지만 알고 그랬든 모르고 그랬든 이틀 전에 그녀가 엔더를 덫에 빠뜨리려 한 유다였다는 생각을 떨쳐버릴 수 없었다.

"드래건이 빠진 지금 순위표는 아무 의미가 없습니다. 누가 몇 등을 하건 드래건이 있었을 때와 같은 의미가 생기지는 않을 것입니다."

"그렇다고 우리가 뭘 할 수 있는 것도 아니잖아." 딩크 미커가 말했다.

"내가 말하려는 요점은 드래건이 여기 빠져 있다는 게 아니라, 순위표가 없어져야 한다는 겁니다. 우린 서로의 적이 아닙니다. 버거들이 우리의 유일한 적입니다. 우린 동지가 되어야 합니다. 서로에게 배우고, 정보와 아이디어를 공유해야 합니다. 순위에 미칠 영향을 두려워하지 않고 새로운 것들을 자유롭게 실험하고 시도할 수 있어야 합니다. 저 위에 있는 순위표는 선생들이 우리를 서로 등 돌리게 하려는 게임입니다. 본쏘처럼 말입니다. 여기 본쏘처럼 질투로 미쳐 있는 사람은 없지만, 생각해보면 순위표가 그를 그렇게 만든 겁니다. 그는 버거들의 침략에 맞설 수 있는 우리 최고 지휘관이자 최고 희망의 머리를 때려 부수려 했습니다. 왜 그랬을까요? 엔더 때문에 순위표에서 망신을 당했기 때문입니다. 생각해 보십시오! 그에게는 포믹스와의 전쟁보다 순위표가 더 중요했던 겁니다!"

"본쏘는 미쳤어." 윌리엄 비가 말했다.

"그러니까 우린 미치지 말자는 겁니다. 저 순위표를 없애버립시다. 전투를 치를 때마다 과거 전적 없이 깨끗한 백지상태에서 시작하는 겁니다. 각각의 전투를 별개로 진행하고, 이길 수 있는 어떤 방법이든 시도해보는 겁니다. 그리고 전투가 끝난 후에 양쪽 지휘관들이 마주 앉아 왜 그런 작전을 썼는지 무슨 생각을 했는지 이야기하는 겁니다. 그럼 서로에게 배울 수 있습니다. 비밀을 없애야 합니다! 모두가 다양한 방법을 시도해볼 수 있어야 합니다! 순위표 따위에는 신경 쓰지 않고 말입니다!"

동의하는 목소리들이 들려왔다. 드래건 출신의 지휘관들만이 아니었다.

셴이 말했다. "너야 그렇게 해도 손해 날 거 없겠지. 지금 네 순위는 최하위니까."

"여기서도 문제를 알 수 있습니다. 여러분은 내가 이러는 동기를 의심합니다. 왜일까요? 순위표 때문입니다. 하지만 결국에는 우리 모두 언젠가 같은 함대의 지휘관이 될 사람들이 아닌가요? 서로를 믿으며 함께 일해야 할 사람들이 아닌가요? 그런데 함대 선장과 장군과 공격부대 지휘관들이 포믹스를 무찌르기 위해 서로 합심하는 대신에 순위표나 걱정하며 시간을 보낸다면 어떨까요! I. F.가 얼마나 한심하게 병들어 있는 상태일까요! 난 당신에게 배우고 싶어요, 셴. 선생들이 우릴 조종하려고 벽에 걸어놓은 이 의미 없는 순위 때문에 당신과 경쟁하고 싶지 않아요."

"너희 드래건 녀석들이 우리 패배자들한테 꽤나 배우고 싶어 하겠군." 페트라가 말했다.

됐다. 공개적으로 드러났다.

"그래요! 그래요, 난 배우고 싶어요. 바로 내가 드래건 부대에 있었기 때문에 배우고 싶은 겁니다. 여기 엔더에게 배운 것만을 아는 아홉 명이 있습니다. 엔더가 매우 뛰어나긴 하지만 함대나 이 학교에서 엔더만이 유일하게 전투에 대해 알고 있는 사람은 아니죠. 난 여러분이 생각하는 방식을 배우고 싶습니다. 비밀스러운 여러분은 나에게 필요치 않고, 비밀스러운 나 또한 여러분에게 필요치 않습니다. 엔더가 그렇게 뛰어날 수 있었던 이유 중 일부분은 소대장들끼리 서로 이야기하게 하고, 마음껏 이런저런 시도를 하게 했다는 데 있을 겁니다. 물론 그 시도를 서로 공유한다는 전제하에서요."

이번에 더 많은 지휘관들이 동의했다. 미심쩍어하던 자들조차 생각에 잠겨 고개를 끄덕이고 있었다.

"내가 제안하는 건 만장일치로 저 순위표를 거부하자는 겁니다. 여기 있는 것만이 아니라 병사들 식당에 있는 순위표도 모두 거부합시다. 우리 모두 순위표에 관심을 기울이지 맙시다. 선생들에게 순위표를 떼어내거나 거기 내용을 적지 말라고 요구합시다. 그들이 안 된다고 하면 시트를 가져가다 가려버리거나 의자를 던져서 깨뜨릴 수 있겠죠. 그들이 하라는 대로 게임할 필요는 없습니다. 우리가 스스로의 교육을 책임지고 진정한 적과 싸울 준비를 해나갈 수 있습니다. 언제든 우리의 진짜 적이 누구인지 기억해야 합니다."

"선생들이 진짜 적이야." 딩크 미커가 말했다.

다들 웃음을 터트렸다. 하지만 이내 딩크 미커가 빈의 옆자리로 테이블에 올라섰다. "나이 든 아이들이 모두 졸업했으니 이제 내가 여기서 제일 고참 지휘관이야. 아마 내가 전투학교에 남은 제일 나이 많은 군인일걸. 난 빈의 제안을 채택하자는 데 한 표를 던지겠어. 교사들에게 가서 순위표를 없애달라고 요구하겠어. 누구 반대하는 사람 있나?"

하나도 없었다.

"만장일치로군. 점심시간에도 순위표가 남아 있으면 시트를 가져다 덮어버립시다. 저녁때도 남아 있으면, 의자를 던져 부셔버리는 건 좀 그렇고, 순위표 점수가 꺼질 때까지 어떤 전투에도 참여하지 않기로 합시다."

배식 라인에 서 있던 알라이가 말했다. "그럼 우리 등수가 다 망가질 텐데……."

다음 순간 알라이가 자기 실수를 알아차리고 피식 웃었다. "제길, 역시 선생들이 우리를 세뇌했다니까!"

◆

아침식사를 마친 후 빈은 여전히 승리감에 취한 채 공식적으로 부대원들을 만나기 위해 래빗 병영으로 향했다. 오전 훈련 스케줄이 잡혀 있었기 때문에 아침식사와 첫 수업 사이에 30분 정도 시간 여유가 있을 뿐이었다. 어제 이투와 얘기했을 때는 다른 문제에 정신이 팔려 있어서 래빗 병영의 내부적인 상황에 신경 쓸 여유가 없었다. 하지만 이제 그는 래빗의 대원들이 드래건 부대의 경우와 달리 모두 정규 연령이라는 사실을 알아차렸다. 모두가 빈보다 훨씬 컸다. 빈은 마치 그 아이들 중 누군가의 인형 같아 보였고, 침대 사이 통로를 걸어가는 동안 빈 자신조차 그런 느낌이 들 지경이었다. 커다란 남자아이들과 커다란 여자애 두 명이 그를 내려다보고 있었다.

침대 사이로 걸어가던 중간쯤에 돌아서서 그는 이미 지나쳐왔던 대원들을 마주보았다. 이런 문제는 즉시 처리하는 편이 낫다.

"가장 먼저 눈에 띄는 문제는······." 빈이 큰 소리로 말했다. "여러분 모두 너무 크다는 것이다."

아무도 웃지 않았다. 약간 맥이 빠졌지만, 그래도 계속해야 했다.

"난 최대한 빨리 자라고 있는 중이다. 그것 말고는 별달리 할 수 있는 일이 없는 것 같다."

그제야 한두 명이 키득거렸다. 단 몇 명이라도 기꺼이 응해주는 게 다행스러웠다.

"우리의 첫 훈련은 10시 30분이다. 첫 전투가 언제 시작될지 알 수 없지만 이거 하나는 장담할 수 있다. 교사들은 새로운 부대에 배속한 후에 전통적으로 주어지는 3개월 여유를 허락하지 않을 것이다. 이제 막 임명된 다른 모든 지휘관들의 경우도 마찬가지일 것이다. 엔더 위긴은 드래건과 훈련한 지 몇 주일 만에 전투를 시작해야 했다. 게다가 드래건은 신참과 부적격자들로 구성된 새로운 부대였다. 래빗은 탄탄한 기록을 지닌 좋은 부대다. 여기 새로 들어온 자는 나뿐이다. 아마 며칠 내로 전투가 시작될 것이다. 길어야 일주일쯤 시간을 주지 않을까 싶다. 또한 전투를 자주 치러야 할 거라는 게 내 예상이다. 따라서 처음 몇 번의 훈련은 여러분이 현행 시스템을 내게 보여주는 시간이 될 것이다. 소대장들과 대원들이 어떻게 작업하는지, 각 소대와 소대가 어떻게 작업하는지, 명령에 어떻게 반응하는지, 어떤 지휘를 내리는지 내가 지켜볼 것이다. 전술보다는 전투에 임하는 자세에 대해 얘기할 게 더 있으리라 생각하는데, 전반적으로는 여러분이 칸 카비 밑에서 했던 대로 훈련하는 모습을 내게 보여주기 바란다. 하지만 강도 높은 훈련으로 가장 활발한 모습을 보여준다면 더 도움이 될 것이다. 질문 있나?"

질문은 없었다. 침묵이 흘렀다.

"또 하나. 그저께 본쏘와 그의 친구 몇 명이 복도에서 엔더 위긴의 뒤를 치려고 했다. 위험한 상황이었지만 드래건 대원 대부분은 체구가 작아서 본쏘 패거리에 맞서기에 역부족이었다. 내 지휘관에게 도움이 필요할 때 내가 래빗 부대의 문을 두드린 것은 우연이 아니었다. 래빗 병영이 제일 가까웠던 것은 아니었다. 하지만 난 여러분의 지휘관 칸 카비가 공정한 마음을 지녔다는 것을 알았기에 그의 대원들도 같은 마음을 지녔으리라 믿었기에 이리로 왔던 것이다. 여러분이 엔더 위긴이나 드래건 부대에 특별한 애정을 갖지 않았더라도, 폭력배들이 전투에서 정정당당하게 무찌르지 못하는 작은 아이를 두들겨 팰 때 옆에 서서 구경만 하지는 않으리라는 확신을 갖고 있었다. 그리고 여러분에 대한 내 생각은 맞았다. 여러분은 이 병영에서 즉시 달려 나와 복도에서 증인이 되어주었다. 난 그런 여러분이 자랑스러웠고 이제 여러분 중 하나가 된 것이 자랑스럽다."

성공적이었다. 아부하는 것은 웬만해서 실패하지 않는다. 그게 진심일 때는 결코 실패하지 않는다. 빈이 그들을 존중하는 마음을 전하자, 대원들 사이의 긴장이 상당 부분 해소되었다. 그들은 아마 드래건 부대와 처음 싸워 패배한 부대라는 이유로 빈이 그들을 업신여길까봐 걱정했을 것이다. 이제 그들은 그렇지 않다는 것을 알았고, 이를 계기로 빈도 그들에게 존중받을 수 있는 기회가 생겼다.

이투가 박수를 치기 시작하자 다른 아이들도 따라 치기 시작했다. 우레와 같은 박수갈채는 아니었지만 적어도 문이 조금쯤 열렸다는 것을 알려주기에는 충분했다.

박수소리가 줄어들기 시작했을 때쯤 그는 손을 들어 올려 조용히 시켰다. "소대장들은 내 숙소에서 잠깐 얘기합시다. 나머지는 훈련 때까지 해산."

즉시 이투가 그의 옆으로 다가왔다. "잘했어요. 실수를 하나 하긴 했지만."

"무슨 실수?"

"새로 들어온 인물이 한 명 더 있어요."

"드래건 대원이 하나 더 배속됐나?" 순간적으로 빈은 그게 니콜라이이길 바랐다. 의지할 수 있는 친구가 있다면 얼마나 좋을까.

그런 행운은 따라주지 않았다.

"드래건 대원이면 베테랑이게요! 이 녀석은 신참이에요. 어제 오후에 전투학교에 도착해서 어젯밤에 여기 배속됐어요. 대장이 들렀다간 후에."

"신참? 신참이 곧장 부대로 배정돼?"

"아, 우리도 그걸 물어봤는데, 우리가 배운 것과 같은 수업을 거의 다 들었대요. 지구에서 여러 번 수술을 받았는데, 그동안에 쭉 공부했대요. 하지만……."

"수술에서 회복되는 중이라는 거야?"

"아니, 움직이는 데는 무리가 없어요. 그는…… 그냥 직접 만나보는 게 어때요? 그 녀석을 소대에 넣어야 할지 아니면 어떻게 할지 그걸 물어보고 싶었을 뿐이에요."

"알았어. 만나보지."

이투가 병영 뒤쪽으로 그를 이끌어갔다. 거기에 그가 있었다. 침대 옆에 서 있었다. 빈이 기억하는 것보다 더 컸고, 이제 두 다리가 똑같은 길이로 뻗어 있었다. 빈이 마지막으로 보았을 때 그는 포크를 어루만지고 있었다. 그 후에 그녀의 몸은 시체가 되어 강물에 처박혔다.

"어이, 아킬레스." 빈이 말했다.

"어이, 빈." 아킬레스가 애교 있게 씽긋 웃어 보였다. "여기선 네가 중요한 인물인 모양이야."

"그렇다고 할 수 있지." 빈이 말했다.

"둘이 알아요?" 이투가 물었다.

"로테르담에서 아는 사이였어." 아킬레스가 말했다.

그들이 아킬레스를 내 부대로 배정한 게 우연일 리 없다. 그가 저지른 짓에 대해 칼로타 수녀 이외에 어느 누구에게도 말하지 않았지만, 그녀가 I. F.에 무슨 말을 어떻게 했을지 내가 어떻게 알 수 있겠는가? 어쩌면 우리 둘 다 로테르담 거리 출신이고 같은 패거리에 같은 패밀리였기 때문에 내가 그를 학교에 더 빨리 적응할 수 있게 도와주리라 생각해서 그들이 그를 여기에 집어넣은 것일 수도 있다. 아니, 어쩌면 그들은 그가 아주 오랫동안 원한을 품고 기다렸다가 가장 예상치 못한 순간에 칼을 꽂을 수 있는 살인자라는 것을 알았을지도 모른다. 그가 포크에게 그랬듯이 나 역시 확실하게 죽여 없앨 계획이라는 것을 알고 있을지도 모른다. 그렇다면 그는 나의 본쏘 마드리드 같은 존재로 여기에 있는 것이다.

문제는 내가 개인적으로 방어할 수 있는 호신술 수업을 전혀 받지 않았다는 것이다. 게다가 그의 덩치는 나보다 두 배나 크다. 나는 그의 코를 때려 박을 정도로 높이 점프할 수 없다. 그들이 엔더의 생명을 위협하면서까지 성취하려고 했던 게 무엇이든, 엔더는 분명 나보다 살아남을 가능성이 컸다.

단 하나 나에게 유리한 점이 있다면 그것은 아킬레스에게 복수하려는 욕구보다 여기서 살아남아 성공하고자 하는 욕구가 더 크리라는 것이었다. 그는 언제까지나 원한을 품고 갈 수 있는 자이기 때문에 당장 실행에 옮기려고 서두르지 않는다. 그리고 본쏘와 다르게 그는 살인자로 의심받을 수 있는 상황에서 감정적으로 행동하지 않을 것이다. 절대로. 그가 나를 필요한 인물로 여기는 한, 그리고 내가 혼자 있지 않는 한, 아마 나는 안전할 것이다.

안전. 빈은 부르르 몸서리를 쳤다. 포크도 안전하다고 느꼈다.

"아킬레스는 거기서 내 지휘관이었어. 우리 아이들을 먹을 수 있게 해줬지. 무료 급식소로 들여보내줬거든."

아킬레스가 말했다. "빈은 너무 겸손해. 전부 다 그의 아이디어였어. 기본적으로 우리 모두가 협동해야 한다는 걸 가르쳐줬지. 그때 이후로 나도 공부 많이 했어, 빈. 책과 수업밖에 없는 1년을 보냈거든. 물론 그들이 내 다리를 잘라 부수고 뼈를 다시 자라게 하지 않는 남는 시간에 말이야. 드디어 나도 네가 우리에게 어떤 도약을 하게 만들었는지 이해할 수 있을 정도가 됐어. 야만에서 문명으로 도약한 거지. 여기 있는 빈이 인간의 진화를 다시 보여줬다고나 할까."

빈은 자신에게 아부 전략이 사용되고 있을 때를 알아차리지 못할 정도로 멍청하지 않았다. 그와 동시에, 방금 지구에서 날아온 이 신참이 빈을 알고 그에게 존경을 보인다는 게 꽤 쓸모가 있을 수도 있었다.

"어차피 피그미의 진화야." 빈이 말했다.

"내가 분명히 말하는데, 거리에서 빈처럼 작고 터프한 녀석은 본 적이 없어."

아니, 지금 이것은 빈이 필요로 하는 게 아니었다. 아킬레스는 방금 아부에서 지배로 넘어갔다. 빈을 '작고 터프한 녀석'이라는 식으로 이야기하면, 아킬레스가 빈보다 위로 올라간다. 빈을 평가할 수 있는 위치가 된다. 그 이야기들이 빈에 대한 존경을 이끌어낼 수도 있지만, 아킬레스의 입지를 굳히는 데 더 커다란 역할을 할 것이다. 그가 그런 말을 하지 않았을 경우보다 훨씬 빠르게 팀원으로 들어올 수 있을 것이다. 그리고 빈은 아직 아킬레스를 안에 들여놓고 싶지 않았다.

아킬레스는 이미 작업을 추진 중이었다. 더 많은 대원들이 이야기를 들으려고 가까이 모여들었다. "내가 어떻게 빈의 패거리로 들어가게 됐냐 하면……."

"그건 내 패거리가 아니었어." 빈은 그의 말을 잘라냈다. "그리고 여기 전투학교에서는 집에 대해 얘기하지 않고 듣지도 않는다. 그러니까 내 부대에 있는 동안은 로테르담에서 있었던 일에 대해 다시 얘기하지 마."

처음 대화를 시작할 때는 친절한 연기를 했지만 지금은 권위를 세울 시간이었다.

아킬레스는 전혀 당황한 표정을 보이지 않았다. "알았어. 그렇게 할게."

빈이 대원들에게 말했다. "다들 수업에 갈 준비해야지. 난 소대장들과 상의해야겠어." 빈은 타이 출신 군인인 암불에게 손짓했다. 학생 파일에서 읽은 바에 의하면, 멍청한 명령에 항의하는 성향만 아니라면 오래전에 소대장이 되었을 인물이었다. "암불. 네가 아킬레스를 맡아. 수업에 제대로 들어갈 수 있게 알려주고, 전투복 입는 법, 작동법, 전투실에서 움직이는 기본 방법을 가르쳐줘. 아킬레스, 넌 내가 정식 소대로 배정할 때까지 암불에게 신처럼 복종하도록."

아킬레스가 씩 웃었다. "하지만 난 신에게 복종하지 않아."

내가 그걸 모른다고 생각하나? "내가 명령했을 때 정확한 대답은 '네, 알겠습니다'야."

아킬레스의 미소가 흐려졌다. "네, 알겠습니다."

"네가 내 부대원이 돼서 기쁘다." 빈은 거짓말을 했다.

"이 부대에 들어오게 돼서 기쁩니다." 아킬레스가 말했다. 빈은 아킬레스가 거짓말하는 것이 아니라고 확신했다. 하지만 그가 기쁘다는 데에는 매우 복잡한 이유가 작용할 것이다. 물론 지금쯤 빈의 죽음을 지켜보려는 욕구도 다시 불타오르고 있으리라.

빈은 엔더가 항상 본쏘로부터의 위험을 인지하지 못하는 것처럼 행동했던 이유를 이제 처음으로 이해할 수 있었다. 사실 그건 간단한 선택이었다. 자신을 구하기 위해 행동하거나, 아니면 부대를 컨트롤하기 위해 행동하거나 둘 중 하나였다. 진정한 권위를 유지하려면 부하들에게 완벽한 복종과 존경을 받아내야 한다. 그게 아킬레스의 코를 납작하게 눌러 개인적인 위험을 증가시키는 일이 된다 해도.

하지만 빈의 또 다른 부분에서는 이렇게 생각했다. 리더가 될 능력을 갖추고 있지 않다면 아킬레스는 여기 있지 않을 것이다. 그는 로테르담에서 파파로서의 역할을 매우 잘 수행했다. 나는 그가 I.F.에 유용한 인물이 될 수 있도록 가능한 빨리 그를 가르치고 준비시켜야 할 책임이 있다. 나의 개인적 두려움이나 아니면 그가 포크에게 한 짓 때문에 그에게 품고 있는 내 증오가 그 일을 방해하게 해서는 안 된다. 아킬레스가 악의 화신이라 해도 그가 매우 효율적인 군인이 되어 장차 유능한 지휘관이 될 수 있도록 만드는 것이 내가 할 일이다.

그리고 그 동안에, 나는 내 뒤를 조심해야 하리라.

시행착오

"기어이 그 아이를 전투학교에 데려다 놨군요, 그렇죠?"

"칼로타 수녀, 난 지금 휴직 중이오. I. F.가 이런 일을 어떻게 다루는지 모르나 본데, 그건 다시 말해서 쫓겨났다는 뜻이오."

"쫓겨나다니요! 그 정도로는 안 돼요. 당신은 총살감이에요."

"성 니콜라스 회에 수녀원이 있다면 수녀원장님께서 당신의 그런 비 그리스도적인 생각에 대해 엄격한 참회를 명하셨을 거요."

"당신은 그 아이를 카이로 병원에서 빼내 곧바로 우주로 데려갔어요. 내가 경고했는데도."

"지금 나랑 일반전화로 통화하고 있다는 거 잊어버렸소? 난 지구에 있소. 전투학교는 다른 사람이 운영 중이오."

"그 아이는 이제 연쇄살인범이에요. 로테르담에서 죽인 여자애만이 아니라 율리시즈라는 아이도 죽였어요. 몇 주 전에 그의 시체가 발견됐어요."

"아킬레스는 작년에 병원에 있었소."

"검시관은 그 아이의 죽음이 그보다 한참 전에 일어난 일이라고 추정해요. 시신은 어시장 옆 보관창고 뒤에 숨겨져 있었어요. 아시다시피, 그게 시체 썩는 냄새를 가려준 거죠. 그 후로도 살인은 계속 됐어요. 내가 그 아이를 집어넣은 학교 교사가 희생자였어요."

"아. 맞아. 당신이 나보다 한참 전에 그 아이를 학교로 집어넣었지."

"그 교사는 위층에서 떨어져 죽었어요."

"증인은 없소. 증거도 없소."

"바로 맞았어요."

"여기에 비슷한 점이라도 있다는 거요?"

"내 말이 그 말이에요. 아킬레스는 부주의하게 죽이지 않아요. 희생자를 무작위로 고르지도 않아요. 자신을 무기력한 자, 절름발이, 패배자로 여긴 사람을 고르죠. 그는 그런 치욕을 견디지 못해요. 감히 그에게 그런 굴욕을 준 자에게 절대적인 힘을 발휘해서 그 치욕을 지워버려야만 직성이 풀리죠."

"어느새 심리학자가 되셨나?"

"전문가에게 이러한 사실들을 얘기해봤거든요."

"사실이라고 추정하는 거요."

"난 지금 법정에 서 있는 게 아니에요, 대령님. 처음 그 아이에게 굴욕을 줄 계획을 생각해낸 아이가 있는 학교로 이 살인자를 집어넣은 남자와 얘기하는 거예요. 내가 상담한 전문가는 아킬레스가 빈을 공격하지 않을 가능성은 제로라고 장담했어요."

"그게 당신 생각처럼 쉬운 일이 아니오, 우주에서는. 부둣가와는 다르단 얘기요."

"당신이 그를 우주로 데려갔다는 것을 내가 어떻게 알았는지 알아요?"

"당신 나름대로 정보원이 있겠지. 살아 있는 자들뿐 아니라 천국에도."

"내 친구 닥터 비비안 델라마는 아킬레스의 다리를 재건해준 외과 의사였어요."

"내가 기억하기로 당신이 그녀를 추천했지."

"아킬레스가 정말 어떤 괴물인지 알기 전이었죠. 그걸 알았을 때 그 녀에게 연락했어요. 조심하라고 경고했어요. 내가 상담한 전문가가 그녀도 위험에 처해 있다고 말했거든요."

"그 아이 다리를 고쳐준 사람이 왜? 의사가 왜 위험하다는 거요?"

"그가 마취된 상태로 누워 있을 때 수술한 외과의사보다 더 무기력 한 모습의 그를 본 사람은 없으니까요. 논리적으로는 자신에게 아 주 좋은 일을 해준 이 여자를 해치는 게 잘못이라는 걸 본인도 알고 있을 거예요. 하지만 생각해보면 그가 처음에 죽였던 포크도 마찬 가지였어요. 그게 첫 번째였다면 말이지만."

"그러니까…… 닥터 비비안 델라마에게 당신은 조심하라고 경고했 군. 그녀가 뭘 봤기에? 마취 상태에서 그가 고해성사라도 했다던 가?"

"그건 영원히 알지 못할 거예요. 그가 그녀마저 죽였으니까."

"농담이 심하군."

"난 지금 카이로에 있어요. 내일이 그녀 장례식이에요. 경찰은 처음 에 심장마비 때문에 죽은 거라고 하더군요. 하지만 내가 피하주사 자국을 찾아보라고 촉구했어요. 정말로 그들은 자국을 찾아냈고 이 제 그건 살인사건으로 기록됐어요. 아킬레스는 글을 알아요. 어떤 약물이 독극물인지 알죠. 어떻게 그녀를 가만히 앉아 있게 했는지는 정말 모르겠지만요."

"그 말을 나더러 어떻게 믿으라는 거요, 칼로타 수녀? 그 아이는 너그럽고 상냥하오. 사람을 끌어당기는 매력이 있는 타고난 지도자요. 그런 사람은 살인을 하지 않소."

"죽은 사람들이 누구죠? 그가 처음 학교에 갔을 때 무식하다고 비웃었던, 그래서 다른 아이들 앞에서 창피를 주었던 선생이 죽었어요. 마취 상태로 누워 있는 그를 보았던 의사가 죽었어요. 패거리를 시켜 그를 쓰러뜨렸던 거리의 소녀가 죽었어요. 그를 죽이겠다고 떠벌리고 다녀서 그를 피신하게 만들었던 거리의 소년이 죽었어요. 모두 다 우연의 일치라는 주장이 배심원단의 마음은 흔들어놓을지 모르겠지만, 당신은 그게 아니라는 걸 알 거예요."

"그렇소. 당신은 진짜 위험한 일이 벌어질 수 있다고 내게 이야기했소. 그래서 나도 전투학교 교사들에게 위험 가능성이 있다고 경고해두었소. 그리고 이제 나는 더 이상 전투학교 책임자가 아니오."

"아직 연락이 닿을 거 아니에요. 그들에게 더 다급한 경고를 보내면 그 쪽에서도 방법을 강구할 거예요."

"내가 제대로 경고하겠소."

"거짓말하지 말아요."

"전화로 그걸 알 수 있나?"

"당신은 빈을 위험에 노출시키고 싶어 하잖아요!"

"칼로타 수녀……. 그래요. 그건 맞소. 하지만 이 정도로는 아니오. 내가 할 수 있는 한 최선을 다하겠소."

"빈에게 무슨 일이라도 생기면, 하느님이 당신에게 그 죄를 물으실 거예요."

"줄 서서 기다리셔야 할 거요. I. F. 군사재판이 우선권을 주장할 테니."

빈은 자기 숙소에 있는 통풍구를 들여다보며 자신이 거기 들어갈 정도로 작았던 적이 있었다는 게 믿어지지 않았다. 그때 그는 무엇이 었을까, 쥐새끼였을까?

다행히 이제 혼자 쓰는 방이 생겼으므로 공기가 빠져나가는 통풍구만 찾아다닐 필요는 없었다. 그는 테이블에 의자를 올려놓고 그 방에서 복도 쪽 벽으로 나 있는 길고 가느다란 흡입구로 기어올랐다. 통풍구 장식이 몇 개의 긴 조각들로 떨어졌다. 그 위쪽 패널을 벽에서 떼어냈다. 이것도 꽤 쉽게 떨어졌다. 이제 복도 천장 위로 난 공간은 전투학교의 어떤 아이라도 기어 다닐 만했다.

빈은 옷을 벗고 통풍 시스템으로 들어갔다.

이번에는 전보다 훨씬 비좁았다. 그동안에 꽤 많이 자랐다는 게 놀라웠다. 그는 재빨리 용광로 근처 관리보수 구역으로 기어갔다. 조명 시스템이 어떻게 작동하는지 알아낸 다음, 자신이 앞으로 활용하게 될 구역들의 전구와 벽에 붙은 발광장치들을 조심스레 제거했다. 금세 어둡고 넓은 수직 통로가 형성되었다. 문이 닫혔을 때는 전혀 아무것도 보이지 않았고, 문이 열렸을 때조차 깊은 어둠에 감싸인 공간이었다. 그는 신중하게 덫을 놓았다.

♦

아킬레스는 우주가 자신의 뜻대로 움직여주는 방식에 그저 놀라울 따름이었다. 그가 원하는 것은 무엇이든 이루어지는 듯했다. 포크와 그의 패거리는 다른 깡패들보다 더 뛰어난 인물로 그의 이름을 드높였다. 칼로타 수녀는 그를 브뤼셀에 있는 성직자들의 학교로 데려다주었다. 닥터 델라마는 그가 달릴 수 있도록, 다른 여느 아이들과 다르지 않아 보일 수 있도록 다리를 제대로 만들어주었다. 이제 그는 여기 전투학교에 와 있었고, 게다가 첫 번째 지휘관은 꼬맹이 빈이었다. 그를 자신의 날개 아래 받아들여 이 학교에서 날아오르는 것을 도와줄 녀석이 이미 대기 중이었다. 우주가 그를 보필하려고 창조된 게 아닐까 싶을 정도였다. 마치 그 안에 있는 모든 인간이 그의 욕망에 동조하도록 조정되는 듯했다.

전투실은 믿어지지 않을 정도로 싸늘했다. 상자 속에서 치르는 전쟁이었다. 총을 겨누면 상대 아이의 전투복이 얼어붙었다. 물론 암불은 그 방식을 가르쳐줄 때, 아킬레스를 동결시킨 다음에 꼼짝 없이 표류 방향을 바꾸지도 못한 채 허공에 떠다니는 것에 놀라워하는 그의 얼굴을 보며 비웃는 실수를 저질렀다. 인간이 그런 짓을 하면 안 되는 것이다. 그건 잘못된 짓이다. 그런 행동은 잘못을 바로잡을 수 있는 순간이 올 때까지 항상 아킬레스를 괴롭혔다. 이 세상에는 좀 더 친절하고 타인을 존중할 줄 아는 사람들이 많아져야 한다.

빈도 마찬가지다. 처음에는 꽤나 잘 대해줄 것처럼 굴더니 이내 그를 내리누르기 시작했다. 아킬레스가 한때 빈의 파파였지만 이제 빈의 부대원 중 하나에 불과하다는 것을 다른 녀석들에게 확실하게 각인시켰다. 굳이 그럴 필요까지는 없었다. 사람을 깔아뭉개면 안 되는 거다. 빈, 그 녀석은 변했다. 포크가 처음 아킬레스를 넘어뜨려 쪼그만 꼬마들 앞에서 창피를 주었을 때 그의 힘을 알아줌으로써 그를 존중한 놈이 바로 빈이었다. 빈은 그때 "그를 죽여."라고 말했다. 아킬레스가 누워 있었음에도 위험한 존재라는 사실을 간파했던 것이다. 하지만 이제 녀석은 그 사실을 잊어버린 듯했다. 아킬레스는 암불이 그의 전투복을 동결시켜 훈련실에서 망신을 주고 다른 아이들의 비웃음을 사게 한 모든 일이 빈의 지시에 따른 것이었으리라고 확신했다.

나는 네 친구이자 보호자였어, 빈. 그건 네가 날 존중했기 때문이었어. 하지만 네가 여기 전투학교에서 보인 행동은 지난날의 점수를 다 깎아먹었어. 이제 그냥 봐줄 수가 없겠다, 빈. 너는 나를 전혀 존중하지 않았어.

문제는 전투학교 학생들에게 무기로 사용될 만한 것이 전혀 주어지지 않았고, 모든 물건이 완벽히 안전하게 만들어졌다는 점이었다. 혼자 있는 녀석들도 없었다. 지휘관들을 제외하고. 그들은 숙소에 혼자 머문다. 그건 좋은 징조였다. 하지만 여기 학생들이 언제 어디에 있든 교사들이 그걸 추적하는 방법이 있으리라고 아킬레스는 생각했다. 그 시스템을 먼저 알아내야 한다. 시스템을 알아내고 추적을 피하는 방법을 찾아낸 후에야 잘못된 처사를 바로잡을 수 있을 것이다.

하지만 알아야 할 것을 알아두면 기회는 언젠가 나타나게 마련이었다. 그는 이것을 알고 있었다. 게다가 아킬레스만큼 기회가 왔을 때 확실하게 붙잡을 줄 아는 자도 드물었다. 거머쥘 수 있는 모든 힘을 거머쥘 때까지 그 무엇도 그를 방해하지 못할 것이었다. 그가 힘을 쥐게 되면 이 세상에 완벽한 정의가 이루어지리라. 소수 아이들이 특혜와 안전과 건강을 누리며 사는 동안 다른 수많은 아이들이 먹지도 배우지도 못하고 거리에서 불구자로 살아가야 하는 이 한심한 체계는 사라져야 한다. 수천 년 동안 세상을 주름잡았던 어른들은 죄다 멍청이거나 아니면 실패한 자들이었다. 하지만 우주가 그의 뜻대로 움직이고 있었다. 조만간 나 아킬레스의 뜻에 따라 세상의 악습과 폐해를 고칠 수 있으리라.

아킬레스가 전투학교에 온 지 사흘째 되던 날, 래빗 부대는 지휘관 빈의 휘하에서 첫 전투를 치렀다. 그들은 패배했다. 아킬레스는 자신이 지휘관이었다면 지지 않았을 거라고 확신했다. 빈은 소대장들에게 전투를 내맡기는 멍청하고 미숙한 짓을 저질렀다. 하지만 빈의 선임자가 소대장들을 제대로 고르지 못했다는 것은 분명했다. 빈이 이기려면 더 힘껏 고삐를 잡아당겨야 하리라. 아킬레스가 그 점을 알려주려 했을 때, 꼬맹이 빈 녀석은 다 안다는 듯이 미소 지었다. 분통이 터질 정도로 우월한 척하는 미소였다. 그러면서 각 소대장과 대원 하나하나가 전체 상황을 파악하고 독자적으로 승리를 위해 행동할 수 있는 것이 승리의 열쇠라고 말했다. 아킬레스는 그 꼬마 놈의 따귀를 갈겨버리고 싶었다. 얼마나 어리석고 잘못된 생각인가. 제대로 지휘할 줄 아는 자는 지휘권을 다른 자들에게 맡겨 세상을 난장판으로 만들지 않는다. 역사에 남은 지배자들은 피지배자들의 고삐를 잡아, 단단히 무자비하게 끌어당겼다. 부하들을 채찍질하여 복종하게 만들었다. 프리드리히 대제가 말했듯이 군인은 적의 총탄보다 자기 상관을 더 두려워해야 하는 법이다. 권력을 노골적으로 사용하지 않으면 세상을 지배할 수 없다. 아랫것들은 지도자에게 고개를 조아려야 한다. 지배하는 자의 마음과 뜻만을 생각하고 자기 머리를 포기해야 한다. 그게 바로 버거들의 위대한 힘이라는 것을 아킬레스 이외에 누구도 이해하지 못하는 듯했다. 그들은 별개의 정신을 지니지 않았다. 벌떼처럼 전체적인 정신이 있을 뿐이었다. 그들은 여왕에게 완벽하게 복종했다. 우리도 그들처럼 되어 그들로부터 배워야 한다. 그렇지 않으면 버거들을 무찌를 수 없을 것이다.

하지만 빈에게 이런 지혜를 설명해봤자 소용없으리라. 그는 듣지 않을 것이다. 그는 래빗 부대를 벌떼로 만들지 않을 것이다. 오히려 혼돈을 만들어내려고 노력 중이었다. 그건 참을 수 없는 일이었다.

아킬레스가 그 어리석음과 낭비를 더 이상 참을 수 없다고 생각한 그때, 빈이 그를 숙소로 불러들였다.

빈의 숙소에 들어가 통풍구 덮개와 벽 패널의 일부가 떨어져 있는 것을 보았을 때, 아킬레스는 적잖이 놀랐다. 빈은 그에게 통풍 시스템으로 접근할 기회를 부여하고 있었다. 이것은 전혀 아킬레스가 예상한 상황이 아니었다.

"옷 벗어." 빈이 말했다.

아킬레스는 그게 자신에게 수치를 안기려는 수작이리라고 직감했다.

빈이 자기 제복을 벗고 있었다. "선생들은 제복으로 우릴 추적해. 제복을 벗으면 그들은 네가 어디 있는지 몰라. 예외는 체육관과 전투실이야. 거기엔 따뜻한 신체를 추적하는 값비싼 장비가 있어. 우린 그

두 군데 어디에도 가지 않을 거야. 그러니까 옷 벗어."

빈은 옷을 다 벗었다. 빈이 먼저 벗었으니 아킬레스가 똑같이 한다고 해서 수치를 당할 리는 없었다.

빈이 말했다. "엔더가 있을 때 같이 이렇게 했어. 다들 엔더가 굉장히 명석한 지휘관인 줄 알지만, 사실 그는 다른 지휘관들의 계획을 다 파악하고 있었어. 통풍구를 통해 염탐했거든. 지휘관들만 염탐한 게 아니라 선생들의 계획도 알아냈어. 우린 항상 그들의 계획을 미리 알고 있었어. 그래서 이기는 건 별로 어렵지 않았어."

아킬레스는 씽긋 웃었다. 이건 꽤나 근사했다. 빈은 조금 멍청할지 몰라도 그동안 귀에 못이 박히게 들었던 엔더라는 녀석은 필시 머리가 꽤나 잘 돌아가는 녀석이었던 듯했다.

"그 일을 하려면 두 사람이 필요하다는 거야?"

"선생들을 염탐할 수 있는 곳에 가려면 중간에 굉장히 캄캄하고 넓은 통로를 지나야 해. 나 혼자 기어 내려갈 수는 없어. 누가 날 내려줬다가 다시 올려줘야 돼. 래빗 부대에 믿을 만한 사람이 누가 있을까 고민하다가…… 네 생각이 났어. 예전에 우린 친구였으니까."

다시 그 일이 일어나고 있었다. 우주가 그의 뜻대로 움직이고 있었다. 빈과 단둘이 있게 되리라. 아무도 그들이 있는 곳을 추적하지 못할 것이다. 무슨 일이 일어났는지 아무도 알지 못할 것이다.

"좋아, 하자." 아킬레스가 말했다.

"나 먼저 올려줘. 넌 혼자 올라올 수 있을 테니까."

빈은 전에도 여러 번 이 길을 돌아다닌 게 분명했다. 통로 중간 중간에 나타나는 불빛에 발과 엉덩이를 번득이며 좁은 공간으로 재빠르게 이동하고 있었다. 아킬레스는 그의 움직임을 유심히 지켜보며 뒤따라갔고, 이내 자신도 능숙하게 움직일 수 있게 되었다. 그는 다리를 사용할 때마다 늘 신기하다는 느낌이었다. 자신의 두 다리가 원하는 곳으로 그를 데려다주고 힘 있게 몸을 지탱해준다는 게 아직도 믿어지지 않았다. 닥터 델라마가 실력 있는 의사이긴 했지만 그녀조차도 아킬레스처럼 수술에 유연하게 반응하는 몸을 본 적이 없다고 말했다. 그의 몸은 스스로 온전해지는 법을 알았으며 강해지려는 의지가 확고했다. 오랜 세월 절름발이로 지내는 동안 그는 무질서가 얼마나 참을 수 없는 것인지를 깨달았다. 우주가 이 깨달음을 안겨주기 위해 그에게 호된 시련을 안겼던 것이었다. 이제 그의 몸은 완벽해졌다. 잘못을 바로잡기 위해 움직일 준비가 되었다.

아킬레스는 자신이 거쳐 가는 길을 신중하게 외워두었다. 기회가 생기면 혼자 다시 들어오리라. 길을 잃어버리면 안 된다. 자신을 드러내서도 안 된다. 그가 통풍 시스템으로 들어갔다는 사실을 아무도 알아서는 안 된다. 의심할 구실을 주지 않는 한 교사들은 그를 의심하지 않을 것이다. 그들이 아는 것이라고는 아킬레스와 빈이 친구라는 것뿐이었다. 그리고 그가 빈에게 벌어진 일을 슬퍼하며 눈물지을 때 그 눈물은 진짜일 것이다. 언제나 진짜였다. 이런 비극적인 죽음에는 장엄함 같은 게 있으니까. 대우주가 아킬레스의 능숙한 손을 통하여 그 뜻을 이루어나가는 것만큼이나 장엄했다.

그들이 우주지국의 뼈대를 볼 수 있는 곳으로 들어갔을 때 용광로들이 꽹음을 울렸다. 불은 꽤나 쓸모가 있다. 찌꺼기를 거의 남기지 않는다. 좋았어. 사람들은 어쩌다 불 속으로 떨어져 죽기도 한다. 그런 일은 항상 일어난다. 빈은 지금 혼자 기어 다니고 있다. 용광로 근처로 간다면 재미있을 텐데.

대신에 빈은 문을 하나 열어 어두운 공간으로 들어갔다. 안쪽 그리 멀지 않은 곳에 검은 공간이 뚫려 있었다. "그쪽으로 넘어가면 안 돼." 빈이 기운차게 말하며 바닥에서 아주 가는 끈으로 만든 고리를 집어 들었다. "이건 데드라인이야. 일꾼들이 지국 밖에서 작업할 때 우주로 떠내려가지 않게 잡아주는 안전장비야. 엔더와 내가 이걸 설치했어. 저기 들보 위로 걸쳐져 있어서, 통로에서 떨어지지 않게 날 붙잡아줄 수 있지. 손으로 잡으면 안 돼. 살갗에 닿으면 순식간에 베어버리거든. 고리를 몸에 걸어야 돼. 단단히, 이리저리 미끄러지지 않게, 알았지? 그 다음에 몸을 버티고 있으면 돼. 중력이 별로 세지 않으니까, 내가 알아서 뛰어내릴게. 거리는 다 측정해놨어. 교사들 숙소로 이어지는 통풍구 앞에 정확히 멈추게 돼 있어."

"멈출 때 아프지 않아?"

"말도 못하게 아프지. 고통 없이는 얻는 것도 없잖아, 안 그래? 난 데드라인을 벗어서 거기 금속 뚜껑에 걸쳐놓고 들어갈 거야. 다시 돌아와서 그걸 세 번 잡아당기면 날 끌어올려줘. 하지만 데드라인을 절대 손으로 만지면 안 돼. 그냥 문 밖으로 걸어 나가. 우리가 들어왔던 곳까지 가면 거기 들보가 있어. 들보를 돌아서 벽이 만져질 때까지 쭉 가. 거기서 기다리면 내가 진자운동을 이용해서 이 위로 올라올게. 내가 고리를 풀어내면 넌 다시 들어와서 다음에 들어올 때를 대비해 데드라인을 벗어놓으면 돼. 간단하지?"

"알았어." 아킬레스가 말했다.

벽으로 향하는 대신 그냥 걸어가 버리면 아주 간단할 것이다. 아무 것도 잡을 수 없는 허공에 녀석을 매달아놓자. 어두운 방안에 줄을 묶어놓을 수 있는 방법을 찾아보자. 시간은 충분할 것이다. 용광로와 환풍기에서 나는 소리가 요란하니까, 빈이 아무리 살려달라고 외쳐도 들리지 않을 것이다. 그 후에 이 안을 탐험해보자. 용광로로 들어가는 방법을 알아낸 다음에 빈을 다시 끌어올려 목을 조르고 시체를 불 속에 집어 던지면 된다. 데드라인은 통로로 던져버리면 된다. 아무도 찾지 못할 것이다. 아마 아무도 빈을 찾아내지 못할 것이다. 혹시 찾게 되더라도 그의 부드러운 조직은 이미 다 타버렸을 테니까 교실의 증거는 모두 사라질 것이다. 아주 말끔하게 사라질 것이다. 후에 약간의 임기응변이 필요할 수도 있지만 그건 문제되지 않았다. 사소하게 일어나는 문제쯤은 얼마든지 처리할 수 있었다.

아킬레스는 데드라인을 몸에 걸어, 가슴팍에 단단히 끌어당겼다. 빈은 다른 쪽 고리를 몸에 걸었다.

"됐어." 아킬레스가 말했다.

"단단히 매야 돼. 안 그러면 내가 바닥에 부딪힐 때 그게 네 몸을 베고 들어갈 수도 있어."

"알았어. 꽉 잡아맸어."

하지만 빈은 직접 확인해야 했다. 줄 안으로 손가락 하나를 넣어보았다. "더 잡아당겨." 빈이 말했다.

아킬레스가 좀 더 팽팽히 잡아당겼다.

"좋아." 빈이 말했다. "이제 됐어. 실시."

실시? 뭔가 행동을 해야 하는 쪽은 빈이 아닌가?

순간 데드라인이 팽팽해지더니 아킬레스의 발이 공중으로 붕 떠올랐다. 몇 번 더 잡아당기는 느낌이 들더니 이내 그의 몸은 어두운 통로 허공에 매달렸다. 데드라인이 그의 살갗으로 거칠게 파고들었다.

빈이 '실시'라고 말했을 때, 그건 다른 누군가에게 한 말이었다. 여기 이미 누군가가 잠복해 있었다. 교활한 꼬맹이 녀석.

하지만 아킬레스는 아무 말 하지 않았다. 위쪽 들보가 만져지는지 보려고 손을 들어 올렸지만 아무것도 닿지 않았다. 맨손으로 줄을 기어오를 수는 없었다. 자신의 몸무게로 팽팽하게 잡아당겨진 이 상태에서는.

그는 줄에 매달린 채 이쪽으로 저쪽으로 몸을 흔들었다. 어느 쪽으로 멀리 가든 허공밖에 느껴지지 않았다. 벽은 없었다. 발판으로 삼을 만한 곳은 없었다.

이제 입을 열어야 할 때다.

"왜 이러는 거야, 빈?"

"포크 대신이야." 빈이 말했다.

"포크는 죽었어."

"넌 그녀에게 키스했어. 그 후에 죽였어. 강물에 던졌어."

아킬레스는 뜨거운 피가 얼굴로 올라오는 느낌이었다. 그걸 본 자는 아무도 없었다. 빈이 짐작으로 떠보는 것이다. 하지만…… 보지 않고서야 그녀를 죽이기 전에 키스했다는 걸 녀석이 어떻게 알 수 있겠나?

"뭔가 착각한 모양이군." 아킬레스가 말했다.

"그렇다면 너무나 슬픈 일이겠지. 그 착각 때문에 엉뚱한 자가 죽게 될 테니."

"죽어? 농담하지 마, 빈. 넌 살인자가 아니야."

"하지만 통로의 뜨겁고 건조한 공기가 나대신 그 일을 해줄 거야. 하루만 있으면 바짝 마르지 않을까 싶은데. 벌써 입이 좀 마르는 것 같지 않아? 넌 여기 계속 매달려 있을 거야, 조만간 미라가 되겠지. 여긴 흡입 통로라서 공기가 여과되고 정화돼. 네 몸이 한동안 악취를 풍기더라도 아무도 알아차리지 못할 거야. 아무도 널 보지 못할 거야. 넌 빛이 닿지 않는 곳에 있어. 어쨌든 여기 들어올 사람도 없겠지만 말이야. 그래, 아킬레스의 행방불명은 전투학교의 미스터리가 될 거야. 고참들은 너에 대한 유령 얘기를 들려주며 신참들을 겁주겠지."

"빈, 난 그런 짓 하지 않았어."

"내가 봤어, 아킬레스. 네가 무슨 말을 하든 상관없어. 내 눈으로 봤으니까. 네가 포크에게 한 짓을 갚아줄 기회가 생길 줄은 생각도 못했어. 포크는 너한테 나쁜 짓한 게 하나도 없어. 좋은 일만 해줬어. 내가 널 죽이라고 했을 때도 그녀는 자비를 베풀었어. 널 거리의 왕으로 만들어줬어. 그런데 그 보답이 그녀를 죽이는 거였나?"

"난 안 죽였어."

"지금 이 상황이 어떤 상황인지 모르나 본데, 내가 설명해줄게. 아킬레스. 우선 넌 네가 어디에 있는지를 망각했어. 지구에서는 아마 주위에 있는 누구보다 더 똑똑했을 거야. 거기에 익숙해졌겠지. 하지만 여기 전투학교에서는 모두가 너만큼 똑똑해. 대부분이 너보다 더 똑똑해. 네가 암불을 어떤 식으로 쳐다보는지 그가 몰랐을 것 같아? 암불이 널 비웃었을 때 네가 그를 죽이기로 작정한 걸 누군들 알아차리지 못했을 것 같아? 내가 너에 대해 그런 얘기를 했을 때 래빗의 대원들이 날 의심했을 것 같아? 그들은 이미 너에게 뭔가 잘못된 점이 있다는 것을 알아봤어. 어른들은 눈치 못 챘을지 몰라도, 너의 그 알랑거림을 곧이곧대로 믿었을지 몰라도, 우린 그렇지 않았어. 그리고 이미 어떤 아이가 다른 한 아이를 죽이려 하는 상황이 있었기 때문에 우린 다시 그런 일을 참을 생각이 없었어. 아무도 네가 공격할 때까지 기다릴 생각이 없었어. 왜냐면 여긴 그런 데거든. 여기서는 공정한 겨루기에 대해 생각하지 않아. 우린 군인이야. 군인은 무조건 이기려고 싸워. 상대에게 승리할 기회를 절대 넘겨주지 않아. 뒤에서 총을 쏘고 덫을 놓아 매복해. 필요하다면 거짓말도 하고 적보다 더 많은 인원을 확보해두지. 네가 저지르는 그런 살인은 일반 사람들에게나 먹히는 수법이야. 넌 너무나 건방지고, 어리석고, 미친놈이라서 그걸 알아차리지 못한 거야."

아킬레스는 빈의 말이 옳다는 것을 알았다. 그가 계산을 완전히 잘못했다. 빈이 그를 죽이라고 말했을 때, 그게 그의 대단함을 알아준 것만이 아니라는 사실을 깜빡했다. 빈은 그를 진짜 죽이려 했던 것이었다.

아무래도 일이 잘 풀리지 않고 있었다.

"네가 지금 할 수 있는 선택은 두 가지뿐이야. 한 가지는, 그냥 여기 매달려 있으면 돼. 네가 여기서 빠져나오지 못하게 우리가 차례로 감시할 거야. 네가 죽을 때까지 기다렸다가 널 여기 놔두고 우린 일상으로 돌아갈 거야. 또 한 가지 선택은, 네가 모든 죄를 고백하는 거야. 내가 이미 알고 있을 거라고 생각하는 죄만이 아니라 네가 그 동안에 지은 죄를 전부 고백해야 한다는 뜻이야. 선생들한테도 고백해야 돼. 그들이 데려오는 정신과 의사들한테도 고백해야 돼. 지구에 있는 정신병원으로 들어갈 수 있게. 네가 어느 쪽을 택하든 우린 상관없어. 중요한 건 네가 다시 전투학교 복도를 자유롭게 걸어 다니지 말아야 한다는 거야. 다른 어디에도 자유롭게 돌아다녀서는 안 되겠지. 자……어느 쪽을 택할래? 줄에 매달려서 말라 죽을 건가, 아니면 선생들에게 네가 얼마나 미친놈인지 알릴 건가?"

"선생을 데려와. 그럼 고백할게."

"우리가 멍청하지 않다고 이미 얘기했을 텐데? 지금 이 자리에서 고백해. 증인들 앞에서. 녹음기에다 말해. 거기 매달려 있는 널 보고 가엾어 할 수도 있는 선생을 데려오진 않을 거야. 여기에 선생이 오게 된다면, 네가 어떤 자인지 정확히 아는 상태로 오게 할 거야. 너를 진압하고 억제시킬 수 있는 해병대원 여섯 명쯤 달고 오겠지. 여기 사람들은 부주의하게 행동하지 않아. 도망칠 기회를 주지 않아. 넌 여기서 아무런 권리도 없어. 지구로 돌아갈 때까지는 다시 권리를 찾지 못할 거다. 자, 마지막 기회야. 고백해."

아킬레스는 크게 웃음을 터트릴 뻔했다. 하지만 빈에게 자신이 이겼다는 착각을 안겨주는 게 중요했다. 지금 이 순간에는 녀석이 이겼다. 그는 이제 전투학교에 남아 있을 방법이 없었다. 하지만 빈은 그를 죽여서 확실하게 끝내버릴 정도로 똑똑하지 못했다. 아니 오히려 너무나 불필요하게, 그를 살려주려 하고 있었다. 어차피 살아 있기만 한다면 시간은 그의 편이 되어 움직일 것이었다. 우주의 모든 힘이 그에게 자유를 안겨주기 위해 분투하리라. 그 일이 오래 걸리지도 않을 것이다.

넌 나에게 기회를 주지 말았어야 했어, 빈. 왜냐하면 언젠가 내가 널 죽일 테니까. 너를 비롯해서 여기서 무기력한 나를 보았던 모두를 죽여 버릴 테니까.

"좋아." 아킬레스가 말했다. "내가 포크를 죽였어. 목을 조르고 강물에 던졌어."

"계속해."

"뭘 계속해? 그 계집애가 죽으면서 오줌에 똥까지 지린 거 알고 싶어? 눈알이 어떻게 튀어나왔는지 말해줄까?"

"한 명 죽인 것으로는 정신병원에 갇히지 않아. 그 전에도 여럿 죽였을 거 아냐."

"무슨 근거로 그런 말을 하지?"

"넌 포크를 죽일 때 아주 태연했어."

사실 처음 살인했을 때도 전혀 아무렇지 않았다. 넌 그런 힘을 이해하지 못해. 그런 게 신경 쓰이면 넌 힘을 움켜쥘 만한 놈이 못 되는 거야. "당연히 율리시즈도 죽였어. 녀석이 성가시게 굴었거든."

"또?"

"난 연쇄살인범이 아니야, 빈."

"넌 사람의 생명을 아무렇지도 않게 생각해, 아킬레스. 전부 털어놔. 그 다음에 그게 정말 전부라고 날 설득해봐."

하지만 아킬레스가 발뺌한 건 약간의 장난이었을 뿐, 그는 이미 모든 것을 말하기로 결심했다.

"가장 최근작은 닥터 비비안 델라마였어. 난 수술할 때 전신 마취를 하지 않겠다고 했어. 정신 똑바로 차리고 있을 생각이었어. 고통이 있더라도 감당할 수 있다고 말했어. 하지만 그 여자는 자기가 주도권을 잡아야만 했어. 그렇게 주도권 잡는 걸 좋아했으면, 왜 나한테 등을 보였을까? 왜 그렇게 바보같이 나한테 정말 총이 있다고 생각했을까? 그 여자 등을 힘껏 누르기만 했는데 잘도 속아 넘어가더군. 압설자(혀를 누르는 의료기구—옮긴이)로 찌르고 바로 옆에 바늘을 찔렀더니 전혀 느끼질 못했어. 그 여자는 그렇게 자기 사무실에서 심장마비로 죽었어. 내가 거기 있었다는 건 아무도 아는 사람이 없었지. 더 듣고 싶어?"

"전부 다 말해, 아킬레스."

전부 말하는 데 20분이 걸렸다. 아킬레스는 자신이 잘못을 바로잡았던 일곱 번을 순서대로 나열했다. 사실 그는 즐겁게 그 이야기를 했다. 지금까지 누구에게도 그가 얼마나 강한 존재인지 설명해줄 기회가 없었다. 듣는 이들의 얼굴표정을 보지 못한다는 게 유일하게 아쉬운 점이었다. 권력이 뭔지 모르는 나약한 그 얼굴들에 드러날 혐오감을 지켜보고 싶었다. 마키아벨리는 권력을 이해했다. 지배하고자 하는 자는 살인에 움츠러들면 안 되는 법이다. 사담 후세인도 그걸 알았다. 망설이지 말고 자기 손으로 직접 죽여야 한다. 뒤로 물러나서 다른 사람에게 그 일을 대신 시켜서는 안 된다. 스탈린도 그걸 이해했다. 누구에게든 충성하면 안 된다. 충성은 자신을 약하게 만들 뿐이다. 레닌은 스탈린에게 잘해주었다. 기회를 주었고, 아무것도 아닌 그를 권력의 문지기로 끌어 올려주었다. 하지만 그런 호의는 스탈린이 레닌을 감금한 뒤 죽이는 결과를 막지 못했다. 이 멍청이들은 죽었다

깨어나도 이해하지 못할 것이다. 군사 서적을 쓴 자들은 죄다 탁상공론만 일삼는 이론가들이었다. 군사 역사서도 대부분 쓸모없는 것들이었다. 전쟁은 위대한 인간들이 권력을 쟁취하고 유지하기 위해 이용하는 도구에 불과했다. 그리고 위대한 자를 막을 수 있는 방법은 브루투스가 사용한 방법뿐이었다.

빈, 너는 브루투스가 아니다.

불을 켜라. 너희 얼굴을 보여 다오.

하지만 불은 켜지지 않았다. 아킬레스의 이야기가 끝나고 그들이 떠나갈 때 문으로 들어오는 희미한 빛으로 그들의 윤곽을 어렴풋이 알아볼 수 있을 뿐이었다. 모두 합해서 다섯 명. 전부 벌거벗었고, 녹음장비를 들고 있었다. 그들은 아킬레스의 고백이 제대로 녹음되었는지 다시 확인했다. 그의 목소리가 강하고 흔들림 없이 흘러나오는 게 들렸다. 그는 자랑스러웠다. 나약한 겁쟁이들은 그걸 증거로 삼아 그가 비정상이라고 주장하리라. 그리하여 그를 살려주리라. 하지만 조만간 우주가 다시 그의 뜻을 받들어 그를 자유롭게 해줄 것이다. 지구를 피와 공포로 장악하는 그날까지 쉬지 않을 것이다. 이 자리에 있었던 녀석들의 얼굴을 보지 못했기 때문에 그에게 선택의 여지는 없었다. 힘을 손에 넣게 되면 이즈음 전투학교에 있었던 모두를 죽여야 하리라. 어쨌거나 그건 좋은 생각이었다. 어느 때건 당시의 뛰어난 군인들을 한군데 다 모아놓은 곳이 바로 전투학교니까. 이곳 명부에 이름이 오른 적 있는 모든 이들을 제거한다면 안전한 지배의 첫걸음이 될 것이다. 그러고 나면 경쟁자는 없을 것이다. 그 후로는 새롭게 자라나는 아이들을 꾸준히 테스트하면 되리라. 조금이라도 군사적 재능을 지닌 놈들이 있으면 죄다 골라내서 없애버리면 된다. 베들레헴의 헤롯 왕은 권력을 유지하는 방법을 알고 있었다.

6부
승리자

추측

"더 이상 그라프 대령이 엔더 위긴에게 끼친 손상이 복구되길 기다릴 수 없네. 위긴이 해야 할 일을 위해서 전술학교를 거칠 필요는 없어. 다른 아이들도 당장 이동시켜야겠어. 여기 데려와 시뮬레이터 앞에 앉기기 전에 구식 전함들에 대한 감각을 익혀야 돼. 그러려면 시간이 걸려."

"그 아이들은 이제 겨우 몇 게임 치렀을 뿐입니다."

"시간을 있는 대로 다 주면 안 돼. ISL에 가려면 두 달이 걸리고, 전술학교를 마치고 사령부로 가는 데 또 넉 달이 걸려. 그들을 지휘관학교로 데려가기 전에 전술학교에서 훈련시킬 수 있는 시간이 석 달뿐이라는 얘기야. 3년 치 훈련을 석 달 안에 압축시켜야 하네."

"빈이 그라프 대령의 마지막 테스트를 통과한 것 같습니다."

"테스트? 그라프 대령을 내보냈을 때 그 고약한 테스트도 종결된 줄 알았는데."

"우린 아킬레스가 그렇게 위험한 인물인 줄 모르고 있었습니다. 어느 정도 경고를 받긴 했지만……. 꽤 호감 가는 아이인 것 같았거든요. 그라프 대령을 비난할 수는 없을 겁니다. 그분도 알 방법이 없었을 테니까요."

"뭘 말인가?"

"아킬레스는 연쇄살인범이었습니다."

"그라프가 좋아하겠군. 엔더 같은 녀석이 또 하나 있으니."

"농담이 아닙니다. 아킬레스는 일곱 명을 죽였습니다."

"그런데도 테스트를 통과했다는 건가?"

"심리 테스트에 어떻게 답하면 되는지 알았던 것 같습니다."

"제발 일곱 번 중 하나라도 전투학교에서 일어난 일은 없었다고 말해주게."

"여덟 번째가 있을 뻔했습니다. 하지만 빈이 녀석에게 죄를 고백하게 했죠."

"빈이 이제는 신부님이 됐나?"

"말 그대로 고백을 하게 만들었습니다. 아주 교묘한 계략이었죠. 머리를 써서 아킬레스를 이긴 겁니다. 아이들을 매복시키고 아킬레스를 그리로 끌고 갔습니다. 고백을 해야만 풀어주겠다고 했다더군요."

"미국 중산층에서 자라난 착한 아이 엔더는 욕실에서 자신을 공격하려 했던 녀석을 때려죽였어. 깡패가 판치는 거리에서 자란 아이 빈은 연쇄살인범을 법의 심판에 맡겼군."

"우리 목적을 위해 더 의미 있는 점은, 팀을 형성하는 데 능한 엔더가 본쏘를 일대일로 싸워 이겼다는 것입니다. 전투학교에 들어온 지 1년이 지날 때까지 친구가 거의 없었던 빈은 이번에 자신의 방어막이자 증인이 될 수 있는 팀을 모아서 아킬레스를 무찔렀죠. 그라프 대령이 이런 결과를 예상했는지 모르겠지만 결과적으로 그의 테스트는 그 아이들을 우리 예상과 반대로 행동하게 했을 뿐 아니라 자신의 익애 성향과도 반대되는 행동을 유발했습니다."

"익애라고 했나, 앤더슨 소령?"

"제 보고서에 다 적혀 있습니다."

"보고서는 '익애' 같은 단어를 사용하지 말고 작성하게."

"알겠습니다."

"콘도르 함이 아이들을 데리러 갈 걸세."

"몇 명을 보내야 합니까?"

"언제든 최대 열한 명이 필요해. 카비, 비, 모모에는 전술학교로 가는 중이지만 그라프 말로는 그 셋 중에서 위긴과 잘해낼 만한 아이는 카비뿐이라더군. 엔더 자리는 당연히 있어야 하는 거지만, 예비군을 확보하는 것도 나쁘지 않겠지. 열 명을 보내게."

"어떤 아이들 열 명 말씀입니까?"

"그걸 내가 어떻게 알겠나? 음…… 빈, 그 녀석은 확실히 보내야겠지. 그리고 빈이나 엔더가 지휘할 경우에 제일 잘 맞을 만한 아이들 아홉 명. 누가 되든 자네가 그런 아이들을 골라보게."

"두 아이 모두에게 맞는 하나의 리스트를 작성하라고요?"

"일단은 엔더가 우선이야. 그들을 모두 함께 훈련시켜야 하니. 팀이 될 수 있도록."

17시 정각에 빈에게 명령서가 도착했다. 18시 정각에 콘도르에 탑승해야 한다는 내용이었다. 딱히 꾸려야 할 짐이 있는 것은 아니었다.

한 시간이면 그들이 엔더에게 부여했던 시간보다 훨씬 길었다. 그래서 빈은 자신의 대원들에게 무슨 일이 벌어지고 있는지, 어디로 가게 되었는지 알려주러 갔다.

"우리랑 다섯 게임밖에 안 했는데 떠나요?" 이투가 말했다.

"버스가 정류장에 왔을 때 타야 하잖아?" 빈이 말했다.

"그렇죠." 이투가 말했다.

"누구랑 같이 가요?" 암불이 물었다.

"그건 그들이 말해주지 않았어. 그냥…… 전술학교로 간다는 것밖에."

"우린 그게 어디 있는지도 몰라요."

"우주 어딘가에 있겠지." 이투가 말했다.

"사실은 없는 거 아니야?" 서툰 농담이긴 했지만 다들 웃었다. 그리 힘든 작별은 아니었다. 그들과 같이 있었던 시간은 겨우 8일에 불과했으니까.

"한 게임도 못 이겨서 미안해요." 이투가 말했다.

"내가 이기려고 했다면, 이겼을 거야." 빈이 말했다.

그들이 무슨 헛소리냐는 듯이 그를 쳐다보았다.

"순위표를 없애고 누가 이기든 신경 쓰지 말자고 제안한 사람이 나였어. 그렇게 말해놓고 우리가 매번 이기면 남들이 어떻게 생각했겠어?"

"사실은 순위표에 아주 관심이 많구나 생각했겠죠." 이투가 말했다.

다른 소대장이 말했다. "난 그게 걸리는 게 아니라…… 그럼 우리를 일부러 지게 했다는 거예요?"

"아니, 내가 다른 걸 더 우선시했다는 말이야. 우리끼리 서로 뭉개려고 해봤자 뭘 배우겠어? 배우는 건 아무것도 없어. 어차피 우린 인간 아이들과 싸우지 않을 거야. 버거들과 싸울 거야. 그렇다면 우리가 뭘 배워야 할까? 공격을 서로 통합시키는 방법, 서로에게 반응하는 방법, 전투과정을 스스로 느끼고 지휘권을 갖지 않았더라도 전체적으로 책임질 줄 아는 방법. 그게 내가 너희들과 함께했던 거야. 우리가 만약 이겼다면, 내 전략을 사용해서 상대를 전멸시켰다면, 너희들이 뭘 배웠을까? 너희들은 이미 좋은 지휘관과 함께 했어. 이제 해야 할 일은 서로 조화하는 법을 배우는 거였어. 그래서 난 여러분을 힘든 상황에 놔두었던 것이고, 끝날 무렵에 여러분은 서로 구해낼 방법을 찾아내고 있었어. 효과적인 방법을 찾아내려고 했어."

"이길 정도로 효과적인 방법을 찾아내진 못했죠."

"나는 그런 식으로 평가하지 않아. 너희들은 서로 협력해서 부대를 작동시켰어. 버거들이 다시 쳐들어올 때 그들은 우리 계획을 틀어지게 할 거야. 전쟁에 기본적으로 포함되는 충돌 이외에도, 그들은 인간이 아니기 때문에 우리가 생각해낼 수 없는 일들을 벌일 거야. 그들은 우리처럼 생각하지 않아. 그러니 공격 계획들이 다 무슨 소용이겠어? 우린 노력을 하고, 할 수 있는 일을 해. 하지만 정말 중요한 것은 사령부가 무너졌을 때 어떻게 하느냐는 거야. 여러분의 소함대밖에 남지 않았을 때, 여러분의 수송기밖에 없을 때, 여덟 척의 함선 중에서 무기가 다섯 개밖에 없는 힘빠진 공격부대밖에 남지 않았을 때 어떻게 해야 할까? 어떻게 서로를 도울 수 있을까? 어떻게 버틸 수 있을까? 난 그걸 알려주고 싶었던 거야. 그 후에는 지휘관 식당에 가서 내가 배운 것들을 이야기했어. 난 너희들을 통해 배운 점을 그들에게 말하고, 그들도 내게 여러 가지를 가르쳐줬어. 그들에게 배운 것들은 너희들에게 다시 알려주었지. 그렇지 않나?"

"우리를 통해 배우는 거라고 말해줄 수도 있었잖아요." 이투가 말했다. 다들 아직 조금쯤 화가 나 있었다.

"그런 건 말할 필요 없어. 너희들이 배웠으면 된 거야."

"최소한 이기지 않아도 된다는 말은 해줄 수 있었잖아요."

"하지만 너희들은 이기려고 노력해야 돼. 그걸 중요하게 생각해야만 제대로 배울 수 있어. 그래서 말하지 않았던 거야. 버거들이 올 때처럼 전투에 임해야 돼. 그때는 진짜로 승리가 중요하니까. 그때는 정말 영리해져야 하니까. 여러분이 진다면, 본인은 물론이고 아끼는 다른 모든 사람과 인류 전체가 죽는다는 뜻일 테니까. 난 우리가 함께할 시간이 길지 않을 거라고 생각했어. 그래서 그 시간을 최대한 이용했어. 여러분과 날 위해서. 이제 여러분 모두 부대를 지휘할 준비가 됐어."

"대장은 어때요?" 암불이 물었다. 얼굴에 미소를 머금고 있었지만 은근히 날카로움이 배어 있었다. "함대를 지휘할 준비가 됐나요?"

"모르겠어. 그들이 이기고 싶어 하느냐에 달려 있겠지." 빈은 피식 웃었다.

"바로 그거예요. 군인들은 지는 걸 좋아하지 않아요."

"바로 그것 때문에 패배가 승리보다 더 강력한 선생님이 될 수 있는 거야." 빈이 말했다.

그들은 그 말을 듣고 생각했다. 그중 몇몇은 고개를 끄덕였다.

"죽지 않는다는 가정하에서." 빈이 덧붙이고 씩 웃었다.

그들이 마주 미소 지었다.

빈이 말했다. "난 지난 한 주 동안 내가 생각할 수 있는 최고의 것을 여러분에게 주었고 또 내 머리가 허락하는 만큼 여러분에게 배웠어. 모두 고마워." 그가 일어나서 그들에게 경례했다.

그들이 같이 경례했다.

그는 자리를 떠났다.

그 후 랫 부대 병영으로 갔다.

"니콜라이는 방금 명령서를 받고 떠났어요." 어느 소대장이 그에게 말했다.

빈은 한순간 니콜라이가 자신과 같이 전술학교로 가게 됐을지도 모른다는 생각이 들었다. 첫 번째 생각은, 니콜라이가 아직 준비되지 않았다는 것이었다. 두 번째 생각은, 니콜라이가 같이 갈 수 있었으면 좋겠다는 것이었다. 세 번째 생각은, 니콜라이가 진급할 자격이 없다는 생각을 먼저 하다니 난 그리 좋은 친구가 아니라는 것이었다.

"무슨 명령인데?" 빈이 물었다.

"부대 지휘관 발령이에요. 제기랄, 여기 소대장도 아니었는데. 여기 들어온 지 한 주밖에 안 됐는데."

"어느 부대?"

"래빗." 그가 빈의 제복을 다시 쳐다보았다. "아. 당신 대신인 모양이군요."

빈은 웃으면서 자신이 방금 떠나왔던 숙소로 향했다.

니콜라이는 문이 열린 숙소 안에 멍하니 앉아 있었다.

"들어가도 돼?"

니콜라이가 고개 들어 쳐다보고는 픽 웃었다. "네 부대를 돌려받으러 온 거라고 말해줘."

"내가 힌트 하나 줄게. 승리하기 위해서 노력해봐. 대원들은 그걸 중요하게 생각해."

"네가 다섯 게임을 다 졌다는 게 믿어지지 않아."

"알잖아, 이 학교에서 더 이상 순위표는 중요하지 않다는 거. 모두 같이 지켜보면서 알아가는 게 중요해."

"난 널 지켜봤어."

"네가 나와 같이 가는 거라면 좋겠어."

"도대체 뭐가 어떻게 돌아가는 거야? 이게 그거 때문이야? 버거들이 쳐들어온 거야?"

"모르겠어."

"말해봐. 넌 이런 것들을 알아내잖아."

"버거들이 정말 쳐들어온 거라면, 그들이 너희를 여기 우주지국에 남겨둘까? 아니면 지구로 돌려보낼까? 아니면 어느 알려지지 않은 소행성으로 피신시킬까? 나도 모르겠어. 어떤 걸 보면 끝이 가까운 것 같은데, 또 다른 걸 보면 가까운 곳에 중요한 일은 아무것도 일어나지 않는 것 같아."

"어쩌면 거대 함대를 버거들의 세계로 발진시키려는 걸지 몰라. 너희들은 항해하면서 자라는 거고."

"그럴 수도 있겠지. 하지만 그 함대는 이미 2차 침공 직후에 출발했어."

"버거들의 고향 행성이 어딘지 아직까지 알아내지 못했으면 어떡해?"

그 말을 듣는 순간 빈은 등골이 서늘해지는 기분이었다. "그런 생각은 안 해봤어. 그들은 틀림없이 고향에 신호를 보내고 있을 거야. 우린 그 방향을 추적하기만 하면 돼. 빛을 따라가라, 그런 말 있잖아. 입문서 같은 데 보면 나오잖아."

"그들이 빛으로 통신하는 게 아니라면?"

"빛이 1광년 가는 데 1년이 걸리긴 해도, 아직까지는 다른 무엇보다 빨라."

"우리가 아는 다른 무엇보다 빠르다고 해야 맞겠지." 니콜라이가 말했다.

빈은 그를 빤히 바라보았다.

"그래, 알아. 바보 같은 생각이라는 거. 물리학 법칙이니 뭐니 하는 것들이 있으니까. 난 그냥…… 생각해보는 거야. 그뿐이야. 가능하지 않다는 이유만으로 뭔가를 배제하고 싶진 않거든."

빈이 웃음을 터트렸다. "제기랄, 니콜라이, 우리 침대가 서로 마주보고 있을 때 내가 덜 얘기하고 너한테 더 말하게 할 걸 그랬어."

"내가 천재가 아닌 거 알잖아."

"여긴 죄다 천재들이야, 니콜라이."

"난 겨우 턱걸이야."

"그래, 네가 나폴레옹은 아니겠지. 그냥 아이젠하워 정도일 거야. 내가 널 위해 울어줄 거라고 기대하진 마."

이제 니콜라이가 웃을 차례였다.

"보고 싶을 거야, 빈."

"아킬레스 잡으러 갈 때 같이 가줘서 고마워, 니콜라이."

"그놈 때문에 몇 번이나 악몽을 꿨는지 몰라."

"나도 그래."

"다른 아이들도 같이 데려가서 다행이었어. 이투, 암볼, 크레이지 톰이 있었는데도 여섯 명쯤 더 있었으면 좋겠다 싶더라니까. 아킬레스가 거기 줄에 매달려 있었는데도 말이야. 그런 놈들이 있으니까 인간이 교수형이라는 걸 발명해낸 걸 거야."

"언젠가 네가 날 필요로 할 때가 있으면, 나도 그 자리에 있을게."

"전에 네 팀에 들어가지 않았던 거 미안해."

"네 말이 맞았어. 난 네가 내 친구니까, 나한테 친구가 필요하니까 그런 부탁을 했던 거야. 하지만 나도 친구로서 네가 필요로 하는 게 뭔지 알았어야 했어."

"다시는 널 실망시키지 않을게."

빈은 니콜라이를 두 팔로 감싸 안았다. 니콜라이도 그를 끌어안았다.

지구를 떠나올 때가 생각났다. 빈은 칼로타 수녀를 껴안으며 분석하고 있었다. 이게 그녀가 바라는 거다. 바라는 대로 해줘도 나한테 손해날 것은 없다. 그러니까 그녀를 껴안아주자.

이제 나는 그때 그 아이가 아니다.

어쩌면 이게 내가 포크를 위해 뭔가 해줄 수 있었기 때문일지도 모르겠다. 그녀를 돕기에는 너무 늦어버렸지만, 그래도 그녀를 죽인 놈에게 살인 자백을 받아냈다. 결코 충분하지는 않지만 살인자에게 일말의 대가를 치르게 했다.

"가서 네 부대원들을 만나봐, 니콜라이." 빈이 말했다. "난 우주선을 타야 돼."

문을 나서는 니콜라이를 바라보면서 다시는 그 친구를 보지 못하리라는 생각에 가슴이 세게 조여드는 느낌이었다.

◆

디마크는 앤더슨 소령의 숙소로 들어가 섰다.

"디마크 대위, 그라프 대령이 자네의 불평을 받아주고 지시에 저항하는 것까지 참아내는 것을 지켜보면서 나는 그동안 이런 생각을 했네. 디마크의 생각이 옳을 수는 있지만 내 밑에서 일하게 된다면 나는 결코 그런 불경스러운 태도를 참아주지 않을 거라고. 자네 서류에 40군데쯤 '항명'이라는 단어를 써넣고 엉덩이를 차 내보낼 거라고. 자네가 불평하기 전에 이 말을 먼저 해야겠다고 생각했네."

디마크는 눈을 깜박깜박했다.

"됐어, 이제 불만을 말해봐."

"불만이라기보다는 질문입니다."

"그럼 질문을 해."

"엔더와 빈에게 똑같이 융화할 수 있는 팀을 선발하라는 게 상부 지시 아니었습니까?"

"내가 기억하는 한, '똑같이'라는 말은 사용되지 않았네. 하지만 그런 말이 쓰였더라도, 그게 불가능하리라는 생각이 들지는 않던가? 앤드류 위긴의 밑에서 열렬히 자랑스럽게 복무할 총명한 아이들은 마흔 명이라도 고를 수 있네. 빈 밑에서 그렇게 열렬히 자랑스럽게 복무할 자는 몇 명이나 될까?"

디마크는 대답하지 않았다.

"내가 분석한 바에 의하면, 이 구축함에 태워 보내기로 한 아이들은 정서적으로 엔더 위긴과 친밀하고 가장 반응이 빠른 학생들이야. 이 학교 최고 지휘관 십여 명에 꼽히기도 하지. 그들은 또 빈에게 특별한 적대감을 갖고 있지 않네. 따라서 빈이 위로 올라가는 상황이 되더라도 그를 위해서 최선을 다할 거야."

"엔더가 지휘관이 아니라는 것 때문에 빈을 용서하지 않을 수도 있습니다."

"그건 빈이 풀어야 할 숙제겠지. 그럼 내가 다른 누굴 보내야겠나? 니콜라이가 빈의 친구이긴 하지만, 그는 아직 역량이 부족해. 언젠가 전술학교에 가고 또 지휘관 학교에 갈 준비가 되겠지. 하지만 아직은 아니야. 그 외에 빈에게 또 다른 친구들이 있던가?"

"많은 아이들이 빈을 존경합니다."

"래빗에서 게임 다섯 번을 모두 졌을 때 그걸 다시 잃었지."

"그 이유는 설명드렸지 않습니까……."

"우리 인류에게는 설명이 필요치 않네, 디마크 대위! 승리자가 필요해! 엔더 위긴에게는 이기려는 투지가 있어. 빈은 줄줄이 다섯 번을 져도 아무렇지 않았네. 승리가 중요하지 않은 것처럼 말이야."

"그때는 그게 중요한 게 아니었으니까요. 빈은 거기에서 배워야 할 것들을 배웠습니다."

"디마크 대위, 나도 그라프 대령이 떨어졌던 것과 같은 함정에 빠져드는 것 같군. 자네는 가르쳐야 하는 교사 신분에서 옹호자의 역할로 선을 넘어섰어. 이미 고려할 가치가 없는 문제만 아니었다면 자넬 빈의 교사 자리에서 물러나게 했을 걸세. 이미 내가 결정한 군인들이 떠나고 있네. 빈이 정말로 그렇게 총명하다면, 그들과 같이 작업하는 방식을 알아내겠지."

"알겠습니다." 디마크가 말했다.

"이게 위안이 될지 모르겠지만 크레이지 톰이 아킬레스의 고백을 들으러 같이 갔던 이들 중 하나였다는 점을 기억하게. 크레이지 톰은 빈과 같이 갔어. 빈을 잘 아는 자일수록 그를 더 진지하게 받아들인다는 얘기야."

"감사합니다."

"빈은 더 이상 자네 책임이 아닐세, 디마크. 자넨 임무를 잘 수행했어. 그 점에 경의를 표하네. 이제 자네 본분으로 돌아가게."

디마크가 경례했다.

앤더슨이 경례로 답했다.

디마크는 방을 떠났다.

◆

콘도르 함의 승무원들은 이 아이들을 어떻게 다뤄야 할지 알지 못했다. 전투학교에 대해서는 다들 알고 있었고, 선장과 조종사 둘 다 전투학교 졸업생이었다. 하지만 '어느 부대 소속이었나? 아, 내가 거기 있을 때는 랫 부대가 최고였지. 드래건은 아주 형편없었어' 이런 피상적인 대화가 오고가고, 어떤 것이 변했다거나 어떤 게 그대로라는 등의 얘기를 나눈 후에는 더 이상 할 말이 없었다.

부대 지휘관이라는 공통의 관심사가 없어지자 아이들은 자연스레 끼리끼리 모이기 시작했다. 딩크와 페트라는 전투학교에 거의 처음 들어왔을 때부터 친구였고 다른 아이들보다 한참 고참이었으므로 다들 그들의 테두리 안으로 뚫고 들어가려 하지 않았다. 알라이와 셴은 엔더 위긴과 신참 시절을 같이 보냈고, 드래건에서 B소대와 E소대를 맡았던 블라드와 덤퍼는 가장 엔더를 숭배하는 이들이라서 그들끼리 뭉쳐 다녔다. 크레이지 톰과 플라이 몰로와 핫 수프는 이미 드래건 부대 시절부터 삼총사였다. 어떤 그룹에서도 빈이 들어오길 기대하지 않았고 빈을 특별히 배제하지도 않았다. 개중에 빈을 진정으로 존중해주고 대화에도 자주 끌어들인 사람은 크레이지 톰이었다. 빈이 어느 그룹에 속하게 된다면 아마 크레이지 톰의 그룹일 것이었다.

그런 끼리끼리의 분할이 빈에게 신경 쓰이는 이유는 그들이 무작위로 선출된 게 아니라 확실한 목적하에 소집되었다는 점 때문이었다. 그들은 하나의 팀이 되어야 했다. 서로 똑같은 정도로 신뢰하는 것까지는 바랄 수 없더라도 모두가 강한 신뢰감으로 뭉칠 수 있어야 했다. 하지만 그들이 엔더를 위해 선택된 팀이라는 것은 어떤 바보라도 알 수 있었다. 따라서 그들에게 함께 게임을 하자거나, 함께 배우자거나, 무엇이든 함께 하자고 제안하는 것은 빈의 몫이 아니었다. 어떤 식으로든 빈이 리더십을 발휘하려 한다면 다른 아이들과의 사이에 이미 있는 벽보다 더 커다란 벽이 생겨날 것이었다.

빈은 그중에서 딱 한명만은 여기에 속할 자격이 없다고 생각했다. 그 점에 대해서 그가 할 수 있는 일은 없었다. 엔더가 본쏘와 생사의 싸움을 벌이기 전날 밤 페트라가 엔더에게 거의 배신에 가까운 행동을 한 것에 대해 어른들은 아무런 책임을 묻지 않았다. 하지만 빈은 그녀를 믿어야 할지 확신이 서지 않았다. 페트라는 지휘관들 중에서 최고에 속했다. 영리하고 전체적인 상황을 파악하는 감각이 있었다. 그런 그녀가 어떻게 본쏘에게 속아 넘어갈 수 있었을까? 물론 그녀가 엔더의 파멸을 바랐을 리는 없다. 하지만 아무리 좋게 생각하더라도 그녀는 부주의했다. 최악으로 생각한다면 그녀는 빈이 아직 알아내지 못한 어떤 게임을 하고 있었던 것이리라. 그래서 빈은 여전히 페트라가 의심스러웠다. 불신의 벽을 쌓아가는 게 바람직하지 않은 줄 알면서도 어쩔 수가 없었다.

항해하는 넉 달 동안 빈은 주로 콘도르 함 내 도서관에서 시간을 보냈다. 전투학교를 벗어난 지금 그들이 아이들을 강도 높게 염탐하고 있을 것 같지는 않았다. 어차피 배에 그럴 만한 장비가 갖춰져 있지 않았다. 따라서 이제는 교사들의 생각이나 반응까지 신경 쓰며 독서 자료를 고를 필요가 없었다.

군사 역사나 이론에 관한 책은 읽지 않았다. 주요 작가의 작품은 모두 읽었고 상대적으로 덜 중요한 작가의 작품들도 이미 많이 읽었다. 중요한 군사행동에 대해서는 완벽하게 파악했다. 필요할 때마다 불러낼 수 있도록 기억 속에 다 저장해두었다. 그의 머릿속에서 아직 정리되지 않은 것은 커다란 그림이었다. 세상이 어떤 식으로 돌아가는가. 정치, 사회, 경제적인 역사는 어떠한가. 전쟁하지 않을 때 각 나라에서는 무슨 일들이 벌어지는가. 각 나라들이 전쟁에 들어가고 나가는 방식은 어떠한가. 승리와 패배가 그들에게 어떤 영향을 미치는가. 동맹은 어떻게 형성되고 어떻게 깨어지는가.

그리고 무엇보다 중요하지만 가장 찾아내기 힘든 것이 있었다. 오늘날 이 세계에서 무슨 일이 벌어지고 있는가 하는 점이었다. 선내 도서관에서는 지난번 항성 간 우주선 발사시설(ISL)에 정박했을 당시 다운로드가 가능했던 공인된 정보들만 이용할 수 있었다. 그 외의 다른 정보들을 요구할 수는 있었으나, 그러려면 도서관 컴퓨터에서 따로 요청해야 하고 그런 통신 대역폭을 사용하는 납득할 만한 이유가 있어야 했다. 그럼 어른들이 알아차릴 것이고, 빈이 전혀 관심 있을 리 없는 내용들을 왜 들여다보고 있는지 궁금해 할 것이었다.

하지만 선내에서 찾아낼 수 있는 정보를 바탕으로 지구의 기본상황을 조합하여 어떤 결론에 도달하는 게 불가능한 일은 아니었다. 1차 침공 전에는 여러 다양한 세력들이 테러리즘이나 국부적인 공격, 제한된 군 조직, 경제적 제재, 보이콧, 통상금지 조치 등을 이용하여 서로 우세한 위치를 점하기 위해 투쟁했다. 강경한 경고를 가하거나 단순히 국가적인 분노 혹은 이념적인 분노를 표시하기 위해 그런 방법들을 이용하기도 했다. 버거들이 나타났을 당시, 중국은 드디어 민주주의 체제를 받아들여 경제 군사적 세계 주요 강국으로 부상하던 참이었다. 북아메리카와 유럽이 중국의 '큰 형' 노릇을 하기도 했지만, 마침내 경제적 균형이 기울어졌다.

하지만 빈이 보기에 역사의 추진력으로 작용하는 것은 부활하는 러시아 제국이었다. 중국인들은 자신이 우주의 중심이고 중심이어야

함을 당연하게 받아들이기 때문에 거기에 별로 신경 쓰지 않는 반면, 야심만만한 선동 정치가들과 권위주의적 장군들이 이끄는 러시아는 지난 수백 년 동안 역사가 그들의 정당한 자리를 가로챘다고 느꼈다. 이제 그 부당함을 끝낼 시간이라고 생각했다. 그리하여 러시아는 2차 바르샤바 조약을 강행했고, 사실상의 경계를 구소련 시절 혹은 그 이상으로 확장시켰다. 이번에 그리스는 그들의 동맹국이었으며 위협받은 터키는 중립을 지켰으니까. 유럽은 중립으로 넘어가기 직전이었고, 마침내 태평양에서 대서양까지 패권을 거머쥐려는 러시아의 꿈이 거의 이루어지려는 찰나였다.

그때 포믹스가 나타나 1억 명에 달하는 중국인들을 죽음으로 몰고 가는 파괴를 자행했다. 갑자기 지상에 있는 군대들은 시시하게 느껴졌고, 국제 경쟁 문제들도 무기한 보류되었다.

하지만 그건 외견상으로 그렇게 보일 뿐이었다. 사실 러시아는 군부에 대한 지배력을 이용하여 함대 구석구석에 핵심 장교들의 네트워크를 구축했다. 버거들을 물리치는 순간, 아니 그들이 유리하다고 생각한다면 버거들을 물리치기 전에라도 강력한 실력행사를 할 수 있도록 모든 것을 준비해놓았다. 이상하게도 러시아는 자신의 의도에 대해 다소 노골적이었다. 그들은 사실 언제나 그랬다. 교묘하게 구는 재주는 없었지만 절대 꺾이지 않는 완고함으로 그 약점을 보완했다. 어떠한 협상이든 수십 년이 걸릴 수도 있었다. 그 사이에 그들은 거의 완벽하게 함대를 장악할 것이다. I. F.에 충성하는 보병대들은 고립될 것이다. 그들을 운반해줄 배가 없기 때문에 그들을 필요로 하는 장소에 도달할 수 없을 것이다.

러시아는 분명 버거들과의 전쟁이 끝난 후 수 시간 내에 함대를 지배하고 그리하여 세계를 지배할 계획이었다. 그게 그들의 운명이라고 생각했다. 북아메리카는 운명이 자기들 편으로 유리하게 작용하리라 확신하는 듯 무관심으로 일관했다. 소수 선동가들만이 위험을 알아보았다. 중국과 무슬림 세계는 위험에 민감했지만, 이 동맹이 깨지면 버거들에게 대적할 수 없을 것이기에 전혀 어느 쪽으로든 편을 들지 않았다.

이런 생각을 거듭할수록 빈은 전술학교에 가야 하는 게 내키지 않았다. 이 전쟁은 엔더와 그 친구들의 것이었다. 그 역시 다른 아이들 못지않게 엔더를 사랑하고 기꺼이 그들과 같이 버거들에 맞서 싸울 생각이었지만, 그들에게 빈의 존재가 꼭 필요한 것은 아니었다. 그는 이번 버거들과의 전쟁보다 다음 전쟁, 즉 세계 지배를 위한 충돌에 더 매료되었다. 제대로만 준비한다면 러시아를 막을 수 있을 것이었다.

하지만 다음 순간 그는 자신에게 질문했다. 그들을 꼭 막아야 하는 것일까? 피를 보게 되더라도 빠르고 효율적으로 기습공격을 감행한다면 세계를 하나의 정부하에 통합시킬 수 있을 것이다. 그러면 인간들 간의 전쟁은 종결될 것이다. 그렇지 않은가? 그런 평화로운 분위기 안에 있다면 모든 나라가 더 나아지지 않을까?

그래서 빈은 러시아 저지 계획을 생각하는 동시에 세계적인 러시아 제국이 어떠한 모습으로 펼쳐질지 상상해보았다.

그가 내린 결론은 그 제국이 오래가지 않으리라는 것이었다. 러시아가 상당히 박력 있는 나라이긴 하나, 다른 한편으로는 권력남용과 부패를 일삼아 실정을 저지르는 놀라운 재능을 갖고 있었다. 세계 정부를 성공적으로 이끌어 가는 데 필수적인 능력에 대한 제도적 전통이 자리 잡혀 있지 않았다. 그런 제도와 가치관이 가장 강한 나라는 중국이었다. 하지만 중국도 자국의 이해를 초월하는 진정한 세계 정부가 되기에는 역부족이었다. 잘못된 세계 정부가 들어선다면 결국 자신의 무게에 눌려 무너지고 말 것이었다.

빈은 다른 누군가와 이런 이야기들을 해보고 싶었다. 니콜라이와 얘기할 수 없다면 선생님이라도 상관없었다. 무수한 생각들이 머릿속에서 맴돌기만 할 뿐 좀처럼 앞으로 나아가지 않았다. 외부 자극이 없는 상태로 자신이 세운 가설에서 벗어나기란 쉬운 일이 아니었다. 한 사람의 머리는 거기서 생겨난 질문에 대해서만 생각할 수 있다. 허를 찌르지 못한다. 놀라움이 없다. 그럼에도 빈은 넉 달의 항해기간과 그후 전술학교에서 보내는 몇 달 동안 서서히 진전을 이뤄나갔다.

전술학교에서는 여기저기 배를 보러 다니며 견학 시찰하는 게 주요 학습이었다. 그들이 오래된 구식 전함에만 전적으로 집중하는 듯했기 때문에 빈은 지루해서 하품이 날 지경이었다. 쓸데없는 일에 시간을 낭비한다는 느낌이었다. 실제 전투에서 쓰지도 않을 거면서 왜 지휘관들을 구식 전함에서 훈련시키는 것인가? 하지만 그가 이런 이의를 제기했을 때, 교사들은 대수롭지 않게 무시했다. 장기적으로 보면 구식 전함이든 신식 전함이든 차이 날 게 없으며 최신 전함들은 태양계 주변을 순찰해야 하므로 아이들을 훈련시키는 데 사용할 수 없다고 말했다.

전투학교에서 조종기술에 대해서는 거의 배우지 않았다. 그들은 배를 조종하기 위해서가 아니라 전투를 지휘하기 위해 훈련하는 것이였기 때문이다. 그들은 무기 작동법, 전함이 움직이는 방식, 거기에서 무엇을 기대할 수 있고 한계는 무엇인지에 대한 감을 익혀야 했다. 외워야 할 게 매우 많았지만 조금만 관심을 기울여 읽거나 들으면 무엇이든 기억할 수 있는 빈에게 그것은 거의 자면서도 할 수 있는 일이었다.

그래서 전술학교에 있는 내내 그의 성적은 다른 누구보다 우수했지만, 사실 그가 관심을 집중한 부분은 지구의 현 정치 상황이었다. 전술학교는 항성 간 우주선 발사시설에 위치해 있어서 한정된 자료만 보관했던 콘도르 함 내 도서관과 달리 그곳의 도서관은 지속적으로 자료가 업데이트되었다. 처음에 빈은 현재 지구에서 활동하는 정치 사상가들의 저작부터 읽기 시작했다. 러시아 자료들을 읽으면서 그들이 너무나 노골적으로 야망을 추구한다는 점에 다시 한 번 놀라워했다. 중국 작가들의 경우는 위험을 알아차리면서도 그 위험을 해소하기 위해 다른 나라 지지자들을 규합하려 하지 않았다. 중국인들은 중국에 뭔가가 알려지면 중요한 곳에 다 알려진 거라고 생각했다. 유럽과 아메리카 국가들에는 빈에게 거의 자살 충동으로 보일 정도로 위험에 대한 부자연스러운 무감각이 지배하고 있었다. 그래도 그들을 연합시키기 위해 노력하는 깨어 있는 자들이 몇몇 있었다.

특히 인기 있는 비평가 두 명이 빈의 관심을 끌었다. 언뜻 보기에 데모스테네스는 편견과 외국인 혐오증을 바탕으로 움직이는 민중선동가인 듯했다. 하지만 그는 민중운동을 이끄는 데 상당한 성과를 거두고 있었다. 데모스테네스가 이끄는 정부하에서의 삶이 러시아 정부 휘하의 삶보다 더 나을지 알 수 없었지만, 적어도 데모스테네스는 경쟁이라는 덕목을 배제하지 않을 것이다. 빈의 눈길을 끈 또 다른 비평가는 로크였다. 세계평화와 동맹형성에 대해 떠들어대는 고상하고 고매한 자로 여겨지지만, 그 명백한 자기만족 이면에 데모스테네스와 같은 전제가 깔려 있는 듯했다. 러시아가 세계를 주도하기 위해 활발히 움직이고 있으나 이로운 방식으로 그 일을 해낼 준비가 안 되었다는 것을 기정사실화하는 듯했다. 어느 면에서 보면 데모스테네스와 로크는 함께 자료를 조사하고 같은 자료들을 읽으며 같은 근거로부터 배우지만, 전혀 다른 관객에게 호소하고 있는 것 같은 인상이었다.

한동안 빈은 로크와 데모스테네스가 같은 인물일 가능성에 대해 고려해보았다. 하지만 그건 아니었다. 글 쓰는 스타일도 달랐지만 더 중요한 것은, 그들은 다르게 생각하고 다르게 분석했다. 그렇게 꾸며낼 정도로 똑똑한 사람은 세상에 없을 것이었다.

그들이 누구든 그 두 명이 상황을 가장 정확하게 보고 있는 듯했으므로, 빈은 포믹스 전쟁 이후 세계에서 사용할 수 있는 전략에 관한 소론을 써서 로크와 데모스테네스에게 보내봐야겠다는 생각을 하기 시작했다. 비밀편지, 익명의 편지를 보내자. 그는 자신이 관찰을 통해 얻어낸 견해를 알리고 싶었다. 그리고 그들이 그의 아이디어를 어떤 결과로 연결시킬 수 있는 최적의 인물인 듯했다. 빈은 전에 하던 대로 도서관에서 시간을 보내며 몇몇 장교들이 로그인하는 모습을 지켜보았다. 잠시 후 빈은 사용할 수 있는 아이디와 암호를 여섯 개 획득했다. 편지를 여섯 부분으로 작성한 다음, 각기 다른 아이디로 접속하여 그것들을 몇 분 간격으로 로크와 데모스테네스에게 전송했다. 도서관이 붐빌 때 한 시간 동안 그 일을 했다. 빈 자신의 아이디는 병영에 있는 자기 책상에서 게임하는 중인 것처럼 확실하게 조정해놓았다. 그들이 그가 자판을 몇 번이나 쳤는지 계산해서 그 시간에 책상에서 아무것도 하고 있지 않았다는 사실을 알아낼지는 알 수 없었다. 그들이 만약에 편지를 역추적하더라도 그를 알아내진 못할 것이었다. 로크와 데모스테네스는 아마 그의 정체를 알아내려 애쓰지 않을 것이다. 그가 편지에 그러지 말아달라고 요구했으니까. 그들이 그의 말을 믿을 수도 믿지 않을 수도 있다. 그의 말에 동의할 수도, 동의하지 않을 수도 있다. 그 이상으로 그가 할 수 있는 일은 없다. 다만 그는 어떠한 위험이 도사리고 있는지, 러시아가 어떤 전략을 쓸 수 있을지, 러시아가 선제공격에 성공하지 못하게 하려면 어떤 조치를 취해야 하는지 그들에게 자세히 설명했다.

그가 편지에서 가장 중요하게 지적한 점 하나는, 버거들과의 전쟁에서 승리할 경우 가능한 한 빨리 전투학교, 전술학교, 지휘관 학교 출신의 아이들을 지구로 돌려보내야 한다는 것이었다. 그들이 우주에 남아 있으면, 러시아 측에 붙잡히거나 I. F.에 의해 무기력하게 고립될 가능성이 컸다. 하지만 그들은 이 시대 인류가 생산해낸 최고의 군사 능력 소유자들이었다. 강한 거대국가의 힘을 제압하려면, 그들에게 반기를 들 유능한 지휘관들이 필요할 것이었다.

하루가 지나기 전에 데모스테네스는 즉시 전투학교의 모든 아이들을 해산시켜 고향으로 귀환 조치해야 한다는 글을 네트에 올렸다. "전투학교는 가장 전도유망한 우리 아이들을 납치해갔다. 우리의 알렉산더와 나폴레옹, 우리의 롬멜 장군과 패튼 장군, 우리의 카이사르와 프리드리히와 워싱턴과 살라딘들은 지금 우리 손이 미치지 않는 탑에 갇혀 있다. 세계를 지배하려는 러시아의 위협으로부터 자신의 나라 국민들을 자유롭게 해줄 수 없는 저 먼 우주에 떨어져 있다. 게다가 그 아이들을 잡아 이용하려는 러시아의 의도를 알아차리지 못할 자가 어디 있겠는가? 이 목적을 이룰 수 없을 경우, 그들은 미사일 한대를 잘 조준해서 아이들 모두를 조각조각 날려버리려 할 것이 분명하다. 타고난 우리의 군 지휘관들을 빼앗으려 할 것이다." 두려움과 격분을 불러일으키기 위해 잘 조율된, 감미로운 군중 선동이었다. 빈은 그들의 소중한 학교가 정치적 이슈로 등장한 것에 대경실색하는 군 지도부를 상상할 수 있었다. 데모스테네스는 감정적인 문제를 붙잡고 늘어졌으며 전 세계 국수주의자들은 거기에 열렬한 지지를 보냈다. 그게 아이들에 관련된 일이었기 때문에, 전쟁이 끝나는 즉시 전투학교 아이들을 모두 고향으로 보내야 한다는 원칙에 감히 반대하고 나서는 정치인은 단 한 명도 없었다. 뿐만 아니라 로크도 이 문제에 관해 그의 명망 높고 온건한 목소리를 보탰다. 아이들의 귀환 원칙을 공개적으로 지지했다. "필히 책임지고 이 침입하는 쥐들을 없애버려야 할 것이다. 그 후에는 우리 아이들을 집으로 데려와야 한다."

보았노라, 썼노라, 세상이 약간 변했노라. 빈은 흥분되는 느낌이었다. 그에 비하면 전술학교에서 하는 모든 일들은 거의 아무런 의미 없이 느껴질 정도였다. 교실로 뛰어 들어가 다른 아이들에게 이 승리를 말해주고 싶었다. 하지만 그들은 미쳤냐는 듯이 그를 쳐다볼 것이다. 그들은 지구 세계정세에 대해 전혀 알지 못했고, 거기에 책임을 갖지도 않았다. 그들은 군사 세계에 갇혀 있었다.

빈이 로크와 데모스테네스에게 편지를 보낸 지 사흘 후, 교실에 갔던 아이들은 그들이 곧 지휘관 학교로 출발하리라는 사실을 알게 되었다. 이번에는 그들보다 전술학교에 먼저 와 있었던 칸 카비도 함께였다. 그들이 전술학교에서 보낸 시간은 불과 3개월에 지나지 않았다. 빈은 자신의 편지가 이 타이밍에 어떤 영향을 미친 게 아닐까 궁금하지 않을 수 없었다. 전쟁을 치르기도 전에 아이들을 집으로 보내야 할 위험이 있다면, I. F.는 이 소중한 자원들을 지구에서 더 멀리 떨어뜨려 놓고 싶을 것이었다.

재회

"자네가 엔더 위긴에게 일으킨 손상에서 그 애가 무사히 복구된 것을 축하해야겠군."

"제가 어떤 손상을 일으켰다는 점에 대해서는 동의하지 못하겠습니다."

"아, 그럼 좋아. 자네에게 아무런 축하도 하지 말아야겠군. 여기서 자네 지위가 관찰자에 불과하다는 것은 알고 있겠지?"

"이 아이들과의 지난 경험을 살려 조언할 수 있는 기회가 있기를 희망합니다."

"지휘관 학교는 오랫동안 아이들을 지도해왔네."

"말씀드리기 외람되지만 지휘관 학교는 그동안 사춘기 아이들을 지도했습니다. 야심차고 테스토스테론이 충만한, 경쟁적인 십대들이었죠. 그 점은 별개의 문제로 치더라도 우린 이 특별한 아이들에게 많은 희망을 걸고 있으며 저는 그들에 대해 고려해야 할 점들을 알고 있습니다."

"그런 내용들은 자네 보고서에 들어 있어야지."

"보고서에 있습니다. 허나 이런 말씀드리기 송구하지만, 필요한 순간에 적절히 상세한 내용을 떠올릴 정도로 제 보고서를 완벽히 외우는 사람이 누가 있겠습니까?"

"난 자네가 하는 말을 귀담아 들을 걸세, 그라프 대령. 그리고 부탁이니, 자네가 나한테 멍청이라고 말하고 싶을 때마다 극존칭으로 얘기하는 것은 그만둬주게."

"제게 휴가를 주신 게 처벌의 개념이라고 생각했습니다. 납작 엎드렸다는 걸 보여드리려는 겁니다."

"지금 그 아이들에 대해 떠오르는 상세한 내용이 있나?"

"중요한 게 하나 있습니다. 엔더가 알거나 혹은 모르는 것에 많은 것들이 달려 있기 때문에, 그 아이를 다른 아이들로부터 필히 떨어뜨려 놓아야 합니다. 실제 훈련에 함께하기는 하되, 어떠한 상황에서도 자유로운 대화나 정보공유를 허락하면 안 됩니다."

"이유는?"

"빈이 앤서블에 대해 알게 된다면 핵심을 곧바로 간파할 것입니다. 그 아이는 혼자 힘으로 그걸 알아낼 수 있습니다. 빈에게 정보를 숨기는 게 얼마나 어려운 일인지 아마 짐작도 못하실 겁니다. 엔더는 그보다 의심이 덜한 편이지만 앤서블에 대해 알지 못한다면 자기 일을 할 수 없을 것입니다. 아시겠습니까? 엔더와 빈이 어떠한 자유 시간도 함께하게 해서는 안 됩니다. 어떠한 사소한 대화도 허락해서는 안 됩니다."

"하지만 그럴 경우 빈을 엔더의 대리인 자리에 올려놓을 수 없네. 그러려면 앤서블에 대해 들어야 할 테니까."

"그때쯤 그건 중요하지 않을 겁니다."

"하지만 그 제안을 한 사람은 바로 자네였어, 한 아이만이……."

"그 어느 것도 빈에게는 적용되지 않습니다."

"어째서?"

"그 아이는 인간이 아니니까요."

"그라프 대령, 자네 때문에 피곤해 죽겠네."

지휘관 학교로 가는 여정은 넉 달이 걸렸다. 이번엔 그들은 지속적으로 훈련을 받았다. 빠르게 이동하는 순양함에서 목표를 겨냥하는 수학적 계산, 폭발물, 다른 무기에 관한 것들을 가능한 한 철저히 교육 받았다. 마침내 그들은 다시 한 팀이 되어갔으며, 빈이 가장 뛰어난 학생이라는 점은 모두에게 금세 분명해졌다. 그는 배우는 내용들을 모두 스펀지처럼 빨아들였다. 다른 아이들은 이해되지 않는 개념이 있을 때마다 그에게 물어보곤 했다. 첫 번째 항해에서는 가장 낮은 위치에 있는 자로서 완벽한 외부인이었으나, 이제 빈은 정반대되는 이유로, 가장 높은 위치에 혼자 올라 있다는 이유로 그들 사이에 끼지 못했다.

그는 이 상황을 풀어보려고 노력했다. 다른 아이들에게 가르쳐주는 자 혹은 유능한 자로서만이 아니라 팀의 일부분으로 기능할 수 있어야 하기 때문이었다. 이제 쉬는 시간에 다른 아이들과 함께하는 것은 매우 중요한 일이 되었다. 그들과 같이 긴장을 풀고, 농담하고, 전투학교에서 지내던 시절을 회상했다. 심지어 전투학교 이전 시기에 대한 이야기도 나눴다.

이제는 집에 대해 말하지 않는다는 전투학교 금기가 사라졌기 때문에, 지금은 먼 기억이 됐지만 여전히 그들의 삶에 중요한 역할을 하는 어머니와 아버지에 대해 모두들 자유롭게 이야기했다.

처음에 빈이 부모 없는 고아라는 사실을 알게 됐을 때, 그들은 빈이 있는 곳에서 부모님 얘기하는 것을 불편해했다. 하지만 빈이 먼저 자신의 경험을 솔직하게 털어놓기 시작했다. '깨끗한 방' 변기 탱크에 숨어 있었던 일. 건물 관리인이었던 스페인 남자가 그를 발견해서 집으로 데려갔던 일. 거리에서 허기진 배를 움켜쥐고 기회를 찾아 다녔던 것도, 포크에게 작은 아이들이 깡패를 물리칠 수 있는 방법을 얘기했던 것도, 아킬레스가 거리의 작은 패밀리를 만들어갈 때 감탄과 두려움으로 그를 지켜보았던 것도, 아킬레스가 포크를 알게 모르게 따돌리다가 결국에는 죽여 버린 것도 이야기했다. 그가 포크의 시신을 발견했던 당시를 이야기하자, 몇몇 아이들이 눈물을 흘렸다. 누구보다 페트라가 제일 슬픔에 젖어 흐느꼈다.

빈은 그 때를 기회로 잡았다. 당연히 그녀는 남들에게 무너지는 모습을 보이지 않으려고 그 자리를 벗어나 자신의 숙소로 달아났다. 빈은 최대한 빨리 그녀를 뒤따라갔다.

"빈, 지금은 얘기하기 싫어."

"난 얘기하고 싶어. 얘기해야겠어. 팀을 위해서."

"우리가 팀인가?" 그녀가 물었다.

"페트라, 넌 내가 했던 최악의 일을 알아. 아킬레스가 위험한 자라는 것을 알면서도 난 거기서 걸어 나왔어. 포크와 그를 단둘이 남겨놨어. 그 때문에 포크는 죽었어. 그게 매일매일 나를 괴롭혀. 행복한 기분이 들려고 할 때마다, 포크 생각이 나. 내가 그녀에게 생명을 빚졌다는 게, 내가 그녀를 구할 수도 있었다는 게 생각나. 누군가를 좋아하는 마음이 생길 때마다 포크에게 그랬던 것처럼 내가 그들을 배신하게 될까봐 겁이 나."

"나한테 왜 이런 말을 하는 거야?"

"너도 엔더를 배신했고, 그것 때문에 괴로울 테니까."

그녀의 눈이 분노로 번쩍였다. "배신이라니, 무슨 말도 안 되는 소리야! 그리고 그 일로 괴로운 건 내가 아니라 너야!"

"페트라, 네가 스스로 인정하든 말든 그날 복도에서 네가 엔더를 멈춰 세우려 했을 때 네가 무슨 짓을 하고 있는지 몰랐을 리는 없어. 전투할 때 넌 날카로워. 모든 걸 알아차리지. 어떤 면에서는 우리 중에서 가장 전술에 능한 지휘관이야. 그런 네가 거기 복도에 어슬렁거리고 있는 본쏘 무리를 알아차리지 못했다는 것은 절대 불가능해. 그들은 엔더를 박살내려고 기다리고 있었어. 그런데 넌 그때 어떻게 했지? 넌 엔더의 걸음을 늦춰서 다른 아이들로부터 그를 떼어내려 했어."

"그리고 네가 날 막았지. 이제 와서 이런 얘기해봤자 무슨 소용이 있어?"

"난 이유를 알아야겠어."

"넌 아무것도 알 필요 없어."

"페트라, 우린 언젠가 어깨를 나란히 하고 싸워야 돼. 서로 믿을 수 있어야 돼. 네가 그때 왜 그랬는지 모르기 때문에 난 널 믿을 수가 없어. 내가 널 믿지 않는다는 걸 알았으니까 이제 너도 날 믿지 않을 거고."

"아, 우린 얼마나 헝클어진 거미줄을 짜게 되는가."

"도대체 그게 무슨 소리야?"

"전에 아버지한테 들었던 말이야. 아, 처음 거짓말을 하려고 할 때 우린 얼마나 헝클어진 거미줄을 짜게 되는가."

"그래. 날 위해서 그 헝클어진 거미줄을 풀어줘."

"거미줄 짜고 있는 사람은 너잖아. 넌 우리가 모르는 것들을 알고 있으면서 우리에게 얘기하지 않아. 내가 그걸 모를 것 같아? 넌 나와 신뢰를 쌓고 싶다고 말하지만, 정작 중요한 건 하나도 말해주지 않아."

"난 내 마음을 열어서 보여줬어." 빈이 말했다.

"네 감정을 말했을 뿐이야." 그녀는 완전히 경멸하듯이 말했다. "그래, 그것도 좋아. 너한테 감정이 있다는 걸 알게 돼서, 아니 적어도 감정을 가진 척하는 게 가치 있다고 생각한다는 걸 알게 돼서 다행이야. 둘 중 어느 쪽인지는 아무도 모를걸. 하지만 넌 여기서 실제로 무슨 일이 벌어지고 있는지 우리에게 말하지 않아. 그리고 우린 네가 그걸 안다고 생각해."

"짐작만 하는 거야."

"전투학교에 있을 때 선생들은 우리가 모르는 것들을 네게 알려줬어. 넌 학교에 있는 아이들 이름이며 다른 모든 것을 알고 있었어. 네가 알 만한 게 아닌 것들까지."

빈은 자신의 특별한 정보탐색을 그녀가 그렇게 빤히 알고 있었다는 게 놀라웠다. 그가 부주의했던 것일까? 아니면 그녀의 관찰력이 생각보다 더 예리한 걸까?

"난 학생들 데이터로 몰래 들어갔어." 빈이 말했다.

"선생들이 그걸 몰랐다는 거야?"

"알았던 것 같아. 처음부터. 물론 난 나중에 그걸 알았고." 그는 드 래건 부대원을 선택한 것에 대해서도 이야기했다.

그녀가 침대에 털썩 내려앉아 천장을 노려보았다. "네가 골랐던 거 였군! 그 신참들과 부적격자들 모두 네가 골랐던 거야!"

"누군가는 그 일을 해야 했어. 선생들은 그만한 능력이 없었어."

"엔더는 최고의 대원들을 갖고 있었어. 그가 그들을 최고로 만든 게 아니라, 그들은 이미 최고였어."

"아직 부대에 소속돼 있지 않았던 최고들이었지. 드래건이 만들어 질 때 신참이었던 자는 이 팀에서 나밖에 없어. 너와 셴, 알라이, 딩크, 칸은 드래건이 아니었지만, 너흰 분명 최고에 속해. 그들이 유능했기 때문에 드래건이 이겼던 건 맞아. 하지만 엔더가 그들을 어떻게 사용 할지 알았기 때문에 이길 수 있었던 거야."

"그래도 난 아직 혼란스러워."

"페트라, 이건 거래야."

"뭐라고?"

"내가 얘기했으니까, 너도 전투학교에서 네가 왜 유다가 아니었는 지 설명해봐."

"난 유다였어." 페트라가 말했다. "이렇게 설명하면 되겠니?"

빈은 역겨웠다. "어떻게 그런 말을 할 수 있어? 창피하지도 않아?"

"너 바보야? 나도 너와 같은 일을 하고 있었어. 엔더의 생명을 구 하려고 했던 거야. 엔더는 일대일 격투 훈련을 받았고, 그쪽 무리들은 그렇지 않았어. 나도 그 훈련을 받았어. 본쏘가 다른 녀석들의 화를 부추기긴 했지만, 그들도 사실은 본쏘를 별로 좋아하지 않았어. 엔더한테 열을 좀 받았을 뿐이야. 그들이 엔더한테 몇 번 주먹을 날렸다면 거기 복도에 있던 드래건 대원과 다른 대원들이 바로 뛰어들었을 거야. 복도는 좁고 엔더 옆에는 내가 있었어. 거긴 한 번에 몇 명밖에 덤비지 못하는 구조였어. 엔더가 멍들고 코피 정도 났을지는 몰라도, 결국은 무사히 빠져나왔을 거야. 그리고 그 쓰레기 같은 놈들은 그걸로 만족했을 거야. 엔더를 가만 놔두지 않겠다고 떠벌리는 본쏘의 장담은 싱거운 옛날 얘기가 돼버렸겠지. 본쏘는 다시 혼자가 됐을 거야. 그리고 엔더는 더 심한 공격으로부터 안전해졌을 거야."

"넌 너의 전투 능력을 너무 과신했어. 그건 도박이었어."

"그래, 난 나의 능력뿐 아니라 엔더의 능력도 믿었어. 그때 우리 둘 다 상당히 실력이 뛰어나고 탁월했거든. 그거 알아? 엔더도 내가 무슨 생각을 하고 있는지 알았을 거야. 그가 거기에 동조하지 않은 이유는 너 때문이야."

"나?"

"엔더는 네가 그 한가운데로 뛰어드는 걸 봤어. 넌 분명히 머리를 얻어맞았을 거야, 그대로 뻗었겠지. 그래서 그때 폭력을 피할 수밖에 없었던 거야. 너 때문에 엔더가 다음 날 같이 싸워줄 사람 하나 없이 완벽히 혼자인 상태로 진짜 위험해졌던 거야."

"그럼 왜 진작 이런 얘기를 하지 않았어?"

"내가 뭔가 하려던 것을 아는 사람은 엔더 이외에 너밖에 없었고, 난 그때 네가 어떻게 생각하든 별 관심이 없었거든. 그건 지금도 마찬가지야."

"그건 어리석은 계획이었어." 빈이 말했다.

"네 계획보다는 나았어." 페트라가 말했다.

"지금 이 상황에서 네 계획이 얼마나 어리석었는지 알 방법은 없겠지. 하지만 내 계획이 완전히 망했다는 건 확실히 알아."

페트라가 짧게 가식적인 웃음을 던졌다. "이제 다시 날 믿어주실 건가? 오랫동안 우리가 나눠왔던 깊은 우정으로 돌아갈 수 있겠나?"

"그거 알아, 페트라? 나한테 적대감을 갖는 건 쓸데없는 감정낭비야. 사실 그런 시도를 하는 것조차 겨냥이 잘못됐어. 여기서 너한테나 만한 친구는 없거든."

"오, 그러셔?"

"그래. 이 중에서 여자 지휘관 밑에 있을 사람은 나밖에 없을걸."

그녀가 한순간 멈칫하고 멍하니 그를 쳐다보았다. 그 후에 말했다. "내가 여자라는 건 오래 전에 극복했어."

"하지만 그들은 그렇지 않아. 너도 알고 있을 거야. 그들은 항상 거기에 신경 써. 넌 사실 그들 중 하나가 아니야. 그들이 네 친구인 것은 맞아. 적어도 딩크는 그렇지. 모두가 널 좋아해. 그런데 말이야, 학교에 통틀어 여자가 십여 명쯤 됐던가? 그중에서 너 말고는 아무도 일류가 되지 못했어. 남자아이들 모두 널 진지하게 받아들이지 않았어."

"엔더는 받아들였어." 페트라가 말했다.

"나도 그래. 다들 복도에서 무슨 일이 일어났는지 알고 있어. 어차피 그게 비밀인 것도 아니지. 그런데 그들이 왜 너랑 이런 얘기를 하지 않았을까?"

"왜지?"

"다들 네가 하마터면 엔더를 죽일 수도 있었다는 걸 알아차리지 못할 만큼 멍청이라고 생각하는 거야. 네가 우연히 그런 멍청한 실수를 한 게 아닐 거라고 생각할 만큼 널 존중한 건 나뿐이야."

"멍청하지 않게 봐줘서 고마워해야 하는 거니?"

"넌 날 적대시하지 말아야 돼. 너도 거의 나처럼 이 그룹에서 아웃사이더야. 실제 전투에 들어가면 너 자신만큼 널 진지하게 받아들여 줄 사람이 필요해."

"생색내지 마."

"난 이제 가볼게."

"그만할 때도 됐지."

"잘 생각해봐. 내 말이 옳다는 걸 깨닫게 되더라도 사과할 필요는 없어. 넌 포크를 위해 울어줬어. 그걸로 우린 친구가 된 거야. 넌 날 믿을 수 있고, 나는 널 믿을 수 있어. 그거면 돼."

그 방을 나설 때 그녀가 무슨 말인가 대꾸하는 듯했지만 그는 그 말을 들으려고 어물거리지 않았다. 그게 페트라의 방식이었다. 그녀는 일부러라도 터프하게 행동해야 했다. 상관없었다. 서로 해야 할 필요가 있는 말은 다 했으니까.

◆

지휘관 학교는 사령부 내에 있었고, 사령부의 위치는 일급비밀이었다. 사령부가 있는 곳을 알 수 있는 유일한 방법은 사령부에 배속되는 것이었으며, 거기에 간 사람이 지구로 귀환하는 경우는 매우 드물었다.

아이들은 도착하기 직전에 간단한 설명을 들었다. 사령부가 위치한 곳은 움직이는 소행성 에로스라는 곳이었다. 우주선이 거기 접근해갈 때, 그들은 그게 사실 소행성 안에 들어 있다는 것을 깨달았다. 행성 표면에는 도킹 장소 이외에 거의 아무것도 보이지 않았다. 스쿨버스를 연상시키는 셔틀버그shuttlebug를 타고 5분쯤 표면을 달려간 후, 동굴 같은 곳으로 쓱 미끄러져 들어갔다. 구불구불한 튜브가 뻗어나와 셔틀버그를 완전히 감쌌다. 그들이 셔틀버그에서 내려 들어선 곳은 무중력에 가까운 공간이었다. 강한 기류가 진공청소기처럼 그들을 에로스 내부로 빨아들였다.

그 장소가 인간의 손으로 만들어지지 않았다는 것을 금세 알 수 있었다. 터널은 모두 지나치게 낮았고, 그것조차 처음 만들어진 이후로 천장을 더 올린 게 분명했다. 아래쪽 벽들은 반들반들하고 위쪽 50센티에만 연장 공사한 흔적들이 보였기 때문이다. 이곳을 만든 건 버거들이다. 아마 2차 침공을 준비할 때 만들었으리라. 한때 그들의 전진기지로 사용되던 곳이 이제 I. F. 본부가 되었다. 빈은 그들이 이 장소를 차지하기 위해 치렀을 전투를 상상해보았다. 여기저기 터널들로 허둥지둥 달아나는 버거들, 그들을 태워버리기 위해 저출력 폭발물들을 들고 진입하는 보병대, 번쩍번쩍 일어나는 빛들. 그 다음에 대청소. 버거들의 시체를 터널에서 끌어내고, 조금씩 인간의 공간으로 개조해 나갔으리라.

우리 인간들이 비밀 기술을 알아낸 방법이 이것이리라. 빈은 생각했다. 버거들은 중력을 만드는 기계를 갖고 있었다. 우리는 그 작동 법을 배웠고, 스스로 기계를 다시 만들어 전투학교를 비롯해서 그걸 필요로 하는 다른 모든 곳에 설치했다. 하지만 I. F.는 그 사실을 공표하지 않았다. 적들의 기술이 얼마나 진보돼 있는지 알면 사람들이 겁을 먹을 테니까.

우리가 그들에게 또 다른 무엇을 배웠을까?

그곳 터널로 걸어가려면 아이들조차 약간 몸을 구부려야 했다. 아이들이 그렇게 큰 것도 아니었는데, 죄다 인간의 안락함을 고려하지 않은 비율로 만들어졌다. 특히 터널 천장은 금방이라도 무너질 것처럼 낮고 답답했다. 처음 도착해서 천장을 올리기 전에는 아마 훨씬 심했을 것이다.

엔더는 여기에 잘 적응하리라. 물론 그도 인간이니까 이곳을 좋아하지는 않을 것이다. 하지만 여길 이용해서 이 장소를 만든 버거들의 마음속으로 들어가리라. 외계 생명체의 정신을 진정으로 이해하는 게 가능하리라는 말은 아니다. 하지만 여기서 시도해보면 어쩐지 가능성이 있을 듯도 했다.

남자아이들의 침대는 두 개의 방으로 나눠 마련되었다. 페트라에게는 혼자 생활할 수 있는 더 작은 방이 주어졌다. 이곳은 전투학교보다 훨씬 휑했다. 어딜 가나 주위를 둘러싸고 있는 돌들의 차가운 느낌을 피할 수 없었다. 지구에서는 돌이 항상 단단한 것 같았는데, 여기 우주의 돌은 심한 다공성이었다. 거품 같은 구멍들이 숭숭 뚫려 있었고, 공기가 항상 새나가는 것처럼 느껴졌다. 공기가 새나가고 한기가 스며들어오는 듯했다. 어쩌면 땅속 벌레들처럼 견고한 돌을 씹어 먹으며 다닐 수 있는 버거들의 유충이, 캄캄한 밤에 구멍 하나하나에서 기어 나와 그들의 이마로 기어 다니면서 그들의 생각을 읽어내고……

그는 거친 숨을 몰아쉬며 깨어났다. 손으로 이마를 부여잡았다. 손을 떼어낼 수가 없었다. 그 위로 뭔가가 기어갔을까? 손에 아무것도 없었다.

다시 잠을 자고 싶었지만, 조금 있으면 기상 신호가 울릴 시간이었다. 그는 그대로 누운 채 생각에 잠겼다. 터무니없는 악몽이다. 여기에 살아 있는 버거들이 존재할 리 없다. 하지만 뭔가가 두려움을 불러일으켰다. 뭔가 신경에 거슬리는 게 있는데, 그게 뭔지 확실치 않았다.

시뮬레이터 수리 기술자와 나눴던 이야기를 돌이켜보았다. 훈련할 때 빈의 시뮬레이터가 고장이 났다. 삼차원 공간으로 이동하는 그의 전함들을 표시하는 작은 불빛들이 갑자기 그의 컨트롤에서 벗어나 지 시대로 움직이지 않았다. 놀랍게도 그 전함들은 그가 마지막으로 지시한 방향으로 그냥 표류하지 않았다. 대신에 떼 지어 모여들더니, 색을 바꾸고 다른 누군가의 컨트롤을 받기 위해 이동하기 시작했다.

기술자가 손상된 칩을 갈아 끼우러 나타났을 때, 빈은 왜 전함들이 그냥 멈춰 있거나 떠다니지 않는 거냐고 물었다. "그게 시뮬레이션의 일부야." 기술자가 말했다. "너는 이 시뮬레이션에서 전함의 조종사나 선장으로 설정돼 있는 게 아니야. 사령관으로 설정돼 있어. 각 전함에는 선장과 조종사가 따로 있기 때문에, 너와 연락이 끊기면 그들은 진짜 전투에서 연락이 끊겼을 때 하는 식으로 행동하는 거야. 알겠냐?"

"그러면 문제가 많을 것 같은데요."

"우리가 이거 작업하느라고 얼마나 고생을 했는데. 이건 전투와 똑같아."

"시간차가 있다는 것만 빼면요." 빈이 말했다.

기술자가 한순간 멍한 표정을 지었다. "아, 그래. 시간차. 음, 그것 까지 프로그램에 넣을 필요는 없었어." 그 후에 그는 떠났다.

빈이 신경 쓰이는 것은 그 멍해 있던 순간이었다. 그들은 이 시뮬레이터들을 최대한 완벽하게, 전투와 똑같이 만들었다. 그런데 광속 통신으로 인해 생기는 시간차를 계산해 넣지 않았다. 시뮬레이터에 설정된 거리는 대단히 멀기 때문에 지시를 내리는 시간과 그 지시를 실행에 옮기는 시간 사이에 약간의 지체가 생겨날 수밖에 없었다. 가끔은 그 시간이 몇 초까지 길어질 수도 있었다. 그런데 그런 지체되는 시간이 프로그램에 포함되지 않았다. 모든 통신이 즉각적으로 다뤄지고 있었다. 빈이 그 점에 대해 질문했을 때, 처음 시뮬레이터 훈련을 담당한 교관은 그의 질문을 무시했다. "이건 모의실험용 시뮬레이션이야. 너희가 진짜 상태로 훈련하면 광속으로 인한 시간지체에 익숙해지는 데 시간이 많이 걸려."

그 말을 들었을 때조차 전형적으로 어리석은 군대식 사고방식이라는 생각이 들었지만, 이제 빈은 그게 거짓말이었다는 것을 깨달았다. 통신이 끊어질 때 조종사와 선장들이 해야 할 행동을 프로그램에 넣을 수 있었다면 시간차도 쉽게 포함시킬 수 있었을 것이다. 전함들이 지시에 즉각적으로 반응하도록 시뮬레이션 된 이유는 그게 바로 전투에서 그들이 당면하게 될 상황이기 때문이다.

빈은 어둠 속에 누워 마침내 그것을 하나의 맥락으로 연결시킬 수 있었다. 한 번 연결을 시키자 모든 게 너무나 명백해졌다. 그들이 버거들에게 얻어낸 것은 중력 컨트롤장치만이 아니었다. 빛보다 빠른 통신 능력도 얻어냈다. 지구에 있는 자들에게는 일급비밀이지만, 우리 전함들은 즉각적으로 서로 통신할 수 있다.

전함들이 그렇게 할 수 있다면, 에로스에 있는 이 사령부가 왜 못하겠는가? 우리가 확보한 통신 능력은 어느 정도일까? 정말로 거리에 상관없이 즉각적으로 가능한 걸까, 아니면 단지 빛보다 더 빠른 것일까? 대단히 먼 거리에서나 시차가 생겨날 정도일까?

그는 이 가능성과 이 가능성이 함축하고 있는 의미를 탐색했다. 적의 함대가 도착하기 한참 전에 우리 경비함들이 미리 그들의 접근을 경고할 수 있을 것이다. 그들은 이미 오래전부터 적의 함대가 얼마나 빨리 날아오고 있는지 알았을 것이다. 그래서 이렇게 우리를 허겁지겁 훈련시키고 있는 것이다. 그들은 3차 침공이 시작될 시점을 알고 있었다.

그 다음에 또 다른 생각이 떠올랐다. 거리에 상관없이 즉각적으로 통신이 가능한 거라면, 우리가 2차 침공 직후에 포믹스의 고향 행성으로 보냈던 침략 함대와 통신을 주고받을 수도 있을 것이다. 우리 우주선들이 거의 광속으로 날아가고 있다면, 상대적인 시간차가 통신을 복잡하게 하겠지만, 우리가 상상할 수 없는 일들이 이루어지는 거라면 그 문제도 충분히 쉽게 해결할 수 있을 것이다. 포믹스 행성으로 날아간 우리 침략 함대가 성공했는지 실패했는지, 우리는 바로 몇 분 이내에 알 수 있을 것이다. 이 통신 능력이 대단히 강력하고 엄청난 대역폭을 지닌 거라면, 전투가 전개되는 모습을 사령부에서 지켜볼 수도 있을 것이다. 아니면 적어도 전투 시뮬레이션을 지켜보면서……

전투 시뮬레이션. 파견된 함선들은 항상 제자리로 돌아간다. 통신
장치가 그 데이터를 받고, 그걸 컴퓨터에 입력해서 결과로 뽑아낸 것
이 바로…… 우리가 훈련하고 있는 이 시뮬레이션이다.

우리는 여기 태양계가 아니라 몇 광년 떨어진 곳에서 벌어지는 전
투를 준비하고 있다. 그곳에서 벌어지는 전투에서 전함을 지휘하기
위해 훈련하고 있다. 그들은 조종사와 선장들을 떠나보냈지만, 그들
을 지휘할 장군들은 여전히 여기에 있다. 이 사령부에. 그들은 적합한
지휘관들을 찾기 위한 수십 년을 보냈고, 우리가 그 지휘관들이다.

이 깨달음이 찾아온 순간 빈은 숨이 턱 막히는 기분이었다. 도저히
믿기 힘들었지만 다른 어떤 시나리오보다도 이쪽이 훨씬 설득력 있었
다. 한 가지 예로, 이 가설을 바탕으로 하면 그들이 왜 우리를 구식 전
함에서 훈련시켰는지 완벽하게 이해할 수 있다. 우리가 지휘하게 될
함대는 이미 수십 년 전에 출발했다. 그 구식 전함들이 가장 신식이고
최고의 전함이었을 때.

그들은 버거 함대가 우리 태양계에 접근해오기 때문에 전투학교와
전술학교에서 우리를 다급하게 밀어붙인 게 아니었다. 우리 함대가
버거들의 행성에 이제 곧 도착할 것이기에 서둘렀던 것이다.

니콜라이의 말이 맞았다. 불가능하다고 해서 배제할 수는 없다. 우
리가 가설의 근간으로 삼은 가능성과 불가능성 중에서 어느 것이 실
제 우주에서 거짓으로 밝혀질지 알 수 없으니까. 빈은 광속이 이동과
통신을 제한하리라는 생각의 틀 속에 갇혀 있었기 때문에 이 단순하
고 합리적인 설명을 도출해내지 못했다. 하지만 시뮬레이터 기술자가
그들이 가리고 있던 진실의 막을 살짝 끌어내렸고, 빈이 마침내 그 가

능성에 마음을 열 수 있었기 때문에 이제 비밀을 알아냈다.

그들은 언젠가, 언제라도, 우리가 훈련하고 있을 때 전혀 아무런 경고도 없이, 그들이 무슨 짓을 하려는지 우리에게 알리지도 않고 상황을 뒤집어버릴 것이다. 실제 전투에서 실제 전함들을 지휘하게 만들 것이다. 우리는 게임하는 거라고 생각하겠지만 사실은 실제 전쟁을 치르고 있을 것이다.

그리고 그들이 우리에게 말하지 않는 이유는, 우리가 아이들이기 때문이다. 우리가 그걸 감당할 수 없으리라 생각하기 때문이다. 우리가 내린 결정이 실제 죽음과 파멸로 이어진다는 것을 알게 된다면, 우리가 전함 한 척을 잃을 때 진짜 인간들이 죽는다는 것을 알게 된다면 어떤 결과가 나타날까. 그들은 우리가 겪게 될 감정으로부터 우릴 보호하기 위해 비밀을 유지하고 있다.

여기서 나는 제외. 이제 나는 알고 있으니까.

그 앎의 무게가 갑자기 거대한 파도처럼 밀어닥쳐 그의 숨을 틀어막았다. 숨이 제대로 쉬어지지 않았다. 이제 나는 알고 있다. 그것이 나의 게임 방식에 어떤 변화를 일으킬까? 어떠한 변화도 일어나서는 안 된다. 변화를 허용할 수 없다. 나는 이미 최선을 다하고 있다. 이 사실을 안다고 해서 지금보다 더 열심히 하거나 지금보다 더 잘해낼 수는 없다. 이 앎이 오히려 나를 악화시킬 수 있다. 나를 망설이게 하고, 집중력을 흐트러뜨릴 수 있다. 현재 자신이 하고 있는 일만 생각하고 그 외의 다른 모든 것을 잊어버릴 수 있어야 승리가 가능하다는 것을 우리는 이미 훈련을 통해 배워왔다. 자신이 지휘하는 전함을 모두 동시에 생각하고 고려할 수는 있다. 하지만 그건 더 이상 중요하지 않은 배들을 완전히 머릿속에서 지워버릴 수 있어야 가능한 일이다. 갈가리 찢어져 죽은 이들의 폐에서 공기가 우주의 차가운 진공상태로 빠져나가고 있다는 것을 생각하면서, 그게 정말 어떤 의미인지 알면서 게임을 계속할 수 있는 사람이 누가 있을까?

우리에게 이 비밀을 알리지 않기로 한 선생들의 판단은 옳았다. 나에게 그 가려진 커튼 뒤를 보여준 기술자는 군법재판에 회부되어야 마땅하다.

난 누구에게도 이 내용을 말할 수 없다. 다른 아이들은 이 사실을 몰라야 한다. 내가 알고 있는 것을 교사들이 눈치챈다면 나를 게임에서 배제할 것이다.

따라서 나는 모르는 척해야 한다.

아니, 그것을 믿지 말아야 한다. 이게 진짜라는 것을 잊어야 한다. 이것은 진짜가 아니다. 그들이 우리에게 말해왔던 것이 진실이다. 이 시뮬레이션은 그저 광속을 무시하고 있을 뿐이다. 최신 전함들은 모두 임무 수행 중이라서 훈련에 사용할 수 없기 때문에 그들이 우리를 구식 전함으로 훈련시킨 것이다. 우리가 준비하는 전투는 포믹스의 행성으로 쳐들어가기 위한 게 아니라 쳐들어오는 포믹스를 격퇴하기 위한 것이다. 내가 생각한 것들은 미친 망상이며, 완벽한 착각이다. 빛보다 빠르게 이동할 수 있는 것은 없다. 그러므로 정보도 빛보다 빠르게 전송될 수 없다.

더구나 침략 함대가 정말 그렇게 오래 전에 출발한 거라면, 그걸 지휘할 어린 아이들은 필요치 않을 것이다. 메이저 래컴이 그 함대와 같이 떠났을 것이다. 함대가 절대로 래컴 없이 출발했을 리는 없다. 메이저 래컴은 여전히 살아 있을 것이다. 광속에 가까운 여행의 상대론적인 변화로 인해 천천히 나이 들어갈 테니까. 그 기간은 그에게 겨우 몇 년에 불과할 것이다. 그리고 그는 준비되어 있다. 우리가 필요하지 않다.

빈은 호흡을 가라앉혔다. 심장박동이 서서히 느려졌다. 이런 황당한 망상에 빠져들어서는 안 된다. 내가 자다가 생각해낸 이 멍청한 이론을 다른 누구라도 알게 된다면 부끄러워 고개를 들지 못할 것이다. 꿈이라고 얘기하는 것조차 민망하다. 게임은 전과 전혀 다를 바 없이 진행될 것이다.

인터콤으로 기상 신호가 울리기 시작했다. 빈은 여기서 쓰고 있는 아래쪽 침대에서 빠져 나왔다. 크레이지 톰과 핫 수프의 농담에 최대한 정상적으로 합류했다. 플라이 몰로는 아침에 늘 그렇듯 혼자 뚱하니 떨어져 있었고, 알라이는 기도 중이었다. 빈은 식당으로 가서 평소와 다름없이 식사했다. 모든 것이 정상이었다. 매일 하던 그 시간에 정상적으로 배변활동이 이루어지지 않았다는 것은 아무 의미가 없었다. 하루 종일 뱃속이 부글거리고 식사시간에 약간 토할 것 같았다는 것도 별 의미가 없었다. 그저 잠을 잘 못자서 그런 것뿐이었다.

에로스에 온 지 3개월쯤 됐을 때, 시뮬레이터 훈련에 변화가 생겼다. 그들이 직접 컨트롤하는 전함들이 있고, 컨트롤장치를 이용해서 손으로 명령을 입력하는 이외에 소리 내서 명령을 내려야 하는 다른 전함들이 생겨났다. "전투처럼 하는 거다." 교관이 말했다.

"전투에서는 부하 장교가 누군지 알고 시작할 겁니다." 알라이가 말했다.

"그들에게 정보를 받아야 하는 입장이라면 그게 문제가 되겠지. 하지만 너흰 그렇지 않아. 너희에게 필요한 정보는 모두 시뮬레이터에 전달되어 화상에 나타나게 돼 있다. 너희가 구두로 혹은 손으로 명령을 내리면 그들은 복종한다. 교관들이 너희가 내리는 명령들을 모니터할 것이다. 너희가 즉시 확실하게 배울 수 있도록 도울 것이다. 각자 맡은 전함에 명령을 내리는 것 이외에 너희끼리 서로 대화할 수 있는 기법도 익혀야 한다. 그것은 보다시피 꽤 간단하다. 왼쪽이나 오른쪽으로 머리를 돌리면 서로 대화할 수 있다. 더 편한 쪽으로 선택해라. 너희가 곧바로 화상을 마주하고 있을 때는, 너희가 컨트롤장치로 선택한 전함이나 부대로 목소리가 전달될 것이다. 너희가 컨트롤하는 모든 전함에 동시에 지시하려면, 고개를 정면으로 향하고 턱을 내리면 된다. 이렇게."

"고개를 들면 어떻게 되나요?" 셴이 물었다.

알라이가 교관보다 먼저 대답했다. "그럼 신에게 얘기하는 거겠지."

웃음이 가라앉은 후에 교관이 말했다. "거의 맞는 말이다, 알라이. 턱을 들고 말하면 너희 지휘관에게 소리가 전달된다."

아이들 몇 명이 동시에 물었다. "우리 지휘관이요?"

"너희가 모두 한꺼번에 총사령관이 될 거라고 생각하진 않았겠지? 그래. 그렇진 않다. 지금은 우선 너희 중 하나를 무작위로 사령관에 배정할 것이다. 훈련을 위한 방편일 뿐이다. 어디 보자…… 제일 어린 녀석, 네가 하면 되겠구나. 빈."

"제가 사령관을요?"

"훈련을 위한 방편이다. 혹시 빈에게 그만한 능력이 없다고 생각하나? 너희 모두 전투에서 그의 지시를 따르지 않을 것인가?"

다른 아이들은 교관의 질문을 웃기지도 않는다는 듯이 넘겼다. 물론 빈에게는 그만한 능력이 있었다. 당연히 그들은 그의 지시를 따를 것이다.

"하지만 빈은 래빗 부대를 지휘할 때 전투에서 이겨본 적이 없습니다." 플라이 몰로가 말했다.

"훌륭해. 그럼 그러한 불리함에도 불구하고 이 꼬마 녀석을 승리자로 만드는 도전이 너희에게 주어지는 거겠지. 실제 군대에서 이런 상황이 닥치지 않을 거라고 생각한다면, 너희가 충분히 신중하게 역사를 읽지 않았기 때문일 거다."

그렇게 빈은 전투학교 출신의 다른 열 명을 지휘하게 되었다. 그건 물론 신나는 일이었다. 교관의 선택이 무작위였다고 믿는 사람은 단한 명도 없었으니까. 그들은 빈이 누구보다 뛰어나다는 것을 알고 있었다. 어느 날 훈련을 마치고 페트라가 이런 말을 했을 정도였다. "제기랄. 빈, 네 머릿속에는 모든 게 분명하게 입력돼 있는 것 같아. 눈 감고도 게임을 할 수 있겠어." 그게 딱히 틀린 말은 아니었다. 그는 모든 대원들이 어디에 위치해 있는지 수시로 확인할 필요가 없었다. 모든 게 단번에 머리에 입력되었다.

그들이 빈의 명령을 받아들이고 또 손으로 컨트롤장치를 움직이며 구두로 자신의 명령을 내리는 데 적응하기까지 이틀이 걸렸다. 처음에는 자주 실수가 이어졌다. 고개를 잘못된 방향으로 돌려서 말이나 질문이나 명령이 엉뚱한 곳에 전달되곤 했다. 하지만 얼마 지나지 않아 금세 반사적으로 할 수 있는 수준이 되었다.

그 후에 빈은 다른 사람들이 차례로 사령관을 맡아야 한다고 주장했다. "나도 명령받는 연습을 해야 돼. 말할 때 위로 옆으로 고개 돌리는 방법을 익혀야 돼." 교관이 그 의견을 받아들였고, 하루가 지난 뒤 빈도 다른 아이들처럼 그 기법에 익숙해졌다.

서로 돌아가며 사령관 자리에 앉아 보는 것은 또 하나 좋은 효과를 가져왔다. 민망할 정도로 사령관 역할을 제대로 못해낸 사람은 하나도 없었지만, 빈이 다른 누구보다 예리하고 빠르다는 게 분명해졌다. 그는 진행상황을 훨씬 더 날카롭게 파악했다. 뿐만 아니라, 자신의 귀로 들어오는 정보를 정리하고 다른 대원들이 한 말을 기억하는 면에서 빈을 따라갈 자는 없었다.

페트라가 말했다. "넌 인간이 아니야, 너처럼 해낼 수 있는 사람은 아무도 없어!"

"난 틀림없이 인간이야." 빈이 온화하게 말했다. "나보다 더 잘 해낼 수 있는 사람이 있다는 것도 알아."

"그게 누군데?" 그녀가 다그쳤다.

"엔더."

아이들 모두 잠시 침묵에 잠겼다.

"그래, 하지만 엔더는 여기 없잖아." 블라드가 말했다.

빈이 말했다. "그걸 어떻게 확신해? 잘은 모르지만, 엔더는 아마 처음부터 여기 있었을 거야."

"말도 안 돼." 딩크가 말했다. "엔더가 여기 있으면 우리랑 같이 훈련하지 않을 리 없잖아? 그들이 왜 그걸 비밀로 하겠어?"

빈이 대답했다. "왜냐하면 그들은 비밀을 좋아하니까. 그리고 어쩌

583

면 엔더에게 다른 훈련을 시키고 있기 때문이겠지. 어쩌면 그게 신터 클라스 같은 걸지도 몰라. 우리한테 엔더를 선물로 주려는 건지도 모르지."

"어쩌면 네 머릿속엔 똥이 한가득일 거다." 덤퍼가 말했다.

빈은 그저 웃음 지었다. 당연히 사령관은 엔더일 것이다. 이 팀은 엔더를 위해 만들어졌다. 그들은 엔더에게 모든 희망을 걸고 있었다. 그들이 처음에 빈을 사령관 자리에 앉힌 이유는 그가 엔더를 대신할 보결인원이기 때문이었다. 엔더가 전쟁 중에 맹장염에라도 걸리면 그들은 빈에게로 컨트롤러를 넘길 것이다. 그때는 빈이 지휘를 내리고 어떤 배들을 희생시킬지, 어떤 이들을 죽게 할지 결정하게 될 것이다. 하지만 그 전까지는 엔더가 모든 것을 결정하리라. 그리고 엔더에게 그것은 게임에 불과할 것이다. 죽음은 없다. 괴로움은 없다. 두려움은 없다. 죄책감은 없다. 그냥…… 게임이다.

분명히 사령관은 엔더였다. 그리고 엔더가 돌아오는 시간은 빠르면 빠를수록 좋다.

다음날 교관이 그들에게 말했다. "오늘 오후부터 엔더 위긴이 너희 사령관이 될 것이다."

그들이 놀라지 않자, 그는 이유를 물었다.

아이들은 대답했다. "빈이 이미 얘기해줬어요."

◆

"네가 어떻게 내부정보를 알아냈는지 그들이 궁금해 하고 있어. 나더러 그걸 알아내라고 하더구나, 빈." 그라프는 테이블 맞은편에 앉아 있는 아주 작은 아이에게 말했다. 아이는 무표정하게 그를 바라보고 있었다.

"내부정보 같은 건 모르는데요." 빈이 말했다.

"엔더가 사령관이 된다는 걸 알았잖아."

"짐작한 거예요. 어려운 일은 아니었어요. 여기 모여 있는 아이들이 누군지 보세요. 엔더와 제일 친한 친구들이거나, 엔더의 소대장들이에요. 엔더가 우리의 공통된 끈이에요. 우리가 아닌 다른 아이들을 여기 데려올 수도 있었을 거예요. 우리만큼 유능한 아이들도 많아요. 하지만 이 아이들은 엔더가 필요하다고 하면 전투복 없이 우주로 따라나서라고 해도 당장 따라나설 아이들이에요."

"그럴듯해. 하지만 넌 살금살금 염탐하는 재주가 있잖니."

"맞아요. 내가 언제 염탐을 했을까요? 우리 중 누가 혼자 있을 때 그랬을까요? 우리 책상은 단순한 단말기 수준이고, 난 다른 사람이 로그인하는 것을 본 적도 없어요. 그러니 내가 다른 정보를 확보할 가능성은 지극히 희박하죠. 나는 매일매일 하루 종일 하라는 대로 할 뿐이에요. 여기 사람들은 우리 아이들이 뭘 모른다고 생각해요. 사실은 우리 머리가 아주 잘 돌아가기 때문에 여기 데려다놓은 거면서 말이에요. 그리고 이제 대령님은 거기 앉아서, 어떤 얼간이라도 짐작할 수 있는 것을 가지고 정보를 훔쳤다며 날 비난하죠."

"어떤 얼간이라도 짐작할 수 있는 건 아니야."

"말하자면 그렇다는 거예요."

"빈. 난 말이다, 네가 엉터리 거짓말을 하고 있다고 생각한다."

"그라프 대령님, 잘못 생각하신 거예요. 하지만 그 말이 사실이라 해도 뭐가 어떻다는 거죠? 그래요. 난 엔더가 올 거라는 사실을 알아 냈어요. 은밀하게 당신들 꿈을 모니터하고 있었어요. 그래서 뭐가 달라지나요? 엔더는 어쨌든 올 거예요. 사령관이 될 거예요. 똑똑하게 뭐든 해낼 거예요. 그 다음에 우리 모두 졸업하고, 난 어느 함선 보조 의자에 앉아 이 꼬맹이 목소리로 어른들에게 지시를 내리다가 그들이 나를 더 이상 참지 못하겠다 싶어할 때쯤 우주로 내던져지겠죠."

"네가 엔더에 대해 알았다는 것은 상관없다. 그걸 짐작한 건 상관 없어."

"당신들이 그런 것에 신경 쓰지 않는다는 거 알아요."

"네가 그 이외에 다른 무얼 알아냈는지 알아야겠다."

"대령님." 빈은 몹시 지친 목소리로 말했다. "나한테 이런 질문을 한다는 자체가, 다른 무언가 알아낼 게 있다는 걸 나한테 알려주는 거라고 생각하지 않으세요? 그래서 내가 그걸 알아낼 가능성이 매우 높아지리라는 생각이 들지 않으세요?"

그라프의 얼굴 가득 미소가 번졌다. "나더러 너와 얘기해서 이런 걸 알아보라고 한 장교에게 내가 바로 그 말을 했었지. 이 인터뷰를 하는 것만으로 네가 우리에게 말해주는 것보다 우리가 너한테 알려주는 게 더 많아질 거라고 말했어. 그랬더니 그 사람이 말하더구나. '그 아이는 여섯 살이오, 그라프 대령.'"

"일곱 살인 것 같은데요."

"그 사람은 예전 보고서에 나온 대로 생각한 거야, 한 살을 더하지 않았어."

"어떤 비밀에 대해서 내가 모른다는 걸 확인하고 싶은 건지 얘기해 보세요. 그러면 내가 그걸 아는지 모르는지 말씀드릴게요."

"아주 고맙구나."

"그라프 대령님, 제가 잘하고 있는 건가요?"

"바보 같은 질문이구나. 물론 잘하고 있어."

"어른들이 우리 아이들에게 알리고 싶어 하지 않는 무언가를 내가 알고 있다면, 그걸 내가 얘기할까요? 다른 아이 누구한테든 얘기할까요? 그게 어떤 식으로든 제 행동에 영향을 미칠까요?"

"아니."

"아무도 들을 수 없는 숲에서 나무 한 그루가 쓰러진 것이나 마찬가지에요. 듣는 사람이 없다면 뭔가가 일어났다고 할 수도 없어요. 내가 뭔가를 알아내서 뭔가를 알고 있지만, 그걸 다른 누구에게도 말하지 않고, 그게 내 일에 아무런 영향을 미치지 않는다면, 왜 내가 아는지 모르는지 알아내려고 시간을 낭비해야 하죠? 이 대화를 나눈 후에 나는 일곱 살이 찾을 수 있는 곳에 놓인 어떠한 비밀이든 아주 열심히 찾아다닐 거예요. 하지만 내가 그 비밀을 찾게 되더라도 난 여전히 다른 아이들에게 말하지 않을 거예요. 여전히 아무런 차이가 생기지 않겠죠. 그러니까 이쯤에서 그만두는 게 어떨까요?"

그라프가 테이블 밑으로 손을 뻗어 뭔가를 눌렀다.

"좋아. 그들은 우리 대화를 녹음했어. 이게 그들을 안심시키지 못한다면 아무것도 그들을 안심시키지 못할 거다."

"무엇에 대해서 그들을 안심시켜요? 그리고 그들이 누구에요?"

"빈, 이 부분은 녹음되지 않고 있다."

"아뇨, 되고 있어요." 빈이 말했다.

"내가 껐어."

"웃기지 좀 마세요."

사실 그라프는 녹음기가 꺼졌는지 켜졌는지 확실히 알지 못했다. 그가 기계 하나를 껐다고 해도 또 다른 게 없으리라는 뜻은 아니었다.

"좀 걷자." 그라프가 말했다.

"밖으로 나가자는 말만 마세요."

그라프가 힘겹게 테이블에서 일어났다. 그동안 살이 많이 불었던 데다 에로스가 완전한 중력상태로 유지되고 있었기 때문에 움직이는 게 쉽지 않았다. 그라프는 앞장서서 터널로 걸어 나갔다.

걸으면서 그라프가 조용히 말했다. "그들에게 할 일을 만들어주자꾸나."

"좋아요."

"I. F.가 지금 명백한 보안누설 때문에 정신이 돌 지경이라는 걸 너도 알고 싶어 할 것 같구나. 일급 기밀문서에 접근할 수 있는 누군가가 네트에서 활동하는 석학 두 명에게 편지를 쓴 모양이야. 그들은 전투학교 아이들을 조국에 돌려보내야 한다고 여론을 선동하기 시작했어."

"석학이 뭐예요?" 빈이 물었다.

"웃기지 좀 말라는 건 이제 내가 말해야 할 차례 같구나. 빈, 난 너를 비난하는 게 아니야. 다만 로크와 데모스테네스에게 보내진 편지들을 우연히 봤어. 너도 예상하겠지만, 둘 다 유심히 주시하고 있거든. 그 편지들을 읽었을 때, 거기에 진짜 일급비밀 같은 건 없다는 것을 깨달았어. 전투학교의 어떤 아이든 알 수 있는 정보들이 들어 있을 뿐이었지. 그나저나 편지들 간의 차이는 흥미롭더구나. 아주 영리했어. 아무튼 그들을 정말로 미치게 만드는 것은 불충분한 정보를 기초로 했음에도 그 정치 분석이 매우 정확하다는 거야. 다시 말해서 공개된 정보를 근거로 해서는 그걸 알아내기 어려웠을 텐데, 편지를 쓴 자는 그걸 알아냈던 거지. 러시아는 누군가 자기들을 염탐하고 있다고 주장하고 있어. 그리고 물론 자기들이 발견한 것에 대해서는 거짓말을 하고 있지. 하지만 난 콘도르 함 내 도서관에 접속해서 네가 읽었던 자료들을 알아봤다. 다음에 네가 전술학교에 있을 때 사용한 도서관 내역을 확인해봤어. 굉장히 바쁘게 보냈더구나."

"머리에 계속 기름칠을 해줘야 하거든요."

"이미 아이들 1차 집단이 집으로 돌아갔다는 걸 알면 만족스럽겠군."

"하지만 전쟁이 아직 끝나지 않았잖아요."

"정치적인 눈덩이를 굴리기 시작하면 그게 항상 원하는 곳으로 굴러갈 거라고 생각하니? 넌 똑똑하지만 순진해, 빈. 우주를 한 번 밀면 어떤 도미노들이 쓰러질지 몰라. 언제든 전혀 연결되어 있으리라고 생각지 못한 부분들이 있지. 언제든 네가 예상한 것보다 더 힘껏 되받아 밀치는 자들이 있을 거다. 그래도 네가 다른 아이들을 생각해서 그들을 자유롭게 해주려고 애쓴 점에 대해서는 기쁘게 생각한다."

"하지만 우리에겐 자유가 없죠."

"I. F.는 전술학교와 지휘관 학교에 여전히 아이들이 가득하다는 걸 지구 선동가들에게 상기시킬 의무가 없다."

"제가 그걸 상기시키지도 않을 거예요."

"그건 알아. 빈, 내가 너와 얘기할 수 있게 된 것은 네가 미리 알 수 없는 정보를 짐작해내서 윗분들을 걱정스럽게 만들었기 때문이야. 하지만 난 진작부터 너와 얘기하고 싶었다. 몇 가지 말해주고 싶은 게 있었거든. 네 편지가 상당히 바람직한 결과를 냈다는 것 말고도."

"편지에 대해서는 인정하지 않지만, 말씀해 보세요."

"우선 네가 로크와 데모스테네스의 정체를 알고 싶지 않을까 생각되는구나."

"정체요? 한 명이에요?"

"하나의 정신, 두 개의 목소리야. 빈, 네가 아는지 모르겠다만. 엔더 위긴은 집안에서 셋째로 태어났어. 특별한 케이스였지. 불법으로 태어난 게 아니라. 엔더의 형과 누나는 엔더처럼 뛰어난 지능을 타고났지만 이런저런 이유로 전투학교에 들어오기에는 부적합했어. 그런데 그 형인 피터 위긴은 아주 야망이 큰 젊은이야. 군사적으로 올라갈 길이 막히자 정치적인 길로 들어간 거다. 두 개의 정체성으로."

"그가 로크이자 데모스테네스군요." 빈이 말했다.

"그가 그 둘에 대한 전략을 세우는 것은 맞지만, 피터는 로크의 글만 써. 그의 누이 밸런타인이 데모스테네스의 글을 쓰지."

빈이 웃었다. "이제 납득이 가요."

"그래, 네 편지는 모두 같은 사람에게 간 거다."

"제가 그걸 썼다면 말이죠."

"그리고 그게 가엾은 피터 위긴을 미치게 몰아가고 있어. 그는 그 편지를 보낸 자가 누군지 알아내려고 함대 내 모든 정보망을 동원하고 있어. 하지만 함대에 있는 누구도 알지 못하지. 네가 로그인할 때 사용한 여섯 명의 장교들은 배제됐어. 너도 짐작하겠지만 전술학교에 있는 겨우 일곱 살짜리가 여가 시간에 정치적인 편지를 주물럭거렸으리라고 생각할 사람은 아무도 없어."

"대령님을 빼고요."

"왜냐하면 너희 아이들이 실제로 얼마나 총명한지 정확히 이해하는 사람은 분명 나뿐이니까."

"우리가 얼마나 총명한데요?" 빈이 씩 웃었다.

"우리 산책이 오래 지속되진 못할 거다. 추켜세우는 데 낭비할 시간은 없어. 내가 또 하나 말해주고 싶은 것은 네가 떠난 뒤로 한가해진 칼로타 수녀가 네 태생을 알아내려고 무진 애를 썼다. 지금 이 녹음되지 않는 대화를 중단시키려고 장교 두 명이 다가오고 있구나. 그러니 짧게 하겠다. 너에겐 이름이 있어, 빈. 넌 줄리안 델피키다."

"그건 니콜라이의 성인데요."

"줄리안은 니콜라이 아버지의 이름이다. 네 아버지의 이름이기도 하지. 네 어머니 이름은 엘레나다. 너흰 일란성 쌍둥이야. 너희 수정란은 각기 다른 시기에 심어졌고, 네 유전자는 아주 조금이지만 상당히 중요한 방식으로 조작되었어. 따라서 네가 니콜라이를 볼 때, 그건 네가 유전적으로 조작되지 않았으며 또 널 사랑하고 아끼는 부모 밑에서 자랐을 경우에 네가 되었을 그 모습을 보는 것이다."

"줄리안 델피키……."

"니콜라이는 이미 1차 귀국 집단에 포함돼 지구로 돌아가는 중이다. 그가 그리스로 귀국할 때, 칼로타 수녀가 그 애에게 너와 형제지간이라는 사실을 알려줄 거야. 그쪽 부모는 이미 네 존재를 알고 있다. 칼로타 수녀가 얘기했다더구나. 네 부모님이 살고 있는 집은 크레타 섬 언덕 위에 에게 해가 내려다보이는 아름다운 곳이야. 칼로타 수녀는 네 부모님이 좋은 사람들이라고 했어. 네 존재를 알았을 때 기뻐서 눈물을 흘렸다더구나. 이제 우리 면담은 끝이다. 우린 지휘관 학교의 교육 수준을 낮게 평가하는 네 견해에 대해 토론하고 있었던 거다."

"그걸 어떻게 짐작하셨어요?"

"너만 짐작할 수 있는 건 아니거든."

대장과 중장 계급의 장교 두 명이 가식적인 환한 미소를 지으며 그들에게 다가왔다. 그리고는 면담이 어떻게 되었느냐고 물었다.

그라프가 말했다. "다 녹음됐을 텐데요. 빈이 계속 녹음되고 있을 거라고 주장한 부분까지요."

"하지만 그 후에도 면담은 계속됐지 않았나."

"여기 지휘관 학교 교사들의 무능력에 대해 제가 대령님께 말씀드렸습니다." 빈이 말했다.

"무능력?"

"우리는 항상 지극히 멍청한 컴퓨터 상대와 전투합니다. 그 후에 교사들은 이 모의전투에 대해 길고 지루한 분석을 거쳐야한다고 고집하죠. 실제 상대는 이런 시뮬레이션처럼 예측 가능하고 어리석게 행동하지 않을 텐데 말입니다. 여기서 우리가 어지간한 상대와 싸우려면, 우리를 두 그룹으로 나눠 싸우게 하는 수밖에 없다고 대령님께 말씀드리고 있었습니다."

장교들이 서로를 쳐다보았다. "흥미로운 지적이군." 대장이 말했다.

중장이 말했다. "그런 건 생각할 필요 없고, 엔더 위긴이 너희 게임으로 들어갈 것이다. 너도 가서 그를 맞이하고 싶을 것 같은데?"

"네, 그렇습니다." 빈이 말했다.

"내가 데려다주마." 중장이 말했다.

"얘기 좀 하세." 대장이 그라프에게 말했다.

가는 길에 중장은 거의 아무 말도 하지 않았다. 그가 잡담을 던지더라도 그 말에 답하려고 머리를 굴릴 필요는 없었다. 그건 다행이었다. 빈은 그라프에게 들은 내용 때문에 혼란에 빠져 있었다. 로크와 데모스테네스가 엔더의 형과 누이라는 것은 그리 놀랄 일이 아니었다. 그들이 엔더처럼 똑똑하다면 당연히 두각을 나타낼 수밖에 없을 것이고, 네트가 그들의 정체를 가려주었기에 그들은 아직 어린 나이임에도 상당한 성과를 거둘 수 있었다. 하지만 빈이 그들에게 끌린 이유에는 그들이 내는 목소리가 친숙하게 느껴졌다는 점도 일부 작용했을 것이다. 그들의 목소리가 엔더의 목소리처럼 들렸던 것이리라. 오랜 세월을 같이 보낸 이들의 말씨는 묘하게 닮아가게 마련이니까. 빈이 의식적으로 알아차리지는 못했을지라도 무의식적으로 그들의 글에 더 민감해졌을 수는 있다. 그걸 알았어야 했다. 의식 저변에서는 어느 정도 알고 있었던 것 같기도 했다.

하지만 니콜라이와 그가 형제라니, 그걸 어떻게 믿을 수 있겠는가? 그라프가 빈의 마음을 읽어내고 그의 영혼 속 깊숙이 파고들어갈 수 있는 거짓말을 찾아내서 그에게 말한 게 아닐까 싶을 정도였다.

내가 그리스인이라고? 내 형제가 우연히도 나와 같은 신참 그룹에 들어와서, 제일 친한 친구가 됐다고? 쌍둥이라고? 날 사랑하는 부모가 있다고?

줄리안 델피키?

아니, 난 이걸 믿을 수 없다. 그라프는 한 번도 우리에게 정직하지 않았다. 본쏘가 엔더의 생명을 위협했을 때도 엔더를 보호하기 위해 손가락 하나 까딱하지 않았던 자가 바로 그라프였다. 그의 행동은 언제나 상대를 조종해서 목적을 달성하기 위해 계산된 것이다.

내 이름은 빈이다. 포크가 지어준 이름이다. 진실성 없는 말 한마디 때문에 그 이름을 포기하진 않을 것이다.

◆

그들이 처음 들은 그의 목소리는, 다른 방에 있는 기술자에게 말하는 것이었다. "얼굴 한 번 본 적 없는 편대장들과 어떻게 같이 작업하라는 겁니까?"

"꼭 봐야 될 이유가 있나?" 기술자가 물었다.

"그들이 누군지, 어떻게 생각하는지 알아야……."

"시뮬레이터로 행동하는 걸 보면 그들이 누군지, 어떻게 생각하는지 알 수 있을 거야. 걱정하지 마라. 지금 그들은 네 말을 듣고 있어. 헤드셋을 쓰면 그쪽에서 하는 말이 들릴 거다."

그들 모두 흥분으로 몸을 떨었다. 이제 곧 그들이 그의 목소리를 듣는 것처럼 그가 그들의 목소리를 듣게 되리라.

"누가 무슨 말이든 해봐." 페트라가 말했다.

"헤드셋을 쓸 때까지 기다려." 딩크가 말했다.

"그걸 우리가 어떻게 알아?" 블라드가 물었다.

"내가 먼저 할게." 알라이가 말했다.

정지. 그들의 이어폰으로 흐릿하게 식식거리는 소리가 새로 주입되었다.

"살람." 알라이가 속삭였다.

"알라이." 엔더가 말했다.

"여기 난쟁이도 있어요." 빈이 말했다.

"빈." 엔더가 말했다.

그래, 빈은 생각했다. 다른 사람들이 불러주는 게 내 이름이다. 그게 나다. 나를 아는 사람들이 부르는 게 내 이름이다.

엔더의 게임

"장군님은 우리 조직의 총책임자입니다. 이 일을 할 권한이 있고, 이 일을 할 의무가 있습니다."

"내가 퇴임한 전투학교 교장에게 의무 어쩌고 하는 얘기까지 들을 이유는 없네."

"군부 쪽 공모자들을 체포하지 않으면……."

"그라프 대령, 내가 먼저 공격하면 뒤이어 일어날 전쟁에 대한 비난을 면치 못할 것이네."

"네, 그렇겠지요. 어디 말씀해 보십시오, 어떤 게 더 나은 결과일까요? 모두에게 비난을 받지만 전쟁에 이기는 편이 나을까요? 아니면 누구에게도 비난받지 않지만 군부의 기습공격으로 러시아가 세계 패권을 차지한 후에 벽에 세워져 총살당하는 편이 나을까요?"

"내가 먼저 첫발을 쏘지는 않을 걸세."

"확실한 정보가 있는데도 선제공격하려 하지 않는다면……."

"정치라는 것은……."

"그들이 이기면 정치고 뭐고 없습니다!"

"러시아는 이미 20세기에 악당 역할을 그만두었네!"

"나쁜 짓을 하는 자는 모두 악당입니다. 사람들이 찬성하든 말든, 장군님은 보안관입니다. 할 일을 하십시오."

엔더가 왔으므로 빈은 즉시 편대장 자리로 물러났다. 그에게 그러라고 말한 사람은 없었다. 그는 첫 사령관으로서 그들을 잘 훈련시켰다. 하지만 이 팀의 사령관은 언제나 엔더였고, 이제 그가 여기에 있는 이상, 빈은 다시 작아졌다.

그리고 그게 당연하다는 것을 빈은 알았다. 그가 비록 팀원들을 잘 이끌었지만, 엔더에 비하면 풋내기에 지나지 않았다. 엔더의 전략이 빈보다 나은 것은 아니었다. 사실 그렇지는 않았다. 가끔 다른 전략을 사용할 때도 있었지만, 엔더가 빈이 생각하던 것과 똑같은 전략을 사용하는 경우가 자주 있었다.

중요한 차이는 엔더가 다른 아이들을 이끄는 방식에 있었다. 빈이 지휘할 때 그들은 아주 약간 분개하면서 순종하는 반면에, 엔더가 지휘할 때 그들은 열렬하게 헌신했다. 처음부터 그런 식이었다. 하지만 엔더가 그들의 헌신을 이끌어낼 수 있었던 이유는, 전투가 진행되는 상황만이 아니라 지휘관들 머릿속에서 진행되는 일까지 그가 꿰뚫고 있었기 때문이다. 그는 엄격했고 때로는 퉁명스럽기까지 했으며, 그들에게 최선 이상을 기대한다는 것을 분명히 했다. 하지만 엔더가 말하면 왠지 기분 나쁘지 않았다. 감사와 감탄, 친밀감을 전하는 방법을 알고 있는 듯했다. 그들은 자신이 존중받고 싶어 하는 이에게 존중받는다는 느낌을 받았다. 그런 것은 빈이 하고 싶어도 할 수 없는 일이었다. 도대체 어떻게 하는 건지 알지 못했으니까. 빈의 격려는 언제나 더 명백하고, 상대의 감정을 이해하는 데 약간 서툴렀다. 그들은 그의 격려가 계산적이라고 느꼈기 때문에 그것을 의미 있게 받아들이지 않았다. 사실 그건 어느 정도 계산된 행동이 맞았다. 그런데 엔더는 자기 자신을 드러낼 뿐이었다. 엔더에게는 자연스레 권위가 배어 나왔다.

누군가 내 안에 있는 유전자 스위치를 건드렸고, 나를 지능 면에서 선수급으로 만들었다. 나는 경기장 어디에서든 골을 넣을 수 있다. 하지만 언제 공을 차 넣으면 되는지, 선수들을 하나의 팀으로 만드는 방법이 무언지는 알지 못한다. 엔더 위긴의 유전자에서 그걸 알 수 있게 만든 스위치는 어떤 것이었을까? 아니면 그것은 기계적인 신체 능력보다 더 깊은 무엇인 걸까? 영혼이라는 게 정말 있으며, 그게 신이 엔더에게 부여한 재능인 걸까? 우리는 그리스도의 사도들처럼 그를 따른다. 엔더가 바위에서 물을 솟구치게 하리라 기대한다.

내가 엔더의 그런 것들을 배울 수 있을까? 아니면 이제껏 읽었던 그 많은 군사서적 저자들처럼, 다른 지휘관들의 천재성을 설명하고 기록하는 것으로만 기억되는 평범한 2인자로 남을 운명일까? 내가 이후에 엔더의 업적을 기리는 책을 쓰게 될까?

그런 책은 엔더에게 쓰라고 하자. 아니면 그라프에게 맡기자. 난 여기서 할 일이 있고, 그 일이 끝나면 나 스스로 할 일을 택하여 내가 지닌 능력껏 잘 해낼 것이다. 내가 엔더의 동료 중 하나로만 기억된다고 해도 어쩔 수 없는 일이다. 엔더를 보필하는 것도 그 나름의 보상이다.

하지만 아, 엔더의 밑에서 행복해하는 다른 아이들을 바라보는 것은 가슴 아픈 일이었다. 그들은 그에게 전혀 관심을 갖지 않았다. 막

내 동생이나 마스코트인 양 그를 놀려댈 뿐이었다. 그가 리더 자리에 있었을 때 그들이 내심 얼마나 싫어했을까.

그중에서도 최악은 엔더가 그를 다루는 방식이었다. 그들 중 누구도 엔더를 직접 만나볼 수는 없었다. 하지만 오래 헤어져 있는 동안, 엔더는 분명 한때 자신이 빈에게 의지했다는 사실을 잊어버렸다. 엔더가 가장 의지하는 팀원은 페트라, 알라이, 딩크, 셴이었다. 그와 같은 부대에 소속된 적이 없는 이들이었다. 드래건 부대 출신의 빈과 다른 소대장들도 여전히 신뢰받고 임무를 부여받았지만, 수행하기 힘든 일이 있거나 창의적인 감각이 필요할 때 엔더는 빈을 생각하지 않았다.

상관없었다. 그런 것에 신경 쓸 여유는 없었다. 빈은 편대장으로서의 기본 임무 이외에 자신이 더 해야 할 일이 있다는 걸 알고 있었다. 그는 각 전투의 전체 흐름을 지켜보아야 했다. 엔더가 흔들릴 경우에 언제든 끼어들 수 있도록 준비하고 있어야 했다. 엔더는 빈이 교사들에게 그런 신뢰를 받고 있는 줄 짐작하지 못하는 듯했지만, 빈은 그점을 늘 염두에 두었다. 때때로 전체적인 상황 파악에 신경을 쓰느라 자신의 공식적인 임무 수행을 약간 지체하거나 부주의해지는 일이 생기더라도, 그래서 엔더가 불만스러워하는 일이 생기더라도, 그건 어쩔 수 없는 일이었다. 언제든 교관이 신호하면 빈이 전권을 위임받아 엔더의 계획을 지속시키고, 편대장들을 지켜보며 게임을 승리로 이끌기 위해 노력할 것이었다. 엔더는 그걸 알지 못했다. 처음에는 빈의 그런 역할이 별 의미가 없는 듯했다. 엔더는 건강하고 기민했다. 하지만 그 후에 변화가 생겼다.

어느 날 엔더는 자신에게 특별한 선생이 있다고 언급했다. 그리고 그 다음 날에는 그를 자꾸 '메이저'라고 지칭했다. 그래서 크레이지 톰이 이렇게 말했다. "그런 이름을 갖고 자라다니 부담감이 엄청났겠어요."

"그가 자랄 때는 그 이름이 유명하지 않았어." 엔더가 말했다.

"그 정도로 나이가 많으면 죽었을 텐데요." 셴이 말했다.

"오랫동안 광속 우주선을 타고 있다가 돌아왔다면 그렇지 않지."

그 순간 그들은 깨달았다. "대장을 맡은 선생님이 그 메이저 래컴이에요?"

"그들이 그를 얼마나 뛰어난 영웅이라고 떠들어대는지는 알고 있겠지?" 엔더가 말했다.

물론 그들은 알고 있었다.

"하지만 그가 아주 냉혹하다는 얘기는 빼먹었더군."

그때 새로운 시뮬레이션이 시작됐고 그들은 게임으로 돌아갔다.

다음 날, 엔더는 그들에게 상황이 달라졌다고 말했다. "지금까지 우린 컴퓨터와 싸우거나 서로를 상대했다. 이제부터는 며칠에 한 번씩 메이저와 노련한 조종사 팀이 상대 함대를 컨트롤할 것이다. 제약은 없다. 무엇이든 가능하다."

메이저 래컴을 상대로 일련의 테스트를 치른다? 빈은 왠지 수상쩍은 냄새가 난다고 생각했다.

이건 테스트가 아니다. 버거들의 고향 행성 근처에서 실제 적과 마주칠 때 닥칠 수 있는 상황을 준비하기 위한 설정이다. I. F.는 원정 함대에게 미리 정보를 받고 있다. 교전이 벌어질 때 버거들이 나타낼 실제 대응방식에 대해 우리를 준비시키려는 것이다.

문제는 메이저 래컴과 다른 장교들이 아무리 현명해도 결국은 인간이라는 점이었다. 실제 전투에서 버거들은 인간이 생각할 수 없는 대응양식을 보일 것이다.

그 후 첫 번째 테스트가 시작되었고, 상대 함대의 전략은 민망할 정도로 미숙했다. 배 한 척을 둘러싸고 커다란 구형 대형을 짜고 있었다.

이 전투에서 엔더가 그들에게 말하지는 않았으나 무언가 알고 있다는 게 분명해졌다. 한 가지 예로, 그는 구형 대형 중앙에 있는 배를 무시하라고 말했다. 그것이 교란용 미끼라고 했다. 엔더가 그걸 어떻게 알았을까? 그는 버거들이 그런 가짜 배를 꾸며서 보여주리라는 것을 미리 알고 있었다. 버거들이 우리가 그 배를 노릴 거라고 예상하리라는 것을 미리 알고 있었다는 뜻이다.

물론 한 가지 차이는, 이게 진짜 버거들이 아니라 메이저 래컴이라는 것이다. 그럼 왜 래컴은 버거들의 대응양식을 그렇게 예상했을까? 그들이 왜 인간들이 그 배를 공격하리라는 가정하에서 움직일 거라고 예상했을까?

빈은 전투학교에서 엔더가 몇 번이고 반복해보았던 비디오들을 떠올렸다. 2차 침공에 대한 선전영화들.

그들이 전투장면을 보여주지 않은 이유는 전투가 없었기 때문이다. 메이저 래컴이 뛰어난 전략으로 공격부대를 지휘한 게 아니었다. 메이저 래컴은 배 한 척을 공격했고, 그것으로 전쟁은 끝났다. 그래서 백병전 전투에 관한 비디오가 없었던 것이다. 메이저 래컴은 여왕을 죽였다. 그리고 이제 그는 버거들이 의도적으로 중앙의 배를 보이리라 예상한다. 그게 지난번에 우리가 이긴 방법이니까.

여왕을 죽여라. 그러면 버거들의 방어력은 모두 사라진다. 그들은 생각하는 머리가 없다. 그게 비디오들이 의미한 것이었다. 엔더는 그걸 안다. 또한 우리가 그걸 안다는 것을 버거들이 안다는 것도 안다. 그래서 그들의 속임수 미끼에 넘어가지 않는 것이다.

또 하나 그들은 모르고 엔더는 아는 것이 있었다. 이제까지 시뮬레이션에 한 번도 등장한 적이 없었던 무기에 관한 것이었다. 엔더는 그걸 '닥터 디바이스'라고 부를 뿐 더 이상 아무 설명도 하지 않았다. 다만 적의 함대가 가장 집중돼 있는 곳에 그 무기를 사용하라고 알라이에게 지시했다. 놀랍게도 닥터 디바이스는 배에서 배로 연쇄반응을 일으키며 가장 멀리 떨어져 있는 전함들 이외에 포믹스의 모든 전함을 파괴했다. 그 후에 남은 전함들을 쓸어버리는 건 쉬운 일이었다. 소탕작전이 끝나자 전장은 깨끗해졌다. "그들이 왜 이렇게 멍청한 전략을 썼을까요?" 빈이 물었다.

엔더가 말했다. "나도 그게 궁금해. 하지만 우리 피해는 없었으니까 됐어."

나중에 엔더는 메이저가 한 말을 그들에게 전했다. 그들은 전체 침공 수열을 모의실험하고 있는 것이며, 따라서 이전 전투를 통해 차례차례 학습해나가는 적을 상대로 싸워야 했다. "그들은 우리 전략을 배운 상태로 다음 전투에 임할 거야. 앞으로는 쉽지 않을 거야."

그 말을 들었을 때 빈은 놀라지 않을 수 없었다. 침공 수열? 왜 그런 시나리오를 만들었을까? 왜 한 번의 전투를 위한 사전연습이 아닌 것일까?

버거들의 세계가 하나만 있는 게 아니기 때문이다. 빈은 생각했다.

당연히 그럴 것이다. 지구를 발견했을 때 그들은 전에 했던 것처럼 지구를 또 다른 식민지로 만들려 했다.

우리 함대 역시 한 개만 있는 게 아니다. 포믹스가 지배하는 행성 하나에 하나씩 함대가 배정되었을 것이다.

그리고 포믹스가 전투를 치를 때마다 새로운 것을 배워나갈 수 있는 이유는, 그들 역시 항성 간의 공간을 가로질러 빛보다 빠르게 통신할 수 있기 때문이다.

빈이 짐작했던 것들이 모두 확실해졌다. 이 테스트 뒤에 숨겨진 비밀도 알 수 있었다. 시뮬레이션상에서 버거들의 함대를 지휘하는 건 메이저 래컴이 아니다. 이것은 진짜 전투다. 래컴이 하는 역할은 전투의 흐름을 지켜본 후, 적의 전략이 어떤 의미이며 앞으로 어떻게 대응하면 좋을지 엔더에게 코치해주는 것이다.

그래서 그들이 대부분의 지시를 구두로 내리고 있는 것이다. 그들의 지시는 진짜 전함에 있는 진짜 선원들에게 전송되고 있다. 그들은 그 지시에 따라 진짜 전투를 치르고 있다. 우리가 배를 잃는다면, 그것은 진짜 인간들이 죽는다는 뜻이다. 우리의 작은 부주의가 진짜 생명을 앗아갈 수 있다. 하지만 그들은 우리에게 이 사실을 말하지 않는다. 그것으로 우리에게 부담을 안겨줄 여유는 없으니까. 전쟁을 벌일 때 지휘관들은 수용 가능한 상실 개념을 배워야 한다. 승리하려면 어느 정도의 상실을 감수해야만 한다. 하지만 인간의 마음을 지닌 자들이 이 개념을 진짜로 받아들이기란 사실상 불가능하다. 상실감이 시작되면 괴로움을 느낄 수밖에 없다. 그러므로 그들이 우리 아이들에게 이것이 단순한 게임이자 테스트라고 확신시키는 것은 우릴 보호하려는 조치다.

따라서 나는 내가 아는 것을 누구에게도 발설할 수 없다. 아무 말 없이 내 양심의 가책이 겉으로 드러나지 않게 그 상실을 받아들여야 한다. 우리의 대담한 행동 때문에 죽어간 사람들을 마음에서 지워버리려고 노력해야 한다. 그 희생이 게임상의 단순한 수치가 아니라 그들의 생명이었음을 잊으려 애써야 한다.

며칠에 한 번씩 '테스트'가 진행되었고, 매 전투마다 시간이 더 오래 걸렸다. 알라이는 전투할 때 오줌 마려워서 정신이 분산되면 안 되니까 기저귀라도 차야겠다고 농담했다. 다음 날 그들에게 소변 줄이 채워졌다. 그걸 중단시킨 사람은 크레이지 톰이었다. "이러지 말고 그냥 오줌통이나 줘요. 아래 뭘 끼워놓고 게임하는 게 더 정신 사나워요."

그 후에 오줌통이 준비되었다. 하지만 누군가 그걸 사용했다는 얘기는 들리지 않았다. 또한 아이들 모두 페트라에게 그들이 어떤 걸 제공했을지 궁금해 했지만, 페트라의 성질을 건드릴까봐 겁이 나서 아무도 직접 물어보려 하지 않았다.

얼마 지나지 않아 빈은 엔더의 실수를 몇 가지 알아차리기 시작했다. 그중 하나는 엔더가 페트라에게 너무 의지한다는 것이었다. 핵심 부대는 항상 그녀가 지휘했다. 그 외에도 엔더가 양동작전이나 책략이나 속임수에 집중할 수 있도록 다른 수많은 일들을 페트라가 지켜보아야 했다. 페트라는 완벽주의자였다. 그래서 실수할 때마다 극도의 수치심과 죄책감에 시달렸다. 엔더가 그걸 알아차리지 못하는 걸까? 그가 사람들을 잘 다루긴 하지만 페트라에 대해서는 그녀가 정말로 터프하다고 생각하는 모양이었다. 그녀가 심한 불안을 숨기기 위해 터프한 척한다는 것을 알지 못했다. 저지르는 실수 하나하나가 짐이 되어 그녀를 짓눌렀다. 그녀는 제대로 잠을 자지 못했고, 그녀가 점점 지쳐간다는 신호가 전투 중에 나타나기 시작했다.

하지만 어쩌면 엔더가 그걸 알아차리지 못하는 이유는 자신도 지쳤기 때문일 것이다. 그들 모두가 지쳐 있었다. 다들 견디기 힘든 중압감에 시달렸고, 그로 인해 약간 혹은 심하게 쇠약해졌다. 날이 갈수록 피로가 쌓여갔다. 테스트가 점점 힘들어지고 승산이 점점 낮아지면서 실수도 더 잦아졌다.

새로운 '테스트'를 치를 때마다 전투가 더 힘들어졌기 때문에 엔더는 점점 더 많은 결정을 다른 이들에게 맡겨야 했다. 이제 편대장들은 엔더의 지시를 원활하게 수행하는 데만 신경 쓸 수 없었다. 자신의 어깨에 짊어져야 할 것들이 갈수록 많아졌다. 엔더가 전투의 한 부분에 집중하느라 다른 곳에 새로운 지시를 내릴 수 없는 상황이 늘어나자, 편대장들은 엔더가 다시 관심을 기울여줄 수 있을 때까지 서로 의견을 교환하며 전술을 결정하기 시작했다. 그리고 그럴 때 빈에게 의지하는 아이들이 몇몇 생겨났다. 엔더가 흥미로운 임무를 부여해주지 않는 것에 실망했던 빈은 다른 편대장들의 그런 질문이 반갑고 고마웠다. 크레이지 톰과 핫 수프는 스스로 계획을 생각해냈지만, 수시로 빈에게 조언을 구했다. 빈은 전투 때마다 엔더의 계획을 관찰하고 분석하는 데 절반쯤 관심을 기울이고 있었기 때문에 전체적인 계획을 효과적으로 이룰 수 있는 세부전략을 꽤 정확하게 말해줄 수 있었다. 가끔 빈의 조언에 따라 수행한 전략에 대해 엔더가 톰이나 수프를 칭찬할 때면 빈은 자신이 칭찬을 들은 기분이었다.

그 외의 다른 아이들은 빈에게 전혀 의지하지 않았다. 이유가 무언지는 짐작할 만했다. 그들은 엔더가 들어오기 전에 교관이 그를 사령관으로 앉혔다는 것을 상당히 불쾌해했다. 그래서 진짜 사령관이 나타난 지금 빈에게 조금도 기대고 싶지 않은 것이다. 그건 이해할 수 있었지만, 이해한다고 해서 마음이 쓰리지 않은 것은 아니었다.

빈이 두루두루 살피는 것을 그들이 원하건 원하지 않건, 그의 마음이 쓰리건 말건, 그건 여전히 그가 해야 할 일이었다. 그는 언제나 방심하지 않고 준비상태를 유지하기 위해 노력했다. 중압감이 강해질수록, 그들이 점점 약해질수록, 서로에게 짜증을 내며 서로에 대한 관대함이 줄어들수록 실수할 가능성이 훨씬 커졌기 때문에 빈은 더 주의를 기울여야 했다.

어느 날 페트라가 전투 중에 잠이 들었다. 그녀의 부대가 취약한 지점으로 멀리 떠내려갔고 적은 그 기회를 놓치지 않고 그녀의 부대를 박살냈다. 그녀가 왜 후퇴 명령을 내리지 않았을까? 게다가 엔더도 그것을 금방 알아차리지 못했다. 그에게 페트라가 이상하다고 일깨워 준 사람은 빈이었다.

엔더가 페트라를 소리쳐 불렀다. 그녀는 대답하지 않았다. 엔더는 그녀의 전함에서 남은 두 척을 크레이지 톰에게 넘기고 전체 전투를 구하기 위해 노력했다. 평소처럼 페트라가 중요한 위치를 맡고 있었기 때문에 그녀의 대부대를 잃어버린 것은 엄청난 타격이었다. 적이 소탕작전을 벌일 때 지나치게 자신만만했기에 엔더가 몇 가지 덫을 놓는 것으로 기선을 다시 잡을 수 있었다. 결국 이기긴 했지만, 상당한 손실을 입었다.

페트라는 전투가 끝날 무렵에 깨어났고 자신의 컨트롤러가 꺼져 있는 것을 발견했다. 모든 게 끝날 때까지 그녀의 마이크도 꺼져 있었다. 마이크가 다시 켜졌을 때 그들은 그녀의 울음소리를 들을 수 있었다. "미안해, 미안해…… 엔더에게 미안하다고 전해줘. 그쪽으로 연결이 안 돼…… 정말 미안해……."

빈은 방으로 돌아가는 그녀를 따라갔다. 그녀는 벽에 기대어 울면서 터널을 비틀비틀 걸어가고 있었다. 눈물이 앞을 가려 손으로 더듬더듬 길을 찾아가야 했다. 빈이 다가가 붙잡으려 하자, 그녀는 그의 손을 뿌리쳤다.

"페트라. 피곤한 건 어쩔 수 없는 거야. 머리가 멈춰버리면 깨어 있을 수 없어."

"그래, 내 머리가 멈춰버렸어! 넌 그게 어떤 느낌인지 몰라, 넌 항상 똑똑하니까. 넌 우리 일까지 다 신경 쓰면서 네 할 일을 하면서 체스게임이라도 할 수 있는 애니까!"

"페트라, 엔더가 너한테 너무 많이 의지했어. 네가 너무 쉬지 못해서……."

"쉬지 못하는 건 엔더도 마찬가지야. 하지만 그는……."

"아니, 엔더도 실수했어. 네 부대에 이상이 있는 게 분명했는데 그는 몇 초 동안 그걸 알아차리지 못했어. 알아차렸을 때도 즉시 컨트롤을 다른 데로 옮기지 않고 너부터 깨우려고 했어. 엔더가 더 빠르게 대응했다면 네 전함은 두 척이 아니라 여섯 척이 남았을 거야."

"그래, 네가 그걸 엔더한테 알려줬지. 넌 날 지켜보고 있었어. 날 확인하고 있었어."

"페트라, 너만 보는 게 아니야. 난 모두를 지켜봐."

"말로는 날 믿는다면서 사실은 그렇지 않은 거야. 그리고 그게 옳았어, 넌 날 믿으면 안 돼. 아무도 날 믿으면 안 돼."

그녀가 돌 벽에 기대어 걷잡을 수 없는 울음을 터트렸다.

그때 장교 몇 명이 나타나 그녀를 데리고 갔다. 그녀의 방이 아닌 다른 곳으로.

◆

그 후에 곧바로 그라프가 그를 불러들였다. "잘했다, 빈. 그런 일을 하라고 네가 있는 거야."

"저도 빠르진 않았어요." 빈이 말했다.

"넌 지켜보고 있었어. 계획이 무너지는 지점을 알아차렸어. 거기에 엔더의 관심을 촉구했어. 넌 네가 할 일을 한 거야. 다른 아이들이 알아주지 않아서 속상하다는 건 알지만……."

"누가 알아주든 말든 상관없어요."

"그래도 넌 잘 해냈다. 이번 전투에서 세이브를 따냈어."

"그게 무슨 소린지는 모르겠지만, 어쨌든 상관없어요."

"야구 용어야. 아, 로테르담 거리에서는 야구가 별로 인기 없었지?"

"이제 자러 가도 돼요?"

"잠깐만, 빈. 엔더는 지쳐가고 있어. 실수가 생겨나고 있어. 네가 모든 상황을 지켜보는 게 전보다 더 중요하다는 얘기야. 엔더를 도와줘. 오늘 너도 봤잖니?"

"우리 모두 지쳐가고 있어요."

"엔더도 그렇다. 누구보다 더 심하지. 요즘에는 자면서 울기도 해. 이상한 꿈을 꾸는 모양이야. 게다가 메이저가 자기 꿈을 염탐해서 자기 계획을 알아내는 것 같다는 말까지 하고 있어."

"엔더가 미쳐간다는 거예요?"

"엔더가 페트라를 몰아붙이는 것보다 자신을 더 힘들게 몰아붙이고 있다는 말이다. 네가 엔더를 받쳐줘라, 빈. 뒤에서 그를 지원해줘."

"이미 그렇게 하고 있어요."

"넌 항상 화가 나 있어, 빈."

그라프의 말이 그를 놀라게 했다. 처음에는 '아니야, 그렇지 않아!' 라고 생각했다. 그 다음에는 '내가 정말 그런가?' 라는 생각이 들었다.

"엔더는 중요한 일에 널 쓰지 않아. 네가 이렇게 어려운 일을 하고 있는데 알아주지 않는 것 같아서 당연히 화가 날 거다, 빈. 하지만 그건 엔더 잘못이 아니야. 메이저가 계속 네 능력에 대해 의심스럽다는 말을 했어. 네가 많은 전함을 다룰 수 있을지 모르겠다고 엔더에게 말했지. 그래서 복잡하고 흥미로운 임무가 너한테 주어지지 않는 거야. 엔더가 메이저의 말을 곧이곧대로 받아들이는 건 아니겠지. 하지만 네가 무엇을 하든, 엔더가 네 능력을 의심하는 메이저의 눈으로 그걸 보게 되지 않겠니?"

"그러니까 메이저 래컴이 날……"

"메이저 래컴은 네가 어떤 녀석인지, 무얼 할 수 있는지 정확히 알고 있어. 하지만 우린 엔더가 너한테 너무 복잡한 일을 맡기는 걸 막아야 했어. 그러다 자칫 네가 게임의 전반적인 흐름을 놓치게 될 수도 있으니까. 네가 그의 보결인원이라는 걸 알릴 수도 없었다. 그래서 엔더에게 그렇게 말할 수밖에 없었던 거야."

"나한테 이런 얘기를 왜 하는 건데요?"

"이 테스트가 끝나고 네가 진짜 지휘관 자리에 오르면, 네가 어떤 역할을 했는지, 메이저가 왜 그런 말을 했는지 엔더에게 사실대로 얘기할 거야. 엔더에게 신뢰받는 게 너한테 큰 의미가 있다는 거 안다. 지금은 그 신뢰를 받지 못하는 것처럼 느껴지겠지. 그래서 우리가 한 일을 너한테 알려주고 싶었어."

"왜 갑자기 솔직해지는 거예요?"

"네가 이걸 알면 더 나을 것 같아서."

"그게 사실이든 아니든 내가 그렇게 믿는 편이 더 낫다는 말이겠죠. 대령님이 거짓말을 하는 것일 수도 있어요. 그럼 내가 이 대화를 통해서 정말 뭔가를 알게 되는 걸까요?"

"네가 믿고 싶은 것을 믿으렴."

♦

페트라는 이틀 동안 훈련에 들어오지 않았다. 다시 돌아왔을 때 물론 엔더는 그녀에게 더 이상 중요한 임무를 맡기지 않았다. 그녀는 예전처럼 맡은 바 임무를 잘 수행했다. 하지만 곧잘 발끈하던 그녀의 성질은 사라졌다. 풀이 죽었다.

하지만 제기랄, 그녀는 이틀 동안 잠을 잘 수 있었다. 그것에 대해서 다들 그녀를 조금쯤 질투했다. 그녀와 자리를 바꾸고 싶은 마음은 추호도 없었지만 말이다. 그들은 자신이 믿고 있는 어떤 신에게든, 내게 그런 일이 일어나지 않게 해달라고 기도했다. 그러면서 동시에 '아, 저도 좀 자게 해주세요. 하루만이라도 게임 생각을 안 해도 되게 해주세요' 라고 반대되는 기도를 했다.

테스트는 계속되었다. 이 망할 자식들이 지구에 도착하기 전에 얼마나 많은 세계를 식민지로 만든 것일까? 빈은 궁금했다. 게다가 우리가 그 모든 행성을 차지할 수 있을까? 우리가 획득한 식민지를 점령할 인원이 없다면 그들 함대를 파괴해봤자 무슨 소용인가? 아니면 거기 그대로 전함을 놔둔 채, 행성 표면에서 올라오는 무엇이든 사살해버리려는 건가?

페트라만 퓨즈가 끊어져버린 게 아니었다. 블라드는 긴장증이라는 병에 걸려 침대에서 일어나지 못했다. 그를 다시 깨워낼 수 있기까지 사흘이 걸렸고, 페트라와 달리 그는 끝까지 전투에서 제외되었다. 더이상 무엇에든 집중할 수 없었기 때문이다.

빈은 크레이지 톰도 그 비슷한 길을 걷게 되리라 예상했지만 그가 지닌 별명과 달리 그는 신체적으로 약해질수록 정신적으로 더 말짱해지는 듯했다. 대신에 플라이 몰로가 자기 부대를 통제할 수 없게 되었을 때 실실 웃기 시작했다. 엔더가 즉시 그의 컨트롤을 차단했고, 이번 한 번만은 빈에게 플라이의 전함을 맡겼다. 플라이는 다음 날 아무런 설명 없이 돌아왔다. 하지만 그에게 이제 중요한 임무가 주어지지 않으리라는 것을 모두 알았다.

엔더의 민첩성이 점점 떨어지고 있다는 것을 빈은 알 수 있었다. 명령을 내리는 데 걸리는 시간이 점점 길어졌고, 몇 번은 무슨 말인지 알아들을 수 없는 지시가 전달되었다. 빈은 그 지시를 즉시 더 이해할 수 있는 식으로 풀어 설명했으며, 엔더는 혼란이 있었다는 사실을 눈치채지 못했다. 하지만 다른 아이들은 마침내 빈이 자기 맡은 부분만이 아니라 전체 흐름을 보고 있다는 것을 알게 되었다. 전투 중에 빈의 입에서 나오는 질문이 엔더가 기민하게 알아차려야 하는 부분들을 일깨워준다는 것도 몇 명쯤은 인식했을 것이다. 하지만 빈은 그런 말을 할 때 누군가를 비판하는 것처럼 들리지 않도록 조심했다. 전투가 끝나고 나면 몇몇 나이든 아이들이 빈에게 다가왔다. 무슨 대단한 말을 하는 건 아니었다. 그저 그의 어깨나 등에 손을 올리고, 한마디 할 뿐이었다. "멋진 게임이었어." "잘했어." "계속 힘내." "고맙다, 빈."

드디어 다른 아이들의 존중을 받게 되었을 때에야, 그는 자신이 그걸 얼마나 필요로 했었는지 깨달았다.

◆

"빈, 이번 게임에는 네가 좀 알아야할 게 있다."

"뭔데요?"

그라프 대령이 머뭇거렸다. "오늘 아침에 엔더가 일어나지 못했다. 그는 악몽을 꾸고 있어. 우리가 억지로 먹게 하지 않으면 먹지도 않아. 자면서 자기 손을 물어뜯기도 해. 피가 나도록 물어뜯어. 오늘은 깨워도 일어나질 못했어. 평소 같으면 엔더가 임무를 할 수 있을 때까지…… 테스트를…… 연기할 수 있었겠지만…… 오늘은 그럴 수가 없어."

"전 준비됐어요. 언제나."

"그래, 하지만…… 이 테스트에 대해 미리 알려줄 말은…… 가능성이……."

"가능성이 없다는 말이군요."

"이 난국을 헤쳐 나갈 수 있는 무엇이든 해야 돼. 어떤 제안이든 해봐."

"닥터 디바이스라는 거요. 엔더가 요즘은 발사 명령을 내리지 않던데요?"

"그게 어떻게 작동하는지 적들이 충분히 숙지했어. 그래서 연쇄반응이 퍼질 수 있을 정도로 전함들을 가까이 붙이지 않아. 이게 효과를 발휘하려면 일정한 양이 밀집해 있어야 돼. 지금 그건 기본적으로 밸러스트(배를 안정시키기 위해 바닥에 싣는 돌이나 모래주머니─옮긴이) 같은 거야. 소용이 없단 얘기지."

"진작 그 작동법을 저한테 말해주셨으면 좋았을 거예요."

"너에게 뭐든 말해주는 걸 싫어하는 사람들이 있어, 빈. 너는 조각조각 흩어진 정보들을 이용해서 우리가 알려주고 싶은 것보다 열 배쯤 더 짐작해내는 재주가 있잖니. 그래서 애당초 너한테 그런 조각들을 주고 싶어 하지 않는 거야."

"그라프 대령님, 저는 이 전투가 진짜라는 거 알아요. 제가 안다는 거 대령님도 아실 거예요. 메이저 래컴은 이걸 가짜처럼 만들어내지 못하고 있어요. 우리가 전함을 잃으면, 진짜 사람들이 죽어요."

그라프는 시선을 피했다.

"그리고 그들은 메이저 래컴이 아는 사람들일 거예요. 그렇죠?"

그라프가 살짝 고개를 끄덕였다.

"메이저의 그런 기분을 엔더가 감지할 수 있을 거라고 생각지 않으세요? 전 그 남자를 몰라요. 어쩌면 바위처럼 단단한 사람이겠죠. 하지만 엔더와 전투 얘기를 할 때 그는…… 뭐랄까, 자신의 고뇌를 은연중에 발산했을 거예요. 엔더는 그걸 느꼈을 테고요. 엔더가 전투에 대해서 메이저와 얘기하기 전보다 얘기한 후에 더 힘들어하잖아요. 진짜 무슨 일이 벌어지는지는 모르더라도, 뭔가 끔찍한 일과 연관돼 있다는 건 느낄 거예요. 엔더는 메이저 래컴이 자신의 실수 하나하나에 동요한다는 걸 알고 있어요."

"엔더 방으로 몰래 들어가는 길이라도 찾았냐?"

"저는 엔더에게 귀 기울이는 방법을 알아요. 메이저에 대해서 제가 한 말이 틀렸나요?"

그라프가 고개를 흔들었다.

"그라프 대령님도 다른 누구도 모르는 것 같지만, 전투학교 마지막 게임을 치를 때 엔더가 저에게 부대를 맡겼던 건 전략이 아니었어요. 그는 다 그만두기로 작정했던 거예요. 지쳐버렸던 거예요. 파업한 거죠. 그 후에 바로 졸업시켰기 때문에 다들 알아차리지 못하셨겠지만요. 하지만 본쏘와의 그 일이 엔더를 완전히 무너뜨렸어요. 메이저 래컴의 고통이 지금 엔더에게 똑같은 일을 하고 있을 거예요. 의식적으로는 자기가 누군가를 죽였다는 걸 모르더라도 마음 깊숙이 그는 그걸 알고 있어요. 그래서 마음이 좀먹어 들어가고 있어요."

그라프가 그를 매섭게 쳐다보았다.

"네, 본쏘가 죽었다는 거 알아요. 제가 봤어요. 전에 죽은 사람을 본 적이 없는 것도 아니거든요. 아시죠? 코가 머릿속에 들어가 박히고 피를 그렇게 많이 흘렸는데, 멀쩡하게 일어나서 걸어갈 수는 없죠. 대령님이 엔더에게 본쏘의 죽음을 말하지 않았더라도 그가 모른다고 생각한다면 멍청한 거예요. 그리고 이제 그는 메이저 때문에, 우리가 전함을 하나 잃을 때마다 착한 인간들이 죽어 나간다는 걸 알아요. 엔더는 그걸 견딜 수 없는 거예요."

"통찰력이 대단하구나, 빈." 그라프가 말했다.

"알아요. 저는 지능만 높고 감정은 없는 비인간이에요, 그렇죠?" 빈은 쓸쓸하게 웃었다. "유전적으로 조작됐어요. 그래서 버거들처럼 저도 외계인이에요."

그라프가 얼굴을 붉혔다. "아무도 그런 말 한 적 없다."

"제 앞에서 말하지 않았다는 뜻이겠죠. 알면서 모르는 척. 잘 모르시는 것 같은데 때로는 속임수를 쓰려 하기보다 그냥 진실을 말해주고 원하는 대로 하라고 하는 편이 나아요."

"엔더에게 게임이 진짜라고 말해주라는 거냐?"

"아뇨! 미쳤어요? 무의식적으로 아는 것만으로도 이렇게 동요하는데 사실을 알면 어떻게 되겠어요? 완전히 얼어붙어서 꼼짝 못할 거예요."

"하지만 넌 얼어붙지 않았잖아? 네가 이번 전투를 지휘하는 게 나을까?"

"여전히 이해를 못하시는군요, 그라프 대령님. 전 그게 제 전투가 아니기 때문에 얼지 않은 거예요. 지켜보긴 하지만 책임은 없어요. 전

자유예요. 이건 엔더의 게임이니까요."

빈의 시뮬레이터가 작동하기 시작했다.

"시간이 됐군. 행운을 빈다." 그라프가 말했다.

"그라프 대령님, 엔더가 다시 파업하려 할 수도 있어요. 다 버리고 포기할 수 있어요. 이건 그냥 게임일 뿐이라고, 다 지긋지긋하다고 생각할 수 있어요. 그 사람들이 뭘 하라고 하든 상관없다, 더는 못 하겠다, 이런 생각이 그 안에 들어 있어요. 무언가 너무나 불공평하고 전혀 아무런 의미가 없는 것 같을 때 그런 성향이 생겨날 수 있어요."

"이번이 마지막이라고 약속하면 어떨까?"

빈은 헤드셋을 쓰면서 물었다. "정말 마지막이에요?"

그라프가 고개를 끄덕였다.

"글쎄요, 그 말이 큰 차이를 만들어낼지는 모르겠어요. 게다가 그는 이제 메이저가 맡고 있잖아요?"

"그렇지. 메이저가 이번이 마지막 테스트라고 말할까 말까 생각하더구나."

"이제 엔더의 담당자는 메이저예요." 빈이 생각에 잠겨 말했다. "그리고 대령님은 저를 맡게 됐죠. 원하지도 않는 아이를."

그라프의 얼굴이 다시 붉어졌다. "그래. 네가 모든 걸 아는 것 같으니 부인하진 않겠다. 난 너를 원하지 않았어."

이미 알고 있었는데도, 그 말은 여전히 빈의 가슴을 찔렀다.

"하지만 빈." 그라프가 말했다. "중요한 건 내가 틀렸다는 거야." 그가 빈의 어깨를 두드리고 방을 떠났다.

빈은 로그인했다. 그가 제일 늦었다.

"모두 모였나?" 헤드셋으로 엔더의 목소리가 들렸다.

빈이 말했다. "전원 집합이에요. 오늘 아침 훈련은 좀 늦으셨군요?"

"미안. 늦잠 잤어."

아이들이 웃었다. 빈을 제외하고.

엔더는 몇 가지 작전을 연습시키며 전투를 위한 준비운동을 했다. 그 다음에 때가 됐다. 화면이 깨끗해졌다.

빈은 기다렸다. 불안감이 그의 속을 갉아먹었다.

적군이 화면에 나타났다.

버거들의 함대는 화면 가운데 어렴풋이 보이는 행성 주위를 둘러싸고 있었다. 두 번에 한 번 정도 행성 근처에서 전투를 벌였지만, 그때마다 행성은 화면 가장자리에 위치해 있었다. 버거들은 언제나 행성으로부터 그들을 멀리 떼어내려 했다.

이번에 그들을 멀리 떼어내려는 유인작전은 없었다. 상상을 초월하는 엄청난 수의 함대들이 우글거릴 뿐이었다. 물론 그들은 필히 서로에게 일정한 거리를 유지했다. 수천 척의 전함들이 무작위로, 전혀 예측할 수 없는 뒤얽힌 경로를 따라 움직이며 행성 주위에 죽음의 구름을 형성하고 있었다.

여기가 그들의 고향 행성이다. 빈은 생각했다. 그 말이 입에서 튀어나올 뻔했지만 겨우 목구멍으로 삼켰다. 아니, 이건 버거들이 고향 행성을 방어하는 '시뮬레이션'이다.

그들은 지난 수십 년간 우리의 공격을 준비할 시간이 있었다. 이전의 전투는 모두 아무것도 아니었다. 버거들은 아무리 많이 죽어도 상관없다. 이들에게 중요한 것은 여왕이다. 2차 침공 때 메이저 래컴이 여왕을 죽여 승리할 수 있었던 것처럼. 그리고 그들은 어떠한 전투에서도 여왕을 위험한 상황에 두지 않았다. 지금까지는.

그게 그들이 여기 떼 지어 몰리는 이유다. 여기에 여왕이 있다.

어디에? 행성 표면에 있을 것이다, 빈은 생각했다. 그들은 우리가 행성 표면에 도달하지 못하게 막으려 한다.

그렇다면 우리가 가야 할 곳은 바로 거기다. 닥터 디바이스가 작동하려면 밀집된 덩어리가 필요하다. 행성은 덩어리다. 아주 간단하다.

단지 이 몇 안 되는 인간 함대가 그 어마어마하게 많은 적의 함대를 뚫고 닥터 디바이스를 쏠 수 있을 정도로 행성 가까이 갈 수 있는 방법이 없을 뿐이다. 역사가 우리에게 가르친 게 있다면, 상대가 도저히 이길 수 없을 만큼 강할 때는 일단 퇴각하여 다음을 기약하는 것이 가장 분별 있는 행동이라는 것이다.

하지만 이 전쟁에서 다음은 없을 것이다. 퇴각할 가망도 없었다. 이 전함들이 출발한 수십 년 전에 이미 우리가 이 전투에서 패하고 그리하여 이 전쟁에서 패하리라는 결과가 정해진 것이나 다름없었다. 이 함대는 처음부터 이길 가능성이 없었다. 함대를 출발시킨 지휘관들은 어쩌면 그때 이게 버거들의 고향 행성인 줄도 몰랐을 것이다. 그건 누구의 잘못도 아니다. 그저 그들에게는 적의 방어력에 구멍 하나 낼 힘이 없을 뿐이다. 엔더가 아무리 똑똑하다 한들 이 상황에서 무얼 할 수 있을까. 삽을 든 사람이 하나밖에 없는데, 바다 막을 둑을 만들 수는 없는 일이다.

퇴각은 없다. 승리할 가능성도 없다. 시간을 미루거나 작전을 쓸 여지도 없다. 적은 지금 하는 대로만 하면 승리한다.

인간 함대는 겨우 20척의 전함으로 구성되었고, 각 전함 당 4대의 전투기를 보유하고 있었다. 게다가 가장 오래된 디자인이라서 이전 전투에서 사용했던 전투기보다 훨씬 느렸다. 당연히 그럴 수밖에 없으리라. 버거들의 고향 행성이 제일 멀리 떨어져 있으니, 지금 거기 도착한 함대는 다른 어떤 함대보다 먼저 출발했을 것이다. 더 기능 좋은 전함들이 나오기 전에.

우리 전투기는 80대. 적의 전함은 5천 척, 어쩌면 만 척일 수도 있었다. 수를 센다는 것은 불가능했다. 화면에 적의 전함이 다 담아지질 않아서 전함 수가 계속 바뀌고 있었다. 시스템에 과부하가 걸릴 정도로 너무 많았다. 그 전함들이 계속 개똥벌레처럼 깜박깜박하고 있었다.

시간이 한참 흘렀다. 수십 초. 혹은 1분. 보통 때 같으면 엔더는 벌써 편대장들을 모두 배치하고 작전개시를 준비했을 것이다. 하지만 지금은 침묵만이 이어졌다. 아무 소리도 들리지 않았다.

빈의 콘솔에 불빛이 하나 깜박거렸다. 그는 그 의미가 무엇인지 알았다. 버튼을 누르면 전투 컨트롤이 그에게로 이동할 것이다. 그들은 그에게 컨트롤을 맡으라고 제안하고 있었다. 엔더가 얼어붙었다고 생각하기 때문이다.

하지만 빈은 엔더가 얼어붙은 게 아니라고 생각했다. 그는 공포에 질려 있는 게 아니다. 나처럼 이 불가능한 상황을 이해했을 뿐이다. 전략은 없다. 다만 엔더가 이해하지 못하는 것은, 이게 전쟁의 운명이며 헤치고 나갈 수 없는 재앙이라는 사실이다. 그는 이것이 메이저 래컴과 교사들이 만들어낸 테스트라고 생각한다. 이렇게 말도 안 되게 불공정한 테스트가 주어졌을 때, 가장 합리적인 행동방침은 받아들이길 거부하는 것이다.

그들은 아주 영리하게, 언제나 그에게 진실을 말해주지 않았다. 이제 그게 그들에게 역류할 것이다. 이게 게임이 아니라 진짜 전쟁이 이 순간까지 이어진 것임을 안다면, 엔더가 어떻게든 필사적으로 노력할 수도 있다. 이 문제에 대해 천재적인 해답을 생각해낼 수도 있다. 빈이 보기에는 전혀 해답이 없는 문제였지만. 그런데 엔더는 지금 이게 실제라는 것을 알지 못했고, 그래서 이날은 전투실에서의 그날과 똑같았다. 엔더가 2개 부대에 맞서 싸워야 했을 때, 엔더가 전투를 빈에게 넘기고 사실상 게임에 참여하기를 거부했을 때.

한순간 빈은 진실을 말해버리고 싶은 충동에 휩싸였다. 이건 게임이 아니야, 진짜야. 이건 마지막 전투야. 우린 결국 이 전쟁에서 진 거야! 하지만 그 말을 한다고 해서 무슨 득이 되겠는가? 모두를 공포에 빠뜨리는 결과밖에 얻을 것이 없다. 물론 그가 버튼을 눌러 컨트롤을 넘겨받는다는 것은 생각할 수도 없는 일이었다. 엔더는 무너지거나 실패한 게 아니었다. 이길 수 없는 전투에 당면했을 뿐이다. 이런 전투에는 애당초 싸우려 들지도 말아야 한다. 아무 가망 없는 경기병대의 돌격(영국군 역사상 가장 졸렬한 전투로 기록된 전투로, 1854년 크림전쟁 당시 영국군은 러시아군이 깔려 있는 계곡으로 무모하게 돌진해 들어갔다—옮긴이)에 그 전함에 탄 인간들의 생명을 낭비해서는 안 된다. 난 프레더릭스버그 전투의 번사이드 장군이 아니다(남북전쟁 당시 북군의 장군으로 프레더릭스버그 전투에서 참패했다—옮긴이). 나는 내 부하들을 희망도 없고 의미도 없는 죽음으로 무분별하게 내몰지 않는다.

나에게 계획이 있다면 컨트롤을 잡을 것이다. 하지만 나에겐 계획이 없다. 그러니 좋든 싫든 이건 엔더의 게임이다. 내 게임이 아니라.

빈이 컨트롤을 넘겨받지 않은 이유는 또 하나가 있었다.

오래전 길들일 수 없는 위험한 깡패가 쓰러져 있는 것을 내려다보며 포크에게 '그를 죽여, 지금 그를 죽여' 라고 말했던 때가 생각났다.

내가 옳았다. 이제 또 그런 깡패를 죽여야 한다. 어떻게 죽일 수 있을지는 모르지만, 이 전쟁에서 져서는 안 된다. 난 승리하는 방법을 알지 못한다. 하지만 난 신이 아니다. 내가 모든 것을 다 알 수는 없다. 어쩌면 엔더도 해결책을 알지 못할 것이다. 하지만 누군가 해결책을 찾을 수 있는 사람이 있다면, 그 일을 해낼 수 있는 사람이 있다면, 그건 엔더일 것이다.

어쩌면 희망이 있을 수도 있다. 행성 표면으로 날아가 버거들을 이 우주에서 쓸어버릴 방법이 있을지도 모른다. 이제 기적을 바라야 할 시간이다. 편대장들은 엔더를 위해 최선을 다할 것이다. 내가 컨트롤을 잡는다면 그들은 감정적으로 화가 나서 정신을 집중하지 못할 것이다. 내가 혹시 가능성 있는 계획을 생각해내더라도 그들의 마음이 움직이지 않기 때문에 효과적으로 작동하지 않을 것이다.

엔더가 시도해야 한다. 그가 하지 않으면, 우리 모두 죽는다. 버거들이 지금 당장 지구를 공격하지 않더라도, 언제든 우리를 쓸어버릴 함대를 보낼 것이다. 우리는 지금까지 전투에서 그들의 함대를 모두 박살냈다. 당연히 그들은 지금 보이는 인간 함대를 부수는 것으로 끝나지 않을 것이다. 여기서 우리가 확실하게 이기지 못하면, 우리에게 쳐들어올 그들의 능력을 파괴하지 못한다면, 그들은 다시 돌아올 것이다. 그리고 이번에는 닥터 디바이스를 직접 만들어 가져올 것이다.

우리에게 행성은 하나뿐이다. 희망도 하나뿐이다.

어떻게든 해내라, 엔더.

문득 드래건 부대에서 첫날 훈련할 때 엔더가 했던 말이 떠올랐다. 기억해라. 적의 문은 아래다. 그게 드래건 부대 마지막 전투 때, 아무런 희망이 없었을 때 엔더가 사용한 전략이었다. 그는 빈의 부대를 보내 곧장 적의 문을 통과하도록 했다. 지금은 그렇게 사용할 만한 속임수조차 없으니 안타까울 뿐이었다.

닥터 디바이스를 행성 표면에 쏴서 다 폭파시켜버리면 승리할 수 있다. 여기서 거기까지 갈 방법이 없다는 게 문제다.

이제 포기할 수밖에 없다. 게임을 끝낼 시간이다. 어른들 일을 아이들에게 맡기지 말라고 말할 시간이다. 가망이 없다. 우린 끝났다.

"기억해라." 빈이 반어적으로 말했다. "적의 문은 아래다."

플라이 몰로, 핫 수프, 블라드, 덤퍼, 크레이지 톰이 음산하게 웃었다. 드래건 부대에 있었던 그들은 그 말이 전에 어떻게 사용됐는지 기억했다.

하지만 엔더는 그 농담을 이해한 것 같지 않았다.

엔더는 닥터 디바이스를 행성 표면으로 가져갈 방법이 없다는 사실을 이해한 것 같지 않았다.

대신에 지시를 내리는 그의 목소리가 그들의 귀로 들려왔다. 그는 원기둥 안에 원기둥이 들어간 형태로 밀집 대형을 만들라고 그들에게 지시했다.

빈은 그러지 말라고 소리치고 싶었다. 그 배에는 진짜 사람들이 타고 있어. 전투에 들여보내면 그 사람들 모두 죽을 거야. 승리할 가망 없는 무의미한 희생이야.

하지만 그는 잠자코 있었다. 마음 한구석 깊은 곳에, 엔더가 불가능한 일을 해낼 수 있으리라는 희망이 아직 살아 있었기 때문이다. 그리고 그런 희망이 있는 한, 그들의 생명을 희생시키는 것이 결코 무의미한 일은 아니리라. 그들은 이 원정길에 나설 때 스스로 희생을 선택했다.

엔더는 그들을 움직이게 했다. 쉴 새 없이 대형을 변화시키는 수많은 적의 전함들 사이로 요리조리 피해 들어가게 했다.

적들은 분명 우리가 하는 행동을 보고 있다. 빈은 생각했다. 세 번 네 번 움직일 때마다 우리가 점점 행성에 가까워지는 것을 알고 있다.

그들은 얼마든지 힘을 집중시켜 순식간에 우리를 파괴할 수 있다. 그런데 왜 그렇게 하지 않을까?

그 이유를 설명해줄 수 있는 한 가지 가능성이 빈의 뇌리를 스쳤다. 버거들이 우리 밀집 대형에 감히 가까이 부대를 집중시키지 못하는 이유는, 그렇게 다닥다닥 모이는 순간 닥터 디바이스가 사용되리라는 것을 알기 때문이다.

그 다음에 또 다른 해석도 가능할 듯했다. 어쩌면 버거들의 배가 너무 많아서일까? 여왕 혹은 여왕들이 만여 적의 배들이 서로 가까이 달라붙지 않는 범위 내에서 그 공간에 모일 수 있도록 유지하는 것이 정신력을 모두 집중해야 하기 때문에 다른 데 신경을 분산시키지 못하는 걸까? 엔더와 달리 버거들의 여왕은 자기 함대의 컨트롤을 대리인에게 넘길 수 없었다. 그녀에게는 대신할 존재가 없었다. 버거들은 그녀의 손발과 같았다. 이제 그녀에게는 수백 개 또는 수천 개의 손발이 있었고, 모두 동시에 꿈틀거리고 있었다.

그래서 여왕이 현명하게 반응하지 못하고 있는 것이다. 그녀의 부대는 수가 너무 많았다. 너무 많은 전함들을 컨트롤하느라, 인간의 밀집 대형이 이리저리 회전하고 피하고 방향을 바꿔가며 행성에 가까워지는 것을 막기 위해 덫을 놓거나 다른 명백한 조치를 취하지 못하고 있다.

사실 버거들의 작전은 터무니없이 잘못되었다. 엔더가 행성의 중력장으로 깊이 더 깊이 들어갈수록, 버거들은 우리 함대 뒤에 두꺼운 벽을 쌓아가고 있었다.

그들은 우리 퇴각로를 차단하고 있다!

빈은 왜 이런 일이 일어나고 있는지 설명해줄 수 있는 세 번째이자 가장 중요한 이유를 이해했다. 버거들은 이전 전투에서 잘못된 교훈을 얻었다. 지금까지 엔더의 전략은 늘 우리 인간 함대들을 가능한 한 많이 지켜내는 것이었다. 언제나 퇴각로를 확보해두었다. 그런데 이제 수적으로 압도적 우위에 있는 버거들은 마침내 인간들이 도망가지 못할 완벽한 기회를 붙잡은 것이다.

이 전투를 시작할 때까지만 해도 버거들이 이런 실수를 저지르리라고 예상할 방법은 없었다. 하지만 역사적으로 위대한 승리들을 보면 아군의 눈부신 지략에 못지않게 적군의 사소한 실책이 승리를 결정짓는 중요한 요인이었다. 버거들은 이제 드디어 우리 인간들이 각각의 생명을 매우 소중히 여긴다는 것을 배웠다. 우리는 군인 하나하나가 벌집의 여왕과도 같은 존재이므로 그들을 허투루 포기하지 않는다. 하지만 그들이 이 교훈을 배운 시기가 너무나 잘못되었다. 대의명분이 확실할 경우, 우리 인간들은 기꺼이 자기 생명을 내놓을 수 있다. 참호에서 친구를 구하기 위해 수류탄 위로 몸을 던지기도 하고, 참호에서 나와 적진을 향해 돌격하다가 화염 속 구더기들처럼 죽어가기도 한다. 때로는 자기 몸에 폭탄을 동여매고 적진 한가운데로 뛰어들기도 한다. 그만한 이유가 확실하다면, 우리는 말도 안 되는 미친 짓들을 한다.

그들은 우리가 닥터 디바이스를 사용하지 않을 거라고 생각한다. 그걸 사용하면 우리 자신의 전함까지 모조리 파괴될 테니까. 하지만 엔더가 지시를 내린 순간부터 우린 이게 자살 공격이라는 것을 분명히 알았다. 이 전함들은 행성 대기권에 진입할 수 있도록 만들어지지 않았다. 그런데 닥터 디바이스를 발사할 수 있을 정도로 행성에 가까이 가려면 바로 그 일을 해야 했다.

중력장으로 들어가 배가 불타 없어지기 직전에 무기를 발사해야 한다. 그 작전이 제대로 수행된다면, 이 엄청난 무기가 지닌 힘에 의해 행성이 산산조각 난다면, 연쇄반응이 우주로 퍼져나가 어떠한 배도 살아남지 못할 것이다.

이기든 지든, 이 전투에서 인간 생존자는 없을 것이다.

그들은 아직껏 우리가 이런 식으로 행동하는 것을 본 적이 없다. 그들은 이걸 이해하지 못한다. 그렇다. 인간은 항상 자신의 생존을 확보하기 위해 최선을 다한다. 하지만 드물게 그러지 않을 때도 있다. 버거들이 경험한 바에 의하면 자주적인 존재는 자신을 희생하지 않는다. 그들이 우리의 이런 자주성을 이해했다면, 그들을 패배로 이끌 첫

씨앗이 뿌려진 셈이었다.

훈련받는 내내 엔더가 버거들에게 집착하고 그들을 연구한 세월 중 언젠가, 버거들이 이런 치명적인 실수를 저지르리라는 것을 알아낸 걸까?

나는 알지 못했다. 나였다면 이런 전략을 추구하지 않았을 것이다. 나에겐 전략이 없었다. 부대를 투입할 경우 적이 주춤하거나 실수하거나 쓰러지거나 실패하리라는 것을 짐작하거나 알거나 혹은 무의식적으로 희망할 수 있는 지휘관은 엔더밖에 없을 것이다.

아니면 혹시 엔더도 몰랐던 걸까? 엔더도 나처럼 이 전투가 이길 승산이 없다는 결론에 도달했을까? 그래서 게임을 하지 않기로, 파업하기로, 그만두기로 결정한 것일까? 그때 '적의 문은 아래다'라는 나의 비통한 말이 그를 자극하여 무익하고 헛된 절망의 제스처를 취하게 한 것일까? 거기 그 배에 진짜 사람들이 타고 있다는 것을 몰랐기때문에, 자신이 그들을 죽음으로 내몬다는 것을 몰랐기 때문에, 파괴될 수밖에 없는 운명으로 날려 보낸 것일까? 그가 나처럼 적의 실수에 놀랐을까? 우리 승리가 우연일 수 있을까?

아니다. 내 말이 엔더의 행동을 자극했더라도 이 밀집 대형을 선택하고 적을 견제하며 뱀처럼 피해나가는 루트를 선택한 것은 엔더였다. 엔더가 전에 거둔 승리들은 우리가 모두 꽤 비슷한 하나의 생명체인 것처럼 적에게 인식시켰다. 우리 하나하나가 꽤 다르다는 게 사실인데 말이다. 실제 우리는 이 가엾은 외계인들이 악몽에서나 생각할수 있는 끔찍한 괴물이지만, 엔더는 언제나 인간이 합리적인 존재인것처럼 행동했다. 적을 죽이려고 자기 머리 위로 신전을 무너뜨렸던 눈먼 삼손의 이야기를 그들이 어떻게 알 수 있겠는가.

그 전함들에는 광활한 은하계를 건너 끔찍한 적과 전쟁을 치르기 위하여 자신의 가정과 가족과 고향 행성을 포기한 사람들이 있다. 그들은 이제 곧 엔더의 전략이 그들 모두에게 죽기를 요구하는 것임을 알게 되리라. 아마 이미 알았을 것이다. 그래도 그들은 묵묵히 명령에 순종한다. 그 유명한 경기병대의 돌격에서처럼 이 군인들은 지휘관이 자신을 훌륭하게 이용하리라 믿으며 자기 생을 포기한다. 우리가 이 시뮬레이터 앞에 안전하게 앉아 정교한 컴퓨터 게임을 하고 있는 동안, 그들은 우리 명령에 복종하고 있다. 인류 전체가 살아남을 수 있도록 죽어가고 있다.

하지만 이 정교한 게임기 앞에 앉아 그들을 지휘한 우리는 그들의 용기와 희생을 알지 못한다. 우리는 그들이 마땅히 받아야 할 명예를 그들에게 안겨줄 수 없다. 그들의 존재를 알지도 못하기 때문에.

나를 제외하고.

문득 칼로타 수녀가 좋아하던 성경구절이 떠올랐다. 어쩌면 그녀에게 아이가 없어서 그 구절을 더 의미 있게 여겼는지도 모르겠다. 그녀는 압살롬이 자기 아버지 다윗 왕에게 반기를 들었던 이야기를 빈에게 들려주었다. 전투 과정에서 압살롬은 생명을 잃었다. 그들이 다윗 왕에게 이 소식을 전했을 때, 그것은 승리를 의미했다. 그의 병사들이 더 이상 죽지 않으리라는 뜻이었다. 그의 권좌는 안전했다. 그의 목숨은 안전했다. 하지만 다윗이 생각할 수 있었던 건 오로지 아들의 죽음뿐이었다. 사랑하는 아들이 죽었다는 사실뿐이었다.

빈은 자신이 지휘하는 자들에게만 목소리가 전해지도록 고개를 숙였다. 그리고 잠깐 동안 멀리 있는 함대의 모든 이들에게 그의 목소리가 들릴 수 있도록 제어장치를 눌렀다. 그의 목소리가 그들에게 어떻게 들릴지 알 수 없었다. 아이 목소리로 전해질까, 아니면 어른이 말하는 것처럼 소리가 변조될까, 아니면 금속적인 기계음으로 전달될까? 상관없었다. 어떤 형태로든 그 먼 함대에 있는 이들은 그의 목소리를 들을 것이다. 어떻게 전달되는지는 모르겠지만 빛보다 빠르게 전송된 그의 목소리를 들을 것이다.

"오, 내 아들 압살롬아." 인간의 입에서 그런 말을 짜내야 하는 고통을 처음으로 느끼며 빈은 나지막하게 말했다. "내 아들, 내 아들 압살롬아. 내가 너를 대신하여 죽었더라면, 오 압살롬, 내 아들아. 내 아들아!"

그가 약간 바꿔 말했더라도 하느님은 이해하시리라. 하느님이 이해하지 못하신다면, 칼로타 수녀는 이해하리라.

이제 할 일을 해라, 엔더, 빈은 생각했다. 넌 전략을 드러내지 않고 갈 수 있는 만큼 가까이 갔어. 그들이 위험을 알아차리기 시작했어. 힘을 집중시키고 있어. 우리가 무기를 발사하기 전에 그들이 우릴 하늘로 날려버릴 거야.

엔더가 말했다. "좋아, 페트라 편대를 제외하고 모두 최대한 빠르게 곧장 아래로 돌진한다. 닥터 디바이스를 행성에 발사한다. 최대한 마지막까지 기다려라. 페트라, 최대한 엄호하라."

빈을 포함한 편대장들은 엔더의 지시를 자신의 함대에 전달했다. 그 후에는 지켜보는 것밖에 할 수 있는 일이 없었다. 각 전함이 혼자 힘으로 해내야 했다.

이제 확실하게 위험을 알아차린 적들은 수직 하강하는 인간들을 파괴하려고 돌진했다. 쇄도하는 포믹스 함대에게 전투기들이 하나둘 격추되었다. 우리 전투기 몇 대만이 살아남아 대기권으로 진입했다.

버텨야 돼. 빈은 생각했다. 최대한 끝까지 기다려라.

너무 일찍 닥터 디바이스를 발사한 전함들은 무기가 터지기도 전에 대기권에서 불타 없어지는 것을 지켜봐야 했다. 다른 몇몇 전함들은 닥터 디바이스를 발사하지도 못한 채 불타 없어졌다.

전함 두 척이 남았다. 한 척은 빈의 편대였다.

"아직 발사하지 마." 빈은 고개를 숙이고 마이크에 대고 말했다. "전함 안에서 무기를 가동시켜라. 하느님의 가호가 있기를."

그 일을 해낸 게 빈의 편대 전함인지 다른 편대 전함인지 알 수 없었다. 두 척의 전함이 발사하지 않은 상태로 화면에서 사라졌다. 그 후에 행성 표면이 부글부글 끓어오르기 시작했다. 갑자기 거대한 폭발이 일어났다. 마지막 남은 인간 전투기들과 페트라의 전함들을 향해 날름날름 죽음의 손길이 뻗어나갔다. 전함에 아직 살아 있는 자가 있을까. 그들은 자신에게 죽음이 다가오고 있음을, 승리가 다가오고 있음을 알고 있을까.

폭발하는 행성이 파괴의 연쇄반응을 일으키며 적의 전함들을 모조리 집어삼키는 엄청난 장관이 펼쳐졌다. 하지만 마지막 배가 삼켜지기 이미 오래전에, 움직임은 모두 멎었다. 그들은 죽은 듯이 표류했다. 2차 침공 비디오에서 보았던 그 버거들의 배처럼. 여왕들은 행성 표면에서 죽었다. 남은 배들의 파괴는 형식에 불과했다. 버거들은 이미 죽었다.

◆

빈이 터널로 들어섰을 때, 다른 아이들은 벌써 나와서 서로 기뻐하며 폭발 효과가 얼마나 근사했는지 이야기했다. 그들은 그런 일이 정말 일어날 수 있는 건지 궁금해 했다.

"응. 일어날 수 있어." 빈이 말했다.

"뭐라도 아는 것처럼 말하네." 플라이 몰로가 웃으면서 말했다.

빈이 말했다. "물론 그런 일이 일어날 수 있다는 거 알아. 그리고 그일은 일어났어."

그들은 무슨 소리냐는 듯이 그를 쳐다보았다. 그 일이 언제 일어났는데? 그런 얘기는 들어본 적이 없는데? 어느 행성에 그런 무기를 시험해볼 수 있었겠어? 알겠다, 해왕성을 날려버렸나 보군!

"방금 일어났어. 버거들의 고향 행성에서. 우리가 방금 그걸 폭파했어. 그들 모두 죽었어."

그들은 마침내 빈의 말이 농담이 아니라는 걸 깨닫기 시작했다. 그들은 그게 사실일 수 없는 이유들을 줄줄이 나열했다. 빈은 빛보다 빠른 통신 장치에 대해 설명했다. 그들은 믿으려 하지 않았다.

그때 다른 목소리가 대화에 끼어들었다. "그 통신 장치의 이름은 앤서블이다."

그들은 약간 떨어진 곳에 서 있는 그라프 대령을 알아보았다.

빈이 한 말이 모두 사실이란 말인가? 그게 정말로 진짜 전투였나?

빈이 말했다. "전부 진짜였어. 소위 테스트라는 거 모두. 진짜 전투였어. 진짜 승리들이었어. 그렇죠, 그라프 대령님? 우리가 내내 진짜 전쟁을 치르고 있었던 거죠?"

"이제 끝났다. 인류는 계속될 것이고, 버거들은 아니다."

드디어 사실을 알게 된 아이들은 어쩔 줄을 몰라 했다. 끝났다. 우리가 이겼다. 훈련하는 게 아니었다. 우린 실제 지휘관이었다.

그 후에 결국, 침묵이 내려앉았다.

"전부 죽었어?" 페트라가 물었다.

빈이 고개를 끄덕였다.

아이들이 다시 그라프를 보았다. 그라프가 말했다. "보고가 들어왔다. 다른 모든 행성에서 생명활동이 정지됐어. 고향 행성에 여왕들을 다 모아두었던 모양이다. 여왕들이 죽으면 버거들도 죽어. 이제 적은 없다."

페트라가 벽에 기대어 울기 시작했다. 빈은 그녀를 위로하고 싶었지만, 딩크가 거기 있었다. 딩크가 그녀를 안고 위로해주었다.

어떤 아이는 차분하게, 어떤 아이는 흥분해서 병영으로 돌아갔다. 눈물을 흘린 게 페트라만은 아니었다. 하지만 그들의 눈물이 괴로움으로 인한 것인지 안도감으로 인한 것인지, 아무도 알 수 없었다.

자기 방으로 돌아가지 않은 아이는 빈뿐이었다. 아마 유일하게 놀라지 않았기 때문이리라. 그는 그라프와 같이 터널에 남아 있었다.

"엔더는 어떻게 받아들이고 있어요?"

"심각해. 우리가 더 신중하게 전했어야 했는데, 흥분을 감출 수가 없었어. 승리하는 순간에."

"대령님의 도박이 성공하셨군요." 빈은 말했다.

"난 전후 상황을 알고 있다, 빈. 왜 컨트롤을 넘겨받지 않았지? 엔더가 계획을 생각해낼 줄 알았던 거냐?"

"몰랐어요. 저에게 전혀 계획이 없다는 걸 알았을 뿐이에요."

"하지만 네가 '적의 문은 아래'라고 말했잖아. 그게 엔더가 쓴 계획이었어."

"그건 계획이 아니었어요. 어쩌면 그 말이 엔더에게 자극이 되었을지 모르죠. 하지만 우리에게 필요했던 건 엔더였어요. 엔더가 적임자였어요. 대령님은 옳은 쪽에 돈을 걸었던 거예요."

그라프가 말없이 빈을 쳐다보다가, 한 손을 내밀어 빈의 머리에 올리고 머리카락을 약간 헝클어뜨렸다. "어쩌면 너희가 서로 결승선을 넘을 수 있게 끌어준 것 같다."

"그건 중요하지 않아요. 끝났어요. 어쨌든. 인간들의 일시적인 연합도 끝났어요."

"그래." 그라프가 손을 거둬들인 다음 자기 머리를 긁어 올렸다. "난 네 분석을 믿었어. 내 힘이 닿는 한 경고했다. 윗분께서 그 말을 주의 깊게 들었다면, 지금쯤 여기 에로스와 함대에 깔린 군부 쪽 인물들을 체포하고 있겠지."

"그들이 얌전히 떠날까요?" 빈이 물었다.

"두고 보자꾸나." 그라프가 말했다.

어느 먼 터널에서 총소리가 울렸다.

"두고 볼 게 아닌 것 같은데요." 빈이 말했다.

계단으로 달리는 발자국 소리가 들리더니, 곧 십여 명의 무장한 해병대가 나타났다.

빈은 그라프 대령과 함께 다가오는 그들을 바라보았다. "친구일까요, 적일까요?"

"모두 같은 제복을 입었구나. 이 필요성을 환기시킨 사람은 너야, 빈. 저 문 안에 있는 아이들은……." 그가 아이들의 병영으로 이어진 문을 가리켰다. "전쟁의 전리품이야. 지구 전쟁에서 부대를 지휘할 승리의 희망이지. 너흰 희망이야."

해병들이 그라프 앞에 멈춰 섰다. "아이들을 보호하려고 왔습니다, 대령님." 그들의 리더가 말했다.

"어떤 위험으로부터?"

"군부 쪽 인물들이 체포에 저항하고 있는 것 같습니다. 장군께서 어떻게든 이 아이들을 안전하게 보호하라고 하셨습니다."

그들이 어느 편인지 알게 되자 그라프는 크게 안도했다. "여자아이는 저쪽 방에 있네. 아이들을 병영 두 곳에 모아두는 게 낫겠네."

"이 애가 그 일을 해낸 아이입니까?" 해병이 빈을 가리키며 물었다.

"그들 중 하나일세."

빈이 말했다. "그 일을 해낸 아이는 엔더 위긴이에요, 엔더가 우리 사령관이었어요."

"그 아이도 저 방에 있습니까?" 해병이 물었다.

그라프가 말했다. "메이저 래컴과 같이 있네. 그리고 이 아이는 나와 같이 있을 걸세."

해병이 경례했다. 그리곤 터널 안쪽 여기저기에 부하들을 배치하기 시작했다. 교전 중일 때 아이들이 방에서 나왔다가 길을 잃는 상황이 생기지 않도록 문 밖에도 보초를 하나씩 세워두었다.

그라프는 해병들이 서 있는 곳 너머 터널로 성큼성큼 걸어갔고, 빈은 그 옆에서 종종걸음 쳤다.

"장군께서 일을 제대로 하셨다면 앤서블은 이미 확보했을 거다. 넌 어떤지 모르겠지만 난 소식이 들어오고 나가는 곳에 있고 싶다."

"러시아어 배우기 힘들어요?" 빈이 물었다.

"너한테는 그런 게 유머냐?" 그라프가 물었다.

"단순한 질문이었는데요."

"빈, 넌 대단한 아이야. 하지만 지금은 입 닥쳐라, 알았냐?"

빈이 웃었다. "알았어요."

"내가 계속 빈이라고 불러도 되겠냐?"

"그게 제 이름인걸요."

"네 이름은 줄리안 델피키였어야 했어. 출생증명서가 있었다면 그 이름이 거기 올라 있었을 거다."

"그럼 그 말이 사실이었다는 거예요?"

"내가 설마 그런 걸 거짓말을 하겠냐?"

그는 곧바로 자기 말의 모순을 알아차렸다. 그들은 함께 웃음을 터트렸다. 앤서블 복합단지 입구를 지키는 해병들을 지날 때까지 그들의 미소는 여전히 남아 있었다.

"저한테 군사적으로 조언을 부탁해올 사람이 있을까요?" 빈이 물었다. "전 이 전쟁에 개입할 거거든요. 나이를 속이고 해병대에 들어가는 한이 있더라도."

귀향

"알려줘야 할 것 같아서 연락했소. 약간 나쁜 소식이오."

"승리 분위기가 한창인 와중에도 나쁜 소식은 끊이질 않는군요."

"전투학교 지휘권은 우리가 안정적으로 확보했고 아이들은 I. F.의 보호하에 집으로 향하고 있소. 이에 기분이 상한 2차 바르샤바 조약국들이 조사를 약간 한 모양이오. 전투학교 출신 아이 하나가 우리 소속이 아니라는 것을 알아냈소. 아킬레스가 그 아이요."

"하지만 아킬레스는 겨우 며칠 거기 있었을 뿐이에요."

"그래도 우리 테스트를 통과했소. 전투학교에 입학했소. 그들이 확보할 수 있는 유일한 아이였던 거지."

"그들이라니요? 그를 확보하다니요?"

"그 아이는 수감자들이 외부로 나가지 못하도록 보안장치가 설치된 시설에 수용돼 있었소. 경비원 세 명이 죽었고 수감자들은 모두 탈출했소. 그들을 모두 찾아 다시 수감했지만, 한 명만 발견되지 않았소."

"그 아이가 풀려났군요."

"나라면 그걸 풀려났다고 표현하지 않겠소. 그들은 그를 이용할 셈이오."

"아킬레스가 어떤 아이인지 그들이 아나요?"

"모를 거요. 기록을 봉인해 놨으니까. 아직 성인이 아니잖소. 그들이 그의 서류를 보러 온 적도 없소."

"알게 되겠죠. 그들도 자기 나라에 연쇄살인범을 두고 싶진 않을 거예요."

"하지만 그 정체를 알아내는 게 쉬운 일이 아니지. 그 아이가 누군가의 의심을 사기 전에 몇 명이나 죽였는지 알잖소?"

"전쟁은 이제 끝났어요."

"그리고 다음 전쟁에서 우위를 차지하려는 책략이 시작됐소."

"운이 좋다면, 그때쯤 난 이미 죽었을 거예요, 그라프 대령님."

"사실 난 더 이상 대령이 아니오, 칼로타 수녀."

"그들이 정말 군사재판을 추진하겠대요?"

"조사하는 거요. 취조 정도."

"도대체 왜 승리의 희생양을 찾으려는 건지 이해할 수가 없군요."

"별일 없을 거요. 지구에 여전히 태양이 빛나고 있잖소."

"하지만 그들의 비극적인 세상에서는 그렇지 않죠."

"당신의 하느님이 그들의 하느님도 되는 거요? 그분이 버거들을 천국으로 데려가셨나?"

"그분은 나의 하느님이 아니에요. 하지만 난 그분의 자녀죠, 당신과 마찬가지로. 그분이 포믹스를 자신의 아이들로 여기는지 어떤지는 나도 알 수 없어요."

"아이들이라…… 내가 이 아이들에게 무슨 짓을 했는지……."

"대령님은 그들에게 돌아올 수 있는 세상을 주었어요."

"그중 한 명은 돌아오지 못할 거요."

군부 쪽 인물들을 진압하기까지 며칠이 걸렸지만, 마침내 I. F. 측이 사령부를 완전히 장악했다. 반역자들이 지휘하는 배는 단 한 척도 출발하지 못했다. 승리였다. 휴전 협정의 일부로 연맹 의장이 사임했지만 그것은 이미 기정사실이었던 부분을 공식화했을 뿐이었다.

전투가 벌어지는 내내 빈은 그라프 옆에 붙어서 들어오는 모든 보고서를 읽고 모든 보고를 들으며 함대 다른 지역과 지구에서 일어나고 있는 일들을 파악했다. 그 후에는 진행 상황을 함께 이야기하며 현재 일어나고 있는 일들을 최대한 해석하고 거기에 숨은 의미를 알아내려고 노력했다. 빈은 이미 버거들과의 전쟁을 과거사로 넘겼다. 이제 중요한 것은 지구 상황이었다. 불안한 휴전 협정이 이루어지고 일시적으로 전투가 종결되었지만, 빈은 그게 오래 가지 않으리라는 것을 알았다. 곧 자신을 필요로 하는 곳이 있으리라 확신했다. 지구에 도착했을 때 제 역할을 하려면 스스로 준비해야 했다. 엔더의 전쟁은 끝났다. 다음 전쟁은 그의 것이 되리라.

빈이 새로운 소식들을 닥치는 대로 흡수하는 동안 다른 아이들은 해병대의 보호 아래 병영에 갇혀 있었다. 그 지역의 전기가 끊겼을 때는 어둠 속에서 웅크리고 있어야 했다. 그 지역에 두 번 공격이 가해졌지만, 러시아가 아이들을 잡으려는 건지 아니면 약점을 찾으려고 단순히 그 지역을 조사하려는 건지 짐작할 수 없었다.

엔더는 더 엄격한 경호를 받았지만 그걸 알지 못했다. 완전히 탈진

한 상태였고, 자신의 행동으로 인한 그 엄청난 결과를 견딜 수 없어서인지 아니면 견디기 싫어서인지, 며칠 동안 혼수상태에서 깨어나지 못했다.

전투가 끝났을 때에야 그는 의식을 되찾았다.

이제 아이들은 다 같이 모일 수 있게 되었다. 감금 상황도 해제되었다. 그들은 엔더가 보호받으며 치료받고 있는 방으로 함께 몰려갔다. 엔더는 농담을 할 정도로 꽤 쾌활한 모습이었다. 하지만 빈은 엔더의 눈에 담긴 깊은 피로감과 지극한 슬픔을 알아보았다. 이 승리는 다른 누구보다 그에게 큰 깊은 손상을 입혔다.

엔더는 나보다 더한 상처를 입었다. 빈은 생각했다. 나는 내가 무얼 하고 있는지 알았고, 그는 전혀 나쁜 의도가 없었는데도 더 큰 상처를 입었다. 그는 스스로를 고문했다. 난 이미 그 일을 과거지사로 묻었다. 어쩌면 내게는 한 번도 본 적 없는 버거들 전체의 죽음보다 포크의 죽음이 더 중요하기 때문인지도 모른다. 난 그녀를 직접 알았다. 그녀는 내 마음에 여전히 남아 있다. 하지만 난 버거들을 알지 못한다. 그러니 어떻게 그들을 위해 슬퍼할 수 있겠는가?

엔더는 그럴 수 있다.

그들은 엔더가 잠든 사이에 일어났던 일들을 그에게 전부 말해주었다. 그 후에 페트라가 그의 머리를 만졌다. "너 괜찮아?" 그녀가 물었다. "걱정 많이 했어. 어른들은 네가 미쳤다고 하고, 우린 그 사람들이야말로 미쳤다고 해줬지."

"정상이라고는 할 순 없지. 하지만 괜찮은 것 같아." 엔더가 말했다.

더 많은 농담들이 오고갔지만, 어느 순간엔가 엔더의 감정이 북받

쳤다. 그때 처음으로 그들은 엔더가 우는 모습을 보았다. 빈이 우연히 그 옆에 서 있었고, 엔더는 자신의 옆에 있는 빈과 페트라에게로 손을 뻗어 끌어안았다. 그 손길과 포옹이 빈에게 견딜 수 없는 감정을 일으켰다. 빈도 같이 울음을 터뜨렸다.

엔더가 말했다. "너희가 그리웠어. 너무나 보고 싶었어."

"우리가 별로 잘하지도 못했는걸." 페트라가 말했다. 그녀는 울지 않았다. 그리고 그의 뺨에 입을 맞췄다.

"아니, 너흰 대단했어. 난 내가 제일 필요로 하는 이들을 제일 먼저 지치게 했어. 형편없는 계획이었어."

딩크가 말했다. "이젠 다들 괜찮아. 전투가 벌어진 닷새 동안 정전된 방에서 웅크리고 있었더니 문제가 싹 해결됐어."

"더 이상 지휘관 같은 거 안 해도 되지? 다시는 누구에게도 명령하고 싶지 않아." 엔더가 말했다.

빈은 그 말이 진심이리라고 믿었다. 엔더가 다시는 전투에서 지휘하지 않으리라는 것도 믿었다. 그를 이 자리에 있게 한 재능은 여전히 살아 있었지만, 그런 중요한 재능이 폭력을 위해 사용되어서는 안 된다. 이 우주에 약간의 정의라도 남아 있다면, 엔더가 또 다른 생명을 죽음으로 몰아넣어야 할 필요는 없을 것이다. 그는 자신이 해야 할 몫을 충분히 했다.

딩크가 말했다. "네가 누굴 지휘할 필요는 없지만, 넌 언제나 우리 지휘관이야."

빈은 그 말에 담긴 진심을 느꼈다. 그들이 어디에 가든, 무엇을 하든 그들의 마음에 늘 엔더가 있을 것이다.

빈이 그들에게 차마 말할 수 없었던 것은, 지구에서 양측이 모두 전쟁 영웅 엔더 위긴에 대한 보호권이 자신에게 있다고 주장한다는 사실이었다. 엔더 위긴이라는 아이가 이끌어낸 이 위대한 승리는 모든 이들의 마음을 사로잡았다. 그들은 그를 차지하는 쪽이 그 뛰어난 군사적 능력을 사용할 수 있을 뿐 아니라 그의 이름에 따라붙는 엄청난 명성과 감탄과 찬사도 함께 차지할 수 있으리라 생각했다.

그래서 휴전협정을 맺을 때 양측 정치 지도자들은 간단하고도 명백한 타협안을 도출했다. 전투학교 모든 아이들을 본국으로 돌려보내되, 엔더 위긴은 거기서 제외한다는 것이었다.

엔더 위긴을 집으로 돌려보내지 말라. 지구의 어떤 집단도 그를 이용할 수 없다. 그게 그들의 타협안이었다.

그리고 그 조건을 제안한 사람은 로크였다. 엔더의 형이었다.

그 사실을 알았을 때 빈은 페트라가 엔더를 배신했다고 생각했을 때 못지않게 분노가 끓어올랐다. 그건 잘못된 처사였다. 참을 수 없는 짓이었다.

피터 위긴이 왜 그랬을까? 엔더가 어느 세력의 앞잡이가 되는 상황을 막으려고 그랬을까? 그를 자유롭게 해주려고 그랬을까? 아니면 엔더가 그 유명세를 이용해서 정치적 힘을 얻게 될까봐, 그런 일을 사전에 차단하려고 그랬을까? 피터 위긴은 동생을 구한 것일까, 아니면 권력의 경쟁자를 제거한 것일까?

언젠가 그를 만나 알아내리라. 빈은 생각했다. 그리고 그가 동생을 배신한 거라면, 내가 가만두지 않을 것이다. 그를 파멸시킬 것이다.

이렇듯 빈이 엔더의 방에서 눈물을 흘렸을 때, 그는 다른 아이들이 아직 알지 못하는 이유 때문에 울고 있었다. 우주전함에서 생을 다한 군인들처럼 엔더가 결코 집에 돌아가지 못하리라는 것을 알았기에 울고 있었다.

알라이가 침묵을 깨며 말했다. "자, 이제 우린 뭘 해야 하지? 버거들과의 전쟁은 끝났고, 저 아래의 지구 전쟁도 끝났고, 여기 전쟁도 끝났어. 이제 우린 어떻게 될까?"

페트라가 말했다. "우린 아이들이야. 아마 학교에 가야겠지. 법으로 정해져 있잖아. 열일곱 살까지는 학교에 다녀야 돼."

그들은 다시 눈물이 날 때까지 웃었다.

다음 며칠에 걸쳐 그들은 가끔 서로를 만났다. 그 후에 지구로 귀환하기 위해 몇 척의 순양함과 구축함에 나눠 탔다. 빈은 그들이 왜 다른 여러 배에 타고 귀환하는지 잘 알고 있었다. 그렇게 하면 엔더가 왜 타지 않느냐고 아무도 묻지 않을 테니까. 그들이 떠나기 전에 엔더가 자신이 지구로 돌아가지 못하리라는 사실을 알았는지는 모르겠다. 하지만 그는 거기에 대해 아무 말도 하지 않았다.

◆

칼로타 수녀의 전화를 받았을 때 엘레나는 기쁨을 억누를 수 없었다. 칼로타 수녀는 한 시간 후에 집에 있을 수 있겠느냐고 그들 부부에게 물었다. "아드님을 데려가고 있어요." 그녀가 말했다.

니콜라이, 니콜라이, 니콜라이. 엘레나는 맘속으로 입 밖으로 몇 번이나 그 이름을 되뇌었다. 남편 줄리안도 거의 춤을 추듯 집안을 돌아다니며 이것저것 준비했다. 떠날 때 니콜라이는 아주 작은 아이였는데, 이제 그때보다 많이 자랐을 것이다. 아마 몰라보게 달라졌을 것이다. 그들은 아들이 그동안 무슨 일들을 겪었는지 알지 못했다. 하지만 그건 중요하지 않았다. 그들은 아들을 사랑했고, 다시 그 아이를 알게 될 것이었다. 잃어버린 지난 세월이 앞으로의 세월에 방해가 되지 않게 할 작정이었다.

"차가 오고 있어!" 줄리안이 외쳤다.

엘레나는 얼른 식탁에 덮어 놓았던 천을 걷어냈다. 니콜라이의 어린 시절 기억에 살아 있을 가장 신선하고 깨끗한 음식으로 가득한 부엌에 그 아이를 맞아들이고 싶었다. 우주에서 무얼 먹었든 이렇게 맛있는 음식을 먹지는 못했을 것이다.

그녀는 문으로 달려가 남편 옆에 서서 자동차 앞좌석에서 내리는 칼로타 수녀를 바라보았다.

수녀님이 왜 니콜라이와 같이 뒷자리에 타지 않았을까?

상관없다. 뒷문이 열리고, 니콜라이가 그 호리호리한 몸을 쭉 뻗으며 내려섰다. 너무나 많이 자랐다! 하지만 아직 소년티를 벗지 못했다. 어렸을 적 모습이 약간 남아 있었다.

엄마에게 달려오렴, 아들아!

하지만 그는 엄마에게 달려오지 않았다. 부모에게 등을 보이며 돌아섰다.

아. 니콜라이가 뒷자리로 손을 뻗고 있었다. 혹시 선물일까?

아니. 또 다른 아이였다.

더 작은 아이. 하지만 니콜라이와 똑같이 생긴 아이. 그렇게 작은 아이에게 어울리지 않게 왠지 근심과 걱정에 찌들어 있는 듯했다. 하지만 니콜라이와 똑같은 솔직함과 선량함이 묻어 있었다. 니콜라이는 그보다 더 환할 수 없을 만큼 환하게 미소 짓고 있었다. 하지만 작은 아이는 미소 짓지 않았다. 불안해 보였다. 쭈뼛거렸다.

"줄리안." 그녀의 남편이 중얼거렸다.

그이가 왜 자기 이름을 중얼거릴까?

"우리 둘째 아들이오, 엘레나. 그 아이들이 모두 죽은 게 아니었어. 한 아이는 살아 있었어."

그녀는 세상 빛을 보지 못하고 사라져버린 아이들에 대한 소망을 모두 가슴에 묻었다. 그 닫아둔 문을 연다는 게 거의 아플 지경이었다. 너무 아파서 숨이 막혔다.

"니콜라이가 전투학교에서 저 아이를 만났다오. 우리에게 다른 아들이 있다면 줄리안이라 불렀을 거라고 수녀님께 말씀드렸었소."

"당신은 알고 있었군요." 엘레나가 말했다.

"용서해요, 여보. 하지만 그때는 우리 아이인지 확실하지 않았어. 그 아이가 집에 올 수 있을지도 몰랐고. 당신에게 희망을 안겨줬다가 나중에 더 슬프게 하고 싶지 않았어."

"내 아들이 둘이군요." 그녀가 말했다.

줄리안이 말했다. "당신이 원한다면 그렇게 될 수 있어. 저 아이는 힘들게 살아왔다오. 여기가 많이 낯설 거야. 그리스어도 모르고. 여기 잠깐 들르는 것 정도로 들었을 거요. 지금 법적으로는 우리 아이가 아니라 나라의 보호를 받는 상태지. 당신이 원하지 않으면 받아들이지 않아도 돼요, 엘레나."

"입 다물어요. 그런 바보 같은 말이 어디 있어요!" 그녀가 말했다. 그러고는 다가오는 아이들에게 크게 소리쳤다. "내 아들들이 왔구나, 전쟁에서 돌아왔어! 엄마에게 오렴! 너희 둘 다 아주 많이 보고 싶었단다. 아주 오랫동안 보고 싶었어!"

그들이 그녀에게 달려왔다. 그녀가 아이들을 품에 안고 눈물을 흘렸다. 그녀의 남편은 두 아이의 머리에 손을 올렸다. 그리고 무슨 말인가 중얼거렸다.

엘레나는 그게 누가복음의 한 구절이라는 것을 단번에 알아차렸다. 하지만 그가 그리스어로 말했기 때문에, 아이는 그걸 이해하지 못했다. 상관없었다. 니콜라이가 함대에서 사용하는 공용어로 번역해주었으므로 아이는 거의 동시에 그 말을 알아들을 수 있었다. 그 다음에는 오래 전 칼로타 수녀에게 들었던 그 말을 기억 속에서 끄집어내 다시 읊었다.

"우리가 먹고 즐기자, 이 내 아들은 죽었다가 다시 살아났으며, 내가 잃었다가 다시 얻었노라." 그렇게 말하고 작은 아이는 눈물을 터트리며 엄마에게 매달렸다. 아버지의 손에 입을 맞췄다.

니콜라이가 말했다. "집에 온 걸 환영한다, 동생아. 내가 말했잖아, 좋은 분들이라고."

감사의 글

이 소설을 준비하는 데 특별히 유용했던 책이 한 권 있다. 바로 피터 파렛 편저 《현대 전략의 입안자들: 마키아벨리에서 핵무기 시대까지Makers of Modern Strategy: From Machiavelli to the Nuclear Age》(프린스턴 대학 출판부, 1986)다. 글마다 다소의 수준 차이는 있었지만, 전투학교 도서관에 있을 만한 저작들에 대해 여러 좋은 아이디어를 제공해주었다.

나는 로테르담에 대해 좋은 기억들만 지니고 있다. 친절하고 관대한 사람들이 넘치는 도시다. 이 소설에서처럼 로테르담 시민들이 가난한 자들에게 그렇게 냉담하게 군다는 것은 생각할 수도 없는 일이지만, SF소설이라는 것이 때로는 상상하기 힘든 악몽을 드러내야 할때도 있다.

도움 주신 여러분에게 개인적으로 감사를 드려야겠다.

우주선에서 구토를 하는 부분이나, 변기 물탱크의 사이즈나 뚜껑의 무게 등등에 대해 부족했던 부분들을 채워준 에린과 필립 앱셔에게 감사한다.

미리 원고를 읽고 여러 가지 제안과 수정을 가해준 제인 브래디, 로라 모어필드, 올리버 윗스탠드리, 매트 톨턴, 캐서린 H. 키드, 크리스틴 A. 카드 외 여러 분들에게 감사한다. 그들이 있었기에 《엔더의 게임》과 이 책 사이의 모순을 피할 수 있었다. 남아 있는 모순들은 실수가 아니라, 같은 사건을 설명하는 두 사람 사이에 있을 수 있는 인식과 기억의 차이를 보여주기 위해 고의적으로 만들어낸 문학적 효과다. 프로그래머들 식으로 말하면 버그는 없다. 특색이 있을 뿐이다.

내가 공동 프로젝트로 제안했다가 혼자 쓰고 싶다고 말했을 때 매우 긍정적으로 반응해준 출판사 대표 톰 도허티, 편집자 베스 미챔, 나의 에이전트 바바라 보바에게 감사한다. 그리고 내가 아직 '고아'라는 제목을 더 낫게 생각한다 하더라도, 그것은 《엔더의 게임》가 더 시장성이 있다는 여러분의 생각에 동의하지 않는다는 뜻은 아니다.

수없이 중력에 도전하여 유익한 기적들을 보여준 나의 조수 스콧 앨런과 캐서린 벨라미에게 감사한다.

더 이상 내가 《엔더의 게임》을 집필하던 당시의 다섯 살 꼬마는 아니지만, 여전히 엔더 위긴의 모델이 되어주고 있는 내 아들 제프에게 감사한다.

아내 크리스틴과 우리 아이들 에밀리, 찰리 벤, 지나에게 감사한다. 내가 이 소설에 대한 올바른 접근법을 알아내려고 분투할 때 그들이 보여준 인내심은 실로 대단했다. 내가 마침내 방법을 찾아내 이야기에 열중했을 때의 인내심만이 그 인내심을 능가할 수 있을 것이다. 내가 빈을 다정한 가족이 있는 집으로 데려올 수 있었던 이유는, 그런 가정이 어떤 모습인지 매일매일 보고 있기 때문이다.

오슨 스콧 카드 Orson Scott Card

베스트셀러 작가이자 영문학 교수. 여러 장르의 글을 쓰지만 주로 SF 작가로
널리 알려져 있다. 1951년 워싱턴에서 태어나 캘리포니아 주에서 자랐으며 브
리검 영 대학교와 유타 주립대학교를 졸업했다. 1986년 《엔더의 게임》으로 휴
고 · 네뷸러 상을 수상하였고 다음 해인 1987년에는 《죽은 이의 대변인》으로
역시 두 상을 거머쥐었다. 2010년 현재까지 휴고 · 네뷸러, 두 개의 상을 연이
어 수상한 작가는 카드 외에는 없다. 이 밖에도 《제노사이드》《마인드 차일드》
등을 발표하여 SF 소설계의 거장으로 확실하게 자리매김했다. 그는 특유의 종
교적 감성과 천부적으로 타고난 이야기 실력으로 재미와 진지함이라는 두 요
소를 작품 안에서 잘 조화시키고 있다.

다섯 아이를 낳은 카드는, 독특하게도 아이들의 이름을 모두 마이클 제프리(제
프리 초서), 에밀리 제니스(에밀리 브론테), 찰스 벤자민(찰스 디킨스), 지나 마가렛(마
가렛 미첼), 에린 루이자(루이자 앨콧)로, 유명 소설가들의 이름에서 따와 지었다.
현재 아내와 노스캐롤라이나 주의 그린즈버러에서 살고 있다.

지은이에 대한 더 자세한 소개는 http://www.hatrack.com

옮긴이 나선숙

이화여자대학교 사회사업학과와 성균관대학교 번역대학원을 졸업했다. 현재
전문 번역가로 활동 중이다. 옮긴 책으로는 《인빅터스: 우리가 꿈꾸는 기적》
《데어리 퀸》《셰익스피어 이야기》《제인 에어》《고스트 인 러브》《나는 희망이
다》《똑똑하게 결혼하라》《브로큰 쇼어》 등이 있다.